下

HAONVSHIBAJIA

花落重来 著

凤凰出版传媒集团
江苏文艺出版社
JIANGSU LITERATURE AND ART PUBLISHING HOUSE

第三十一章

清理门户和打抱不平

什么！台柱子飞燕、合德姐妹要走？

九月九日重阳日，城里城外的人们正忙着呼朋唤友地逛园林、赏菊喝酒，百灵阁内却大煞风景地再度召开了全体会议，当先而出的一对姊妹更让人感觉人情如深秋一般悲凉。范小鱼昨日才说如果有人要离开，她绝不阻拦，今日一早，百灵阁最早的元老飞燕、合德姐妹居然第一个提出要离去。台下众人顿时哗然。

谁都知道，东家这三年来对这对姐妹有多么信任和照顾，可以说，没有范小鱼，没有百灵阁，也就没有两姐妹的今日。范小鱼待她们从来不薄，现在她们居然提出要走，对深受范小鱼收容授艺之恩的众人来说，无疑是掀起了轩然大波。

当下，台下纷纷传来各种指责，众人的目光也从往日的尊敬和羡慕，齐齐地转为了不屑和愤怒。

“东家，我姐妹二人承蒙东家不弃，这些年来得以在京城容身，并且有今日的地位。大恩大德我们姐妹没齿难忘。只是我们年岁已长，若再不回老家寻个归宿，我们那九泉之下的父母不能瞑目。所以，还请东家成全。”合德虽是妹妹，但因常反串男生，性格倒比姐姐稳重。她一手紧紧抓着已经羞得无地自容的姐姐，神色从容地为自己辩驳。

“就算如此，也不能在这个时候走啊！”台下静默了一小会儿，才又传出一声低低的嘀咕。

“是啊，现在走了，我们的戏怎么办？《牛郎织女》才刚演出了一天。”没了主

角，戏就没法演；没法演，自家就没有收入。涉及自身和公家的两重利益，众人的声音又渐渐大了起来。

范小鱼却是轻轻一抬手，取出两姐妹的合同，让姐妹上前辨认真伪，然后素手一分，已将合同撕成了两半，沉静如水地道："人各有志，我不想勉强。柳班主，你算一下该给飞燕、合德多少……"

见范小鱼真的如数算给姐妹应得的酬劳，还当众给钱，众人不由都面面相觑。至于心里头是嫉妒、羡慕、不平还是鄙视，就只有他们自己知道了。

"天下无不散的宴席，大家既然好聚，也就该好散。希望你们以后能好好地过日子。"范小鱼挥手让垂泪拜别的姐妹起身，淡淡地道，随后转目看向众人，"还有谁想走的，也可以一并提出。"

台下一阵静默。

"你们不会是怕我出尔反尔，给了钱，又留下人吧？放心，我不是那种人。"范小鱼微微一笑。

"合德（飞燕）拜别东家！谢谢东家。"

已经成为外人的合德拉了一把姐姐，拎着包了铜钱的小包袱走下台，低头避开睽睽众目，一步步走向已经敞开的大门。

"等一下。"就在姐妹俩快要走出大厅的时候，一个男声突然喊了起来。众人纷纷转目，见出声的是一个年轻的男子，眼里顿时都闪过一抹了然。

"弓大哥！"姐妹俩诧异地回头看着那张眉目清秀的面容。这个男子正是昨日顶替严先生的乐师弓和。

"我和你们一起走。"弓和白皙的面上有些潮红，忽然躬身向范小鱼长长一揖，"在下也请辞去，请东家恩准。"

"可以问一下，弓先生又是为什么要走吗？"范小鱼平静地问道。

弓和张了张口，似乎有些羞于启齿，但犹豫了一下，还是勇敢地说了出来，"在下本来就是浪迹天涯，无根无宿之人。两位姑娘的家乡离此千里迢迢，在下……在下不放心两位弱女子孤身上路，因此请辞护送两位姑娘回家。"

"弓大哥，这怎么可以！"面皮薄的飞燕立时娇颜飞红，又惊又喜。她身边的合德却冷淡地道："多谢弓大哥的好意，我们姐妹心领了。我们和弓大哥无亲无故，这千里护送之事，实在麻烦不起。"

飞燕又羞又急，刚想拉住妹妹的手悄悄暗示一下，那弓和已一迭声地道："不，不麻烦，不麻烦……合德姑娘，你就让我保护你们吧！不管怎么说，你们两个毕竟是姑娘家，总是多有不便。”

见他那目光一丝一毫也没有落到自己身上，只看着妹妹，飞燕楚楚可怜的神情顿时僵住。再看合德，却见她也直直地看向弓和，飞燕的手足陡然冰凉起来，难道妹妹也喜欢他吗？

“东家？”见合德驻足不动，弓和脸上不由一喜，感觉底气一下子充足了起来，“请东家成全。”

“还有谁也要走的，一起站出来吧！”范小鱼却没有回答他，而是看向其他人。

台下众人你看看我，我看看你，却再也没有一个人站出来。

说句良心话，这里的每一个人，不管是谁，在没有来到百灵阁之前，都饱受生活艰辛和世俗歧视，从没想到自己能有如今的安定生活和受东家尊重的地位。人非草木，孰能无情？更何况以他们的身份地位，放眼整个京师，还有比百灵阁更好的去处吗？

因此，不管是因恩情也好，因私利也罢，大部分的人还是选择了留下。剩下偶有心动的，见别人不开口，也不觉犹豫了起来。

“我再数十声，若是还没有人提出想走，那我就当大家都希望留下来了。”等了一小会儿后，范小鱼开始慢慢地数数。

十声已毕，曾经犹豫的一部分人最后还是选择了沉默，没有一个人站出来。

“谢谢大家的支持！”范小鱼站了起来，郑重地向大家鞠了躬，然后把目光投到弓和身上，“我想请问一下弓先生，你之所以想离开百灵阁，只是因为想帮助合德姐妹吗？”

“是的，在下是真心实意想护送合德姑娘和飞燕姑娘回家。东家若是成全，弓和一生都感激不尽。”以为合德已经默许，弓和越发神采飞扬。

“这样？”范小鱼点了点头，下一瞬，语声却突然冰冷了起来，“既然你这么喜欢合德姑娘，为什么还要勾结桑家人谋害她？难道你不知道合德的嗓子就是她的命根吗？”

范小鱼这句话如同一枚超级炸弹，霎时炸出一片惊愕。

“什么？”弓和猛然后退了一步，眼神一下子慌乱起来，开始语无伦次，“东……东家，你……你说什么……我……我不明白……我什么……时侯……侯……害……桑……桑家……”

“小安，你过来。跟各位叔叔、伯伯、姐姐、哥哥说一下，昨天你们是怎么被坏人带走的?”范小鱼寒着脸，让严小安走上台来。

“昨天，弓叔叔说甜水巷有一家店的菊花酒酿得特别好，给了我十文钱，让我偷偷去打一斤来孝敬爷爷，好给爷爷一个惊喜，所以我就瞒着爷爷偷偷地去了。我才走到半路，突然就被坏人蒙住嘴抓起来了，再后来，爷爷也被抓来了。他们逼着爷爷给合德姐姐下毒，要毁了合德姐姐的嗓子。爷爷不肯，他们就威胁爷爷要杀了我。要不是突然有一位厉害的大哥哥出现，我和爷爷……”

想起昨日的情景，小安仍是十分后怕。范小鱼轻抚了一下他的头，将他搂到自己身边，看向台下的严先生，“严先生，现在请你说一下你是怎么被人抓去的。”

“老朽当时正在拉琴，为下午的演出做准备，忽然有人扔了一团包了石头的纸进来，上面写着如果想要小安的命，就马上单独到后面的巷子里去，而且不准告诉任何人……”严先生一面将事情的经过原原本本地说出来，一面痛心疾首地看着弓和。他真没想到，害他的居然是这个自己倾心相授的徒儿。

“不……不是我……”弓和拼命地解释，“我没有，我真的没有……我……我让小安买酒，是真的想孝敬师父的。”

“那这个又怎么解释？昨晚你偷偷溜出院子去私会桑家人又怎么解释?”范小鱼使了一个眼色。罗亶从身后拿出一个包袱扔到台下，几个银锭滚了出来。

弓和一下子瘫软在地，大厅内再度一片哗然。

“无耻小人，叛徒！”合德大步地走了回来，杏眼圆睁，“你说，我和你无冤无仇，你为何要害我?”

“不，我没想害你！”弓和原本怯懦地抱头承受着众人的唾骂，听见合德的声音，猛地抬起头来，歇斯底里地大声分辩。

“没有害我？难道那瓶哑药是假的吗?”合德更加愤怒。

“我不知道……我真的不知道他们想要毒哑你啊！他们……他们原来只骗我说要折了我师父的手指头……我没想到……我不知道他们是要我师父害你呀！”弓和承受不住四周的压力，更承受不住合德那厌恶仇恨的眼神，心理更加崩溃，居然猛地向前爬了几步，一把抱住合德的腿，放声痛哭起来，“合德妹妹，你相信我，你相信我啊！我心里喜欢你还来不及，我……我怎么会害你啊!”

“呸，谁是你妹妹！你这个卑鄙无耻的伪君子、丧心病狂的叛徒！我宁愿从没认识过你！不要污了我的眼!”合德本就是个烈性子，见弓和不但厚颜无耻地说喜欢她，居然还敢触碰她，狂怒之下，毫不留情地一脚踢去。

弓和一声惨叫，脸上顿时涕泪和鼻血纵横，哪里还有半分平日的温雅风采？

“妹妹，不要打了……”飞燕忙拉住想继续发飙的合德，泪盈盈地看着自己曾仰慕的男子，心中又痛又怒，又怜又恨。

“姐姐，你不要拦我！亏你还对他心心念念，这种无耻之人哪配得上你的喜欢！”合德怒不可抑。

“我……我……”被亲妹妹在如此尴尬的场合当众捅破心事，飞燕本来就柔弱的性子哪里承受得了这番打击，当下花容失色，猛地捂住脸就往外飞奔。

“姐姐……”合德自知失言，顾不得弓和，丢下包袱就去追。

“先看着他。”如今正是多事之秋，范小鱼自然不放心她们姐妹就这样跑出去。想到要拦人就免不了拉扯，罗亶和范岱都不便于出面，心念电转间，她已亲自下台追了出去。

却说飞燕的一片芳心，半刻之前还全部挂在弓和身上，哪料只不过些许时光，自己的天地就被无情地翻转。巨大的羞辱绝望之下，她只想离开百灵阁越远越好。一双小脚在潜能的激发下跑得飞快，一向健跑的合德发足猛追，一时竟追不上她。

当然，对范小鱼而言，姐妹俩的这点速度根本不值一提。她之所以和她们保持着一段距离，其实是体谅飞燕此刻的心情，想让她在奔跑中多发泄一下。

可范小鱼没想到的是，飞燕刚一跑出瓦子来到大街上，就冷不防迎面撞上了一个人。只听咚的一声响，两个人都已翻倒在地。

“飞燕！”

“官……公子！”

两道尖呼同时出声，只不过一个是女声，一个是男声，前者纵然高亢却依然悦耳，而后者的公鸭嗓，就实在令人不敢恭维了。

说时迟，那时快，地上滚成一团的两个人还没来得及反应，合德和另一个人影已极有默契地扑了过去，各自把自己的人扶了起来。

“姐姐（公子），你怎么样？”

合德和那个公鸭嗓再度异口同声地道。

飞燕心中本就充满了委屈，身体上的疼痛像是一把催泪剂，让她的眼泪喷如泉涌。不等合德扶起她，也顾不得大庭广众，她一把搂住妹妹，伏在她肩上痛哭了起

来。不过美女毕竟是美女，她这一放声痛哭，非但不似寻常妇人那般俗不可耐，反而更显得梨花带雨，楚楚可怜，令闻者心酸。

那个被撞得七荤八素的公子才刚站起来，还未来得及发怒，就先听到飞燕的哭声，一腔怒火顿时消散了一大半，忙一边拍打着衣服，一边温和地道：“我没事，没事。”

“怎么会没事呢？刚才小人听见好大一声，官……公子，您哪里摔疼了，可要赶紧告诉小人，不然小人可是万死也不……”青色的身影忙着给他整理衣冠，几乎要哭出来了。

“咳咳……我说了，我没事。人家一个纤纤弱弱的姑娘家，只是一时走路不小心碰到了我，能撞得多疼？倒是那位姑娘……李德，你快去问问人家可伤着了？”

那公子强忍着胸口的郁闷，抬头看向抱头痛哭的姐妹。他一身得体的淡青色刺绣锦袍，眉目相当清俊，看起来颇为年轻，不过十七八岁而已，脸上虽然犹带痛意却已泛起宽容的微笑，令人顿时大生好感。

“这位公子真是好脾气，好性子啊！”

“瞧这位公子的衣着打扮，应该是位贵人吧？”

“我看肯定是。如今这样好说话的贵公子可不常见了，难得啊，难得。”

“这才是君子之风啊！”

年轻公子这一答一问，周遭围观的百姓们顿时纷纷赞颂，眼尖的已经认出了两姐妹。

“这两位不是百灵阁的飞燕和合德姑娘吗，怎么哭得这么伤心？”

“是啊，真奇怪。百灵阁的人向来少有人敢去欺负的，今儿怎么会……”

“喂，我家公子问你，你可伤着了？”尊贵的主子被人撞倒在地，还要反过来去慰问人家，李德心中是一万个不乐意，但上命不可违，他只好走上前去，只是语气却好不到哪里去。

“不曾不曾，多谢小哥关心。还望小哥代为转告一声，是我姐姐鲁莽在先，冲撞到贵家公子，合德在此向公子赔礼了！”合德忙道。因抱着飞燕，无法起身行礼，她只好微微欠了欠身，一边拍着飞燕的背安慰她，一边诚恳地向那年轻公子报以一笑。她本是冷若冰霜、性情如钢的女子，对于男人向来不假辞色，但今日自家理亏在先，人家宽容在后，因此难得地放低了姿态。

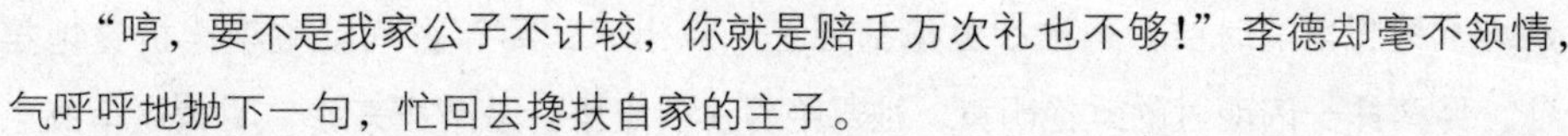

“哼，要不是我家公子不计较，你就是赔千万次礼也不够！”李德却毫不领情，气呼呼地抛下一句，忙回去搀扶自家的主子。

“李德！”年轻公子嗔怪了一声，对合德微微拱手道，“原来姑娘姊妹就是百灵阁的飞燕、合德。在下早闻两位姑娘技艺出众，今日得见，实为有幸。”

“公子过奖了。”合德轻轻地推了推姐姐，示意她注意现在所在的环境，然后扶着她站起，再次行礼道，“小女子姐妹今日还有要事，多谢公子宽容大量，就此告辞了。”

他们这儿你来我往地交谈了好几句，飞燕自然也不是丝毫不知，只是她刚撞了人家，一双美目又正通红，羞窘得哪敢抬头，连对方的脸都没敢看，匆匆福了福身便想转身离开。

“两位姑娘请便。”姐妹俩的姿容虽然出色，周围行人也都纷纷趁机会大饱眼福，但这位年轻公子的脸上却始终带着和煦的笑容，欣赏固然有之，却无半点亵渎之意。

“公子……”李德似乎想说什么，那年轻公子却微微摇了摇头。他目送姐妹俩回身走向瓦子，也要起步继续逛街。

然而，他愿意将这段插曲就此揭过，别人却不见得也有此心性，尤其是某些无事也要生非的小人。

“嗳——”一个十分夸张的男声拖长了音节，自以为潇洒万分地吟唱道，“美人哭泣，梨花带雨。飞燕合德，双姝合璧。此等难得美景若是如此错过了，岂非三生有憾？”

随着声音响起，还未散去的人群被数个家丁粗鲁地推开，走出一个纨绔子弟轻佻地拦住了两姐妹。

一直隐在暗处旁观的范小鱼不由皱起了眉头。没想到被撞到的正主儿没上演经典的调戏戏码，旁边倒来了只不长眼珠子的色狼。

“让开！”不同于刚才带着歉意的微笑，合德美艳的容颜一下冷若冰山。飞燕吓得赶紧躲到了妹妹身后，那位年轻公子也不由得止步回头，好看的双眉微蹙了起来。

范小鱼本想上前，可看到他回头，心中一动，又改变了主意。

刚才在人群中，她早已将这位年轻的公子打量得清清楚楚。就在他被那个李德

从地上拉起来的时候，里袖和里袍都翻了一点出来，尽管瞬间就被李德机警地挡住，但两抹一闪而过的鲜艳明黄，她却绝对没看走眼。从隋唐开始，明黄这个颜色就成了皇家专用之色，除了皇帝，便是太子和王爷也不能随便使用这个颜色。而这个年轻公子看起来不会超过十七八，正是当今那位的年纪，再加上李德那尤其好似太监的嗓子……

这一切推测只能得出一个结论。尽管范小鱼真的觉得应该不会这么巧地遭遇微服私访这种狗血情节，但她还是有九成的把握，肯定自己确实是中大奖了。

到底要不要借机结识这个百分之九十九就是那位大人物的年轻公子呢？在年轻公子和合德交谈的时候，范小鱼私底下已经转了好几转心思，终究还是按捺下自己那跃跃欲出的攀附心理。虽然和皇帝套关系好处多多，不过她可没忘记自己的真实身份，一家人小心谨慎了这么多年，还是不要指望这种依靠外力的幻想比较好。

可是，她打算让事情就此了结，命运却偏偏不肯如她所愿，硬是派了个搅局的瘪三出来，令事情再生变故。

“让？本公子从来就不知道让字怎么写。”某自以为风流的瘪三忠实地扮演着欠扁的角色，十分敬业地把轻佻和猥琐表现得淋漓尽致。

“不知道怎么写就回家问问你娘。”合德冷冷地道，后退一步避开那招牌的调戏工具：一把扇子。

“俗话说，有奶便是娘，不如小娘子和我一道回家，亲自教教本公子这个让字怎么写吧！”瘪三邪恶地道，一双贼眼在合德的胸口绕了好几圈。

“哈哈哈……是啊，小娘子，不如跟我们家公子回去吧。我们公子家有上好的文房四宝，到时候，你们两个想怎么写就怎么写……”

四周的狗腿十分配合地淫笑起来。那瘪三更是得意，扇子一展，摆出一副猪头样迎风招摇。

“放肆，光天化日，竟然在天子脚下调戏良家妇女，你家大人是如何家教的?”一如范小鱼所预料的，年轻公子转了回来。清越的声音中含着薄怒，他虽没有用大声的训斥来表达自己的凛然正义，但温和的容颜却有几分不怒而威的气质。

“良家妇女？哈哈哈哈，笑死人了！多管闲事的臭小子，你哪只眼睛看到这里有良家妇女了？是这个，还是这个，还是这个?”瘪三刷地一下合起扇子，点向人群中几个毫无姿色的中老年妇女，笑得前俯后仰。

“我说的是被你调戏的两位姑娘。”年轻的公子挣开李德的手，正色道。

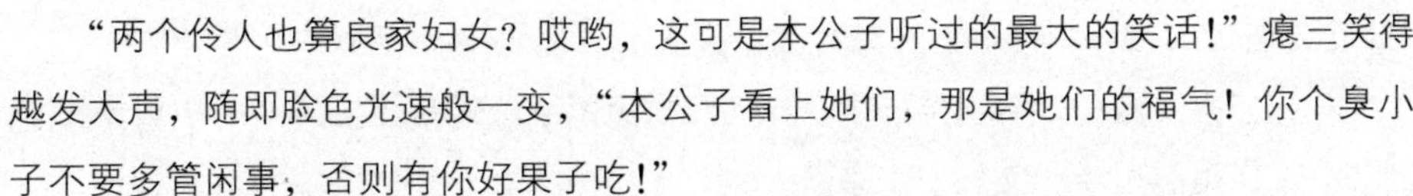

“两个伶人也算良家妇女？哎哟，这可是本公子听过的最大的笑话！”瘪三笑得越发大声，随即脸色光速般一变，“本公子看上她们，那是她们的福气！你个臭小子不要多管闲事，否则有你好果子吃！”

“飞燕、合德姑娘都是冰清玉洁的人，你不要污蔑她们！”人群中有人壮起胆子喊了一声，可被瘪三凶狠的眼光一扫，立刻无声无息。

“伶人也是人，一样是天子的子民，除非官招，否则她们有权利拒绝，任何人都不得强人所难。”年轻公子仍是沉着道，既不动怒，也不退让，说话更是有理有据。

“公子……”听到年轻公子如此为她们姐妹辩护，被狗腿们围在中间的合德动容地叫了一声，冰山似的容颜不禁裂开了一丝缝隙。

这才是大家风范，范小鱼暗中赞了一声。在这人们普遍视优伶低贱如奴婢、娼妓的古代，这句话就算是从寻常人口中说出都相当不易，何况是如此尊贵之人。

像今天这种情况，如果换作自家的老爹，一定会苦口婆心地说上一大通道理，努力说服那小瘪三，就算人家动手揍人都不会轻易还手，直到最后无奈时刻才会带着人施展轻功逃走。而若是范岱，恐怕早就蒙了脸跳上前去，噼里啪啦狠揍一通，打得小瘪三和所有狗腿子哭爹喊娘地抱头鼠窜。

而若是自己，范小鱼摸了摸手中的铜钱，嘴角勾起一抹冷笑，对待某些畜生，她比较喜欢来阴的。

不过，眼下她还想看看这个贵人会如何解决这种场面。

“老子就要强人所难，你待怎样？”小瘪三语塞，恼羞成怒地强硬起来，没耐心再装风度，阴鸷地一挥手，“把人给我带走！”

“谁敢乱动！”年轻公子愠怒起来，踏前了一步。

“哟嗬，怎么着，你还真想坏老子的好事？”小瘪三也怒了起来，上下打量了一下年轻公子淡青色的衣袍，轻蔑地道，“瞧你这寒酸样，顶多也就是个九品芝麻官吧。老子劝你还是识趣点好，不然，信不信老子让你滚回老家？”

“你既然知道我起码是个九品，还敢如此无礼！”年轻公子目光闪动，像是被气得不轻。

“哈哈哈，无礼？老子还没真正开始无礼呢！臭小子，要不是看在你大小是个官的分上，老子早就不跟你废话了。现在老子最后警告你一句，你要是再敢啰里啰唆地来拦老子，老子就让舅舅废掉你的乌纱帽！”小瘪三耐心已尽，再度命令道，

“给我带走!”

狗腿们齐声应和，纷纷伸出爪子抓向几番突围不成的合德姐妹。范小鱼眉毛跳动了一下，想要出手，又忍了下来。

姊妹俩身单力薄，虽然呼喊着挣扎求救，仍很快就被四个人抓住手臂。周遭的人尽管面带不平，却无人敢挺身而出。知道人家是官还敢教训，这小瘪三的来头该有多大呀！他们区区一介小老百姓，哪里惹得起这种人。

“住手!”年轻公子这下可真怒了，俊脸上再也不含半分温和，双眼似剑般直逼小瘪三，“你舅舅是谁，竟敢纵容亲戚当街抢人行凶?”

“我舅舅是谁？嘿嘿，说出来吓死你!”小瘪三冷笑道。

“我倒想被吓死看看。”年轻公子冷声道。旁边的李德几次想把他拉开都不成功，早已急得团团转。

“当今枢密副使、参政知事夏竦夏大人就是我舅舅。”小瘪三趾高气扬地竖起大拇指道。

范小鱼脸色顿时一沉。夏竦？果然是有其舅必有其甥啊!

“李德，拿我的印信去把夏大人请过来。”说到“请”时，年轻公子把音咬得尤其重。

“公子，不行啊……”李德拉了拉他的衣袖，极低声地附耳嘀咕。

范小鱼耳尖，清楚地听到他说的是：今儿是重阳，恐怕夏大人这会儿不在府中。而且官家今天是偷偷溜出来的，要是这件事惊动了太后，官家下次再要出来就不容易了。

官家？这年轻公子果然就是宋仁宗赵祯啊!

“就算下次不容易出来，朕今日也不能袖手不管。既然夏竦可能不在，你也不要去找他了，你直接去找开封府。”赵祯低声道。

“还是不行啊，官家。今儿我们是私自出来的，连个侍卫都不曾带，小人要是走了，还有谁能保护官家呀，这万一……”

李德哭丧着脸正要继续劝告，那边的小瘪三却被那句去“请夏大人”激得跳了起来，再见他们主仆二人嘀嘀咕咕，竟似浑然不把他放在眼里，更是气得呱呱叫。

“好啊，臭小子，别以为我给你几分脸，你就可以这么张狂！居然还敢请我舅舅来这里，呸！你以为我舅舅是你这种人能请得动的吗？来啊，给我打！好好地教教他这官场上的规矩!”

最喜欢狗仗人势的狗腿们早已摩拳擦掌地准备揍人，小瘪三一声令下，立时都如狼似虎地扑了上去。李德赶忙拦到赵祯面前，展开双臂拼命护着赵祯，同时尖声道："谁敢动我家公子一根毫毛！你们知不知道……"

"打！"小瘪三浑然不惧，大有天塌下来都有老子撑着的小霸王气势。

凶狠的目光已瞪起。

碗大的拳头已抡起。

粗大的毛腿已抬起。

开封城内，繁华大街，无数围观群众紧张的目视下，一场前所未有、惨绝人寰、当众殴打一国至尊的悲剧即将发生……

"啊……"

"哎哟……"

"娘呀……"

说时迟，那时快，未等心急如焚的李德在危急关头喊出赵祯大 BOSS 的身份，那群拳头挥到一半、臭脚刚刚抬起的狗腿们，忽然间都极有默契地惨呼着，并跳起了古怪的舞蹈。

只见他们一下子收腹，一下子挺胸，一下子左扭，一下子右扭，两只手更是拼命地飞舞着，挡脸，捂屁股，挡胸，摸手臂，抱腿……偏偏每个人的姿势都不一样，再配上那或仰天或低头的哀号声，以及不时从他们身上掉下来的铜板声，整条大街顿时由于这些舞蹈家的精彩"表演"而显得生机勃勃、欢腾热闹。

这突如其来的诡异一幕，顿时惊呆了所有的人。小瘪三在傻了几秒后总算记得寻找掩护，一把拉过一个狗腿子拦到身前，只敢露出一个头四下环顾。

对面的主仆二人脸上同样满是惊讶之色。公鸭嗓李德还维持着双臂舒展的姿势，下巴却好似快要脱落。他身后的赵祯则四下寻找暗中相助的人，温雅的脸上再度浮起一丝笑意。再看四周，围观的百姓密密麻麻，个个脸上都是看好戏的兴奋之色，每个都像下黑手的，可又每个都不像是有能耐的。

"谁？是谁？"小瘪三在环视了一圈，以为自己安全之后，被暗算的愤怒终于战胜了惊讶和恐惧，暴跳如雷地叫了起来。

回答他的是一道几不可闻的风声，以及……

"啊……"小瘪三刚才还咧开的嘴一下子变成了个血窟窿，两颗门牙已光荣下岗，而他身前的那个狗腿子却还好好地站着。

这就叫不是不报，时候未到，时候一到，窟窿难逃。

“公子，公子……”这一下，狗腿们顿时人人自危，再也顾不得两姐妹和赵祯主仆，一边哀号着推挤到一处，一边慌忙去检查小瘪三的伤势。

身为狗腿，护卫不力，回去同样有一番折磨，甚至有可能是死罪。相较起掉脑袋的事情，身上那些莫名其妙的痛楚可以忽略不计了。至于暗中发暗器的人，他们也要有命才能去追查。

“快走！快保护公子回府……回府……”一个还算比较镇定的狗腿掏出手帕捂住小瘪三的嘴巴。众人七手八脚地扶起他，拼命向人群挤去。

“哦!”

“哦!”

百姓们虽然震慑于他们的恶名，不得不让出一条道来，口中却不忘趁机取笑几声，反正这么多人，就一个单音节，小瘪三也没法追究。

“公子，此处不是久留之地，公子还是赶紧走吧!”混乱中，合德拉着姐姐，隔着人群对赵祯喊了一句，就匆匆往瓦子内奔去。

“呼……”见小瘪三一伙逃也似的离开，李德大难不死般呼了口气，赶紧回头检查赵祯，“官……公子，您没事吧?”

“我没事。李德，你赶紧找找，是哪位高人在帮我们?”赵祯的目光还在人群中搜寻着，毕竟是当人上人、久受皇家训练的，在经过最初一两秒的惊讶之后，他早已镇定下来。只是他看来看去，周围无数人头攒动，有人在目送小瘪三离去，有人在对着他们指指点点，也有人趁机在地上摸着刚才的铜钱，就是找不出到底是谁在拔刀相助。

“是。”李德抹了一把冷汗，也认真地找了起来。要不是因为这位高人，万一他家主子有个好歹，他李家就是灭满门抄九族也赎不起这个失职大罪啊。

只是李德并没有想到，今日帮忙的，可不止一位高人，而是两位。

第三十二章

道高一尺魔高一丈

“你的暗器使得不错嘛!”

在众人都瞧不见的角落，一个面容憨厚、身体却懒若无骨似的靠着白墙的少年，正一边抛着手中的铜钱，一边似笑非笑地看着对面的范小鱼，正是昨日还斩钉截铁地说要连夜找范小鱼比试，却直到现在才出现的丁澈。

“彼此彼此。”范小鱼从容地把袖子里的散钱收入荷包，轻笑道，“他那两颗大门牙可是你敲的。”

方才那番既教训了畜生，又合作无间、不分胜负的竞争，让她心里很有一种发泄后的惬意感，连带心情也好了许多。当然，事情不可能这么简单地了结。那位夏竦大人垂涎岳瑜在先，他的外甥欺负飞燕、合德在后，这结下的梁子也该好好清算清算了。

“你不出去邀功么?”丁澈向街上嘟了一下嘴，“那一位可不是小人物。你们百灵阁要是靠上了，这后半辈子的荣华富贵可就不用愁了。”

“那你又怎么不出去邀功?”这回轮到范小鱼似笑非笑地看着他了，“难道你就不想平步青云、前程无限?”

丁澈一愣，随即低低地笑了起来，“这倒像你的脾气。”

“我的脾气?”范小鱼眉尖一挑，“你才认识我一天，就知道我的脾气了?”

她越看这人的眼睛就越觉得对方是自己认识的人。那张脸虽然陌生，可是脸上鲜有表情，几乎所有的情绪都通过眼睛和嘴角体现，难道……范小鱼心中一亮，难

道他戴了二叔曾经说过的人皮面具？

从知道这个世上有江湖起，她就一直对武侠小说中常常提到的人皮面具很感兴趣，尤其是在那段逃亡的途中，她不止一次地想过，自己要是真的会易容就好了。后来范岱也证实，这个世界上确实有易容这一绝技，只是知者甚少，会的人就更少了，并不像她原本以为的那样，会易容的人遍地开花。

“识人在心，不在于时间长短。”触到她探究的眼神，丁澈一窒，知道她起了疑心，忙打了个哈哈，故意舒展修长的手臂伸了个懒腰，“此刻百灵阁里的乱子还没理清，你不回去看看？”

“自然是要回去的。”范小鱼收起心中的异样，微笑道，“还有一个多时辰便到中午，公子莫忘了昨日之约。至于外面那位，也许公子还是送佛送到西比较好。”

丁澈定定地看着她，想从她的眼神中再瞧出一些什么，却只看到了一片似水平静。他肩头一抖，整个人又变成憨厚老实的少年，径直向街上走去，话也不说一句。

大街上，人群渐散后，李德拼命地劝赵祯，“官家，想必那位高手只行善事，不求回报，咱们就是满大街看穿，也不见得能找到他。还是赶紧回去吧，免得刚才那帮人回来。官家，求您了，回吧！”

赵祯叹了口气，脸上一派怅然若失，又瞧了周围半晌才点头道：“算了，回吧。”

李德大喜，忙招手雇了顶轿子，请赵祯坐进去，自己则扶着轿子谨慎小心地四顾着，始终没有注意到跟在他们身后不远处的那个憨厚少年。

以前看小说和电视，里头的易容术常把人扮得人不人鬼不鬼的，以为这样就能掩饰身份，却不知道要真正隐藏到人群中，最普通平实的脸才最安全。

待他们走远，范小鱼微微摇着头从巷子里走出来，从容地走向百灵阁。

至于那位少年，她可不相信今天在此相遇又是偶然，看来该搞清楚他的身份了。

百灵阁内，飞燕正倚在合德的肩头嘤嘤地哭着。

“东家，我已经按您的吩咐让弓和写下了事情经过，并按了手印，也让其他人做了证人。另外我已私自做主，今日上午暂停表演，可下午那一场戏怎么办？”一进门，柳园青就迎了上来。

"嗯，我知道了。"范小鱼走向众人，"严先生，您身子怎么样了?"

严先生忙站了起来，感激地道："东家，我不妨事。您放心，我这把老骨头硬朗着呢，还能拉个十年八年的。"

说着，他还挺了挺胸，做了个拉琴的姿势，只是眼中却掩不住那抹伤心。

"呵呵呵……"大伙知道老乐师是想让沉重的气氛有所缓和，都配合地笑了起来，只是弓和毕竟还缩在那里，他的背叛终究是事实，因此笑声很快又低了下去。他们纷纷望向范小鱼，等待她的安排。

"既然严先生没事，那下午的戏还是照演。合德，你这边没问题吧?"范小鱼看向合德。

"没问题，只是……"合德淡淡地颔首，目光却看向自己的姐姐。

众人早就听柳园青解释过今天合德姐妹的请辞只是演戏，因此听说她要继续留下，并没有诧异。

"那好。飞燕今天就先好好休息一下吧。"就是合德不说，范小鱼也知道以飞燕柔弱的性子而言，这连串的打击绝非一时半会儿就能恢复的，便果断地做了主张。目光在班中其他少女脸上转了转，最后看向其中一个学习尤其勤奋的，她微笑道："画眉，你好好准备一下，今天下午就由你来演织女。"

"啊……谢谢东家，谢谢东家，画眉一定不辜负东家厚望!"画眉受宠若惊，慌忙站起来行礼，想到终于能当上梦寐以求的花旦角色，感动得泫然欲泣。

"不用谢我。我说过，在我们百灵阁机会均等，只要刻苦努力，又有天赋，我都会给大家机会。"范小鱼点点头，目光转到蜷缩在舞台底下，努力减少存在感的弓和身上。

"东家，你看，弓乐师该怎生处置?"柳园青上前一步，看着弓和的眼中有憎恨，也有惋惜。

"柳班主，我记得当初弓和是你介绍进来的吧?"范小鱼若有所思地道。

柳园青顿时惶恐地垂首道："是小人有眼无珠。"

"你不要误会，我只是想提醒你，往后百灵阁招人要多长个心眼，像这类品行不端的人，绝不能再混进来，还有……"范小鱼的目光在每个人的脸上游走了一遍，"就是一时蒙混进来了，大家也要睁大眼睛时时考察，以免滋生害群之马。我们百灵阁鼓励大家努力上进，正当竞争，并不代表我们就允许一些卑鄙的手段，更不容许吃里爬外、陷害班友。若是不被发现倒也罢了，若是被发现了……"

范小鱼刻意在这里停顿了一下，向罗亶递了一个眼神，让他直接用实例来说明，“折了他两只手的拇指和食指。”

就算严先生只是他半路的师父，但那也是师父，何况严先生对他一向是倾囊相授，从不曾藏私，她就是可以原谅他出卖百灵阁，也绝对无法原谅他害严先生。

罗亶一言不发，上前一把就抓起弓和的手。

“不……啊……”

弓和刚惊恐地抬起头，想向范小鱼求饶，罗亶已咔嚓一声一起折了他的两根手指。弓和细皮嫩肉的，哪曾受过如此痛楚，再加上对于乐师而言，手指的重要性不啻于身家性命，当下又是身痛又是心痛，眼睛一翻就晕了过去。

“泼醒，再折。”范小鱼的语声中没有丝毫感情。她没权利杀人，也不会蔑视生命，但是不代表她就会姑息纵容。弓和既然狠得下心伤害师父，以取而代之成为首席乐师，那么她也可以毁了他这一双吃饭的手。

早有一个鹰卫取了水在边上候着，闻言立刻毫不客气地往弓和脸上一泼。

弓和悠悠醒转，透过脸上的水滴朦朦胧胧地看到范小鱼，还未开口，突觉另一只手上又传来钻心的剧痛，顿时再度惨叫了起来，不争气地再度昏厥。

台下众人见此情景，又觉解气，又觉惊惧，一时间人人都噤声不语。飞燕更是吓得一下子收住了哭声，看着弓和倒在地上的狼狈模样，脸上一阵青一阵白的，不知心里是何滋味。

只是这时候除了合德谁也顾不上理会她，都沉浸在范小鱼制造的震撼中。

“等他醒了再逐出去。告诉他，念在他以前也曾为班子做过不少贡献的分上，过去的事情我们就不再追究了，但是，只要百灵阁在京城一日，他就不许再踏进京城一步，否则下次就不是折手指这么简单了。”

柳园青忙垂首道：“是。”

“其他的话我也不多说了。希望经过这次事件，大伙儿以后都能警惕些，小心些，也安分些。想搞小动作的最好先想一想能不能瞒过群众的眼睛，能不能瞒过鹰卫的眼睛。当然了，我昨日说的话还是有效：大家若有想走的，我不反对，只要提前一个月提出，等柳班主安排好接替人选即可。至于合德和飞燕，今日她们的请辞虽是演戏，但我已经允了她们回乡过年，这空出来的小生和旦角之位，就靠大家自己努力争取了。”范小鱼又恢复了往日的声调，不徐不疾地说完后，对柳园青道：“柳班主，这两天大家都受了惊吓，今儿又是重阳，伙食方面，你通知厨房按中秋节的标准慰劳一下大家——记得注意食物安全。大伙儿若没有问题，就各自去休息，准备下午的演出吧！”

一番恩威并施之下，班内的气氛顿时和往日的懒散大不一样。每个人的脸上都流露出敬重和兴奋之色，纷纷表达了自己的忠诚之后，就各自散去。

弓和走了，其他的乐师就多了机会。合德和飞燕再过几个月也要走，那些平时只能望其项背的少女们也有了更高的目标和追求。加上范小鱼再三保证，只要大家不随意私自外出，就一定保证他们的安全，每个人都更加一心扑在了如何提高技艺上。

又安排了一些事情，应付了一会儿范岱的询问后，范小鱼让他和罗亶轮流回家休息，自己则去赴中午之约，中间除了喝口水，连休息的时间都没有。

正德楼，二楼包厢。

“两位，菜都上齐了，请二位慢用。有什么吩咐，拉一下那绳子就成。”店小二殷勤地欠了欠身，目光忍不住又在范小鱼的蝴蝶面具上溜了一眼，才带着满脸的兴奋退了出去。

百灵阁的东家哎！自从他好不容易请假去看了一场《五女拜寿》后，就一直把那个多才多艺的百灵阁东家奉为了偶像，没想到今天居然能亲自见到，还能亲自和她说话，啊啊啊，真是太荣幸了！

“看来你在京城还挺有名的嘛！”

丁澈懒懒地提起酒壶给自己斟了一杯酒。他和岳瑜一样，都有一双修长且干净的手，然而，比起岳瑜那细腻柔滑、白嫩中带点青色的肌肤，他的手更有一种男人的线条，仿佛每个关节都蕴含了无穷的力量。

“一个混口饭吃的戏班子的东家罢了。”范小鱼伸手挡在自己的杯子和他伸过来的酒壶中间，婉言谢绝道，“谢谢，我不会喝酒。”

“不会喝酒？”丁澈挑了一下眉头，但他那过于浓厚的眉毛看上去只是极轻微地动了一下。

“嗯。”范小鱼好像并没有注意丁澈的表情，只是取过旁边的茶壶，给自己倒了杯茶，举杯道，“希望公子不会介意我以茶代酒。”

“是不想喝，还是不会喝？”丁澈显然不肯信。

“是不会喝。”范小鱼有点不高兴他的怀疑，但还是淡淡地回答。

“连酒劲这么低浅的菊花酒也不能喝么?”丁澈微微摇晃着杯中之物，仿佛他才是那个殷勤劝客的主人。

酒是酒楼赠送的应景之物，即便是酒量疏浅的妇人，喝了也不过是脸色红一点而已。范小鱼居然不会喝酒，让他实在难以相信。

“我天生没有酒量，确实不能喝酒。”范小鱼微蹙了一下眉，耐着性子继续解释。

“就算再没酒量，莫忘了你可是个江湖人，那一身内功难道是白练的么?”她越是不肯喝，丁澈就越跟她耗上了，咄咄逼人地道，“何况今日你好像是专程来向我道谢的，身为主人，连一杯薄酒都不敬，似乎不太礼貌吧?”

“我觉得我的诚意已经表达得足够了。没人规定江湖人就一定要会喝酒，一定会用内功逼酒气吧?何况我只是个有点自保能力的小女子，算不得什么江湖人。公子若喜欢喝就尽管喝，就算要喝再烈再浓的酒，小女子也还是请得起的。”范小鱼眼中终于忍不住闪过一丝恼色。

“这样就生气了?”丁澈发出一阵低沉的闷笑，“我只是好奇你的酒量浅到什么程度而已，居然连酒都算不上的菊花酒也喝不了。”

“我体质特殊，不管是什么酒一喝就醉。这个答案公子您满意了吧?”

范小鱼有些咬牙了，若是只是一喝就醉也就罢了，偏偏每次她酒醒后，大家的表情都会有些古怪。不用说，肯定是她耍了不一般的酒疯。可众人从来都不肯告诉她，让她一直耿耿于怀。现在这个莫名其妙的少年偏偏又来刺她的痛处，怎不叫她懊恼?若不是看在他对百灵阁有恩，她又不想欠人家人情的分上，她早就拂袖而去了。

“原来你一喝就醉啊，呵呵呵……”一阵低低的笑声从丁澈的喉咙中滚了出来，声音明明不大，却听得人脸上发烧。

“很好笑吗?”范小鱼冷冷地道，目光都快凝结成冰箭了。

“没有没有，喝酒喝酒!哦，不是，我喝酒，你喝茶……”丁澈低头端起酒杯凑到嘴边掩饰，可那不停抖动的双肩却出卖了他强忍的笑意。

啪!范小鱼重重地放下了手中的杯子，脸终于彻底板了起来，“既然你这么喜欢笑，那就一个人在这里笑个够好了!小女子还有要事在身，恕我难再奉陪!”

多少年了，还没有第二个人能如此轻易地将她的脾气撩拨到如此地步，让她有一种扁这个家伙一顿的冲动。

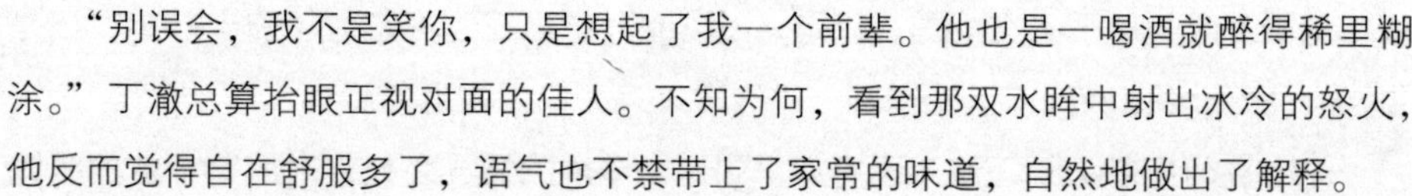

“别误会，我不是笑你，只是想起了我一个前辈。他也是一喝酒就醉得稀里糊涂。”丁澈总算抬眼正视对面的佳人。不知为何，看到那双水眸中射出冰冷的怒火，他反而觉得自在舒服多了，语气也不禁带上了家常的味道，自然地做出了解释。

这一次他真的不是讥笑范小鱼，而是想起了某个一天只能喝一斤酒，一旦喝多过量就……回忆往事，为了防止自己再笑出声，丁澈忙一口饮尽杯中酒，却差点被呛着。

当年他拜了怪老头为师后，一直十分好奇为什么他每天只需喝一斤酒就够了。按理说，作为爱喝酒的江湖人，不是应该五坛十坛都不在话下么？为了弄明白，他耐心等待了许多天，终于有一次设计让怪老头喝下了一斤半的酒。

于是，他目瞪口呆地看到了令他一想起就忍俊不禁的一幕：他那个师父突然好像清醒了过来，然后发足狂奔到一户农家，毫不犹豫地直扑猪圈，抱着一头肥猪就“心肝宝贝儿”地叫了起来，还又亲又啃，死也不肯放手。

可怜那头肥猪被吓得嗷嗷直叫，而他也像木头一样，在猪圈外边站了许久才缓过神来。

“这位公子，小女子在此再次谢过公子对我们百灵阁的援手之恩。今日这顿，公子尽管放开了吃，放开了喝，账记在我身上。小女子还有要事在身，就不奉陪了。”范小鱼忍了又忍，终于还是站了起来，冷冷地抛下几句，就要推门而去。

“等一下。”丁澈身形一晃，已拦在她和包厢门口之间，眼中虽未消去笑意，语气却已相当诚恳，“我真的只是想起了一个前辈，没有骗你。”

“是吗？我倒想知道，你那个前辈究竟醉到何种程度才让你如此乐不可支。”范小鱼冰冷地道，暗地里深深地吸了口气，使自己平静下来。

自己这是怎么了？不是打算好好查出对方的身份吗？怎么还没开始吃饭就和对方杠上了？还搞得这么孩子气，好像两个人是一对冤家似的。呸呸呸，什么冤家！冤家这词能乱用吗？

“如果你愿意坐下，我就告诉你。”这句话不经大脑地一出，丁澈差点咬掉自己的舌头。想起师父的诡异训练，他不由打了个冷战，难道真的要把师父的糗事告诉她吗？要是被师父知道了怎么办？而且他晕了头吗，居然会和黄毛丫头说这些话？

可是现在后悔也来不及了，范小鱼虽然还在瞪着他，却已退回桌边坐了下来。她端起茶杯紧握着，借以平息那快要爆发的颤抖，哼道：“现在你可以说了。”

“咳咳……好吧！”丁澈又懊悔又无奈地叹了口气，谨慎地先凝神扫了一遍周

围，觉得那老头似乎不在周围，只是……丁澈考虑再三，决定为了安全起见，还是再小心点好，便对范小鱼勾了勾手，“你靠近点，我再告诉你。”

一心提防怪老头的丁澈并没有意识到这个动作的怪异之处，对面范小鱼的眼眸却开始闪动囧囧的光芒。

“说吧！”范小鱼当然不会他一勾手就凑过去，反而端起了茶杯，掩饰嘴角的抽搐。

勾手……这是啥时候的小儿科?

“咳咳……”丁澈挨近桌子，将声音压得很低，“其实你一喝就醉算不得什么，我……我那个前辈，他只要一喝多，就必定要去人家的猪圈里寻上一头肥猪，抱着它直喊‘心肝宝贝’，怎么拉都拉不走……”

“噗……”他说之前，范小鱼正好抿了一口茶，闻言竟忍不住一口喷了出去，然后猛地拍着桌子大笑了起来，先前的冷漠顿时全部破功。

“喂，你这个女人怎么这样?”丁澈急忙后退，不小心打翻了凳子，眼中满是嫌恶之色，条件反射般抬起袖子拼命地擦脸。

尽管他刚才的反应也算迅速，可他实在没想到范小鱼竟会喷茶，鼻尖上还是沾上了一两滴茶水……哦不，入了口的茶应该算是口水了……

恶……

“对……不……不起，我……我不是……故意的……”范小鱼笑得浑身颤抖，阵阵清脆舒畅的笑声不住溢出，虽瞧不见她的脸，却可以想象得出，此刻她是多么开怀。

“你……算了，不和你计较。”丁澈郁闷了一会儿，看着她笑得前俯后仰还用手拍打着桌子，像个肆无忌惮的小孩，忍不住也笑了起来。

幸好脸上还有一层，她的“口水”没有落到真正的皮肤上，不然他非当场就去洗脸不可。要知道，纵使在当乞丐的时候，他也坚持在里头穿上自己的内衣，褴褛的只是表面而已。

“你那个前辈的爱好倒也别致，呵呵呵……他也是一沾酒就醉么?”范小鱼笑得几乎歪倒在桌上，斜着脸仰望长身而立的他。

“不是，他是最多只能喝一斤，过了就一定醉。”丁澈拖起翻倒的凳子重新坐下，惊讶地发现自己心里竟一丝恼怒也没有了。

“难怪比老前辈每天只要一斤就够了，从来不肯多喝。”范小鱼继续歪着头，轻轻一笑。美目中笑意盈盈，如一汪清波。

既然对方自以为很了解自己，那么只有反常的行为才能让他露出破绽，果然，呵呵……不过怪老头的这个爱好还真是别致啊，抱着一头脏兮兮的肥猪喊心肝，想想就恶呀！

“你怎么知道……”丁澈说了一半陡然顿住，触到范小鱼狡黠的眼神，更觉郁闷。

“你笑的时候，脸上的肌肉可一直没怎么动，我要是再瞧不出你是易容的，就是傻子了。至于怎么猜出是你……保密！”范小鱼悠悠然勾起嘴角，慢条斯理地拉了一下绳子，呼唤店小二，眼波流转，尽是动人的得意之色。

其实她原本并不能确定对方是丁澈，只是几番接触，总觉得这个少年给自己一种熟悉的感觉。

而她这几年认识的年轻人之中，除了他似乎没人能有这般功夫。只是三年前他和小狐狸乐乐一直形影不离，如今却没见到小狐狸的踪影，而且他的声音也不太像，因此她还是难以确定。不曾想，今日一顿饭竟吃成这样一副局面，她轻易地用一句话就套出了丁澈的身份。这也是她自己不曾预料到的。

这个女人！还是这么狡诈！吃了个哑巴亏的丁澈懊恼地瞪着她，说不出话来。

“对了，乐乐呢？怎么不见它？”范小鱼占尽上风，语气越发地轻松了起来，好像浑然忘记了丁澈学成归来后两人要比试的事情。

丁澈寒着脸哼了一声，正要说话，门上忽然传来轻叩声。

“进来。”范小鱼扬声道。

店小二恭恭敬敬地推门而进，“请问二位有什么吩咐吗？”

“小二哥，麻烦你扔了这桌菜，重新各上一道。”范小鱼微笑道。

店小二愣愣地看着满桌一动未动的菜，呆道：“姑娘，是鄙店的菜不合胃口吗？”

“不，只是被我不小心弄脏了，你放心，菜钱我会照付的。”

“哦……”店小二傻傻地开始收盘，怎么也不明白，这一桌菜明明好好的，怎么会脏了呢？不过，嘿嘿，难得一桌好菜客人连动都未动，如果掌柜不再拿出去给其他客人吃，说不定他们今天有口福了。

店小二麻利地收拾着，喜滋滋地做着美梦，浑然不知菜上已洒了某人的特殊调味品……

咳咳……

小二走后，包厢内陷入一阵静默。某人因为被轻易识破了身份，自觉丢了面子，别扭地不肯开口。范小鱼却是施施然地起身，悠然欣赏着窗台上的两盆菊花，顺便看看底下热闹的街景，瞧瞧那些戴着茱萸的百姓，给他一段时间缓冲被打击的骄傲。

你不是一沾酒就醉么？总有一天我要看看你到底是怎么个醉法？

某人独自生了半天闷气，却见范小鱼一派无动于衷的样子，不由恼怒地盯着她的背影，在心中暗暗发誓。想到范小鱼执意不肯喝酒，那酒后一定也不是普通的撒酒疯，YY 中的某人心情意外地又好了起来，继而想到了眼下的问题。

这一次来京城，他是想趁此机会和她比试比试的，可师父却坚持说他还不是她的对手。哼，三年前他固然不是她的对手，可自己苦练了三年，她却在这里开戏班子，俗务缠身，还追不上她么？今天既然被她识破了身份，择日不如撞日，干脆等会儿就约她出去把事情解决掉好了。自己可以早得到自由，也免得师父再想什么鬼点子。

想起怪老头的突发奇想，再看到窗前那个窈窕身影被阳光照耀得光晕朦胧，和怒放的菊花相映成趣，突然之间，丁澈感觉这个包厢的空间似乎过于狭小了些。那原本淡淡的菊花香却仿佛浓郁了起来。

若是只有菊花的香气也就罢了，偏偏他的鼻子似乎在这一刻加倍灵敏起来，总觉得满室菊花香气中，似乎还有一种更为宁静闲淡、既陌生又熟悉的气息，让他莫名地有些坐立不安，脑海中更是不自觉地回忆起两人紧挨着缩在巷子中躲避景道山的情景。这香气似乎在那个时候就有点若有若无了……

“卖茱萸嘞！”

楼下一道陡然而起的叫卖声猛然惊醒了丁澈，他几乎是狼狈地收回盯视范小鱼的目光，突兀地道：“它当爸爸了。”

“嗯？”范小鱼正沉浸在自己的思绪中，一时没听懂他的话，怔了两秒才反应过来，不由惊喜地回头，“你是说乐乐当爸爸了？什么时候的事情？”

“五个月前。”丁澈镇定了一下，道。

“生了几只？”范小鱼不知不觉已经坐了下来。

“五只。”提起一直陪伴自己的小狐狸，丁澈眼中总算恢复了些笑意。

“啊，是吗？”范小鱼欣喜地问，“它们一定很可爱吧？是什么颜色的？那只母狐狸也是火狐吗？”

“是普通的赤狐。其中一只长得像乐乐，其他四只都像母亲。我师父说像火狐这样的灵性之物，不该长期豢养在人的身边，应当让它凭本性在山野中生活。因此当它找到母狐狸之后，我就任由它们在外面生活了。”提及自己的宠物，丁澈的声音柔和了许多。

其实当初他之所以下决心将乐乐放归山林，完全是因为怪老头的一句话：“如果一个男人沦落到需要从宠物身上去寻找安慰，还能成为一个顶天立地的男子汉吗？”

他想当男子汉，所以只有忍痛放手了，事实上这也是对乐乐最好的安排。

“唉，没想到乐乐都当爸爸了，我家的贝贝却一直都没着落。其实每年的发情季节，我爹都有带它去狐狸比较多的山林，可它虽然有时会消失几天，最后却还是会回到我们身边来。要不是它是我一手带大的，我都怀疑它是不是被阉过的。”提起家里头那只顽皮得要死的小狐狸，范小鱼又是感叹又是好笑，并没有注意到丁澈那古怪的眼神，也没察觉到这么家常的聊天好像不应该出现在他们之间。

“可能是因为它一直没找到自己喜欢的吧？”这句话丁澈几乎是硬挤出来的。

“动物不是都应该循着本能繁殖吗？又不是人，哪里有什么喜欢不喜欢的。一到发情期……”范小鱼猛然打住，脸色忽地灼烧起来。天，她居然跟他拉起宠物家常来了，还一个劲地发情、本能、阉割的，这可不是宠物泛滥的前世，人们都习以为常的……还有，他们什么时候变得这么心平气和了？

囧了……

叩叩……门上及时地传来的敲门声，如及时雨一般冲去了尴尬的气氛。

第三十三章

寻找试验品

沉默中，一顿丰盛的饭菜很快被两个看不见彼此真面目的男女，以一种难能可贵的速度，在你一筷我一筷的无声交错中一扫而光。吃完后，面对着几乎全部一扫而空的盘碟，觉得小肚子被满撑起来的范小鱼囧了，干吗这么快吃完啊，吃完后不是还得面对问题吗？

“那个……我们走吧！”

估计店小二没料到这一次他们会如此迅速地把满桌子的菜解决掉，并没有进来撤盘上茶充当和谐大使，范小鱼又不想去拉绳子，但两个人这么面对一堆空碟干坐着总不是个事，只好先主动地道。

“嗯。”丁澈应了一声，似乎也不想面对自己刚才的暴饮暴食，率先站了起来。

两人一前一后地下楼，看见店小二惊讶无比的脸，范小鱼脸上忽然又开始发烫，匆匆地付了账就走出了正德楼。

一男一女吃饭，却是女的付钱，这一幕自然引起了不少的注意，再加上范小鱼的蝴蝶面具，未等他们走出酒楼，大堂里就响起了窃窃私语声。内容无非是猜测百灵阁的东家这一回又延揽了什么特别人才，只是这个少年明明看起来很平凡啊。

而“吃软饭”的丁澈却面不改色——实际上他也没法改色，反倒是范小鱼有些不自在。幸好她也遮了脸，只要下巴稍微抬得高一点，就能给人一种高傲无视的错觉。

走到热闹的人群中，范小鱼才觉得那古怪的气氛终于缓解了许多。

“我……”

“我……”

内容分毫不差的异口同声，使得两人就这么当街眼对眼地愕然起来。

“你先说……”

“你先说……”

又来一句，范小鱼额头上的黑线又增加了三道。

“嘻嘻……”一声几不可闻、像被突然捂了嘴的嬉笑声在耳边响起，两个人一起向声音来处望去，却未见丝毫异常。

“你师父？”范小鱼忍不住翻了个白眼。

丁澈点了点头，想起之前曾泄露了某人醉酒后的特殊爱好，不由深吸了一口气，抢先提议道：“我们找个无人的僻静之地再谈吧！”

说这句话的时候，旁边正好走过一个螃蟹般横着走的胖大妈，闻言那张圆脸上顿时现出了某种暧昧的神色。范小鱼再次华丽丽地囧了……

“有急事吗？你也看见了，这几天正值多事之秋，我还有很多事情要处理。谁知道那帮歹毒的家伙又会想出什么新毒计呢？”范小鱼迅速从“囧囧有神”中恢复了过来，看似客气地询问，实则拒绝了他可能提出的任何要求。

既然这个突然半路冒出的陌生少年不是别人，而是丁澈，那么他们师徒回京的目的也就不言而喻了。但她没记错的话，范家和他们师徒好像从没正式订立过比武盟约。既然没有盟约，当然也就没什么义务了。

所以，虽然她也想看看怪老头把毫无武功基础的丁澈训练成什么样了，可前提是，这一次的主动权必须掌握在她手中才行。

就因为怪老头的一句话，二叔的一个誓言，她这个无辜者就付出了三年多的辛苦，挨了无数的棍棒，这口气怎么也要讨回来，绝不能让他们轻易如愿！反正丁澈也不算别人，总不能把刀架在她脖子上逼着她决斗吧？

“那改天再说吧。”丁澈顿了一下，有些郁闷地道。

他当然明白她的意思，而眼下百灵阁确实不大太平，自己在这个时候提出和她比武，未免有些乘人之危。只是不快刀斩乱麻的话，又不知师父会弄出些什么事。算了，反正三年都过了，也不差这几天。

“哦，那好。”范小鱼和他并肩而行，总觉得暗处有一双眼睛，盯得她很不舒服，便随口扯了个话题问道，“对了，你什么时候回京的？是住在你外公家里吗？”

“前天。没有。客栈。”丁澈虽是有问有答，语气却简练得要命。

“住客栈呀？哦，你知道你外公调到洛阳去了？”范小鱼本来就没指望他详细回答，又知道他的脾气，因此并不在乎他的口气，一边走一边随手翻看摊铺上的商品。

“嗯。”这一次丁澈的回答更简单。

范小鱼撇了一下嘴，微微耸肩，没有再问，看到其中一个摊上的茱萸颜色鲜艳，便买了一把拿在手上把玩。两人想起躲在暗处的怪老头，一时皆是无话，竟就这样沉默着在人群中走了起来，只在各自的心里转着不同的心思。

走了一段后，范小鱼觉得这样在别人的视线下瞎逛，感觉实在不舒服，便驻足看向丁澈，“时间不早了，我还有事，就不奉陪了。”

丁澈定定地看了她两秒，深邃的眼底有莫测的光芒闪动，但只一瞬就消失不见，视线也转而投向前方，吐出四个字，“云来客栈。”

“嗯?”范小鱼转眸。

“甜水巷，子家胡同。”某人继续酷酷地道。

“哦，知道了。我走了，再见。”范小鱼挥了挥手中的茱萸，很快如滑鱼般溜进人群的海洋之中，借着轿子、车子的掩饰，三两下就不见了踪影。

“喂……”丁澈没料她说走就走，抬手想要追上去，却又怔然地顿住，只觉惆怅若失，却又不明白这种感觉的来由。

就算一时之间不能比武，那等等也就罢了，为什么她一离开，自己心里就空空的呢?

“傻小子，别急，以后有的是时间。”

怪老头比良不知从何处冒了出来，一面转动着油污的手指在杂乱的胡子上绕圈打结，一面笑得满脸沟壑纵横。只是与那些把一生献给土地的老农民的岁月沧桑不同，他脸上那些皱纹中隐藏的，更多的是老狐狸的狡诈。

“师父……”某人正想翻白眼，突然想起之前的泄密，顿时有些心虚。幸好此时比良正在眯着眼睛搜寻远处范小鱼那若有若无的身影，没有留意到他的异样。

“对了，你们吃饭吃了那么久，都谈了些什么？为什么那女娃儿笑得那么疯?”比良收回视线，把丁澈拉到街边。

“你不是都听到了吗?”丁澈表面镇定，心中却忐忑不安。

回答他的是一个响亮的栗暴，“你以为师父我吃饱了撑的，整天没事就只偷听你们小两口谈情说爱呀!”

“我们没有谈情说爱，更不是什么小两口，你不要老是自以为是!”闻言，丁澈顿时松了口气，底气一下足了起来，腰一直胸一挺，神色间已多了些冷冽，返身就往相反的方向大步走去。

“居然敢说师父我自以为是，翅膀硬了是不是?”怪老头蹦跳着跟上他，瞪眼道，“喂，小子，你去哪儿?”

“给你买酒买烧鸡。”丁澈将莫名的情绪锁进心底，悠悠然地拂了拂袖子。

离开丁澈后，范小鱼回百灵阁转了一圈，先检查了安全方面的问题，再看了看画眉的表演，确认这个替补的花旦确实有能力替代飞燕，严先生那边也没什么问题，这才放下心来。

“乖侄女，搞清楚那个小子是什么人了没?”范小鱼正准备找范岱叮嘱几句然后回家，范岱就鬼魅似的从一旁冒了出来。

“他没告诉我名字。”早有准备的范小鱼镇定地玩文字游戏。丁澈确实没报出自己的名字，是她自己认出来的，所以，这也不算是撒谎。

开玩笑，如果让范岱知道丁澈师徒已经回京，不主动找上门去要她为师门出气才怪呢！她可不是擂台上被观众下注的拳击选手，流血流汗地为别人争斗。

“那你见过他的真面目没有?”范岱饶有兴趣地追问。

“他没脱下人皮面具。”范小鱼继续打秋千。

“逊!”范岱毫不客气地嗤鼻，“都这么久了还没搞清楚对方的来历，看来还是得二叔我亲自出马。”

“免了，只要我们知道他对百灵阁没有威胁就够了。”范小鱼语气平淡地道，随即不着痕迹地引开话题，“这段时间是多事之秋，二叔你还是多注意点班里头的安全问题。等岳先生配好了药，有你范二侠出马、大展身手的时候。”

不行，她得想个法子避免让丁澈和二叔见面才是，不然以二叔的性子，准保马上逼着她去和人家决斗。

“嘿嘿，这倒也是。不过要是那个小子再来，你可得告诉我，让我试他两手，看看他究竟是什么门派的。这年头会武的年轻人可是很少了。”范岱一双眼睛亮晶晶的，“不对，你连他是谁都不知道，怎么知道他对百灵阁没有坏心?”

“他若是有坏心，为什么还要救严先生?”

“哦，这倒也是。”范岱摸了摸面具上的鹰钩，暂时将这件事抛开，“你不是说要回家带冬冬出去玩吗？叫上亶儿，你们一起去吧。这里有我在，尽管放心。”

也许是因为范小鱼对戏班子的整顿，也许是因为对方知道百灵阁已经有了防备，当天下午的表演十分顺利，没有丝毫意外发生。第二天也是平静的风和日丽，令大家的心都安了不少。到了下午，岳瑜那边也传来了好消息。

“白色瓶子的药效浅些，只要不出三个月仍可医治，青瓷的这个……应该是永久性的。”神色疲惫却依然掩不住绝色姿容的岳瑜，面带绯色地拿出两个瓷瓶，“用法很简单，只要混入酒菜茶水中即可。”

范小鱼接过来，打开瓶塞往里头瞧了瞧，发现两种都是灰白色的粉末，又闻了闻，只有极淡的味道，虽不是无色无味，但也不错了，不由笑逐颜开，随口问道：“这药是第一次使用就有效果，还是需要反复使用几次才行？若是女人误服了，会有副作用吗？”

岳瑜眼神闪烁，结结巴巴地道：“此药对女子无害。至于效果，应该是第一次使用就有吧！我以前没接触过……具体的……我……我也不大清楚。”

意思就是没有临床试验过了？范小鱼皱了下眉头，这没试过的药怎么能知道效果呢？总不能下药之后还得夜夜守在人家窗外听墙角吧？那也太变态了！只是也难怪岳瑜无法保证，这个曾经当过和尚的美男子一看就是个纯洁的乖宝宝，说不定到现在还是童男一只，怎么会知道这些乱七八糟的事情呢。看来，只能先找个人试验一下了。

问题是找谁试验呢？这是绝人后代的毒药，可不能随便乱试。忽然，范小鱼脑中灵光一闪，哈！她怎么就忘了还有那么一个绝佳的去处呢！

“行了，这事就交给我吧！”范小鱼忙将药收入怀中，笑着转移话题，道，“岳先生为了帮我，昨天都没出门游玩，实在辛苦了。”

“反正我也不喜欢出门，没什么的。只是……”岳瑜腼腆地笑了笑，但脸上还是挂着一丝愧疚。

“只是你还是觉得这样不大好是吧？”范小鱼轻易看穿了他的顾虑，“你放心，桑家和夏家都早已有了后代。这个法子虽然阴损了一点，可并没真正断了人家的香火，只是给予他们本人的惩戒而已。你无须感到良心不安。”

“你今晚就去吗？我觉得，你一个女孩子家去……总不太好。”岳瑜嗯了一声，又犹豫地问道，漂亮的眼睛中有着一丝无奈，更有一丝担忧和一种难言的感觉……好像是又敬又怕。

对于这个时代来说，自己的所行所想确实是离经叛道了些，不过那又怎么样？人不为己天诛地灭！何况到现在为止，她所做的任何事都是问心无愧的。

“我当然不去，我让二叔去。”范小鱼笑道。她早将岳瑜复杂的眼神瞧得清清楚楚，却压根儿就没放在心上。照她的话来说，岳瑜虽然学富五车又深谙医道，却仍不过是这个世界的一个书呆子而已，要是用他的标准来衡量自己，那才傻了呢。

“哦，那还好。”岳瑜明显地舒了口气。

范小鱼暗暗一笑。她虽然说不是自己亲自下药，可是试验品却是要她亲自去找的，要是这个书呆子知道自己要去的地方，表情还不知道会怎么样呢。不过，为了他那脆弱的心脏着想，她这个超时代的女性还是不要再刺激他了。

月上柳梢头，人约黄昏后。

自古以来，没有哪个朝代的子民们能像大宋京都的百姓们这样，有着异常丰富的夜生活。夜幕虽然降落，白日里还显得有些灰暗的城市，此刻却灯火通明，一片辉煌，尤其是某些特殊的场合，更是红绸绿带，脂香酒浓。

胭脂河两岸的连绵阁楼，此刻正是生意兴隆。每一座楼中都是丝竹阵阵，衣香鬓影，莺莺燕燕的娇声犹如林中百鸟婉转，不知醉了多少寻欢客。

范小鱼选了其中一处楼阁，绕到后巷披上灰色的夜行衣，蒙上面罩，咻的一下蹿到了房顶。现在时间还早，大部分嫖客还在搂着女人调笑喝酒，未进入主题，正是她观察下药的好时机。

选哪个倒霉鬼好呢？范小鱼伏在屋顶，看着丑态横生的一干嫖客，总觉得这个令人讨厌，那个让人恶心，好像都符合条件，反而有些难以取决。

正犹豫着，突听门口处传来一声高呼，“女儿们，快出来呀！咱们英俊潇洒、风流倜傥的贾公子来啦！”

“哎，来啦……”一阵娇滴滴的回应之后，原本站在二楼走廊上待客的妓女们顿时一哄而下，赶往门厅接客。

“去去去！老子来你们这儿，可不是为了这些庸脂俗粉。”贾公子显然十分的不耐烦，只是说话明显漏风。

待到人一进来，范小鱼顿时乐了——这不是那位夏大人的外甥吗？没想到她随

便选了一家青楼居然也能遇上这号人物，算不算老天开眼，特意给她送上机会呀？

贾瘪三和老鸨说了一会儿话，好像要找什么清倌儿，并没有在前厅停留，而是穿过大厅径直走向后面的另一座阁楼。

青楼不像高官府邸为了安全鲜少种植高大的树木，反而为了能在闹市中创造清幽的环境而遍植花木，因此范小鱼轻易地从屋顶溜到一棵大树上，又在交错的枝丫间像灵活的猿猴般跟到了贾瘪三所在的房间。

“马上把人带来给本公子看看。”贾公子今天的心情显然不大好，一张驴脸拉得老长，没有半点故作风流的样子。

“这个……”老鸨迟疑道。

“怎么？你们还想推三阻四？”贾公子顿时目露凶光。

“不不不，就是给春娘几个熊胆，春娘也不敢敷衍贾公子啊！”老鸨慌忙赔笑解释，“只是那个清倌儿模样虽美，性子却十分泼辣烈性。昨儿个才进来就抓花了我们好几个人……”

“原来是只小野猫呀。”听说清倌儿性烈，贾公子心情反而好了起来。

“贾公子您说得没错，那妞儿还真是只小野猫。只不过公子您是千金之体，万一不小心被小野猫伤着了，可就是我们的罪过了。所以贱妾的意思是，不如让贱妾再调教两天，等剪了她的小爪子再送到府上，您看……”

“嗳，小野猫没了爪子还是小野猫吗？再说了，要是连个小女人都对付不了，那本公子还算是爷们儿吗？”贾公子哈哈一笑，“你尽管把那只小野猫带上来，有什么事本公子自会负责。本公子倒要瞧瞧这小野猫有没有你说的那么动人！”

“既然贾公子不介意，那春娘叫人准备一下，等会儿就把人送过来。”老鸨连连应声，一脸谄媚，“把人带来之前，公子要不要先找几个姑娘助助兴？”

“嗯，不过别给本公子弄什么烂货色来，不然……”

“贱妾明白，贱妾明白。贱妾马上就叫牡丹姑娘亲自作陪。”

“你马上去请牡丹姑娘过来，然后吩咐厨房准备酒菜和热水。”老鸨下了阁楼，立刻吩咐小丫头，然后对身旁的龟公道，“走，去柴房！”

古代人还真没创意，美人总关在柴房，难怪电视里总是这么演，原来是源自生活呀。

范小鱼在暗处翻了个白眼，悄无声息地跟上。

“妈妈，您真的要把那只小野猫送上去？这贾公子可是出了名的吝啬鬼。”那龟公一边挑着灯笼在前面引路，一边不解地问道。

“呸，你以为我愿意放弃这棵摇钱树吗？可谁让咱们运气不好，好不容易来了个好货色，偏偏让这个小霸王知道了。”老鸨显然气得不轻，滔滔不绝地吐出一串又一串的脏话和诅咒，一条手帕几乎被拧烂。

范小鱼当然没兴趣听她咒骂，瞧了瞧前头一排低矮的下人房，见其中一间房前站了一个龟公，身子一矮，就从旁边绕过，跳上了那边房顶。

她轻易地掀开了破瓦片，见里头果然躺了一个被五花大绑的少女。昏暗的油灯下，只见她长发凌乱，口中紧紧地塞着一团布帛，一动不动地蜷缩着，好像正在昏睡。不过，随后的动静很快证明，她根本没有睡着。

门一开，斜躺着的少女就努力地抬起头来。随着她的动作，原本覆盖在她脸上的散发滑到一边，露出一张姣好明媚的面容，以及一双怒火熊熊的杏眼。

只凭这一双充满不屈的眼睛，这个少女就够称得上一个“野”字。

“啧，关了一天一夜了，居然还这么硬？”老鸨视而不见她那充满仇恨的眼神，蹲在她面前，轻佻地在她脸上摸了一把，眼中却尽是冷笑，“原本老娘还想抬举你做头牌的，不过既然你这么不识相，让贾公子教训教训你也好。贾公子是出了名的喜新厌旧，玩人顶多不过一个月，到时候把你重新卖回到窑子里，你的日子可就没那么舒服了。”

少女仰着头任由她侮辱，美目中始终是一派桀骜不驯。

屋顶上的范小鱼欣赏地看着她，微微一笑。她虽然从没想过要当行侠仗义的侠女，不过既然身为江湖中人，偶尔玩一下“路见不平”，貌似也没什么关系。何况这个少女的眼神令她有一种相当投缘的感觉，那么，今天就管一下闲事吧！

反正闲着也是闲着。

见老鸨虽然想拿少女出气，却又怕得罪贾瘪三而不敢动手虐待，范小鱼便暂时扔下少女去寻厨房。反正看起来少女的安全一时间没有问题，而试药才是今日的正事。

她轻易地找到了厨房，发现里头正忙得团团转。贾痞子身份重要，专门有一个龟公负责他的酒菜。

“记得贾公子的酒要用那个白瓷莲花瓶装，千万别搞错了。”听到这个指明灯似的声音，刚潜入酒窖的范小鱼差点笑出声来。她目光一转，已找到了一排架子上的

莲花瓶，悠悠然地将药撒了进去，然后躲在一旁。

唉，不是她范小鱼想偷懒，实在是老天爷也站在她这一边主动帮忙，你说她能拒绝吗?

看着一个忙得满头大汗的粗使丫头拿那个瓶子装了美酒，放到托盘之上，范小鱼闷笑着摇头叹息。

片刻后，酒菜已经齐备，由两个十一二岁的小丫鬟小心地端着送往包厢。

范小鱼一路跟着，直到亲眼目睹那个牡丹姑娘嘴对嘴地把美酒哺入贾公子口中，并撒着娇连敬了他三杯，才坐在屋顶懒懒地伸了个腰。好了，现在要做的就是等待了。虽然若只是为了救人，她现在就可以把那个少女带出去，不过……

范小鱼坐在屋顶，耸了耸肩。说她心性凉薄也好，说她身体里有着魔鬼因子也好，她还真想看看，当那个少女被像只小羊羔似的送进房间后，是不是还能保留着那母狮般的不驯。当然，最主要的原因是，要是她现在就带人走了，这药的效果也就看不到了。

第三十四章

牛皮糖少女

“贾公子，我把人带来了……”老鸨赔笑道。明亮的烛光下，已被打理过的少女被一身红裳一衬，娇美的容颜更加亮丽，再加上那双圆睁的杏眼，确实浑身上下都透着一股辣味。

贾痞子的眼睛顿时一亮，随手推开怀中的牡丹，走到了少女的面前。一双充满酒色的眼睛贪婪地眯了起来，勾起她的下颌细看。

感受到他的淫亵，少女又挣扎起来，却被两个大汉死死地按住肩膀，只能用更愤怒的眼神来表达她的抗争。

“啧啧，还真是只漂亮的小野猫。不错，够味儿。”贾痞子满意地道。

“可不是嘛。这个小丫头是贱妾花了大本钱才买下的。原本指望她成为我的好女儿，可既然贾公子看上了，贱妾也只能忍痛割爱了。”老鸨半是讨好半是心疼地媚笑，试图为自己多挽回一些损失。

“你放心，本公子亏待不了你。”贾痞子斜了一下眼，随从立刻端上一个盒子，在老鸨面前打开，里头居然是一块块亮闪闪的新银锭。

“怎么，妈妈不想要吗？”

“不不不……”老鸨一把把盒子抱在怀里，头点得跟鸡啄米似的，“要要要。”

“我这一百两可不只是为了向你买这只小野猫。”贾痞子出乎意料地没有继续吃少女的豆腐，而是又坐了回去，顺手把牡丹又拉回到怀里，放肆地上下乱摸，惹得少女面色通红地转过头去。

“不知贾公子还有何吩咐?”老鸨紧抱着盒子，一副就是让她亲自服侍也在所不惜的样子。

“我知道你为了和同行竞争，有一些特殊的进货渠道。”贾痞子一边享受着美人，一边却陡然语出惊人，令老鸨面色顿时一变。

“你也不要怕，我不是和你抢生意，而是和你做生意。”贾痞子张口咬住牡丹递过来的酒杯，仰头饮尽，才不慌不忙地向少女斜了一眼，道，“以后要是有这样的货色，立刻通知本公子，别人一律不得沾身，你可听明白了?”

“明白了明白了，贱妾一定牢记在心。”老鸨喜出望外地一个劲点头。

“好了，先把她带下去，等本公子走的时候再送到马车上。”贾痞子挥了挥手。

“您现在……不留下她吗?”老鸨一愣，屋顶上的范小鱼也是一怔。

贾痞子狠狠地瞪了也满脸不可置信的少女一眼，呸了一声，“叫你带下去你就带下去，啰唆什么!”

“是是是。”老鸨见他发怒，不敢多问，忙让人拉着少女下去，随手锁在一楼的房间里嘱咐人守着，就乐滋滋地赶紧抱着银子走人了。

范小鱼一边溜下地观察少女所在的房间，一边在心里揣摩贾痞子的反常行为。她实在有些好奇，这贾痞子明明是为了少女而来，怎么反而放弃了呢?

正想着，只听楼上吱呀一声关上门，随身伺候的狗腿们已经退了出来。

“喂，你说今儿公子怎么改了性子了?”狗腿们一边下楼，一边悄声八卦。

“是啊，我也奇怪。这一回咱家公子可是花了大本钱了。啧啧，一百两啊……我还从未见公子这么大方过!”

“你们知道什么！现在不花钱还什么时候花钱？听说今日相爷上朝后被圣上叫去，私下狠狠地训了一顿，说他身为副相，居然纵容后辈当街调戏民女，还试图殴打儒生。相爷回府后那个气啊，要不是二夫人苦苦求情，这会儿公子不但连门都出不了，还可能已经被打了个半死呢。”

“啊……原来是这样啊。难怪公子命人四处打探哪里有新鲜的小娘子，原来是给相爷……”

“嘘，小声点，小心被公子听见……”

敢情这贾痞子是在为他的舅舅收罗美女啊，难怪他都不敢过于动手动脚。

只是……这么恶劣的行为，那位出了名的好人皇帝居然只是训斥了夏竦一番，范小鱼越听越憋气。她知道这个宋仁宗待臣子一向宽厚，可这样的行为和姑息养奸又有何区别？真是可恨啊！

范小鱼愤愤地嘀咕了几句，绕到房间后面，先检查了一下窗户，微微打开一条缝隙，为等会儿的营救做好准备，然后如野猫般再次回到屋顶。当然，这一次，她就不再向里面张望了，留一只耳朵听着就行了，下头那只猪可能不怕人看，可她还怕长针眼呢！

"公子，也许您今天是太累了，要不今儿就好好休息一下吧！"一阵狼狈的喘息声后，里头果然响起了牡丹刻意温柔却难掩失望的声音。

范小鱼顿时无声地笑了，哈哈哈哈，果然成功了！

"对，没错，本公子今天确实是累了……本公子……还有要事要办……对，有要事要办，就先回去了。"随着慌乱的声音，一阵窸窸窣窣的穿衣声响了起来。

"公子……不如让奴家拿好东西来再试一次？"

"不，不了……"哐当一声，屋中好像有什么东西翻倒了。

可惜不能再欣赏某人的丑态了，范小鱼一边摇头，一边如树叶般飘落下来。她无声地推开窗户，正好迎上那一双圆圆的杏眼，马上竖起食指，在唇前做了一个噤声的动作。

片刻后，贾痞子衣衫不整地夺门而出，踉跄着下楼。

再片刻后，楼下爆发出一声愤怒的狂吼，"人呢？"

范小鱼并没有跑，事实上，她不但没有跑，而且就待在众人的头顶。当然，她的旁边还有一个妙龄少女。

此刻，这个敢于怒视老鸨和嫖客的漂亮少女，正用不可思议的眼神紧紧地盯着范小鱼的侧脸，眼中既有无比的惊喜，又有满满的崇拜，甚至还带着一股相当高昂的兴奋，唯独没有一般女孩应该有的紧张和害怕。

哇，身轻如燕，如履平地，飞檐走壁，英姿潇洒呀……少女一边目不转睛地注视着范小鱼，一边在心里滔滔不绝地赞美着眼前这个"男子"，只差冒出一颗颗红心了。

感觉到少女毫不掩饰的热情目光，范小鱼顿时有一种极囧的感觉。在这种时候居然露出这么一副表情，这个少女如果不是天生粗神经，就是个见到稍有点本事的男人就控制不住的花痴！

"嗯……"

"待在这儿别动，我就回来。"少女刚一开口，就被范小鱼低声打断。同时她不

再给她说话的机会，身形一展，已经如猫一般灵活地跃到旁边的屋顶上，消失在屋檐的另一头。

“妈妈不好啦，那个小娘子逃走了！”一个龟公急匆匆地跑到前楼，到一间房前拼命地拍着门。

“什么？”紧闭的房门猛然打开，探出老鸨满头珠翠的脑袋。

“贾公子要的那个小妞，不知怎的突然不见了。贾公子正在大发雷霆呢！”

“天哪！”老鸨一声惨叫，就想跨出房门去找人，可一只脚刚踏出门槛，又急急地收了回去，改为狠狠地推了龟公一把，“那你还傻呆在这里干什么？还不赶紧派人去找！”

那龟公慌忙应了，噔噔噔地跑下去。

老鸨以迅雷不及掩耳之势啪的一声紧紧地关上房门，动作极其伶俐地合上桌上的盒子，冲到衣橱前拨开一堆衣服打开里头的暗格，把盒子塞进去快速地掩饰好，咔嚓一声落了锁，接着又用一把大锁锁住了房门，这才一路喊着“阿弥陀佛”、“菩萨保佑”之类的话赶往阁楼。

哈，一把破锁能拦得住谁呀？

她前脚一走，范小鱼后脚就从窗户中溜了进去，轻轻松松地打开了暗格，掏出了两个盒子。

最外面的盒子里装的正是方才贾痞子给的一百两银锭，另一个则满是珠宝首饰。

“你可以放开我了！”

远离胭脂巷的小巷中，范小鱼一落地就松开了揽住少女纤腰的手，皱着眉头扯开紧紧抱住自己的少女。

“你……你是个女的？”少女冷不防被范小鱼猛的一扯，一时没站稳，脊背轻撞到身后的墙上，但她似乎丝毫没注意到身体的微痛，而是满脸惊讶地盯着范小鱼男装下显出窈窕曲线的身子。

“我有说我是男的么？”范小鱼下意识地侧前一步，避开她的直视，没好气地道。她从没见过这种女人，居然敢对救命恩人挑三拣四的。早知如此，之前就不管她，让她等着真正的“英雄”去救好了。

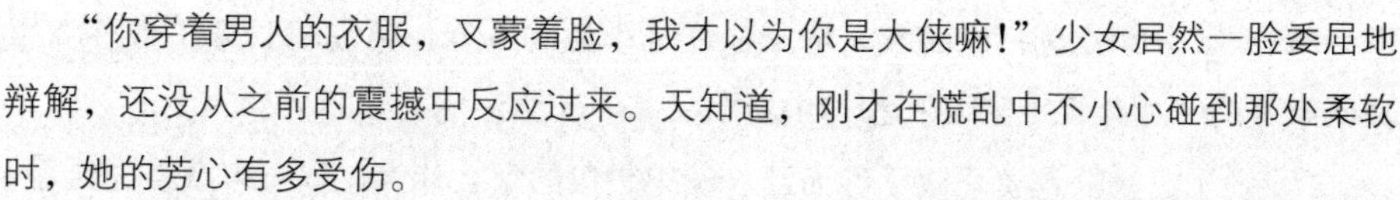

“你穿着男人的衣服，又蒙着脸，我才以为你是大侠嘛！”少女居然一脸委屈地辩解，还没从之前的震撼中反应过来。天知道，刚才在慌乱中不小心碰到那处柔软时，她的芳心有多受伤。

“……”她还有理了！范小鱼嘴角抽搐了一下，一把扯下肩上的包袱，抽出那个装了银两的盒子，把剩下的珠宝连同包袱一起塞给她，“看到那条街没有？从这儿一直往南走就是运河，你可以租条小船连夜离开，然后该去哪儿就去哪儿！”

“这是什么？”少女呆傻地看着怀里的包袱。

“珠宝。如果你不想被他们抓回去，最好现在就走。”范小鱼不耐烦地扔下一句，转身就走。

“啊……”见范小鱼要走，少女这才反应了过来，而且随后的速度简直快得如同条件反射。

她突然丢开手中的包裹，极快无比地飞扑上去，猛地抱住范小鱼的手臂，然后杀猪般的惨叫起来，“女恩公请留步啊！啊，不，是女大侠，啊，也不对，是女侠大人，女侠姐姐……”

范小鱼被她这一抱一叫，顿时激灵灵地打了一个寒战，浑身泛起了鸡皮疙瘩。她差点本能地运劲甩开这个谄媚的牛皮糖，还好理智及时提醒她，这一下若是真甩出去，少女就算不呕血，也会被撞出个内伤，这才硬生生地忍了下去。

“你还有什么事？”范小鱼飞快地抽出自己的手臂，警戒地和少女拉开距离，同时飞快地查看了一下四周。

“女侠恩人姐姐在上，请受娇娇一拜！”历经花痴、震惊和呆傻的少女，这会儿突然又机灵了起来，她扑通一声跪倒在地，大声地道，并砰砰地磕起响头来。

“你想让别人都知道我们在这里吗？”范小鱼囧得满头黑线，身影一闪，已避开她的大礼。

少女啊了一声，猛地直起身子紧紧捂住了嘴，探头探脑地向周围张望了一下，这才又用崇拜的目光无限景仰地看着范小鱼，准备重新磕头，“娇娇一时激动，考虑不周，请女侠恩人姐姐原谅。”

范小鱼不等她俯下身就把她给拉了起来，“我不是什么肉麻的女侠恩人姐姐，今天救你也完全是个意外，你用不着这么感激涕零地谢我。”

“姐姐施恩不求报，那是您品行高尚、虚怀若谷，可今天如果不是因为姐姐，娇娇可能早已被歹人欺负，清白不保。这份大恩大德如山高似海深，娇娇今生今世

没齿难忘。”少女立刻打蛇随棍上地反抓住范小鱼的手臂，自动将长串的尊称浓缩成更亲昵的“姐姐”，双眼更是灼灼放光。

“我说了，我只是凑巧救了你而已，没你想象的那么伟大。我还有事得先走了，你自求多福吧!”范小鱼再度挣脱了少女的双手。她从穿越以来一直天不怕地不怕，只怕麻烦上身，现在看少女一副自来熟的模样，她还真有点后悔了。

“姐姐要是走了，娇娇就长跪在这里不起来。”少女见拉不住她，顿时急了，马上又跪了下来。

范小鱼终于忍不住黑脸了，“我已经再三说了不要你报答，又给了你足够的盘缠，只要你稍微节省一点，这包里的珠宝足够你用一辈子了，你还想怎么样?”

“姐姐你别生气。娇娇绝对不是嫌钱少，请姐姐听娇娇说两句可以么?”少女急得两眼泪汪汪。

“说。”范小鱼继续板着脸冷着声，任凭她跪着，心里却更加郁闷。

“是。”少女仰头，十分熟练地把眼中的泪水收回了一半，瞬间换上了既仰慕又感激的目光，娓娓道来，“今天娇娇虽然有幸得蒙姐姐相救，可娇娇一介弱质女流，身单力薄，无依无靠，举目无亲，四海漂泊……如果娇娇今夜独自去租船，说不定姐姐前脚一走，娇娇后脚又会被歹人盯上，重新卖到烟花之地。才离虎口，又入狼窝，岂不是白费了姐姐一番救命之恩？姐姐您菩萨心肠，侠肝义胆，还请姐姐救人救到底，送佛送到西，就把小女子留在身边吧。纵然是为奴为婢、当牛作马，娇娇也心甘情愿。”

见她滔滔不绝地吐出一长串的话，不但四个字四个字地往外冒，还加上俗语俚语，范小鱼脸上的黑线越来越多，等到听完最后一句，终于忍无可忍，突然一跺脚，纵身飞上旁边乌黑的屋檐溜之大吉，令少女瞬间僵如泥塑木雕。

NND，她果然是脑子进水了，才会在这里浪费时间。

这个少女面对强人临危不惧；被她救出后在空中飞来飞去时也没有惊慌，反而很兴奋；为了挽留自己，居然随手就可以扔掉能维持生计的珠宝；如今张嘴就能说出一大番条理清晰、情文并茂的话……就凭这样的胆识和机敏，她也绝对不会是个普通人。

如果到现在她还相信少女如此恭维自己只是为了报恩，没有别的目的，那她才是个大傻子!

“姐姐……”

少女目瞪口呆地看着墙头，压根儿没想到自己一堆自认能打动恩人的好话，反而令范小鱼说都不说一声地消失不见，一时间，饶是她再机警伶俐也不禁愣住，一时无法反应。

“哇……”少女在呆愣了几秒后，忽然惊天动地地大哭了起来。

不会吧？居然来这一招！

才掠过两间屋子的范小鱼差点一个踉跄。听着那个夜风中分外清晰，像死了爹娘一般的凄惨号啕，范小鱼感觉才被自己甩走的黑线又一条条地黏回额头，囧得浑身鸡皮疙瘩又开始随风起舞。

别管她，随她哭去，哭死都不要管。都这么大的人了，你还给了她那么多珠宝，已经够仁至义尽了。脑中的理智厌恶地骂道。

按理说，你是可以不管啦。可是照她这么个哭法，肯定马上就会引来陌生人，要是真有人垂涎那些珠宝或美色，那你不就白救人家了吗？心里的另一个范小鱼弱弱地探头。

那也是她自找的，谁让她哭得这么大声？她那么狡诈，怎么可能不知道这样很危险？说不定她就是为了引你回去才故意大哭的。理智立刻冷漠地反驳。

可是，如果不回去，她说不定真就有危险了。毕竟她是个女孩子，而且还长得那么漂亮……难道你真能安心地回去睡觉？另一个范小鱼再次弱弱地反驳。

……

“TMD，真倒霉！”范小鱼郁闷至极地吐出一声咒骂，身形却已转了回去。

“呜呜……啊……”坐在地上的少女正委屈地左一把右一把地抹眼泪，眼前忽然一花，已多了一个身影。她立刻扑了过来，惊喜交加地喊道：“恩人姐姐，你终于回来了！我还以为你真的扔下我不管了！”

“闭嘴！”听到巷子外被哭声吸引来的凌乱脚步，范小鱼皱着眉，单脚挑起旁边的包袱，同时粗鲁地拉起少女，抓着她一个旋身就上了屋顶。

少女满脸堆笑地猛点着头，紧紧地闭上嘴巴，同时双手熟练地反抱住范小鱼，哇！真好，又腾云驾雾了哎！她就知道这个女侠恩人姐姐是个好心人。

“姐……”两人一落地，早已在途中酝酿好情绪的少女，开口就是可怜兮兮，两只手还偷偷地抓紧范小鱼的衣袖，生怕她再度弃她而去。

范小鱼手指在她腕上微微一拂，少女就不由自主地松开了手，一双眼睛又惊奇

地睁大了起来。

“不要叫我姐姐，我和你没那么熟……住嘴，不准说话！信不信你再啰唆一个字，我就把你扔回妓院去?”眼看她又要滔滔不绝地表达崇拜之情，范小鱼立刻回以冰冷的眼神。

少女张了张嘴，赶忙以手捂住，双眼亮晶晶地点头。

“你听好了，接下来的话我只说一遍。”范小鱼退开两步，和她保持距离，面无表情地道，“我今天之所以救你，完全是个意外，和什么狗屁侠义半点关系都没有。要是可以，我宁可没管这个闲事。所以，你用不着再恶心巴拉地恭维我，我不吃这一套。还有，我这个人平生最讨厌麻烦，你不要以为我一时心血来潮救了你，就得寸进尺，以为我理所当然地要为你的未来负责。要是再惹毛了我，我半文钱都不会给你，让你真正哭天喊地去。”

范小鱼没有用更具威胁力的反问，而是冷冰冰地直接陈述。事实上，她那唯一露在面巾外的冷漠眼神配上毫无语调的声音，已经足够让少女收起讨好的念头。

“还有，你也没必要装出小狗似的可怜模样，动不动就用眼泪来打动人。我可不是怜香惜玉的男人。”见少女睁大着眼睛，又开始眼泪汪汪，范小鱼毫不留情地打击道，“所以，你要是个聪明人，就赶紧带着这些珠宝走人。京城这么大，我相信你有足够的办法保护自己。我的话就到此为止，你好自为之。”

说着，再次把包袱扔给了她。

“姐姐留步。”少女这回真的着急了，上前一步就想拉范小鱼，可被范小鱼冰冷的眼神一扫，又缩了回去，转而正经八百地对范小鱼福了福，认真地看着她道，“娇娇的命是姐姐救的，姐姐若真要走，娇娇也不敢再麻烦姐姐。只是，姐姐走之前，娇娇想向你打听一个人。”

“我不是包打听。”见她忽然之间得体起来，范小鱼微微诧异地挑了一下眉。

“不不，姐姐，你误会了。”少女娴静起来，还真有几分大家闺秀的样子，语声也更为诚恳，“小妹之所以敢问姐姐，是因为小妹要找的人也像姐姐一样，是个武功高强的江湖人。姐姐，你武功这么好，说不定曾经听说过他的名字。”

居然想找江湖人？范小鱼眼中迅速地闪过一丝狐疑，但语声仍是冰冷，“名字?”

“范岱，范蠡的范，岱山的岱。”少女忙报上姓名。

“范岱?”范小鱼心中陡然一震，万万没想到她要找的居然是自家的二叔。

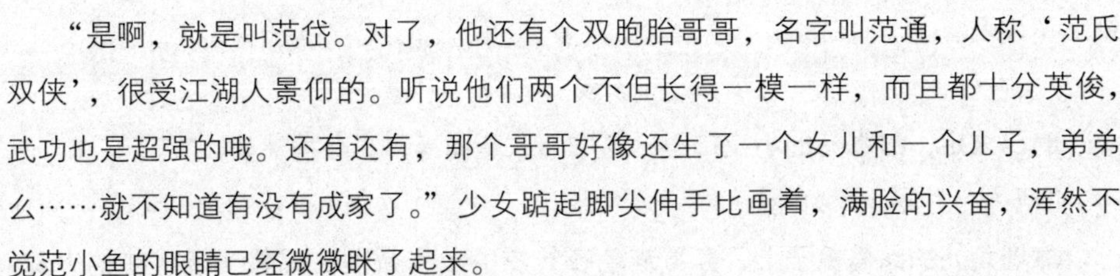

“是啊，就是叫范岱。对了，他还有个双胞胎哥哥，名字叫范通，人称‘范氏双侠’，很受江湖人景仰的。听说他们两个不但长得一模一样，而且都十分英俊，武功也是超强的哦。还有还有，那个哥哥好像还生了一个女儿和一个儿子，弟弟么……就不知道有没有成家了。”少女踮起脚尖伸手比画着，满脸的兴奋，浑然不觉范小鱼的眼睛已经微微眯了起来。

“你找他们干什么？”范小鱼声音平静，低垂的手却早已做好随时扣人的准备。

“其实不是我找他们，是我的表姐找他们啦！”不知想到了什么，少女忽然老气横秋地长叹了一声，然后才继续追问，“姐姐，你听过这个人吗？”

表姐？范小鱼不动声色地道：“听过。”

“啊，太好了！”少女开心地拍手道，“那姐姐你知不知道他们在哪里？”

“你先告诉我你表姐是谁，为什么要找范氏兄弟？”

“这个呀……”少女骨碌碌地转着眼珠。

“你可以不说。”范小鱼酷酷地道。

“人家又没说不说嘛！”少女委屈地嘀咕了一句，小心地看了看周围，趋步上前，小声地道，“姐姐今天救了我，就是我的大恩人，娇娇也不瞒姐姐了，我的表姐……”

“谁？你再说一遍。”范小鱼情不自禁地震动了一下，身体顿时僵硬。

“当今圣上的侄女儿，英国公的独生女儿，披霞郡主赵瑶。”少女又重复了一遍，期待地看着范小鱼，“姐姐，你认识那个范岱吗？”

范小鱼吸了一口气，顿了顿，不答反问，“那你又是谁？”

“我复姓上官，单名一个娇字，小名娇娇。”

“上官？”范小鱼几乎要脱口而出问她是不是家住双全镇，幸好又忍了下来，淡淡地道，“这就怪了，你表姐是郡主，她要找人，派手下的人去找也就是了，怎么会要你这个小表妹孤身一人地打听？”

“不敢隐瞒姐姐，我是偷偷溜出来的。”少女吐了一下舌头，随即满脸愤慨地跺脚道，“没想到碰上了坏人，竟被他们卖到青楼里去了。不过，幸好遇上了姐姐。嘻嘻，我出门前去寺里求了个签，签上说我此行虽然会小有波折，可是一定会遇到贵人逢凶化吉，还真是灵验啊。回去后我一定要请娘亲帮我去还愿不可……”

“……”少女时怒时喜，叽里咕噜地说着，范小鱼却十分无语。

人生，果然是何处不相逢！她难得管一次闲事，没想到居然又和那个披霞郡主

扯上了关系。

时已人定，甜水巷的小夜市里，却依然人影憧憧，十分地热闹。

“唔……好喝……好吃……”

靠墙角处的肉羹铺子上，套着灰色夜行衣的上官娇埋头喝着一碗热热的肉羹，时不时咬一口手上的菊花饼，一副狼吞虎咽的样子，并不时向站在旁边阴影处的范小鱼投上一两眼，生怕她会借机一个人偷偷溜了。

而范小鱼却在暗中叹气。

上官娇虽然聪慧狡黠，可毕竟是一朵刚从温室里出来的小花，比起一直在社会上滚打的她自然嫩了些。在有意的探询下，没一会儿工夫，她就把事情的前因后果都了解了个透，同时借着上官娇腹内轰鸣的由头请她吃饭，给自己留下更多思考和应对的空间。

只是，虽然她现在什么都知道了，心情却反而沉重了起来。

十五岁情窦初开，刚遇见心上人，从此梦萦魂牵，却不得不为父守孝三年。孝满后，终于鼓起勇气抛头露面地寻人，谁知好不容易找见了，却换来被狠心拒绝的结果。伤心之下，终于认命嫁人，却不料命运多舛，不到四年就因夫婿病故成了一名寡妇，而今又身染重病，心灰意冷地不愿听从医嘱，一味等死……

若非今日从上官娇口中听到，她如何也不会相信，这样的悲惨人生，居然是记忆中那个明媚亮丽的金枝玉叶这十年的全部经历。从十五岁到二十五岁，这段时间本应是每个女孩人生中最最美好的年华，而她……

这一刻，范小鱼突然强烈地抵触起那条永世不得和赵氏皇族通婚的祖训来。要是没有那条狗屁祖训，二叔早在六年前就接纳了赵瑶，那她的人生，怎么也不至于如此凄惨吧？

可是……这一切都只是如果，已经发生的历史终究是谁也无法改变的。

如果不是上官娇想让表姐见昔日情人最后一面，免得抱憾终身，而凭着一股热心肠孤身出来寻找范岱，恰好遇到范小鱼的话，只怕那个痴情的郡主死了好久，二叔都还不知道吧？

人生之悲，莫过于此！

赵瑶固然死不瞑目，二叔那边，谁知道当他有一天知道了，是否会遗憾终身呢？

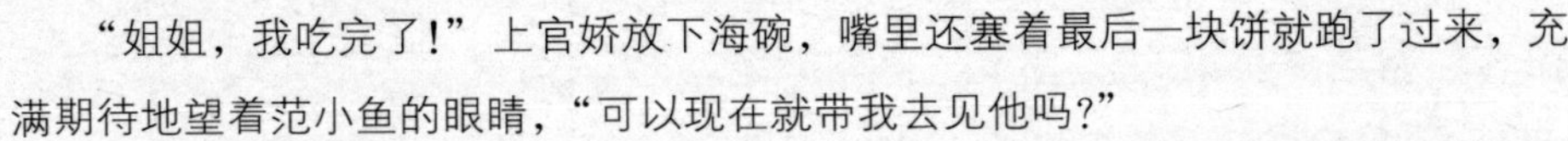

“姐姐，我吃完了！”上官娇放下海碗，嘴里还塞着最后一块饼就跑了过来，充满期待地望着范小鱼的眼睛，“可以现在就带我去见他吗？”

“我有说过知道他在哪里吗？”见她起身，范小鱼迅速恢复成先前的淡漠。

“可先前姐姐明明……”上官娇愣愣地说了半句，忽然想起之前两人谈了那么久，好像一直都只有她在说，而范小鱼只是点头倾听，偶尔嗯一声而已，满腔的希望陡然变成了失望，“我还以为姐姐知道我表姐的心上人在哪里的。”

“或许，我可以帮忙找找看。”

上官娇正沮丧至极地低下头，却忽然听到一句清冷的声音，顿时惊喜地抬起头来，“真的？”

“不过，我只答应帮你找三天。三天之后，要是还找不到，你就老老实实地回家去。”范小鱼冷淡地道。

当年在双全镇时，上官家连续买了他家几天的野味，自己又曾骗了上官轩一块玉佩，换成了戏班子的前期资本，说起来多多少少也算欠了上官家一点情。何况自己当年就很欣赏那个勇敢追求自己幸福的女孩，要她当做什么都没听到地甩手不管，好像太冷血了一点。

只不过这件事她也只能当个中间人，具体要怎么做，还是得看二叔自己。

“那个范二侠是高手，姐姐也是高手，姐姐一定能帮我找到她的。”上官娇又燃起希望，十分乐观地绽开了笑脸。

“走吧。”范小鱼淡淡地道。

少女眼睛一亮，“去姐姐家吗？”

想得倒美！范小鱼背对着她翻了个白眼，“客栈。”

不然她特地跑到甜水巷来干吗？

第三十五章

人间难得有情痴

甜水巷，子家胡同，云来客栈。

“不要告诉我，你叫我出来只是为了她。”离开上官娇的房间，才上了屋顶，范小鱼就听到一个意料之中的清冷声音。

一回头，只见淡淡的夜色下，一道月白色的颀长人影卓然挺立。他面容普通，一双眼睛却犹如星子。

范小鱼指了指脚底下，又指了指不远处，暗示他走远一点说。

丁澈瞪了她一眼，率先反身，几个起落就落在附近一座旧阁楼顶上。

范小鱼跟了过去，细听之下，发现这间阁楼里毫无人气，而旁边最近的民居也在几十米之外，倒是个安静之所。

“她是谁?”丁澈看着东张西望的范小鱼，没好声气地道。

自从告诉她自己住在哪里之后，他几乎就没有怎么出门，没想到终于听到一声狐狸的鸣叫，看到的却是两个人，而不是他以为的单独一个。

范小鱼看了看脚下，撩起袍角顺势在瓦片上坐了下来，一边笑着回答道：“一个差点被推入火坑的傻丫头，顺手从青楼里捡来的。不好带回家，也不便放在百灵阁，就暂时先让她住这里了。”

“你去青楼做什么?”丁澈本来有点生气，可是看到她的动作，知道她一时半会儿不会走，心情又莫名地好了起来，再听到她的话，不由诧异地问道。

“找人试药。”范小鱼也不瞒他。

“试药?”

“嗯，一种能让男人变成太监的药。”范小鱼笑吟吟地道。脸上虽然蒙着布，但一双眼睛中却盛满了狡黠的笑意。

“……”丁澈直直地看着她，半天才语调古怪地问道，“你要报复谁?”

“这个你先不用管。”范小鱼嘻嘻一笑，歪着头看他，瞳孔清亮，“怎么，你不对我这个行为发表一下看法吗?”

丁澈瞪着她。他当然想问，可是这种问题他问得出口吗？一个才十六岁还未出阁的姑娘家，居然跑到那种地方去试药，更不用说她是怎么判定是否成功……

丁澈只想了一下，就觉得人皮面具下的脸火辣辣地烫了起来，猝然躲开她存心探究的视线，硬邦邦地道：“我没什么看法。”

“骗人，你心里一定是在想：这个丫头怎么这么没羞，居然跑到那种地方去，还做了这样的事情，对吧?”他想避而不谈，范小鱼却不打算放过他，嘻嘻一笑。

她既然做了这事，就不会在乎别人的目光，更不怕人家鄙视。可是不知怎的，她就是想知道这个出身豪门却拜了一个老乞丐为师的少年的观点，他会用世俗的眼光来看她吗?

范小鱼放松地瞧着丁澈，好像不管得到什么样的回答都无所谓，却没有意识到，问出这个问题后，自己的双手已不自觉地微握起来。

不管她觉得自己在不在乎，这一刻，她都在等一个答案。

等待的时间总是很漫长的，哪怕只有几秒，这一段静默却像是持续了很久很久。

夜风徐徐从屋顶拂过，带来沿街叫卖的各种小吃的香气，胡同内人们的谈笑声仿佛也分外的清晰。

然后，丁澈终于开口了，明显带着不悦，可说出来的语言却是这样的：“这京城里的青楼多得去了，世上自命风流、喜欢拈花惹草的男子更是数不胜数，难道你能把他们一个个地都变成太监么?”

范小鱼怔了一怔，忽然屈起腿抱住双膝，把头埋在臂弯里低笑起来。

“你笑什么？我有说错吗?”丁澈微恼地看着身边打扮成男子的少女。

“没，你没说错。”范小鱼耸了耸肩头，觉得笑得有些憋气，便顺手拉下堵着口鼻的面巾，好笑地望着丁澈，“不过，你以为我是那种想要报复天下所有负心人的偏激女子么?”

看着那张嫣然笑颜猝不及防地展现在自己面前，明明应该很熟悉，却又好像变得有些陌生，丁澈的双耳莫名地微微轰鸣了一下，却强自镇定地反问道："不然你无缘无故突然试那种药干吗？"

"我当然有特别的用处。"范小鱼轻笑着舒展了四肢，双手反撑在瓦片上，仰头看着夜空，"天底下不正经的男人像星星一样多，要是一个个教训过来，几生几世也是不够的，我怎么可能那么傻？再说，我有那么伟大么？"

说最后一句话时，她又侧转了头看丁澈。

由于今日穿了男装，范小鱼的一头秀发全都束了起来，原本一直被遮住的光洁额头随之露出，无瑕的面容越发显得干净清爽，再配上秀挺的鼻梁，别有一番飒爽，而她眸中所含的淡淡笑意，又恰似刚强中那一抹温柔，更令她具有一股别样的魅力。

丁澈忽然又想起了多年前那个命运的转折点，那一天夜晚，那一片树林，那踉跄中快速交错而过却如烙印般刻在记忆中的一瞥。

那一天……他好像……一直没有正式地向她道一声谢！

"喂，发什么呆呀……啊……"

冷不防地，有一样物事忽然在眼前晃过，丁澈本能地抬手抓住，却觉入手处一片柔软，这才看清被自己抓入掌中的竟然是一只手，而这只手，是范小鱼的。

再一抬眼，又迎上一双永远难忘的清眸，丁澈几乎是火燎般地放开了手。

左手被扣住的那一瞬，范小鱼忽然觉得好像有一股极细的闪电从体内窜过，她不禁微微颤抖了一下，再一定神，丁澈已经放开了手，手上只留下一层浅浅的余热。

这种异样的感觉让范小鱼突然尴尬了起来，嘴巴已代替未及运行的思维，提前做出了若无其事的反应。

"哈，看来你这几年学得不错嘛，都条件反射了。"

"什么条件反射？"丁澈无意识地顺着她的话问道，没察觉自己的声音有些低哑。

范小鱼将左手背到身后，脸上笑得越发灿烂，"就像你刚才这样啊！要是有敌人向你射暗器，你一准马上发觉。"

"哦！师父为了训练我，常常出其不意地偷袭，让我吃了不少苦头，所以不知不觉就养成了习惯。"见范小鱼并没有介意自己的唐突，丁澈紧绷的肌肉微微松缓，赧然解释道。

“理解理解。当师父的都是暴力狂，我也常常被二叔偷袭，身上老是青一块紫一块的。”事实证明，人在思维混乱的情况下，什么都说得出来，范小鱼惺惺相惜地点头，说出这句话后才猛然醒悟，自己竟然给丁澈提供了一个邀约比试的绝佳时机，顿时懊恼不已。

范小鱼啊范小鱼，你真是越活越回去了！你连青楼那种地方都敢去，墙根都敢听，现在只是被男孩子抓了一下手居然就混乱成这样？你还是穿来的吗？真是丢了所有穿越人的脸啊！

不过，事实再度证明，范小鱼的担忧完全是没必要的。同样处于混乱之中的某人，压根儿就没想到自己可以趁机提出要求，反而把关注的重点放在其他上面。

“你经常受伤吗？”某人蹙眉道。

“也不是啦，只是一点小伤而已。”见有人更迟钝，庆幸之下，范小鱼急忙转移话题，“对了，你刚才在想什么，那么出神？”

“我……”丁澈抿着嘴，垂下眼深吸了一口气，又长长地呼出，终于下定决心地抬头正视着她，“谢谢！”

“谢谢？谢我什么？”范小鱼有些莫名其妙，“我请你帮忙照顾人，应该是我说谢谢才对呀。”

丁澈眼睛清亮，“那一天在宋楼镇，你用自己的性命救了我，可我却一直没对你说过这两个字。”

范小鱼一怔，随即笑道：“嗨，这都是哪一年的陈芝麻烂谷子了。再说，你不也帮了我家很大的忙吗？要不是你，我爹的黑锅也没那么容易洗清啊！”

“可……”

“哎呀，别可是了，不早说我们两清了嘛！”范小鱼不等他继续，就摆手阻止。这样突然通情达理起来的丁澈，还真让她有些陌生，有些不适应，“对了，我刚才说的事情怎么样？我还有些事要办，你暂时帮我暗中保护一下娇娇，应该没问题吧？”

“既然前面的事情都两清了，那今天这个算不算你欠我的人情？”丁木头忽然开窍了。

范小鱼愣住，半晌才翻了个白眼，“是，算我欠你人情。改天我再请你吃饭好啦！”

“好啊，不过这一次的地点和菜式我来选。”丁澈微微一笑，眸中有一丝狡黠闪过。

范小鱼再度黑线，却又怕他追问上官娇的来历，忙一口答应，并站了起来，“行。那我先走了，后会有期！”

说着，顺手蒙上面巾，朝丁澈一挥手就纵入黑暗之中。

臭小子，亏他白天还信誓旦旦地说根本没那回事，背地里却早已偷偷和人家小姑娘勾搭上了，要不是我心血来潮想要臭小子陪我去吃消夜，我还不知道这小子在这里暗度陈仓呢！

居然瞒着师父，哼哼，不过，看在他总算开窍的分上，就先把这事记账上好了。既然这样，那我还是赶紧办自己的事去吧。唉，这人老了，就是特别怀旧啊！

丁澈和范小鱼都没察觉到的一处阴影里，一个胡须杂乱的老头偷偷地笑了又感叹。

离开子家胡同后，范小鱼并没急着去找在城中负责保卫的范岱，而是径直回了柳河镇，解了发髻，换了睡衣静静躺了下来。今晚的事情，她得先好好地想一想才行。

一夜无梦。次日一早，范小鱼就让出门换岗的罗亶通知范岱，去某酒楼等她。

“什么事要专门跑到这里来说？”范岱很快就来了，抓起范小鱼为他准备的美酒，咕噜噜地灌了小半壶。

“我想知道，当年我们家为什么会有永世不能和赵氏皇族通婚的规矩。”范小鱼单刀直入，紧紧地注视着范岱。

“好好的，怎么突然想到问这个？”范岱眼中快速地掠过一丝黯然，但随即就神色如常，只是喝酒的动作却放慢了。

“你先告诉我原因，我再告诉你为什么。”见他如此神情，范小鱼心中顿时有了数。看来二叔对那个郡主也不是没有情意的，否则以他那豁达的性子，不可能这么敏感。

“那是几十年前的事了。你也知道，咱们家原本姓方而不是姓范……”范岱沉默了一下，又喝了一口酒，并没有卖关子，似乎这件事在他心中已经藏了很多年，早就不吐不快。

范小鱼默默地听着，偶尔为他倒上一杯酒。

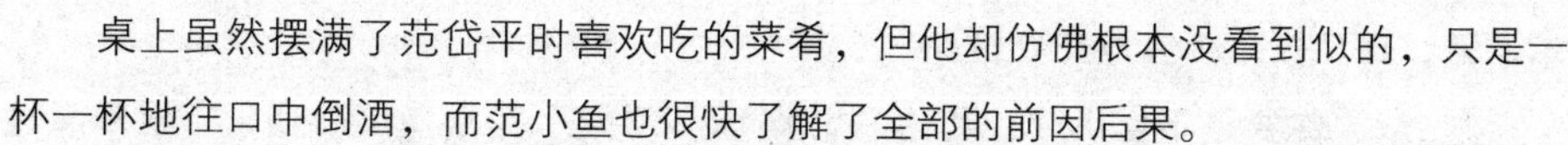

桌上虽然摆满了范岱平时喜欢吃的菜肴，但他却仿佛根本没看到似的，只是一杯一杯地往口中倒酒，而范小鱼也很快了解了全部的前因后果。

故事讲完了，包厢内也沉默了。

半晌后，范小鱼长长地呼了一口气。她虽然知道祖先不可能无厘头地定下这条规矩，也知道自家一定曾和赵氏皇室发生过什么恩怨纠葛，可真正听到这段历史时，还是有些难以相信，自己居然有这么复杂的背景。

当年宋太宗赵光义率军攻辽，在高粱河一役中战败，曾经失踪过一段时间，这是众所周知的，只是其中详情却从不为外人所知。范家的祖先方真元正是在这段时间内结识了宋太宗，准确地说，是他在最危急的关头救了宋太宗一命。

宋太宗性命得保，感激之下，硬要将自己的次女许配给当时年仅十七岁的方真元。后来在方真元的保护下，宋太宗回到了京城，欲重赏方真元。方真元没有做高官之志，却对当时才十二岁的二公主一见钟情，便留在宫中当了一名侍卫，以求多和二公主相处，等公主及笄迎娶之后，再偕妻归隐。

可没想到方真元一腔痴情，二公主却未曾有下嫁给他的念头，几乎时时刻刻在想着毁约。宋太宗初时还惦记着救命之恩，不肯答应她，可堂堂帝王曾落魄江湖终究不是件体面事，感恩之余，他心里不免也有些芥蒂，加上二公主三天两头地撒娇哀求，日子长了，宋太宗终于答应了她。为了不背上背信弃义的罪名，父女俩一不做二不休，最终选择了一个最无情的方法：杀人灭口。

当然，既然现在范小鱼面前还坐了一个活生生的范岱，他们的祖先方真元自然是没死，不但没死，还娶了妻，生了子，并且留下了这条严厉的祖训。

“好了，原因我说完了，现在该你回答为什么突然问这个了。”说完长长的故事，不住空腹喝酒的范岱也有了一点淡淡的醉意。

“二叔，我以前曾问过你一个问题，你没有给我正面的回答，现在我想再问你一次，你心里头究竟有没有那位披霞郡主？”范小鱼一本正经地看着他。

范岱微怔了一下，呵呵一笑，又干了一杯。

这一次，范小鱼覆住酒杯，不让他再喝了，“二叔，你不要逃避，告诉我，你是不是也喜欢她？”

“喜欢如何？不喜欢又如何？我和她终究没有可能。这么多年都过去了，说不定人家的孩子都满地乱跑了。”范岱笑得越发大声，也不和范小鱼抢酒杯，伸手去

拿酒壶，却又被范小鱼抢先夺过。

“二叔，你要是不告诉我，我让你想醉也醉不了。”范小鱼威胁道，心里却滑过一丝酸楚。比起那个滥好人老爹，这些年，她反而和这个二叔更为亲近，又怎么听不出他爽朗大笑中的苦涩?

“醉就是不醉，不醉就是醉。宝贝侄女，有些事情你是不会明白的。”范岱站起来打着哈哈，笑得更加开心。

“她快要死了。”范小鱼索性扔出炸弹。

“……”范岱的笑声果然戛然而止，“你说什么?”

“赵瑶，披霞郡主，曾经风里雨里天涯海角寻你的那个烈性女子，快要死了。”范小鱼一字一句地道。

范岱重重地坐到凳子上，脸上半点笑容也无，双手紧握着桌沿，第一次以十分凌厉的眼神紧盯着自己的亲侄女，“你怎么知道?”

“她有一个比我更适合当女侠的表妹，也就是当年双全镇上官家的女儿。为了让她那重病缠身的表姐见心爱之人最后一面，千里迢迢地寻到京城来了，还差点被人糟蹋。”范小鱼将昨晚的事情简单地说了一遍，对上官娇的讲述几乎一个字也没有漏，“二叔，这些年，她过得一直很不好……”

范岱怔怔地坐着，手背上青筋暴起。范小鱼早已放开了酒杯和酒壶，他却如泥塑木雕般熟视无睹，只有眼中渐起的血丝证明他内心正承受着怎样的冲击。

“二叔，”看到他这个样子，范小鱼心里也不好受，柔声劝道，“我知道你其实是喜欢那个郡主的，只是碍于爷爷的遗训，才一次又一次地强迫自己离开她。我也相信，你虽然狠心拒绝了她，可心里却一直希望她能过得好，过得幸福，甚至因为她，你到现在还不肯定一门亲事。可是，你也听到了，她不好，她不幸福，不但不幸福，而且她过得很悲惨，很可怜……”

“你不要再说了……”范岱终于出声，声音却是颤抖的。一向大大咧咧、刚强无比的范二侠，终于也露出了他深藏着的软弱一面。

“不，我要说！二叔，如果你对人家没感情，那么我今天说这些话也没用。可是，如果你心里有她，我希望二叔不要再躲了。娇娇说她重病缠身，已经没有求生意志，二叔你若是再犹豫下去，真就见不到她最后一面了。”

“我是方家人……”范岱闭上了眼，“当年你爷爷去世时，我和你爹曾在他老人家的床头亲口答应……”

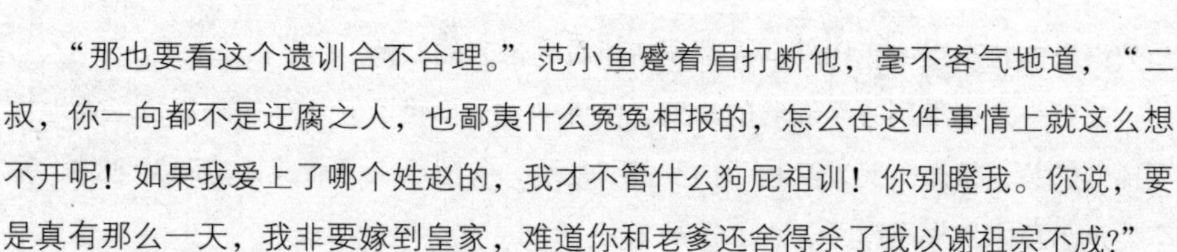

“那也要看这个遗训合不合理。”范小鱼蹙着眉打断他，毫不客气地道，“二叔，你一向都不是迂腐之人，也鄙夷什么冤冤相报的，怎么在这件事情上就这么想不开呢！如果我爱上了哪个姓赵的，我才不管什么狗屁祖训！你别瞪我。你说，要是真有那么一天，我非要嫁到皇家，难道你和老爹还舍得杀了我以谢祖宗不成?”

范岱目瞪口呆地看着她，想要反驳，可张了张嘴，又说不出话来。

范小鱼放软了口气，“二叔，要我说，你这辈子什么都好，就是在儿女情事上太过狠心了。人间难得有情痴，更何况你们是两情相悦、真心相爱的。二叔，你要还是个顶天立地的男子汉，就去看她最后一眼吧！还是你嫌弃她已经不是当初那个无瑕的少女，觉得她配不上你了?”

“我怎会嫌弃她？配不上的一直是你二叔，不是她。”范岱涩涩地笑，那笑容却比哭还难看，只是眼中却流露出一抹柔情，极低地自言自语，“在二叔心里，不管她变成什么样，都依然是当年那个模样。”

“那就去看她，要是她的病能好，就把她带回来。”范小鱼鼓励道。

“带她回来?”范岱重复着，咀嚼着，眼中充满矛盾和挣扎。

“对，带她回来，或者带她去你们想去的任何地方，过完全属于你们自己的生活。不要顾虑任何事，也不要顾虑我们。二叔，你只是我们的叔叔，不是我们的爹，我们不是你必须担负的责任，何况我们的老爹还好好的呢！”范小鱼故意开着玩笑，右手却越过桌上的菜肴，覆住他的左手，眼睛灼灼发亮，“去吧，二叔。我和冬冬等着你带二婶回来。”

午后，柳河镇口，范家院子前。

一匹骏马正不耐地长嘶，迫不及待地要拉着后面黑亮光滑的车厢奔驰。

“二弟，你此行务必小心行事，不要留下把柄、痕迹。”范通慎重地再次叮嘱道。

“好了，老爹，二叔一直比你聪明，他知道怎么处理，不用你这样啰里啰唆。还有，二叔你也不要放心不下，家里头还有老爹和亶儿呢。再说，你以为侄女我的本事是吹的呀?”范小鱼好笑地看着依依惜别的一家人。

“好好，我不说了。”范通憨憨地笑笑，却又忍不住嘱咐了一句，“二弟，一路小心。”

“二叔，一定要带二婶回来啊！”得知范岱这次是去找二婶后，范白菜一直处于

十分兴奋的状态当中，比任何人都期待能看到未来的二婶。

被范小鱼逼着刮去了满脸的胡楂、仿佛一下子年轻了好几岁的范岱，温柔地揉了揉他的头，微微一笑，又拍了拍罗亶和岳瑜，向范通点了点头，才利落地跳上马车。范小鱼跟着挥了挥手，也上了马车。

两人在众人送别的目光里直奔云来客栈。

上官娇只睡了一觉，又歇了一个上午，突然发现自己千辛万苦要找的人就在面前，反而愣愣地不敢相信。她一连问了范岱好几个问题，包括范岱以前是怎么和表姐认识的，又是何时分开、何时重见、都说过什么话之类，见范岱虽然有些不好意思，但回答得都十分正确，这才激动地直抱住范小鱼大哭。

范小鱼看她丝毫不顾忌隔壁的人，有些发窘，同时不由轻柔地安慰她。这个少女比她还小两个月，却有勇气为了表姐的幸福独自闯荡江湖。且不说她此举理智不理智，这份勇气确实跟她表姐十分相像，值得敬佩。

上官娇意犹未尽地又哭了一会儿才离开范小鱼的怀抱，拉住范岱的手像个孩子似的跳上跳下。接着，她突然又拉下脸，狠狠地白了范岱好几眼，怒气冲冲地责问他为什么不要她那美丽勇敢的表姐。多变的孩子气袒露无遗。

范小鱼少不得又好笑又好气地安慰开导了她一番，称既然赵瑶病重，还是早日带着范岱回转比较好。

上官娇当初是被人掳到京城的，被救出后又为了等范小鱼的消息一直不敢出门，心里头很是好奇这京城到底是什么样子，而且她也不舍得新结识的女侠恩人姐姐，可她到底是个识大体的少女，并没有再痴缠。如今她终于找到范岱，得知范岱不但对表姐也有情意，还要随她一起回去，并准备偷偷带着届时“病故”的表姐浪迹天涯，她已经很满足，很感动了！

“姐姐……你果然是我的福星！谢谢你！”再一次面对离别时，上官娇不禁红了眼，紧紧抱着范小鱼不肯松手。

“谢我什么？我不同样应该谢谢你帮我找了个二婶么！”范小鱼有些别扭地拉下她紧缠自己的手臂，哄她上车。她虽然顶着十五岁的身体，可是心智早已成熟，这么孩子气的举动都不知道多少年没有做过了，还真有些不习惯，“走吧。吃的用的我都放在车上了，有什么事就叫我二叔。”

“嗯，姐姐，我舍不得你。”上官娇乖乖地点头，撇着嘴可怜兮兮地握着范小鱼的手。

瞧她满眼的情真意切，范小鱼心中一软，却没有说话。

上官娇咬了一下唇，忽然又破涕为笑，“嘻嘻，姐姐，我突然想到一个问题哦！”

“什么问题？”相处虽不到半天，范小鱼却已深刻地了解了她的多变和粗神经，当下也不惊讶。

“你想啊，我叫我的表姐‘姐姐’，你也是我的姐姐，可姐姐却叫我未来的表姐夫‘二叔’，那以后我们该怎么称呼呢？”上官娇说着说着，人又黏了上来，眨巴着眼睛撒娇。

“你不都叫我姐姐了吗？至于我二叔，各叫各的就好了。”范小鱼有些吃不消上官娇的痴缠，忙把她推上马车，“快走吧。早点出发，也好早点让你表姐看到我二叔。”

“好吧！”上官娇不舍地松开她的手，爬上了马车。她坐进车厢，却又掀开了车帘，“姐姐，等我回来，你一定要教我学功夫哦！”

这小丫头，居然在客栈门口叫得这么大声，幸好周围好像没什么人注意。范小鱼汗了，忙示意范岱赶紧走。

一日间突变得相当沉稳的范岱给了她一个温暖的笑容，随即喝了一声，抖手赶起马车，载着还在不住挥手说再见的上官娇渐渐远去。

范小鱼相信，有了范岱这一剂最好的灵药，那个痴情的郡主一定会好起来的。

默望着马车消失的方向，她不觉微笑了起来。

“看来她好像不仅是你顺手捡来的那么简单。”身后传来一个淡淡的声音。

“开始是简单的，后来才知道不简单。”范小鱼回头嫣然一笑，技巧地回避问题核心，“晚上请你吃饭吧。”

他们刚才的谈话，丁澈一定是听到了一点，不过他似乎不想被二叔知道身份，隐匿得相当远，听不全是正常的。

丁澈也不回答，径直往前走。

这家伙，真小气！

范小鱼撇了一下嘴，慢悠悠地跟了上去。两人沉默地走了一段路后，不知是丁澈放慢了速度，还是范小鱼加快了脚步，不知不觉地变成了并肩而行。

子家胡同虽深居城内，房舍也都比较陈旧，但由于这里在前朝时曾住过几家大户，后来才被拆为散户变成民居，因此不论是平房还是楼阁，常有一丛丛的绿意点

缀，环境倒是相当幽雅。

两个人沐浴着随风飘来的菊花香，慢慢地走着，很快就走到胡同口，进入了甜水巷。

“我还要到瓦子里去，你呢？”范小鱼主动打破沉默，谁让她刚欠了人家人情还没还呢。

“你那个药……用了没？”丁澈站定，看着她。

范小鱼以为他还在生气，却见他的眼神平静而温和，瞧不出一丝生气的样子，不由有些诧异，顺口回答道：“还没。你问这个干什么？”

“去的时候叫我一下，我和你一起去。”

“……”

“就这么定了。”没等范小鱼回答，某人自作主张地下了定论，并状似随意地问道，“听说你们百灵阁里头的戏都是你亲自编的？”

“嘘！”这一下范小鱼反应得很快，连忙看了一下四周，发现无人注意他们的谈话才松了口气，瞪着他道，“你想让我暴露呀？”

她今天既没蒙面巾也没戴面具，就真真正正的一张脸，要是被人知道这就是百灵阁的东家，岂不麻烦了？

“你还没回答我。”丁澈一脸“憨厚无辜”。

“差不多啦！”范小鱼看着他那一成不变的表情，不禁有些嫉妒，“喂，这个你还有没有？”

丁澈投以询问的目光，范小鱼指了指脸皮。

“你想要？”丁澈眼中浮现了一点笑意。

“我想买。”范小鱼想瞪他，却又不想得罪卖家，只好不去看他得意的眼神。

“我可以送你。”丁澈的笑意莫名地更甚。

“谢啦。不过我不喜欢欠人人情，你还是开个价吧。”

“易容不是把面皮往脸上一贴就够的，这里头大有学问。”丁澈心情愉悦地往北走，那是去百灵阁的方向。

“……”

小样，不就是想炫耀他会易容嘛。给她足够的时间，她不用人皮面具也能把他画得连他妈都不认识。范小鱼嘀咕着，有些恼意地赶上几步，故意抢到他的前头。说话喜欢说一半是吧？行啊，那她就不说话，让他自个儿玩儿去。

至于想和她一起去下药，切，他想一起去就一起去呀？

见她陡然加快脚步，丁澈立刻紧跟而上，虽然还是不说话，唇角却一直微扬着。

眼见快进入瓦肆区，范小鱼忽然在一个巷口停住了脚步，斜眼看他，“你要是想看戏，自己去吧！”

“你去哪儿？”

“换衣服。”范小鱼没好气地白了他一眼，“我可不像你，有一张备用万年脸，需要的时候往上一贴就好了。”

说着，她也不等丁澈回答，就向巷子深处纵去。真是郁闷啊，要是她也有一张假面，又何须每天都要换衣服、戴面具，以免被人发现她就是范小鱼呢？

这叫什么？这就叫嫉妒！

丁澈愉悦地扬了一下眉，拂了一下袍袖，继续往前走。

第三十六章

每个人都有故事

虽然不明白丁澈怎么突然要跟自己回来看戏，而且还坐得端端正正，目不转睛地一直盯着舞台，认真安静得好似一个本分的戏迷，但范小鱼也懒得多想。反正来者都是客，看一场戏她又不会少块肉，何况又不是她亲自表演。

当范小鱼处理了一些日常事务，例行出来巡视观众席时，视线忽地在二楼顿住了。

蹙眉看着对面那张跟自己有七八分相似的面容，范小鱼情不自禁地抿起了红唇。这几天她一直没理会这件事，直到范岱离开都没有询问过她的情况，更不曾和范通沟通过——尽管他一直想找机会和她好好谈谈，没想到今日她竟然又来了！

看着那张面带微笑的惬意面容，回想起冬冬年幼时，时常在睡梦中发出渴望的梦呓，范小鱼忽然觉得有些难以忍受。她猝然别开了眼，转向其他地方，却见一楼的丁澈不知何时仰起了头，正顺着自己的视线看向二楼。

那一瞬间，范小鱼忽然有一种隐私被人窥见的愠怒。她几乎不假思索地掉头就走，径直回到自己的小书房。

叩叩……

门上很快传来了轻叩声。范小鱼第一个反应就是丁澈，想要冷声发问，却又觉得以那家伙的性子，应该不会敲得这么轻柔，便放缓了声音道：“进来。”

来的是罗亶。

由于母亲的异域血统，罗亶从小就有着少数民族的深刻轮廓，成年后五官更加立体。戴上老鹰面具后，那双藏在小孔中的眼眸，越发显得沉静深邃，再加上他寡言少语、身板高大结实，虽然才十八岁，却已别有一种稳重的气质。

“有事吗？”见是罗亶，范小鱼不自觉地呼了一口气。这种时候，她实在不想应对丁澈那忽冷忽热的性子，或者满足他的好奇心，更没心情和他斗嘴。

然而，罗亶提的恰恰也是她不想面对的事情。

“这几天，师父的心情一直不好。”罗亶像雕塑一样地站在书案前，低低地道。

范小鱼抿了抿唇，没有回答。

罗亶犹豫了一下，又道：“我觉得……你是不是应该给师父一个机会，和他好好谈一谈？毕竟……”

范小鱼蹙眉，“二叔告诉你了？”

罗亶点了点头，“我可以坐下再说吗？”

“什么时候你这么见外了？”范小鱼不悦地嗔道，随即从书案后转出来，走到窗前的太师椅上坐下，顺手给他倒了一杯茶。

要是这会儿来当说客的是范岱，她必定会给他一个白眼，毫不客气地警告他：除非她自己想提这件事，否则谁都不要开口。可是罗亶不一样。这几年来，范家上下虽没把他当做外人，可他却老是惦记着自己寄人篱下的身份，平时不但一味默默地埋头做事，就连被征询意见时的话语都不多，更别说像今天这样主动参与她的家事。

所以，于情于理，今天她都不可以拒绝他难得的主动，至少也应该听他把话讲完。

“你知道，我娘在我十一岁的时候就去世了。”罗亶在茶几那头坐下，左手搭在几面上，手指微扣着茶杯，目光下敛，注视着从窗户中透射进来的阳光，慢慢地道。

范小鱼知道他虽垂着眼，眼角的余光却可以看到自己的动作，便轻轻地点了一下头。

“我娘活着的时候，过得一直很苦。我爹常年不在家，而我的模样主要随母亲，隔壁邻居的小孩常常叫我没爹的杂种……我知道我有爹，可我也知道，我的家确实和别人的家不一样。记得那时候隔壁有一对夫妻，三两天就大吵一架，搅得四邻都不安稳，人们都在背地里骂他们，可我娘却常常在他们吵架的时候望着他们家的院子。我知道，我娘其实是在羡慕他们，羡慕那个女人有丈夫可以吵架，而她却只能

年复一年地等待着我那个不知道什么时候才能回来的爹。”

罗亶显然有些不习惯这样的倾诉，但是回忆却将他带回往昔的时光之中，语气便渐渐顺畅起来。

“我其实一直都很恨我爹，恨他既然不能给我娘幸福，为什么还要娶她；恨他既然不能抚养我，为什么还要生下我。可是，我恨的人从来没有出现过。慢慢地，我就将一切都迁怒到我娘身上，恨她为什么非要铁了心地等他回来，为什么不回娘家去——至少，在那里人家不会骂我是小杂种，我长得和他们都一样。我一心只顾着自己，只想发泄我的屈辱，却没想过这样会伤我娘的心……”说到这里，罗亶忽然停顿了下来，握着茶杯的手不自觉地颤抖。

“我想，你娘一定从未怪过你。你若是一直自责，她在天有灵，一定不开心。”范小鱼伸手轻轻覆住他的手背，用自己的温暖抚平他那细微的颤抖，柔声道。

当年她第一次见到罗亶的时候，就觉得这个小孩性子太过冷硬，心中藏了太多的心事。不问便知，他的童年一定过得很不幸福。其实，换了任何人在那样的环境下长大，都不可能毫无怨言，更何况人人都会有一段叛逆期，小时候谁又能控制得了自己呢？

罗亶侧头看她，目中泛起一抹暖意。他慢慢地闭上眼睛，贪恋着从手背传来的那份温柔，直到听到她的柔声轻语，才将自己拉回现实。

“后来呢？”

“后来我娘病了，是活活地累病的。直到我娘突然昏倒的那一刻，我才发现自己有多么的在乎她、需要她，多么的希望她能睁开眼睛狠狠地骂我一顿、打我一顿。就像她曾经羡慕的隔壁那个女人一般，哪怕她用最恶劣的态度对我，我都会是幸福的。

“我娘醒后，本不肯去看大夫，我哭着威胁她，要是她不让自己好起来，我就离家出走，反正爹已经不要我了，如果娘也要丢下我，还不如现在就变成孤魂野鬼。我娘当时吓坏了，只好答应让我去请大夫。”罗亶忽然轻笑了一下，眼中却有湿意泛出，“后来，我终于请来了大夫，大夫却说，我娘是无论如何也过不了那个冬天了，而那个时候已经是深秋，林子里的叶子都掉得差不多了。”

范小鱼抿紧了唇，陡然觉得鼻尖酸涩了起来，不禁咬住了唇。

“我想尽一切办法地医治我娘，想尽办法地让她开心，让她快乐，想尽办法地弥补我以前的不孝。那一段时间，是我们娘俩最幸福的时候。结果，我娘她……她

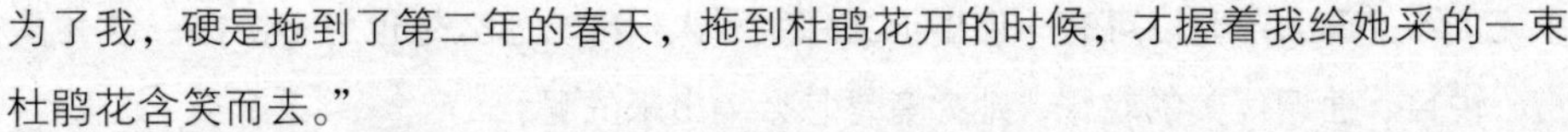

为了我，硬是拖到了第二年的春天，拖到杜鹃花开的时候，才握着我给她采的一束杜鹃花含笑而去。”

他的语调越说越平静，手指也不再颤抖，范小鱼却几度别开头看向相反的方向，才能稍微遏制被罗亶勾起的脆弱，心里头又是酸楚又是欣慰。

罗亶低头看了一眼一直被她的柔荑轻覆的手指，嘴角微微扬起一丝满足，然后他抬头微笑着对上她水光隐隐的明眸，一字一句地道：“我娘临去的时候，唯一放心不下的就是我对我爹的恨。她反复嘱咐我，要我千万不要恨我爹。她说，天底下没有一个做父母的不疼爱自己的孩子。假如他们无法陪伴在孩子的身边，一定是有着迫不得已的苦衷。我们应该试着去理解这个苦衷，才能明白一切。我听她的话照做了，再后来，我终于找到了我爹……你也知道……他……确实是有苦衷的……”

不知何时，原本射入窗棂的阳光渐渐地暗了。范小鱼抬眼看向窗外，天空中一片接一片的浮云，灰灰的，阴阴的，密密地遮住了高高的秋阳。

晴了这么多天，是不是终于要下雨了？

范小鱼缩回手，注视着那些渐渐增厚的云层，有些怔忡。

她相信世上有很多母爱都是伟大的，可她同样也相信，这个世上有很多人是根本没资格为人父母的。

罗亶不是一个优秀的游说者，他的故事打动了她，却没有说服她。

每个人的故事都是不同的。她不知道真正的范小鱼会怎么面对这件事，可她的灵魂不是那个女人的血脉，这种所谓的血缘关系是打动不了她的。不过，她愿意为了冬冬而给她一个申辩的机会。

过了重阳节，一怕霜来二怕雪。但在今天，一场大雨却抢在霜雪之前迅猛而来，片刻就将整座开封城笼罩在茫茫雨雾中。

沙沙的雨声敲击着屋顶，雨水掉下屋檐，溅上窗棂，冲刷着青色的石板地面，最终汇聚到沟渠里，流入城中的各条运河，很快将河水冲得一片混浊。

百灵阁内，正剧已经表演完了。正要离开却未带雨具的观众顿时被大雨困住，不过，这倒让按曲目收门票的百灵阁多了一大笔下一场的生意。一时间，收钱的收钱，倒茶的倒茶，上点心的上点心，所有的伙计都忙得团团转，有些一时没有戏份的演员便纷纷去帮忙。

看着眼前秩序井然的一幕，丁澈隐约有些明白，为什么如今百灵阁在京城中几

乎无人不知无人不晓。可有一件事他却和所有人一样，怎么想也想不明白：这么多赏心悦目、曲调优美的戏剧，她究竟是怎么编出来的呢？

丁澈的目光情不自禁地又投向二楼的包厢，那一个和她十分相像的女人，到底是什么人？她们之间是什么关系？为什么不见她们互相打招呼？他忽然有很浓厚的兴趣，想去揭开这些秘密。

而眼下，好像就有一个机会。

看到那妇人叮嘱了身边一个丫鬟几句，丁澈悄然起身跟在了她的后面。

书房内，一扇雕花窗棂展在风雨中，虽被木架固定住，但还是被狂风吹得吱吱呀呀地作响。

得到应允后的柳园青才推门进入书房，就感到一股凉风扑面而来，定睛一看，却是自家的东家正背对门户站在敞开的窗前。

门一开，空气一下对流起来，顿时吹得范小鱼的裙摆和腰带迎风猎猎而舞，更将少女的身姿显得窈窕至极，仿佛一只蝴蝶，眨眼就要飞舞而去。

柳园青呆了一下，随即忙顶着风力把门关上，这才恭敬地禀告，“东家，青竹包厢的那位贵客想请我们班子十六那日去她家为工部员外郎贺寿，您看……”

青竹包厢？范小鱼心中陡然一震，却没有回头，依然伸手承接着从屋檐处坠下的水滴，任由冰凉的触感滑过手心，又从指缝中漏下。

工部员外郎夫人？看来她现在的日子果然过得不错。

范小鱼的嘴角勾起一点讥笑，语气却平静得像无波的古井，“百灵阁的规矩，向来不出外场，你没告诉她么?”

“小人也是这么说的。可是那位工部员外郎夫人言语得体，毫无官宦人家的架子，还愿意出比包场高三倍的价钱。小人考虑到十六那日正好是我们百灵阁的休息日，因此……”柳园青有些为难地道。

作为班主，他当然知道百灵阁的规矩，只是对方说得十分和善，不像以前那些仗势欺人之辈，再加上一出手就是一锭谢银，十分大方，他这才抱着侥幸的心理来试一试。只是，今天东家的心情显然不太好，不免让人有些忐忑。

“你答应了?”范小鱼淡淡问道。

“事关百灵阁规矩，小人岂敢私自做主。只是小人觉得此事于人于己都有利，那夫人又再三婉转地请求，因此才来请示东家，还请东家垂示。”

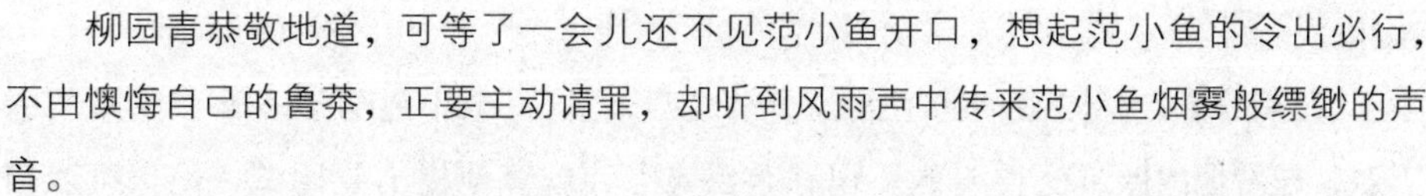

柳园青恭敬地道，可等了一会儿还不见范小鱼开口，想起范小鱼的令出必行，不由懊悔自己的鲁莽，正要主动请罪，却听到风雨声中传来范小鱼烟雾般缥缈的声音。

“你是百灵阁的掌柜，既然你觉得这件事对大家都有利，那这回就破一次例吧！”

“是。”柳园青虽然大喜，但口中却仍中规中矩地应着，面上一片平静。

“没事就下去吧，这件事你负责安排就是了。”

九月十六么？也就是说还有三四日的时间，应该够她处理桑家和夏家的事情了。

“对不起，这里闲人止步！”就在窗前的范小鱼差点重新变成雕塑时，门外忽然传来罗亶的声音。

专注地听着雨声，感受着水滴坠落手上的感觉的范小鱼这才惊觉，自己竟忘了最基本的警觉。

“我找你们东家。”另一个清爽的声音含笑道。不是丁澈又是谁？

“公子要找我们东家，也该让我们先行通报一声才是。如此不请自入，未免有失礼貌。”罗亶冷冷地道。

“阁下又怎么知道我是不请自入，而不是正要敲门呢？”丁澈悠然地回道。

外头罗亶似乎顿时语塞。

“让他进来吧！”他们这一来二去，范小鱼心中那抹郁闷顿时消失不见，转身扬声道。她相信以罗亶的为人，如果不是丁澈确实想直接推门进来，绝不会这么指责丁澈。这个丁澈，怎么越来越厚脸皮了呢？

书房的门再度被打开，门口并立着两人。两相对比，范小鱼这才发现，丁澈竟然只比罗亶略矮一点。想起和他走在一起时仰望着他的感觉，范小鱼不由得有些郁闷。

明明两人年岁相当，可这个头却已不可同日而语了，女子在这方面就是占了弱势。

丁澈当然不知道范小鱼此刻的心理，冲罗亶一笑，就若无其事地走了进来。

“亶儿，我没事，你去忙吧。”范小鱼对罗亶笑笑。

“他是？”罗亶在百灵阁还是第一次听到范小鱼在外人面前直呼他的名字，不由

诧然。

“还有谁？自然是我们的丁大公子学成归来了。”范小鱼瞟了一眼“憨厚”的丁澈，越看他的脸越觉得碍眼。现在范岱走了，就算他提出要比试，她也可以用“只有二叔在旁观战才答应比试”这一条理由来拒绝。

“呵呵，罗兄，好久不见！”丁澈主动礼貌地拱手招呼。

罗亶面具后目光一闪，也还以抱拳。然后他向范小鱼点了点头，就退了出去，并随手关上了房门。

“离晚饭时间还早着吧？”

看见这个外人，范小鱼当然再也没有临窗赏雨的雅兴，也没请客人入座，因为某个客人早已自发自动地坐了下来，还顺手推开了一直放在桌上没有收拾的茶杯。

“既然你已经说出了我的身份，那晚饭就到你家吃好了。我记得你做的菜不错。”丁澈轻轻一笑，脸上的表情却还是十分老实。

“我是不是该说承蒙夸奖？”范小鱼白了他一眼，回到桌案后坐下，随手扯过一本剧本翻看，“我今天没心情做菜，想要吃我烧的饭，改天。”

“为什么？”

“什么为什么？”

“为什么心情不好？”丁澈想着柳园青进出时，自己从门缝中窥见的孤寂身影。

“丁大公子，你很闲是不是？”范小鱼轻拍了一下书本，抬眼瞪他。他们之间是什么关系？什么时候轮到他来管她心情如何了？

“可以这么说。”

“很闲你可以出去看表演。”

丁澈看着她，似乎想说什么，却只吐出一个字，“好。”

说着，他还真站起来去开门，手都碰到门了，却又突然回头道：“既然心情不好，何不出去打一架？”

他还真会利用时候。范小鱼气结，却反而拉下蝴蝶面具，冲他甜甜地一笑，一字一句地脆声道：“谢谢，不过我没你那么暴力！”

说完，她又一把把面具戴回去，目光落在剧本上，再也不理某人。

“……”丁澈呆了两秒，忽然低笑着摇了摇头，挺胸打开了门。见同样戴着面具的罗亶站在不远处，他抬手随意一挥，飘然下楼，也不管外面风雨猛烈，闲庭信步一般在雨中慢慢走远。

莫名其妙！范小鱼瞪着合拢的房门，这家伙进来就为了说这几句废话吗？

雨越下越大，看上去就像委屈已久的小媳妇非要好好痛哭一场似的。

范小鱼独自在书房中待了一会儿，觉得心里头总有些闷闷的，不觉又走出房来看向青竹包厢，却见里头已经空无一人。

“她们得了准信，就先回去了。”罗亶走了过来。

范小鱼点点头。既然是富贵人家，出行自然有车轿、雨具，不会和寻常百姓一样受困。

想到寻常百姓，范小鱼看了看底下那些心不在焉、不时向门窗处望去的观众，略一沉吟，招手让柳园青过来，“柳班主，你找几个人去批一些油布伞回来转卖给大家。不要乱抬价，略微多收一点给辛苦的弟兄当跑腿费即可，我们百灵阁不差这点钱。”

柳园青应了声，自去办理，不久就带着几捆伞回来，待这场节目一结束，便高声通知众人。

留下的观众都是出门时未带雨具，怕被秋后的大雨淋出了病，无奈之下才困在这里的，此时见百灵阁几乎是原价转卖雨伞，不由纷纷交口称赞，均主动按顺序排队买了伞。

最后一名观众也离开之后，范小鱼见这雨下得没完没了，瓦子内也冷冷清清的，便索性让柳园青提早结束营业。

一切收拾妥当之后，戏班子里的人也都相继离去，只按例留下两个值班的小伙计。

“你回去吧，今晚我在这里就行。”和罗亶各撑一把伞走到街口，范小鱼停步道。

“不，我留下。”

“这有什么好争的？我偶尔才守一两回而已，而且我今天不想回家，你明早再来替我。”范小鱼不给罗亶商讨的余地，直接决定道。

“那你自己小心。这几天都没什么动静，今晚雨又下得这么大，应该也不会有事。你不要亲自去巡视，在屋里就好了。他们两个要是发现有情况，会放信号通知的。还有，你想吃什么，我先去给你买来。”罗亶犹豫了一下，终究妥协，只是不忘叮嘱。她决定的事情谁也无法轻易更改，他早就熟悉了。

“行了，这些都是小事，你就不要操心了，我自己会照顾自己。告诉冬冬让他不要担心，我明天白天再回去。”范小鱼笑着推他。

他说的屋子是三年前在瓦子外围租下来的一间老阁楼，专门供众人改头换面，以及偶尔过夜所用。据说阁楼早先建立时，原本视野十分开阔，可后来周围房舍四起，反被其他的阁楼挡住了视线，唯一没有阁楼的一面，却又偏生长了一棵大树，一道横斜的枝丫硬生生地挡住了大半个窗户。这样的阁楼自然不再为人喜爱，但对于范小鱼来说，却是一个绝佳的所在，只因从这个角度看过去，虽瞧不见完整的风景，却正好可以将百灵阁纳入视野。

阁楼下就是弯弯曲曲的深巷，四通八达，很适合摆脱跟踪者。若是百灵阁有事，直接从屋顶走，不过两百米就能赶到，对范小鱼一家来说，自然比从下面绕一大圈方便很多了。

就近买了两笼鱼虾蒸饺以及一罐香菇炖鸡汤，提着吃食绕了两圈，确定没人跟踪后，范小鱼才回到了阁楼。

阁楼里干燥而温暖。范小鱼摘下蝴蝶面具，点起防风灯，洗脚换鞋，再洗手换衣服，然后将晚餐摆开，开始在风雨声中慢慢地吃晚餐，却忽然间想起，自己已经很久很久没有这样一个人单独生活过了。

前生种种如云烟，今世日日才是真。

她一直这么告诫自己，然后强迫自己适应当初那具瘦小的身体，适应那贫穷到极致的落后生活，容忍那对活宝兄弟……当家、挣钱、流浪、为全家寻找出路、努力寻求平静的生活，在心中充满郁闷、无助，忍不住回想前世的时候，咬牙当自己生来就在这个世界，而以前的那二十多年才是黄粱一梦。

这样一日日地活着、过着，不知不觉间，原来她已经跟随这个时代走过了六年半的漫长岁月了。

其实现在回头想一想，这古代的日子也没什么不好的。虽然落后，但所谓习惯成自然，说不定现在让她回到前世，她反而不适应了呢！再说了，那个世界早已没有她心甘情愿为之付出的至亲，她回去又有什么意义呢？对她来说，现在的这个家——弟弟、老爹，还有二叔，才是她真正的家人。

蓦地，范小鱼忽然想起了一张和自己十分相似的面孔，不禁有些头疼。

平静了几天后的暴雨夜，似乎注定要发生一点什么的。

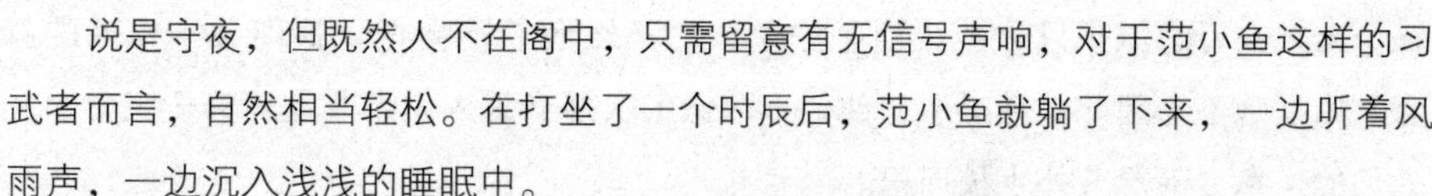

说是守夜，但既然人不在阁中，只需留意有无信号声响，对于范小鱼这样的习武者而言，自然相当轻松。在打坐了一个时辰后，范小鱼就躺了下来，一边听着风雨声，一边沉入浅浅的睡眠中。

忽然，一道尖锐的声音划过雨空，随即砰的一声在夜幕上炸开了绚烂的烟花。

有情况！范小鱼第一时间睁开了眼睛，犹如随时准备出击的战士一般一跃而起，迅速套上鞋子和面具，披上黑色的皮革，推开窗户就跳上了前头的屋顶。她微低着头避开扑面的风雨，很快到了百灵阁。

由于雨天客流极少，瓦子内几处常常通宵的勾栏，此刻也早已沉浸在昏暗和静默之中，只有几盏气死风灯在风雨中飘摇，衬得百灵阁内乒乒乓乓的动静和呼喊声分外的清晰。

未及皱眉，范小鱼锐利的眼睛便瞥见一扇微敞的窗户，方一进去就闻到了一股奇特的异味，她凝神警觉，异味来源显然是舞台。她心神顿时一凛，居然是桐油？

居然在这种大雨天来放火？范小鱼不及细想，身形已向传来打斗声的大厅直扑而去，正好看见一个守卫闷声倒下，然后被两个蒙面人迅速拖到一边，还有一个蒙面人则擦亮了火折，正欲投向舞台。

说时迟，那时快，只听一声极轻的噗声，蒙面人手中的火折已应声而灭。不等惊讶的蒙面人回头，范小鱼已如箭般冲了过去，一记劲道十足的直拳，砰地猛然重击上他的侧脸，同时她侧身旋转，一条腿已踢向正在处理守卫的一个蒙面人，左手甩动间，三枚去势凌厉的铜钱瞬间袭向第三个蒙面人。

三个蒙面人刚刚轻易地放倒了两名留守的守卫，自以为事情十分容易，却不曾想背后竟还有一个更厉害的高手，猝不及防间，已经吃了一个大亏。惊惧之下，三人忙使出看家本领，想要扳回局面，然而范小鱼怎么可能再给他们机会？

地痞出身的守卫在这三个人面前虽然是小菜一碟，可在面对范小鱼的时候，他们自己却成了小菜。范小鱼痛恨他们卑鄙地破坏百灵阁，手下自然不留情，每一招都狠劲十足、极度利落，专折他们的手脚关节。

片刻之间，三人已惨叫连天，满地翻滚，却因为偷偷摸摸地没有点灯，连对手的模样都没看清楚。

毫不客气地将三人打昏后，范小鱼才点起一盏灯笼，寻了绳子将他们绑在一处。察看过那个被他们打倒的守卫后，她欣慰地发现，他只是晕过去而已。环目四望，她很快在大厅另一头找到了另外一个昏迷的守卫，不由舒了口气。幸好今天这

三个人来的目的似乎只是放火而不是杀人，不然他们不会把人拖离泼了桐油的舞台。只是她不会因此心怀感恩，他们不敢像上次那样杀人，无非是火灾一定会引起人们的注意，不想节外生枝而已。

将猫二、猫三两个守卫放在椅子上，范小鱼查了一遍全楼，发现他们的重点只是舞台和后台，忍不住冷笑。他们选在这种大雨天偷偷潜入阁内纵火，既能烧了百灵阁，又可以借着大雨阻止火势蔓延，控制事态严重程度，不至于因为殃及别家而引起公愤，这一招还真是奸诈歹毒呀！

想必，这会儿某些人正在不远处等着看热闹吧，只可惜让他们失望了。

范小鱼冷笑着狠狠地踢了一个蒙面人一脚，正要去救醒两个守卫，忽地又心生警觉，才一回头，一个身影已从窗外跳了进来，十分遗憾地道："唉，看来我还是来迟了。"

范小鱼挑眉，"我记得你住在甜水巷。"

"我路过不行吗？"来人轻快地走了过来，顺手把一个包裹扔在桌上，发出清脆的撞击声。

"原来丁大公子三更半夜不睡觉，跑去当梁上君子了，真是好兴致啊！"范小鱼瞟了一眼他那身夜行衣，有些惊讶地发现这厮身上竟相当干爽，仅头发微微有些濡湿，好像有避雨之术似的。

丁澈嘿了一声，看了看地上的桐油，围着三个蒙面人绕了一圈，随口道："要我帮忙吗？"

范小鱼只想了一下就道："好，去我家把我爹和罗亶叫来。"

丁澈停步，不悦地回头瞪他，"就这个？"

范小鱼故意道："我可不想欠你太多人情。"言下之意，你只给我跑一趟腿，总不好意思算我人情吧？

"你……算了！"丁澈也不和她斗嘴，返身就走。

第三十七章

旖旎的易容时光

两刻钟后，柳园青匆匆地踏着积水而来，同来的还有班内几个守卫，见到阁中的情景，他们不由又是惊惧又是敬佩。这几年负责保卫百灵阁的一直是几个鹰卫，守卫们虽怀疑东家也会几手，但从未亲眼见过她出手。没想到她这个看似柔弱的少女，今日竟仅凭一人之力就打倒了连猫二、猫三都无法对付的敌人。几人再看范小鱼时，更觉得这个东家浑身上下都是令人肃然起敬的神秘。

“东家，报官吗?”

“不忙。”范小鱼微微摇头，“等会儿两位鹰卫就会来，先听听这几个人的口供再说。”

丁澈带着罗亶和范通回来时，柳园青很是惊讶，救过严家祖孙的少年怎么会出现在这里？但这少年既然是和鹰卫一起来的，有些事自然就不是他应该询问的，便按下了好奇心。

审讯的过程十分顺利。三个人刚开始苏醒时还不肯承认，罗亶也不废话，一脚踏上其中一个的伤腿，“轻轻”地旋转了一下，那个家伙立刻就鬼哭狼嚎地求饶了。

可拿到了供词，范小鱼却沉吟了，迟迟没有吩咐去报官，只让人看管好三个纵火犯，保护好现场，就移步到了书房。

“东家，这一次不同往日，我们已经有了人证、物证，东家还有何顾虑呢?”柳园青等了一会儿，见范小鱼还是不表态，终于忍不住问道。

这几年来，百灵阁明里暗里受桑家的欺负已经不知道多少回了，可因为对方有强硬的后台，为了百灵阁的安宁和戏班子弟们的安全，也为了保护自己真实身份不被暴露，东家每一次都宁可大事化小、小事化了，不愿意最终对簿公堂。这些他都能理解。可现在人家先是狠毒地要人命，如今又来纵火，这口气若是再咽下去，任谁心里也不甘心啊！

“柳班主，你把这件事情想得太简单了，顾虑多着呢。”范小鱼的声音里听不出喜怒哀乐，“虽然有了供词，可是你有没有想过，如果桑家一口咬定不是他们指使的，怎么办？”

“这几个人都是桑家长期豢养的打手，瓦子里的人谁不知晓？他们就是想赖也不好赖吧？”罗亶道。

“按理说是赖不了，可这世上的事情并不是依循公理而行的。桑家身后那错综复杂的关系你们也不是不知道，就算公理全部站在我们这一边，这官司也不见得一定会赢。而且你们别忘了，今日这火并没有放成功。桑家人不见火光，肯定早已知道计划失败，不可能眼睁睁地任由我们去报官。以他们一贯的卑劣，说不定还会诬陷说这些桐油是我们自己泼的，甚至，他们还可以倒打一耙反告我们绑架了他们的人，并威逼他们承认放火。如果是这样，你觉得我们还有胜算吗？”

此话一出，众人顿惊。柳园青更是狠狠地倒抽了口冷气，半晌后，才苍白着脸点头道：“东家顾虑得没错。此刻桑家一定早得到消息了，只怕已有应对之策，这官司……”

他苦笑了一声，极是沮丧地摇了摇头，长叹了一声。

“那你就打算不告了吗？”坐在最边上的丁澈忽然懒懒地问道。

其实范小鱼本来没打算让他参与百灵阁的私事，可这家伙却没有半丝“外人”的概念，自己抬脚就跟进来了，令柳园青特意看了好几眼，但自家东家都没赶人，他自然也不好说什么。

范小鱼忽然嘴角一勾，无声地笑道：“告，当然告。”

柳园青又呆住了，“可东家你刚才不是说……”

“我刚才之所以这么说，只是分析我们可能会遇到的问题，并不是说他们一定就会想到这些。做我们这一行的地位如何，柳班主你应该再清楚不过。像我们这样的身份，如果要打官司，还没上堂就先处于劣势，因此一些事情不能不事先考虑到。不然讨不到公道不说，一个不小心，百灵阁从此消失也不无可能。”

不是她胆小怕事，过于谨慎，而是这毕竟是个十分讲究关系的非民主的封建社会呀！

在这一刻，范小鱼忽然感到深深的无奈，不禁有些后悔当日不曾借机和赵祯相识。若是投了那一位皇帝的眼缘，攀上了这层关系，此刻百灵阁的安危自然无须担忧。

柳园青汗颜道："是小人考虑不周，把事情想得太简单了。"

"你也是为百灵阁着想，怎么能怪你呢！"范小鱼振作了一下精神，和悦地道，"柳班主，麻烦你让人准备一些吃喝，这件事我们还要好好想想再决定。"

"是。"柳园青知道这是她要私下和鹰卫商量的意思，忙先行退下。

"小鱼，与其天天这么提心吊胆的，不如我们把班子散了吧？"一直沉默不语的范通重重地叹了口气，"现在我们家不同往日，也算小有丰盈，可以另外开家小饭馆什么的，就算钱少些，可日子却能平平安安的。"

"师父，百灵阁是小鱼辛辛苦苦亲自一手建起来的，要是只因为一个桑家就……"见戴着面具的范小鱼一副沉静的神态，罗亶唯恐师父又惹得范小鱼不悦，忙插口道。虽然话说了一半就没有再接下去，但范通已明白他的意思。

百灵阁凝聚了范小鱼无数的心血，除非万不得已，怎么能如此轻易地放弃呢？

"我只是觉得小鱼这样太累了。"范通疼惜地看着范小鱼，仿佛能看到面具之下那紧皱的眉头。

罗亶说的他又何尝不知，可这世上的人心实在险恶呀。何况以他家现在的条件，过过小日子已然足够，何必再去赚这些辛苦钱呢。以前他就曾经劝过范小鱼收手，现在更加强烈希望如此。百灵阁在京城中名声已经很大，就算戏班子解散了，这里头的每个成员都是其他瓦肆争先邀请的对象，不会断了班中众人的生路，也算善始善终了。

"累？人活在世上，又有哪个不累了？"自家老爹眼里的真诚，范小鱼自然不会忽略，但她只感叹了一秒，眼中就重新聚起了寒意，"再说，就算明面上我们讨不到公道，难道还不能来暗的么？"

对于桑家人，她本来还留了一丝余地，打算只用白瓶里的药，现在看来，倒要麻烦岳瑜多配制一些永久性的了。马越善越被人骑，人越善越被人欺，这个道理是亘古不变的。要比狠，可以。她范小鱼奉陪，看到最后谁玩得起！谁付出的代价更大！

啪啪啪！

屋中忽然响起清脆的鼓掌声，却是丁澈正一脸“憨厚”地在拍手，“说得好，说得好。不过，不知道大东家打算怎么个告法呢？”

“丁大公子聪明绝伦，不妨猜一猜。”范小鱼故意道。她虽没有拉他下水的意思，可是人家硬要自动来蹚浑水，她也没理由阻拦不是？何况她现在又不是求人家，算不上人情。

“猜我是没兴趣猜的，我只知道百姓们对百灵阁的印象似乎很不错。有道是‘三人成虎’、‘众口铄金’，何况是事实确凿。只要有某些人勾结的证据，就算是有人想官官相护、颠倒黑白，只怕也是不容易的。”丁澈漫不经心地吹着杯中漂浮的茶叶。

他的意思是充分地利用百姓之口，索性把事情闹大，让官府有所顾虑？没想到他一个世家出身的公子哥，居然能想到利用舆论力量。范小鱼唇边带笑，意外地看了他一眼。

“我觉得可以试试。”罗亶沉声道。普通百姓想要取证可能十分困难，可他们的武功却不是白练的。至于传播方面，更是简单，他那几个手下以前就是在市井之中混的，半天的时间就可以将事情渲染得纷纷扬扬。

“如果他们反过来陷害我们，说我们诬告，官府反要治我们的罪呢？”范小鱼笑得更深。

丁澈悠悠一笑，“你们可是江湖人，总有机会和那些大人们好好谈谈吧？”

范小鱼无语地看着他，居然公然暗示他们可以半夜三更去威胁官员，他真是丁谓的孙子、钱惟演的外孙么？

晨光渐现，暴雨停歇后的苍穹一色天青，透露出无尽的清爽。

“你现在可以说了，到底带我到客栈来干吗？”云来客栈内，范小鱼有些疲倦地揉了揉太阳穴。

她连夜讨论部署了一大堆事情，好不容易才一一吩咐妥当，让柳园青去报官，这个家伙居然就硬要让她跟他回客栈，问他原因又不肯明说，只说她不来一定会后悔，神神秘秘地故弄玄虚。

“你先坐一会儿。”丁澈拿起一件外套披上，抛下几个字就不见了踪影。

现在她正忙得很，没空陪他瞎闹，他最好是真有事，不然……范小鱼哼了一声，自己也不知道不然能怎么样。不过她隐约觉得这一次丁澈不是故意拿她开涮，应该真的有事，而且是对她有利。她刚费了一晚上的心神，还真有些累了，反正人都来了，懒得再去多猜。

范小鱼坐在圆桌边以手托腮，一边无聊地打量着房间的摆设，一边养神，压根没察觉自己一个姑娘家到一个少年的房间里有什么不妥。

丁澈很快就回来了，两手各拎着一个密封的罐子。范小鱼还没开口询问，他已经向她示意，"你先避一避。"

避什么？范小鱼才刚扬眉，已听得有人上楼来，而且是冲着这个房间来的。左右迅速扫视一下，床底床后都太脏，她只好提气跃上房梁。

进来的不是什么敌人，不过是两个伙计。一个腋下夹着一个空脸盆，端着一份早饭，另一个则提着一个已经生了火的炉子和一把冒着热气的茶壶。

两人退下后，丁澈关了房门，笑道："下来吧。"

范小鱼盯着桌上的粥菜点心，糊涂了，"你不会只是请我来吃早饭吧？"

"我还需要准备一段时间，反正你也要等。"丁澈没有直接回答，直接动手把炉子放在一边，将两个陶罐放在石炭上，又从床顶取出一个包袱，在空余的半张桌上摊开，露出一堆瓶罐，还有许多小钳子、细银针、细钩子等金属工具。

看到丁澈从一个盒子里头取出一片面膜似的肉色薄片，范小鱼忽然领悟，讶然道："你要给我易容？"

"不然你想戴着面具上公堂？"丁澈居高临下地俯视着她，眼神很欠扁。

"我讨厌欠债。"范小鱼愣了愣，才咕哝了一句。话虽如此，她的声音里却含着笑意，随手把面具摘下放在一旁，神色自然地吃起早餐来。

要打官司，她这个东家就免不了要上堂，上堂就免不了摘下面具，摘下面具露出真容以后就免不了有麻烦，而她之所以还是决定报官，就是因为她已经准备请眼前的丁大公子帮忙。现在既然人家这么主动，她要拒绝就是傻子。

丁澈瞟了她一眼，嘴角一勾，开始像动手术一般将一系列用具摆放整齐，然后开始调药粉。待到陶罐到了一定的热度，他破开封口，取出里面的东西，一起混合着倒入脸盆之中，一股酸涩的味道顿时盈满了屋子。接着，他又将调好的药粉倒了一些下去，再把那片人皮面具平摊开浸入其中。

"你先把头发包起来。"丁澈递过一条长布。范小鱼漱了口，然后依言包住头，只露出面庞和双耳俯在冒着热气的脸盆上头熏，手中捏着丁澈给的一块蓝色手帕。

这不知混了多少种药粉的药水，味道让人极不舒服，范小鱼几乎被呛得涕泪纵横。她一边尽力屏息，一边不时地擦拭眼睛和鼻子，心里头不禁小人地怀疑，丁澈是不是故意借此机会整她？只可惜药味呛人，不是质问的时候。

好在这“熏陶”的时间还可以忍受，没多久范小鱼就可以感觉到，皮肤上的每一个毛孔都充分地舒展了开来，可是她的眼睛却反而睁不开来了。

“眼睛先别睁开，我把药水擦掉。”

丁澈自然地握着她的手臂，引她回到桌边坐下，然后取过一片干净白布，正待去吸她脸上的汗珠，可当他的目光落在那张被药水熏得嫣红、微微扬起的面容上时，忽然忍不住一颤，竟伸不出手去。

早在当年河边重逢，他就已经发现，这个曾经满头枯发、面黄肌瘦的黄毛丫头，早已蜕去儿时的青涩，犹如破茧的蝴蝶一般，展现出令人惊诧的美丽。第三度再见时，他也发现这一张嬉笑嗔怨无不生趣的娇容又有了一些新变化，可像此刻这般近距离地、仔细地凝望着她，却是第一次。

他忽然间觉得，眼前这张覆着密密细汗的瓜子型人面，已经不再单纯是一张面容，而是像春睡般的海棠、初雨后的粉荷、胭脂似的桃花……

“喂，你快点擦呀！都流到我脖子里去了……”范小鱼等了片刻，迟迟不觉脸上有动静，正好一滴汗珠滚下颈项，便很自然地抬起柔荑，用光洁的手背轻轻擦拭。

她的头本就微仰着，此刻为了拭去流下的药水，又昂起了两分，令纤细的颈项更加现出一种优美的弧度，有一种别样的魔力，令人忍不住想化身为刚才那一滴水珠……

扑通……某少年的心突然间全乱了，只觉鼻子一热，竟然冲出两道液体来。

“等……一下，我……在拿药粉……你千万别睁眼……”慌乱间，少年忙捂住鼻子，紧促地转身。

“哦……”

不知是被呛人的药水熏醒了少女的敏感，还是一种莫名的错觉，范小鱼忽然觉得充满酸涩味的空气变得有点不一样了，而到底是哪里不一样，她却有点不敢思忖，只好假装自己没有听到那些轻微的如吸气、摩擦、轻薄的东西扔到角落等各种声响。

快速擦去丢人的鼻血，点了自己几处穴道，又深吸几口气平静了一下心绪后，丁澈这才从窗边走了回来，强迫自己再度拿起干布面对范小鱼的脸，只是这次视线再也不敢向下稍移一分，并有意把眼睛留在最后擦拭。

“接下来就直接贴面具了吗?”范小鱼终于睁开眼睛，目光直接投向桌上的一堆用具。

“不，得先调整一下你的脸部轮廓。”见她没有直接看自己，脸上犹自发烫的丁澈不由松了口气，忙快速地转身，从一个小瓶中掏出一团像白色米糊般黏稠的药膏，然后拿一把极小的铲子挖起一片药膏，干咳了一声，“你最好再闭上眼睛。”

范小鱼依言合上双目，“你会把我易容成什么样子?”

丁澈一怔，这才发觉自己竟然一直都忘了问她想要易容成什么样子，有些赧然地道：“你说呢?”

范小鱼微微偏了一下头，想了想，道：“和你一样，普通点吧。对了，我常年戴着面具，没有特殊的理由好像有点过不去，要不，你就在我脸上弄点疤痕，丑点也行。”

“好。”丁澈深吸了一口气，命令自己集中注意力，略略一忖，心中便有了大概模型，开始动手。

位于甜水巷内的子家胡同，虽然不若新建的繁华闹市区热闹，但随着天色越发明亮，各种各样声响也随着人们的早起而慢慢传开。

云来客栈也不例外地开始忙碌起来，开门声，脚步声，客人的吆喝声，小二的应和声，洗脸水的泼洒声，楼梯的震动声……一切的声响都因为闭上了眼睛而变得分外清晰。

范小鱼努力地将注意力集中在外头的那些杂音上，可由于视力的丧失而越发敏感的神经末梢，却清清楚楚地将她本想忽略的各种感受传到她的中枢神经，比如那些轻微的如雕刻精细工艺品般轻柔的小动作，比如那近在咫尺的含蓄呼吸声，比如那一股藏在酸涩空气中清新淡然的男子气息……甚至，她似乎还能感受到对面身躯所散发出来的热度……

这样的距离好像太近了!

范小鱼忽然觉得怎么坐都不舒服，放在膝盖上的手不自觉地握了起来。她很想调整一下坐姿，可才一起念，就听到一个清越中含有一丝低沉的声音，“别乱动!”

范小鱼陡然僵住，脸上忽然有些发烧，原本平缓的呼吸顿时急促了一分。她忍

不住轻咬了一下唇，随即想到此刻对方正俯视着她的脸，这种小动作似乎很不妥当，又忙放开，放开之后却又觉得这样微张着嘴更不好，忙又紧抿了起来。

然而，几乎同时，忽然有什么东西轻轻地撞了一下她的鼻梁，好像是失控下的一点颤动……

心，就在这片刻间，突然失律地砰砰撞击着胸腔，范小鱼感觉自己仿佛做了贼似的。为了掩饰这份莫名的心慌和尴尬，她忙力持镇定地找话题，“这个易容……快吗？”

“还行吧……我先加宽你的鼻梁……再增加一点颧骨，然后贴上面具就差不多了。”丁澈的声音也不如平时流畅。实际上，说话的时候，他的手几乎不敢再碰触底下那片嫣红欲滴的肌肤。

“哦，那……谢谢……”范小鱼僵硬地坐着，拇指的指甲无意识地掐进了手心。

“不客气……”某人不自然地轻声回应，定了定神后，才重新挖了一块药膏覆了上去。

专心地做好鼻子的形状，下一步是垫高颧骨，接着，丁澈用一把小软刷在她脸上轻轻地涂上一层黏黏的液体，然后才用镊子取出那块人皮面具，小心地贴在范小鱼的脸上，并用指腹仔细地按压着面具一点点铺平，修饰去多余的边角，最后，再刷上药水，让面具的边缘和皮肤紧密贴在一起……

这一过程中，他的手指始终没有直接碰触到范小鱼的肌肤，动作轻柔得像在虔诚地触碰一件最为神圣的物品，唯恐重了半分就会破坏一切。

这种感觉很像是不知从何处拂来的温柔春风……

范小鱼，收起你那莫名其妙的感觉！你现在只不过是在高级SPA里享受最高级的美容服务，一切都是为了这张脸，很正常，很平常，没什么大不了的，不要表现得像个土包子一样丢人现眼！

当那双手如清风般拂过太阳穴、鼻梁、嘴唇边缘、下颌、耳际……某人很努力地在心中催眠自己，甚至刻意逼自己去想一些乱七八糟的事情。

比如，前世她曾经拼过一幅很喜欢的拼图。那是一幅油画，前后种满果树的屋子，戴着草帽的外国少女，正和妹妹手拉手地站在开满野花的湖边，看着湖中的点点白帆。

比如，有一天下班回家路过一个橱窗，里头有一组十分漂亮的水晶制品，可惜价钱太高了。

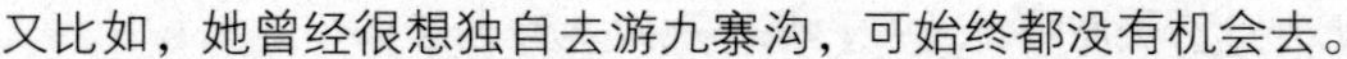

又比如，她曾经很想独自去游九寨沟，可始终都没有机会去。

随着思想渐渐地扩散，范小鱼终于慢慢地放松了下来，直到忽然听到一声“好了”，才猛然想起，那些过往早已是前世烟云，眼下自己不是在做面膜，而是在易容。

剩余的一点暧昧的气氛，在范小鱼睁开有些粘连的眼睛，看到镜中的那张陌生面孔时，瞬间蒸发得干干净净。

有些苍白的皮肤，微高的颧骨，宽扁的鼻子，略肿的眼窝，就连并没有做改变的双眉和唇形，看上去也陌生了许多。如果说这些五官综合起来看勉强算是清秀的话，那么横亘在左眼下方的那条蜈蚣状疤痕，则完全破坏了这份普通之姿。

总之，这确实是一个完全不同的自己了。

范小鱼新奇地对着铜镜中那张脸左看右看，想皱皱鼻子，却发现整个鼻子都被黏住了；欲睁大眼睛，眼皮上立刻传来异样感，翻白眼这种行为是不用指望了，不过扬眉的动作却还能自如地体现，好像说话也没多大影响。

“如何?”丁澈递过镜子后，侧身倒了杯茶，缓缓地饮着。双手看似沉稳，可紧绷的手指却出卖了主人的紧张。

“这个嘛……”范小鱼摸了摸脸，故意顿了一顿才道，“虽然表情很死板，时间又长，而且过程好像很麻烦，不过做好后确实看不出来是假的，马马虎虎还算过得去吧!”

“马马虎虎?”他花了这么大心力才完成的完美艺术品，居然只是马马虎虎！丁澈的紧张一下子变成了恼意，侧头瞪视着她，“有本事你做一个给我瞧瞧!”

“要是我也会易容，一定做得比你还好。”他一瞪眼，范小鱼反而觉得更加自在了，狡黠地回视他。

“别以为我不知道你是想骗我的易容术。”丁澈转过头，哼了一声，开始整理瓶瓶罐罐。

“你的易容术这么麻烦，我才不要学呢!”范小鱼起身挥了挥手，像是要挥散屋子里的怪味，“而且味道这么重，熏死人了!”

“既然你这么狗咬吕洞宾，不识好人心，那把面具还给我好了!”丁澈意外地没有恼怒，反而嘿嘿一笑，忽然伸出双手，佯装要去撕范小鱼的脸。

“嫁出去的女儿泼出去的水，这是你自己主动给我的，可不是我向你要来的。”范小鱼故意刁蛮地道，虽然知道他不会真抓，但还是腰身一扭，轻盈地避了开去。

“我后悔了不成吗?”丁澈哼了一声，毫不犹豫地追上去。

“你后悔了也不成，这世上可没有后悔药吃。”范小鱼一声轻笑，再度避开，见他依然紧追不舍，顿时醒悟过来，这家伙故意借此和她比试轻功呢，话锋顿时一转，“不过，既然你后悔了，我大发慈悲成全你一次也行。”

说着，她忽然不再躲避，反而迎了上去，眼中竟是灵动的光芒。

这一招实是出其不意。丁澈的手本来就离她的身体不远，这一伸一迎之间，还真就碰到了她的脸。他忙猛地缩回了手，顿住身形。

“你……”

“撕呀，怎么不撕啦?”范小鱼无赖地扬起下巴，嘟起了红唇。眼波流转间，满是得逞的狡猾。

她是吃定了他不会动手是不是?丁澈恶狠狠地瞪着她，重重地哼了一声，打开门，“你可以走了，我要睡觉。”

“你还没告诉我怎么取下来呢!”范小鱼眼中笑意更浓，偏不肯动。

“等我有心情了再说。”丁澈板着脸，忽然不知哪来的勇气，抓起她的手臂猛地把她推出门外，然后砰地一下关了门。

第三十八章

明里暗里都要反击

他居然……

范小鱼瞪着眼睛，就要气呼呼地敲门，可手才抬起来，却忍不住笑了。

这个丁澈，表达善意的方式虽然还是很差劲，不过这个人皮面具却真是一番及时雨。这下就算她必须作为百灵阁的东家上堂，也不怕会因此毁了一家人的安宁了。至于那个面具，算了，重新去买一个吧，反正现在她这副样子，走在大街上也没有一个人能认得。

戴了新面具，范小鱼悄悄地从后门回到了百灵阁。此时天色已经大亮，柳园青正满脸微笑地陪着几个哈欠连天的衙役勘察现场。见那些衙役明显的草率敷衍，口中还骂骂咧咧咋咋呼呼，范小鱼不禁皱眉，却只能暗自无奈地叹了口气，转到书房眼不见为净。

自从三年前素来以严为治的薛奎大人出使契丹后，京城里的风气就一直很差。衙役们借由办差索取民脂民膏的情况，已经司空见惯了。

"他们要我们先写个状子呈上去，师父回家找岳先生了。桑家那边可能已经打点过官府，这些衙役虽然收了好处，却还是坚持要我们先关门，说是要留着现场让上头勘察。"罗亶走了进来。

"有没有说要关几天门?"

"没有，只含糊地说要等上头发落。"

"这是先给我们一个下马威呢。"范小鱼冷笑了一声，"我们不妨就等他一等，

看那上头几时才能下来。你告诉大家别慌，正好十六要出外场，让他们按照平常日程继续练习。”

桑家想通过停止营业来压制他们百灵阁，可他们连更坏的准备都已经做好了，还会在乎这点小小的打击么？桑家欠他们的，总有一日她会加倍地讨回来。

没过多久，范通也带着岳瑜来到了城里。当然，在这种时候，自然不可能把人带到百灵阁，他们便把那间秘密的阁楼当成临时的议事厅，只留下罗亶镇守百灵阁。

岳瑜的文采自然是不用说的，只是他日日蜗居在家，言辞间未免太过陈腐。范小鱼仔细地看了一遍草稿，敏锐地去掉了几处过犹不及之处，又让他重新修饰了一下文风，既表达了对衙门清明的无限寄望，又技巧地恭维了一下阅状人，最后才重新录了一份，赶回百灵阁将状纸交与柳园青。

打过官司的人都知道一纸状书的重要性，这状子怎么写也是大有学问。

作为老百姓，私下里鄙视官场的黑暗、不耻贪官的为人是一回事，但若打官司时还直言以对，不懂得讨好那些大老爷，恐怕再有理也只有挨板子的份儿。

人生无奈，有些事情纵然再不屑做，有时候还是要委屈一下的。至少，在推官判定这次纵火案的性质之前，这恭敬和讨好的戏是必须要演的。

折腾了半天，又使了不少花销，衙役们总算带着状子和纵火犯离开了。目送他们的不但有百灵阁的人，还有一大批闻讯赶来围观的百姓。没多久，百灵阁遭歹人半夜纵火的事情就传遍了整个荀家瓦子，又通过一张张嘴传到了其他瓦子、茶肆、酒楼、街头、巷尾……

不过这只是范小鱼的目的之一。舆论煽动工作固然要做，但让几十个百姓亲眼见到三个歹人的真面目，却是一种更好的保护手段，杜绝了官府在这一方面作假的可能，至少，人是桑家人，这点，再没有人能否认。桑家人千不该万不该，不该派熟面孔来行这纵火的勾当。

说起这件事，范小鱼心中不免又升起了一丝感激，若不是当日丁澈机缘巧合地折了桑家新招纳的几个江湖人的手臂，也许此刻桑家就完全可以咬死不认了。

当然，凡事不怕一万，只怕万一。为了保险起见，虽然明知有了人证物证之后官府非立案不可，范小鱼还是特地让范通暗地里跟随那些衙役回去，以便尽量了解官府背后的运作，监督他们是否和桑家私底下沟通，从而更好地制定应对之策。

紧接着，范小鱼又派出了柳园青，因为她需要一位讼师，一位真正专业的、可

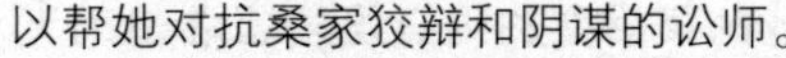

以帮她对抗桑家狡辩和阴谋的讼师。

最后，范小鱼亲自出面安抚了一通班子里的成员，并让罗亶负责留守警戒。

一通费神费脑下来，范小鱼也不禁有些疲惫，看在罗亶眼里，面具下的脸上不由得浮起一丝心疼。

“回去休息一下吧，师父他们一时不会那么快回来。”

范小鱼想了想，觉得与其在这里枯等，确实不如趁机好好养养神。而且冬冬一个人在家，一定很担忧，也得回家让他安心一下，于是她便带着躲在外头的岳瑜一道回了家。

“姐姐，我可不可以摸摸你的脸?”范白菜对范小鱼这张陌生的脸很是好奇，吃饭的时候就不知道看了多少回，吃完饭后终于忍不住了。

“摸吧!”范小鱼好笑地主动把脸凑了过去。

和往日不同，因为顶着一张假面，又不能戴着醒目的面具，她今天回家简直就像做贼，不但得避着自家的丫鬟，连洗澡和吃饭都偷偷摸摸的。

看来她还是得去找一下那位脾气多变的丁大公子，“央求”他大人大量地告诉她怎么取下易容面具。

范白菜凑向前，伸手小心地摸了摸她的脸颊，又轻轻地按了按她的鼻子，还瞪着大眼睛在她的发鬓处找了半天，最后才叹为观止地住手，同时敬佩地道：“姐姐，丁哥哥真的好厉害呀！一点都看不出来是假的。要不是先生提前跟我打了招呼，我还真不相信你就是姐姐呢?”

“那家伙确实还算有点本事。”范小鱼笑道。

“姐姐，丁哥哥既然回来了，还这么好地帮你易容，你怎么不请他来我们家玩呢?”范白菜笑嘻嘻地撒娇道。他的动作虽还带着孩子气，可日渐方正的脸庞上，已开始洋溢着少年所特有的充沛活力和阳光气质。

“你想见他呀?

范小鱼点了点他的鼻子，很满意这个弟弟既不像老爹那样过于憨厚优柔，也不似范岱那般过于洒脱、凡事都不在乎，成长得十分正常，很明白自己要什么，更明白有些事情不是他想操心就能操心得了的。比如这次百灵阁的事情，范小鱼并不瞒他，他也很乖巧地只做一个知情者，而不是整日忧心忡忡地要为家里出力，更不会不懂事地乱帮忙。

“是啊，姐姐你请丁哥哥来我们家玩吧！”范白菜明亮的眼睛里闪着渴望的光芒。

“好，等什么时候方便了，我请他来我们家吃饭。”范小鱼爽快地答应，心里却有些疑惑，冬冬什么时候和丁澈这么好了？不过反正她正好欠了某人一顿饭，请就请了，只是之前要先搞清楚这个易容面具怎么拿下来，以后使用方不方便？

百灵阁官司在身，柳河镇离开封城再近毕竟也有五六里路，范小鱼不可能睡觉休息，只洗了个澡吃了顿饭就又赶回了城里。

事实证明，范小鱼之前的一番顾虑并非是危言耸听。

她一回来，罗亶就告诉她一个很不好的消息：蹲在官府附近专门转达范通消息的猫七回报说，桑家果然早就和官府打过招呼。状子到了衙门后，那位姓崔的推官老爷在细细地看了一遍之后，居然吩咐幕僚抄录一份，等到旁人不注意的时候偷偷地送到桑家去。

“这些当官的也欺人太甚！”

书房内，无须摘下面具，也能感觉到罗亶阴云密布的脸色。

“既然一只是狼，一只是狈，那么合在一起狼狈为奸自然正常。”范小鱼淡淡地道，语声中听不出丝毫的火气。她让猫七退下，然后拉住右手袖子，转着素腕一圈圈慢慢地磨起墨来。

“我们怎么办？”

“静观其变。打官司我们不在行，先等柳班主把讼师请回来。”范小鱼心里当然也愤怒，但是光愤怒是没有用的。

这一等就等到了下午。在离开将近三个时辰后，柳园青终于疲惫地回来了，却只有一个人。

“他们怕桑家的势力，不敢接这个案子？”范小鱼以最坏的猜测开问。

“除了这个，还有人一听说是为一个戏班子打官司……”

“觉得有失他们的身份，是么？”范小鱼的眼波一下子冰冷了起来。先前知道官府和桑家勾结，她都不曾这么生气，可此刻她却真的有些怒了。

优伶又如何？还不都是爹妈生的，还不都是一个鼻子两只眼睛！难道他们同属三教九流的讼师就清高到天上去了？有本事不要当讼师去当大官呀！有本事不要站在堂下卖弄口舌，爬到台上去坐凳子啊！既然这么看不起优伶，可以，下次她就在

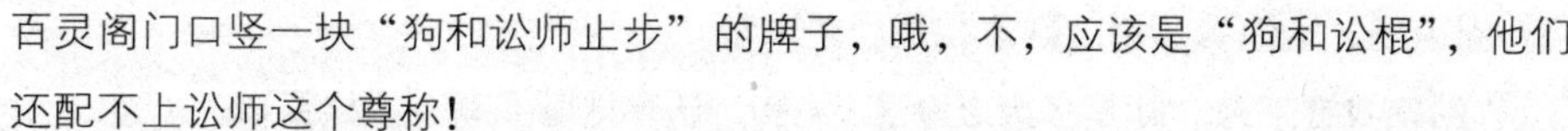

百灵阁门口竖一块“狗和讼师止步”的牌子，哦，不，应该是“狗和讼棍”，他们还配不上讼师这个尊称！

“东家，您先别生气。”柳园青苦笑，随即又振作起来，“我今天跑了几处，虽未请到人，却听说有一位秋试未中、寄住在城北天清寺的吴公子相当精通律法，小人想再去看看。”

“只是一些靠着田产家产为生的讼棍都如此矜持，更不用说是落第的酸腐书生了。”范小鱼讥讽道，但顿了顿又改变主意，“不过，你去一趟也好。若是真有才能并愿意帮我们的最好，若是只是沽名钓誉自命清高，那就算了。”

说着，她又交代了柳园青一番，让他请人之前先问那吴公子几个问题，若是都一一作答，而且答案接近的，便是花上大钱也要把人请回来，反之则无须理会。

柳园青点头，只在阁中略用了些吃食，便雇了辆牛车匆匆而去，希望在天黑前赶回来。

之后，暂时又只能枯等，范小鱼便索性把书房当成了休息室，胳膊支在案上开始补眠。

下那种特别的药不像是下其他毒药，就算临床不举，也不大可能第一时间想到自己是中了毒。而且一般来说，如果“病”发时间不长，谁也不可能把这种丢脸的私密之事随便宣传，总是几次失败之后才会秘密宣医，而到那时候，恐怕已经错过了最佳的排毒时期。

所以，她今晚要去拜访拜访某些人，至于风险，范小鱼却不放在眼里。

桑家纵然再富裕，家里再有护卫，也不过是些泛泛之辈而已。他家如有高手，昨夜偷偷潜入的就不是那三个人了。当然，即便是她低估了桑家的防卫，凭她的轻功，全身而退总不是难题，更何况她又不是去行刺，完全可以见机行事。

一个时辰后，柳园青回来了。这一次，他终于不再是一个人。

乍见之下，这位吴言之吴公子长得实在其貌不扬。虽着白袍，但颜色却已经开始泛黄，而且个子矮小、面色黝黑，不像是读书人倒更像庄稼汉，唯独一双小眼睛炯炯有神，透露出一种对正义的执著，令人不敢小觑。

柳园青为两人互相引见时，他的态度始终不亢不卑，神色上也没有对女子的鄙视，虽貌相不佳，却让人很有好感。

必要地客套了两句后，范小鱼没有再废话，直接把情况陈述了一遍，并带他转

了一圈现场，给他看了状纸副本，最后才求教。

“姑娘找在下来，却是多余之举。”吴言之认真地听完看完，摇头道。

“吴公子何出此言？”

“既有桐油为证，又是当场擒获，街坊四邻，众多识别，又有如此条理清晰的状纸，若其中无虚，便是证据确凿，姑娘便是不请吴某，后日开堂也无所担忧，何必再徒费钱财？”吴言之淡淡地道，不但没有像一般讼师那样夸大其词，通过忽悠案情严重程度令主家多出讼费，居然还劝范小鱼收回成命，不必请人代言。

范小鱼顿时眉峰微挑，呵呵呵地轻笑了起来，“这么说，吴公子认为此官司我百灵阁必赢了？”

“若无虚假，依按法理，必赢。”吴言之点头道。

“若是桑家与官府有所勾结呢？吴公子还认为这官司我们稳操胜券吗？”

“此话怎讲？”吴言之的腰板顿时更加挺直，肃然问道。

“不瞒吴公子，桑家有后台，而且后台不浅。我们今日投牒受诉的崔推官就极有可能和他们私交甚好，故而我们没有万全把握。”范小鱼目不转睛地注视着这位吴言之公子。

虽然这位吴公子能来，就已经证明了他的品行，但光精通律法和有一颗正义之心还不够，还需要极大的胆识才行。

吴言之眼中光芒顿时暴涨，连一丝的考虑也没有，立时起身一拱手，道：“既然如此，此案吴某便应下了。”

“吴公子难道连考虑都不考虑？”范小鱼盯着他，“此案也许是龙潭，是虎穴。”

“我只求天下正义公理得以伸张。”吴言之傲然一笑，矮小的身躯也似陡然拔高了几寸。

“也许官官相护，黑白颠倒。”

吴言之再笑，“这是京都，除了开封府，还有大理寺、御史台、刑部，哪怕三司同污，这朗朗乾坤之上还有天子圣明。淳化四年，有京畿民牟晖击登闻鼓，诉家奴丢失了一只小猪，太宗下诏赐千钱偿其值，并言：‘似此细事悉诉于朕，亦为听决，大可笑也。然推此心以临天下，可以无冤民矣。’只要确有冤情，在下愿陪姑娘同击登闻鼓。”

“如此，就拜托吴公子了。”范小鱼肃然起敬，站起来行礼，而后忽然疑惑道：“吴公子方才说后日开堂，请问如何得知？”

“开封府内设左右二厅，两位推官分日轮流坐堂判案。既然今日崔推官迟迟未来勘察，自然最起码要推到后日了。”

范小鱼点头。这个一点都不像普通读书人的落第秀才，可是大大地改变了她心中的读书人印象。

意料之外地请了一位人才，范小鱼的心顿时定了好几分。

她对这个时代的律法本来就一点不熟，虽说自家占着理，却怕官方利用律法抓空子。如今明有吴公子，暗可跟踪取证，这把握就大多了。

将吴言之安排妥当后，范小鱼特地细细地嘱咐了柳园青一番。百灵阁和桑家的有些恩怨，自然要让吴言之了解一些，但是有些该保守的秘密依然要保守——比如人是范小鱼抓的，而不是猫二、猫三那些守卫抓的。

柳园青世故圆滑，范小鱼只一指点，他就知道了分寸，自去殷勤招待吴言之不提。

独自留在书房的范小鱼摸了摸怀中的瓶子，冷冷地一笑。

状纸已递，犯人已在押，讼师也请好了，明面上的准备工作大概已定，暗地里也有范通在蹲守，现在该是实行最初计划的时候了。

吴言之离开没多久，范通就回来了，说是那崔推官已经让人重新抄了一份状子，派人送到了桑家。

“另外有书信么？”

范通想了想，肯定道：“有，我看他写了一封书信让人一同带去。”

范小鱼笑颜一绽，“有就好，也许事情比我们想的还简单些。”

要不要把那家伙叫去呢？

黑暗中，范小鱼歪着头站在屋顶，皱着眉头思索。

不知道为什么，这位丁大公子自从回来以后，好像一直在有意无意地帮自己。一开始他救下严家祖孙，可以说是机缘巧合，那么接下来这几天呢？

如果说，在大街上暗打小痞子可以说是为了那个小皇帝，答应暂时照看上官娇是举手之劳，昨夜来百灵阁是顺便路过，那今天呢？他若是真想和自己斗一场，完全可以借易容提出条件，却是半个字也没说。再看前几回她要付出的回报，只是一餐饭……

范小鱼忍不住摇了摇头，丁大公子都当独行大盗了，又怎么可能连饭都没得吃。可是，他没必要对她这么好啊。虽然他表现这个好的方式和常人不同，情绪也很多变，可是细想起来，重逢后的每件事情似乎都是他在关心她……

想起易容时的异样气氛，范小鱼觉得脸皮有点发热，忙把杂乱的思绪抛开。

算了算了，还是不要想那么多了，他想参加就让他参加吧！不管他大少爷是心怀侠义顾念旧情也好，还是吃饱了撑的没事干当做历练也好，反正他们又不是真的敌人。再说，从某种程度而言，他也不是不知道范家的秘密。

念头一定，范小鱼便懒懒地伏在屋顶上，发出了一声尖锐的狐狸叫声。

城西南的桑家既是个有后台的，生意当然不会仅仅是城东的一处瓦子。事实上，明的来说，桑家瓦子只是一处洗黑钱的地方。据范小鱼所知，胭脂巷里头有一家青楼就是属于桑家的，还有暗地里逼得无数人家妻离子散的赌场和地下钱庄。

这样一条地头蛇，老巢自然也不可能没有防备的，实际上，其守卫森严的程度竟不下于高官府邸。当然，这难不倒两个灰黑色装扮的蒙面人。此刻，那一队自以为警戒严密的护卫，压根儿就没发现有人伏在他们刚刚经过的回廊上面。

“你东我西，要是顺利得手，就在此会合，不然，各自见机行事。”侍卫走远后，范小鱼微微眯起眼睛再次打量了一下四周，确定了方向。

“听说那桑家老四很是变态，要不，你东我西?”

“哪来那么多废话!”范小鱼就要起身。

“等一下。”丁澈双眸晶亮，兴奋地提议，“光是下药太过简单，不如比比时间，设个彩头?”

“彩你个头啊！又不是随便把药下了就好，还要确定他们喝下去的。”范小鱼低声叱道，“今天我们的目标只是下药，你少给我打草惊蛇。”

不然她也不会明知道桑家和官府有书信勾结却不去动，因为一切还未到时候，一惊之下蛇就会有准备了。

没乐趣！丁澈轻笑了一下，一耸肩，像只黑猫般无声无息地蹿了出去，跟在了那队护卫的后头。

此刻时辰尚早，院中灯火通明，能神不知鬼不觉地让他们服下药就已经够不错了，她可不打算让别人发现，玩什么逃跑游戏。

桑家狗爪子一堆，真正主事的却只有两个。

范小鱼的目标是桑家老四桑高科，一个十分喜欢为处女开苞的猥琐变态大叔。

变态大叔的妾室很多，一共是十三房。变态大叔的怪癖也很多，喜欢玩很后现代的游戏，喜欢明亮地办事，还喜欢开着窗户。幸好他的房间在二楼，不然巡视的侍卫一定常常能看到活动的春宫图。

今天变态大叔不知为什么十分不爽，正穿着里衣站在床边挥鞭子。他挥鞭子显然很有经验，每鞭下去都会在小妾那雪白的身子上留下一道道红印，却又不会伤得很重。小妾啼哭着抱着锦被翻滚，一半是因为疼痛，一半是为了迎合。

范小鱼静静地等待着，忽然很郁闷地想到了一个问题：她是不是把事情想得太天真了？

虽然她是可以把眼前这个猥琐大叔整残了，可她能同时让他的变态也一起 YW 么？答案显然是否定的，不然历史上也不会有那么多因为不能人道而发狂的太监。

算了，反正不下药也变态，下药也变态，还是下吧，能少摧残一个是一个。

闭着眼睛，范小鱼无声地叹了口气。摸摸怀里的瓶子，看一眼放在桌上的茶壶，她再次计算了一下所需的时间。

小妾不住地哀求着，鞭子终于被扔在了一旁，猥琐大叔爬上床去。

噗……一阵狂风吹过，房间里的几根蜡烛忽然熄灭了，窗户也被风狠狠地摇动了一下。

“干他娘的该死的风，真是扫老子兴致！还不赶紧给老子滚下去把灯点起来！”一声重响后，地上一条白花花的人影挣扎着爬了起来。

过了一会儿，房间重新亮了，小妾带着一张比哭还难看的笑脸回到了床上。

范小鱼站在几十米外的屋顶上，不想再听那淫声秽语，只远远地观望着，等着某变态事后起来喝茶。令她十分无语的是，有两个护卫偷偷地爬上一座可以望见二楼的假山，正无声地发出同样龌龊的贼笑。

范小鱼恶心地别过脸，只用一点余光关注着二楼，忽然不想再在这个园子里待下去。

“你比我足足迟了一刻钟。”虽说没定下比试，但看着范小鱼迟迟才来会合，丁澈不禁有点儿得意。

范小鱼却有点意兴阑珊，挥了挥手，就先退了出去。

“你怎么了?”丁澈感觉她的情绪有些低落，不由诧异地道，“难道没得手?”

范小鱼忽然停住，侧身看着他的眼睛，冷冷地道：“你好像很习惯这种情况?”

“什么我很习惯?不过是下一点药而已，当然轻而易举……”丁澈有些莫名其妙，忽然想到范小鱼的深一层意思，目光顿时有些尴尬，“我运气比较好，遇上一个去送醒酒汤的丫鬟，就使了点诈，让她以为遇到了鬼，趁机下了药，然后看着那个醉鬼喝下去就出来了。”

原来是这样。难怪你大公子这么自在，早知道就让你去西苑了。范小鱼胸口的郁结顿时一松，随即又气了起来，恼恨自己刚才怎么就没答应他的提议呢?

“你不会正好……”猜测到某种可能，丁澈忽然结巴了起来。

哪壶不开提哪壶！范小鱼狠狠地白了他一眼，双臂一舒，已扑进夜色之中。

“我……”丁澈欲辩难辩，想起某次夜盗时无意中曾听到过的某种可疑的呻吟，俊脸一下子灼烧起来。他尴尬了一会儿，想起现在两个人都看不到真面目，才朝着范小鱼的方向追去。

奔了一段路，范小鱼在一个巷子里停了下来。她脱下夜行衣，抽出一块布将衣服和蒙面巾都收起来，再扯下一点乱发若隐若现地遮住脸，摇身变成一个再普通不过的女子，然后若无其事地走了出去。

外面就是街心夜市，人来人往十分热闹。

丁澈也略改了行装，却因残余的窘迫不好意思和她太接近。

于是，两人便一前一后，宛如陌生人般慢悠悠地走着同一条路，看着同样的风景，闻着同样的各种香气，被同样的小贩热情地招呼着，可能还会被同样几个顽皮追跑着的孩子不小心撞到……

行进在这些或带着新奇、或带着笑容、或目不转睛、或不时低语的人中间，看着两边那些卖力地招揽客人的小贩，感受着浓厚的生活气息，范小鱼的嘴角终于露出了一丝温暖的微笑。

虽说每个世道上都会有黑暗龌龊的一面，不过她也无法否认，生活里还有很多平凡朴实的东西，比如那个正在给孩子买面人的慈母，那个给妻子选绢花的丈夫，那一对互相搀扶着散步的老夫妇……夜市里的摊位虽然简陋狭小，东西却物美价廉，深受普通老百姓的喜爱，也每每让范小鱼有一种很亲切的感觉。

幸亏是来到了这个与众不同的开放朝代，不然作为一个古代人，一定会丧失很多乐趣的。

第三十九章

公堂巧辩

“白菜豆腐馄饨，五文钱一碗啦!”渐往东走后，摊位渐稀，范小鱼忽然听到一个十分稚嫩的声音，侧目一看，只见一个四五岁的小女孩，正站在一个妇人身边人小鬼大地吆喝着，而那妇人则一边熟练地包着馄饨，一边不时向她投去温柔的一瞥。

刹那间，似乎有什么东西突然一下子击中范小鱼最深处的灵魂，又像有一只无形的手，突然搅起了遥远的浮光掠影，将她困进记忆和现实的交错中。

只不过，馄饨变成了臭豆腐，来往的人声变成了汽车的喇叭声……正当范小鱼想捕捉那消失了很久的画面时，一声陡来的怪叫打破了一切。

“咦，馄饨老西施，今儿个怎么又不见你那野汉子呀?”

“不会是被那姘头甩了吧?”

“甩了正好，干脆跟我们大哥好了。我们大哥就是喜欢这样的半老徐娘……说是那个什么……什么来着……”

“笨蛋，是够味!”

“对对对，老女人够味。哈哈哈……”

一阵刺耳的笑声中，几个小青年簇拥着一个穿着绸衣却故意不扣紧领子的少年，嘻嘻哈哈地荡了过来，围住了馄饨摊。

“娘!”小女孩吓得立刻抱住妇人。

范小鱼的目光一下子冷了起来。

听到这充满痞气的声音，妇人立刻警戒地站了起来，把害怕的小女孩揽到身

后，声音柔和却又愤怒地道：“我和范大哥清清白白，你不要侮辱人!”

“清清白白……谁信呀！馄饨西施，不如你和小爷去乐呵乐呵，也好有个比较，知道谁更会疼你。”为首的痞子肆无忌惮地笑了起来，一边污言秽语，一边就要伸手去抓妇人的手。

妇人迅速一缩，同时机警地一下子掀开锅盖，舀起一瓢滚水，作势对着痞子，“滚！不然别怪我不客气!”

“好啊，你个臭婊子，敬酒不吃吃罚酒!”痞子慌得连忙后退，气急败坏地骂道，“既然这老娘们儿不识趣，来啊，给我砸了这个破摊子!”

“你们敢!”妇人色厉内荏地大喝，手中的木瓢却已抖了起来，目光更是忍不住焦急地投向四周，寻求帮助。

可惜，百姓的要求最低，胆儿也最小。闻言，这一路段上本就不多的行人立刻三步并作两步，赶紧离开了这块是非地。

“今儿你那相好的范大哥不在，我们不敢才怪!”小痞子嚣张地狂笑，手一挥，就要指挥众人上前，不过他还没来得及完成这个动作，就先惨叫了起来。

范小鱼没有出手，出手的是已经站到她身边的丁澈，叮叮当当地又当了一回散财童子。几个小痞子身上吃痛，却不知道是被谁打的，哪里还敢再待，屁滚尿流地跑得无影无踪。

范小鱼忽然甩了甩头，紧抿着嘴大步地走过了馄饨摊。丁澈瞟了一眼目瞪口呆不知发生何事的妇人，忙一紧袖子追了上去，像个愣头青似的，没话找话道：“咳咳……刚才你听见了吗，那个女人好像在叫范大哥，你说这个范大哥会不会就是你爹呢?”

“这天底下姓丁的中年人很多，是不是都有可能是你老爹?”范小鱼冷冷地讥讽道，足下片刻不停，很快走出了夜市，像急于摆脱刚才所见似的。

丁澈一下语塞，却见她眼神冰冷，眸底怒气犹如旋风，显然是真的在生气。

可她到底在气什么呢？方才走了一段路，他明明感觉她的情绪已经放松了，怎么突然变得更严重了？是为了那对母女么？若是同情，为何不资助人家一些？不会这对母女真的和她的爹有关系吧？可，她的母亲不是那个员外郎夫人么？

丁澈回头看了看馄饨摊，糊涂了，却没意识到若是依他往常的性子，这会儿早就同样拂袖而去了。

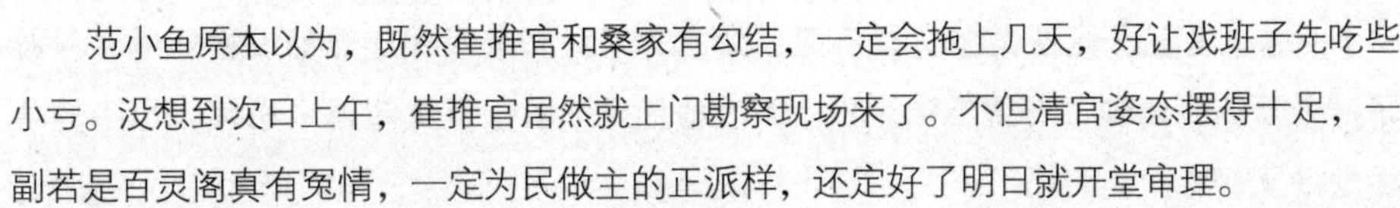

范小鱼原本以为，既然崔推官和桑家有勾结，一定会拖上几天，好让戏班子先吃些小亏。没想到次日上午，崔推官居然就上门勘察现场来了。不但清官姿态摆得十足，一副若是百灵阁真有冤情，一定为民做主的正派样，还定好了明日就开堂审理。

这么快的速度，似乎有些不合情理啊。

当范小鱼问吴言之时，吴言之淡淡地道："不外乎两个情况：一、身为推官，接到百姓状牒，自然要亲临现场勘察。此处毕竟不是别处，而是天子脚下，这些基本职责他还是不敢太过拖延的，以免有损官声。二、那就是昨日已拖了一日一夜，他必定已经和桑家商议出了对策，也许他正等着明日上堂，准备当堂定案。"

"吴公子言之有理。"范小鱼点头道。

"我名为言之，自是有理。"吴言之微笑道，眉目间自有一股淡淡的傲气，丝毫不见落第的沮丧和失意。

范小鱼忍不住轻笑，却觉得他更对自己的脾气，同时心中也对他升起了一丝好奇。不过她向来不喜欢探人隐私，有些问题她永远都不会问。

疑人不用，用人不疑。她相信这个吴言之能站在正理一边，其他的，自然就无关紧要了。

因为次日就要开堂，谨慎起见，范小鱼大半的时间还是放在了城里，和范通轮流着秘密地打探消息。至于证据，案情未审，情况未明，一时还不到去偷取的时候。

这一个上午，百灵阁其他的成员忙着清除油迹，修补桌椅，当然暂时也不能营业了。

一转眼就到了次日上午，开堂了。

崔推官坐堂后，先是确认双方身份。范小鱼要开百灵阁，又要保持神秘，当然免不了要编造一个身份。两年多前这件事情就已办好，此刻当然查不出什么来。直到这时，被范小鱼暗地里通知来旁听的百姓们，才知道百灵阁东家的姓氏名讳：叶如君。

面对崔推官要范小鱼摘下面具的要求，范小鱼故意装作迟疑，叙述苦衷请求通融，最后实在无奈才脱下了面具，还小心地只让崔推官一个人看了一下"真容"——为了以后还能派上其他用场，这副易容面具，还是见的人越少越好。

其他人虽未得见，却能从崔推官的神色上分辨一二，见他皱眉，当下都以为范小鱼之前自说容颜丑陋不是假话。关于百灵阁东家貌似无盐的传闻，随即在瓦肆之中传了开来。当然，这是后话了。

且说，相较于原告方的人马齐全，桑家的老大和老四却连面都没露一下，只派了一个管家来处理，态度嚣张至极。不过他们显然听说百灵阁请了讼师，也不甘落后地请了一个。

儒雅白衫，五官周正，潇洒自信，这位相貌堂堂的闻青云往堂前一站，似乎立刻就把又矮又黑的吴言之比了下去。

当然，这看似巨大的差距，只是一般人的看法。范小鱼对吴言之的信心，却一丝也不曾动摇。这个闻青云表相虽不错，可再英俊的外表也无法掩饰他眼中那一抹高傲和狡诈，而吴言之，却是面如古井，纹波不荡，沉稳至极。

身份核对无误后，便开始分别陈述。

范小鱼这边是原告，自然是他们先说。柳园青作为百灵阁代表，很快就条理清晰地把事情说了一遍。待轮到桑家时，不出所料，他们果然把事情推了个干干净净。

那三名狗爪一上堂就大呼冤枉，直说是百灵阁的人绑架了他们，然后自己泼了桐油，诬告陷害，对于百灵阁所呈的供词也一口咬定是屈打成招。接着轮到白面讼师闻青云表演。他先是假惺惺地让三个狗爪“详细”地叙述了一遍“真相”，然后义愤填膺地指责百灵阁诬告，并要求青天大老爷为无辜之人做主。

见被告忽然翻身成为原告，不但不承认蓄意纵火，而且一下子就给百灵阁安了绑架、诬陷、私设公堂三大罪名，围观百姓不由纷纷私语，咋舌不已。百灵阁的人包括柳园青则是又气又怒又惊惧，纷纷看向范小鱼和吴言之，不知道他们会怎么应对。

却见吴言之不慌不忙，并不急着反驳，而是先恳请仵作给猫二、猫三验伤，接着客观地将百灵阁和桑家各自地位和实力、两家的恩怨，以及百灵阁一贯的忍让和退步一一诉出，然后恭敬地请崔推官和百姓们细思，百灵阁和桑家哪一个作案动机更大。

这一串长长的叙述后，本就同情百灵阁并已经受了一定舆论影响的百姓，在被吴言之巧妙引导之下，顿时全都站在了百灵阁一边。趁着人多，还有些人壮着胆子在人群中指责桑家往日的一些霸道行为，堂上还没怎么样，堂外倒先群情激愤了起来。

闻青云作为桑家讼师，当然不可能这么快就败阵，立刻舌绽莲花地发挥口才，一一反驳，同时指出百灵阁有一个最大的动机，那就是正是因为长期对桑家不满，一直想要报复，所以百灵阁才恶从胆边生，有了这一出诬陷，并也请仵作为三个狗爪验伤。

他口才甚好，加之样貌堂堂、振振有词，百姓的情绪还真的被他安抚了不少，有些人甚至开始疑惑。毕竟是人就有火性，百灵阁被桑家欺负了三年，不可能不怨，这一怨之下做事极端也不无可能。

见百灵阁的掌柜柳园青被自己说得变色，闻青云极是得意，扇子一收，双手一拱，就要请崔推官判案。

崔推官手捋胡须，状若公平地问吴言之有何辩解，但和闻青云对视时，眼中却闪过一抹赞许之色。

吴言之微微一笑，对崔推官长长一揖，然后朗朗发问："大人，学生想就三个假设的问题请教一下大人，不知大人是否可以先恕学生不敬之罪。"

崔推官见吴言之面不改色，心里不由一激灵，但表面上却只能道："既然只是假设，本官恕你无罪，你说。"

他虽然是第一次见到这个其貌不扬的落第秀才，但经过先前的一番辩论，已经有些警惕对方过人的镇定和善于挑动人心的狡诈。

吴言之肃然道："学生请问，假如昨日深夜，有人忽到大人府上欲行刺杀，却被大人明察秋毫，及时拿获，大人福大，不曾有任何损伤，那么，这个刺客算不算刺客？"

此话一出，崔推官和闻青云立时面色一变，范小鱼却眼睛一亮，扬起了微笑。

"大胆！你竟敢诅咒大人！"闻青云的心思果然敏捷，立刻猜到吴言之的用意，试图先声夺人地压制他。

吴言之却是瞧也不瞧他一眼，只是微笑地看着崔推官，等待着他的回答。

"算，当然算！胆敢行刺朝廷命官，怎么不是刺客！"不等崔推官回答，围观的百姓群中已有人大声喊道，众人立刻纷纷附议。

范小鱼听那声音似乎有些耳熟，循音望去，却见人群中有一个头颅微微一侧，正好躲在了另一个人的后面，忍不住想偷笑。这家伙，居然也来凑热闹了。

"若是真有此事，自然是算的。"崔推官明知问题有诈，却也只能这样回答。

吴言之一拱手，再次肃然地问道："学生再问，若是这个刺客不是去行刺大人，而是夜入皇宫，欲谋杀当今圣上，只是依然未遂，被众人所擒。如果这个刺客死命抵赖说自己不曾行刺，是被皇上陷害的，请问大人，这个刺客的话真乎？假乎？"

好一个吴言之！

范小鱼在旁听得分明，若不是身在公堂之上，简直要痛痛快快地拊掌，大声地

喝彩了。

吴言之提出第二个问题后，堂上堂下，顿时一片诡异的寂静。凡是有点头脑的此刻都情不自禁地屏住了呼吸，谁也没有多嘴，一起望向崔推官，等待他的回答。

只要不是听力、记忆有问题或者是个白痴，谁都能明白吴言之层层推进的第三个问题会是什么假设。天底下还有谁比皇帝更大？有谁敢说天子会诬陷一个刺客？而就算那一位出于政治需要，真的来个莫须有的罪名，又有谁敢揭露？

所以，第二个问题其实不重要，重要的是第三个问题的答案，而那个唯一的答案，却恰恰可以证明，桑家的反告绝对无法成立。

这一招，高！实在是高啊！

崔推官不是个傻子，或许这天下当官的人中，有很多都是傻子，可作为开封府的推官之一，每隔一日就要升堂问案的官员，怎么可能是个傻子？

于是，范小鱼欣慰开怀了，崔推官却暗暗地流汗了！

不过，崔推官不愧久经官场，短暂失措后立刻恢复了神色，猛然一拍惊堂木，怒视着三个狗爪，断然喝道："大胆竖子，尔等分明是蓄意纵火，人证物证皆在，竟然还敢信口雌黄、颠倒黑白，视堂堂王法如儿戏，莫非当本官的眼睛是瞎的不成？如此奸诈狡猾之徒，看来不用大刑不会招供，来呀，大刑伺候！"

崔推官这一发怒，三个本以为会被当堂释放的狗爪顿时傻了，再一听要受刑，顿时四肢虚软，连连求饶。他们偷潜入百灵阁的那天，就已经被范小鱼教训了一顿，而后为了让被众人擒获的"事实"更真实些，还吃了不少闷棍，现在正是浑身淤青，要是再被打一顿，哪里还能活命？

"大人饶命啊，这一切都是……"其中一个狗爪正想说出真相，却立刻被桑家的管家恶狠狠地瞪了一眼，想起桑家的手段，后半截话顿时吞了回去，转而拼命地投以求救的眼神。

"还不快拖下去，给我打！"说时迟，那时快，不等几人再有反应，崔推官已经抓了一支签扔下案去，同时迅速向一边使了个眼色。

范小鱼的眉头顿时一蹙，和吴言之迅速地对视了一眼，两人都从其中嗅出了一点不对劲。

可未等他们搞明白，几个衙役已架着三个狗爪到了堂外，噼里啪啦地打了起来。几声哀叫后，三个人相继晕厥。

"回大人，人犯晕过去了！"

“泼醒!”

“是!”

……

“回大人，人犯伤势过重，一时没有醒转!”

拖延之术，原来他们玩的是这一招，听到最后一句，范小鱼心中已是雪亮。

果然，崔推官皱了皱眉，说了一大通义正词严的言论，然后称因为人犯昏厥，无法再行取证，先行退堂，下午再审。范小鱼等人明知有诈，可人家是官，他们是民，而且对方的理由冠冕堂皇，便是有再多不平也只能暂时服从。

“吴公子，你觉得他们是想杀人灭口吗?”开封府附近的茶楼内，范小鱼蹙眉问道。

退堂后，她就暗示范通跟着闻青云和桑家管家，打听一下他们要搞什么鬼。只是此刻光天化日，他们和桑家主事的谈话又十分机密，不便窃听，因此己方不能全依仗范通的跟踪。此外时间短暂，即便知道了他们有什么阴谋，一时间怕也是难以应对，因此他们必须先行分析一番。

“灭口倒还不至于。这是天子脚下，不是偏远州县，料他们也没有那个胆子，只是……”吴言之面色平静地端着茶盅沉吟，忽然叹了口气，道：“他们虽然不敢完全翻供，再来诬陷你们，却可以让那三人修改供词，推一只替罪羊出来。”

“替罪羊!”范小鱼眼中光芒一涨，一下子想到了今天代表桑家来的那位管家。吴言之说得很有道理，在这种情况下，桑家既已不能推卸纵火的罪名，就一定会丢卒保帅，“没错，只怕我们这会儿工夫，桑家人已经堂而皇之地进入牢房，让手下改口供了。”

“民与官的区别，就在于此。”吴言之涩涩一笑，似乎想起了什么往事，面色有些沉郁。

一时间，两人都有些无语。

隔了一会儿，范小鱼率先打破了沉默。她用手指轻轻地敲击着桌面，道：“那依吴公子之见，我们还有几成把握将真正的主谋拉出来?”

吴言之眉头微拧，缓缓地道：“一时之间我还想不出什么办法。倘若是杀人害命，替罪羊未必肯顺从主子的安排，但如今虽是蓄意纵火，却不曾酿成悲剧，便可轻可重。以崔大人对桑家的回护来看，应该不过是判上两年而已。因此，只要桑家暗中许以好处，替罪羊慑于往日的淫威，便会老老实实地把一切都担当下来。所谓

周瑜打黄盖，自古以来这种替罪羊的案子最为难办。除非替罪羊松口，不然这个案子怕只能就此了结了。”

说到最后，吴言之忽然站起来对范小鱼歉疚地一揖，面有愧色，“下午升堂，在下会全力辩驳，但若有负姑娘重托，还请原谅则个！”

范小鱼忙起身还礼，诚恳地道：“吴公子说的是哪里话。今天若不是您机智过人，恐怕我们百灵阁连一点公道都讨不回来，谈何有负？何况您已经帮了我们很大忙了，至于能否让真正的主谋伏法，那只能谋事在人成事在天了，而且……”

范小鱼请他回座，镇定地道：“此事我们再合计合计。若是实在无法，来日方长，我也不一定要急于这一时。”

听出她语气中的不屈和隐约的图谋，吴言之诧异之余，眼中又增敬佩之色，脑中再次开始寻找可行之法。

勇于和桑家打官司本就不寻常，范小鱼还敢如此明确地表示不肯善罢甘休，这份勇气令吴言之肃然起敬。不过，既然她能一手建立百灵阁，并在京中稳立三年，显然自有其过人之处。

“吴公子……”范小鱼慎重考虑了一会儿，决定对这个给她留下很好印象的吴言之再坦诚一些，“若是我能找到崔大人和桑家有私下暧昧的东西，局面可会有改善？”

吴言之一怔，眼中露出震惊之色，“你是说……”

范小鱼眼中含笑，“只是假设。”

吴言之拧着眉细想了好一阵，突地摇头，“不可，不可！”

这一下轮到范小鱼蹙眉了，“为何不可？”

吴言之注视着她，正色道：“叶姑娘，我知道你能把百灵阁建成如此规模，定有你的独到之处，但如果在下没有猜错的话，姑娘的取证之法不但后患无穷，恐怕还会犯了朝廷的大忌。”

没想到一个书生居然能如此一针见血地指出其中利害，范小鱼顿时一震，明眸紧紧地盯住了吴言之。

吴言之坦然而诚恳地迎着她的目光，双目眨也不眨。

瞬息间，两人已无声地交流了数个念头。然后范小鱼率先敛起眼中光芒，长叹了一声，“吴公子说得没错，我确实是失虑了。”

不错，如果她能取到崔推官和桑家勾结的证据，这场官司十有八九能赢，还能把崔推官拉下马。

只是赢了之后呢？纵然崔推官因此被谪贬，桑家却还有其他的后台。何况纵火未遂判不了死罪，动摇不了桑家的根本。只要桑家根基未动，加上其后台的势力，以后肯定会有一长串的打击报复。这明的暗的，绝对不是一个小小的百灵阁能承受得了的，除非她能全盘掌握桑家和所有后台的勾结证据，将其一网打尽。可这件事，不用想也知道是极难的，否则她又何必忍到今日？

何况吴言之还特别提出“大忌”二字。想也知道，普通老百姓绝没有偷偷潜入人家机要之地偷取证据的能力，而能轻易拿到这些证据的，肯定是江湖人。

朝廷或许可以对安分守己的江湖人网开一面——比如他们范家，当年景道山之案后官府一直未来找过麻烦——但不等于朝廷也会容忍神秘的江湖力量。

如此一来，百灵阁还有活路吗？

范小鱼越想越惊，不由冷汗涔涔。亏自己小心行事多年，居然还是把事情想得这么天真。

“我虽不知姑娘过往，但也知百灵阁能有今日已是十分不易，何况方才你已言‘来日方长’，又何必行此险招呢？”吴言之见她目光中露出惊意，知道她已想通，便微露笑容，宽声劝道。

范小鱼起身，对吴言之深深地福了福，“多谢吴公子提醒！”

吴言之坦然受了她一礼，然后拱手作揖，微笑道：“实不相瞒，吴某自幼个性孤僻，虽经年漂泊，却鲜有知己。此次得遇姑娘，大有相见恨晚之意。若姑娘不弃，你我二人以后便以友朋相称，如何？”

范小鱼深深地看了他一眼，忽地微笑，“吴公子既如此看得起小女子，只是一介友朋又如何得够？”

她向来很相信自己的直觉。眼前这个男子虽貌似庄稼汉，却有一股真正的男子汉大丈夫的胸怀和气质，这样的人，难道不值得她竭诚相交么？

吴言之不解地扬眉，“姑娘的意思是？”

范小鱼含笑盈盈一拜，“吴大哥在上，请受小妹一拜！”

吴言之一怔，眼中突有涩意，几乎哽咽，“你愿意与我兄妹相称？”

“就是不知小妹此举是否唐突？”范小鱼抬眼微笑，眸光平静而真诚，却因注意到他眼中那抹沉痛而一怔。

吴言之昂头闭眼，然后，挺起胸膛，扶起了范小鱼，“吴某荣幸至极。”

他的神态十分郑重，脸上满是义结金兰的喜悦，丝毫不计较范小鱼还戴着

面具。

“大哥以后应该自称大哥了。”范小鱼绕口令一般说道。她此生行事一直十分小心，鲜少任性而为，但今天，她预感自己日后绝不会后悔这次冲动。

吴言之动容地点了点头。

范小鱼倒了两杯茶，举起一杯，道：“今日时间仓促，小妹就先以茶代酒，敬大哥一杯。等事情结束，我们兄妹再好好叙述。”

吴言之接过茶杯，目光中除了欣慰，还有说不出的复杂情绪，碰杯道：“大哥同敬小妹，干!”

一场官司，让两个素不相识的人结成了兄妹，这件事不但出乎其他人的预料，就连范小鱼和吴言之本人也是不曾想到的，但其后的再次开堂的结果，却和两人预计的一点不差。

三个狗爪在“昏迷”中被重新指点后，那位倒霉的管家果然被推了出来。理由很简单，因为桑家瓦子的大部分生意都是他在具体负责，眼看百灵阁抢走了不少他的生意，瓦子里很多流动的优伶都成了百灵阁的固定人选，让他没少被主子训斥，所以他心怀怨恨，终于忍不住对百灵阁下手。

但是，就如同范小鱼第一眼见到桐油分布情况时所猜测的一样，管家抵死不认无视周围百姓生命的纵火重罪，死死地咬定，他当时只想让人在百灵阁内放把小火，只想毁了百灵阁内部。自然，三个狗爪也反复强调，他们不想弄出人命，当时就准备把打昏的两个人拖到安全所在。

这一段他们说的倒是真话，但恰恰这一点才是真正狡猾的，也是让人无奈的。

案情到了这个地步，便只剩了一个结局。

桑家那个猥琐老四总算人模狗样地出来了。他先是痛心疾首地忏悔自家管理不严，以致仆人胆敢私自做主打击报复，把责任推得干干净净，接着又状若诚恳地表示，既然此事和桑家有关，他作为东家，有义务赔偿百灵阁的损失，主动拿出了五十贯钱作为赔礼。

他嘴上说得漂亮，但有眼睛的人都能瞧出，他只是在做戏而已。不过崔推官有意圆场，范小鱼便也假意配合，就此了结了纵火未遂一案。

第四十章

一波才平又起浪

是夜，百灵阁内佳肴飘香，一片欢声笑语。

这一次虽然没能把桑家真正告倒，却是百灵阁忍气吞声三年来最大的一次胜利，而且向来大方的范小鱼把此次的赔偿金全部用来犒赏，人人皆有一份，众人心头的阴霾自然一扫而尽。

范小鱼又当众宣布，即日起，吴言之就是她的义兄。众人恭喜之余，纷纷自告奋勇地上台表演节目表示庆祝，换来台下一片又一片的喝彩声，现场俨然成为全民皆欢的联欢会，就连一直愁眉不展的飞燕也露出了久违的笑容。

范通没有参加这次庆功会，因为惦记着家里的两人，他早早就回去了。罗亶一直很自律，虽然也高兴，却只是浅饮而已，范小鱼则是滴酒未沾，倒是吴言之喝了很多，不一会儿就有些醉了。

"小妹，你知道吗，其实大哥以前也有个妹妹的，只可惜……可惜……可惜……"吴言之又似笑又似哭地摇着头，连着说了三遍可惜，最后却只抓着酒壶往嘴里头灌。

"大哥，我们现在已经是兄妹了，要是大哥心里头有什么伤心事，说出来也会好受些。"

范小鱼将他扶到一旁。

吴言之苦涩地一笑，摇了摇头，"大哥今年已经二十有四，两次落第，落得一贫如洗，只靠寄居偏寺仰人鼻息度日，却还坚持再考，你知道是为什么吗?"

范小鱼知道此刻自己只需做一个倾听者，便微微摇了摇头。

“因为我想做官，做大官！”吴言之挥舞着双手，双眼发红，猛然慷慨激昂地站了起来，道，“这么多年，大哥算是看明白了，像我们这样的寒门之士，只有通过科举一途，才能实现所愿，才能去真正地为百姓做主、为民申冤，才能尽绵薄之力涤荡出一片青天！若你是个平民，哪怕你拼尽心血，也不过是给那些贪官污吏、奸邪恶霸挠痒痒。”

“小妹！”吴言之忽然抓住范小鱼的手，醉醺醺地郑重提醒，“桑家不会就此罢休，以后你切不可掉以轻心，还需加倍警戒才是。”

“大哥放心，我会小心的。”见吴言之人都站不稳了，还惦记着自己的安全，范小鱼心头一暖，轻柔地扶他再次坐下。

“大哥的功利之心如此严重，小妹你不会取笑大哥吧？”酒醉的吴言之比起白日，更像是个普通的砍柴汉子，少了几分肃然，多了几分憨味。

“大哥胸怀壮志，不是凡俗燕雀，既是真心为民，小妹怎么会取笑你呢？”范小鱼真心实意地道。通过这一次打官司，她对做官的看法又深了一层。权力这种东西，其实也是一把双刃剑，可以助纣为虐，也可以锄强扶弱，端看握剑的人是什么人了。

世上坏官虽然除之不尽，但若能多一名好官，却能带给无数人新的希望。

想起家中还有一个自幼就立志苦读、想通过读书改变一家人地位的亲弟弟，范小鱼忽然想起一个叫《陈三两》的故事。故事中的陈三两是个风尘女子，却收了一个乞儿为弟，十多年如一日地将他抚育成人。自己和陈三两虽不是同等类型之人，志向也没有她那般远大，不过……

看着已经趴在桌上的吴言之，想起家中的范白菜，范小鱼忽然觉得，自己的人生有了一层新的意义。

呵呵，没想到自己不管闲事则已，一管就给自己揽了一个大差事。

摇曳的灯光下，范小鱼微微地笑了，开始细思以后的安排。

百灵阁树大招风，是时候做一番改革了。还有，她筹划多年的、开普通酒楼的想法，也是时候准备了。等到事情告一段落，她再回头暗中找桑家的麻烦，就会稳妥很多。

翌日清晨，沉寂了一晚的开封城又开始热闹了起来。

天气很凉爽，隐隐地带着寒意。今日有雾，轻薄如纱，融在开封城的大小街巷之中，也浮动在百灵阁班众居住的大杂院中。

虽然昨夜有不少人喝醉，但大部分人还是一大早就从被窝里爬了出来，开始洗漱、晨练，以便用更好的状态来迎接停业三日后的首场演出。

“台上一分钟，台下十年功。”这句话就贴在正厅的门口，时刻提醒着众人努力上进。众人也无不谨记在心，不敢懈怠。这一段时间正是院子里最热闹的时候。

然而，正当众人微微出汗之际，院门突然砰砰砰地被人拍响了。

门开后，一群捕快冲了进来。

百灵阁内，等早起的守卫接过巡视之责后，守了一整夜也思考了一整夜的范小鱼刚沉入睡梦之中，就听见罗亶在敲门。

“出事了！刚才忽然有一批官兵冲进了院子，说我们窝藏江洋大盗，在院子里横冲直撞地搜查，然后在猫四、猫五他们的房间里找到了两个包袱，里头装的都是珠宝和古董。”

“什么！”范小鱼大惊，“那人呢？”

“猫四他们一整屋八个人，都被他们带走了。柳班主想尽办法周旋，可他们连银子也不收，油盐不进。”

“有没有问过其他人，那包袱是怎么来的？”

“问过了，谁也不知道怎么回事。”罗亶低下了头，“是我没保护好大家，才让敌人有机可乘。”

“赃物应该是趁着昨日宴会院中无人的时候，偷偷地放入他们房间里的。院子里住了几十号人，随时都可能有人起夜。他们上一次才被当众擒获，这次绝不会冒险，所以这位鹰卫兄弟才没有察觉到任何的动静。”宿醉初醒的吴言之，一边灌着浓茶振作精神，一边分析道。

“大哥说得有理。这不关你的事。大家不可能每天晚上睡觉前都检查一遍东西的。”范小鱼安慰了一下罗亶，自己却气得捏紧了拳头，“这件事不用猜也知道，一定是桑家人干的。”

“除了他们不会有别人。”吴言之颔首道，眉间聚起愁色，“我们的情况很不妙啊。他们既然存心陷害，必定早已准备好了苦主和证人，怕是会仗着所谓的人证和

物证大刑逼供，并把百灵阁全部的人都拖下水。”

“我就是担心这一点。昨天大堂上他们才装模作样地打了人，今天一定不会手下留情。要是大伙儿有个好歹……”范小鱼眉头都快拧起来了，感觉胸中似有熊熊火焰在不住摇晃，“大哥，我们现在该怎么办？”

“这件事很不好办。我们虽然明知他们是陷害，一时却难以找出反驳的证据。”一向自认足智多谋的吴言之揉了揉太阳穴，绞尽脑汁地思考着，自言自语地道，“证据……证据……证据……对了，有一个可能……”

“什么可能？”

“那些所谓的苦主和桑家的关系。若是我们能找出他们之间有密切联系的证据，就可以拖上一拖，反告他们联合诬陷。何况假的毕竟是假的，昨晚他们仓促行事，必定会留下许多马脚，经不起细节上的推敲。只要能让我多问几遍，就有可能让他们露出马脚，只怕……”

“只怕大哥没有这样的机会。官府既然已经和他们勾结，肯定不可能让大哥反复询问。”范小鱼接道，眼中闪过一抹狠意，“若是真的没有办法，他们也别想好过。”

吴言之一口饮尽浓茶，扶着额头站了起来，“这样吧，我们先去衙门等候开堂，路上再商量。”

“大哥你的身体……”

“我已经好多了，走吧！”

范小鱼正待和吴言之、罗亶一起出门，忽然想起一件事。

“你先送大哥过去，我一会儿就来。”范小鱼先对罗亶说了一句，又对吴言之道，“大哥，要是开堂了，你先尽量周旋。”

吴言之也不问她去哪里，颔首道：“我会尽全力拖延的。”

范小鱼点点头，一下闪进了一条巷子，借着薄雾一路狂奔向甜水巷。她现在急需人手，老爹在城外，只能先去找丁澈帮忙了。

“桑家栽赃给我们戏班，诬陷戏班是江洋大盗，已经抓走了我们好几个人，怕是马上要逼供。你能不能帮我去通知一下我爹，让他立刻到衙门去？”见到丁澈，范小鱼立刻言简意赅地表明来意。

“好。”丁澈点头，就要行动，忽地又回头，吃惊地道：“江洋大盗？是因为我吗？”

他这些天一直在做梁上君子，要说江洋大盗，他好像才名副其实。

“只是借你的名头而已。就算没有你，他们也会来陷害我们。”范小鱼没有趁机敲竹杠，疾声道，“时间紧迫，我现在要马上赶到衙门，你先去帮我叫我爹吧。”

说完，她不等丁澈再开口，如流星般往开封府方向扑去。

丁澈怔在原地，蹙着眉头紧抿了一下唇，而后眉结忽然一松，笑意呈现，似有了什么好主意。

开封府内，还是同一个衙门大堂，但今日是十五，端坐在上的不是崔推官，而是另一位谢大人。若要说堂堂正气、官态官威，这一位看起来倒像比崔推官正直好几分，可是，吴言之上堂后没一会儿就知道，桑家人的手也已经伸到这位谢大人的身后了。

“大人，”吴言之拱了拱手，“若是这几位确实是江洋大盗，学生自是不敢包庇，更不敢助纣为虐、为虎作伥。只是学生有三个疑问，实在难解。其一，倘若他们真是歹人，又何必在百灵阁中一待就是多年，自甘低声下气地讨辛苦生活？又为何以前不偷，偏现在来盗？其二，若前几日的大案也是他们所为，那以他们所得赃物的价值，早就可以远走高飞，凭那些珍宝快活一生，何必还要冒险留下？其三，他们以前虽曾一时失足，当过街头地痞，可若他们有飞檐走壁的本事，只怕早已去做了大户人家的护院，何必在小小的百灵阁中混饭吃？学生听说……”

吴言之洋洋洒洒，看似轻松地抛出一个又一个问题，尽力拖延着用刑的时间。只是他自己也知道，这番疑问虽有一定说服力，对方却还是很容易反驳的。因此他一边说，一边迅速地思索着可用来说服众人的其他例子。

一时间，堂上几乎只有他一个人在滔滔不绝。偏偏他的问题又问得刁钻，不能用离题这一名目来斥责。当着堂外百姓的面，这位比崔推官更要面子的谢推官，心中虽气得大骂刁民，表面上却还要装作公正，既要把话说得漂亮，又要达到反驳的目的，硬生生地废了很多脑细胞。

不过他既能坐到这个位子，自然也是聪明人。而且只要他抓住了苦主指认、证人一口咬定、物证齐全这三点，其他的旁枝末节处理起来便轻松多了。

虽然公说公有理，婆说婆有理，可不管哪个有理，终究比不得证据重要。而且谢推官又谨慎地避免让吴言之抓住言语上的漏洞，不多时，情形又倒了回来，准备

用刑了。

范小鱼在堂外急得频频握拳。范通一进城，她就让他立刻去调查苦主的家，可范通本来就不擅长这种事情，时间又紧迫，这个办法不过是死马当活马医而已。

正在着急，忽听“咚咚咚……”的击鼓声，又有人来报案了。

谢推官眉头一皱，招过旁边的小吏，让他去解决。可小吏没一会儿就回来了，附耳在他身边一阵嘀咕。谢推官一惊，忙唤来人上堂。

来的是个管家，一个四品大人的管家，报说方才府中突然遭了贼，失了好几样古董，却莫名地多了几样珠宝，呈上来一看，正是前几日其他苦主报失之物。

看热闹的百姓们一听这事顿时乐了。堂上的大老爷前一刻还在说已经抓到了江洋大盗，怎么后一刻那江洋大盗又出现了呢？而且还改成了光天化日、公然作案，这不是打大人嘴巴又是什么？

不管上面的谢推官以及下头的百姓们怎么想，吴言之却明白这是一个绝好的机会，当下立刻慷慨陈词，赶紧利用这个事件为众人辩护。

谢推官一案未了又添一案，一头是之前正在审的案子的代表律师喊冤，一头是新来的高官家的管家要求缉盗，立时觉得一个头两个大。

可事情还没完。不过片刻，外头的大鼓又被敲响了。这一回进来的是个三品大官家的管事，也是失了物又多了赃物。再隔一会儿，又进来了第三人，仍是同等案情。一连三个巴掌，直把谢老爷扇得快要晕过去。

这种奇事，就是千百年也不曾见过，又怎是他一个小小的推官能处理得了的？无奈之下，谢推官只有好言好语先安抚了三位大员家的管家，然后宣布退堂，而白灵阁的一干人等则是暂时收押。

“原来小妹已经定下了如此妙计，真叫大哥佩服得五体投地！”出了衙门后，好不容易左右一时没有行人，吴言之连忙抓紧时间感叹道。

“大哥夸错了，这不是我的主意。”范小鱼闷笑着摇头。

“哦，不是小妹又会是谁呢？”吴言之诧异地道。

“谁知道呢。也许是那位江洋大盗正主儿恰好听说了这个案子，觉得官府居然把一群优伶地痞当做他，实在有辱他的侠盗之风，所以故意以此抗议呢？”范小鱼右手紧按着腹部，努力地压抑着，以免自己笑得太过招摇。

吴言之看着笑得眼泪都快流出来的范小鱼，微笑着摇了摇头。他当然不信范小

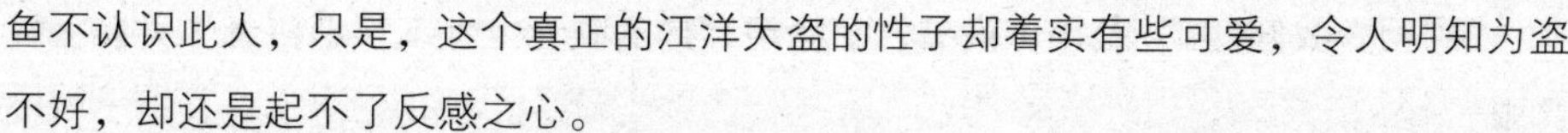

鱼不认识此人，只是，这个真正的江洋大盗的性子却着实有些可爱，令人明知为盗不好，却还是起不了反感之心。

不过，虽然上午的审案被这件事一搅，暂时拖了下来，但真要彻底洗清百灵阁人员的冤屈，却没那么容易。这一点范小鱼和吴言之都很清楚。

一切都只是暂时罢了。他们的人一日不出来，就要背着被强行扣上的黑锅一日，面临皮肉受苦和刑法严惩的双重威胁。

众人回到百灵阁，转眼就到了中午，范通回来了。

这一次，范通的收获着实令大家欢喜。也不知道他是怎么打听的，不但探出那个苦主富商和桑家有生意来往，而且就在昨日黄昏时分，那富商还好说歹说地向几房姬妾各讨了一些珍贵的珠宝首饰，并承诺今日一定会重新归还。

这自然是一条好消息。那些姬妾不过是寻常女子，又爱钱财，只要她们再上堂，以吴言之的口才，只要借着公堂的威严玩点文字陷阱，她们十有八九都会跳进来。等到案情的疑点一再出现，这看似已成死局的案子就大有翻转的可能了。

这么一来，范小鱼的心思总算轻了一些，可是只这一点证据显然是不够的。

“东家，明天就是去员外郎府上贺寿的日子了，可现在人手不够，该怎么办呢？”柳园青为了这件事已经愁得不得了。

但他这一问倒是提醒了范小鱼，还可以试着借助一下那个工部员外郎的力量。她忙指点了柳园青几句，让他亲自去员外郎家跑一趟。

柳园青离去后，吴言之忍不住笑了起来，“小妹果然聪慧绝伦，片言只语间就把那位员外郎给拖了进来。依大哥看来，桑家这一回可就不容易置身于外了。”

范小鱼笑道：“谁叫他们满肚子坏水，坏事做绝呢。大哥，我想过了，用一些见不得光的证据去威胁朝廷大臣的确危险，不过我还是觉得，能把那些东西拿到手还是拿到手好些，也好以防万一。”

柳园青此去，名义上是告罪请辞，暗地里当然是大力诉苦，以争取员外郎夫人的支持，让她给那位谢推官施加点压力。毕竟这开封府的推官制度是隔日轮审，这一隔日，可就越过了员外郎的寿辰了。只是没想到，这还没认生母，就要先承她的情了。

吴言之笑着摇了摇头，“大哥现在相信你绝对有这个本事，既然不立刻取来做威胁，那你就去拿吧。只是千万要小心。”

“呵呵，我知道。”范小鱼说着，忽然用异样的眼光上上下下地打量了吴言之好几眼。

吴言之奇道：“你这么看我做什么？”

范小鱼笑道：“大哥不是立志要进仕途么，怎么听到这些江湖手段，反而好像很熟悉似的？”

吴言之哈哈大笑，“自然熟悉，因为大哥以前就曾经被一位江湖大侠救过一命。”

“啊，快说说，当时是怎么回事？救你的人又是谁？”范小鱼顿时来了兴趣。没想到吴言之以前就和江湖人打过交道了，难怪他的态度这么自然。

“那是三个多月前的事情了，当时，我正千里迢迢上京赴考……”

兄妹俩正在书房中畅谈，楼下忽然传来一阵喧哗。

范小鱼这几天神经几乎一直紧绷着，一听有杂音立刻警觉。两人一起走出房门向楼下望去，却见一群人正簇拥着一位年轻的公子走进大厅之中，那人温和的面貌和神情，范小鱼竟相当熟悉。

范小鱼当场呆立，继而几乎狂喜。老天，北宋最高司法机关的代表来了，命中注定百灵阁要从此转运呀！

“大哥，快跟我下楼。”范小鱼猛拉了一把吴言之，眉开眼笑地朝楼下走去。走了几步，忽地醒悟自己这么开心可不行，她忙又端正了面容，状若平常。

她一直戴着面具，吴言之瞧不见她的神情，只道她是想要他下去帮忙，便没有异议地跟了下去。

“怎么回事？”范小鱼假装没看见大宋皇帝赵祯，一边下楼一边发问。

“东家，这几位客人坚持要进来看戏，不管我们怎么解释今日停业，他们就是不信。”罗亶解释道。

“嗯，是这样啊。”范小鱼一本正经地点了点头，顺势看向赵祯一群人，做出准备解释却突然看到赵祯和他身边的太监李德的样子，讶然道：“是你们？”

这一下，众人都惊讶起来。

“东家，你认识他们？”这是罗亶问的。

“你认识我们家公子？”这是立刻警戒起来的李德问的。

“认识，当然认识！”范小鱼愉悦地道，旋即侧头用众人都能听见的声音吩咐道，“快上好茶！然后去叫一下合德和飞燕姑娘，就说她们的恩人来了！”

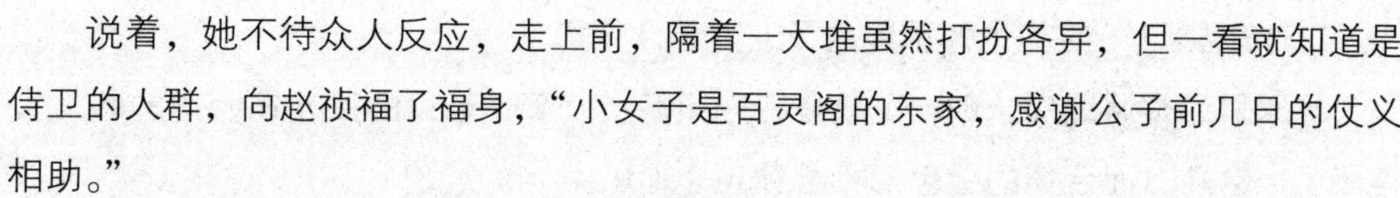

说着，她不待众人反应，走上前，隔着一大堆虽然打扮各异，但一看就知道是侍卫的人群，向赵祯福了福身，“小女子是百灵阁的东家，感谢公子前几日的仗义相助。”

“你都看见了？”赵祯微微惊讶道。

“那一日，小女子本该即刻上前感谢公子，只是……”范小鱼含糊地带过想必赵祯也不愿提起的那段，又是得体地一福，“还请公子恕罪则个！”

“呵呵呵呵，无妨无妨。那一日，我也只是说了几句话而已，真正救了合德、飞燕姑娘的另有其人，朕……只可惜真正的义士不曾现身，让我也是好找。”赵祯和颜悦色地挥手示意侍卫让开，目光注视着范小鱼的蝴蝶面具，又看了看罗亶的老鹰面具，笑道，“姑娘这面具倒也别致，只是不知道姑娘为何要遮住容颜？”

范小鱼苦笑了一声，道：“小女子戴面具并无他意，实在是小女子曾经受过伤，容颜丑陋，不敢见人，故而遮羞也！”

“哦，原来如此。”听她说是脸上受伤，赵祯也不好多问，本想再问罗亶为什么也戴着面具，又觉得自己好像有点八卦，便转开话题，问她百灵阁今日为何不营业。

“公子有所不知，百灵阁已经有数日未能正常营业了。说起此事，一言难尽啊！”范小鱼长叹了一声，故意举目四望，语带悲哀，“近日来，百灵阁连遭不幸，许是再过几日，就无法再开下去了。”

听她叹息，围聚在大厅中的其他人顿时被勾起心思，纷纷怒骂起桑家来。

“这是怎么回事？”赵祯从众人口中听得一言两语，不由眉头微皱。

“公子若有兴趣，小女子稍后就为公子一一明诉。”范小鱼招手让刚出来的合德和飞燕过去向赵祯行礼，“合德、飞燕，快过来见过你们的恩人……啊，小女子真是失礼，竟忘了请教公子尊姓大名了。”

赵祯怔了一下，旁边李德已抢话道：“我家公子姓赵，你称呼赵公子就可以了。”

“原来是赵公子，请受合德（飞燕）一拜！”两姐妹也早已认出了赵祯，双双盈盈拜谢。

她们两个是双胞胎，面貌一样，气质却截然不同：一个想起那日鲁莽相撞，羞得粉面通红；一个却是大大方方，艳丽中又带英气。两人往人前一站，众人的视线自然地被她们吸引了过去。

“快快请起！”赵祯忙伸手虚扶了一下。

三双目光相遇的那一刻，范小鱼特别留意了一下，赵祯的目光在合德的脸上多停留了一会儿，而合德的脸色却相当镇定。

两姐妹拜见后，范小鱼便把话题转了回来，开始叙述百灵阁和桑家的种种恩怨，中间时不时地让两姐妹接话，痛诉桑家恶行。连说了好几件后，她话锋一转，正式转入主题，说起了前几日的纵火一案，以及打官司的过程。

在这当口，范小鱼自然是把事情的经过越发描绘得跌宕起伏、扣人心弦，同时技巧地让吴言之重复了一遍当日堂上所言，果见听得聚精会神的赵祯格外多看了吴言之好几眼。

待听到官司结束，已完全被范小鱼挑起情绪的赵祯愤怒地拍了一下桌子，喊了一声“岂有此理”。

范小鱼趁热打铁，又把今天早上的事情说了一遍。待到她把事情完全说完，赵祯已是怒容满面，若不是期间李德提醒，差点失态了好几回，饶是如此，他依然怒气冲冲。

这个仁宗皇帝的耳根子，果然是极软的。

范小鱼一面扮弱者引起同情，一面狡猾地撩拨赵祯的情绪，一段长长的叙述下来，竟不知不觉地过了一个多时辰，李德不得不附在赵祯耳边提醒他时间不早了。

范小鱼当然听到了他的耳语，便适时地在故事的最后，以一种十分软弱的姿态表达了对现实的无奈和担忧，彻底地勾起了赵祯的同情。

“没想到堂堂的天子脚下，竟然还有这样的恶人！不但为非作歹，还三番几次诬陷好人，是可忍孰不可忍！”赵祯在一番震怒后，自然不忘许些承诺，“叶姑娘，你放心，王法昭昭，既然你们是蒙冤含屈的，我相信朝廷一定会给你们一个公道，不会冤枉无辜好人。”

范小鱼忙又拜谢，感激地道：“今日公子特地前来，却未能如愿，小女子心中深感歉疚。倘若有朝一日，真如公子所言，冤屈得雪，小女子一定让大伙单独为公子表演一场。”

“如此，就谢过叶姑娘了！不过大伙平日讨生活已是辛苦，实不好意思让姑娘破费。这样吧……”赵祯微微使了个眼色，李德立刻会意地取出两锭银子交给范小鱼。

赵祯微笑道：“这些银子权且当做定金，若本公子哪日要来，再派人通知

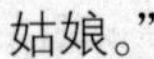

姑娘。”

范小鱼失措地捧着两锭二十两的银子，不安地推拒道：“不，这怎么行呢！合德和飞燕是我们百灵阁的台柱，公子救了她们就是救了我们百灵阁，怎么还能让公子破费呢！”

“你就收下吧！只是些许银两而已。”赵祯柔声道，“你们停业了几日，想必损失也不小，正好可以弥补弥补……”

范小鱼又推辞了一番，终于还是收了下来，又恭敬感激地和众人一起送他到了门口。

临别时，赵祯又有意无意地向合德投去一瞥，而合德则一反平时的淡漠，有些慌乱地避开，显出一抹难得的女儿娇态来。

第四十一章

恰似一股东风来

送走了这一股世上最强的东风，范小鱼的心情简直像天上的云儿一般飞了起来。

“小妹，这位赵公子究竟是何人?”两人再度回到书房后，吴言之终于忍不住发问。他隐约觉得今天来的这位公子不是普通人，但真要猜测，却猜不出来。

范小鱼嘻嘻一笑，用手指沾了茶水，在桌上写了一个字：天。

吴言之顿时瞠目结舌，半晌说不出话来，“他……他……你说他是谁?”

范小鱼一笑，又在后面加了一个字：子。

吴言之无声地读了一遍那两个字，身体忽然摇晃了一下，范小鱼忙扶住他。他回过神来，恶狠狠地揪了一把自己的大腿，然后惨呼道：“哎哟，原来是真的!”

“当然是真的，难道小妹还能骗你不成?”

“可是你怎么能确定?”吴言之还是像喝醉了酒一般晕晕乎乎。

范小鱼笑嘻嘻地将上次的事情讲给他听。当然，她缩短了当时自己和赵祯之间的距离，只说先是不小心看到了赵祯衣袍里头明黄色的衣角，接着又耳尖地听到李德叫了他一声“官家”，再结合他的气度，然后才确定的。

“那么小妹你今日叫大哥陪你下去，还让我重述当时的情景……原来……”吴言之忽然激动地一把抓住范小鱼的手，嘴唇不住地嚅动，最终出来的却只有两行男儿泪。

“我们是兄妹，难道大哥还要为区区小事向小妹道谢么?”范小鱼笑着按他坐下，让他镇定一下，“何况现在要说什么都还早，以后若真有恩德降临，大哥再谢我也不迟啊。”

古代人对皇权极其崇拜和敬畏，纵然是那些铮铮铁骨的历史名臣，第一次见到皇帝也会激动万分。吴言之纵然再是不俗，这种情况下也难免有些失态，不像她这个打小接受平等思想教育的外来者。

吴言之坐了一会儿，发了一会儿呆，总算平静了许多，然后重新跟范小鱼分析起眼下的形势来。

既是要打“御前官司”，自然是借机把桑家和那官官相护的一串贪官都打倒为好，事情还是得细细筹划一下更为妥当。

趁着天色还早，和吴言之一番长谈后，范小鱼去找了丁澈。

这人皮面具虽然好，可戴了几天总有点不舒服，而且实在不方便她回家。

熟练地避开客栈中人，范小鱼悄然来到丁澈的房前，正欲举手敲门，褐色的房门忽然无声地从里头打开，就像是一个陈旧的匣子被突然打开，露出了一张犹如水晶雕塑般璀璨耀眼的面庞，其光芒几乎令人不可逼视。

他怎么没戴人皮面具？范小鱼愕然举着手，一时有些反应不过来。

“发什么呆？还不快进来！”水晶雕塑一侧身，半隐入门的阴影中，耀眼的光芒顿时收敛了一半，但从侧面看去，那一双挺拔如宝剑般的眉峰、启明星般深远明亮的眼睛，却越发的深刻。

“哦。”范小鱼身体一紧，轻呼出一口方才屏住的气息，忙踏进门去。

屋中自然没有外头明亮，不过这样的光线反而让范小鱼稍稍平静了一些。

进门后，她直接走向圆桌。上面还是和上次一样摆着一些瓶瓶罐罐，只是旁边少了脸盆和石炭炉子，空气中也没有那股难闻的酸涩味儿。

“你怎么把面具拿下来了？”范小鱼垂眼看着那些瓶子，手指在桌沿无意识地划过，有些不知道怎么面对大变样的某人。

时光真的像个雕琢大师。三年前在河边相遇时，初为少年的他还稚气未脱，漂亮得雌雄难辨。没想到如今重逢，少年已经变得如此英俊挺拔，有一股浑然天成、令人怦然心动的男儿英气，其超强的杀伤力，令她这个早该对男色免疫的成熟女性也不能免俗地失神。

要知道，她家里头的男人可全部都是各有特色的美男啊！烈的烈、柔的柔、酷的酷、憨的憨，就连冬冬都已经吸引了不少镇上的小少女了。可她今天看到丁澈居

然还如此怔忡，真是的，这家伙没事长得这么吸引人干吗？

“总不能天天戴着。”某人的声音有些紧绷。他关了门走到她对面，拿起一个瓶子，将里头的药水注入一个小瓶中。

他的动作让范小鱼注意到，两个瓶子上面都贴了个“卸”字。为了克制自己心中那隐藏了许久、而今却忽然开始蠢蠢欲动的腐女因子，免得一不小心又看得发呆，范小鱼忙刻意提问，“这是什么？”

“给你的卸容液。等你想要取下面具时，用里头的药水涂抹四周，即可轻轻撕下。”

“给我的？”范小鱼怔了怔，抬眼看他。

她本意是询问，可不小心再次看到那张俊美无俦的脸，却忍不住分神乱想：你说老天爷创造一个绝色美女也就罢了，为什么要把一个男人雕琢得像块吸铁石呢？

丁澈懒得回答这个问题，倒了三分之一的液体过去后，塞好塞子，然后把小瓶放到另一堆小瓶子处，伸出修长的食指一一点道：“上面我都做了标记，顺序你自己记好。取下面具后，酒醋各半斤，加三滴药水，浸泡一刻以保持柔软——时间若是太长，就过犹不及了——等晾干后再收入盒中，切忌直晒阳光。等到再用时，需先净脸拭干，而后涂上药水，敷面抹平，再用这瓶修饰一下边角。还有这盒面霜，是卸掉面具后涂抹的。”

说着，他取过一个巴掌大的盒子，连同刚才指过的瓶罐一起，打了个小包袱递给她。

“那个……多谢你呀！”

他突然这么示好，令范小鱼很不习惯。视线和他相撞时，发现他的眼睛格外的亮晶晶，明亮透彻得犹如清澈的天池水，可怜的小心肝再度受到冲击。幸好丁澈很快就移开了目光，转而收拾其他的事物。

“你现在要不要拿下面具？”丁澈其实也很不习惯她道谢，他摸摸这个瓶子又摸摸那个瓶子，一时找不到话题，便胡乱问道。

“哦，对，我正是想找你取下这个的。”范小鱼忙道，“不如我现在就试试，你在旁边指点一下，免得我搞错了。”

“嗯。”丁澈点点头，翻出那面精细的铜镜摆在桌上。

范小鱼兴致勃勃地就坐。毕竟上次完全是丁澈动手，和自己实践是两回事。

摊开丁澈方才给自己的包袱，范小鱼先将所需的药水一一按序排好，然后束

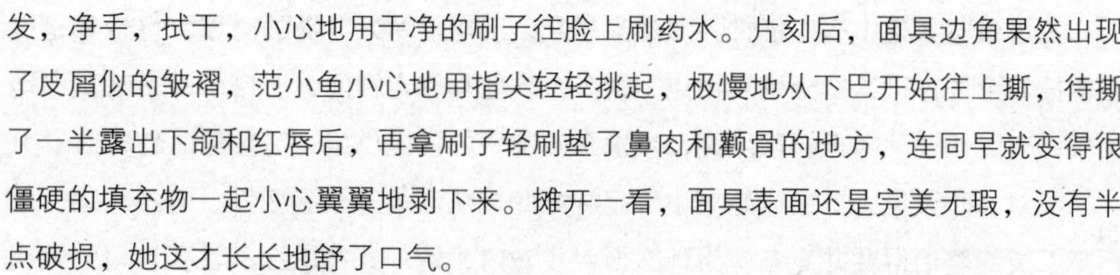

发，净手，拭干，小心地用干净的刷子往脸上刷药水。片刻后，面具边角果然出现了皮屑似的皱褶，范小鱼小心地用指尖轻轻挑起，极慢地从下巴开始往上撕，待撕了一半露出下颌和红唇后，再拿刷子轻刷垫了鼻肉和颧骨的地方，连同早就变得很僵硬的填充物一起小心翼翼地剥下来。摊开一看，面具表面还是完美无瑕，没有半点破损，她这才长长地舒了口气。

不过她的真面目被覆盖了这么多天，面具乍一取下，脸色却相当苍白。

“哎呀……”范小鱼摸了摸自己的脸，正准备放下面具，才想起自己还没准备要浸泡面具的药水。她正准备站起，却见丁澈递了一个脸盆过来，顿时有点不好意思，道了声谢，把面具浸了进去。

还未转身，一只手又伸了过来，却是一块干净的毛巾，“水在那边，卸完面具后，最好用温水清洗，还有，别忘了抹最后那盒面霜。”

丁澈侧着身子，随手指了一下木架上另一个脸盆，然后背着双手走到窗前。

“啊？哦！”范小鱼有点机械地拿着毛巾走了过去。她拧了毛巾，轻轻地拭着脸，胸口却突突地跳了起来。

调药水，递毛巾，准备温水，提醒护肤……这些虽然简单却近乎服侍的事情，怎么也不像是他会做的，可偏偏他却做了。尽管他也有些不自然，可他还是体贴地提前为自己准备好了。

范小鱼一边慢慢地擦着脸，一边偷瞧了一下背对自己长身玉立在窗前的丁澈，犹如乱麻的心又是微微地悸动，随即更为迷惑茫然——自己和他之间，到底算是什么关系呢？

仇人？这个自然是不可能的。虽然小时候有点小怨结，可是她救过他，他也帮过她，那点不愉快早就烟消云散了。

朋友？唔，虽然有时候他们也相处得不错，可在她的记忆中，好像两个人还是斗嘴翻脸的时候比较多吧？

既然不能算仇人，也不能算朋友，那么，只是熟人？

因为两人之间还是有点关系，而且他们也知道彼此的身份，所以她会想到找他帮忙，他也会看在过去的面子上，象征性地只要一两餐饭作为补偿。这都很正常。可是他这样几次三番地主动帮自己，却又是为何？他不是老生她的气吗？按理说，他不是应该讨厌她，应该想方设法地直接逼她比武么？怎么他却如此细致，连这些小事都……

范小鱼握着毛巾有些怔忡，忽然又想起，三年前两人斗嘴的时候，好像都是她在掌控着全局，可这次分别后再见，很多时候他都气定神闲，而自己却常常莫名地生气，有时候说话甚至还很尖刻，就像个闹脾气的任性小姐，简直越活越幼稚了。

不对。昨天吴大哥还说她小小年纪就如此成熟世故、坚忍韧性、毫不冲动，更是把百灵阁整治得井井有条。为什么面对丁澈时，她却好像总忍不住要计较？她明明知道丁澈其实是没有恶意的，难道说……范小鱼的脑海里忽然浮现出易容时的情景，手一颤，毛巾立时滑了下去，直接掉入脸盆中。

不，不会的！范小鱼猛然掬了水胡乱地泼着脸，强行逼自己甩开这些莫名其妙、乱七八糟的念头。为免再次失态，也为了不让自己再胡思乱想，范小鱼快速地擦干脸，然后清了清嗓子，一本正经地道："对了，今天的事情，多谢你了。"

"你有必要老是这么客气么？"丁澈转过头来，俊逸的眉毛拧成了一个结，很不高兴地瞪着她。

呃……怎么又变脸了？不过，他们都认识六年多了，好歹也算熟人，这样是不是真的太客气了一点？

"呵呵……"想到这里，范小鱼不由得不好意思地笑笑，"好像是没必要。"

"知道没必要就好。"丁澈眼中的不悦这才淡去一点。

"是，丁大公子，以后我就不跟你客气了。"鬼使神差地，范小鱼忽然开了一句玩笑，"既然你坚持不要我客气，那上次欠你的饭局是不是也可以取消？"

"不行！"丁澈板着脸道，"那我岂非亏大了？"

说归说，看着她那狡黠明媚的笑脸，丁澈还是忍不住泄露出一丝笑意。两人互相对视着，终于相视一笑，而后忽然觉得，现在这样的平和才是他们之间最应该存在的相处方式。

曾有的陌生、局促和别扭一旦消失后，屋内的气氛顿时轻松活泼了起来。范小鱼觉得自己方才那些胡思乱想很愚蠢，念头一转，便落落大方地恢复了本性，主动绽开灿烂的笑容，开玩笑道："我们坐下来说话吧。算起来我们也是老朋友了，太拘束反而见外了。"

丁澈含着笑，大步走了过来，长长地松了口气，道："我也是这么觉得。总觉得我们之间怪怪的，要知道，你可是我的救命恩人。"

范小鱼被他夸张的语气逗得掩嘴闷笑，觉得那张完美的俊脸好像已不再耀眼得让人不大敢直视，多了几分熟悉自然的感觉，"你不是也曾经帮过我们吗？别的不

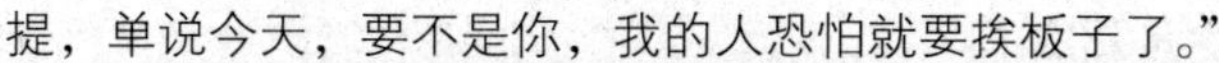

提，单说今天，要不是你，我的人恐怕就要挨板子了。”

丁澈也配合着她巩固两人之间新的相处模式，笑道：“他们不是要抓江洋大盗吗？那我就给他们线索，抓不到是他们自己没本事!”

“短短的时间里，居然连续招惹了三位高官，你可真够厉害的。”范小鱼一边抹着保护皮肤的面霜，一边笑道，忽然想起早上罗亶的描述，忙又提醒，“不过，这里可是卧虎藏龙的京城。我听罗亶说，今天来抓人的捕快里头就有一个人的修为不弱。你还是小心点吧。”

她第一次站在朋友的立场上劝说丁澈，丁澈目光闪动了一下，也首次诚恳地听从了她的建议，微微点头，“好，晚上我把东西处理一下，这几天暂时就不动了。对了，接下来你打算怎么办？你那个讼师能不能帮你打赢这场官司？毕竟我这个法子也只能拖一时，不是根本之计，洗脱不了你们的清白。”

“你放心吧，不会有问题了。我们遇到了一个大贵人，你猜，他是谁?”范小鱼故意神秘兮兮地笑道。

丁澈不解地挑眉，“大贵人？他能解决所有问题?”

“没错。”范小鱼笑眯眯地点头。

“我认识?”

“嗯，你认识。”

丁澈微微皱起眉头，垂眼想了想，似乎想到了什么，可又摇了摇头。

“你为什么摇头?”范小鱼很好学地求问。

“应该不会是他吧?”丁澈迟疑了一下。

“他是谁?”范小鱼狡黠地转动了一下眼珠。

丁澈盯着她灵动的双眼，忽然笑了起来，“还能是谁，自然是英雄救美的那一位。”

“答对了，加十分!”回想起今日的好运，范小鱼忍不住开怀大笑，兴奋地道，“你不知道，我看见他的时候还真吓了一大跳，实在有些不敢相信自己的运气。”

“然后你就装作不知道他是皇帝，设法接近他，并将事情真相都告诉他了?”丁澈笑道。

“错!”范小鱼得意地摇着手指头道，“不是我设法接近他，是他自动送上门来的。哈哈哈，他今天本来是特地来看戏的，结果我们没营业，我就叫了两姐妹来拜谢他，顺便解释了一下不演出的原因。”

“瞧你得意的，不过……”丁澈也大笑了起来，“你这个顺便，可是远远胜过

千言万语啊！看来，桑家这次是死定了。”

“那当然，皇帝都发话了，那些狗官要是还敢包庇，除非不想要乌纱帽了。对了，”范小鱼兴奋地道，“我还有个主意。”

“什么？”

“我想去偷一些桑家和官府勾结的证据，越多越好，然后等哪天他来看戏的时候，用你的名义把证据全都交给他。到时候你可就从‘江洋大盗’变成‘侠盗’了，也算高尚一点。”范小鱼抿嘴笑道。

“盗亦有道，我本来就是侠盗！”丁澈故意不屑地道，脊背一挺，满脸正气和豪气。

“我记得你以前的脸皮好像挺薄的，怎么一段时间没见，突然就厚起来了？”范小鱼扑哧一声笑喷了。

丁澈佯作恼羞成怒地瞪着她，“我说的本来就是大实话，不然你以为我偷那么多东西干吗？我可不是随便什么人家都会去偷的，当然……”

他忽然微微红了脸，“今天的不算。今天我只想着就近找几家大官来捣乱，没顾上那么多，改天把东西送回去就是了，不算破规矩。”

见他居然窘迫得红脸，范小鱼更是笑得喘不过气来。

丁澈恼怒地盯瞪着笑得花枝乱颤的她，却终究板不住脸，也笑了出来，只觉浑身都洋溢着一种全新的温暖的感觉，令人十分的舒服，只想永远这样愉快地和她相处下去。

两人享受着这初初建立的新的相处方式，又闲话了一阵，直到屋内光线慢慢暗下来，才猛然醒觉时间竟已不早了，而且要命的是，两个人都忘了脸盆里还浸着人皮面具！他们同时蹦跳了起来，两只手一起伸出，结果……

两秒后。

“我来……”

“我来吧……”

“好吧，你来。”范小鱼缩回有些酥麻的手指，强行保持着镇定，将注意力放在面具上，苦着脸问，“泡了这么久，不会坏了吧？”

丁澈暗自吸了口气，将心中的异样压下，仔细地检查了一下，有些遗憾地道：“虽然没坏，可是以后再使用的效果就会差一些了。若是仔细看，只怕会有破绽。”

“有点破绽倒没关系，反正我也只是上堂的时候露一两面而已。只是如此精致的人皮面具，坏了实在太可惜……”范小鱼懊悔地道。

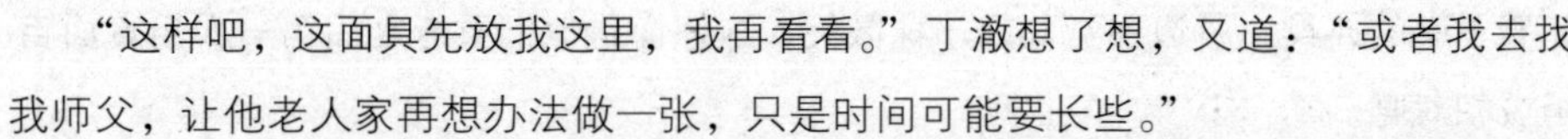

“这样吧，这面具先放我这里，我再看看。”丁澈想了想，又道：“或者我去找我师父，让他老人家再想办法做一张，只是时间可能要长些。”

“不，不用麻烦了。”范小鱼想到那个怪老头就别扭，忙道，“反正我易容后也还戴着面具呢。”

说着，她十分郁闷地叹了一口气，“唉，要是哪一天可以光明正大地出现就好了。戴了三年面具，腻死了。”

丁澈奇道：“你要是觉得腻，不戴就是了，为什么要勉强自己？”

范小鱼无奈地道：“你也知道，我们一家人都想过平静的日子，百灵阁东家这个身份太敏感，要是被他们知道我的真实身份，会给我家里人带来麻烦的。”

丁澈点了点头，没再说话，好看的剑眉微微地蹙起，陷入了思考。

大帅哥就是大帅哥，就连皱眉的样子也是这么赏心悦目，这张脸真的是得天独厚啊。只是男人长得这么俊美无俦，对女人来说实在是一种灾难啊。也不知道这家伙迷惑过多少女孩子了。范小鱼看着丁澈认真沉吟的样子，忍不住有些神游。

“你看什么？”丁澈忽然回望着她。

“啊，没什么。”范小鱼忙掩饰道，“时间不早了，我先回去，找到了证据我再给你。”

“我也去。”

“嗯？”

“你要取证据，有个人放风会比较好。”丁澈站了起来，笑容中透着一丝狡猾和得意，“别忘了我可是来无影去无踪的江洋大盗。”

“别老是把‘江洋大盗’挂在嘴边，小心被人听见，把你抓了去。”范小鱼故意道。

“想抓我？可没那么容易。”丁澈嘿嘿一笑。以他的能力，除了他那个老头师父，还真没几个人能接近到十米之内而不被他发现的——老头都说了，人不该谦虚的时候就得骄傲点。

“不听你吹牛了。那就半夜再聚头吧。”范小鱼挥了挥手，戴上蝴蝶面具，照例攀着窗口翻了上去。

这家云来客栈，她来来往往好几次了，可除了送上官娇回去那一次，好像从来就没有打正门走过，天天都在房上飞。

客栈内，丁澈的目光一直追随到彻底不见范小鱼的影子，才收了回来。他垂眼

望着手中的面具，唇边不觉勾起一抹微笑，这好像是他们重逢之后第一次用真面目坦诚相对呢。

回想范小鱼初见自己时的片刻失神，某人的俊脸忍不住微红了起来。

早上的一场薄雾，不仅给开封城带来了一天的好天气，也使得入夜后的苍穹变得格外深邃和美丽，尤其是那一轮高高悬挂在头顶的皎洁圆月，如水似的清辉更加纯净透彻。

这样明亮的夜晚，实在不适合某些拜访，所以范小鱼有些犹豫了，要去吗？

“去，当然去。”踏月而来的丁澈一身儒雅的月白长衫，乌发如墨，俊颜似画，犹如翩翩佳公子要去散步赏月。也不知道有意还是无意，他依然未戴面具，只在手中拿了一块白色面巾。

范小鱼一边压下欣赏美色的念头，一边摇摇头，“太冒险了。要是不能一击得手，桑家一定会有所警戒，再去就难了。”

“我有把握。”丁澈微笑，如冠玉似皎月的俊脸，俊美得犹如下凡的天神。

“什么把握？”范小鱼想避开他那越来越散发着致命魅力的脸，却又不得不问。

丁澈神秘一笑，“不告诉你。”

范小鱼有些恼怒地给了他一个白眼，疑惑地道：“你真的有把握？”

“要不我们赌一赌？”

“不赌，赌博有碍身心健康！”

“……”

半个时辰后，范小鱼瞠目结舌地看着手中的贿赂账本，然后用一种全新的眼光看着丁澈，“我现在严重怀疑你师父这三年是怎么训练你的。”

丁澈含笑的薄唇抿出一个优美的弧度，“相信我，你不会想学的。”

又是一个夜与日的交替，有光芒缓缓升起，泛白了东方，冲淡了月色，也将原本柔和的天青色染成了一片绚丽的图画。

九月十六到了，正是原定去工部员外郎府邸贺寿的日子。

一大早，柳园青就在百灵阁中反复地踱步，也不知多少次伸长了脖子，眼巴巴地向外张望。

昨日他奉命去工部员外郎府，还算顺利地见到了那位和悦的员外郎夫人。事关

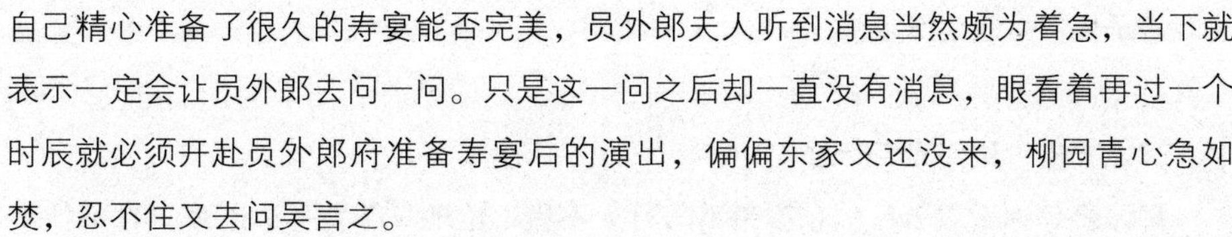

自己精心准备了很久的寿宴能否完美，员外郎夫人听到消息当然颇为着急，当下就表示一定会让员外郎去问一问。只是这一问之后却一直没有消息，眼看着再过一个时辰就必须开赴员外郎府准备寿宴后的演出，偏偏东家又还没来，柳园青心急如焚，忍不住又去问吴言之。

“吴公子，您觉得那位员外郎大人会帮我们吗？这人到底能不能顺利地放出来?”

“时辰还早，不急，不急。”吴言之老神在在地喝着茶。

小皇帝昨天才听说这件事，回去以后总需要时间调查，等到今日早朝时才能明令开封府详细审查。下朝后那位府尹大人少不得又要再细问两个手下。这一来二去的，自然需要不少时间。

“哎哟，我的公子爷，小人能不急么？员外郎家的戏台子早就搭好了，请帖也送出去了，这该演的戏无论如何都还是要演的。可要是一下子换了好几个准角色，少不得会逊色很多，到时候万一那些大人夫人们看了不高兴，那可怎么办?”

昨晚回来后，他就做了两手准备。为了以防万一，他临时调整了一下演员的结构，可是百灵阁向来十分注重表演的质量，要是新人没表现好，那百灵阁的招牌不就砸了么?

“你放心吧，你家东家自有分寸。再说我们已经派人在衙门口守着了，有消息会马上知道的，还是再等等吧!”吴言之笑了笑，看着台上的新手一遍遍地排练。

柳园青无奈，只好又开始踱步。

卯时渐渐过去，辰时开始，随着日头的渐渐移动，巳时又将近了。

柳园青越发内火上升，吴言之却一直不愠不火。

就在柳园青正准备第N次去门口张望时，只见一个人风一样地跑了进来，张开大嗓门猛喊：“放了！放了!”

却是那夜因留守百灵阁而侥幸未被抓的猫九。

柳园青一把抓住他，“你说什么?”

猫九满脸喜色，上气不接下气地笑，“猫四……他们……全放出来了!”

柳园青大喜，“真的？人呢?”

“在……在后头呢!”猫九一边喘着气，一边指道。

柳园青忙奔了出去，台上原本在排演的众人听说了这个喜讯，顿时都闹哄哄地跟上前去。猫九也要尾随，却被吴言之拉住，笑道：“大家都跑了，你要是再去，

这戏班子里头可就没人看守了。”

被抓去的人果然都回来了。

柳园青等人看着自己的东家带着一群人不慌不忙地从街的那边走来，忍不住欢呼着迎上前去，团团地把众人簇拥在中间，纷纷七嘴八舌地询问，几乎把大街上的交通给堵塞了。猫四他们看起来虽有些疲倦，精神却还不错。

“你们先别急着问。今天是我们百灵阁停业数天后第一次演出，而且是外场，大家伙先打起精神，把下午的戏演好，事情的经过晚上再向大家解释。”范小鱼微笑着抬了抬手，压下众人的询问，然后笑吟吟地环视了一眼，“你们说，有没有信心把下午这场戏演得完美无缺？”

“有！”大街上顿时发出震天响的齐声保证，引得所有路人一阵侧目，也令旁边勾栏里的人又是羡慕又是嫉妒。唉，百灵阁一旦恢复营业，他们的生意又要少了。

范小鱼发话后，整个百灵阁立时动了起来，该留守的留守，该出外场的出外场，一切都井然有序。

“此间事已了，我也该回去了。”看着众人士气高昂地出发，吴言之站在门口呵呵地笑道。

“大哥说的是哪里话？既然我们现在已经是兄妹了，怎么还能让你一个人住到寺庙里，过那种清苦的日子？”范小鱼佯怒道。

“小妹此言差矣，你我虽是兄妹……”

“大哥！”范小鱼嗔道，“你怎么也这么世俗了！总之，今天你绝对不能走，而且……”

说着，她压低了声音，“小妹还有一件重要的事没有和大哥说。等戏演完了，我还要带你去一个地方。”

吴言之定定地看了看她，见她明眸清澈，显然不是在客套，思忖了一下，想到若是那位少年天子真的能提携他，以后他有的是机会报答，便含笑点头，不再拘泥俗礼，颔首道：“也罢，那就等你回来再说。”

“东家，大伙都已经去了，我们也赶紧吧！”柳园青跑了过来。

范小鱼点点头，又叮嘱了罗亶几句，就和柳园青一起登上了驴车。除了身后的罗亶，无人知道她此行还有一个更重要的目的。

第四十二章

骨肉相见不相识

车里面已经坐了一个人。柳园青看了看那位面容清秀的陌生少年，很识趣地没有问任何问题，只在心里不住地猜测这个少年和自己东家的关系。

少年也很安静，基本上都在看着窗外，漂亮的大眼睛里含着一丝忧虑，只有在偶尔和范小鱼对视的时候，才露个笑容。

这个少年正是范白菜，不过眼下他这张脸已经被丁澈动过一些手脚。借由改动眉毛和眼睛之间的间距以及眉宽，巧妙地使他保留了几分原样，却又不至于和范通那么神似。

带范白菜进员外郎府去亲眼看一看自己的生母，是范小鱼反复考虑后的结果。毕竟冬冬有见生母的权利，她不能剥夺他的这种权利，而在他们母子相认之前，能光明正大地见面，也只有这一次机会了，平时他总不可能天天在百灵阁里等着那位的光临。

其实范小鱼本来只打算让范白菜无意中见一见生母，不告诉他那个女人就是自己的母亲。可是如果见面，那和自己十分相似的容貌却瞒不了聪明的冬冬。想起自己这个弟弟本来就比其他同龄的孩子要早熟懂事，范小鱼最终还是决定直说，然后让他自己决定要不要去见。

沉默过后，范白菜给出了他内心深处一直渴望的回答。

可是决定之后，他心里却反而茫然了起来。一转眼已经九年过去了，娘亲离家出走时他才四岁，如今他都十三了，娘亲是否还记得他和姐姐？她可曾想过要找回

他们？如果她知道自己就是她的亲生儿子，如今已经是别人妻子、堂堂员外郎夫人的她会认他们姐弟吗？还有爹，他又该怎么办？

这个问题，现在谁都还不知道答案。

范小鱼他们到达的时候，工部员外郎卢子晁的大门处正在热闹地迎客，送礼的队伍排成长长的一队，一派喜气洋洋。

作为地位卑微的戏班子，他们自然是不可能从前门进的。在脾气温和、脸上总是带着笑容的卢府二管家的接待下，众人从侧门有序地进入，立刻就投入到准备工作当中——毕竟前头那些大老爷们可是一吃完饭就要来看戏的。

“叶东家，我家夫人说了，今日是老爷寿诞，为了感谢东家破例出场，请叶东家到前厅吃一杯寿酒。”二管家一指挥众人安顿好，就过来礼貌地邀请。

范小鱼一怔，随即以“为求尽善尽美，需要亲自监督众人化妆布置”为由，婉言谢绝了。

二管家有些诧异范小鱼居然放过了结交更多贵人的大好机会，不过还是尊重了她的意见，命人送一桌丰盛的酒席到后园来，其他人等自然也有招待。

戏台子是搭在花园里的。花园布置得很清雅，景物错落有致，彩带和灯笼也点缀得恰到好处，喜庆却又不张扬，贵气而又不过于华丽，还有穿梭其中、得体大方的仆人们，以及方才接待的二管家的态度，都间接地体现了主人家的涵养。

这样一座府邸的女主人，当年居然是一位抛夫弃子的狠心女人，若说出去，有谁会相信？

想到柳园青对“昔日武人妇、今日高官妻”的评价，范小鱼只觉得眼前的一切很有一种荒诞的感觉。

“小鱼，爹和你娘之间的事情，一时也说不清楚。但是，你要相信爹，你娘，她以前真的很疼爱你们，我想……她……一定是有不得已的苦衷……你……不要恨她。”由于数日忙碌，又要分身保护百灵阁，这一次她虽把冬冬带了进来，但父女俩却没有好好地谈过，范通也只是在把冬冬送来时，鼓起勇气匆匆而又断续地对她说了这么一句话。

她到底是一个什么样的女人？如果她真有大家说的那么好，又怎么可能狠心地抛弃一双儿女？若是只有她一个白痴女儿，那她狠心也就算了，可是冬冬是多么乖巧、可爱、懂事的孩子啊，她当初怎么忍心？

看着在台上帮忙，却不住地往花园门口张望的弟弟，范小鱼的心又疼了起来。

戏开演了，范小鱼单独和范白菜站在一排常青藤下，借身后的假山和前面的青藤半隐着身子，静静地看着正在看戏的一群贵妇中的其中一员。

“姐。”范白菜低叫了一声，声音里充满忧郁和感伤。

“嗯?”范小鱼一直注意着范白菜的表情，他一唤，便温柔地看着他。

“她过得很好。”范白菜茫然地道。

“是啊，看来她当年离开我们是对了。”范小鱼微带讥讽地道。

范白菜低头不语。

范小鱼无声地叹了口气，揽住他已经长高一大截的肩头，柔声问道：“你想认她吗?”

范白菜抬起眼，眼里有水光浮动，想要说话，却又紧紧地咬住了唇。

“你想认，对不对?”

范白菜无声地摇头，一滴晶莹的泪珠却从眼角甩了出来。

“在姐姐面前，你无须隐瞒自己的真实想法。不管你想说什么想做什么，姐姐都不会怪你。”范小鱼轻柔地道。

“可是……”范白菜终于开口，清泪坠落，“我知道姐姐你恨她，你不愿意认她……”

范小鱼一怔，下意识地否定，“我没有恨她。”

“你有。”范白菜含着泪，目光复杂、痛苦，又带着无尽的忧伤，“姐，你从来就没有提过她，也从来没有追问过爹爹，娘亲去了哪里。我小时候想娘，从梦里头哭醒，你一直抱着我安慰我，可我感觉得出来，你一点都不想她……”

范小鱼的鼻尖陡然酸涩了起来。谁说女孩子的心才是最敏感的，她早知道这个弟弟一直以来都很懂事，向来都把担忧藏在心底，而今，他又愿意为了她而压抑自己的渴望。

沉默了一会儿后，范小鱼温柔地拭去他眼角的泪滴，望入他的眼睛，柔声道：“弟弟，你忘了吗？姐姐死而复生后，以前的事情早已不记得了，自然也想不起她。对于一个想不起来的人，不想也是很正常的，并不就是恨她。”

范白菜抿了一下唇，努力收起已经很多年没掉过的眼泪，眨了一下还悬着小水滴的睫毛，认真而小心地看着范小鱼，“姐，你真的不是恨她?”

“我是你亲姐姐，以后对姐姐说话不要这么小心，想说什么就说什么。”范小鱼摸了摸他的头，想了想，同样认真地回答他，“姐姐真的不恨她。只是一想起她居然舍得抛下你，姐姐就有些生气。你是世上最乖的儿子、最可爱的弟弟，姐姐为你不平。姐姐想不通为什么她能那么狠心，所以，姐姐对她有些怨言。”

“爹说，一切都是他的错。”范白菜偷偷地环着她的腰，从她身上汲取亲情的温暖，幽幽地道，“我也记得，娘好像常常在生爹的气，大声地骂他，骂完后又常常抱着我们两个哭……”

“抱着我们两个哭?”范小鱼怔怔地，不自觉地重复着最后一句话。

“嗯，我还记得娘老是伤心地跪在地上，把我们都搂进怀里，抱得紧紧的……”范白菜哽咽着道。

伤心地哭?还抱得紧紧的?

“那时候……”范小鱼有些困难地道，“那时候我脑子不清楚，她……她讨厌我吗?”

范白菜的头摇得像拨浪鼓，“不，虽然我不记得太多了，但我可以肯定，娘一直很疼我们……”

她从来不知道，从来不知道……原来小时候也曾这样被那个人那样疼爱过，而不是如她一直以为的那样，嫌弃她、厌恶她、急于离开她……

范小鱼怔怔地立着，第一次感觉有一种仿佛不属于自己的情感在内心深处涌动，就好像……就好像前世的她，曾千百回渴望梦到亡母再次拥抱她的那种感觉。不知不觉地，一股温热的液体就浸红了眼眶。

常青藤上，绿叶悠悠地在清风中摆动。

常青藤下，姐弟俩无言地站着，依偎着，注视着同一个身影，想着相似的心思。

但这一幅沉默的画面，很快就被打破了。

一个丫鬟小碎步地走了过去，附在那位员外郎夫人的耳旁低语了几句，然后夫人一脸抱歉地站了起来，对其他贵妇说了几句，施礼后匆匆地起身离开，方向居然是戏班子的后台。

“我们去看看。”范小鱼讶然地赶紧拉了拉范白菜，让他擦干眼泪。

“不嘛不嘛，怜儿就是想在这儿玩嘛！好娘亲，怜儿答应你，怜儿一定乖乖地

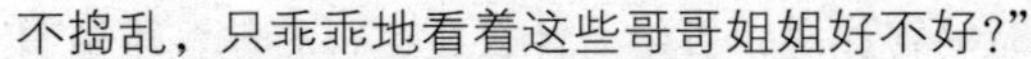

不捣乱，只乖乖地看着这些哥哥姐姐好不好?”

后台简易而拥挤的棚子里，一个梳着牛角发髻、粉雕玉琢、看起来才五六岁的小女孩，正娇滴滴地摇晃着那位员外郎夫人，用一种令人酥到骨子里的声音甜甜地撒着娇，而那位一直和颜悦色的员外郎夫人此刻却板着脸，不为所动地示意丫鬟将她抱走，然后歉意地对着柳园青道：“真是对不住了，小女顽劣，一定打扰你们了吧?”

柳园青受宠若惊地赶忙摇手，“夫人说的是哪里话。令千金聪明活泼，十分可爱，怎么会给小人们添麻烦呢?”

说着，他忽然眼尖地看到范小鱼，忙道：“东家，这位就是员外郎夫人。夫人，这是我们的东家。”

“原来你就是叶姑娘。”员外郎夫人含笑点头示意。

“正是小女子。”范小鱼早在柳园青叫唤的时候就已敛起情绪，此刻见她先打招呼，便礼貌地福了福，淡淡地道，“见过夫人。”

她一边说着，一边用余光迅速瞟了一眼身旁的范白菜，却见范白菜紧紧地低着头，身体微微颤抖，显然是在克制自己的情感，她再看向还在不住撒着娇的小女孩，不由无声叹息。

没想到她才想到这个同母异父的妹妹，小女孩忽然也对她起了兴趣，娇声道：“姐姐，你的蝴蝶面具好漂亮啊，可不可以让我戴一下啊?”

这一问，范小鱼和范白菜不禁都呆住了。

“又说胡话。娘告诉你多少遍了，不能随便问人家要东西。荷儿，快把小姐抱走。她要是再任性，你就把她关到房里去。”不等范小鱼回答，员外郎夫人又拉下脸。

“不要啊，娘……怜儿要看戏，怜儿要看戏嘛!”小女孩惨叫了一声，小脸一下子变得泫然欲泣、楚楚可怜。

“夫人……你就让她玩一会儿吧。”一个怯怯的轻轻的声音忽然响起，众人侧目，却见说话的是站在范小鱼身边的少年。他一双大眼睛红红的，闪着异样的渴望，却不敢正视员外郎夫人。

“你……”员外郎夫人看着范白菜的脸，妆容精致的脸忽然怔忡了一下，一时竟忘了说话。

范白菜想看她，她看着范白菜，范小鱼却将两人的神情都纳入了眼底，心头不

由升起一丝迷茫。冬冬的脸已经被稍微易容过了，可她为什么还这样看他？难道真的是神秘的母子天性在起作用？若真如此，为什么她对自己却一点感觉都没有？

“哦，回夫人，这是班子里打杂的孩子。要是他年幼无知冲撞了夫人，还请夫人看在小人的薄面上饶了他吧！”见气氛有点诡异，善于察言观色的柳园青连忙上前打圆场。

“呵呵，柳班主误会了，我没有怪他。”员外郎夫人温和地笑笑，目光从范白菜脸上移开，可是范小鱼却敏锐地从她的眼中看出一抹淡淡的忧伤和失落。

她是认出了冬冬了？还是只是想起自己的儿子也像冬冬这么大了？

“娘，怜儿真的会很乖啦！”怜儿趁着空当，聪明地继续开展甜蜜的进攻，扭着身子软软哀求，“您要是不放心，可以让荷儿姐姐留下来看着我。娘亲……好娘亲……”

“好吧，只许玩一小会儿，不然晚上就罚你抄写《千字经》。”员外郎夫人终于无奈地松口，然后在怜儿的欢呼声中交代了荷儿几句，向范小鱼和柳园青点了点头，就带着其他丫鬟走了出去。范小鱼注意到，她再也没有向冬冬投上一眼。

“小哥哥，谢谢你帮我向娘求情。”员外郎夫人一走，怜儿就从荷儿的手中挣脱了下来，笑嘻嘻地跑向范白菜，“你陪我一起玩好不好？”

范白菜为难地看向范小鱼，微红的眼中含着渴望。范小鱼轻轻地点了点头。这个叫做怜儿的小女孩和他们虽然异父却是同母，是她和冬冬的亲妹妹，又是这般天真活泼，她怎么忍心拒绝呢！

看着两个人欢欢喜喜地玩作一团，范小鱼笑了笑，走了出去，回到常青藤下。

这一次，她的目光投向了另一片坐着男客的看台。凭着过人的听力，她一会儿就从众人的话语中分辨出那位寿星：一个最起码已经四十多岁的中年男人，胖胖的身材，挺着一个肚子，方脸大耳，脸上总是带着笑容，极像一位开口便笑的弥勒佛。

这就是她生母现在的丈夫？

范小鱼愕然地看看那位员外郎卢子晁，再看看自己那位看上去顶多只有二十多岁的生母，想起家里头那位正值壮年的英俊老爹，不由自嘲地一笑。一时间，也不知道心里头究竟是什么滋味。

如果当初二叔想要告诉她探听到的消息时她没有冷冷地拒绝，这会儿也许就不

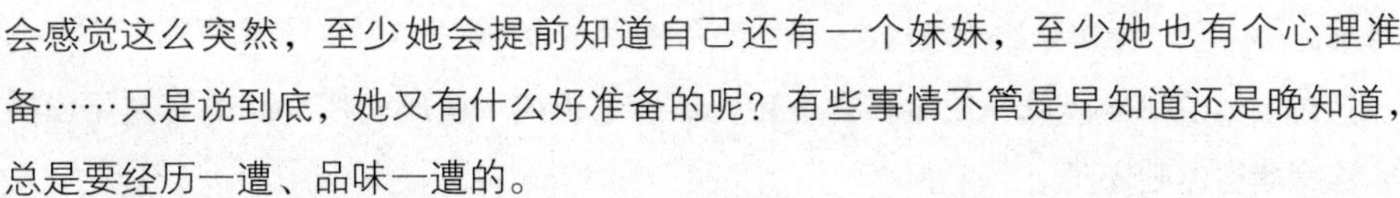

会感觉这么突然，至少她会提前知道自己还有一个妹妹，至少她也有个心理准备……只是说到底，她又有什么好准备的呢？有些事情不管是早知道还是晚知道，总是要经历一遭、品味一遭的。

而且……冬冬虽然想认亲娘，可他的亲娘却不知道会不会认他呢。

毕竟，她现在已经有了一个自己的家，而且，如今她是员外郎夫人了！

和范小鱼复杂的心理不同，百灵阁第一次出外场的演出很成功，卢府的打赏也远比预料中丰厚。而且据那位二管家说，今天在座的几位夫人都很喜欢这出戏，打招呼说下次府里头有宴请，也要来请他们去表演。

这件事情柳园青自然不敢做主，便先模棱两可地应付了过去，打算再和范小鱼商量。可等他回头找人，却听说东家已经走了。

此时，范小鱼正恢复了原貌，和范白菜并肩走在大街之上。

“冬冬，你知道姐姐前两天认了一个义兄，你说，我们请他到家里住好不好？”离开卢府后，范小鱼想了一会儿，觉得今天这件事还是给冬冬多一些时间比较好，便有意不提两人的生母。

“嗯，姐姐的义兄就是冬冬的大哥，姐姐说好就好，爹爹和亶哥哥肯定都不会反对的。”范白菜乖巧地点了点头。今日乍一见生母，又见从未见过的妹妹和母亲那般的亲密，此刻的他显得格外的沉静，不似往日那般活泼开朗。

范小鱼看在眼里，疼在心里，可一时之间她也无能为力，或者等回家了解了情况之后，再找个机会去单独见见她吧！哪怕她不能公开承认他们姐弟，只要她能偶尔来看看冬冬，想必冬冬也会感觉很幸福的。

世事的发展有时候总是出人意料。

范小鱼卸掉了范白菜的简单易容，让他先自己回家，然后独自去百灵阁接吴言之，却发现今天荀家瓦子很奇怪，好像所有的人都到里头去了，瓦肆的门口几乎空无一人，靠近门口的几处勾栏也极度地冷清。

“东家！”范小鱼正在疑惑，严老先生的孙子严小安急慌慌地跑了出来，“快快快……”

“小安，别着急，慢慢说，发生什么事了？”

“圣……圣旨到……”严小安激动得几乎连话都说不出来了，只一个劲地朝里

面指。

呃……范小鱼一怔，赶紧往里头走，却见瓦子内一座座勾栏之间的通道早已被人群围堵得水泄不通。

“我们东家回来了，让一让！快让一让！”小跑着紧跟在她身后的小安子总算恢复了语言能力，兴奋地大声喊道。

哗……刷……

前方的人群顿时齐齐地回头，然后十分默契地让出一条仅容一个人通行的小路来。范小鱼纵然胆大包天，可被这么几百几千双目光一起盯着，也不禁有些囧囧的，忙加快了脚步。

相较于一路上的拥挤，快接近百灵阁时，周围一下子空了起来。人们自觉地和前头保持了一段距离，早来的人们则都躲进了左右的勾栏里，几乎是人叠人地挤在一处。平时摆在旁边的小摊，也早已连摊带人地退到了角落里，而百灵阁的门前，此刻正齐刷刷地跪着一群人，前面摆着一个大香案，香案后站着八个人，一个正在宣读圣旨的太监，两个捧着官帽官服的小太监，四个威武的侍卫。

范小鱼刚一走近，就听到那个太监拖长了音，念出了最后两个字，“钦此！”然后目光一下子落在还在几十米外的范小鱼身上。

范小鱼立刻原地跪倒，跟随前面的众人连拜三拜，同时高呼：“万岁！万岁！万万岁！”

不是她迫不及待地要向皇权表示崇拜，而是现在能躲到隔壁的百姓早就躲到隔壁，躲不了的都自动挤在一条无形的界线之外，方圆几十米内就只有她一个人，你说她能不随波逐流地拜倒吗？

高呼完毕，只见人群最首，一个矮小的身影率先站了起来，恭恭敬敬地接过了那道圣旨，正是范小鱼新认的义兄吴言之。

接旨的既然是吴言之，那圣旨也应该是针对他的了，没想到大哥的好运这么快就来了。范小鱼心中激动，忙疾步上前叫了一声“大哥”，然后又向那太监行了一礼，正要赔笑，那太监又尖着嗓子喊道：“百灵阁东家叶如君接旨！”

呃……她也有份？

众人立刻再次伏倒，范小鱼也忙再度跪了下去，心中微带欢喜。嘿嘿，他们百灵阁也有赏赐么？这个皇帝还真是好人哪！

只见那太监从旁边侍卫手中又取过一道圣旨，也没有要求范小鱼摘下面具，就用高亢的声音读了起来。

范小鱼竖起耳朵听了半天。圣旨所用的辞藻相当华丽，老实说其中有好几个词范小鱼都听不懂，不过虽然如此，有耳朵的人基本上都听懂了圣旨的内容。归纳起来就是两句话：第一，本朝的法律制定出来就是为了维护广大人民群众的切身利益的，不管是谁都不能违反这一点；第二，朝廷已经查明百灵阁和桑家之间的恩怨，确认了桑家派人纵火、诬蔑陷害、买通官府试图一手遮天的累累罪行，一定要严肃办理。望普天之下的子民们以后都能遵纪守法、安守本分。

然后，在范小鱼喜滋滋地等待第三句时，太监又尖着嗓子说了一句："钦此！"

不会吧，这样就完了？没什么金银珠宝玉帛的赏赐？范小鱼一边愕然地磕头谢恩，一边忍不住在心中腹诽。不过她自己也知道百灵阁不过是一介勾栏，又对朝廷没什么贡献，貌似上头没理由赏她。这么一想，她心里就平衡了，忙赔起笑"恭敬"地请那位宣旨的太监到里面喝茶。那太监笑眯眯地允了，到里头一坐，意思意思地沾了沾茶杯，然后怀揣着两锭银子满意地摆着威风走了。

他一走，范小鱼就迫不及待地问起吴言之圣旨的内容，却是破格提拔他为从八品的县令，有官有职，实权在握，只是明日到吏部报到之后，必须要马上出发去蜀地一个小县城任职。

"怎么这么赶啊？而且还这么远。"范小鱼有些不满意那个小皇帝，怎么不赏个好一点的地方和官职。

吴言之却是满意至极。整个人意气风发，连个头都仿佛高大了不少，甚至那张黝黑的面容也好像在放着光，"刚才那位公公跟我透露了一下，说是那里的县令前段时间突然暴病而亡，急需有人替代，所以才赶了点。"

见范小鱼为他开心之余还有些不高兴，他又心情大好地劝了范小鱼一通，言道以后可以经常写信，并说经此一事，京城中应该不会再有人敢来招惹百灵阁，她可以随时去小县城看他。

十年寒窗苦读，两番科考失意，猛然间恩从天降，骤然从秀才擢升为朝廷命官，从此可以实现平生所愿，为民做主申冤……其中的喜悦，纵然吴言之的心性再过镇定，一时间也是难以自已。接下来，他的情绪一直处于高度的亢奋之中，一下子念叨着要先去和几个昔日交好的同窗打声招呼，一下子又说要回一趟天清寺，片刻之间，就将晚上的行程排得满满当当。

范小鱼本来还想带他去自己家，告诉他自己的真实身份，可想了想，觉得眼下

已不再是好时机，便暂时先打消了这个念头，全力地帮他准备赴任之事。

嘻嘻，她现在好歹也算有个官哥哥了，以后要是在京城混不下去，大不了就去投奔这个义兄，不用再愁天下之大，却没个去处了。

是夜，在准备行装的过程中，还发生了一件很巧的事情。阁里那位擅长口技的相哥儿的老家就隶属吴言之要去任职的县城，于是相哥儿主动要求跟随吴言之。吴言之在百灵阁待了两天，和他也算熟识了，也甚是喜爱他的机灵，便同范小鱼商量。范小鱼自然是没有半分异议。当下，相哥儿就成了吴言之的贴身随从。

员外郎府一行，范小鱼的情绪本已有些低落，不想次日又要送走刚结拜了三天的义兄。待到目送着客船扬帆后，范小鱼只觉整个人都懒洋洋的，什么都不想做。加上这几日一直不曾休息好，她回到家里倒头就睡。

这样肆无忌惮的睡法已经多久没有经历了？

范小鱼拥着被坐了起来，望着已经一片昏暗的房间，回想起这段日子经历的种种，怔怔地有些发呆，许久才轻轻地喟叹了一声。此时此刻，她忽然很怀念在槐树村的那几年。那时候虽然日子稍微清苦一点，却有一种平凡简单的快乐，不像现在有这么多烦恼。

范小鱼苦笑了一下，摇了摇头，而后抹了一把脸，忽然掀开被子跳下床去。

得了，她本来就不属于那种多愁善感的类型，还是想想怎么解决眼下的事情好了。

首先，为了冬冬，也是时候面对她这对便宜爹娘之间的恩怨了。这一点她等会儿就可以和范通好好聊聊，然后看情况决定解决方法。

其次，这一次百灵阁虽然躲过了一劫，可一定要吸取树大招风的教训，想个法子避免木秀于林。再者，鸡蛋不能放在同一个篮子里，赚钱的方法也是如此。她得开家酒楼，搞一些特色菜肴什么的，目标不要太大，中等就好，然后慢慢发展。再以后要是有钱了，就去周边哪个小县城买宅子置田地，真正实现当个悠闲小地主的愿望。

想到美好的将来，范小鱼不禁又露出了笑容。她快速地梳洗完毕，故意放重脚步，踩着噔噔噔的欢快步伐跑下楼去。

随着她的脚步声，夜色中率先飞来一条小身影，猛扑到她的身上，蹭着身子呜呜直叫。

“小捣蛋，我不在家的这几天你有没有调皮啊?”范小鱼笑着捏了捏贝贝的鼻子，又轻弹了一下它的耳朵。贝贝哼哼了两声，翘起长长的尾巴去扫她的脸，刷得范小鱼直痒痒。

“姐姐，你醒啦!”范白菜也跑了出来。比起昨天，他的精神已经好了许多，脸上也恢复了笑容。

“小鱼。”范通站在他身后，讨好地赔着笑脸。岳瑜则站在门口微笑而又腼腆地看着她。

看着范通那小心谨慎的模样，范小鱼心里不由暗暗叹息了一声，觉得有些不忍。再怎么说，他也是她的亲爹。虽说他有时候实在不成器，但当爹的总是这样给女儿赔小心，也实在有些悲哀。想一想，纵然当年冬冬的娘离家都是因为他，可这些年来他也已经够辛苦了。

想到这里，范小鱼心中一软，给了他一个微笑，“爹，都做了什么好吃的?”

“都是你喜欢吃的。”见范小鱼好像没有生气，范通顿时开心得直咧嘴，一连报出了三个菜名。

“好了好了，赶紧进去吧。睡了一天，我都快饿死了。”看他激动之下又有滔滔不绝的架势，范小鱼忙打断他，搅着冬冬往前走。

范通摸了摸头，不好意思地一笑。

“咦，亶儿呢？我不是说让他回来休息一天么?”

“他听见你的口哨就去厨房端菜了。”范通笑道。

正说着，罗亶、春燕和金铃先后端着菜和碗筷走了进来。大伙帮忙把菜放好，又分好碗筷，然后其乐融融地一起坐了下来。

由于范通估量得很准，做好的菜肴只在厨房里放了一小会儿，还十分新鲜，加上春燕的绝佳手艺，这一顿饭大家都吃得格外的开心，谁也没有提不开心的事。

第四十三章

黄河岸边长夜漫

晚饭后，书房内，茶香袅袅。

“爹，她叫什么名字?”沉默了一会儿后，范小鱼看着杯中不住起伏的茶叶，淡淡地开了口。

“你娘的闺名叫芷燕，兰芷的芷，燕子的燕，她……”范通犹豫了一下，还是说了出来，“她姓叶。”

“叶?”范小鱼想起自己的匿名，当时叶这个姓是二叔随口提议的，没想到居然是范通的意思。

“对不起!”范通低头道，知道冰雪聪明的女儿已经猜出了缘由。

“跟我们说说当年的事情。”范小鱼的目光从茶杯上移开，看了一眼坐在旁边的范白菜，对他笑了笑。

范通点点头，顿了一下，终于开始讲述雪藏在心中已经九年的故事。

“我和你娘认识的时候，你娘比你还小一岁。那一年，你外公外婆带着你娘想去找你的二外公，却在路上遇到了山贼。等我和你二叔听到动静过去的时候，你外公外婆已经被山贼给害了。我们救了你娘，抓了那群山贼送到了官府，又陪着你娘去找亲人，可连找了三个月都没找到。后来你娘就嫁给了我。我们找了一个地方安定了下来，第二年，就有了你。我还记得你刚出生的时候，整个人都皱巴巴的。你娘就很担心，怕你生得不好看，将来不好找婆家。可是，一天天地，你很快就变得像个小仙女似的，好看极了。”

回想起当年，范通的目光不由温柔了起来，看着范小鱼的眼神中也满含着父亲的慈爱。

“再后来，我们又有了你弟弟，也是粉嘟嘟、皱巴巴的，而且还一脸白色的皮屑。你娘又吓坏了，忙问稳婆，稳婆说这也是很正常的，过几天就会退去，又跟我们说了很多。我和你娘这才知道，原来并不是所有的小孩子一生出来就很漂亮的。”

“呵呵……”听父亲说得有趣，范白菜忍不住笑了起来。

范小鱼却是若有所思，仿佛看到了一个十几岁的少妇手忙脚乱地抚养孩子的情景。十五岁成亲，十六岁生孩子，而且孤独一人没有娘家，那时候她一定很苦吧？

“我没有让你娘过几天好日子。”随着记忆一点点地展开，范通的语音里开始充满了后悔和歉疚，他不敢看一双儿女的眼睛，自责地低下了头，“那时候我正年轻气盛，一心想为百姓、为天下做些大好事，宁可自己吃苦，也要想办法帮助别人。却忘了我自己可以吃苦，却不该让你娘和你们陪我一起吃苦。你娘为了这个，常常和我吵架。我也想努力地改变，可是不知不觉地就又会犯了老毛病……”

没有人能比她和冬冬更清楚这一点了！范小鱼闭上眼睛，无声地叹了口气，不想再听那些令自己想起来就生气的事情，插口道：“后来呢？”

“后来……”范通抬眼瞟了一下儿女，又快速地低下头，有些困难地道，“这样过了几年，你六岁，冬冬四岁，我们才发现你原来不是比别人开窍晚，而是……你娘不肯认命，坚决要为你找大夫。于是我们和你二叔就带着你们四处寻找名医，一路上打些野味换钱，钱都交给你娘亲保管……这样，我们一直找了一年。你小小年纪就不知道吃了多少药，却一直没用，还被药水苦得常常哭。你娘又失望又心疼，心情就更差了。”

说到这里，范通很是难以启齿，但终究还是鼓起勇气说了出来。

“那一年，也是这个时节，我又换了一些铜钱，准备买点好吃的回去，给你们娘仨补补身子，却遇见了一批逃荒的难民，一时忍不住，就……后来，你娘气得拿剪子追我，说这日子再也过不下去了。我怕你娘不小心伤到自己，就夺了她的剪子，然后赶紧跑到山里，想再去找点野味换钱，可这一次等我回家的时候，你娘却不在了，只剩下懵懵懂懂的你在带着弟弟玩……再后来，我就再也没有见过你娘，直到你二叔告诉我……”

范通自嘲地笑笑，眼眶却已经红了起来。

“就这样？”许久以后，范小鱼才冷冷地问道。

范通苦笑，低低地道：“爹知道自己错了。爹想找回你娘，想跟她道歉，想求她别离开你们姐弟，可是一连找了一个月都没有找到。后来有人说，曾经看见你娘和一个陌生的男人在一条船上，我和你二叔就赶紧带着你和冬冬去找，没想到这一找就是八九年……”

“小鱼，冬冬……”范通忽然抬起头，诚恳地看着姐弟俩，“爹知道，这件事都是爹的错，是爹自己亲手把你娘赶走的。不管你娘怎么对爹，爹都没有怨言，是爹先对不起你娘。可她毕竟还是你们的亲生母亲，爹只是希望……希望至少要让她知道，你们现在就在这里……”

“确实是你先对不起她，你确实也怪不了她！”

复杂的情绪在胸口涌动，范小鱼久久地不愿意睁开眼睛去看这个令自己浑身冒火的男人，就怕自己一睁眼就会忍不住爆发。

“姐，爹已经知道错了，而且，他已经改了。”范白菜忧虑地看着处在爆发边缘的范小鱼，又瞧了瞧愧疚得无地自容，却又满含渴望的范通，轻轻地覆上她的手，“姐，你不是常说吗，过去并不重要，重要的是现在、今天和明天。”

范小鱼缓缓地睁开眼睛，望入弟弟那双宽容的眼睛，长长地叹了口气，稳定了一下情绪，看向范通，“那你现在打算怎么办？”

“如果你们同意，我去找她，跟她道歉，”范通的脸上闪过一缕落寞，“要是她愿意让你们和她一起生活，我……我……”

“我什么我！难道只要她愿意，你就要把我们扔给她不成？”范小鱼又火大起来。

“不，不是……”范通慌忙解释，“我不是这个意思……”

“那你什么意思？你脑子坏掉了？还是你根本就没脑子？”范小鱼气得一下子站了起来，“你知不知道她现在已经有丈夫、有女儿、有自己的新家了，我们和她一起生活？那算什么！难道要我们去管另外一个男人叫爹！”

“不，不是……”范通的头摇得像拨浪鼓，急得几乎直跳，“小鱼，冬冬，我真不是这个意思啊！”

“姐，你先不要生气。你一生气，爹就着急，一急，他就说不清楚了。”范白菜轻轻地拉着范小鱼坐下，软声道，“我们再听爹解释好不好？”

“好，你让他说清楚。”范小鱼含怒道。

范通抹了一把冷汗，又搓了搓手，仔细地斟酌了一下用词，才小心翼翼地道：

“爹的意思是，如果你们想认你娘，那爹就去找你娘，好让你们娘仨团聚。然后，要是你们想，她家里也愿意，你们也可以和你娘住一阵子。爹哪儿也不去，就在家守着，你们什么时候想回来都可以。”

“要是她不愿意呢？”一句“哪儿也不去，就在家守着”，让范小鱼的愤怒平息了许多。

“不愿意？那……那……”范通那了半天，却不知道能对自己昔日的爱妻、今日别人之妇的叶芷燕如何，为难得可怜兮兮的。

“要是娘不愿意认我们，那就算了吧。”范白菜垂下眼，敛住眼里的情绪，轻轻地道，“反正我们也见过娘亲了。她现在过得这么好，我不想再去打扰她！”

善良的弟弟啊！

范小鱼叹息着将范白菜搂进怀里，姐弟俩互相依偎着。

“姐，爹，我说的是真心话。”沉默了一会儿后，范白菜勇敢地抬起了头，看着自己最亲的两个亲人，认真地道，“姐，爹，我们现在生活得很好，娘亲也有她的生活。我只要知道娘亲以前曾经疼过我们，爱过我们，现在过得很好就行了，不一定非要在一起的。”

范小鱼紧了紧环抱着他的手臂，低声道：“我找机会去见她。如果她不愿意认我们，姐再听你的。”

“嗯！”范白菜重重地点了点头。

夜色深了，初时被薄云遮住的圆月慢慢显露出清冷的身姿来，带着一缕慈悲，静静地凝望着范小鱼。

梆梆梆……镇上传来了清晰的打更声，再远处，也不知是哪个村落哪户人家遭遇梁上君子，惹得忠心的家犬一阵狂吠。夜风有点大，吹得楼下的树叶沙沙地轻响，有如春蚕在啃食着桑叶，又如蛇虫蜿蜒着爬过枯草丛。

有时候耳朵过于灵敏并不是件好事情。范小鱼叹息着翻了个身，只觉脑中纷杂的思绪扰得自己毫无睡意，便干脆起身披上外衣，就着朦朦胧胧的光线打开了通往小阳台的门。

当初扩建院落造这阁楼时，她就要求按照自己的方案在房间外加了一个阳台，并在阳台上摆放了一张躺椅和一个小几。偶尔有兴致了，或者是心情烦闷了，她就到阳台上躺一会儿，或仰望着无尽的星空，或沐浴着如水的月色，甚至索性一整夜

就睡在外面。

有时候，就这样半躺在椅子上睡眠的效果，反而比躺在里头的床上还要好。然而，今天这一处心灵的天地，却无法如往日般带给她平静的心情。

范小鱼皱了皱眉，胸口更是烦闷，索性起来换了一件牙白色衣衫，悄悄地离开了柳河镇。

“要不要和我比试轻功?”

云来客栈，范小鱼随意地束着一头长长的黑发，丽容清清淡淡，犹如月下仙子般出现在丁澈的门口。

“我换件衣服。”只着中衣开门的丁澈只说了一句。

随着极速的奔跑，风，忽然猛烈了起来，犹如一个调皮的孩子，寻找着一切可以钻的空间：鼓起了袖子，疯狂地拍打着衣袍，将长长的头发拉得直直的、上上下下地飞舞着……

这晚秋深夜的风，其实是冷的，可这想要挥发出一切情绪的狂奔，却是火热的。

范小鱼开始流汗，呼吸急促，胸口也扑通通地急跳起来，耳边只有风声，目光只注视着前方。可不论她如何竭力地清空大脑，却依然能清晰地感觉到，有一个人一直默默地陪在她的身边，保持着适当的距离，却让她觉得很亲近、很安心……

终于，一条大河阻住了他们的去路。月色下，可以清楚地看见下面混浊的滚滚河水，听见滔滔的水声。

范小鱼停了下来。她站在高高的河堤上，仰着头，胸口急剧地起伏着，大口大口地呼吸着带着水汽的空气，吸……吐……吸……吐……然后她突然道：“听说黄河的上游，水流要比这里湍急百倍，壮观百倍，你见过么?”

“嗯，见过。师父带我走过很多地方，”丁澈也长长地呼吸着，和她并肩而立，忽然轻笑了一声，“他还曾经把我扔到河水最迅猛的河段里去过，当然，他给了我一根绳子。”

就算有绳子，可那是黄河哎，他也真不怕自己的徒弟就这么完蛋了。范小鱼呆住了，回道：“你师父……好变态……”

丁澈一怔，紧接着整个胸腔都震动了起来，低低地闷笑着，“嗯，他有时候确实很变态，尤其是他喝醉的时候。”

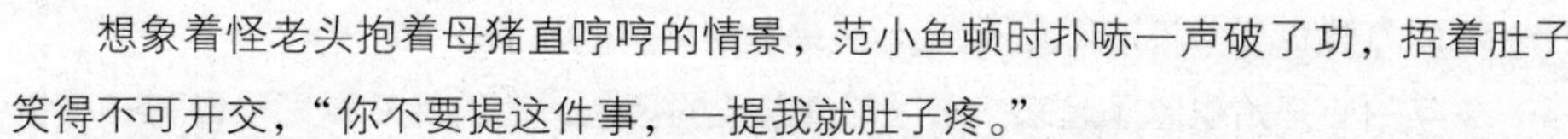

想象着怪老头抱着母猪直哼哼的情景，范小鱼顿时扑哧一声破了功，捂着肚子笑得不可开交，“你不要提这件事，一提我就肚子疼。”

“那我说其他的。说一说我们都去过哪些地方，你听吗?”丁澈含笑看着又鲜活了回来的范小鱼，星眸里藏着深邃的柔情。

“好啊!”范小鱼一边颤抖地笑着，一边随手一撑，也不管下面干不干净，就地坐了下来。一阵大风拂过，满头乌黑的长发顿时凌乱地盖在了她的脸上。

那一刻，丁澈几乎想要伸手捉起那些顽皮的秀发，将它们拢在手中，可是，他却不敢。他只能看着范小鱼抬起素腕整理着秀发，但很快他就发现，自己好像爱上了她用纤纤细指自然随意地梳着黑发的动作。

为了不让范小鱼发现他小小的“偷窥”，丁澈也赶紧坐了下来，在脑中略一整理，开始挑有趣的事情说了起来。

月色下，黄河边，一个开始讲述，一个侧耳倾听波涛声中的故事。

这一夜，范小鱼也不知道自己大笑了多少回，捂了多少回肚子，心情不觉间畅快了起来。

她从来不知道，丁澈还有这样的天赋，唔……她可以考虑把这个家伙拐到百灵阁，专门开个脱口秀节目，保证能吸引一大堆的老少女子，嘻嘻……

就算是再不愿意，天还是会亮起来的。

丁澈抬眼看着逐渐转变色泽的苍穹，用两根修长的手指轻轻捏住一缕拂到脸颊上的秀发，然后动作极轻地侧脸看向肩头上那一张在黑发中若隐若现的芙蓉玉颜。

她现在很安静，安静得连风都不愿意吵醒她，只悄悄地偶尔拂起一两缕乌黑的青丝。那两弯颤都不颤的浓密睫毛和从小巧的琼鼻中轻轻喷出来的气息，显示着主人此刻正拥有一个非常安详的美梦。

她的梦里，会有什么呢?

丁澈定定地看向她光洁的额、柔顺中又带着一丝英气的秀眉、显示着主人独立倔犟个性的鼻梁，最后目光落在她微扬的红唇上。她在笑，那么，此刻她在梦中也一定很开心吧！会不会就是他逗笑的呢？他从来不知道，自己居然可以这么能说，更从来不知道，和一个女子相处的感觉，竟然能让人那么幸福和满足，好像他可以舍弃一切，只要这样和她在一起就足够了。

那么她呢？她能这样安静地靠着自己，放心得好像他可以承担起她所有的信

任，是因为她也有同样的感觉吗？

少年的心开始飘忽了起来。透过那青蒙蒙的天色，他仿佛又看见了最初在小镇上第一眼看见她的情景，脸上的线条顿时柔和了起来。

那个时候，谁能知道他们的命运还有这样屡屡交集的时候呢？想起两人相识以来的一幕幕，想起自己被她狠宰，想起自己那狼狈的一跤，想起树林外那短暂的眼神交错，想起她时而包容大方的笑、时而横眉瞪眼的怒、时而眼波流转的嗔……还有昨夜她那畅快的毫无保留的纵情大笑，少年的笑容更深了。

我知道她一直都过得很不容易。我希望从今天开始，她能更多一些开心，更多一些那样的开怀大笑。她只是一个十六岁的女孩子，不应该承担那么多生活的重担。

望着底下滔滔的河水，少年静静地许愿，然后，忽然觉得肩头沉重了起来。但他知道，这份沉重并不是因为她在动，而是因为那肩上已被主人自觉地压了很多无形的东西。

天色进一步清晰，东方霞光已现，再过一会儿，太阳就要出来了。

正当丁澈犹豫着要不要把范小鱼叫醒的时候，范小鱼忽然微微一动，睁开眼睛迷惑地眨了眨。

“醒了？”看到她慵懒中带着一种夺人魂魄的天真，整个晚上都没起丝毫邪念的丁澈，这会儿反而觉得有些燥热，声音不觉地有丝低哑。

“嗯，我竟然睡着了。”想到自己居然就这样靠着一个男人睡了一晚，范小鱼忍不住有些羞涩，忙直起身子，掩饰性地曲手把乱发勾到耳后，同时尴尬地自嘲道，“我真是一只猪。昨天白天我都睡了一天了，只不过是聊了个通宵，居然又睡着了。幸亏是你，要是我二叔在，早不知道被他揍了多少棍了。”

“你二叔再变态，也没我师父变态。”丁澈微微一笑，忽然鬼使神差般地伸手，用指关节轻滑过她的嘴角，“别动，小猪流口水了……”

啊！范小鱼顿时呆若木鸡？她流口水？不会吧，她从来不流口水的。一怔之后，范小鱼慌忙低头用手狠狠地擦了一下红唇，却没有感觉到任何口水的湿意，顿时气愤地瞪向丁澈。

“哪有口水？你骗我，还……”说着，她忽然想起他刚才的小动作，小脸飞快地红了起来，却又不甘心这样被他戏弄。

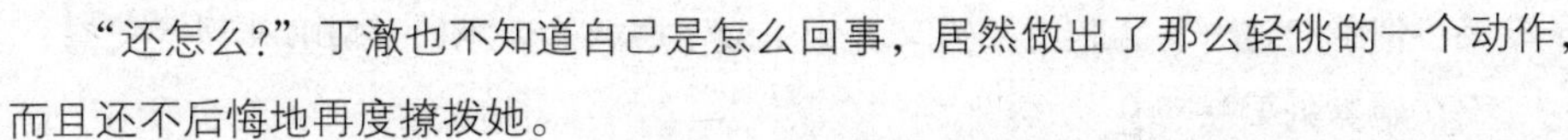

“还怎么?”丁澈也不知道自己是怎么回事，居然做出了那么轻佻的一个动作，而且还不后悔地再度撩拨她。

“你这是调戏!”范小鱼红着脸控诉，只觉身体一阵阵地发热。

“嗯，是吗?”丁澈眨动着浓密的睫毛，深邃的眼波犹如最幽深的大海倒映着万千的星辰，闪烁个不停。

“当然是!”范小鱼感到一种从未有过的羞窘一波波地冲击着自己，却又不甘心变成被逼到墙角无处可退的小兔，便硬是抗住那份尴尬，色厉内荏地瞪着他，怒嗔道，“要不换我调戏你试试?”

说着，她不假思索地伸手就摸了一把丁澈那光滑的下巴，然而手还没缩回来，她自己就先僵住了。天哪，她这是在做什么!

当她的手抚过自己皮肤的那一刹那，丁澈浑身的肌肉陡然紧绷了起来，仿佛每个细胞都感受到了那一种异样的冲击。一时间，他只能深深地望着她，无法言语。那一张微微张开、娇艳欲滴的红唇，更像是河中的旋涡一般，直欲把人不容反抗地拖进深渊。

某人眼中异样的火热和慢慢逼近的俊颜，带来一种强大的暧昧压力，无声地压迫着范小鱼的心脏，像要把她当成小猎物一样地捕获，范小鱼终于真正地慌了。

焦急中，眼角余光忽然无意中看到，自己那只小手还停留在人家颌下，范小鱼忙猛地缩回手，同时微微往后一仰，竭力保持镇定地道：“好了，现在公平了。我就大人大量地不计较了。”

“呵呵呵……”萌动的迷障被很逊的手法打破，丁澈一下子清醒，而后忍不住抿着唇低低地闷笑了起来。

“笑什么笑?不许你这样笑，难听死了!”范小鱼言不由衷地骂道。

事实上，听到这样清脆中又含有一丝浑厚、明显是从肺腑中震荡出来的连串笑声，她忽然有一种眼前的男孩子骤然间变成男人的感觉，而且这种成熟的笑声，甚至比他那张完美无瑕的俊脸更有令人无法抗拒的动人魅力。

呸呸呸，什么男人!他明明只是个十七岁的大小鬼而已，换在前世，十七岁还是未成年少男呢!

范小鱼在心中暗啐着，目光却坚持着不肯后退，非要瞪得他停止那种荼毒人心的笑声不可。

“哈哈哈哈……”丁澈从善如流地停止了闷笑，却变成了仰天大笑，好像八辈

子没笑过似的。这一下，他的笑声又好像变成了展翅的大鹏，呼啦啦地划过天空。

啊！她真的要怒了！

范小鱼咬着下唇，真想马上伸手掐住他的脖子。忽然，她脑中灵光一闪，明眸顿时眯了起来，悄然伸手在他后颈轻轻一点。

笑声戛然而止！

你点我哑穴？丁澈低下头，不可思议地盯着她。

谁让你那么嚣张！有本事，你就来追我呀！

范小鱼却早已机灵地爬了起来，冲他做了个鬼脸，大笑着向远方跑去，只留下一串清脆如铃的笑声。

我就不信追不上你！丁澈单手一撑地，整个身体已极快地弹起，追向前头那个长发飘扬的身影。

朝霞已经满天，映得古老黄河的滔滔河水越发金黄，也映在那一双欢快远去的身影上，将他们晕染得如同金童玉女刚下凡间。

“不要跑了，小心被人看见。”无忧无虑地追跑了一阵后，见四周已有人烟，丁澈忙提醒道。

范小鱼笑着停了下来，随手理了理又乱掉的头发，看了看前方早起的百姓，有些后悔昨天出门时太随便了，连绾头发的簪子都没有带。现在天亮了，这样走回去，一定会引起不少人的注意。

丁澈看她捂着头发东张西望，随手折下一根小树枝，也不知道从哪里摸出了一把小刀，刷刷刷地就削掉了树皮，做成了两支简易的簪子递给她。

“咦，你居然还会这个？”范小鱼有些诧异，随手盘了个发髻，将头发固定好，只留出一缕披在胸前，以示少女的身份。

“不过是削两根小树枝，有什么不会的？”丁澈淡淡地笑，心里却闪过久远之前曾经窥见过的一幅画面：有一个人曾在船上偷偷地雕刻某人的像，尽管只有一个大概轮廓，却栩栩如生。他虽刻得不如人家，但画得却一定比人家好。

范小鱼却不知道他的心思，笑道：“罗亶也会雕刻。我十岁的时候，他还送我一只很可爱的木头小狗呢！”

“哦，是么？”丁澈微笑，笑意却未达到眼底。

“对了，你昨天说的那些故事，很多都是编的吧？”范小鱼却没有注意到这些。

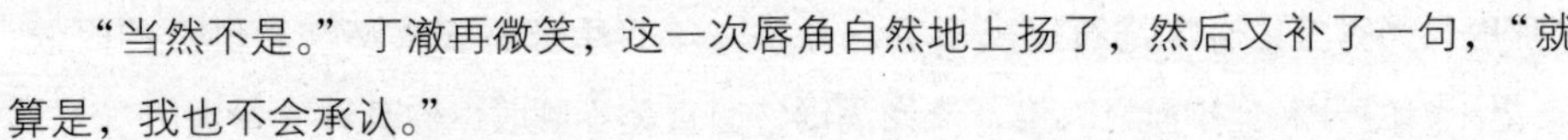

“当然不是。”丁澈再微笑，这一次唇角自然地上扬了，然后又补了一句，“就算是，我也不会承认。”

“你好无赖。”范小鱼大笑道。

“你要是想知道那些故事是不是真的，以后可以跟我一起去看看。”丁澈好像不经意地道。

“唉，我哪有那时间？”范小鱼夸张地叹气，“你也知道，我家指望不了我那滥好人老爹，我得养家糊口。最近，我还想开家酒楼饭馆什么的。”

“你要开酒楼？”丁澈顿了一下步。

“嗯。”范小鱼点点头，“你也知道戏班的生意不好做，我打算慢慢地放手，让其他勾栏里的人也可以来学。这样别人也不会老是把注意力放在我们百灵阁了。没了一个桑家，谁知道以后还会不会再出现什么王家、张家之类。这人啊，只要有利益驱使，什么事都做得出来，我实在不想再疲于应付。”

“那个小皇帝不是下过圣旨了吗？大家都在说百灵阁是皇帝钦命的，谁还敢吃了豹子胆地来惹你们麻烦？”丁澈笑道。

“哪来的什么钦命呀。你不说这个还好，一说我还生气呢！”范小鱼愤愤地把圣旨的内容告诉他。其实她早已想清楚，赵祯之所以不在圣旨中赏赐百灵阁什么的，主要还是因为百灵阁的卑微地位，做皇帝的有他自己的原则，何况他还没看过自家的戏，不知道好不好看，没有赏赐也是正常的。

“不着急，他一定还会再来，到时候你再骗他一点什么就好了。”

“哈，我就是这么想的。我想要他给我一个御字招牌。这样就算满京城都在唱我们的戏，大家还是乐意到我这里来。”

见彼此居然想到一块儿去了，相视间，两人不由又是一笑。

两人静静地走了一会儿，见朝霞愈来愈艳丽，索性一起站住观看，等待着太阳喷薄而出。

穿越以来，范小鱼一般情况下都起得很早，这样的日出场景并没少见，因此，看到那轮红日跃出地平线之时，她并没有多大惊奇，看完了就转头继续走。

“京城的日出其实也没什么好看的，你有没有去过黄山？”丁澈忽然问道。

范小鱼摇了摇头。前世的时候，她去过泰山、衡山和华山，却没有去过黄山，至于这一世，一直都忙着养家，哪有那闲工夫？

“那是一个好地方，就在江南东路的歙州。”提起黄山，丁澈顿时有些兴奋，

“那里风光秀美，奇峰怪石层出不穷，几乎一年四季都有云雾环绕。日出的时候，一望无际的云海全被霞光映染，流光涌动，简直美不胜收，你真该去看看。”

范小鱼微微笑着，露出神往之色。其实，她虽未去过黄山，但是前世资讯发达，她在网上看过几次黄山的风景视频，自然知道那是一处十分美丽的所在。现在丁澈这么一说，她还真的有点心动，想去亲眼瞧瞧。

“若是有机会，我带你去吧。”丁澈看着她甜美的笑颜，忍不住邀请道。

“好啊！”范小鱼大大方方地道，却又笑着低下了头。

又走了一段，丁澈忽道：“你刚才说要开酒楼，可你怎么忙得过来？”

范小鱼笑道：“自然是要请人的。不过我要开的酒楼规模不会很大，也就两层两间店面吧，大概请个四五个伙计就够了。至于厨房，我家有个佣人叫春燕，力气大，又烧得一手好菜，可以帮我。然后我再找两个师傅，自己坐堂当掌柜。其他的让我爹和罗亶帮帮忙就够了。”

“那也还是需要不少本钱吧？”丁澈若有所思。

“前期自然是要投入的，不过我相信一定能做好。”

这些年来，忙归忙，她还是保持着经常下厨的习惯，而且还不时地根据记忆，研制一些对这个时代来说很新的菜式。等过几天她会一边找合适的位置，一边把那些菜式都写下来，再加上超前的营销策略，相信一经推出后，反应绝对不会太差。

“既然你这么有信心，那干脆让我入个股吧？”丁澈眼珠子一转，笑道。

“你有钱吗？”范小鱼似笑非笑地看着他，“我说的是自己的钱，可不是当君子的钱。”

这个君子，自然是指梁上君子。

“你看不起那个君子钱？”丁澈有趣地摸了摸鼻子，并不生气。

范小鱼想了想，道：“不是看不起，只是不想要。我相信你没有调查之前肯定不会轻易下手，所得的钱财也不是为了满足自己的私欲。只是我觉得有些道听途说的东西不一定可信。人的好和坏、善和恶不是那么容易分辨的。有钱的不一定就是坏人，贫穷的也不一定是好人。你觉得是劫富济贫、行侠仗义，说不定你是在打击勤奋者，纵容懒散汉。”

“此话怎讲？”丁澈饶有兴致地道。

“很简单啊。比如说，我以后如果生意做大了，有钱了，而你不认识我，只听了人家嫉妒的诽谤之言，会不会也觉得我的钱来得不干净，一定是通过剥削穷人得

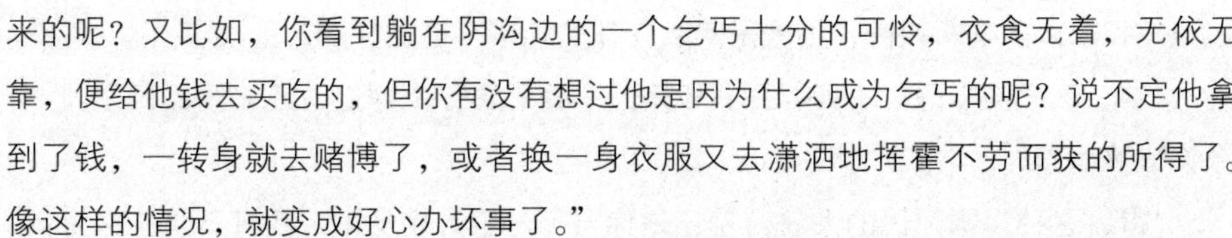

来的呢？又比如，你看到躺在阴沟边的一个乞丐十分的可怜，衣食无着，无依无靠，便给他钱去买吃的，但你有没有想过他是因为什么成为乞丐的呢？说不定他拿到了钱，一转身就去赌博了，或者换一身衣服又去潇洒地挥霍不劳而获的所得了。像这样的情况，就变成好心办坏事了。”

“你放心，就算你生意做得再大，我也一定不会劫你的。”丁澈开玩笑道，眼中却透着一抹深思。

“你不想听，那我就不说咯！”范小鱼耸了耸肩。

“别，我不是这个意思。你说的也有一定道理，我以前确实不曾这么细想过。选择肥羊时，除了听闻，更多的只是凭借自己的观察，以自己的好恶来决定。现在想起来，确实也难免有所偏差和误会。”丁澈忙道，十分诚恳地看着范小鱼，“这些道理连我师父也不曾告诉我，我很想听，你再讲讲。”

“真想听？”范小鱼斜睨着他。

“真想听。”丁澈很乖地点头道，那带着一点讨好的笑容漾在他脸上，竟然出奇的可爱。

“好吧，那我就继续说。”范小鱼短暂失神了一下，马上转过了眼，边走边道，“小时候，我爹不管是谁，只要装可怜向他求助，他都尽全力去帮忙，也不去深究对方是不是真的需要帮助，或者这个人是不是值得帮。结果人家表面尊称他为‘大侠’，背地里却叫他‘傻子’。甚至有些受我爹大恩的人，反过头却来欺负我们家冬冬。所以我很痛恨这种不分善恶的胡乱帮忙，更鄙视那些不配接受别人帮助却涎着脸叫苦叫穷的人。”

“那你的意思是，应该顺其自然，任他们自生自灭，不去干涉么？”

“不。我只是觉得既要行侠仗义，又要确保自己没有行错侠、仗错义，那一定得花很多精力和时间，会很辛苦，不是一般人能做得了的。当然，你如果喜欢，没人能干涉。不过对我自己来说，我比较喜欢通过自己的双手，踏踏实实地创造属于自己的生活。”

“唉，被你这么一说，以后我都不敢轻易下手了。”丁澈叹道，随即苦恼地摸了摸头，“要说以后不去了，那倒也简单。只是送钱给人家这么难，我总不能把那些东西都拿回去吧？东西那么多，我早就忘了哪个是哪家的了。”

范小鱼忍俊不禁，“你不要装可怜，我才不相信你真的这么苦恼。要是你真的钱多得没地方使，很容易啊，运河两岸那么多以苦力为生的纤夫，你一人给一点，

让他们和家人多吃两顿肉，不就是实实在在的善事一桩么?”

“嗯，这个法子好。不如以后我取来的东西都由你来想办法还之于民好了。”丁澈笑嘻嘻地道。

“得，这种为国为民的大侠苦差还是你自己一个人享受吧。我可不是什么好人，更懒得当什么好人。我家里头那个老爹难道还不够我汲取教训啊。”想起自己和冬冬的生母，范小鱼的情绪陡然低落了下来。

“什么为国为民，只是心血来潮顺手而为，我没那么远大的志向。”丁澈敏感地注意到她的嘴角有些下垂，不由放柔了声音，“怎么了?”

“没事，我们还是赶紧回去吧，他们见我一夜没回去，说不定这会儿急死了。”范小鱼勉强地笑笑，加快了脚步。

丁澈隐隐猜到她突来的情绪和什么有关，便不再发问，只是静静地继续和她并肩。

第四十四章

不一样的丁澈

这一夜意外的谈话，让范小鱼对丁澈的印象着实改变了不少，可这并不代表她就愿意和丁澈一起出现在柳河镇上，当着洗衣买菜的那些三姑六婆们的面把一个男人带回家。流言飞语虽不可怕，却实在令人讨厌，这种麻烦当然能不惹就不惹。

所幸，丁澈也没要求去她家拜访，甚至，在离柳河镇还有一段距离的时候，就已经主动先离开了。

不过，这个突然变了性子的丁大公子走的时候并没有忘记提醒范小鱼，她还欠他一顿亲手做的饭。当然，用他冠冕堂皇的道理来说，他并不是要债，只是好心地想考察一下范小鱼的手艺，看她有没有开酒楼的资格。

“这个无赖。”范小鱼嗔笑着往自己家走去。她打算要是家里有人问起，就说早上睡不着出去走走了，却没发现躲在远处的一个身影早已看见了她和丁澈。

自己和她，终究是没有任何机会吧？

柳树下，真正睡不着出来散步的岳瑜，落寞地抚摸着手中的笛，幽幽地吹了起来。他曾以为，只要能有个安身立命之所，只要能日日见到她一面，自己就能满足快乐，可现在他突然觉得很寂寞、很茫然。

听到笛声的一刹那，刚踏进园子的范小鱼忽然想起了一件事：桑家那两个家伙的药都下了，可害得岳瑜如惊弓之鸟般躲了四年的夏竦那里还没去拜访过呢！

范小鱼抬头看了看天，决定等哪个无月的晚上去走一趟。

百灵阁停业数天，重新开门后生意不但没有差，反而兴隆了很多。虽说皇上没有直接赏赐百灵阁，却专门下了圣旨抚慰被冤屈的百灵阁，这是什么？这就是浩荡的皇恩呀！

不过，正当来看戏的观众热血沸腾的时候，书房里头，柳园青却惊跳了起来。

“什么！东家你要让别家勾栏都到我们这里来学戏？这这这……这怎么行呢？”柳园青大惊失色地连连反对，拼命劝道，“东家，所谓同行相忌，你不会不知道，我们百灵阁之所以有今日，就是因为东家辛辛苦苦想出来的这些故事、这些曲子和人家不同啊。要是你让别人也来学了，那往后，谁还专门到我们这里来看啊？”

“柳班主你先别这么激动，听我慢慢说。虽然我们百灵阁走到今日确实不易，可是你也看到了，我们同时也站在风口浪尖啊。这三年来，我们引来了多少恶意的觊觎和祸端？”范小鱼耐心地把她的想法都讲了一遍，又强调说，这所谓的敞开大门欢迎学习，并不是没前提、无条件的。

首先第一点，没有在百灵阁演满十天的新戏是不对外传授的；第二，凡是想要来学戏的瓦子、勾栏或个人，都需交纳一定的费用。

柳园青闷了一会儿，道：“东家，我还是想不通。为什么要平白让人家得好处？这样长久下去，人人都会了，我们百灵阁又算得了什么呢？”

范小鱼暗暗地叹了口气，跟古代人讲一些新理念果然不大容易。

“柳班主，你想一想我们百灵阁有多大？每一次演出能容纳多少人？就算是全京城的人都想到我们这里来看戏，可你能排得下么？就好像有桌子这么大的一个饼，如果当天不吃完就会馊掉，你很想全部都吃下去，可是你的胃口却只允许你吃一小块，剩下的你不吃，别人吃不到，那岂非太浪费了？而如果我们同意别人也来吃，但是前提是我们自己先吃饱，同时要让所有来吃的人都交一点钱，你觉得哪个更划算？”

柳园青想了想，皱眉道：“东家你的意思是说我们百灵阁一天就一两场正戏，一场只能坐这么些人，吃不了那么多的客人，不如给同行一些机会？”

“没错，就是这个理。”

“可是，东家，客人不是一个当天吃不完就会馊掉的大饼呀！”柳园青又有疑问了，“他们今天没赶上，明儿可以来，明儿赶不上，后天可以来，这饼还是咱们的。要是你把这戏都教给别人了，那他们不就可以上别家去看了吗？”

“是有这种情况。这是必然会发生、也正是我想要看到的一种情况。”范小鱼赞许地点了点头，“柳班主你这么想很周到，不过你还是忘了两点。”

“请东家解惑。”

“这大饼分成了很多小块后，以后这小块饼就要他们各自去做了，这饼做得好不好，客人想不想吃，舍不舍得吃，愿不愿吃，那又是另一回事了。有的人喜欢又贵又好吃的，要么不吃，要吃就吃好的，吃最新鲜的。有的人觉得只要价格实惠些，味道差一点、东西不新鲜点也没关系。这就好比上大酒楼和小馆子一样，客人是不一样的，而凭我们的百灵阁的声誉，你觉得我们是哪一种？”

柳园青骄傲地道：“自然是大酒楼！”

“那不就结了。刚才这个是第一点。第二点，”范小鱼的脸上露出了一种奸商才有的笑容，“你忘了我刚才所定的时间，是我们新戏上演十天后才开始收徒。学戏这东西简单还是不简单，你应该已经很清楚。只要你算一算从他们来学习、学好了做准备、再到正式演出这中间需要多长时间，而等到他们真正能来分杯羹的时候我们已经赚了多少，你就明白了。还有，你可以想一想，我们现在手中已经有多少剧本了呢？”

光是十个剧本，就够全京城的人学上一年了，更何况这教学的人还只能是他们百灵阁，所有的时间地点都只能由他们分配。

柳园青细细一想，顿时恍然大悟，“啊，哈哈哈……果然还是东家最厉害，小人自愧不如，自愧不如啊！”

“奸商！”等到范小鱼回到家里，扬扬得意地对大家宣布她今天的新策略时，范白菜笑嘻嘻地这么说。

“小鱼真是聪明！”岳瑜向来是不会说范小鱼半个不好的。

“这样我们其实反而能赚更多钱。”罗亶出乎意料地冒出一句充满铜臭味却又十分深沉的话。

“呵呵，生意上的事爹也不懂，反正有事需要爹去办，就说一声。”范通依然十分憨厚。

于是，百灵阁的改革开放政策就这么定了下来。当然，具体的细节完全可以继续发挥奸商的本色，比如想要重点培养的、想要结盟百灵阁招牌的、想要在百灵阁赢得试演机会的，还有服装、布景、道具……好像有的是机会再捞一笔。

夜里，范小鱼躺在床上构思具体计划的时候，忍不住为美好的发财之道笑得合

不拢嘴。

不过，为什么她以前就没想过这个方法呢？看起来，她还是有点后知后觉的，嘻嘻……

范小鱼是个高效率的人，次日就拿出了一整套的完整方案。她想的时候没动多少脑筋，写的时候却费了不少力气，最后只好挫败地让范白菜和岳瑜帮忙。

到了中午时分，所有的瓦子勾栏都贴了百灵阁的告示。百灵阁要招生的消息像乘着翅膀一样很快飞遍了京城的大街小巷。可怜的柳园青从此再没有自己的休息时间。

“东家，我也想学戏，请问你收不收我这个徒弟？”

下午，被同行们热情“拥戴”的范小鱼好不容易刚从阁里溜了出来，还没好好地喘一口气，旁边冷不丁地冒出一个怪腔怪调的声音，吓了范小鱼一跳。

“收啊。不过你得先叫一声‘师父’来听听，叫得好听，我才考虑。”范小鱼白了一眼大白天顶着一张俊脸出来逛的某人。

丁澈嘿嘿一笑，笑容里却有一丝淡淡的忧伤。

“怎么，有事？”范小鱼真的吓了一跳。这种表情在丁澈脸上可是超级难见的。

“嗯，我想让你陪我去一个地方。”丁澈笑笑。

“什么地方？”

“去了就知道了。”

“你就这么去？”范小鱼有些奇怪。前几次他没易容都是在晚上，现在朗朗晴天的，他难道就不怕自己引人注目么？

“嗯。”丁澈却只是轻描淡写地应了一声，“走吧！”

走……好吧，他这个正主儿都不介意了，她又介意什么？再说她今天也没易容，拿掉面具后一张素脸也是清秀佳人，没有那么强烈的美丑对比，怕什么！

两人熟练地抄小路离开了瓦肆，来到食品店较多的城南市心。丁澈买了一堆瓜果点心补品之后，便雇了一条小船沿着汴河往西而行。

范小鱼有些好奇丁澈想去看的是什么人，不过他既然说去了就知道，她也不想多问，反正到时候自然会清楚。

小船沿着河道，时而缓慢时而灵活地行进在众多的大小船只中间，一路出了西城，走了大概小半个时辰后才停了下来。

“就停这里！”丁澈一路都在看着沿河的景物，并没有和范小鱼聊天，见船行到一个村子，才出声道。

范小鱼跟着他在一处简易的小码头登岸。举目一望，四周秋草半枯，稀疏的林木间，坐落着一间间年代久远的破旧灰房，却是一个运河旁边极常见的贫困小村，和同样处于运河边却日益繁华的柳河镇简直是天壤之别。

丁澈付了船钱，让那船家原地等候，自己则和范小鱼提着礼物默不作声地往前走。看他熟门熟路的样子，想必是之前已经来过了。

他来这里做什么？莫非是自己那天说了一通劫富济贫行侠仗义的缺陷和难点，所以他大公子今天特地来学雷锋做好事了？可是他的表情又不像是这么一回事。范小鱼暗暗猜测着，边走边看。

村子附近有不少农夫正在勤恳做活，只是年龄都很大了。离他们不远处，还有些小孩子一边打闹一边割着半枯黄的草放进篮子里，偶尔遇到牲畜粪便也不放过。范小鱼知道他们这是准备拿回家晾干当柴薪烧。如今开封府城中的百姓虽然大多使用石炭，但对乡野郊外一些收入稀薄的人家来说，还有很多人买不起石炭。若非官府严令不得砍伐树木，只怕这四周稀疏的矮树也早已不见踪影。

他们一路走着。四周十分安静，不见一个闲人。要不是还有单调的纺纱织布声，范小鱼几乎以为这是一个死村。村子很小，两人很快走到村尾一处好像已经废弃了的小院。

这村子里的房舍原本就很老旧了，可眼前这一座，更是破烂得好像随时都会在风雨里倒塌下来。

丁澈吸了口气，轻轻抬手，曲指叩了叩已被虫蛀得斑斑点点的院门。

“谁呀？进来吧，门没闩。”一个苍老的声音回道。紧接着，透过手指宽的门缝，范小鱼看见里头颤巍巍地摸出一个拄着拐杖、一只手还扶着房门的老妇人。

丁澈深吸了一口气，推门而进，“是我。”

“你是谁？”老妇人歪着头，将左耳倾向院门，混浊的眼睛一片茫然，显然是个瞎子。

范小鱼拉住丁澈，示意他把手上的东西都交给自己。丁澈冲她勉强一笑，抢步过去扶住了老妇人，一直平静的语声陡然哽咽，“嬷嬷，是我。我是澈儿。”

“澈……澈儿？”老妇人的拐杖当的一声落地，反手抓住丁澈，睁大了空洞的双眼，“你真的是澈儿？”

“是啊。澈儿不孝，现在才来看您。嬷嬷，您老人家可还好?”丁澈酸楚而又温柔地回道。他扶着老妇人走到门边的长条石板上坐下，然后单膝跪在她前面，方便她碰触自己。

“好，好，好!”老妇人听说来人是丁澈，就像见了许久不见的亲孙子一般，顿时激动得老泪纵横，一迭声地说好，同时一只枯瘦干巴的手已经胡乱地向前摸去。

丁澈忍着心酸，主动抓起她的手放在自己的脸上，任由那枯如树干的手指一一抚过自己的五官。

“没错，你就是澈儿。这眉毛、这眼睛、这鼻子，就是我那漂亮的澈哥儿！澈儿呀，这三年你都去哪里了呀？嬷嬷日思夜想的，担心死你了。”老妇人又是激动又是骄傲地说着，混浊的眼中不住地流出热泪，一把将丁澈搂入怀里，痛哭了起来。

“嬷嬷，我这不是好好地回来了吗？这三年，我拜师学艺去了。”丁澈错开话题，仰头看着她的眼睛，“嬷嬷，您的眼睛……”

“瞎啦，两年前就瞎啦!”这个话题不提便罢，一提老妇人更是伤心，眼泪不住地扑簌簌往下掉。

“嬷嬷，不要伤心了。告诉澈儿，您怎么会搬到这种地方来？这几年都发生什么事了？您跟澈儿讲，澈儿现在长大了，嬷嬷有什么委屈，澈儿一定帮您出气。”丁澈一边拿着手帕去擦她的眼泪，一边柔声抚慰着，双眼却透着冰冷的狠意。

“都过去啦，都过去啦……”老妇人无限欷歔地摇头道，腹中忽然传来一声响亮的鸣叫，顿时老脸发红。

“嬷嬷您多久没吃东西了?”丁澈俊挺的眉头一下子紧皱了起来。

范小鱼从没见过丁澈这副乖巧孝顺的模样，正在发呆，听到老妇人的肚子叫，这才醒悟了过来。不待丁澈开口，她忙上前把礼物放到石板上，取出一包点心，打开后递了过去。

丁澈投以感激的一瞥，拿起一块点心就喂向老妇人。

“也没有多久，只是人老了，胃口也不好，有时候又喜欢偷懒，所以不曾做午饭。”老妇人尴尬地拍了拍丁澈的手，正待继续，突然感觉嘴边有样东西，带着香甜的气息，不由一愣。

丁澈趁机把那块糕点塞了进去，笑道：“嬷嬷，您可尝得出来这是什么点心?”

老妇人哆哆嗦嗦地细嚼着口中的糕点，一激动，眼泪又流了下来，“甜水巷贾

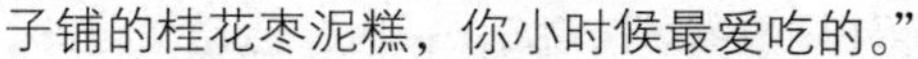

子铺的桂花枣泥糕，你小时候最爱吃的。”

“那这个呢？”丁澈笑眯眯地又取了一块塞到老妇人的嘴里。

“菊花糕……”

“这个呢？”

“豆沙味儿的……”

……

范小鱼站在旁边，默默地看着眼前一哭一笑的一老一少，看着那个气质华贵的美少年毫不在意地单膝跪在黄土中，任由那浑身散发着难闻气味的贫苦瞎妇抚摸着自己，嘴角始终含着笑，像个十分依赖长辈的小孩一般，满足而依恋地侍奉着久违的亲人。

丁澈要见的人居然是这样一个瞎眼老妇人，而且两个人的感情还这么好？

范小鱼一边将点心递到丁澈的手边，一边开始猜测老妇人的身份。

老妇人应该不是丁澈的血缘至亲。丁家虽然罢相多年，却也不至于落到如此穷困的地步。丁澈称她为嬷嬷，八成是幼年时疼爱他的下人。只是，性子向来十分高傲的丁澈对瞎眼老妇人的感情，竟然如此深厚而且真诚，就好像他根本就不是权相之孙，而只是个承欢祖母膝下的普通孩子。

“咳咳咳……”老妇人欢欣地吃着甜甜的点心，忽然噎住了，丁澈忙伸手轻拍。

我去找水，范小鱼向丁澈投了个眼色，立刻放下点心跑到屋里。

刚一进门，范小鱼就觉得眼前一暗，同时，一股浓重的异味扑鼻而来，令她忍不住屏住了呼吸。这些年来，就算她刚穿越过来的那段最艰苦的日子，也是把小小的茅屋打扫得干干净净，几曾闻过如此令人作呕的气味。

好在床边那张破桌上就放着一壶茶和一个碗，范小鱼忙走过去倒了一碗，赶紧走了出去。

老妇人吃了茶，这才觉得舒服一点。

“嬷嬷饿了许久，不宜一下子吃太多干的点心，等会儿还是先吃点粥比较好。”范小鱼提醒道。

“澈儿呀，这位姑娘是你的丫头吗？”老妇人这才发现还有另一个人，抬起瞎眼问道。

丁澈看了一眼正冲着他做个鬼脸的范小鱼，微笑道：“不，她是我的朋友，叫小鱼。”

“啊，是澈儿的朋友吗？那老婆子可得好好看看。”老妇人顿时又激动了起来，举起一只手试图摸索到范小鱼，唤道，“小鱼姑娘……”

“嬷嬷好。”范小鱼只好凑过去，在丁澈身旁半蹲下来，让她干枯的手碰到自己。

这一接近，立时感觉老妇人身上的异味更重，但当着丁澈的面，她又不好意思屏住呼吸，只得尽力忽略。

“好好好，乖孩子。”老妇人的手哆嗦着一点点摸过范小鱼的脸，老脸上满是喜悦，“澈儿呀，这一定是位漂亮的好姑娘吧？”

“是。”丁澈含笑看了一眼红着脸的范小鱼，目光异样的温柔。范小鱼忙垂眼，心慌地不敢接触他的眼神。

“不但人好看，心地也善良。”老妇人好像会摸骨似的，欢喜地宣布。改抓住范小鱼的手，她慈爱地轻拍着两个年轻人，忽然又伤心了起来，“澈儿呀，我听说你跟那个老乞丐走的时候，连一个丫鬟仆人都没带。可怜我的澈儿，你当时一个人都是怎么过的呀？”

对哦，当年这个贵公子是怎么生活的呢？以那怪老头的脾气，绝对少不了要他侍候的，真想知道他是怎么过来的。范小鱼也不禁好奇地看向丁澈，睁大了明媚的眼睛无声地询问。

“凡事总有个开头，习惯了也就没什么了。”丁澈微微一笑，反过来劝慰伤心的老妇人，“嬷嬷，您不要为我担心。我现在不是好好的么？而且，要是没有这几年，澈儿也不会明白很多道理，学会很多东西。”

他半个字也不提苦字，却令老妇人心疼不已。

“想当年你爷爷没有罢相之前，咱们丁家是何等的荣耀，何等的受人尊敬啊……”老妇人显然寂寞了太久，好不容易来了一个听自己说话的人，而且这个人还是当年自己最疼爱的小公子，顿时唠唠叨叨地一直说个没完，还时不时地拍拍两个人的手，害得范小鱼也只好一直蹲在她面前，不忍心站起来。

“嬷嬷，那些事就不要再提了，还是说说您吧！我今天才打听到您住这里。您怎么会住到这里呢？这几年您都是怎么过的？”

丁澈歉意地看了一眼范小鱼。范小鱼回他一个微笑。看着他神色如此自如地在老妇人膝下承欢，她忽然觉得老妇人的味道也不是那么刺鼻了。

“唉，怪只怪老婆子当年瞎了眼，相信了那个杀千刀的兔崽子……”提起自己的辛酸往事，老妇人又是伤心不已，将事情一一道出。

一个时辰后，身体本来就不好，再加上吃饱后人容易犯困，老妇人虽硬撑着不肯睡，丁澈却不忍心，轻拂了她的睡穴，好让她可以好好休息。

走出充满霉臭气味的屋子后，丁澈默默地站在破烂的篱笆墙边。

他今天穿了一身青白色的长衫。长衫得体地贴着挺拔的身躯，偶尔被秋风拂起飘飞，衬着四周萧索的秋景，竟令他有一股与年龄不相称的淡淡沧桑。

范小鱼走到他身边，柔声劝慰道："你也不要太难过了。不管过去如何，你现在不是已经找到她了吗？"

"我小的时候，在父母身边的时间不多。因为父亲身体不好，母亲照顾不及，大半的时间只能把我放在祖父的身边。后来父亲外任，母亲随同，见面的机会就更加少了。家里虽有奶娘丫鬟，可真正把我当亲人看待的，却只有父亲以前的奶娘。丁家败落后，祖父看在嬷嬷照顾了我和父亲两代人的分上，给了嬷嬷一笔相当丰厚的养老费。"丁澈没有转头，只是专注地看着无限湛蓝的天空，清越的嗓音略略低沉地缓缓诉说，"我原本以为嬷嬷老来有靠，可以衣食无忧地安享天年，却不想这笔钱反而害了嬷嬷。"

范小鱼沉默了半晌，才道："有些事情不是人为所能控制的，何况这些事当初你们也无法预料，你无须把责任都揽到自己身上。"

当年丁家并没有薄待老妇人，只是老妇人很不幸地有一个表面忠厚、实际上却嗜赌成性的侄子，不但填上了老宅和老婆，还赔上了自己的性命。若不是因为当年的一个手帕交还惦记着姐妹情分，顶着儿女的反对收留了她，哭瞎眼的老妇人恐怕早就饿死冻死了。

人各有命，尤其是一些没有自保能力的老百姓，在命运面前更是软弱无力。幸好，她不是其中一个。该属于她的，她一定会尽自己的全力去争、去护。

"我想请你帮我一个忙。"

"你说吧？"

"我想在你家附近置一处院子，把嬷嬷接过去住，然后买两个下人伺候她。只是我可能无法长期待在她身边，所以，想请你有空时能帮忙照看一二，免得下人阳奉阴违地欺负她老人家。"

"好。"

“为什么答应得这么快？我听说你最讨厌管人家闲事。”丁澈回眸看她，想从她平淡的眼神中找出一丝勉强。

“因为这事一点也不麻烦。”范小鱼微耸了一下肩，淡淡一笑，“我所要做的只不过是顺带地看一下而已。”

实际上，丁澈开口的时候她就已经猜到一二，知道一定和这个老妇人有关，而且已经准备答应丁澈的要求。以她家现在的条件，再请两个佣人专门服侍老妇人也没什么大不了的。就算不请佣人，相信她那个老爹肯定也只会欢喜，不会介意，用不着她亲自去服侍。更何况，丁澈一点都没有把老妇人直接扔给她的意思，而是先安排好一切，只不过请她借着近邻之便，偶尔监督一下下人而已。她要是连这种小忙都不帮，也未免太过冷血了。

“谢谢！”丁澈低声道。灿烂的秋阳投在他比女子还无瑕的俊脸上，好似罩上了一层淡淡的光环，格外的耀眼。

“有必要这么客气么?”范小鱼瞟了他一眼，把同样的一句话还给了他。

丁澈一怔，想起前不久两人在客栈中的对话，不觉微笑了起来，“好像是没有必要。”

为了让老妇人尽快搬出那间破屋子，丁澈马上去找老妇人那位住在村里的手帕交，给了他们许多谢银，并请他们再照顾一两天。

那个原本很不乐意婆婆助人的媳妇见到一贯贯叮叮当当的铜钱，哪里说得出半个“不”字，立马满口保证。老妇人的手帕交则泪流满面地替姐妹庆幸，苦日子终于熬出头了。

“这样，我们兵分两路。房子的事情交给我，你呢，先去买两个老实可靠的佣人，然后到我家来。”离开村子上船后，范小鱼主动提议道。

“嗯。”丁澈点点头。

回到家中，范小鱼找到给别人帮工的范通，让他去打听房子的事情。

这种时候，范通平日里积累的好人缘就体现出来了。不到一个时辰，他就探得离范家一里多地的地方，有个半旧的现成小院，稍事打扫就可以住人。范小鱼亲自去看了看，觉得还可以，便替丁澈做主定了下来。等丁澈带了一对曾经当过下人的中年夫妇回来，便带着他们置办一应物品。

范白菜早在范小鱼让范通找房子时就得知丁澈要来，很是兴奋，见到丁澈后，

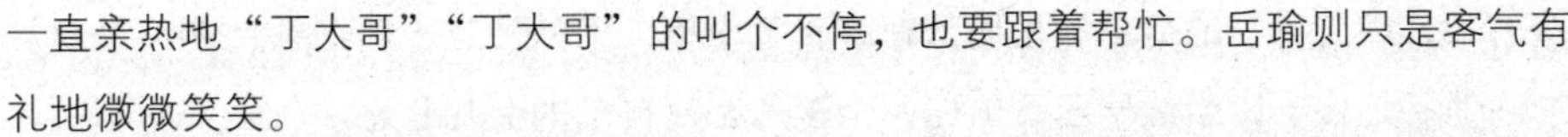

一直亲热地“丁大哥”“丁大哥”的叫个不停，也要跟着帮忙。岳瑜则只是客气有礼地微微笑笑。

人多办事快，天刚黄昏，院子就已经收拾妥当，丁澈便带着人直接雇船去接老妇人。

这一回范小鱼没有去，而是和春燕一起在家整治晚饭。

等到晚饭做好，丁澈也正好带老妇人到了柳河镇。只这么几个时辰不见，老妇人已大大地变了模样。

满头花白的头发整整齐齐地梳成了一个富贵长寿髻，发髻上清清爽爽地扣着一个百福抓，身上穿的也是全新的衣服，原本浑身的异味都变成了一股矍铄的精神气儿，就连那一双瞎眼，也像是因为遭遇喜事而亮了许多。

范通向来是极有老人缘的，当下第一个殷勤地迎了上去，亲自搀扶着老妇人坐在上首。范白菜嘴甜，一口一个嬷嬷，春燕和金玲也都上前行礼，直把老妇人开心得合不拢嘴，拉着丁澈直夸范家都是好人。

宴席上，闻着扑鼻的香气，老妇人欢喜之余，又忍不住流了几行老泪，但很快就被丁澈和范通哄住了。那个新买来的妇人李香很会看眼色，服侍得特别殷勤。从未享受过的美味一筷筷地被送入口中，浑身舒畅的老妇人再也没有时间想那些伤心事。

吃着丰盛的菜肴，看着老妇人欢喜的模样，丁澈不禁又向范小鱼投去感谢的目光。范小鱼大大方方地回以一笑。

他们这一交流原本寻常，但落在罗亶和岳瑜两个有心人的眼中，却十分的不是滋味。范通憨中有细，只当做没看见两人的小心事，时不时给这个夹菜，给那个夹菜，面面俱到，谁也不冷落。范白菜人小鬼大，明明瞧见了，却只是笑嘻嘻地和老爹一起抢着帮大家夹菜，什么都不表现出来。

一顿饭，主宾尽欢，唯独两个既不是主人也不算客人的寄居客暗自沉重。

饭后，老妇人又现困意，丁澈便带着李香和张远夫妇搀扶着老妇人告辞。

众人送到门口。范小鱼转回头时，看到范白菜还在羡慕远去的一行人，便温柔地笑笑，揽住了弟弟的肩膀。

“姐，我去你房里坐坐，好吗?”范白菜依着范小鱼，问道。

“当然好了，走吧!”范小鱼摸摸他的头，抱起贝贝，姐弟俩一起走向后院。

范通看着姐弟俩转身，一直挂在脸上的笑容这才敛了起来，暗暗地叹了口气，

一转眼，却见自己的徒弟和岳瑜都在瞧着范小鱼，不禁又是一声叹息。

他不是傻子，当然早已看出这两个孩子都对自己的女儿有意。

对他来说，其实更乐意女儿能和其中任何一个有个结果，因为自家女儿十岁不到就开始当家，十六岁就已经挣下这么一份家业，个性不知比普通女子强上多少倍。这样的烈性寻常人自不大好相配，若能找一个好脾气的宽容夫君，以后夫妻才更能和睦。不论是罗亶还是岳瑜，都符合这一点。毕竟大家已经在一起相处了这么多年，知根知底的。丁澈那孩子虽也不错，可不论是从性格还是从家世方面来说，实在不是良配。

只可惜，这两个孩子在感情方面都是如此内敛，在同一个屋檐下住了这么久，竟硬是谁也没有先开口。而范小鱼对自己的终身大事又没有半点意识，这以后可怎么办呢？

不提范通已经开始为自己女儿的终身大事发愁，后院的闺阁内，姐弟俩正在围桌谈心。

“是不是想她了？”范小鱼温柔地摸摸范白菜的头。

“嗯。”自从范小鱼让他明白在亲人面前无须小心，范白菜就没再隐瞒过自己的想法。

“姐姐明天就去找她。”范小鱼微微一算，才发现出外场后，自己一天在睡觉，一天和柳园青商议百灵阁的事，今天又花在丁澈的嬷嬷身上，一转眼竟已经过去三天了，不由很是歉疚。

自己对那一位生母没啥感情，也不想念，可是冬冬却是个多情的好孩子，等了三天，心里一定焦急了。

“姐，”范白菜犹豫了一下，渴望地看着她，“能带我一起去吗？我会待得远远的，不会让她看见。要是……要是她不愿意认我们，我……我已经十四岁了……我能受得住。”

“好，姐姐带你去，也没必要躲得远远的。她要是狠心，我们也不需要这个娘，反正这么多年都已经过来了。到时候，咱们再找个好后妈。”范小鱼想了想，故意开玩笑道。

“嗯。”范白菜也嘻嘻一笑，然后向范小鱼依偎了过去。

第四十五章

人间自有真情人

翌日，城南一座清静幽雅的棋园里，范小鱼早早地订下了池边一间独立的棋屋。

“姐，她会来吗？”约定的时辰还没到，范白菜已经坐立不安起来，下的五子棋连连出错。

“八九年都过去了，不要在乎这么一点时间，耐心一点。来，再下一盘。”范小鱼淡淡地道，没意识到其实自己也有些紧张，不然不会用这种戴着面具似的口气和弟弟说话。

范白菜收回张望的目光，嗯了一声，心不在焉地开始收残棋，却把范小鱼的黑棋给收了进去。范小鱼也不点破，只是悄悄把自己的棋子拿了回来，若无其事地催着他开始。

“姐，是她么？”下着下着，范白菜忽然站了起来，奔到了窗前。

范小鱼走了过去，只见一顶软轿沿着园内小径行了过来，两边各站着一个丫鬟。

“姐，是她，我见过那个丫鬟姐姐。”范小鱼还没回答，范白菜已自问自答，紧张地抓住了她的手。

“嗯。”

软轿越走越近，终于到了这间棋屋前。两个丫鬟打起轿帘，范白菜见一直期盼着的那个女人终于清清楚楚地出现在眼前，却又情怯地不敢上前，只躲在窗后看

着她。

范小鱼冲着他鼓励地一笑，然后退到屋中央，静静地等待。

“你们在那边等我。”一副雍容华贵模样的叶芷燕低头吩咐道。

两个丫鬟应声，和轿夫一起退下。

叶芷燕捏着手帕站在门前，伫立了一小会儿，终于轻轻地推开了那扇门。

秋光明媚，屋中有一少女盈盈而立，简洁的装扮，素色的衣着，眸光如水一般沉静。

叶芷燕倏地掩住了口，怔怔地望着那张和自己年轻时几乎一模一样的脸庞，还未开口，泪已滚滚。

见到她那脂粉也掩不住的红肿双眼，范小鱼不由微微一怔，下意识地看向还躲在窗边的范白菜。她这副样子，是来之前就哭过了吗？

叶芷燕顺着她的目光往左边一看，身子顿时无力地一歪。

“娘……”范白菜失声惊呼，就要冲过去扶她，却被范小鱼抢先了一步。

叶芷燕斜靠着范小鱼，双手紧抓着姐弟俩，双唇颤抖着，却偏偏一个字都说不出来，只一个劲地不停流泪。

“先坐下吧。”

范小鱼没想到她会如此激动，心中一软，和范白菜一起扶她到摆着棋盘的榻上坐下。正要给她倒一杯茶，叶芷燕却像忽然生出了无穷的力气般，一下子站了起来，左右一把搂住他们，放声痛哭，“孩子，我的孩子。我的白菜儿，我的小鱼儿……娘想死你们了。”

“娘……”范白菜悲呼一声反手抱住她，积蓄多年的深切思念终于都爆发了出来。

范小鱼有些木然地任她抱着，只是紧闭的眼睛终究关不住眼角的湿意。

她真的一直都把这个娘想得太坏了，是不是？

只是见到和范通有一点相似的少年就失神，只是因为一封写着姐弟俩生辰八字的信就毫不犹豫地赶了过来，只是见了他们姐弟一面就确定是自己的亲骨肉，而且见面的第一句话就是“孩子，我的孩子”……为什么？为什么这个娘，看起来是如此的深情、慈爱、温柔，温柔得令人无比心酸？

“娘对不起你们，娘对不起你们……”叶芷燕尽情地放纵着自己的眼泪，不敢放松一点点的力气，唯恐自己拥抱得轻一点，眼前的一切就变成一场黄粱美梦，醒

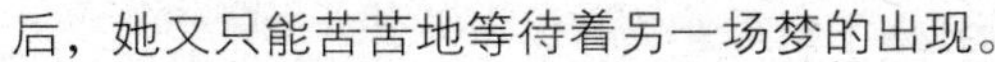

后，她又只能苦苦地等待着另一场梦的出现。

范白菜也哽咽着抱住她，抱住这份期望已久却突如其来的幸福。

过了好一会儿，母子俩的哭声才平静了一点。

“好了，不要哭了，小心别人听见。”早已控制好情绪的范小鱼率先轻轻地挣脱了出来。叶芷燕毕竟只是柔弱女子，实在吃不消这么长时间地维持一份不小的力气，只是凭着那份母爱硬撑着而已。

“好，不哭，我们都不哭。”叶芷燕收住眼泪，用帕子去拭儿子的眼睛，却忽然想到什么似的，转头看向范小鱼，水光盈盈的眼里满是巨大的惊喜，“小鱼儿，你……你好了?”

“娘，姐姐早就好了，而且姐姐现在很聪明。这些年，家里一直是姐姐在当家呢。”范白菜一边哭一边笑地胡乱擦了一把眼泪，孝顺地扶叶芷燕坐下。

“啊，真的? 那太好了，太好了!”叶芷燕紧紧地拉着范小鱼的手，可看到她那过于平静的脸，愁色顿时染上秀眉，有些怯怯地看了看她，又看了看范白菜，颤道:“小鱼儿，白菜儿，你们一定很恨娘当年抛弃了你们，是不是?”

姐弟俩对望了一眼。

见范白菜的目光里明显含着哀求之色，范小鱼暗暗叹了口气，摇头道:“不，我们不恨你。我只是懂事后就这副性子而已。”

“娘，是真的，我们不恨您，一点都不恨。”范白菜惶恐地拼命否认。

叶芷燕感动地笑着，痴痴地看看女儿，又痴痴地看看儿子，泪珠儿又落了下来。

看到这个娘动不动就变成一个水人儿，范小鱼忽然有些头疼。这样下去，半天也说不了几句话呀!

于是，范小鱼话锋一转，直击心中的那个疙瘩，“虽然不恨你，可是，我们还是想知道当年到底是怎么回事。”

“娘，爹说，一切都是他的错，不能怨娘。”范白菜忙替范小鱼的直率圆场，生怕叶芷燕听了伤心。

“你爹……”叶芷燕一怔，下意识期盼地四顾。

“他没来，是我让他不要来的。”范小鱼终于把刚才就准备倒的茶递给了她，让她平静一下。

“娘不是故意丢下你们的。”叶芷燕伤心地道。她携了姐弟俩一起坐在榻上，一

边拭着眼泪，一边讲起了横亘在心中已经痛了她八九年的那一天。

“那天，娘给你抓了药之后，家里又快揭不开锅了。所以你爹上山去打猎，你二叔又去打听哪里有名医，娘就留在家里和你们一起等你爹。”叶芷燕幽幽地道。

“这个爹和我们说过了。他说他又把挣来的钱给了别人，然后你很生气和他大吵了一架，就跑出去了，之后再也没有回来。”范小鱼插口道。

“娘不是不想回来，是没法回来。”叶芷燕忧伤地叹了口气，“那一天，娘确实很生气，而且觉得人生很无望，一气之下就起了轻生的念头，跑到了山崖边……”

“娘……”范白菜惊呼了一声，好像叶芷燕现在正想不开似的。

叶芷燕慈爱地抚摸着他的脸，柔声道：“娘现在不是还活着吗。只是当时……当时娘实在太绝望了，只想着要用这条命换得你爹的洗心革面，好让你们姐弟俩以后不至于连饭都吃不饱，就算小鱼儿永远长不大，也不会再被人欺负。”

姐弟俩默默地听着。

“娘在山崖上站了一会儿，几次想跳进下面的大江，却一直狠不下心。想想还是不忍心丢下你们姐弟俩，便打消了轻生的念头，决定再给你爹一次机会。可是没想到当我转身想走的时候，却发现后面有一只老虎……”

“啊……”范白菜又低叫了出来，范小鱼也吃惊地张开了嘴。

“娘当时害怕极了，只知道不停地往后退，却忘了后面是山崖，一失足就掉了下去，落进江中，然后就人事不知了。”

范白菜吓得屏住了呼吸。

叶芷燕伤感地接道：“等娘真正清醒过来的时候，发现自己在船上，而且已经是十五天以后的事了。巧的是，救我的人居然就是当年我们想要去投奔的二叔，也就是你们的二外公。当时他正好回京述职，没想到行船路过时无意中救了我，又恰好从娘被树枝刮破的手臂上看到了一块胎记，才知道原来我是他的侄女。”

叶芷燕挽起袖子，给两姐弟看手臂，只见上头除了一块花瓣般的胎记外，还有一道长长的疤痕，显示着当年的惊心动魄。

“娘，还疼吗?”故事还没讲完，但范白菜已经完全释怀了。

“早不疼了。”叶芷燕温柔地笑笑，放下袖子，继续道，“我一醒来，就告诉二叔所有的事情，请他送我回去。可是等我们逆水行舟回到家里的时候，你们都已经不在了。娘亲疯狂地找了你们好几天，却还是杳无音信，而二叔又急着回京述职，不能再耽搁，我只好先和二叔回去。后来，娘亲又回去找过你们两次，却……”

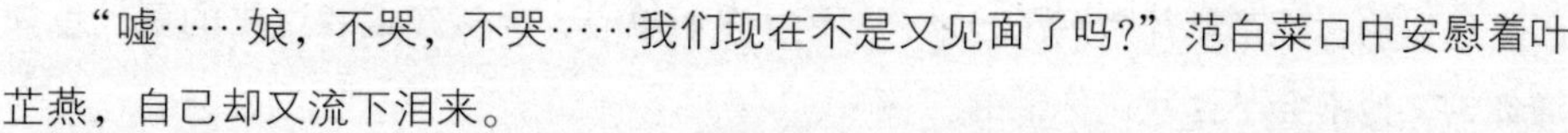

“嘘……娘，不哭，不哭……我们现在不是又见面了吗？”范白菜口中安慰着叶芷燕，自己却又流下泪来。

范小鱼仰着头，无言地看向屋顶，没想到抛弃的背后，竟是这般充满无奈和悲哀的真相。幸好有一点可以肯定，她和冬冬的娘亲，并没有真的抛弃他们。怪只怪命运多舛、造化弄人，才使得亲生骨肉阴差阳错地天各一方这么多年。

只是，虽然当初娘亲跟别的男人跑了的谣言是假的，可现在她却真的已经另外有了一个家庭，成了别人的妻子，有了新的孩子。

范小鱼又沉默了。

误会已经冰释了，可残酷的现实还在。纵是普通人也不可能将自己的妻子让出来，何况还是个员外郎！

“对了，快告诉娘，你们这些年都是怎么过来的？小鱼的病又是怎么治好的？”

母子俩又哭了一会儿后，叶芷燕自己也觉得在好不容易重逢的日子里老是哭哭啼啼也不好，终于强行忍住感伤，努力绽开笑颜，重新打量着自己的一双儿女。

范白菜看向范小鱼。这几年所经历的事情，实在不是三言两语就讲得清的，而且其中有不少惊险，他不知道能不能告诉娘亲。

范小鱼微微一笑，轻描淡写地道：“娘，我的病是突然好的，只是好了以后，以前的事情都不记得了。之后我们一家就找了一个地方住下来，爹也不随便帮人了，过了几年，我们就搬到了京城。”

“你爹不随便帮人了？总算……总算……”想起范通，叶芷燕忍不住有些恍惚怔忡。

“娘，”范白菜轻唤了一声，犹豫道，“您愿不愿意见见爹？”

“见他？可是我现在……”叶芷燕眼中浮出一丝渴望，继而想起自己如今的身份，明显地迟疑了。

“要是不方便就算了。本来我和冬冬都做好了你不认我们的准备，可你一眼就认出我们……”范小鱼和弟弟对视了一眼，不约而同地微笑，“你有你为难的地方，我们理解。”

她真是傻，如今时过境迁，情况已是不同，破镜哪能那么容易重圆呢？

“是啊，娘，我们都不会怪您的。”范白菜心地最是善良柔软，宁可自己受委屈，也舍不得刚认的娘亲有一点不开心。

“娘怎么会不认你们呢。只是如今娘已另嫁，要见你爹，总需老爷同意才行。”

出乎意料的，叶芷燕却微笑了起来，“不过你们放心，老爷知道我过去的事，也知道你们，他不会不让我认你们的。”

姐弟俩又互视了一下，眼中都有些惊讶。

“当年我跟随二叔到京城以后，一直设法在有名医的地方打听你们的消息，可是总是没有音讯。”叶芷燕叹气道，“这样找了两年，你们的二外公忽然患了重病，临终时做主把我许给了卢郎做填房。卢郎虽然年纪大了点，却是个好人，很早就和你们二外公相识了。当年寻找你们的时候，他也出过许多力。”

“他不介意我们的存在？”

“不介意，当然不介意。他一直说如果找到你们，就要把你们当做自己亲生儿女看待，只是……”叶芷燕忽然又似感动又似忧伤地道，“只是老爷说，他什么都可以不计较，但如今我已经是他的妻子，他是断断不肯还给你们的爹，让我再跟着他吃苦的。”

范小鱼轻问道：“他对你好吗？”

“好，他对我很好。”叶芷燕毫不犹豫地回答，脸上浮现一种叫做幸福的神情，“我嫁给他后，只生了一个女儿，后来就再无所出，可他却始终不肯纳妾，只说要是老了还没有儿子，就去族里过继一个孩子。”

范小鱼轻叹道：“看来他对你真的很好。”

叶芷燕的幸福在哪里已经很清楚了。虽然冬冬一直渴望着父母能再在一起，只是……这样也好，毕竟每个人都有权利拥有自己的幸福。

叶芷燕点点头，随即眼睛又亮了起来，“对了，你们还没见过你们的妹妹，她的名字叫……”

“怜儿。”范小鱼和范白菜异口同声地道。

“你们……怎么知道？”

“我就是百灵阁的东家。”范小鱼微笑道。认母的情况居然如此顺利，她的这点秘密无须再瞒。

“啊……”

叶芷燕极其惊讶地睁大了眼睛，满脸的不敢置信。她虽已年过三十，可是做出这样表情的时候，却好像少女般，有一种说不出的娇俏可爱，逗得姐弟俩都笑了起来。

“娘，我跟您说过，姐姐病好后，人可聪明了。嘻嘻，天下第一聪明的姐姐。”

范白菜骄傲地道。

范小鱼莞尔，随即正色道："娘，我是百灵阁东家这件事是个秘密。而今连皇上都知道百灵阁东家是叶如君，要是让别人知道叶如君其实是化名，恐怕就会是欺君之罪。所以，娘，这个秘密你谁都不能告诉，哪怕是对卢大人也不能说。

叶芷燕忙惶恐地点头，"你放心，娘知道轻重。到时候我们就说，你们是在娘上街时无意中见到了娘，又打听了娘的名讳，这才找上门来的。"

范小鱼这才放心地点头，道："娘，既然你说卢大人不介意我们的存在，那我想，他应该会同意你和爹再见上最后一面，毕竟你们也曾做了那么多年的夫妻。至于爹那边，他早已知道你现在的情况，你知道以他的性格，以后不会来打扰你们的。"

想起当年的夫妻之情，叶芷燕的脸上现出一丝迷蒙，眼中更带忧伤，道："能不能让我先回府和老爷商量一下？"

"这当然是应该的。"范小鱼点点头。

"真不敢相信，娘终于找到你们了。"多年的夙愿终于得偿，而且女儿痴疾已愈，两个人已经长这么大，还如此懂事，叶芷燕不禁又喜极而泣，欢欢喜喜地拉起他们的手站了起来，"小鱼，白菜，走，跟娘回家去。"

范小鱼一怔，"现在就去？"

"现在就去，娘已经迫不及待要让你们兄弟姐妹团聚了。"叶芷燕温柔地笑道，"你们放心，老爷真的是个很好的人。"

"姐？"范白菜又看向范小鱼，目光可怜兮兮的。

范小鱼好笑地摇摇头，"好吧，那就走吧！"

叶芷燕携着一双儿女走出了棋屋。两个丫鬟和轿夫远远看见，忙跑了过来，见到和自家夫人长得十分相似的范小鱼，不由吃了一惊，再看看范白菜，心里更糊涂了。

"她们两个都是后来的婢女，不知道娘当年的事情。"叶芷燕笑着解释道。

娘？两个丫鬟见夫人居然对别人自称娘，不由齐齐掩口，生怕自己惊呼出来。叶芷燕也不解释，坚持不肯坐轿，要和姐弟俩一起走回去。

"娘，您还是坐轿吧。要是累着就不好了。"范白菜关切地道，语音里不自觉地带上一丝撒娇的味道。

范小鱼也跟着劝说。她一个弱女子，哭了这么久，又经历大喜大悲的，身体难免虚弱，真走回去的话，肯定会病倒。

"好，那娘坐轿。"叶芷燕拗不过他们，只好答应坐轿，却卷起了两边的窗帘，一会儿看看这个，一会儿看看那个，幸福之情，溢于言表。

一行人回到卢府，叶芷燕一下轿子就问门房："老爷可在？"

听说不在，她立刻派人骑马去找卢子晁，说家里有非常非常重要的事情，让他马上回来。自己则带着姐弟俩喜滋滋地进府，让小女儿过来和两人见面。

怜儿很快就来了，听说这两个人就是自己一直没见过的姐姐和哥哥，简直比叶芷燕还兴奋，很快就缠着两人问东问西，却又不给人家回答的时间，自己一个劲地说啊说，结果，满屋子就只听到她的唧喳声。接着，她又要下人把自己认为最好吃的、最好玩的东西都拿出来跟姐弟俩分享，根本就不怕生，更没有丝毫娇纵的坏脾气。

有女可爱善良如此，看来，那位卢子晁大人确实不会差到哪里去。

没多久，那位卢大人果然弃了轿子，"马上"回来了。

人还没进院子，就已大声地喊了起来，"夫人，夫人！"

"爹！"怜儿最是机灵，第一个跑了出去，扑向员外郎，献宝似的大声报告，"爹，我又有姐姐，又有哥哥啦！"

"嗯？"员外郎还没听明白，就见妻子一手一个，牵着一对少男少女出来，不由得呆住，半晌后才惊喜地抱着女儿迎了上去，"夫人，你找到孩子们了？"

一句"孩子们"，让范小鱼最后一丝疑虑也彻底打消。

她忽然觉得这个世界，其实很美，很美！

"姐，我觉得我是在做梦。"离开卢府走在大街上，范白菜连脚步都是虚浮的。

"傻弟弟，这不是梦。"说真的，范小鱼也是直到这时还有些晕晕乎乎的感觉。

她怎么也没想到事情竟会如此具有戏剧性，好像老天爷在狠狠地虐待了他们这么多年后，忽然大发慈悲要补偿他们似的。就连最后那个比较难办的问题，那位卢大人也一口答应放行。只要他们的娘、他的夫人不是在府外见范通，而且不瞒他，他就不反对他们叙一叙当年的夫妻之情。

看来，年纪大一点的男人果然更成熟更宽容。想起那位卢大人的大肚子，范小鱼不由微笑，依她看来，那句“宰相肚里能撑船”应该改成“员外郎肚里能撑船”才是。

温柔的母亲，可爱的小妹，宽容的继父，今天这些惊喜真的是太意外了。

回到家里，范白菜抢着将事情的经过详细地说了一遍。范通虽是七尺男儿汉，却也听得红了眼，几乎难以自已。罗亶和岳瑜闻听也很是为他们开心，建议晚上大家好好地庆祝一番。

范小鱼当然没有异议。这样开心的事情，她实在找不出任何理由反对，而且，她决定不管今晚怎么醉，都要和大家一起喝个痛快。

“冬冬，姐姐唱个歌给你听听啊。”

虽然为了和大家一起尽兴，范小鱼决定等最后大家都有了醉意后，她才开始喝，以求大家一起同醉，也免得她一个人被取笑。可是，她还是低估了酒精超强的兴奋功能，于是，在大家其实都还相当清醒的时候，她当仁不让地再一次开始耍酒疯了，一遍一遍地唱着自己觉得最应景的歌。

“世上只有妈妈好，有妈的孩子像块宝，投进妈妈的怀抱，幸福享不了。世上只有妈妈好，没妈的孩子像根草，离开妈妈的怀抱，幸福哪里找?”

“爹，妈妈是什么？姐姐为什么一直说妈妈好?”在范小鱼的特许下，范白菜第一次光明正大地喝了酒，此刻稚气未脱的脸上也是红扑扑的。

“爹也不知道。不过你姐姐唱得好听，唱得好听就该鼓掌。”范通咕噜噜地喝完大碗中的酒，啪啪啪地拍起手来。这么多年了，他也是第一次觉得如此轻松，第一次想喝醉，想喝得大醉。

“哈哈哈哈……老爹，还是你比较上道!”见范通今日像范岱一般豪爽地为自己助兴，范小鱼极是开心地猛拍了一下桌子。

“岳美人，怎么，本姑娘唱得不好听么？你怎么不鼓掌?”见岳瑜被她这一拍吓了一跳，范小鱼越发开心，居然晃悠悠地走了过去，一手搭在他的肩上，抛了一个媚眼。

“我……我……”

不期然地被她这么一调戏，岳瑜本就被美酒染红的俊脸顿时红得像一朵盛开的牡丹花，偏偏又不好生她的气，又羞又急间，那绝色的容貌真是美不胜收。

“我什么？我唱得到底好不好听?”范小鱼把头凑到他面前，含着芳香的酒气都

喷到了他脸上。

“好……好听……”

可怜的岳瑜窘得直想落荒而逃，但被范小鱼按住了肩头，哪里动弹得了。他忍不住向旁边的罗亶求救，罗亶却尴尬地避开了眼。在他的眼中，此刻不经意展现出无限魅惑的范小鱼，简直就犹如夏日的烈阳，逼得人无法直视，单看一眼就已令人浑身发热，绮念纷飞，他哪里还敢去招惹这个明显已醉得不轻的女孩？

“那你为什么不鼓掌？”

醉后的范小鱼一点都不知道自己在做什么，更丝毫没有意识到男女之别，犹自睁大了眼睛瞪着岳瑜。

“我鼓……我鼓……”心脏狂跳的岳瑜忙伸手猛拍了起来。

“这才乖嘛！男子汉大丈夫，做事就要爽爽快快的……”

说着，范小鱼又歪头瞧向罗亶。罗亶不待她离开岳瑜，立刻抬起了双手。不过，范小鱼却没有因此放过他，身子往后轻盈地一旋转，已经靠在他的身上，再一凑，就凑到他的面前。

只见她笑嘻嘻地伸出一根手指，亲昵地刮了一下罗亶的鼻子，“小亶儿，你很不乖哦。我看你，你才鼓掌，没诚意，不爽快！要罚，要罚！”

说着，她身子一斜，已挤到岳瑜和罗亶中间，探过大半个桌子一把抓住一个酒壶，塞到罗亶面前，动作粗鲁得差点直接撞到罗亶的嘴巴上。

“喝了，全喝了！”范小鱼豪气万丈地道。

小亶儿？罗亶被这个昵称雷得一阵颤抖，为了防止范小鱼直接灌他，忙伸手接过酒壶。可一接过去他就后悔了，他的酒量也不过一般，难道这一整壶酒，他真的要全部喝下去吗？

“喝啊，快喝啊！”范小鱼拍着手催道。

“亶儿，你就喝吧，难得醉一回。”范通笑着鼓励道。

“亶哥哥，加油！”范白菜也大声附和。

拎着手中的酒壶，罗亶侧头瞧了一眼笑吟吟的范小鱼，想起刚才那声“小亶儿”，不由一个哆嗦，实在怕她再这样叫自己，只得硬着头皮点了点头，狠狠心，一口咬住了壶嘴，咕噜噜地灌了起来。

“好，好样的！来，我陪你！”见如愿以偿，范小鱼顿时兴奋地一个劲喝彩，还意犹未尽地顺手拿起岳瑜的酒杯，一口饮尽。

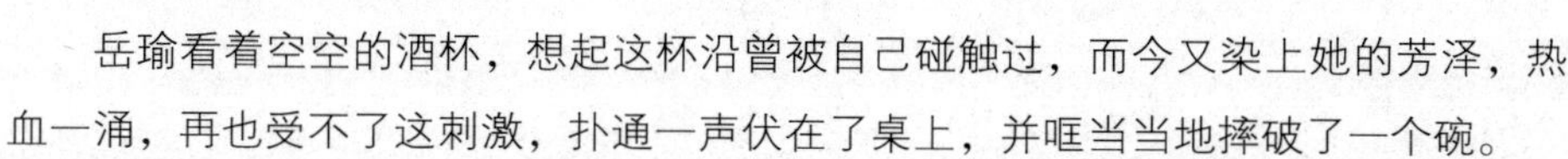

岳瑜看着空空的酒杯，想起这杯沿曾被自己碰触过，而今又染上她的芳泽，热血一涌，再也受不了这刺激，扑通一声伏在了桌上，并哐当当地摔破了一个碗。

“哈哈哈哈，醉了，岳美人第一个醉了！”范小鱼一怔，随即得意地大笑起来，又接着给罗亶鼓掌。

“我也醉了！”范白菜生怕接下来就轮到自己，连忙狡猾地大声宣布，也伏倒在桌上，却偷偷地从手臂的缝隙里偷看着。

“冬冬也醉了，两个了，两个了……”范小鱼继续拍手。

“我……”罗亶好不容易灌完了整壶酒，重重地打了个酒嗝。原本深邃的眼睛因为冲上来的酒劲眯得只剩一条线，配上他那少数民族的深刻轮廓，顿时有一种说不出的魅力。

然而，站在他侧面的范小鱼却根本没有注意到这点，只是十分满意地重重拍了一下罗亶，“厉害，好厉害，小亶儿，你是个真正的男子汉、大丈夫！好，很好！”

罗亶本来还勉强挺立着，被她这么一震再震，酒气陡然上涌，身子一歪，已经从凳子上滑了下去，一头倒在地上，也睡着了。

“三个，三个啦！”范小鱼像个打了胜仗的孩子，那种满足感和成就感简直就无法言语，她整个人明明已经醉醺醺、歪歪斜了，却被激得双眸极亮，脸色更是特别的容光焕发。

“我……我也不行了！”眼看岳瑜和罗亶都倒下了，不用说下面就轮到了自己，想到家里没个清醒的男人可不行，范通这下想真醉也不行了，连忙也装醉。

“呃……老爹你也醉了啊？”范小鱼飘过来，用手指戳了戳范通的肩头，皱眉道，“老爹，你真逊哎，比二叔差多了！唔……可惜二叔今天不在，好遗憾哦！”

范小鱼摇摇晃晃地沿着桌子绕了一圈，东看看，西看看，挫败地发现一个能和她喝酒的人都没有了，而自己却还如此“清醒”，不由得郁闷了起来。

忽然，她眼睛一亮，“对了，还有个丁大美人呢！我去找他喝酒，我去灌醉他！哇哈哈哈！”

说着，她抓了温在炉上的最后一壶酒就摇摇摆摆地走向门口。

“爹，怎么办？”范白菜悄悄地抬起头问范通。

“爹去看看，你照顾一下他们。”范通小心地起身，悄悄地跟在了范小鱼的后面。

第四十六章

醉里桃花迷情欲

“丁大帅哥！丁大美人！”

范小鱼打开自家的院门，踉跄着跨出门槛，然后借着淡淡的月色，迷迷糊糊地辨认了一下方向，就往东面走去。

看她醉得如此彻底，居然还没有认错方向，范通不由有些好笑，但一想到她这样大叫，很快就会引来邻居，顿时又大汗，急忙上前想把她拉回家去。

可是范小鱼醉归醉，身子摇晃归摇晃，速度却是不慢，一转眼就走出了几十米。此刻见范通伸手来抓，她忽然又极为清醒似的一扭腰就避了开去，躲得老远，并咯咯直笑，“老爹，原来你没醉呀。你好狡猾！不过你没醉也抓不住我，咱们家的轻功，我第一……嘻嘻……”

“小鱼乖，爹是醉了又醒了。要不我们回家继续喝，继续比好不好？”范通诱哄道。

“切，跟你一个大叔喝有什么意思！”范小鱼不屑地挥了挥手，理直气壮地继续往前走，“我要去找大帅哥喝，美酒佳人……嘻嘻……我也要享受享受！”

享受？这一下，范通浑身都出汗了，死活要把范小鱼拉住。

“住手！”范小鱼灵巧地躲开后，猛然一声大喝，纤手一指，杏眼一瞪，“谁敢点我穴道，我跟谁急！”

范通陡然怔住，也不知道女儿是真醉还是借酒装疯？应该是真醉吧。她以前都是喝一点酒就醉的。不过前几次怕她太失态，他都是等她一醉就点了她的穴道。今天是为了让她尽兴才纵容了一下，没想到现在却点不着了。

当然，他也可以强来，反正范小鱼每次醒来后都不知道自己曾经做过什么，可是……想起女儿这些年的辛苦，范通又不忍心。这样一犹豫一迟疑间，范小鱼又已经走了几十米，继续高呼“丁大帅哥”。

“小鱼，乖，听爹的，我们回去吧。”范通左右为难，只得跟在一丈开外继续劝说。

范小鱼一个劲地摇头，就是不肯。

“小鱼？真的是你？”父女俩正在打拉锯战，这几天都和老妇人住在一块儿的丁澈终于听到动静，跑了出来。他震惊地看着摇晃着的范小鱼，“你怎么喝得这么醉？”

“错，我没醉，我清醒着呢！告诉你，我现在酒量很大了！哈哈哈哈，你知道不？岳美人、小亶儿都被我撂倒了，现在该轮到你了。”范小鱼说得极是流利，然后就要去抓丁澈。

“丁澈，真不好意思，她醉得糊里糊涂的，不知道自己在做什么。”范通追了上来，尴尬地解释，怕极了范小鱼再叫什么帅哥美人。

“我没醉！老爹，你为什么老是说我醉？你忘了是谁当家了吗？敢说我醉？小样的，长胆了啊你？哼！”范小鱼怒了，身子却有自我意识般，再次灵活地躲开范通的手，反而向丁澈贴了过去。

“伯父，这是怎么回事？她怎么会喝这么多酒？”丁澈一边扶住酒气熏天的范小鱼，一边蹙眉道。

“我们找到小鱼她娘了。今天她和冬冬去见了她娘亲，高兴之下就多喝了点。”范通百感交集地道。

“是啊，今天我和冬冬认了娘了。原来娘没有抛弃我们呢！丁大帅哥，我们忘记请你了，所以我特地来赔罪，你不要生气哦！”范小鱼嘻嘻笑着，顺势靠在丁澈身上，举起酒壶，“来，我请你喝酒。”

“我没生气。这样吧，我们改天再喝。”丁澈偏头避开酒壶，因为半边身子都被一具柔软的娇躯依附着，俊脸迅速地泛红。

“不行，就要今天喝！明日复明日，明日何其多。你想耍赖，你想骗我，我才不上当！”范小鱼不依，一定要喂他喝酒。

丁澈无奈，只好红着脸喝了一口。

记得她曾说过自己一喝酒就醉，当时他还想看看她醉后的模样，现在真见到了，却大觉无法抵御她的憨态。

“才一口，不算不算……”觉得丁澈把自己当成小孩哄，范小鱼顿时不依地强烈抗议。

“小鱼，你要喝酒，爹陪你喝……”范通上前一步。

“不许过来！你走开！我有丁大美人，才不要你这个大叔陪！”

范小鱼一下子躲到了丁澈身后，踮着脚攀着他的肩头，整个人都贴在他的背上，从后面探出头来看着范通，瞪眼道：“快走开！快走开！”

见她又叫自己大叔，范通囧得一点办法都没有，只好苦笑，“丁澈，真是对不住……”

“伯父，要不……我就先陪她喝一会儿。等她清醒一点，我再送她回去。”丁澈努力逼自己忽略背上的柔软，红着脸建议道，同时偷偷地做了一个点穴的手势。

范通无奈地道：“那就麻烦你了。”

“嘻嘻……”范小鱼往丁澈的耳朵上喷了口气，忽然转身飞奔了起来，“来呀，帅哥，我们来比试轻功，看谁跑得快！”

“伯父，你放心，我一定会把她平安地送回去的。”丁澈匆匆地丢下一句，忙追了上去。

夜风在呼呼地吹，范小鱼在欢快地笑，月下，两道人影很快跑得无影无踪。

范通站在原地，怔了一会儿，不禁摇了摇头。他相信丁澈还是很正直的，绝对不会乘人之危，把范小鱼交给他倒也放心，谁让她怎么也不肯听他这个当爹的呢！

范通一边叹息，一边落寞地向家里走去，却没有想到最重要的一点，那就是：丁澈虽然不会乘人之危，可是某人今夜却刚刚调戏倒家里的两个少年，现在还在口口声声地喊着丁大美人……

谁会欺负谁？答案似乎很明显。

“追不上，追不上……”已经远离柳河镇的范小鱼一边畅快地奔跑着，一边还不忘回头对丁澈做鬼脸。

她轻功本就绝佳，加上酒劲的刺激，更是超常发挥，丁澈一时间竟追不上她。

无奈之下，丁澈只得智取，故意喊道：“你不是要我陪你喝酒么？你再跑，我就回去了！”

这一喊，范小鱼果然停了下来，然后脚尖一点就对快要接近自己的丁澈反扑了过去，同时霸道地大喝："不准回去!"

丁澈见她停下来，心中一喜，正准备趁机点她的睡穴，却不料她居然反扑了过来。一怔之下，他已被一股迅猛的力量扑得一个踉跄，重重摔倒在地，背部顿时磕到了硬硬的土块，疼得他直咧嘴。

"喝酒!"范小鱼嬉笑着，举起酒壶对着他的嘴巴就倒了下去，却不料准头不够，反而倒了丁澈满头满脸。

"我自己来，自己来……"丁澈慌忙抓住酒壶，又是狼狈又是好气，更觉得浑身都像有烈火燎过，敏感不已，哑声道，"你先起来。"

"不，起来我就抓不到你了。快喝，快喝呀!"范小鱼乱动着又要去抓酒壶，浑然不觉自己紧贴着对方的馥郁娇躯会带给一个正常男人多大的刺激。

"好，我喝，但是你别动。"又是一阵疯狂的刺激，折磨得丁澈忍不住呻吟了一声。他扬起手指，想要趁着一切还没不可收拾的时候点下去，可是那手指却像有自己的意愿一般，迟迟不肯落下。

"快喝，快喝……"范小鱼才不理他的警告。

丁澈咬了咬牙，开始倒酒。但为了防止自己也喝多，他耍了个小小的心眼，故意晃动着酒壶，将一半都倒在嘴边，打算蒙混过关。

"哎呀，你不喝可以给我嘛。酒都流出去了，好浪费……"

只许州官放火，不许百姓点灯的范小鱼睁大了一双明亮的眼睛，撅着嘴指控道。目光瞟到那汩汩的酒液大半都流进衣领里，大急之下，她不假思索地低下头去，伸出粉舌，贴着他的脖子吮吸起来。

轰隆隆……

被柔软的唇舌袭击的那一刹那，丁大帅哥的脑袋里仿佛陡然炸开一个天雷，顿时四肢僵硬，浑身一颤，体内的血液疯狂地涌动起来。偏偏在极度的震惊下，迟钝的身体却像被点住穴道一般，一时间根本无法动弹，只能近乎无助地任她在自己的颈项间胡作非为，挑起一串串无形的火苗。

"唔……真好喝……"

范小鱼舒舒服服地趴着，双手撑在他坚实的胸膛上，像小猫一样专注而认真地舔着他那干净清爽、散发着浓浓酒香的皮肤，丝毫不觉身下的少年已经化为一座火山。

“小鱼……”

丁澈的嗓子沙哑得仿佛不属于自己，俊美的面孔涨得通红，好不容易才觉得恢复了一点力气，忙奋力想要推开她。

“不要动嘛！”

范小鱼意犹未尽地又舔了一下。舌尖无意中软软地滑过他的喉结，致命地又卸去某人好不容易凝聚起来的理智。

“我……”

丁澈终于忍不住猛然翻身将她反压在地，灼热的目光闪动间，已寻到她惊呼着微启的红唇，狠狠地吻了下去。他学着她的样子，狂乱而青涩地吮起那两瓣娇艳欲滴的红唇，反复地在她的红唇上流连，却不懂还可以进一步深入。

“唔……”

范小鱼舒服地呻吟了一声，不但没有清醒过来，反而主动地伸手勾住他的脖子，主动地伸出香舌，迎合他密集的吻，攻入他的领地，去寻找渴望已久的舞伴。

可怜虽然高傲但某方面却清纯至极的丁澈，哪里受得了这种致命的撩拨。迷乱之下，他立刻也有样学样地运用自己的武器，试图卷住那调皮的精灵。两人在一片湿润的天地里，就像两条鱼儿似的追逐了起来。

起初，两人都有些青涩拙笨，只知道横冲直撞，但很快地，他们就本能地找到了一种甜蜜的节奏，时而去你家，时而来我家地游戏了起来，直到毫无经验地挤光了肺里的空气，这才额抵着额，鼻子轻触着鼻子，嘴唇贴着嘴唇，急促地喘息起来。

“丁澈……”

“嗯?”

“你为什么……要……”范小鱼喘着气。

类似指责的声音一入耳，丁澈火热的身躯一下子再度紧绷，这才意识到自己做了什么。他猛地抬起了头，却见身下人儿的眼睛正亮晶晶地注视着自己，如春水般荡漾的眼波里除了迷醉，只有纯真的迷惑。

“要……长得这么……嗝……好看?”范小鱼重重地打了个酒嗝，说出了下半句话。

呃……正要抽身的某人立时呆住了，有些哭笑不得。原来她要说的是这句话，而不是指责他的……

“啧啧，难道你不知道这样好看……会……很勾人……犯罪呀！不过……我喜欢……”范小鱼贪婪地看着近在咫尺的俊脸，用力一勾他的脖子，挺起胸膛往上一迎，就咬住了他的唇。

“小……”

丁澈只来得及说一个字，就又被甜蜜热情的浪潮卷进了大海中。结实的胸膛敏感地感觉到另一种完全不同的柔软。随着主人不住地转动着头的缠绵，那两团可以瓦解所有男人意志力的绵软更是让可怜的少年几乎当场脑溢血。

“告诉你哦，这种亲亲名字叫做法国式……”范小鱼呢喃着说完，然后再度开始深入地探险。

“我们……”

丁澈一边极力想让自己保持清醒，抽身退开，一边却又放纵着自己沉沦下去，甚至，当背部那一双纤手开始不住游走的时候，他也不自觉地想要更多，手臂紧紧地箍住了柳腰，重重地压向自己的火热。

“嗯！”范小鱼从空隙中发出一声销魂的声音，双手开始撕扯某人的衣襟。

再这样下去……他一定会像爆竹一样炸掉的。几乎毫无招架能力的某人，挣扎着想要保持一丝清明。

你不该这样乘人之危的！他想要让理智严肃指责自己。

可是，为什么这种感觉这么的美好，这么的甜蜜，让人难耐地想要不顾一切地做些什么？

情感晕陶陶地发出如漫步云端般的飘然叹息。

丁澈觉得自己快分裂了。那熊熊的火焰席卷着他的每一寸身心，想要把他烧成灰烬，偏偏他还宁可就这样灰飞烟灭，只要最后一刻依然能和她在一起。

“呼……”

肺里的空气再一次被两个学不会教训的人儿挤光。

朦胧月色下，大口喘息着的范小鱼娇艳得像一朵怒放的鲜花，红唇微肿，像是饱满欲绽的花瓣一般颤动着，清纯而又妩媚地散发着令人无法抗拒的吸引力。

“丁澈……”范小鱼满足地叹息着，像猫一样用额头蹭着他的额头，抚摸着他已被扯开外衣的胸口，身体更是依着本能微微地蠕动着，想要更加贴紧他。

“什么？”丁澈沙哑地道，艰难地侧了一下身体，避开那最直接的接触。在经历这样甜蜜的折磨之后，在他浑身的火热依然在持续的时候，他不知道该怎么办，他

真的不知道该拿身下的这个美丽的女子怎么办。

身下？这个词陡然在脑中重复，令少年一惊，忙条件反射地放开她一翻身。

然而他却忘了，某人的手还搂着他的胳膊。这一翻身，两人之间非但没有如他期望的一般分开，反而又变成最初被某人扑倒的姿势。

“我喜欢这样……你喜不喜欢？”范小鱼迷蒙而娇懒地伸出一只手指，轻轻地滑过他的眼睛，他的鼻梁，他那带给她莫大快乐的嘴唇。

“我……喜欢……”

喝醉的人语音还很流利，没喝醉的却大起了舌头。不过，谁说没喝酒的人就一定没有醉呢？

“嘻嘻……那以后我们……常常这样好不好？”范小鱼快乐地提议。粉嫩的脸颊蹭过他的，然后往下滑到了胸口，叹息着贴在他的心脏上方，听着里头怦怦怦的心跳声。

“你……你是认真的？”丁澈不自觉温柔地搂住了她。

“嗯，比煮的还真。”范小鱼嘻嘻一笑，然后扭动了一下，长长地打了个呵欠，咕哝道，“唔……我困了……”

“困了就睡吧！”丁澈紧绷着又起了反应的身子，如蒙大赦地哄道。

“晚安前……要亲亲的！”范小鱼眯着快要睁不开的眼睛，抬起头，嘟起了红唇。

还要亲？再来一次他真就没办法克制了，丁澈痛苦地压抑着身体的渴望。

“快点嘛，就亲一下。”范小鱼撒着娇，绵软的部分又撩拨着丁澈的身体。

不行了！丁澈咬起牙，运起内力，飞快地点了下去。

咚……某人应指而倒，终于安静了下来。

丁澈忙拉下她的手臂，轻轻地把她推到一边放平，解放了自己备受折磨的身体。他急促地喘着大气，这才发现自己浑身上下早已湿淋淋的一片了。

而某个已经坠入梦乡的罪魁祸首，这会儿却还娇憨地嘟着嘴，散发着无声的诱惑。月色柔和地铺在她的身上，令她散发着淡淡的光晕，犹如祭台上神圣的供品。

必须立刻送她回去！不然他真的无法想象自己会做什么。丁澈强迫自己别开脸，站起来迎着夜风深深地呼吸着，努力地平复着身体的热度。

只是，她今晚到底是真醉还是假醉？那些话……到底是真的还是假的？

等她醒来了，她还会不会记得这一切？

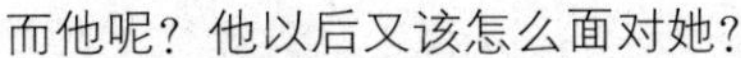

而他呢？他以后又该怎么面对她？

今天这一切虽不是他主动乘人之危，可是后来他却是有机会阻止而未阻止，甚至是……根本不想阻止。

只是，等她醒来之后，会不会恨他这样轻薄？虽然，真的是她先勾引他的……

原野上，夜风中，初识情滋味的少年的心全乱了。

事实证明，宿醉是可怕的，尤其是对于本来就没酒量的人来说。

次日，在几番挣扎后终于起床的范小鱼，抱着疼痛不已的脑袋到前厅吃早饭，有气无力地跟众人打招呼，“大家早。”

“姐，你起来啦？”范白菜忙放下筷子，跑过去扶她。

“嗯。”范小鱼甩了甩头，坐下来喝了一口春燕端过来的豆浆，皱着眉问道，“我昨天喝了多少酒啊？”

屋内顿时集体沉默。范小鱼疑惑地抬起头，却发现罗亶和岳瑜都躲着她的目光，尤其是岳瑜，俊美的脸庞早已红得像一团晕开了的胭脂，春燕和金铃几乎看得两眼发直。

“我昨晚一定闹得很不像话，是不是？”看到岳瑜红脸，范小鱼顿时汗了，忙求救似的看向范白菜。

“其实也没什么！”范白菜咳了两声，做出一副老先生的模样来，作势捋着很久之后才会有的胡子，一本正经地道，“只不过你唱了一首‘世上只有妈妈好’的曲儿，然后非要岳先生鼓掌，然后硬逼着亶哥哥喝了一整壶酒，还一掌把亶哥哥拍倒了！”

“就这样？”范小鱼很怀疑自己的酒品什么时候变得这么好了。

“大概就是这样。”范白菜嘻嘻笑道，“除了你还叫岳先生为‘岳美人’，然后叫亶哥哥为‘小亶儿’之外。”

“咳咳咳……”范小鱼猛烈地咳了起来，春燕忙上前替她抚背。

岳瑜的脸更是红得快要挤出水来了，额头几乎碰到了桌面。罗亶也红了脸，越发正襟危坐、目不斜视，宛如耳聋般地吃着早饭。

“小鱼，昨晚的事情你真的一点都不记得了？”范通试探地问道。

昨夜丁澈把她送回来时，他曾拐弯抹角地询问范小鱼是否曾经做过什么。当时丁澈坚持说范小鱼除了和他比了一会儿轻功之外，并没有做什么，只是后来不小心

摔了一跤，被他趁机点住了穴道。

可问题是，丁澈的衣领处分明湿了一大片，还满是酒味，神情间也残留了一丝狼狈和无法言喻之色。而且自家女儿那睡颜上分明挂着一种十分满足的神情，令他忍不住老脸发红地怀疑，范小鱼是不是也像调戏岳瑜和罗亶一样欺负了人家。可是这种事情，他就是再怀疑也不好意思问出口。所以，昨晚到底发生过什么事，如果范小鱼想不起来，那就只有丁澈一个人清楚了。

“不记得了。爹你又不是不知道，我每回喝醉后都不会记得自己做过什么。算了，我以后还是不要喝酒了。”范小鱼苦恼地看看满屋子神情诡异的人，叹了口气，然后郑重地看着两位少年道：“岳先生，亶儿，对不起。要是我昨天有什么过分的地方，你们可不要往心里去啊！”

他们的确不想往心里去，可又真的能不往心里去吗？

岳瑜和罗亶对视了一眼，交换了只有彼此才能领会的眼神后，又迅速分开。

岳瑜先低若蚊吟地道：“昨晚真的没有发生什么。”

罗亶也沉稳地点了点头，淡淡地道：“嗯，只是一壶酒而已。”

“真的?”范小鱼狐疑地看着他们两个，瞧了瞧旁边还在偷偷欣赏美色的春燕和金铃，打算等会儿问问她们两个。

“真的啦，姐姐，快吃吧。你忘了，今天我们还要和爹一起去看娘亲的。”范白菜给她夹了一个肉包，眼角眉梢都是调皮的笑意。

范小鱼嘴角抽搐了一下，只得暂时闭嘴。

吃饭吃饭，食不言，寝不语。

“铃儿，你老实告诉我，我昨天都做什么了?”

由于头实在太疼，没什么力气洗澡，因此吃完早饭后，范小鱼破天荒地让多嘴一点的金铃帮忙收拾自己，然后趁机打探。

“和小公子说的差不多。你先是唱了曲儿，然后叫岳先生‘美人’，让他鼓掌；又叫大公子‘小亶儿’，逼他喝酒。至于具体的，因为姑娘喝酒前老爷就让我们出来，所以奴婢们什么都没看见，只是听到了一些而已。”金铃一边笑嘻嘻地说着，一边轻柔地为她擦着光滑细腻的背部。自家姑娘的皮肤这么好，真让人羡慕啊。

看来是白问了，范小鱼翻了个白眼，“那后来呢？我真的只是睡觉了吗?”

老爹说后来她就睡着了，没发生什么特别的，可她隐隐觉得事情好像还不只如此，就是怎么想也想不起她昨晚到底干啥了。

“哦，对了，姑娘你不知道吗？你昨晚还出去找丁公子了。”金铃抿着嘴直笑，“后来还是丁公子亲自把你抱回来的。不过那个时候你已经睡着了。”

“我还去找丁澈了？”还被人家抱回来？这件事老爹怎么没跟她说？汗，以她之前的表现看来，她不会还去调戏了某人吧？

“是啊，姑娘出门时，还大声地叫着‘丁大美人’、‘丁大帅哥’什么的，好像都有邻居听到了。不过再后来婢子就不知道了……”金铃狡猾地又补了一句。

天哪，让她死了吧！范小鱼顿时囧得想一头扎进浴桶里，心里更是又慌又乱。比这个更可怕的是，她好像觉得昨晚她无意中还犯了件大错……可到底是什么大错，偏偏又一点印象都没有……

不行，她还是得再问问老爹去。

“真的只是这样？”听完了范通的解释，范小鱼还是觉得心中不定，“我真的只是乱叫了几声，要去找他比赛轻功，然后被他点了睡穴送回来而已吗？”

“丁公子是这么说的。”范通镇定地道，其实心中很是后悔昨天没有跟上去。就算范小鱼喝醉了不让他跟，可是为了女儿的名誉，他怎么也该守在一旁的。

这下可好，女儿一下子调戏了三个少年，偏生其中两个又可以确定都喜欢她。这笔糊涂账可该怎么了结啊？

“哦，那就好。”范小鱼也下意识地不敢再去深究，刻意引开话题道，“对了，爹，喝了岳先生配的药，我现在已经好多了。我们赶紧出门吧，不要让娘等急了！”

“嗯，我们走。”范通点了点头，又站住紧张地拉了拉新衣服，摸了摸头发，“小鱼……爹这个样子还可以吗？”

“当然可以了。这柳河镇上下谁不知道你和二叔都是超帅的？走吧！”

只可惜再帅也没有用，娘亲永远都不可能回来了。范小鱼同情地看了他一眼，主动伸手挽住他的胳膊，无言地鼓励。

范通笑了一下，拍了拍她的手，叫上早已等在外面的范白菜，一家人就此向城里走去。而范通的回忆，也随着一步步的行进，重新展了开来。

那时的年少，那时的甜蜜，那时的争吵，那时的痛苦……

他曾以为会幸福地和她相守一生，却终究失去了她；他以为此生再也见不到她，如今却马上就可以正面相对，而不必如前几次般偷偷地远望。

也许人生，本来便是这样的难以预料。

卢府内，弥勒佛似的员外郎卢子晁客客气气地接待了范通，然后请出了妻子。

昔日的夫妻一对视，叶芷燕心头一酸，水龙头又拧了开来。

不过，此刻屋子还有自己的三个儿女和现任丈夫，叶芷燕只流了两滴泪就强自克制住了情绪，问了范通几句“身体好不好”之类的话，又问范岱在哪里。听说范岱云游去了，她感叹地说，等范岱回来一定要好好谢谢他多年来对一双儿女的照顾，却并不谈起两人之间的当年。

卢子晁陪坐了一会儿，知道自己在场，妻子终究不方便和范通说话，便主动提出要带范小鱼姐弟去游花园，大方地给这一对昔日的夫妻腾出一个空间。

虽然他已和叶芷燕夫妻多年，可他知道，和范通的那段前缘始终是妻子心中的一个结，而这个结，总是要有机会才能解开的。

花园内，凉亭中。

范小鱼望着卢子晁，“卢大人，谢谢你对我娘这么好，更谢谢你对我们这么宽容。”

“我以前曾有过一位青梅竹马的夫人，可惜她难产死了，腹中的男孩也没能见到这个人世。后来，我曾想过要终身不娶，直到我遇见了你娘。”卢大人怜爱地摸摸依在自己身边的小女儿，目中满是慈祥，“我知道妇人生一次孩子犹如过一次鬼门关，你娘生了你们两个更是不容易。所以，那时候我就在想，若是能找到你们，我一定要把你们当做自己的孩子一般疼爱，不枉你娘十月怀胎、生育抚养之苦。记得你娘生怜儿的时候……”

“您听说母子平安后，就晕倒了。”范小鱼笑着插了一句，心里很是动容。这一位卢大人除了相貌不太好看之外，无论什么地方，都称得上是一位好丈夫、好父亲，如今，又是一位好继父。

“是啊！当时我真的是心都提到嗓子眼了。”卢子晁也呵呵地笑了起来。

“姐姐，爹说，我是上天赐给爹娘的宝贝。”怜儿笑嘻嘻地蹭着父亲，一脸的天真烂漫，扳着手指数道，“现在娘又多了两个宝贝，娘现在一共有三个宝贝了。”

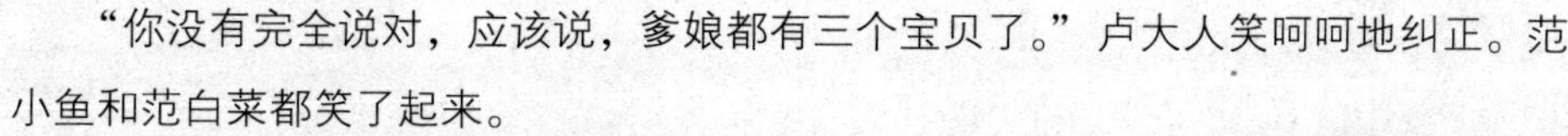

“你没有完全说对，应该说，爹娘都有三个宝贝了。”卢大人笑呵呵地纠正。范小鱼和范白菜都笑了起来。

一时间，温馨而欢快的笑声飘满了花园。

第四十七章

暧昧的拍拖

从卢府出来，范小鱼心情十分愉快地单独前往百灵阁，打算如果没有什么重要的事，就着手寻找合适的店面，开始第二事业。

她刚走进百灵阁，眼尖的柳园青就从一大帮人中挤了出来，气喘吁吁地跑上来报告，“东家，上次你不是说如果那位赵公子来了，就要为他清场吗？适才有人来通报，说他下午要来，让我们准备一下。”

“那就赶紧挂上包场的牌子，早些把场子打扫干净，准备好茶水点心。对了，茶叶要用最好的，但点心只需要挑一些味道又好又家常的就行，不必选贵的。还有，嘱咐一下大家，下午要拿出最好的状态来。”连打了两场官司，深知这个世道上权力的重要，范小鱼的心境难免有了一些改变。虽不会刻意去接近，但这种送上门来的机会她却是不肯放过的。

以后有没有好处先且不论，眼下却一定需要先服侍好的，毕竟人家可是正经八百的天子啊。

“好嘞。东家你放心，一切都交给我了。”柳园青忙高兴地去布置。

这两天除了看戏的，每天来询问学艺事宜的人那叫一个络绎不绝，全部需要他一一接待、签约、安排，就算晚上百灵阁关门了，还有人专门找到他的住处。他实在是忙得脚尖都不着地了，纵然他再能干，现在也实在有些吃不消了。今天只需要招待一个客人，他总算可以喘口气了。

小皇帝要来，还应该准备什么呢？范小鱼在书房中沉思着，突然想起那张人皮

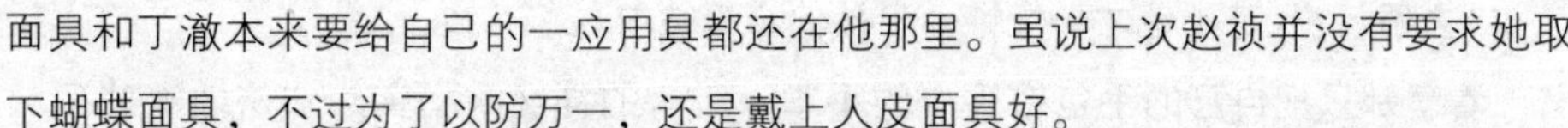

面具和丁澈本来要给自己的一应用具都还在他那里。虽说上次赵祯并没有要求她取下蝴蝶面具，不过为了以防万一，还是戴上人皮面具好。

想起这几天丁澈一直在柳河镇，范小鱼便直接出城。

可到了小院子，李香却说丁澈自从昨晚出去后，一直没回院子。

一句昨晚顿时勾起范小鱼心中的异样，让她想起了藏在心中的那份疑惑。她忽然很想向丁澈求证一下，不然她总觉得心里头像是有只小猫在使劲抓挠似的。

范小鱼扭头离开了老妇人家，又赶往城里，却不知道在她走后，丁澈就从围墙外闪了出来，远远地跟在她身后。

昨晚他是没回院子，但也没回城里，一直藏在范家不远处，看着阁楼想了一晚上的心事，直到早上才发现身上有异味，匆匆地回客栈洗澡换衣服。然后，鬼使神差地，他又跑去百灵阁附近等她，并跟着她回来。如今见她是来找自己的，他的情绪顿时又波动了起来。但小院却不是说话的所在，而且他也没有想好怎么面对她，只好继续跟着，同时十分小心地保持着距离。

不在柳河镇，客栈也没人，他到底跑哪里去了？

吹了一会儿暗号却等待无果后，范小鱼疑惑地走在子家胡同里。看着两旁一些老树飘着落叶，心情忽然莫名有些低落，头也仿佛隐隐作痛，忍不住伸手揉了揉。

“怎么了？”

一个柔和的声音忽然传入耳中，范小鱼抬眼一看，只见一棵落叶飘舞的枫树下，正静静地站着一个身影，白衣黑眸，丰神如玉，好像他已经在这里等了很久，又像是，他其实是一直都站在这里。

视线在空中交错间，那眸光似有一种前所未有的异样温柔，范小鱼的心不由得轻颤了一下，随即扬起了微笑。

“原来你在这里呀！”

“嗯。”丁澈直直地向她走了过来，本就修长的身形异常地挺直，目光一直平静地锁定她，再问，“你不舒服？”

他本来还在犹豫要不要出来见她，可一看见她那疲倦的神色，不自觉地就出声了。

“哦，没什么。”范小鱼忙放下了手，笑道，“可能昨天酒喝多了。”

“哦，那走吧！”丁澈走近她的身边，右手忽然伸了过来，准确地牵住范小鱼的左手，脚步未停地继续往前，好像这个动作他已经做了很多回似的，十分自然。

“去哪儿?”范小鱼才一怔忡，已被他牵着往前。

看着那只把自己的手包在手心的手掌，所有的神经末梢突然加倍地敏感了起来，掌心一下子变得烫烫的、热热的，而脑子却变得晕乎乎、乱哄哄的。

他为什么要牵她的手？他们之间有那么熟吗？也不对，他们之间是很熟了，可是再熟也不能这样吧？这牵手可不是普通朋友能做的，就算好朋友，好像也不大合适吧……啊……她糊涂了！

“带你去一个地方。”

丁澈貌似若无其事地拉着她，很快拐进一条宽一米左右、像是某处旧宅后门的狭窄小胡同，连头也没有回一下，可实际上，他的手心里早已紧张得沁出了细汗。

直到这一刻，他也不知道自己到底哪里来的胆量和勇气，居然不假思索地就这么做了。但是，当他清楚地感觉着手中的柔软，并在一瞥间瞧见范小鱼那傻傻的迷惑表情时，心里顿时充满了别样的满足和雀跃。若不是怕吓着她，他甚至想要跳起来、跑起来，借此宣布他此刻的开心和快乐。

“什么地方啊?”

范小鱼红着脸，想要挣开他的手，却又怕自己显得太大惊小怪。只不过是拉拉手而已，又不是什么……

又不是什么？范小鱼一惊，心跳再度紊乱了起来。为什么她觉得，他们之间好像曾经发生过比拉手还严重的“什么”?

看着前面正好可以瞥见完美侧脸的丁澈，范小鱼想起金铃说她一直在大呼“丁大帅哥”、“丁大美人”……吓得一下子顿住了脚步，差点惊呼出声。

汗，她不会真的非礼过人家吧?

感觉到小手处传来的拉力，丁澈下意识地回头看，却见范小鱼正掩着小嘴，瞪大了眼睛，吃惊地看着他。

她想起来了？望着她那掩嘴的小手，丁澈的眼眸陡然深了起来，也停住脚步，深深地看着她，却没有说话。

“那个……我想问一下，昨晚……我爹说，昨晚我去找你发酒疯了……”丁澈那异样的眼神让范小鱼觉得有些慌乱，忙放下手困难地组织着言辞，目光闪烁不定地看着他完美的鼻梁，“我想问一下，我……我有没有做什么丢脸的事?”

“丢脸的事?”丁澈紧紧地注视着她不住颤动的眼睫毛，骄傲的剑眉冷峻地蹙了起来，她后悔了?

“嗯，我每次喝醉，好像都会出丑，所以……”范小鱼忽然觉得有些口干舌燥，忍不住舔了一下唇，却“所以”不下去了，犹如犯了错的小兔子一般战战兢兢、手足无措。

从她的神情中看出她只是单纯的迷惑，再见她的小动作，丁澈眉眼间的冷凝一下子融化。他手指微微用力，进一步扣紧她的小手，哑声道：“不，你没有出丑，你教会了我一件事情。”

一件令他终身难忘，时时想重温的事，就像现在，就像此刻。

“我教会了你一件事情？什么事情？”由于诧异，范小鱼一时忘了要避开他那充满奇怪神色的眼神，然后，她的视线就仿佛不小心撞上蜘蛛网的可怜小虫一样，再也挣脱不出来。

砰砰砰！原本有些忐忑的心脏一下子像加足了电力一般，迅猛而又急促地跳动了起来，心跳声一下下撞击着她的耳膜。为什么她觉得他的眼神突然变得好……好……怪异，怪异得她都有点不敢直视了。

“等你想起来，你就知道了。”

已经烙印在脑中的甜美记忆催促着丁澈赶紧抓住机会，可是从她眼中流露出来的迷惘却又让他理智地止步。

她的眼睛告诉她，她是真的忘了醉后的一切，不是存心玩弄他，所以，他应该耐心一点，冷静一点，而不是冲动地犯下大错。何况手心中的僵硬提醒着他，她正在紧张之中。他不能这么急，不能吓跑了她。

“这不是废话吗？想得起来我还需要问你啊！”

丁澈虽然只是单纯地看着她，并没有拉近两人之间的距离，可范小鱼还是感觉到从他身上传来的无形压力。再加上那种无法掌控一切的挫败感，她终于恼羞成怒，忍不住皱起眉头先发制人地瞪他。

“呵呵呵……”丁澈闷笑了起来，双肩不住抖动。

又这样笑？她最讨厌这种笑了。好像她一下子变成一个傻子、一个小丑似的，明明所有人都知道她做了什么，却只有她一个人被蒙在鼓里。

“不说拉倒！”又生气又心虚的某条小鱼终于耐不住这种令人窒息般的等待，用力一甩手，就要转身逃开。

“小鱼！”

丁澈忙止住笑，拉紧了她的手不放，同时手臂一收，令某条不防备的小鱼差点

反撞进他的怀里，幸好她及时地止住了身形，右手反射性地先一步抵在他的胸口。

可饶是她反应迅速，两人之间的距离还是被拉近了许多，加上狭窄的胡同所带来的逼仄感，整个世界顿时仿佛只剩下这方寸之地。

“不是我不想说，只是你现在肯定不会想知道的。”丁澈低头注视着已经比自己矮半个头的范小鱼，气息微吐，声音沙哑地道。

范小鱼僵硬着身体，一双睫毛欲抬又不敢抬，目光只敢停留在他的胸口，有些局促，有些慌乱，更觉得有一种不敢正视真相的害怕。

她很想大声说她就是想现在知道，可是，这句理直气壮的话却迟迟地吐不出口，只好这么别扭地僵持着。

“走吧！前面有个废弃的旧园子。我知道里面有一种草药的汁液对治疗宿醉很有效。”不敢把她逼得太过，丁澈不舍地放开了她的小手，向前走去。

“不用了，我已经喝过醒酒药了。”他一退开，空间立时扩展了开来，莫名的压力也随之消失。范小鱼忙镇定一下心神，想起了自己原来的目的，“我来找你，是想拿那张人皮面具。那位赵公子今天要来看戏，我想还是小心点好。”

“他要来?”丁澈讶然地回头。

“嗯。”范小鱼点头，顺手勾了一下一缕散发，垂眼道，“我的头真的不疼了。我们还是抓紧时间吧!”

丁澈顿了一下，道：“不差这一时，你等我。”

说着，人已向前掠去。

昨晚，到底发生什么了？她到底教会了他什么？为什么他会说她现在不会想知道？这和他突然牵自己的手有关系吗？

范小鱼立在陈旧的胡同里，看着那个白色的身影远远地翻进一堵高高的围墙之中，心中一片茫然和不安。可是在这茫然不安之中，却又有一种更强烈的东西，说不清道不明，只知道是自己从来未曾经历过的。

难道他们这样子，算是在暧昧地拍拖吗？可是这样会不会算是早恋？他才十七，她才十六……哦，不对，她早就不止十六了，肯定是有资格的，以前都谈过一回了，虽说那只是一段平淡得连 KISS 时都没特别感觉的短暂恋情，可是……天哪……她到底在想着些什么？

一向以冷静成熟自诩的范小鱼，觉得自己更像那只被黏在蜘蛛网上的虫子了。脑子里一团团的，全是黏黏的蜘蛛丝，挣不开也理不清，反而越想越乱。

或者，她应该什么都不想比较好！对，这些东西都太早了，太虚无了，她不要想，不要想……

于是，当某人拔了几株草药回来的时候，狭窄的胡同里，早已空空如也！

她逃了？

丁澈望着手中的草药，嘴角缓缓地上扬了起来，笑容也一点点地扩大开来。

她若是一点感觉都没有，当自己牵住她的手时，为什么没有反抗？她若是一点都不在意，以她那性子，又何须逃走？而且连要易容的事情都忘了？

丁澈一路傻笑着走回了客栈，打算亲自为某个逃兵送东西过去，但一进屋就发现没这个必要了——此刻他的大包袱正被大大地摊开在桌上，而包袱里头，明显少了一个小包袱。

小皇帝赵祯如期而来，还带着一群名义上的朋友，分批在四周围坐了下来。

范小鱼当然知道这些所谓的朋友其实都是侍卫。别的不说，他们虽然假装自然地和赵祯同座，私底下却僵硬得屁股只沾了一点椅子边。精明的柳园青也察觉出一点什么，不由得紧张了起来。

“不用这么紧张，如常招待就是了。”范小鱼对他笑道，又想了想，便亲自走过去打招呼，直率地笑道，“赵公子，我们百灵阁可是又欠了您一个人情了。”

赵祯微笑道：“叶姑娘此话怎讲？”

范小鱼笑道：“难道前几日的官司不是赵公子帮的忙吗？”

此话一出，气氛倏地紧张了起来。周围那几个侍卫一下子散发出逼人的压力。

范小鱼体内的真气险些被这些杀气激得震荡起来，忙掩饰性地做出被惊吓到的慌乱神情，诧异地看着周围的侍卫。

赵祯眉头一皱，微一环视，那些侍卫立刻敛了杀气。赵祯这才温和地微笑道：“你怎么会认为是我帮忙的？”

“小女子是猜的。”范小鱼轻拍了一下胸口，深吸了一口气，道，“因为那天小女子和赵公子讲了冤情之后，第二天官府就大大改变了态度，而且还查出了很多桑家为非作歹的事情。事后，小女子左思右想，总觉得这场无妄之灾不可能忽然无缘无故地消于无形，定是有贵人知道我们百灵阁是冤枉的，所以才仗义相助。而小女子近段时间以来，只认识了赵公子您这一位一看就知道气度不凡的公子，所以小女子斗胆猜测，那位贵人一定就是赵公子。”

“哈哈哈哈，叶姑娘果然聪慧过人。”被她这么一夸，赵祯大感舒服，觉得她这番话比大臣们那些华丽的恭维要悦耳许多，不由笑问道，“叶姑娘既然猜出了此事和我有关，可能猜得出我是谁?”

范小鱼笑道：“小女子要是猜错了，公子可莫要生气。”

赵祯笑道：“不生气不生气，你说。”

“我猜呀，您一定是位王侯，而且平日里还能见到皇上的。”范小鱼抿嘴笑道。

“哦，此话又怎讲?”

“很简单啊。公子您姓赵，又是如此贵气；还有，若您不是王侯，又怎么能这么快就让官府查清所有的冤情，还劳动天恩，让皇上亲自下旨，既为我百灵阁申了冤，又慧眼识人，发掘出吴大哥那样的人才，破格提携他当官呢？所以，小女子猜想，公子一定是皇家中人，而且一定深得皇上的宠信。”

赵祯又开怀地笑了起来，不说是，也不说不是，也没有追问范小鱼何以会称呼吴言之为大哥。

范小鱼当然也不会去追着求证自己早已知道的事实，只是又起身郑重地向他拜谢，然后微笑道：“瞧我，竟然忘记公子今日是专门来看戏的。”

说着，她拍了一下手，柳园青立刻亲自送过来一个本子和一个木架子，同时台上的戏锣也开始敲响。

“赵公子，这是《牛郎织女》里的对白唱词。小女子怕您第一回来，听不惯那些咿咿呀呀的内容，所以公子您可以边看戏边看本子，这样就会有趣味多了。”范小鱼把木架子放到赵祯的旁边，摆上剧本，然后在旁边翻给他看，细微处尽显恭谨却又不流于阿谀。

“叶姑娘真是有心了。不过这种翻本子的事还是不劳烦叶姑娘了。”赵祯笑道。李德立刻上前一步，替代了范小鱼的位置。

“那小女子就不打扰了，请赵公子慢慢欣赏。欢迎多提宝贵意见。”范小鱼早知道对方不可能容许自己这么近地站在皇帝身边，反正自己也无意像奴才一样为赵祯翻书，方才不过是做个姿态而已，因此她一笑之下，行礼退回到一旁。

赵祯点了点头，随即看望舞台。

他虽然身为天子，向来只接受最正统的教育，但毕竟十分年轻，有些少年天性是压也压不住的，因此没看一会儿，就被深深地吸引住了。

这一次的演出，一如往日般成功，而且因为范小鱼全程都在观看，众人表现得更为卖力。赵祯自然也看得极是满意，龙心大悦之下，挥手就是一笔高额的包场费。

“赵公子，这钱我们不能收。您是我们百灵阁的大恩人，我们无以为报，就是专门为您演上十场也是应该的，怎么还能收您的银子呢？不行，不行。”范小鱼一再推辞道。

“嗳，你不是说我是王侯么，既然是王侯，自然有责任为皇上为大宋子民尽一份心力，又岂能反倒让百姓破费？就这么定了。叶姑娘切莫再推辞，再推辞可就不是之前那位爽气的百灵阁东家了。”赵祯笑道。

话已至此，范小鱼只得收下。

送赵祯出门，见他在众人的护卫下坐上了马车，范小鱼正欲转身，却忽然打了个寒战，想起了一个十分重要的问题。

从赵祯今天的反应来看，他明显是很喜欢这样的新戏的。只是他作为一个天子，纵然现在还没有亲政，实权还在刘太后的手中，这出宫肯定也不是想出来就出来的。到时候倘若他懒得再跑，或者是那位太后不允许他出来，而他又想要看戏，那百灵阁不就很可能要进宫了吗？

这进宫可非比寻常，审查不用问都知道绝对很严格，甚至可能不把她祖宗十八代都挖出来绝不罢休，到时候她可就是欺君之罪了。这么一想，范小鱼顿时沁出了一身冷汗，一个念头极快地浮了出来。不行，为了以防万一，她必须得想办法赶紧开溜了。

范小鱼在书房里独坐了一会儿，想起范通曾建议她解散戏班子，不由若有所思。

如今正在对外扩招之际，戏班子当然不能解散。她也不想让自己多年的辛苦付之东流，让好不容易创造出来的这股娱乐新潮就此败落。不过，她留着戏班子也只是想让民间将这种曲风和完整的戏剧结构延续下去，而不是为了银子，那么，何不索性把戏班子的大半股份交出去呢？

范小鱼仔细地思忖了一会儿，觉得柳园青虽然不是一个完美的人，但多年来尽心尽职，也算是个不错的人，当即下了一个重大的决定。

“东家，您就不能晚些时候回乡吗？如今全京城的瓦子勾栏，还有那些闲散的优伶技工都来找我，您要是一走，小人实在处理不来啊！”听说范小鱼要“回乡”

两个月，本就已忙得不着边的柳园青顿时哭丧起脸来。

“你不要摆出这么一副可怜兮兮的模样来，我知道凭你的能力，应付起来还是绰绰有余的。”范小鱼笑骂着，顺手给他戴了顶高帽子，“何况我虽然走了，但是二鹰卫还在，有事你也可以找他商量。至于人手，如今百灵阁已无须像以前那般保密，你可以自行做主找几个得力的助手。其他的，按照我们以前制定的做，大方针大原则不变，小处你通融一点也可以，我相信你的分寸。”

这两个月等于是试用期，作为辛苦的代价，范小鱼在原来的基础上又给柳园青增添了一成股份。

若是柳园青表现得很合格，等她“回乡”之后，柳园青就会发现还有一个天大的惊喜在等着他。而班子里的其他成员，她也会用丰厚的回报来加长合同期，甚至是签订终身合同，巩固每个人的专业并鼓励他们自行创作，让百灵阁真正成为这个时代的戏曲先祖。

初步解决了这一大桩心事后，不知是因为用脑过度，还是昨天的宿醉还在折磨她，范小鱼又开始头疼起来。于是，她让柳园青去整理一下计划，在她还未离开的两天内把所有事情都安排好，自己则回到阁楼，卸了易容，又坚持等了一刻钟，把面具晾干收好，才到街上雇了辆牛车回家。

回到家里，被范小鱼勒令在家休息的罗亶第一个迎了上来，见她面色有些苍白，顿时吓了一跳，忙走过来扶她，同时高声地呼喊岳瑜。

“姐，你怎么了？”范白菜猛冲了出来，大惊失色地扶住范小鱼另一边。

范小鱼哭笑不得，“只不过是稍微有点累罢了，你们这么紧张做什么？”

“快先进屋吧。”岳瑜也紧张地道，和两人一起簇拥着她到屋里头坐下，便开始搭脉。

“我真没事，可能就是昨晚酒喝多了而已。”范小鱼受不了大家忽然这样围着她，好像她是个风一吹就倒的弱女子一般，要知道，她这几年来可是一场病都没有生过，身体简直再好不过。

只是，这会儿谁也不相信她。谁说从来没生过病的人就一定不会生病呢？大夫没发言，当然一切不算。

半晌后，岳瑜终于放开了手。

“岳先生，我姐怎么样了？她哪里不舒服？”范白菜急道。

“从脉象上看，并无大碍。只是小鱼最近思虑过度，太过劳神，再加上宿醉未

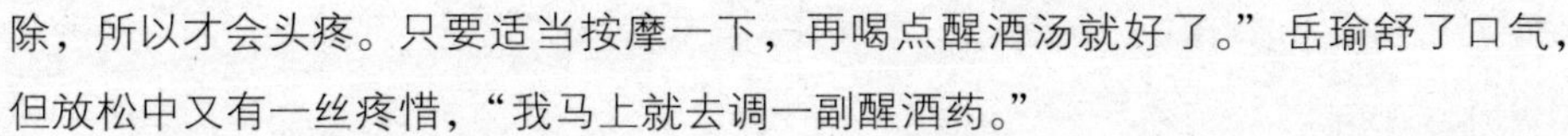

除，所以才会头疼。只要适当按摩一下，再喝点醒酒汤就好了。”岳瑜舒了口气，但放松中又有一丝疼惜，“我马上就去调一副醒酒药。”

说着他就站起来走了出去。

“姐，我给你揉揉!”听说是劳神所致，范白菜忙心疼地站到范小鱼身后，一边为她轻揉着太阳穴，一边劝道:“姐，现在官司打完了，我们也不怕人家再来欺负，以后你就不要再那么操心了!”

“冬冬说的没错，眼下戏班子已经没有大事，纵然要招徒，让柳班主去办就是了。小鱼，这几天你就在家好好休息吧。戏班子那头有我在，你尽管放心。”罗亶也低沉地道。

“我真的没事，你们不要把事情想得那么严重。”范小鱼笑道，“而且，我已经决定要把百灵阁慢慢转手了，以后就当个甩手掌柜，只拿分红，偶尔出个剧本，不再管那么多了。”

说着，她把自己的顾虑和想法告诉了两人。

范白菜第一个欢呼了起来。

这些年来，姐姐为了全家的生计而不得不从事低贱的行业，纵然他口中没提，可心里一直很愧疚，所以一心想要博取一个功名，当个官儿，让姐姐不要再这么辛苦。如今范小鱼说要慢慢脱离这一行业，他自然是开心不已。

过了一会儿，岳瑜端着药汤过来，说里面还加了一点安神药，希望范小鱼好好地睡一会儿，什么都不要想。范小鱼含笑接受了他的好意，在三个少年的看护下，乖乖地把一碗汤都喝了下去，然后由范白菜亲自搀扶着回到闺房。

“姐，记得不要再操心，身体要紧，免得爹娘都要担心。”范白菜像哥哥似的给她掖好被角，郑重地嘱咐道，打算等她睡了再下去。

“好，听你的，小老头一个!”范小鱼伸出手轻刮了一下他的鼻子，忽然听到院子里有悠扬清越的笛声传来，仿佛在催人入梦。她知道这是岳瑜想让她更安心，不由微微一笑，正想说些什么，安神药却慢慢地开始产生作用，倦意一波波地涌了上来，她迷迷糊糊地沉入了梦乡。

一觉醒来，天色又黑了。

睫毛未颤动之前，先一步苏醒的警戒就提醒她房间里有人。她一睁眼，只见一双黑亮耀眼却又温柔无比的眸子就挂在她的上方，带着一抹沉思更带着满满的深情，凝视着她。她刚一惊，就觉得有一股巨大的困意袭来，便又睡了过去。

第四十八章

合伙开饭馆

再次睁开眼睛时，脑中还残留着之前警戒的范小鱼立刻扫了一眼房间，看见站在窗前的一道身影，忙迅速仰起上身，喝道："谁?"

"是我。小鱼，你好些了吗?"窗前的人忙转过身，经过桌子时，掏出火折子点了灯，然后疾步走了过来，很自然地伸手摸她的头，柔声问道，"头还疼吗?"

"爹?"范小鱼疑惑地坐稳，"你一直在这里吗?"

"我回来后听说你不舒服，就在这里了。"范通为她理了一下有些散乱的头发，慈爱地追问，"现在好些了吗?"

"哦……我没事了。"范小鱼有些恍惚地道。难道之前看到丁澈在深情地望着自己，是在做梦吗?

应该是梦，那家伙怎么可能这么看自己？范小鱼快速地反驳了自己的疑惑，可是白日里在子家胡同的那一幕却又自动地浮了上来，他牵住她的手……

"是不是还有哪里不舒服?"看见她发怔，范通顿时一阵心慌，赶忙起身，"我去找岳先生。"

"爹!"范小鱼忙拉住他，垂头掩饰住脸上的羞意，随便扯了一个谎言道，"我只是还没有睡饱。"

"那你再睡一会儿吧。要是醒了叫一声就行。厨房里炖着燕窝，醒来就可以吃了。"说着，范通就要扶她躺下。

"不，我不想睡了，起来洗个脸就好。"范小鱼忙摇头，又蹙眉道，"爹，你买

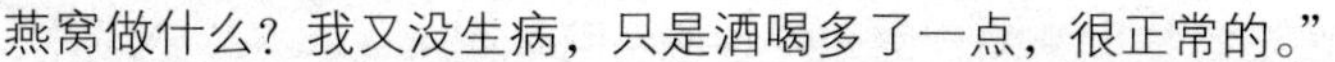

燕窝做什么？我又没生病，只是酒喝多了一点，很正常的。”

“谁说只是酒喝多了？岳先生明明说你过于劳心劳神，才会头疼的。”范通坚持不肯让女儿起来，愧疚地道，“都是爹没用，才让你小小年纪就不得不挑起一家的重担。爹不是个好爹。”

“好好的，说这些做什么？娘现在不是找到了吗？”想起叶芷燕，看看老爹失神的样子，范小鱼有些不忍，柔声道，“爹，娘现在已经有了好归宿，你也该放开为自己着想了。”

“我……我着想什么……”范通忽然慌了起来，避开眼去。

“老爹，你怎么这么奇怪？”范小鱼疑惑地眨了眨眼。她只不过是随口说了一句，怎么老爹反应就这么强烈，不会是他已经有第二春了吧？“难道你有喜欢的人了？”

“没有没有……我哪有什么喜欢的人！”范通的脸立时红了起来，忙放开她。

“真的没有？”忽地，那日和丁澈从夜市上经过时看到的一幕又浮上心头，尤其是那一声“范大哥”，范小鱼眼珠子一转，笑吟吟地道，“爹，我想吃夜市东街头的馄饨，你帮我去买一碗吧。”

“啊？”这一下范通更是惊跳了起来，一下子离开了床沿，又是窘迫又是吃惊地看着范小鱼，“你……你……”

“果然是那个馄饨西施。老爹，你瞒得我们好苦呀！”范小鱼幽幽地道。

“不……不是的……小鱼，你别……别误会……爹……我……我们不是……不像你想的那样。”范通顿时大急。

“说话都结巴了，要说没有问题，谁信！”范小鱼再也忍不住地大笑了起来，一边笑一边指着恨不得找个地洞钻下去的范通道，“爹，你也三十好几了，早已是个堂堂的男子汉大丈夫，喜欢就喜欢，有什么不好承认的？难道你是怕我和冬冬会怪你？”

“姐，爹怕我们会怪他什么？”范白菜看见屋里亮起了灯，便端着燕窝走了上来，正好听见最后一句。

“小鱼！”范通十分窘迫地叫了一声，语气中带着哀求之意。

“爹有喜欢的人了，怕我们不同意。”范小鱼才不理他。

范白菜眨巴眨巴眼睛，好像半天才消化了这个消息，然后突然冲范通挤了一下眼，“爹，原来你和二叔都不是和尚呀！”

扑哧……范小鱼忙把已经接过来的燕窝端得远些。阿弥陀佛，幸好她还没吃，不然春燕就要洗被套了。

这一晚，范通虽然一再申明他和那对可怜的母女真的没什么，不过就像是以前帮助过的所有人一样，偶尔帮她阻止一下流氓的欺负而已，但仍逃不过一双儿女的“严厉”逼问，被从头审到尾，一丝细节也没放过。

然后，范小鱼再一次感叹了命运的神奇。

那个馄饨西施居然就是自己刚穿越过来时，范通用本该买米盐的钱去救助的那一位年轻寡妇。那会儿，那个寡妇便已经有了遗腹子。本来这件事对于范通来说实在再平常不过，可没想到六年多后，竟然还能再次遇到她们。

母女俩讨生活不容易，范通知道她们常受欺负，于是一来二去，两人便有了来往。

“这样吧，爹，我不是要打算要开酒楼吗？让那位仇九娘来帮我们。只要她能通过我和冬冬的考验，而且对爹您也是一样的心，那我们就不反对她来做我们的二娘。”范小鱼爽快地做了决定，“反正娘已经不可能回来了，我们刚认了一个亲妹妹，要是再来一个妹妹，那才热闹呢！”

“是啊是啊，爹，你明天就带我们去见见那位仇大婶吧？”

见姐弟俩一唱一和，范通真的急了，“小鱼，你要相信老爹，仇家妹子和爹之间真的没什么，我们真的没什么的！”

他才找到了小鱼和冬冬的亲娘，就算夫妻无法破镜重圆，可也不能这么快就找第二个女人啊！

“耳听为虚，眼见为实。就这么说定了，明天先去见人。”范小鱼故意道，然后给范白菜使了个颜色，“我要换衣服了，冬冬，把老爹拉出去。”

“是！”范白菜嘻嘻哈哈地推着犹自分辩不休的范通就往外走去。

屋内，范小鱼笑弯了腰。哎呀，她家这对双胞胎还真是两个活宝，要么就闷骚许多年，屁都不放一个，要么就一下子时来运转，桃花朵朵开啊！

虽然范小鱼故意说第二天就要去见那个馄饨西施仇九娘和她的女儿戴云英，不过要把百灵阁丢开，还是有很多地方需要考量。光是和柳园青以及罗亶商讨各项事宜，就花费了一整天的工夫才敲定了大致的运行环节。

到了下午，卢府又派人来接姐弟俩一起过去玩，并在府中用晚膳，结果他们等到快关城门的时候才告辞回家，根本腾不出时间询问范通。范通因此很是松了口气，但随着第二天的天亮，他又紧张了起来，干脆一大早就溜了出去，把姐弟俩几乎笑死。没想到老爹碰到感情的事居然这么害羞，真不知道当初娘亲是怎么嫁给他的。

不过范通溜出去了，夜市又是晚上才开，姐弟俩就是想找那个仇九娘也无处可找。范小鱼便让范白菜在家里安心读书，自己则一个人进城去瞧瞧有没有合适的店面。

如此一逛，又是一日过去，回家依旧是团圆吃饭，聊天睡觉，生活十分平静而安宁，只是心里似乎总隐藏着一点令人心慌的情绪，让她再不能像往日般很快地沉入睡梦之中。

两天了，他一直都没有再出现，而那一天那一眼，究竟是真还是幻？

范小鱼把自己当成鸵鸟埋了起来，固执地不肯去探究自己的内心。

第三天，范小鱼一大早就把范通堵了个结实，让他去找一下房子，半句都没提仇九娘。范通这才放下惴惴的心，积极地奔波了起来，四处打听消息。

这样又找了一天，店面是有几处，但不是位置不好，房舍结构不合适，就是消费群不符合范小鱼的预定计划。

到了傍晚，范小鱼在城门口和范白菜会合后，按照预谋，早早地藏在了夜市的某处角落里。不多久，果然等到了挑着担子陪着仇家母女一起出来摆摊的范通，姐弟俩顿时得意地相视一笑。那个笨蛋老爹，还以为他们终于放过他了，哪知道他们早准备到这里来等他呢？

“姐，那个就是你说的仇大婶呀？”范白菜偷偷地打量着远处的母女。

“是啊，你瞧那个小女孩是不是有点像小时候的你？”长得有点不够营养，个子小小的，眼睛大大的，有些羞涩，有些怯怯的，唯一不同的是，当她看向忙碌的范通时，眼睛里满是崇拜和渴望。

范白菜摇了摇头，“我一直有姐姐、爹和二叔疼，可她还没生出来就没有爹了，她比我可怜。”

范小鱼温柔地笑笑，静静地看着范通到夜市后面的一户人家中拿出借放的桌椅，一一摆好，又对仇九娘说了几句话，摸了摸小女孩的头，然后就急急地走了。

她知道，他是想赶回去和姐弟俩一起吃晚饭。

“姐，我们不出去见他们吗？”范白菜有些疑惑。

“嘘!”范小鱼拉着范白菜藏得更深，等范通匆匆地经过之后，才笑道，“放心，爹现在很敏感。回家后如果发现我们俩都不在，他一定会回来的。”

“那我们就这样等着吗?”

范白菜嘻嘻地笑了起来。他如今虽然已经十四岁，在别人面前也展示了小大人般的成熟和少年应有的活泼，但在范小鱼面前，却总是不自觉地流露出一贯以来的孩子气，以至于范小鱼一直都觉得他才十岁左右。

“当然不。我们先逛逛，然后吃馄饨去。尝尝馄饨西施的手艺。”范小鱼大摇大摆地走了出去，有意挡住长得和范通很相似的范白菜，就在附近一边闲逛一边不时地看着馄饨摊的情况。

“馄饨，又大又鲜的馄饨!”

母女俩的一唱一和中，很快就有人走过来打招呼，“馄饨西施，来一碗。”

“好嘞!客官您请坐，馄饨马上就好!”母亲下馄饨，小女孩则马上拎了一把大茶壶去给客人倒茶。

一会儿后，客人渐渐地多了起来，也有些人拿了盆子带回去吃的。母女俩忙得脚不沾地的，很快就满头是汗。

客人吃完了馄饨，小女孩赶紧抹桌子洗碗，洗净后，又用开水连烫了两遍，再整整齐齐地倒扣起来，动作十分娴熟。只是她小小年纪就要做这么多活计，而且一不小心就可能被烫着，让人看着实在有些心酸。范白菜只瞧了一会儿就不忍起来。

“姐……”

“嗯?”

“就算爹真的只是单纯地想帮这位大婶，不是想娶她做二娘，我们以后也请小妹妹的娘到店里去帮忙，好不好?”范白菜恳求地看着范小鱼。

“好啊。”范小鱼笑了笑，“别的不看，就看她们这么勤快地自力更生，姐姐就请定了她们。”

“那我们现在就过去吧，我想吃了。”得到姐姐的承诺，范白菜一下子又开心起来。

两人走过去时，仇九娘正背对着他们在收钱，小女孩率先迎了上来，“大哥哥，大姐姐，吃馄饨吗?我们家的馄饨可好吃了。”

“是吗?那就给我们来两碗。”范小鱼选了一张桌子坐下，微笑道。

“娘……”小女孩高兴地回头喊。仇九娘也听到了，送走了那位客人，很自然地赔着笑脸转过身来，看见范白菜，顿时一怔。

小女孩见娘亲不说话，不由得也看了看范白菜。这一看，她两只大眼睛顿时惊奇地睁大，悄悄地走到仇九娘身边，低声道："娘，他长得好像范伯伯呀！"

"快去给客人倒茶。"仇九娘只愣了一下就镇定下来，冲他们点了点头，转身去下馄饨，不过她那挺得笔直的脊背，还是暴露了她的紧张。

"哦。"小女孩忙擦干了手，取了碗过来倒茶，像小兔子一般有些羞涩地笑，"大哥哥，大姐姐，请等一下，馄饨马上就好。"

"我来我来！"范白菜哪好意思让她倒茶，忙拎过茶壶自己动手。

"谢谢大哥哥！"小女孩发出蚊子叫一般轻的声音，接过用完的茶壶跑到了仇九娘的身边。这一回她却没有再脆生生地叫卖馄饨了，而是一直偷偷地打量着他们姐弟。

"小妹妹，给我也来一碗。"

范小鱼正在打量着仇九娘，忽然看见昏黄的灯光下出现了一个熟悉的身影，带着明珠般温润的笑容，闲庭信步般向这边走了过来。

他怎么来了？范小鱼的胸口突然一跳，和他眼神交错的那一刹那，几乎想立刻转头当做没看见，可惜丁澈已微扬着剑眉，眼眸紧紧地锁住了她，含着笑招呼道："小鱼，冬冬，你们也在啊？"

"丁大哥，你也来吃馄饨呀？"范白菜听到声音，也回头看，见是丁澈，很自然地招呼道，"来，这边坐。"

范小鱼有些僵硬地点了点头，勉强笑了一下，趁着丁澈和范白菜对视的时候，赶紧垂下了眼，但马上又暗啐了自己一口。切，牵她手的人是他，怎么反而是她像做贼似的心虚不已？她好歹也曾在开放的前世活过一回，是谈过一次恋爱的成熟女人，居然害怕一个十七岁的未成年少男，这也太丢脸了吧？

这样一想，范小鱼便镇定地抬起头来，看着正矮身在小桌边坐下来的丁澈，若无其事地道："怎么今天不去陪你嬷嬷？"

"今天正好有点事。"丁澈接过小女孩送过来的茶壶，也自己倒了一碗，然后还给小女孩，冲她笑了笑。接着他望向范小鱼，好像很随意地问道："对了，你的头疼好些了没有？"

说着，浓密的睫毛有意无意地眨了眨，仿佛在提醒着什么似的。

范小鱼不禁又莫名地心慌了起来，忙若无其事地道："已经全好了。其实也没

什么，只是有点宿醉后遗症罢了。”

“那就好。”丁澈微微一笑，转而和范白菜闲聊了起来。

过了一小会儿，馄饨端上来了。

“姐，很好吃呢！”范白菜舀起一只馄饨，咬了一半，脸上顿时现出惊喜之色，呼呼地吹了口气，一口把剩下的一半吞了下去。

范小鱼也轻轻地咬了一口，特意在口中回味了一下，发现食材虽然简单，但味道却很家常、很地道，便微笑着点了点头。

丁澈不慌不忙地舀起一个馄饨，先抬眼对范小鱼微微一笑，这才优雅地吃了起来。

吃就好好吃，看什么看！范小鱼在心中腹诽，低头去舀另外一只。

一时间，三人都很安静地吃着，没注意到那对忙着干活的母女听到夸奖后，脸上都露出了微笑。

十只热气腾腾的大馄饨很快就落进了肚子，三个人都吃得脸上冒汗。

范白菜捧起碗喝下最后一大口汤，满意地舒了口气，正准备对范小鱼说吃得很过瘾，却见丁澈微笑着，将一块蓝色手帕递向范小鱼。

“擦一下吧！”

看见递到面前的手帕和那一只修长洁净的手掌，范小鱼不由一怔，第一个反应就是心虚地看了一眼弟弟，却见范白菜正惊讶地看着她和丁澈，眼中似有了然之色。她原本就因喝了热汤而红润的脸，顿时越发的嫣红了起来，下意识地往后一仰，顺手拭了一下脸上的细汗，竭力平静自然地道：“不用了。”

丁澈本来也没指望她会接，只是想起她居然躲了自己好几天，就忍不住故意在范白菜面前暧昧地逗弄她，好看看她的反应。现在看到她无意中流露出来的微妙神情，他忽然觉得很是开心。

不过凡事应该适可而止，而且他们姐弟也不可能无缘无故地跑到这里吃馄饨，事关人家的家务事，他还是先回避一下。

于是丁澈站了起来，笑道：“冬冬，你难得来城里，今天丁大哥就做个小东，改天再请你吃顿好的。丁大哥有事先走了。”

不过是两个小钱，范白菜自然不会跟他客气，便挥手道：“丁大哥有空来我家吃饭。”

丁澈回头一笑，经过小女孩身边时，顺手往她小手里塞了一块银子，不等母女俩反应过来，就消失在逐渐热闹起来的人群之中。

“这……”仇九娘接过女儿递过来的银子怔了好一会儿，欲待叫唤丁澈，可他已不见，只好疾步走了过来，尴尬地捧着银子对范小鱼道，“范姑娘，范公子，刚才那位丁公子给的钱实在太多了，能不能麻烦你们帮我还给他？”

范小鱼笑着不答反问：“你知道我们是谁？”

仇九娘轻轻地将银子放在桌上，淡淡地点了点头，看了一眼范白菜道：“这位小公子和令尊长得一般无二，我自然看得出来。范姑娘，令尊是个好人，他看我们母女孤苦，时常受人欺负，便常常来帮忙。我们母女也无以为报，只能请两位吃一碗馄饨略表心意。”

范小鱼看她说话柔中带刚，虽有微微的窘迫，但更多的是落落大方，心中不由又增添了一份好感，笑道：“既然仇大婶已经知道我们是谁，我也不隐瞒了。今天我们来找大婶，是想请大婶帮一个忙。”

仇九娘脸上有些变色，不禁握住了女儿的手，定定地道：“我知道因为范大哥常常来帮我，惹了别人不少的闲话。范姑娘，你放心，小妇人是个知道分寸的人。范大哥六年前曾对小妇人有恩，如今他又义助我们母女，对我们母女来说，他永远都是我们戴家的大恩人。”

“大婶，您好像误会了。”范小鱼站了起来，微笑着改用敬语，“我们来找您，是想跟大婶说，我家正准备开一家饭馆，急需人手，想邀请大婶来帮我们的忙。不知道大婶您愿不愿意？”

这个仇九娘口口声声自称“小妇人”，又特别称范通为夫家的“大恩人”，自然是以为自己是来兴师问罪的，想要借此表明心迹，告诉自己她不会有非分之想。这样的女人实在是通情识趣，若真要说起来，配她家那个木头老爹还委屈了呢！

“请我去你家店里做事？”仇九娘这一下真的怔住了。

“是啊。”范小鱼笑着，正要再说，忽然眼尖地看见不远处有一个人正想掉头偷偷离开，立时扬声叫道，“爹！”

仇九娘一惊，也下意识地回头，只见那个人影在原地僵了两秒，十分尴尬地转过头来，不正是去而复返的范通么？两人眼神一触，彼此顿时都有些赧然地避开视线。

范小鱼心中忽然一动。旁观者清，她老爹和这个仇九娘分明是彼此有情才会感到羞涩，那自己和丁澈之间呢？不也是这么扭扭捏捏的吗？难道她真的对那个家伙

动心了？

怔忡间，范白菜已向慢吞吞走过来的范通叫了一声“爹”。范小鱼忙从恍惚中回神，把注意力拉回到眼前，笑吟吟地看着范通道：“爹，我们正在跟仇大婶说，想请她到我们的饭馆帮忙。你快来劝一下仇大婶，就答应了我们吧？”

最后一句“答应了我们吧”，范小鱼故意说得很暧昧，两个大人的脸果然又因此而红了起来。

“你们真的要开饭馆吗？”仇九娘镇定了一下，应范小鱼的要求和范家人一起围坐下来，再次不确定地求证道。

“是啊，想了好久了，最近才下了决心。这不，这几天正在四处找合适的房子呢！”范小鱼半真半假地道，“我们的饭馆主要是针对中低层的百姓，一楼卖各种类型的寻常吃食，二楼则是点菜。我听说仇大婶的馄饨烧得好吃，所以今天特地来尝尝。要是仇大婶同意，以后可以到我们店里来做馄饨——当然，也可以做些其他的。至于待遇……”

范小鱼故意看了范通一眼，“仇大婶，您也可以选择入股，和我一起合伙开店。”

“合伙？可是……我没那个本钱……”仇九娘很是心动，却又为难地道。

“仇大婶的手艺不就是本钱么？”范小鱼笑道，“至于具体的，我们想请大婶改天到我们家来，显露一下您所有的手艺，然后再来确定股份。别的我现在还不敢说，但有一点我可以肯定，仇大婶要是愿意，以后您完全可以凭借自己的手艺养活小妹妹，不需要她跟着您辛苦干活。而且，你们也不用再担心会有人欺负你们母女。”

仇九娘的眼中浮现了泪花，却又强迫自己忍住，看着范小鱼，认真地道：“只要姑娘能让我们母女有一个安定的栖身之地，不让云英受欺负，九娘愿意听从姑娘的吩咐。”

“仇大婶，您又错了。我们既然是合作的关系，凡事便只有商量，谈何吩咐不吩咐呢？”说着，她拿起桌上的那块银子塞进小女孩的手中，莞尔一笑，“这银子是丁公子给的，我们可无权为他做主，您还是收下吧！”

然后她拉了范白菜的手，又对范通一笑，“爹，你帮仇大婶收拾一下东西，我们先回去了。”

范通讪讪地站着，目送着自己的儿女走远，又尴尬地看了看仇九娘，不知该说什么好。

仇九娘含着泪瞧着他，也自无言，心中却明白，自己和女儿的苦难日子，可能终于熬到头了。

有了儿女这次突然袭击，范通就是脸皮再薄，第二天也只能请了仇家母女到自己家。

如今的范家已在柳河镇居住了多年，加上范家人个个出色，范通又乐善博义，早已隐约间成了柳河镇的名人。今日见范家忽然来了一对母女，而且还由范家女儿亲自陪同在集市上买食材，状若亲密，各种八卦立刻在三姑六婆之间传了开来。众人纷纷猜测这对母女是范家的什么人，多年来一直打着范家两兄弟主意的媒婆柳大妈，更是厚颜地亲自上门来打探。

好笑地用暗示性的话语打发走这个磨人的老不休后，范小鱼就开始让仇九娘施展她拿手的手艺。

半个多时辰后，一盒盒小蒸笼端上来了。仇九娘几乎利用了厨房内所有的食材，做成了各式各样的馅包，不仅样子十分完美，而且发酵得恰到好处。微微咬开外面一层白面之后，伴着一股扑鼻的香气，浓浓的鲜美口感随之而来，令人一下子食指大动。

不用范小鱼说，大家也明白她这一次绝对是过关了。范小鱼当即便表示，以后便让仇九娘负责做其擅长的馄饨和带馅的馒头，依然挂九娘的招牌。

确定了仇九娘以后的职责后，范小鱼便让母女俩和春燕、金铃都坐下来享受这些美食。

范通心细，特地拿了一笼专程送到丁澈的嬷嬷那边，让老妇人也尝尝鲜。等他回来的时候，身后已多了一个微笑的俊朗少年。

之前范通说要去小院子的时候，范小鱼就已经做好了丁澈会跟来的准备，此刻见到他，便镇定地招呼他坐下一起吃。怕菜不够，她索性又亲自下厨为大家添了几个菜。烧菜的时候，她也不避讳仇九娘，就让她在一旁看着。全家人热热闹闹地吃了一顿午饭，并商量着开饭馆的细节。

范小鱼本来建议仇九娘母女搬到家里来，可仇九娘却说，既然要开饭馆，以后饭馆里总要有人照看着，不如等找到房子她们就直接住到饭馆里，这样开门做生意也方便。

范小鱼知道在两人婚事未定之前总有些顾虑，便也不强求。众人又闲话了一会儿，仇九娘便带着女儿告辞，说回城帮忙找店面去。范小鱼以一个妇道女子单独在城中游逛不安全为由，不理她的推辞，硬让范通陪她们母女一起回去。

范通知道女儿这是有意成全自己，虽然窘得俊脸通红，还是乖乖地去了。

之后，丁澈告辞回了小院；罗亶则因为范小鱼刚对百灵阁放手，有些不放心，也匆匆地赶回到城里；范白菜和岳瑜则照例进了书房用功。

范小鱼左右一看，刚才那般热闹，此刻周围竟然只剩下自己一个人，不由耸了耸肩，又觉得今儿中午吃得有点太多，便和两个正在厨房收拾的丫鬟打了声招呼，抱着贝贝打算回阁楼躺一会儿。

谁知才惬意地眯了一会儿眼，忽听窗户上传来轻轻的叩声，范小鱼立时坐了起来，“谁?”

第四十九章

情若要动谁能控

“我。”

是他？虽然隔着窗子，范小鱼却仿佛看见了丁澈的轻笑，不由微红了一下脸。

“有事吗?”

“带你去一个地方。”

“什么地方?”很不争气地，她的心跳又开始紊乱起来，好像她正被邀请去约会一般。

“去了就知道了。”丁澈又敲了两下窗棂，道，“我在墙外等你。”

“喂……”范小鱼忙翻身下榻，几步冲过去打开了窗，只见丁澈白衣飘飘地立在墙头，朝她挥了挥手，然后微微一笑，跃了下去。

搞什么鬼！既然有事，那他刚才干吗不说？而且还偷偷摸摸像做贼似的。

范小鱼轻咬着唇，心里嘀咕，却按捺不住那股好奇和隐隐的雀跃，忍不住走到铜镜前理了理头发，又整了整衣服，然后在桌上留了个条子，说自己出去了，也偷偷地从窗口跃了下去。

“你先说要去什么地方。”跃下墙后，看着对面笑吟吟地望着自己的丁澈，范小鱼故意淡淡地道。

“你不是要找开饭馆的地儿么？我知道有个好地方。”丁澈微笑着，俊脸在秋天的晴空之下，分外的清爽和灿烂。

他这一说，范小鱼还真不好说不去了，便跟上前去，可又怕他忽然发疯来拉自

己的手，便故意落后了两步。

丁澈却像是没注意到一般，直接向河道走去，然后雇了一条小舟，吩咐进城。

上了船后，他也不说话，只是一直带着微微的笑容，时不时地就看上范小鱼一眼，眼神中总似是别有深意。

范小鱼初时还镇定自若，任他乱看，只坐在船头看着河道上的船只以及两岸的景物。可这样被他看了几次，范小鱼终于有些忍不住了，嗔怒道："你看什么？"

丁澈微笑着，悠悠地道："我在想你曾经说过的一段话。"

范小鱼眼中闪过一抹好奇，"什么话？"

"你曾说大船有大船的好处，小船也有小船的乐趣。小船虽然又窄又小，可船位低，一弯腰就可以玩水，十分好玩。我开始还不信，后来发现果真如此。"

丁澈说着，真的一弯腰撩起一片水花，然后侧脸回瞧她。不知怎的，这样从侧面的角度看去，他脸上那一抹淡淡的微笑竟仿佛太阳一般耀眼。

"那当然。"范小鱼有些局促地别开了眼，暗骂自己怎么越来越花痴了。

"只可惜这四周太吵闹了些，这河水也太混浊了。"丁澈优雅地甩了甩手，指尖抛出一串水珠，划过空中，复又坠落在河水之中。他声音清朗，似是不经意地道："我知道一处极好的泛舟所在，若是有机会，我带你去。"

这句话好像有点熟悉。范小鱼一下子想起，那天他曾在子家胡同说过同样的话，那一次是说要去黄山，而她……那天好像答应了。

想起子家胡同，想起黄山，范小鱼只觉得那只左手好像又热了起来，决定不再看他，只淡淡地道："计划赶不上变化，以后有时间再说吧。"

"计划赶不上变化？"丁澈低低地重复了一遍，若有所思。

范小鱼莫名地又是一阵心跳，决定赶紧引开话题，"对了，这段日子怎么没见你师父？"

她一向不喜欢那个怪老头，他不出现在自己面前当然最好，只是眼下实在没有话题，聊聊他也是好的。

丁澈随意地道："不知道，我已经好几天没见到他了。"

范小鱼笑道："不会是失踪了吧？你怎么一点也不着急？"

丁澈笑道："没事，他经常会突然消失十天半个月，我早已习惯了。而且他不在旁边更好，免得……免得他唠唠叨叨的。"

说着，他的俊颜上起了一层极淡的绯色，又转头去拨弄混浊的河水。

“呵呵……”范小鱼本就对这个话题不感兴趣，见他不再说话，便干笑了两声，也不再言语。

小舟行驶在繁忙的河道之中，晃悠悠地进了城，然后按照丁澈的指示，跟着一艘大船驶入内湖之中，摇到一排码头前。

这个靠着东门的内湖范小鱼来过几次。这里起初是朝廷为了避免河道上交通堵塞，专门开辟出来供大船停泊中转用的，后来慢慢地，许多达官贵人和富商的船只也停泊在此处。再加上这里是汴河第一个入口，沿岸早修了数条宽阔的马路，直接和汴河大街以及其他街道相连，交通便捷，运输方便，有很多交易便直接在这里举行，因此渐渐地繁华起来。

不过，由于这里日夜繁忙，有钱人大多嫌这里太过吵闹杂乱。因此尽管路上鲜衣怒马、宝车软轿来往频繁，但真正住在周围的却基本上都是中下等平民，很多人都在码头上混饭吃，自成一片小市民天地。

范小鱼想起丁澈之前说要带她来找开饭馆的所在，见到这个内湖，心里顿时恍然。对呀，她的饭馆既然定位在中低阶层，这里不正是一个消费群集中的地区么？亏她平时聪明伶俐，却一味只知道在城里头转，未曾想过城墙附近还有这一块宝地。

当下，范小鱼立刻用商业的眼光打量起四周来。

“这边。”在一处小码头上了岸后，丁澈在前头带路，一头扎进运输货物的人群之中，只绕了两绕，就来到了一处宽敞的三岔口，道：“到了。”

范小鱼一看，面前是一栋鹤立鸡群、在方圆一两百米之内唯一的二层楼建筑，有三间房宽，二楼处还挑了一面茶馆的旗子，可是比起遍布三岔口周围、几乎客满的简易茶棚来，这里简直冷清得要命，不但没有客人，连个伙计也没有。

范小鱼带着疑惑走了过去，在茶楼两边转了转，发现后面是个两进的院子，一进比较狭窄，显然是专为前面茶楼服务的，后一进则是普通住宅，种了不少的树木。

“如何？”丁澈并不急着进去，而是微笑地看着范小鱼。

“地段是很好，可这种风水宝地人家怎么会轻易转让？就是肯转让，价格也定然不菲。”范小鱼摇了摇头。这个地方绝对会超出她的预算的，得好长时间才能收回成本来，不甚划算。

“先不管价格，你觉得如果在这里开饭馆，你能把生意做得红火兴隆么？”丁澈含笑道。

“这样的好地方，要是还做不了好生意，那就只能怪做生意的人太笨了。”范小鱼又仔细观察了一下，注意到如果把茶楼门口的两棵树砍掉，还可以腾出一片停放车轿的空地，前有空地后有院，又在路口，不远处又是码头，若是这里还不好，她还能上哪里找合适的地方？

“那就成，我们进去吧。这个地儿我已经做主帮你买下了。”丁澈绽开了炫目的笑脸。

范小鱼一怔，“你帮我买下了？”

丁澈点头，“是啊。”

范小鱼更呆了，“你为什么帮我买下？你疯了么？这么大一块地，就是租房都很贵，更别说是整个买下，我哪有那么多钱？”

“相信我，价钱绝对在你能承受的范围之内。”

“这不单是钱的问题，问题是你为什么要替我做主？你就是想入股也不能用这种方式，你……”范小鱼忽然消了音，再一次被丁澈冷不防的牵手给怔住了。

“先进去再说。”丁澈坚定地紧握住她的柔荑，大步走向门口。

“喂，你说话就说话，不要动手动脚的。”他以为有了第一次就可以自然而然地有第二次么？范小鱼一边用力地抽着手，一边红着脸、恼怒地瞪着他的脊背。

丁澈却头也不回，手下更是不曾松半分，反而握得更紧。

“喂，你再不放开我就不客气啦！”

“要打架么？”丁澈回头无赖地一笑，偏这笑容又说不出的好看。

“想得美！”范小鱼一下子想到两人之间还有一场比试，愤怒地瞪眼道。

“那就乖乖的，先进去再说。”丁澈薄唇一扬，把头转了回去。

“乖你个大头！”要说刚开始她还有点面红耳赤、心跳不已，听了这两句后，范小鱼几乎是气急败坏了。只是他们刚才站的地方离门口很近，挣扎间两人已上了台阶。丁澈随手一推，打开虚掩着的门走进去，这才松开了手，返身去关门。

门一关，里头顿时自成一片安静的天地。

“你不把事情说清楚，这个地方我是不会要的。要做生意你自己做去。”范小鱼揉了揉微红的手腕，一边看着桌椅完整、好像只是临时打烊关门的茶楼，一边寒着脸冷冷地道。

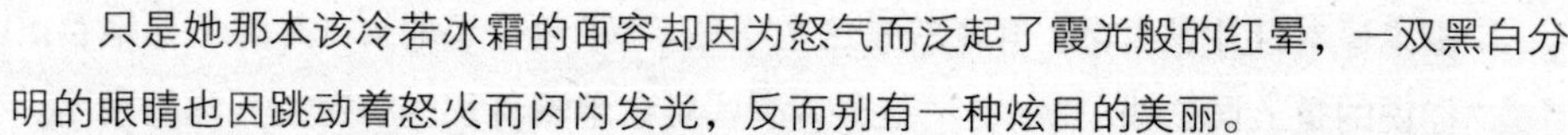

只是她那本该冷若冰霜的面容却因为怒气而泛起了霞光般的红晕，一双黑白分明的眼睛也因跳动着怒火而闪闪发光，反而别有一种炫目的美丽。

丁澈对她无辜地笑笑，沿着一张桌子绕了一圈，然后才慢条斯理地反问：“你猜我一共帮你花了多少银子？”

“是你自己花了多少银子，和我无关。”

丁澈笑眯眯地伸出一个手指。

“一千两？”范小鱼翻了个白眼，“丁大公子，你好有钱。”

“错，是一百两。”丁澈晃了晃手指。

“一百两！”范小鱼惊道，“你当哄小孩呀！”

丁澈从怀中掏出两张纸，摊开来往范小鱼面前一摆，笑得像只狐狸，“包括前楼后院，一手成交，永不反悔。”

范小鱼看着那张盖着官印的地契，又看了看另外一张按着手印的合同，顿时无语了，半晌后才道：“你用了什么手段让人家如此贱卖？”

“先是嫌弃我的钱太君子，现在又怀疑我逼人家卖房，难道在你心里，我就是那么无赖凶恶的小人吗？”丁澈有些委屈地看着她，活像她恶狠狠地欺负了他一般。

“咳……”见他居然在自己面前装可怜，范小鱼惊愕得差点被自己的口水呛到，忙端正起脸色，冷冷地道：“那这是怎么回事？别告诉我这家茶楼的主人脑袋坏掉了。”

“茶楼主人的脑袋倒是没坏掉，可是他们却都生病了。”丁澈收起可怜的神色，恢复了狡黠中带着温和的微笑，走向后面，“你跟我来看看就知道了。”

范小鱼狐疑地跟在他身后，先进了第一个院子，只见有一间屋中还堆着许多石炭和木柴，靠近院墙处则种了一排灌木和两棵树，树下有一口水井。再往里头走，后院房舍普通，只是庭院里种着许多花木，还摆着石桌石椅，显示出以前的主人还比较风雅。

“没什么奇怪的地方啊？”范小鱼转了一圈，也没有看到什么特别之处。

“其他的是没什么奇怪的地方，问题在于这一棵树。”丁澈指着水井上头的大树道。

“这棵树？这不就是棵普通的樟树么？”范小鱼越发奇怪了。

“它是樟树，但不是普通的樟树，而是毒鬼樟。”

“毒鬼樟？我从来没有听说过这个名字。”

“毒鬼樟本身并没有毒，有毒的是这些毒鬼。”丁澈捡起地上一片叶子让她看。

“你说的是上面这些小灰点？”范小鱼有些疑惑地看着那些小泥点一样的东西。

“嗯，这就是毒鬼。你不要看它们个头小，这种东西一旦遇到湿气，就会分泌出一种毒液，可坏人神智。若是随着叶子坠入井中，它们临死前会分泌出更浓的毒液。人吃了这样的井水，一天两天虽然无妨，但久而久之，就会精神恍惚、脾气暴躁，甚至产生被鬼迷住似的幻觉，因此它们被叫做毒鬼。这口井几乎全被樟树的阴影覆盖，每日掉入其中的叶子不在少数，便成了一口毒井，难怪每次换新主人都住不长，做生意也做不好。”

“那照你这么说来，岂不是所有的樟树都可能会有这种恐怖的小虫子？”范小鱼条件反射地离那片叶子远一点，并急忙想了一下自家院子里有没有这样的树木，“还有，你明知这口井已经变成了毒井，为什么还要买下来？”

毒木可以砍掉，可井水已污，除非再挖一口。即便再挖一口，地下水相通，不还是毒水么？

“不是所有的樟树，只是这一种。”丁澈笑着示意她再看那片叶子，只见叶子边缘长了许多白色的绒毛，靠近叶尖的地方，则有一个被虫蛀的小洞，“这种树原本只长在极南方的密林之中，若是大片成林，遇到雨雾天气时便会形成瘴气，人入其中，如果两个时辰还不能走出，又无解药，便会发狂。不知道这里为何也会有一棵，而且就种在水井边。至于我为什么要买这个院子，方才我已经说过，人若无意中喝了这井水，一两天是无妨的，而且这个毒鬼的毒性有一个大特点。”

“什么特点？你别卖关子了。还有，你快扔掉它。”范小鱼嫌恶地看了那叶子一眼，忙远远地离开了樟树和水井。

丁澈扔掉叶子，用手帕擦了擦捏过叶梗的手，弃了那帕子，不慌不忙地跟了过来，笑道：“它的毒性消失得很快。若无新毒液补充，两日即可自动化解。只要我们砍了这树，烧个精光，暂时不用井水，放上两天，就一切平安了。”

范小鱼却没有掉以轻心，“你刚才说这种树木只生长在极南方的密林之中，却偏种在了这里，不会是有人觊觎这个院子，故意陷害这家主人吧？若是那样，我们买了这院子，不是自惹麻烦吗？”

丁澈笑了起来，“我当然也想过这个问题。可是你看，这棵樟树如此巨大，少说也已经有一二百年的历史了，就算有人曾经想用它害人，那不论害人的还是被害的，都早已化为一堆白骨了。还有，我已经打听过了，这个院子是十几年前才造起

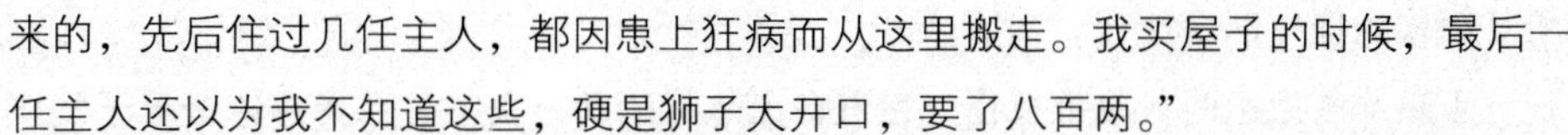

来的，先后住过几任主人，都因患上狂病而从这里搬走。我买屋子的时候，最后一任主人还以为我不知道这些，硬是狮子大开口，要了八百两。”

“结果，你只花了一百两。”范小鱼忍不住笑了起来。她知道应该没有问题，心情马上轻松了起来，再看这院子，便越看越满意。

“现在知道我是为你好了吧?”丁澈笑着走到她身边，星眸亮晶晶的。

“谁让你一开始故弄玄虚。”范小鱼白了他一眼，往后院走去，打算再仔细地看看这院子，心里却有些感动。

丁澈亦步亦趋地跟在她后头，“这一百两算我入股，如何?”

“我说过了，我可不要君子钱。”范小鱼骄傲地道，然后抿着唇低笑。

“好，那一百两银子拿来!”丁澈飘然一转，手伸到她的面前，一本正经地道。

“身边没带那么多银子，回家就给你。”范小鱼昂起头，想避开他走进后院。

“不行，现在拿不出那我可就把院子收回来了。”丁澈假装不肯，再次拦到她的面前，手还是伸得直直的，脸上挂着又讨喜又讨厌的浅浅痞笑，不知道的，还以为他真是个无赖呢。

“好啊，那你就收回去，我自己重新找一家。”

范小鱼摆着姿态，想拨开他的手臂，却不料他忽然一翻手腕，反而趁势握住了她的手，同时一运力，将她推到墙上，并欺身而上。

突如其来的受制让范小鱼大吃一惊，几乎不假思索地屈起了膝盖，打算狠狠地撞向这个登徒子的腿，并屈起手臂，欲用手肘进行双重攻击，逼他放开。

只可惜高手过招是分毫都差不得的。她对丁澈本来没有半点提防，丁澈又是突然发难，以有心算无心，纵然她反应再灵敏，一时间也无法扭转形势。何况某人在刚一出手的时候，手指就已扬了起来。

于是范小鱼刚想运气，却发现自己突然浑身无力了。

“你真的不要接受我的好意?”

这一连串的动作总共也不超过一秒钟，范小鱼才惊愕地睁大了眼睛，那双仿佛用苍穹深处最亮的黑宝石镶嵌的黑眸，已不容回避地锁住了她的惊慌，那清亮的嗓音却变得微微沙哑，含着一丝威胁，又像是有点委屈，一起组成了宛如魔鬼般勾魂的诱哄。

“丁澈，你做什么? 快点解开我的穴道，不要过分!”范小鱼又羞又怒地瞪着他，努力抬起无力的手想要推开他，却觉得自己好像变成了狼爪中无助的小羊羔，

所有绵软的挣扎都是徒劳。

丁澈索性把她两只手都抓住，包进自己热热的掌心之中。尽管身体还君子地隔着一段距离，一张俊脸却故意缓缓地逼近，直到双方都可以清晰地从对方的瞳孔中看到自己，彼此的呼吸也开始互相交融。然后，某人用一种低沉得近乎撒娇的口吻轻轻地反问："我有吗？"

"难道你这样还不过分吗？"范小鱼怒视着她，脸色却因与对方过于接近而红得一塌糊涂，身上更因他那异样的语气而泛起了鸡皮疙瘩。

"我这样如果都算过分，那你那天对我所做的，不是更过分？嗯？"一个性感至极的尾音从丁澈的鼻子里轻轻地哼了出来，可是他的眼神偏偏充满了委屈。

"那……哪天？我……我什么时候对你过分了？"话一出口，范小鱼的心中忽然响起了警铃，好像她问了一个绝不该问的问题一样。

"你真不记得了？"丁澈十分满意地享受着这种将溜滑的小鱼儿抓在手心里的感觉，不疾不徐，继续用让范小鱼忍不住轻颤的声音和语气，缓缓地、一个字一个字地问。

"那天在黄河边，我不小心靠着你睡了一会儿，我道歉。"范小鱼竭力保持镇定地道，下意识地避开自己醉酒的那个夜晚。

那一天在客栈中找到新的相处方式后，他们之间明明一直相处得十分和谐愉快，可以当长久朋友了，为什么后来却突然变味了？她变得不敢看他，而他，也变得一会儿温柔，一会儿捉摸不定，甚至还……

丁澈一愣，笑着微微摇了摇头，低沉地道："不，不是那件事。事实上，我很乐意奉献我的肩膀！"

范小鱼脸又一红，想要逃避他不觉间温柔起来的目光，又怕这样会显得自己太胆怯，只好冷着脸道："那就是因为我摸了一下你的下巴？可那次是你先骗我，而且……"

而且是他先说她流口水，先调戏她的。

想起她那天的可爱模样，丁澈忽然低低地笑了起来。悦耳的笑声震动着他的胸腔，连带着也波及了她的身体。

"笑什么笑？"范小鱼又努力挣了一下，却仍提不起力气，有心要运功冲破穴道，却知道在他的戒备下自己根本就没有机会，只能色厉内荏地道，同时心中升起一股委屈的感觉。

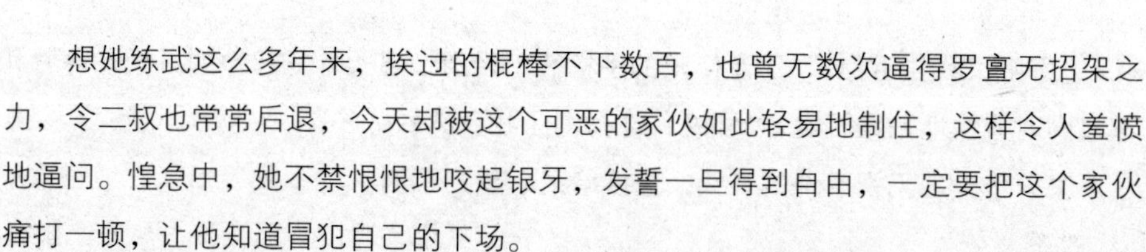

想她练武这么多年来，挨过的棍棒不下数百，也曾无数次逼得罗亶无招架之力，令二叔也常常后退，今天却被这个可恶的家伙如此轻易地制住，这样令人羞愤地逼问。惶急中，她不禁恨恨地咬起银牙，发誓一旦得到自由，一定要把这个家伙痛打一顿，让他知道冒犯自己的下场。

“我笑你有那么多截然不同的面，不知道哪一个才是真正的你。”想起那晚某人豪放至极又纯真至极的行为，丁澈赧然止住了笑声，瞳孔又开始幽深了起来，“你忘了吗？那天在巷子里，我曾经说你教会了我一件事情。”

“既然我教会了你一件事情，那你就应该感恩才对，干吗又说我对你过分？你知不知道你很莫名其妙？”丁澈脸上的薄晕和瞳孔中跳动的火焰，让范小鱼有些口干舌燥，“不管什么事，你先放开我！”

还说自己有很多面，他才是有多重人格、精神分裂！

“真想不起来了？想不起你酒醉后是怎么来找我的？想不起你都对我说过什么、做过什么？”丁澈温柔地道，放开她的一只手，腾出手指，轻轻地用手背摩挲着她艳丽的脸颊。

“你不要这样碰我！”他的手指就像带着魔力一般，让她浑身的汗毛都莫名地颤抖起来，身体内更有一波波热力冲得她更为虚软。范小鱼觉得自己都快站不住了，忙用力咬了一下嘴唇，视死如归地瞪着他那张令人难以抗拒的俊美容貌，“我……我……好吧，我承认那天我调戏了你，我不该叫你‘丁大美人’，也不该叫你‘丁大帅哥’！”

“虽然你不该用‘美人’来形容我，可是你夸我好看，我很开心。”丁澈叹息着，手指从她脸颊上移到了那留着小小牙印的下唇，来回反复地轻抚着。声音又低又柔，简直像春风一般，直接在她耳边倾诉，“我本来不想逼你，希望你能自己慢慢想起来，可是你不该故意躲着我，在经历那样混乱的一晚后，把所有的问题都丢给我一个人。你说得对，计划赶不上变化……我不能抱着侥幸，等着你也许一辈子都想不起来的记忆，所以，我觉得我应该做些什么来帮你想起。”

“你……你不要说得那么玄乎……我……我也没有故意躲着你，更没把什么问题丢给你一个人……你说的……我真的听不懂。”

范小鱼艰难地靠着墙壁站立着，觉得自己随时都会滑倒下去，也越来越不敢知道他说的究竟是什么事情。她很想恳求丁澈放了她再好好说话，可又觉得自己必须坚持下去，不能投降，仿佛一投降她就真的永无翻身之时了。

“好吧，我告诉你。”丁澈修长的手指往下轻滑，温柔地托起她的下颌，薄唇和气息同时慢慢地贴紧了她，“那晚，你扑倒了我，然后……”

某人作弊地无视事件的开头，直接给范小鱼判了刑。

“不……”

可怜的小鱼儿只来得及虚弱地喊出一个音符，就被漫天的男子气息给团团地包围住，勉力支撑的身体终于崩溃地虚软下去。但下一刻，她的身子已被紧紧地贴在一具僵硬却火热的身体上，她因低呼而微启的小嘴也被坚定地攻陷，香滑的粉舌被热情地缠绕着，仿佛要夺尽她口中所有的香津似的。

天地开始倒转了……她晕眩了……世界颠倒了……他他他……他居然敢……

范小鱼头晕眼花地试图阻止这样的疯狂，可从小腹中涌起的一股又一股热潮，就像是冲破地表的地热变成可以融化一切的高温蒸汽一般，她的理智很快便被融化，本能地回应了起来，呻吟了起来……直到再次缺氧……

“你说，你喜欢这样的法国式。这就是你既欺负了我，又教会了我的事情……”丁澈艰难地离开了她鲜甜无比的红唇，深深地看着怀里满脸激情红晕的人儿，不着痕迹地给她解了穴，同样满脸红晕，低哑地倾诉着。

轰隆隆……一句“法国式”将好不容易恢复一点理智的范小鱼炸得无地自容。一切真相大白，一切水落石出，证据确凿，再无疑问。原来真的是自己先非礼了他，还是法国式的非礼……

“我……我……”再也没有自辩余地的始作俑者可怜兮兮地想要找出一个完美的谎言，却发现自己穷于言辞。

“还想不起来？那我再提醒你一次。”

丁澈被她那含羞带怯的神情刺激得热血沸腾，忍不住找个借口，强行抬起她的下巴，迎着她慌乱的目光，再度覆盖了上去。不过，这一次他却故意只在她的樱瓣上轻轻地吮吸着，舌尖偶尔滑过花瓣，从这一边的唇角，温柔地辗转到另一边，时而含着上唇，时而戏弄着下唇，极尽魅惑地勾引着她，却就是不进入她的白玉之城。

“丁澈……”熟悉的感觉再度传来，范小鱼难耐地扭动了一下，不满地勾住他的脖子不让他再若即若离，却没有注意到自己已经恢复了力气。

她本来恨不得这一切都没有发生过，却忍不住再度沦陷在那无尽温柔的亲吻中。她忽然觉得，身体已不再由自己控制，而被另一个大胆奔放、敢爱敢恨的意识

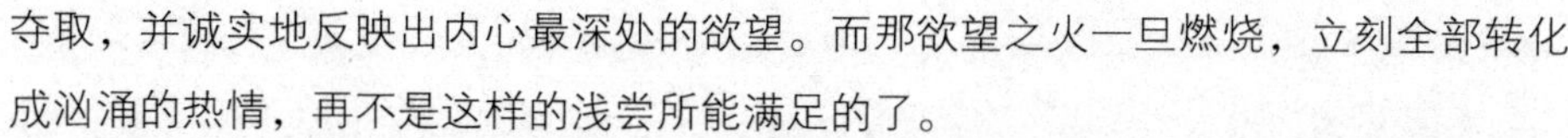

夺取，并诚实地反映出内心最深处的欲望。而那欲望之火一旦燃烧，立刻全部转化成汹涌的热情，再不是这样的浅尝所能满足的了。

接触到那丁香小舌的刹那，那已烙在心底的甜美感觉再一次击溃了丁澈勉强克制的理智，就像再没有明天一般，他只想紧紧密密地拥有这一刻的无限美好。

当这对少男少女第四次忘记用鼻子呼吸，导致气息再度粗重起伏的时候，秋风温柔地拂过了他们的黑发，调皮地将两缕发丝缠在了一处。

清醒过来的范小鱼没法面对这样的自己，更没法面对丁澈那张不知什么表情的脸。她仍然以为自己没法逃脱，只好抱住他的腰，死死地把脸埋在他的胸口，把他的胸膛当做一大块遮羞布，也把自己当做一只大鸵鸟。

现在她已经百分百可以确定，那天在房间中，自己曾经以为是幻觉的那一眼绝对是真实的。

在她服了镇定宁神的醒酒汤后，他曾经来过，并且守在她的床边，温柔而深情地凝视着她，那目光里的情愫，她记忆犹新。

从那一眼里，她可以确定，眼前这个英俊的少年是喜欢她的。

问题是，这种喜欢是源于自然的吸引，还是只是被她大胆扑倒后产生的后遗症？毕竟，她也年轻，她也算漂亮，而且最主要的是，她……她还是个女孩子……而他……是个男孩子。

要知道，对于一个正处于青春期、容易冲动的少年来说，如果陡然被一个女性用那样热情缠绵的“法国式”勾引，那么，在生理和心理的双重刺激下，他会迅速而强烈地对对方产生一种异样的感觉，那在逻辑上是很自然的。

只是这种情况下的异样感觉，到底是不是爱情？有几分真实，又有几分是出自最内心的渴望？这却是谁也无法确认的。

至少，她现在就无法确认，而且她觉得他也不可能确认。

而且，哪怕她清楚自己真的已经对这个少年动心，按照她的心理年龄来说，这也是个姐弟恋——一种她从来不看好、认为难以持久的悲剧爱情。

第五十章

迷茫和表白

“丁澈……”在呼吸渐渐平缓后，范小鱼困难地出了声。

“嗯?”一声温柔的回应后，范小鱼感觉自己虚软的身体被温柔地抱着往下降，然后，臀下传来了人肉沙发的温热。

“对不起……”他的怀抱很温暖，可范小鱼却感到有些无望和悲伤，便涩然地低声道。

“什么!”丁澈一下子敏感起来，双手扶住她的肩头，想略略地推开她以细看她的表情。

范小鱼紧闭着眼睛，任他轻轻地推开自己，然后深深地吸了一口气，眼神清明地望着他，“对不起!”

“对不起什么?”丁澈预感到从她嘴里说出来的话一定不是自己想听的，可是他不能不听，因为他必须要了解她的真实想法。

“我为我喝醉后的……”范小鱼艰难地组织着词语，“一切行为和言语……道歉，如果……”

“如果怎样?”丁澈的声音也沉了下来。

范小鱼轻轻地挣扎了一下，想再退开一点说话，却意外地发现自己可以动了，一怔之后，便想站起来离开。

“就这样说吧。如果怎样?”丁澈一只手下滑，箍紧了她的纤腰，目光定定地锁住了她。

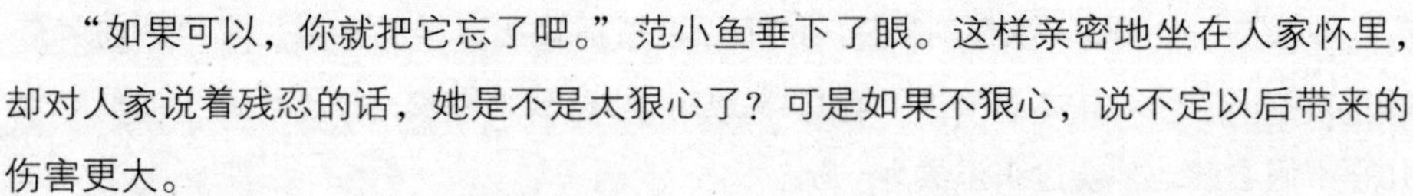

“如果可以，你就把它忘了吧。”范小鱼垂下了眼。这样亲密地坐在人家怀里，却对人家说着残忍的话，她是不是太狠心了？可是如果不狠心，说不定以后带来的伤害更大。

“连今天的也一起忘掉？连现在的也一起忘掉？”丁澈的声音清清淡淡的，听不出喜怒哀乐。

范小鱼陡然觉得心酸起来，强迫自己点了点头。

“那么，刚才你是在弥补我？”丁澈看着她那浓密的睫毛，握住她肩头的手不自觉地用力。

范小鱼知道他指的是自己后来的回应，语声越发的艰难，胸口已隐隐地疼痛起来，“要是你愿意，你可以当做是。”

“不，我不愿意。”丁澈平静地道，“你想这样就弥补我，未免太简单了。”

“那你要怎样？”范小鱼终于抬起眼来看他。她自知理亏，可是她刚才不也被他非礼回去了吗？

“把它给我。”丁澈指着她的胸口。

范小鱼的脸色顿时红一阵白一阵，“哪个它？你想要我的身体，还是我的心？”

“你的身体？”丁澈深邃的眸光里极快地闪过一丝笑意，“我不介意你把它给我，只是……”

他故意顿了顿，果然看到范小鱼的眼中闪过一丝怒意，“只是什么？”

丁澈微微一笑，收紧手臂，慢悠悠地道：“只是我想在得到这颗心之后，再名正言顺地在洞房花烛夜彻底地拥有它。”

范小鱼的脸腾地一下红了起来，用力地推着他的胸膛挣扎道：“你胡说什么？我们之间是不可能的。”

“为什么不可能？”丁澈眼睛一眯，放在腰上的手指立时曲了起来，“你不说清楚，我就再点你穴道。”

说着，他故意看向她的红唇。

范小鱼顿时一僵，苦笑着叹息道：“你先放开我，我们再好好谈。”

“不，你就在这里想。我要是放开你，恐怕就不会再有第二次机会了。”丁澈断然拒绝，反而越发搂紧了她。

“跑得了和尚跑不了庙。你知道我不可能放下家里人，你就是放开了我，我又能逃到哪里去呢？”范小鱼咬了咬嘴唇，却感觉唇上传来微微刺痛。

“不要咬……”丁澈立刻扣住她的下巴，拇指轻抚过她的下唇，那里之前就被她用力咬下了牙印，之后又被丁澈吻得红肿，此刻被她再咬，终于现出了血痕。他几乎不假思索地，凑过来温柔地一吮。

“丁澈……”范小鱼颤声道，忽然觉得自己好想哭。

“我是真心喜欢你的。”丁澈微微后退，让她清楚地看见自己的眼睛，温柔而正色地道，“其实，我早就该发现自己喜欢你了，只是我的骄傲一直不承认。从第一次见面开始，虽然你是平民，我是世家子弟，可是你却在一开始就占了上风，把我耍得团团转，还让我心甘情愿地高价买了乐乐。”

“我……”范小鱼没想到他会在这个时候表白。

“不，你先不要说，先听我说完。”丁澈用一根食指封住她的唇，柔声道，“我很感谢那一次你耍了我，因为在这之后，乐乐陪我度过了六年的美好时光。在我开心、难过、得意、失落、害怕、痛苦的时候，它都陪在我身边，让我觉得我并不孤单。我曾和你说过，我小时候在父母的身边很少，大部分时间都跟着爷爷，可爷爷醉心官场和名利，很少真正地关心我。下人们又只会一味地奉承我，没有几个像嬷嬷一样真心实意地为我好。而且身为世家子弟，堂兄弟表兄弟众多，我又从小就有神童之名，难免引起有些人的嫉妒。我父母不在身边，总是吃亏些。我只能越发地让自己高傲起来，假装不屑于一切。后来爷爷被罢了相，远谪崖州，把我托付给外公。至于我外公，你也见过，大概知道他的性子。若不是在钱府待不下去，我也不会想要独自去找父母。没想到，我刚一上船就被黑心的船主偷了盘缠，还被他们当牛作马地欺负。那几天里，我一下子尝到了什么是痛，什么是饿。幸好乐乐还是陪在我身边，后来因为它，我又遇见了你。”

说到这里，丁澈淡淡地笑了笑，轻握了范小鱼的手，目光更是柔和，“你那时虽然故意惹我生气，让我摔跤丢脸，用激将法逼我上船，假装冷漠地要赶我走，却努力地帮我卖衣服。我表面上不想领你的情，可心里却知道，你其实都是为了我好。你是除了我嬷嬷之外，第二个真正对我好的外人。哦，当然，还有你们一家人，他们也是。”

“我那时真的没想过收留你。”范小鱼不好意思地插嘴，心中却因他的叙述而泛起一股甜蜜，身子也不自觉放软了一些。

“我知道，因为那时候你们自己都一堆麻烦在身。”丁澈将她搂进怀里，下巴轻抵着她的头顶，“你也不用狡辩说你很冷血，要是你真的冷血，那个时候就不会冒

着生命危险来救我。”

“那是因为我有把握。”范小鱼又郁闷了。

“就算有把握，可那依然是生死瞬间，万一出了什么差错，万一你们低估了他们的厉害呢？”丁澈忽然感到一阵后怕，低低地道，“那时候你毕竟才十三岁。”

“是你小看我了。”范小鱼缩在他怀里，闻着他清爽的男子气息，心里虽然还有一股说不出的别扭，却又意外地觉得安心，之前的抗拒不觉间又少了许多。

“无论如何，那种情况下，那样的机智和魄力不是每个人都有的，我也是从那个时候起，真正地开始注意你、留心你，并且希望自己也有你那样的本事。你知道，后来我曾想过拜你二叔为师，努力练武，争取超过你。可是，我却没有能如愿，反而阴差阳错地拜了师父为师，更没想到自己会因此放弃锦衣玉食的生活，跟着他老人家四处流浪。说真的，开始的时候真的很苦，我好几次都想放弃，偷偷回京城，但每次一想到要把武功练得比你高、比你强，就什么都忍了下来。直到这次师父有事要回京城，我硬跟着来，还是以为自己只是想和你分个高低，一雪耻辱，却并不懂自己对你的感情，其实就是喜欢。”

“那你现在又怎么能确定你对我是真的喜欢呢？就算你回来之后，我们之间好像也常常吵嘴斗气。”随着他的缓缓叙述，范小鱼终于忍不住抬头问出最介意的问题。

“因为我们之后相处的点点滴滴；因为我除了一开始想找你比试之外，后来再也没有起过这个念头；因为我总是不知不觉地就会想着你，找各种借口接近你；更因为那天我们化‘敌’为友，在黄河岸边共度一夜之后，我忽然发现我心里有一种很幸福很满足的感觉，很想就这样和你到永远。”丁澈低头看着她，微微一笑，那笑容中的温柔几乎令天地失色。

“你不要说得那么暧昧。那一夜我们只是聊了天，什么都没做。”范小鱼有些承受不了他的目光，闪闪烁烁地咕哝道。

“你的意思是说，那天晚上我就应该做些什么吗？”丁澈促狭地道。

“我才没这个意思!”范小鱼迅速反驳，恼羞成怒地捶了他一拳，却忽然觉得自己这样就像是小女孩在撒娇，不由又红了脸。

“知道吗？你脸红的样子特别可爱。”丁澈忍不住在她额头上落下一吻，却不敢再往下移，免得自己失控，更怕会破坏这一份难得的平静。

“少贫嘴!”范小鱼羞怒地嗔道，随即垂下眼波，轻声道：“可你才十七岁，又

怎么懂得这种感觉就是爱情呢?”

“十七岁怎么了！十七岁难道就不能懂感情么！这世上十七岁就成亲的夫妻有多少！我爹十七岁的时候都已经生了我呢!”丁澈笑道，“有一件事你可能不知道。”

“什么事情?”

“我爹和我娘，他们成亲的时候，人人都觉得那只是爷爷和外公的利益联姻，却没人知道其实是我爹先喜欢上我娘，然后求着爷爷去提亲的。”丁澈悠悠地道，“我娘也喜欢我爹。尽管他身子文弱，可她还是义无反顾地答应嫁给他。”

说到这里，丁澈忽然低低地笑了起来。

“你笑什么?”范小鱼忍不住好奇地问。

“我在笑我爹，年纪那么大了，还给我娘写情诗。”想起父母的恩爱，丁澈唇边笑意不绝，“你方才不是问我怎么懂得这种感觉就是爱情么？因为我的感觉也是我爹当年的感觉。我爹说，若是想知道你是否真心喜欢一个女孩子，只要用一句话验证就足够了。”

“哪句话?”

“一日不见，如隔三秋兮。”丁澈悠悠地吟道，同时轻轻地在她头顶蹭了蹭，带着无限的满足和幸福。

“这句话也不尽然吧。我一天没见我弟弟，也会觉得不放心。”范小鱼心中颤抖着，口中却故意反驳道。

“你那是不放心，我却是这里空空的。”丁澈执起她的手贴在自己的胸口。

范小鱼羞涩地想缩回去，可手掌接触到那方坚实的温热，却像是被吸住了一般挪移不开，因为她清楚地感觉到了手掌下那颗心的跳动。

“后来，你喝醉了……”丁澈顿了顿，决定还是瞒过开头，直接把非礼的罪名彻底地安在她身上，免得她又想着逃跑。

“你不要老提这个好不好!”提到那个法国式，范小鱼又囧了，恨不得把自己变成一只大乌龟，把头深深地缩进壳里去。她的一世英名啊，全被酒后乱性给毁了!

“好，我略过……”丁澈又发出那种带着震荡的低沉笑声，然后温柔地凝视着她，“但是你也要相信我，我对你的感觉都是真的，我也很清楚自己想要的是什么。”

“丁澈……”范小鱼动容地低唤着他的名字，眼波里如蓄了一池春水，波光粼

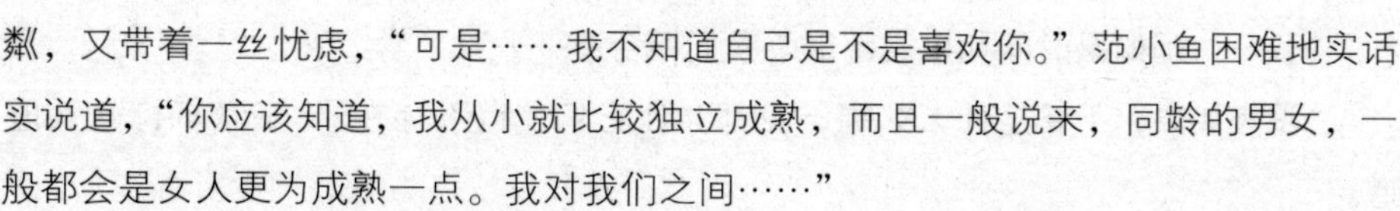

粼，又带着一丝忧虑，“可是……我不知道自己是不是喜欢你。”范小鱼困难地实话实说道，“你应该知道，我从小就比较独立成熟，而且一般说来，同龄的男女，一般都会是女人更为成熟一点。我对我们之间……”

“不管你是不是比我成熟，你都是一个十六岁的女孩子，难道你想要嫁一个三十岁的大叔么？”丁澈好笑地道，似乎根本就不担心她会不喜欢自己。

“三十岁的大叔也不错啊。成熟的男人更懂得体贴女人的。”看到某人猛然地瞪起眼睛，范小鱼的声音心虚地低了下去，弱弱地道，“我又没说一定要找个三十岁的。而且三十岁的男人也不见得就一定成熟，就像我家里那两个活宝，让他们喜欢的女人白白地受了那么多罪。”

最后两句一出口，范小鱼就几乎想咬掉自己的舌头。她怎么这么笨，居然搬起石头砸自己的脚！

“你知道就好。”丁澈又闷笑了起来。

范小鱼怒了，开口就要再辩论。

“嘘……”丁澈伸指封住了她的唇，无限柔情凝聚在眼眸之中，“我知道我以前有很多坏脾气，让你对我不够信任，觉得我很幼稚冲动，可是人都会改变的，何不让时间来证明我们到底合适不合适呢？”

让时间来证明吗？范小鱼怔忡了，也心动了。

前一世，她只谈了一个不痛不痒的恋爱，根本就不曾体味过书中描写的那些爱情，而今生……其他的她不敢说，但是她确实也喜欢那一夜在黄河岸边相处的感觉；当他们 KISS 的时候，她承认，她也真的很喜欢那种感觉。这种感觉和前世那种乏味甚至有些恶心的亲吻完全不同，让她甚至还想一要再要……

天哪，她快变成一个色女了！

看到朝霞又渲染上娇嫩的肌肤，丁澈低叹了一声，略一欺身，轻轻地含住了那片樱唇，含含糊糊地低声道：“答应我，让时间来证明。”

“我……”范小鱼想要说话，却发现又上了某人的当，她一开口就是迎敌人入城，哪有不沦陷的道理？

“丁澈……你能不能不要老是这样……”范小鱼好不容易挣脱出来，羞怒地捂着自己的嘴怒视他，“再这样，你让我回家怎么见人！”

“好好好，我不乱动了。”丁澈搂住她，闭着眼平复呼吸，同时贪婪地嗅着她身上特有的淡淡幽香，“那你答应我！”

“我……那如果时间和事实都证明我们不合适……”

“没有如果，不管是什么如果，我都会让它们变得不存在。”丁澈斩钉截铁地道。

“你不要说得这么绝对，毕竟你家再怎么说都是当官的，而我只是一个平民。我敢打赌，你爷爷和你外公绝对不会同意我们的关系的。”范小鱼叹道。

“你放心，虽然我爷爷和外公确实有些门户之见，可我爹和我娘都不是势利的人，我的亲事只要他们同意就行了。”丁澈认真地看着她，极其自信地道，“而且，我选中的人，我爹娘一定也会喜欢的。”

自大狂，范小鱼在心里咕哝着，藏在他怀里的脸上却扬起了一抹幸福的笑容。

他说得对，她才十六岁，恰是大好青春年华，又何必让自己活得像是二十六、三十六呢？若一直是这样沉重的心境，和未重活过又有何区别？

既然她也向往爱情，也曾憧憬爱情，那么当有一只爱情的青鸟向她飞来的时候，何不伸手去握住、去尝试、去感受？哪怕将来这一份感情会出现很多变数，无法善始善终，顶多也就是失恋一回罢了。至少她老来回想，也不会一次爱情的滋味都没尝过，不是吗？

“答应你也可以，不过，你要答应我三个条件。”范小鱼抿着嘴，无声地笑着，又恢复了以往的机智狡猾。

“小生洗耳恭听。”丁澈含着笑和她对视。

“我不知道我们以后会不会成亲，但是如果成亲，那你就只能拥有我这个唯一，至死都不能纳妾，也不能在外面拈花惹草、招蜂引蝶。”范小鱼霸道地说。这一点是原则，非关女权，而是她无法容忍与别人分享自己的丈夫。

“相信我，能让我看上的女人天底下都找不出几个。而且……”丁澈轻刮了一下她的鼻子，“我有洁癖，绝对不会和第二个女人相濡以沫。”

“丁澈！”范小鱼嗔怒，“你不要混淆视听，东拉西扯，你得正面回答我。”

“好，我答应你，我丁澈这一生只爱你一个，绝不纳妾，也不招惹第二个女人，若有违誓……”

“好了，毒誓就不用发了。我相信誓言只在人心中。”范小鱼轻笑着竖起第二个手指头，“要是我们成亲了，当家做主的人只能是我，小事可以放宽，大事必须我做主。”

这点就事关女权了，不当家她没安全感，嘻嘻。

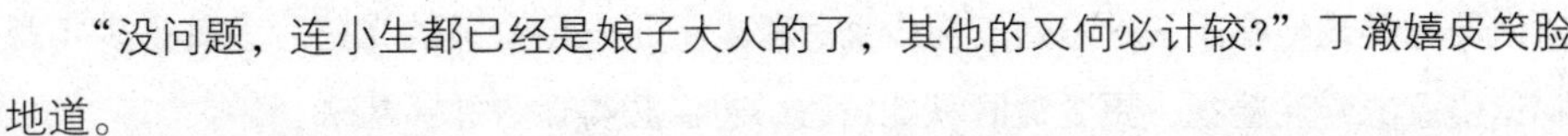

“没问题，连小生都已经是娘子大人的了，其他的又何必计较？”丁澈嬉皮笑脸地道。

“谁是你娘子了？我才答应和你交往，又没说要嫁给你。”范小鱼立刻纠正这个严重的错误。她才十六岁，大好的花季，这点坚决不妥协。

“好好好，是未来的娘子大人。那请问未来的娘子大人，你的第三个条件是什么？”丁澈立刻虚心纠正，心中却暗笑，小嘴儿都已经被我亲了好几次了，你不嫁给我，还能嫁给谁？那个木头罗亶，那个女人似的假和尚吗？想都别想！

“第三，你要给我充分的自主权，不能对我做的事情指手画脚，也不能干涉我的自由。”

“意思就是娘子大人要做什么事，小生都不能干涉么？”这一点丁澈有意见了，“要是威胁到了小生的夫君地位，又或者危及娘子大人的安全呢？”

“跟你说了，我还不是你的娘子！”范小鱼气得毫不留情地拧了他一下。

“哎哟！”丁澈夸张地惨呼了起来，“好好好，小生知错了，是未来的娘子大人，未来的。”

这个人怎么变得这么油腔滑调了？范小鱼又好气又好笑地瞪着他，“你说的后两条，特殊情况下可以例外，这样好了吧？”

啊，不对，她这么说不就等于承认他的夫君地位了吗？

“一言既出，驷马难追！”丁澈早已料到她会醒悟，熟练地又用一根手指封住她的唇，然后讨好地扮了一个小狗般可爱的笑容，“未来的娘子大人，现在你就答应我了吧？”

“没那么容易。我还有第四条……”

某人惨呼，“第四条？刚才你只说三个条件的。”

“我改变主意了，不行吗？”

“行行行，那请问未来的娘子大人，你的第四个条件是什么？”

“我暂时还没想到……”

“那等未来的娘子大人想好了再告诉小生，小生一定谨遵圣谕。未来的娘子大人，小生已经答应了你三个条件，现在能不能先给小生一点奖赏？”

“色狼……唔……”

日薄西方，余晖斜照着汴河水，不论是来往的船只，还是一直泛动着层层水波

的河面，抑或坐在船头的一对少男少女，都染上了一层金黄的光芒。尤其是少年那初谙情意的专注凝视，更令这晚秋的黄昏，也温暖得让人微笑起来。

“丁澈，你要是再一直这样傻笑，就不要去我家了。”范小鱼终于忍不住微怒地嗔道。上了船还这样痴痴傻傻的，回家后不是所有人都猜得出他们干吗去了吗？想起两个人居然就在拱门下耗了一个下午，她忍不住脸红。

“好好好，我不笑，我不笑。”丁澈忙极力收回总是不由自主地翘起来的唇角，“不过，你真的不让你爹他们知道我们的事吗？”

“丁澈！”范小鱼怒吼了一声，看到船夫望过来，又压低声音，恨恨地道，“你偷袭我、点我穴道的事情我还没跟你算账呢！”

“好吧好吧，我不说了。不过现在还没到柳河镇，拉一下手总没关系吧？”丁澈涎着脸，伸手想去拉她的柔荑。

“怎么没关系。”范小鱼敏捷地把手藏到身后，满脸尽是勾人夺魄的娇嗔，“外面这么多人，谁知道有没有认识我们的？还有啊，我再警告你一遍，到了我家，可不许你露出破绽，不然我马上就判你不合格。”

幸好过了一下午，双唇已经不再红肿了，不然她连家都没脸回。

“唉，我真命苦！”丁澈哀怨地缩回了手，一副小媳妇模样，惹得范小鱼又忍不住失笑，同时又狠狠地瞪了他一眼。

“这样吧，我还是先不跟你回家了。我没法控制自己不看你。”丁澈叹了口气，“我先去嬷嬷那里吧。”

“那样最好。”范小鱼故意骄傲地昂头道，却冷不防听到丁澈后面又说了一句：“等到了半夜再去看你。”顿时大羞，立即反对道：“不行！”

“为什么不行？一日不见，如隔三秋，半天不见就是一年半，难道你就忍心看着我饱尝相思之苦么？如果你是怕伯父他们发现，我一定会很小心的。”

“我说不行就是不行。”范小鱼脸红道，觉得自己语气好像有点太重，又放软了一点，“不就是一个晚上么。你睡一觉醒了，明天早上再来我家，不就可以看到了吗？”

真不知道别的男人谈恋爱的时候是不是也这么无赖。不过有一点她可以确定，那就是别人就算无赖，肯定也没有丁澈这么无赖。

范小鱼心中腹诽着，却不禁眼波流转地看了他一眼，惹得丁澈眼中又是异芒闪动。她忙正襟危坐，瞪眼警告。

独自上岸后，范小鱼少不得又做了一番心理建设，确定自己不会露出破绽之后才回到家里，宣布找到房子的好消息。

众人一听自是兴奋，忙询问房子的细节，并让范通晚饭后去通知仇九娘，明早直接到湖边见面看房。

“姐，你今天好像特别开心。”晚饭后，范白菜笑眯眯地抱着贝贝来找范小鱼。

范小鱼正在算计着各项需要办理的事宜，听到这句话，顿时有点心虚，忙笑道：“终于找到店面了，而且价格还这么便宜，我当然很开心。”

范白菜嘿嘿地笑，“对了，姐，丁大哥帮你找了房子，你怎么也不请他到家里来吃饭呀？”

“哦，他说要照顾他嬷嬷，改天再来。”范小鱼打着算盘，一不小心就拨错了一个。怕弟弟看出什么端倪，她忙把算盘一推，道：“冬冬，姐姐忽然想起还有事情要找爹，你帮姐姐把这些账算算吧！”

看着有点儿落荒而逃的姐姐，范白菜嘻嘻地笑了起来，对着小狐狸道：“贝贝，你说姐姐和丁大哥之间是不是有什么哦？她紧张得连爹爹不在家都忘了。”

“嗷嗷……”贝贝昂起头，响亮地长叫了两声。

“哈，你也这样觉得呀？”

范小鱼来到前院，正欲让范通去找一些人，明天一起去把那树砍倒烧掉，忽然想起“害人之心不可有，防人之心不可无”来，那毒鬼既然这么难得，何不索性提炼成毒药，用来以防万一呢？

这么一想，她顿时很是心动，便准备去找岳瑜，可没走几步，忽然又想起一件事情来。

当初让岳瑜调制那断子绝孙药，是为了对付桑家还有夏竦的，如今桑家一下子败落，不足为惧了，可是夏竦那家伙还在安安稳稳地当着大官呢。自己这些天来居然完全把这件事抛在脑后了。

想起岳瑜常常表面带着温和的笑，眼底却有一丝抑郁，想起他这么多年来有家不敢归，范小鱼心中愧疚大起，决定这两天找个机会去夏府探探情况。至于那毒鬼，却是再也不好意思让他提炼了，毕竟那总是害人的东西，上次让他炼药就已经很勉强了。

范小鱼徘徊着左思右想了一会儿，还是决定打消这个主意，直接去找范通，让他准备好明天带人砍树，可她马上就发现自己又犯了一个低级错误——范通晚饭后就已经被她派出去找仇九娘了，她刚才居然还跟冬冬借口说出来找爹……

都怪那个家伙，要不是因为他，自己怎么会如此丢三落四的?

范小鱼跺了一下脚，为了不回去面对范白菜的取笑，便走向罗亶的房间。哼哼，她不找爹，找亶儿了解一下百灵阁这几天的动态总可以吧?

百灵阁里就如范小鱼所料的，并没有什么大事。

在养了十来天的伤后，猫二、猫三的身体已经大好，又满怀热情地投入了训练，争取以后不再出现被别人打昏这种“丢脸失职”的状况。招生的事情也进行得相当顺利，而且因为私下里有不少学生愿意“孝敬”自己的老师，以求多学一点，戏班子里几乎每个人都多了一点额外收入。

范小鱼听了，只是笑笑，反正那些曲目是从罗亶手中一批批地放出去，决定权不在那些优伶手中，而她也决定慢慢撒手了，当然不会去管这些无伤大雅的小贿赂。

不过虽然范小鱼说不管那么多，但罗亶还是尽职地细说了一遍，包括哪些瓦子勾栏来过，哪些又签了约，哪些还想得寸进尺地更进一步，直把范小鱼听得大呼头疼，让罗亶和柳园青自己做主。

黯然地看着她离开，罗亶的眉头久久难以舒展。

他和她之间的距离，看似早已亲如家人，但在他看来，这中间却仿佛隔着千山万水，难以逾越。

第五十一章

齐心合力共创业

翌日，范通叫了镇上几个短工，连同罗亶和岳瑜，一起去了内湖旁的茶楼。

赶到那里一看，却见丁澈早带一批人盖了水井，正在那里砍树。每个工人的口鼻上都蒙着面巾。见众人到来，丁澈便让人拿出剩下的一些面巾派发给下去，然后让范小鱼等不参加砍树的人尽量离毒鬼樟远一点。

范通见丁澈一副给自家办事的模样，不由悄声问范小鱼：“小鱼，这个饭馆是不是丁公子也有份儿?”

范小鱼看了一眼前方正含笑望着自己的丁澈，暗骂了一声狡猾，表面上却只能点头，“嗯，他也想合伙，所以我答应了他两成。”

若是不说有股份，他这么勤快，肯定会被别人察觉出他们之间的异常，有违她想先交往一阵再公开两人关系的初衷，所以，她暂时只能接受他的“君子钱”了。

范通习惯事事自己动手，确定了丁澈也有股份之后，当下便不再怀疑地加入到工人之中，挑了把斧子爬到树上去砍枝丫。他一动手，罗亶自然也不落下。岳瑜犹豫了一下，也准备跟范白菜一起过去，却被范小鱼好笑地拉住。

“你们两个文弱书生过去做什么? 又不是没工人。来，跟我去转转，也给我提点意见。”说着，她便带了他们和仇家母女一起逛了起来，从前楼到后院，厨房到杂物间，无一不仔细地瞧过。范小鱼一边走一边和仇九娘讨论以后的布局：以后请来的厨师伙计住在哪里，哪些地方需要重新粉刷，还有多少桌椅可以使用，二楼的格局是否需要改造等等。

他们在四处逛，前院在用力砍。不多时，那棵大树就在众人的合作下慢慢地斜倒，最终重重地砸在了地上，只留下一截木桩。

一百多年的樟树，自然小不到哪去，众人又耗费了不少力气收拾，然后不管枝叶树干全部集中起来，堆到一块空地上，泼上桐油烧了起来。浓烟滚滚，很快引来不少人在外头张望。

这也正是范小鱼和丁澈所预期的。等到人群渐多，范小鱼便按照昨日两人商量好的法子，以房子新主人的名义笑吟吟地出去见客，说这树有邪气，专门坏人门宅，所以要砍掉焚烧以化解厄运，求得家宅平安、生意兴隆。

接着，她趁机宣告，半个多月后这里将要开一家饭馆，届时欢迎大家光临，充分地利用烧树事件大力地做了一番广告，借此先消除了百姓对于这户怪宅的一部分恐惧。至于以后生意能否真正兴隆起来，则还是要看饭馆的具体经营了。

烟雾吸引了百姓，当然也引来了官府的注意，但范小鱼早已准备好地契文件，因此稍微花费了一点银子，便把官府的人打发了。

砍树，焚烧，将灰烬运出城外掩埋掉，收拾落满灰烬的院子，再加上由于井水暂时不能使用，用水都要从湖中挑取……众人花了足足一天的工夫，才将前楼后院大概地整理了一遍，一个个都累得够戗。

期间，忙碌的丁澈和范小鱼，虽然不时能看见彼此，可一来范小鱼存心想要惩罚丁澈一下，二来她周围始终有旁人在场，丁澈愣是没找到半点和范小鱼单独相处的机会。偶尔一次他逮着机会偷偷地给范小鱼使眼色，范小鱼也故意假装没看见，令挫败无比的某人几乎化身为怨男。有心想要点小诈创造一下环境吧，又怕佳人生气，真的不理他了，丁澈只得暂且忍耐住，用亲自参加劳动的方法打发漫长的时间。

幸而干起活来时间总是过得比较快的，转眼一日便过去了，到了黄昏时刻。

范通和工人们约好明日上工的时间后，便请众人一起回家吃饭，丁澈当然也在被邀之列。

回到家后，男人们各自去清洗浑身的汗臭，范小鱼和仇九娘则马不停蹄地一头扎进厨房中帮忙。仇九娘是因为勤快，而范小鱼却是被吓的，因为某人在回来的时候，终于找到了一个机会，哀怨地说辛苦了一天，要求奖励。

四个女人一起做饭，效率当然高，很快就整治出一顿丰盛的晚饭来。

结束愉快热闹的晚饭后，范小鱼让春燕和金铃收拾了饭桌，然后拿来了笔墨，就在大厅之中开起会来。她先阐述了一下自己对于这家新饭馆的经营理念，然后让大家群策群力地来完善。范白菜和岳瑜兼做详细记录，她自己则随时写下新的要点和灵感。

这是她头一回开饭馆，脑子里虽有一些比这个时代先进很多的经营知识，可那毕竟都是纸上谈兵，若不能因地制宜、真正切实地融入这个时代，那么，再好的策划都是一纸空文。

由于要讨论的东西实在太多，范小鱼所讲的很多东西众人也不能马上理解，总是需要详细地解释，再加上众人发表起意见来你一言我一语的，这个会议的长度就非常可观了。

等到范小鱼终于宣布会议告一段落时，众人脸上大多现出了疲惫之色。

之后，丁澈首先开口告辞，而仇家母女则因为“天色过晚，反正明日也要同去收拾新店”的理由，被范小鱼留宿在范家。

在春燕准备的热水里洗去一天的汗水和疲劳之后，范小鱼一边擦着湿漉漉的头发，一边忐忑不安地走向阁楼。

想起丁澈离开前那特别的一瞥，范小鱼百分之百地确定，他一定会像上次那样来个回马枪，心中不由得有些恼、有些羞，又有些期待。可是，她已经洗完了澡，春燕又来收拾浴室，总没有理由不回自己的房间吧？于是，在磨磨蹭蹭了好一会儿之后，范小鱼终于还是硬着头皮独自踏上了楼梯。

走到已经被春燕点好灯的房间门口，范小鱼竖起耳朵仔细地听了一下里头的动静，没有察觉到丝毫异样，心里不由有点疑惑，难道他没有来？怀着八分的怀疑，范小鱼小心地推开了房门，并随时警惕着以免被偷袭，可是什么都没发生，房间里除了她自己一个人都没有。

确定每个能藏人的角落里都没有人后，范小鱼舒了口气，却又莫名地感到一点失落。

换了一块干毛巾，范小鱼信步走到了阳台上。

看着沉沉的夜色和乌云中显得十分暗淡的一弯月牙，她一边慢慢地擦着头发，一边猜想着某人到底会不会来。

楼下春燕很快就收拾好了浴室，抱着她的脏衣服回到了自己的屋子。没多久，大家房间里的灯也一盏盏地熄灭，她的头发也差不多干了，可是四周还是没有丝毫动静。

范小鱼抿了一下唇，回身走入房内，关好门窗，决定再也不管某人来还是不来——她总不能因为心里忐忑就等一个晚上吧？也许这家伙还有点君子风度呢？好歹他也是出身名门，不至于真的半夜来闯女子闺房吧？要是那样，她一定狠狠地给这个登徒子一顿教训。

打定主意后，范小鱼便熄灯上床，开始还有些辗转，慢慢地，困意终于袭了上来。

也不知道睡了多久，忽地，通往阳台的门被轻轻地叩响。

范小鱼一下子睁开了眼睛。

“小鱼。”阳台上传来极低的声音，不是某个登徒子又是哪个？

范小鱼抿住了唇，不语。

“小鱼。”丁澈又唤了一声，柔声道，“我知道你醒着，快开门，让我见见你。”

这家伙！居然真有脸半夜摸上门来！黑暗中，范小鱼的脸倏地红了，坐起身低声叱道：“半夜三更的，你来做什么？”

“我想见你。”丁澈低低地道。

“你想，我不想。你快回去吧，我睡了。”范小鱼嗔道。要来就早点来，干吗非要等到半夜才鬼鬼祟祟地过来？

“娘子大人，小生已经在外面等了一个多时辰了，难道你就忍心让小生这样凄凉地回去？”丁澈满腹委屈地道。

“呸，谁是你娘子大人？谁让你等了？”范小鱼啐了一口，心里却有些疑惑，为什么他等了一个多时辰？

“当然是有人了。”丁澈叹了口气，继而又谄媚了起来，“好小鱼，你快开门吧，开门后我再跟你说。要不然，我可自己进来了。”

“不准！”范小鱼忙低呼道。可是她也知道，这家伙要是真想进来，这普通的门窗是挡不住他的。她想了想，只好无奈地起床，整理好衣服，这才走了过去。

“小鱼。”某人几乎在门才开了一道缝隙的时候，就闪了进来。然而下一秒，他却变成了石头，保持着前脚在门里，后脚在门外的可笑姿势。

“小鱼。”丁澈又唤了一声，语气十分无辜，因为他此刻浑身上下只有一双贼亮贼亮的眼珠子和舌头能动。

“亏你也是个世家子弟，难道没学过礼义廉耻么？”范小鱼忍着笑，斜眼嗔他，

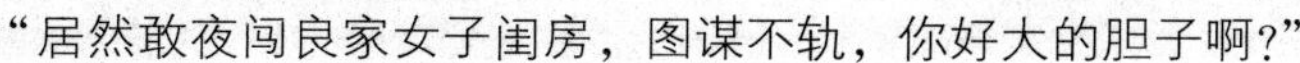

“居然敢夜闯良家女子闺房，图谋不轨，你好大的胆子啊？”

“上天可鉴，小生没有半分歹意，而是诚心诚意请求叩见。姑娘切莫冤枉了小生啊！”丁澈口中喊冤，一双在夜色中犹自亮晶晶的眼却火热地望住了范小鱼。

两人都是习武之人，虽然不至于在伸手不见五指的漆黑中视物，但在这种朦胧的昏黑中，却能看见彼此的眼睛。

“我才不信你。”范小鱼哼了一声，假装没感觉到他眼中的异样，“你刚才说等了一个多时辰是怎么回事？”

“唉，姑娘清丽脱俗，娇媚动人，又冰雪聪明，自然仰慕者众多。小生虽然诚心诚意，一心想尽快前来瞻仰姑娘芳容，无奈他人近水楼台，小生只得按捺心中焦急，静候良机。”

“你再酸溜溜地跩文，我就把你扔出去。”听不得他一口一个小生的，范小鱼不由羞恼地道。

丁澈立刻紧闭了一下嘴巴，然后可怜兮兮地道：“还不是你那个师弟，居然一直站在角落里看着这边，害我根本就没法上来。”

“啊？”范小鱼低呼了一声，顿时又愣又窘，不知该说什么。

“我知道，喜欢你的人很多。除了罗亶，那个假和尚也是喜欢你的。”丁澈叹了口气，眼中的神色却正经了起来，“我不生气，因为我知道你值得他们喜欢，可是我却无法不嫉妒。一想到也许他每天晚上都这样偷偷地躲着看你，我就浑身不舒服，恨不得立刻带你离开他的视线。”

“他是我师弟，也是我的家人。”范小鱼白了他一眼，心里却有些甜丝丝的。只是想到罗亶那沉默的深情，她又觉得沉重起来。

“我知道，所以我不能对他做什么。但是，我也同样不会给他机会。”丁澈凝视着她，眼神中透着不容否决的坚定。

范小鱼无语。

看到她为难，丁澈转移话题道：“小鱼，现在你已经明白我为什么会来这么晚了，就放开我吧？”

“什么意思？难道我一直在等你不成！”想起之前自己的徘徊猜疑，被戳破心事之后，范小鱼不觉有点恼羞成怒，“我点你穴道，是因为你这样夜入女子闺房，于礼不合，所以才给你个教训。”

“是是是，我错了。可是你一天都不理我，我这不也是出于无奈吗？”丁澈委屈

地认错。

“那我放开你，你保证不胡来?”范小鱼红着脸问道。

“好，我保证。我绝对不会不顾你反对胡来。”某人饶舌地道。

范小鱼哼了一声，解开了他的穴道。

“小鱼……”某人立刻伸出了手。

范小鱼立刻往后退了一步，“你说过不胡来的。”

丁澈叹道：“我不胡来，我只是想抱抱你。从前天下午到现在，我已经足足十五个时辰没有碰过你一根手指头了。”

凝视着范小鱼，丁澈张开了双臂，柔声诱哄道：“过来，让我抱一下，就一下。我答应你，绝对不会乱来。”

“我不信。”范小鱼的脸颊越发的发烫。他当她是小孩么？尤其是知道他骗人外表下有一颗色狼般疯狂的心后，她会相信他只抱一下才怪!

丁澈又叹，“难道你想要这样一直僵持下去吗？今天你忙了一天了，我也想让你早点休息。只是实在忍不住，才偷偷地来看你一眼的。相信我，过来好吗?”

这个家伙，不但长得帅死人不偿命，就连说话，也这样迷死人不偿命。

范小鱼想要坚持不让步，却还是无法违背自己的心，轻轻地走过去，依入他的怀中，伸手环住了他的腰。

丁澈收紧双臂，拥紧了她，下巴抵在她的肩上，手指轻轻地抚摸着她的秀发，深深地吸了口气，又满足地叹出声。

那声吸气和叹息就像是一颗石头，咚的一声投进了范小鱼的心湖，泛起阵阵甜蜜的涟漪。

两人静静地相拥了一会儿，彼此都贪恋着对方的温暖，谁也不想先离开。最后却是丁澈先收回了手，轻搭在她的肩头，声音低哑地道：“我回去了，你好好休息。”

“嗯。”范小鱼低若蚊吟地应了一声，抬眼看他。两双同样明亮的眼睛，在黑暗中发着一样闪亮的光芒。

“不要这样看着我，不然我会忍不住胡来的。”丁澈凝视着她，低沉地道。

“那你快走吧。”范小鱼顿时大羞，一把将他推向阳台。

丁澈顺着她，退到了门外，却又伸脚抵住了门板，低声道：“让我亲一下，就一下，好不好?”

“丁澈，你不要得寸进尺。”范小鱼咬着唇，扬起手。

“好吧好吧，我走。”丁澈哀怨地看了她一眼，然后不舍地缩回了手。范小鱼立刻关上门，用背抵住了门板。

丁澈摸着差点被撞到的鼻子，无奈地摇了摇头，却知道她就在门的那一边。

“我真走啦!”

“快走啦！男子汉大丈夫，不要婆婆妈妈的!”范小鱼低声嗔道。

这个狠心的小女人！丁澈闭了闭眼，苦笑了一下，带着一些满足，以及更多的不满足，轻搭栏杆飘落了下去，几步后，又跃上了院墙，消失在墙下。

真走了，没想到他真的只敢抱一下。

半晌后，范小鱼才挪动脚步回到床边，歪着身子倒在被子上，然后轻捂着唇甜蜜地笑了起来。

店面已确定，接下来的筹备工作自然是一大堆又一大堆，尽管范小鱼已经尽量用分工统筹法来安排，可还是陷入了团团忙乱之中。

首先是招人。古代不像前世，利用媒体打个广告即可有一堆人送上来供你挑选，虽然也有类似人才中介这样的小机构，不过要招到符合范小鱼条件的，就相当困难了。为了扩大选择范围，范小鱼三管齐下：一是广告，四处张贴以每月有两日固定休沐日为吸引点的招聘信息；二是通过市场雇买；三是暗中观察后挖角。

这项任务范小鱼交给了丁澈，因为丁澈是世家出身，自小被人服侍惯了。用他的感觉来测试伙计的服侍水平，虽然要求太高，却可以选出真正的服务人才。于是丁澈大半时间都坐在店里，结合范小鱼的要求，面试着一个又一个的应聘者。

当然在这之前，范小鱼还得制定好薪资制度，又费了不少时间。

其二是装潢。为了能给顾客提供一个与众不同的就餐环境，在力求风格简单鲜明但又不太费钱的前提下，范小鱼可谓绞尽了脑汁。楼房是木质结构，想要涂石灰刷颜料是不可能了。为了不像很多饭馆那样走进去感觉阴沉沉的，范小鱼特地去找了一些依靠卖画为生、价格又相当便宜的画师，让他们描绘了许多看了就很亲切的日常生活图以及婴幼嬉戏图挂在大众化的一楼。二楼则选用一些漂亮的仕女图和名画临摹，同时恰到好处地摆上一些盆景，点缀以绢花，然后用屏风隔开几个单桌当做雅座。至于桌椅，则全部重新漆过，梁柱窗台也是如此，务必呈现一派新气象。

考虑到许多老百姓不识字，无法使用菜单，范小鱼索性又让画师画了一些食物

的图样，贴在了梁柱和墙面上。顾客要吃饭，随手一点就可以。另外，为了迎客，范小鱼又在门口挂了两个憨态可掬、俏皮可爱的小伙计形象，让每个人打门口路过时就可以看见热情的笑脸。

这个项目则主要由范通和适当易容后的岳瑜负责监督实施。对于自己必须接受情敌的帮忙才能抛头露面这一点，岳瑜心里其实很有抵触情绪，只不过想要光明正大站在外面，以及能和范小鱼日日一起工作的渴望，还是压制了那点不甘。毕竟，这三年深藏在宅里的日子他也过够了。

前两项确定后，接下来便是最为零碎的厨房用具和食材准备了。

锅碗瓢盆，箩筐菜篮，砧板菜刀，各种小坛大缸，各种想得到想不到的辅助用具，除了之前留下的，其他一律都要购买。还有厨房、酒窖、酱窖、食材和燃料仓库的分别整理，力求环境有序而整洁，坚决做好防患于未然的各项安全工作。

这点主要由仇九娘负责。

而今后各项新鲜食材、调料、酒水、瓜果等长期供应的问题，则需要范小鱼亲自去找供应商沟通好，定下合约。所幸客栈就在内湖边，很多东西的供货反倒比进城批发来得方便多了。

然而，这还是前期必需的准备工作，人员逐步到位以后还有一大串事情。要培训要协调，要确保整个流程能完美地流动起来……所有能被范小鱼调动起来的人，都处在十分紧张的忙碌状态，而最为辛苦的，自然是作为总指挥的范小鱼。

纵然已有分工，可还是整天都有人就各种问题来向她请示，再加上她自己又是天生的劳碌命，觉得既然想把店开好，当然要全力以赴、尽善尽美。于是，她难免夜以继日地体力脑力一起耗费，这样十几天下来，她的精力就是再充沛也大感吃不消，每每等到上床的时候，连一个手指头都不想动了，更没时间和某人卿卿我我地谈恋爱。

而且因为心疼女儿如此奔波，叶芷燕又专门拨了两个婢女到范家，其中一个天天睡在范小鱼的房内，好随时伺候她。这样一来，丁澈就是想半夜溜进来耳鬓厮磨一下也没有机会，只好尽量在白天找一点机会拉拉小手，或者心疼地摸摸她那明显瘦了一圈的小脸，然后也全力地投入工作之中，好让她的负担能轻一点。

丁澈的体贴范小鱼瞧在了眼里，也甜在了心里。

说实话，自从那天晕晕乎乎地答应和他交往之后，尽管丁澈打包票说他父母一定不会反对，可是两个人的身份地位毕竟摆在这里。而且相爱容易相守难，她是个带有超前意识的异世人，而丁澈却又这般的年少。因此，范小鱼在享受爱情甜蜜的同时，心中其实很是忐忑不安。

她是个很实际的女人，明白钱非万能，但没有钱却万万不能，而且也喜欢并希望通过自己的双手来获得美好的物质生活。这种态度，说好听些是努力进取，说难听些就是庸俗市侩了，丁澈现在是被她吸引了，可谁知道他以后会怎么看她呢？

另外一方面就是丁澈的未来问题。

当了这么多年的家后，范小鱼虽然有些女权思想，可骨子里还是保留了一些比较传统的东西，即便她曾经说过以后要当家，可那并不代表两人的家庭就应该由她来养。在她看来，男人养家，那是天经地义的，就如前世的很多夫妻一样，纵然丈夫的收入不一定高过妻子，但却一定要有一个正当、稳定的经济来源，可以提供一家生活的基本所需。生活可以平淡，但绝对不能窘迫。

而在这个封建时代，对于男人们而言，最好的出路就是当官，拿朝廷的优厚俸禄，其次才是从农当地主，开作坊做生意。

丁澈出身不俗，人又聪明，虽然中间停了三年学业，但如果他肯奋发，未必就当不了官。问题是，当官这个职业是范小鱼打心眼里反对的。从某方面来说，进入官场，就代表着进入了一个黑暗、倾轧、龌龊的大染缸之中，她宁可辛苦劳作也不愿去闻那腐朽的味道，而且当了官太太势必又有不少限制，有违她自由的本性，她不愿勉强自己去过不喜欢的生活。

文的不喜，而武的，一来朝廷没有开设武举，纵然开了武举也是当官，同样是官场；二来尽管他已经深得怪老头的真传，武功卓越，可在这样一个重文抑武的太平年代，纵然他有一身武功，可除了劫富济贫，做一点小侠事外又能做些什么？何况她早就说过，她不喜欢用“君子钱”，更不想被官府通缉。丁澈要养家，就必须用干净的钱。不然她宁可找个压制得住的可靠男人，平凡度日。

那以后丁澈到底从事什么，才是最适合两人的长久相处的方式呢？

这个问题在范小鱼心中盘桓了许多天，也很想问问丁澈，只是这段日子实在太忙碌。几番纠葛下，范小鱼决定等饭馆开业并逐步稳定下来以后，再好好地问问他。

不过，还别说，在范小鱼那几个要点的指导下，担负起培训重任的丁澈，工作还真做得很出色。

他的考核方法很简单，那就是把自己当做一个客人，然后让伙计来服侍，只要

能让他丁大公子基本满意就行了。

这一点说起来当然简单，做起来却很不容易。为了通过考核，每个伙计不仅牢记了范小鱼的培训纲要，而且还充分地发挥出自己各自的特点，再加上日日面对自然流露出贵公子气息的丁澈，数天以后，那些新伙计还真一个个都脱胎换骨般气质出众，乍一看，不论是态度、记忆力、灵活度，似乎都不下于高级酒楼。当然，这只是表面，以后是否能真正打造出一支业务过硬的队伍，还要靠实践来锻炼和培养。

总之一番紧锣密鼓之下，日子就像黄河水一般滔滔而逝，很快就过了大半个月，各项事宜渐渐进入了收尾工作。范小鱼决定再召开一个会议，定出最终的招牌名。

第五十二章

范岱归来合家团圆

说起取名字，范小鱼发现这古代人还真是还不擅长搞噱头，不是文绉绉的半天也听不出深意，就是朴实得可怕，就比如 X 家酒楼 X 家饭庄的，实在没有特色。

“这样吧，我提一个名字，大家看看怎么样?”范小鱼搜索着前世看过的那些酒店名字，忽然脑中冒出一个灵感，立刻扯了一张纸就挥笔写下九个字。

“一再来，易再来，宜再来!”众人念了一遍，都觉得这个名字看似古怪，可一咀嚼却大有深意，不由互相对视。

“我取这个名字的意思很清楚，就是希望不管是哪个再来，都能告诉大家，这个地方很容易进，而且进了让你还想进。”范小鱼嘿嘿一笑，“而且我还有一句话，这句话同时也作为以后我们新饭馆的招牌语，那就是……”

范小鱼卖了一个关子，取过两张对联纸，又刷刷刷地写了起来。

“第一次不来是您的错，第二次不来是我的错。”众人又念了一遍这两句大白话，再结合之前的深意，顿时都会心地笑了起来。

短暂讨论后，众人都同意使用“一再来”这个通俗又朗朗上口的名字，不过范小鱼的大字实在太难看了，要是真按照她写的挂出去，保管吓走一群人。见自己被打趣，范小鱼假装恼羞成怒地让所有人都写一遍，其中包括小女孩戴云英，结果却发现就连戴云英的字也比她写得好，顿时连连大呼后悔。

一片笑声中，大家最终选定了丁澈的题字，原因是他的字龙飞凤舞的，最具气势。岳瑜的字虽然也漂亮，却字如其人，太过温和了些。不过，范小鱼那句像是对

联却又不是对联的广告语，大家却一致同意由岳瑜来写。

没想到这家伙还有这一手。

趁着大家都在围观岳瑜重新抄字，范小鱼含笑斜睨了丁澈一眼。

丁澈感觉到她的目光，得意地对她挤了挤眼，并趁正好站在她身边之便，偷偷地捏住了她一根手指头。范小鱼没防备他突然来这么一下，吓得慌忙挣脱，狠狠地给了他一个白眼，然后赶忙低头，怕被人家注意到。

却不料这一幕还是落在了罗亶眼中，因为他的注意力始终分了一半在她身上。想起这些日子以来自己暗地里的观察，罗亶的脸上不禁闪过了一抹黯然。

“小鱼，现在我们的人手都已经齐备了，各个环节应该也不会有大问题，那我们的‘一再来’什么时候正式开门迎客?”基本的事情都确定好后，十几天来已经和范小鱼一家相处得十分融洽的仇九娘，直呼着她的名字问道。

“今儿是几时了?”

“十月十四了。我已经查过了皇历，近的十六十八都不错，晚点的二十五也是开业大吉的好日子。”

“那就定在十八吧！有三四天时间准备，应该足够了。”

“可惜二叔不在，要是二叔也回来了就好了。”想到家里的饭馆马上要开业了，范岱却不知道在哪里，范白菜遗憾地插口道。

“哈哈哈，我不是在这里吗?”

冷不丁地，屋中忽然冒出一通大笑。众人一惊，循声看去，却见一直老老实实坐着的范通忽然站了起来，满脸的得意和狡猾。细看之下，他的脸上还有许多风尘之色，却不是范通的双胞胎弟弟范岱又是谁?大家都已经习惯了范通只是埋头做事，并不积极发言，因此竟然都没注意两兄弟什么时候换人了。

“二叔!”离他最近的范白菜一下子扑了过去，毫不犹豫地喊出了二叔。

“二叔，真的是你!”范小鱼也惊喜地站了起来，看着抱了范白菜飞转了一圈，差点碰到桌椅的范岱。罗亶和岳瑜也忙走上前去各自见礼，唯独丁澈只是平静地站在一旁，淡淡地看着这一幕，脸上似笑非笑。

其实最先感觉有异的是他，因为这个“范通”回来后，表面上像在认真地听大家讨论，暗地里却已向他投过两次目光。只是丁澈心虚，以为被他看见了自己和范小鱼的小动作，一心担忧范小鱼会因此而不理他，所以不曾想那么多。现在回想起来，范岱应该是没想到他也会在这里，所以才多看了他两眼而已。

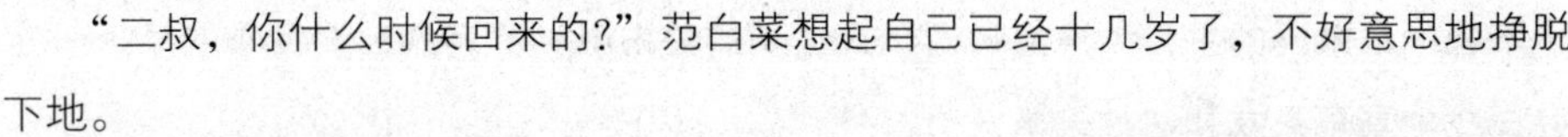

“二叔，你什么时候回来的?”范白菜想起自己已经十几岁了，不好意思地挣脱下地。

“二弟是刚刚回来的。”听到屋中的欢笑声，真正的范通微笑着从侧门处走了进来。

“我知道了，一定是爹刚才去拿茶壶的时候被二叔给替代的。二叔，你好狡猾呀！干吗不直接进来?”范白菜恍然道，同时开心地往周围张望，却没见到想见的人，“咦，二叔，你一个人回来的吗?”

“咳咳……”范岱的脸一下子红了起来，飞快地瞟了一眼仇九娘母女。

“二叔，你就不要不好意思了。今儿在场的，都不是外人。”范小鱼意有所指地故意看了一眼范通，范岱的眼中顿时现出恍然之色，其他人则微笑了起来。

“咳咳……”这一下轮到范通干咳了，见仇九娘也微红了脸，忙转移话题道，“是啊，二弟，弟妹呢?”

“她在家里歇着呢。颠了一路，人有些不舒服，一到家就躺下了。我听金铃说你们在这里开饭馆，有些好奇，就忍不住先赶过来瞧瞧。”范岱的脸皮本来就比范通厚，此刻见老大尴尬，他反而自在了起来，大大方方地道。

“二叔，这就是你的不对了。二婶这么千里迢迢地赶路，刚到京城，人又不舒服，你居然扔下她一个人跑出来，你也好意思!”范小鱼当即不客气地给了他一个白眼。

“嘿嘿，她不是一个人，有伴陪着呢。”

“有人陪着？谁?”范小鱼顺口问了一句，突然想起一个娇俏的少女来，“二叔，你不会是说她吧?”

“除了她，还有谁?”范岱挠了挠头发，苦笑道，“总之，你们回家就知道了。”

“那还等什么，走吧!”范小鱼又是欢喜又有些头疼地顺手取过镇纸压住一堆字，请仇九娘母女留下看店，就和众人一道出门。

姐弟俩一左一右地夹着范岱逼问这一月多来的情况。范通站在范白菜的旁边，罗亶和岳瑜紧跟着他们，笑着看范岱求饶。

唯有丁澈，好像已被众人忘记了一般，孤独地走在最后面。

然而，他的脸上始终带着微笑，好像他旁边无形地陪着好几个人一般，从容地、淡定地、始终和前头几个人保持着两步的距离。

男子汉大丈夫，当忍处则忍，不然……他能怎么办？跑上前去一把拉住某个头

也不回的小东西的手，大声宣布两个人之间的关系吗？不用说，没良心的某人一定会冷冷地宣布：我和他没关系。

到时候，凄惨的还不是自己？

某人继续微笑着，心中却一声声地叹气。唉，谁叫他答应了要先通过她的考核，才能正大光明地以另一种身份出现在范家人面前呢？幸好自己要了个小诈，入了饭馆的股，不然这十几天恐怕连见上她一面都难。

想起范岱和范通这两个老光棍都已经有了第二春，他却连和范小鱼交换一个眼神都得偷偷摸摸，丁澈哀怨了。

“对了，二叔，”范白菜在连串的发问中忽然想起了最大的一件喜事，忙兴奋地报告道，“二叔，我们和娘亲见面了，现在我们还常常去娘亲家里玩。”

“啊，真的吗？这可真是一件大喜事。”范岱惊喜地哈哈大笑。

“是啊，二叔，我跟你说，其实娘一直都没有抛下我们……”

直到坐在船上，又顺着汴河回到了柳河镇，范白菜还犹自开心地诉说着那日的相认，以及以后的屡次进卢府，诉说着他还有一个很可爱的亲妹妹。范小鱼只是间或插上一两句，范通则是感慨地微笑着，依然为前妻和儿女们之间的深厚感情而感动不已。

岳瑜和罗亶也早已知道这些事情，而坐在船头的丁澈却是第一次详细地听说这个过程。

嘴角含着温和得体的淡淡微笑，某人好像漫不经心地瞧了某个狠心人一眼。

敏感地接到某种情绪的范小鱼，顿时心虚地一颤。她又不是故意要瞒着他，只是一直没有机会嘛。再说了，谁说他跟自己说了他家的事情，她就必须回报以自家的事情来着？

范小鱼理直气壮地给自己找了个很好的理由。可是回想起那一眼的深意，她的脸上不禁又浮现了一层绯色，忙假借整理被河风吹拂的头发，抬手掩饰。

有句话说，不在沉默中灭亡，就在沉默中爆发，上次她只是躲了他三天，而且还是郎情未明、妾心未显的时候，都能令他狂性大发，现在自己都答应交往了，还连续十多天不给他单独相处的机会，她真的有点害怕某人会突然发作。看来，这两天她还是小心一点好。

很好，狠心地把他一个人丢在后面也就算了，现在她居然看都不看他一眼，真把他当无形的存在了啊！丁澈微微一笑，深邃的眼眸轻轻地一眯，有如猎豹进入了狩猎之前最安静的状态，只等着最佳机会，猛地发出致命的一击。

几里的水路一忽儿就到。众人才走到家门口，就听见院子里传来一声比一声凄厉的惨叫，范岱猛地一掌拍开了院门便冲了进去。

院子里却并没有想象中血腥恐怖的场面，只有一个身着粉衫的女子正一边提着裙子飞快地奔跑，一边惊恐至极地回头看着脚下屡屡挨到自己的小红影，害怕地一直尖叫。而卢府派来服侍范小鱼的两个丫鬟，则扶着一个红衣女子在旁边拼命地忍着笑。

众人万没想到原来这通惨叫是这么一回事，顿时都忍俊不禁。

“贝贝!”范小鱼自然早已看出小狐狸贝贝是在逗着上官娇玩，不然以它的速度，早就扑到上官娇身上去了。上官娇可能是对这一类动物有种本能的恐惧，所以才会害怕这只人人都觉得可爱的火狐。当下，她不由好笑地打了个呼哨。

“呜呜……”听到主人的呼唤，贝贝放弃逗弄新玩具，灵活地翻身冲了过来。它一下子扑进范小鱼的怀中，委屈地直哼哼，好像在抱怨为什么所有的人都喜欢它，唯独这个陌生的少女看见它就像是看见鬼似的。

“表姐!”上官娇早已被贝贝追得几乎崩溃，此刻见小狐狸终于放过了她，忙躲到赵瑶身后，眼泪汪汪，狼狈不堪。

赵瑶却在范岱拍门而入后就看见了众人，知道这都是范岱的家人，顿时羞涩得不知所措，求助地看向范岱。

“大哥，小鱼，冬冬，这就是……”范岱说了一半，不好意思地停住了口。

“是什么呀?”范小鱼故意道。赵瑶有些苍白的脸顿时绯红了起来。

“是……是你们的二婶!”范岱只尴尬了一两秒就挺起了胸膛，一手一掌地轻拍了一下姐弟俩的头，笑骂道，“还不快去见过你们二婶?”

“是。”姐弟俩默契地哈哈一笑。范小鱼随手一松，让贝贝跳下去，和弟弟一人一边地接替了两个丫鬟，扶住赵瑶，笑嘻嘻地自我介绍。

“二婶，我是小鱼。”

“二婶，我是冬冬。”

“姐姐……”赵瑶还没来得及回答，上官娇就扑了上来。她从旁边抱住了范小鱼的脖子，可怜兮兮地靠在她的肩头上，指控道，“你家大狐狸想咬我。”

“呜呜……”贝贝抗议地低呜了一声，又绕到她身边，吓得上官娇又是一声尖

叫，赶忙放开范小鱼，兔子一样地蹿到了范岱的身后。

“表姐夫，快救我！”

“娇娇！”赵瑶嗔了她一声，然后红着脸看着一对姐弟，难为情地道，“小鱼，冬冬，我表妹从小就怕有毛的动物，你们别介意啊。”

“怎么会呢？是贝贝太淘气了才是！”范小鱼笑道，同时仔细地打量了一下赵瑶，发现她的气色跟多年前那一眼相比，简直是天壤之别。不仅如此，她原来敢爱敢恨的性子似乎也被多舛的命运磨平了不少，现在的她，反倒更像一个养在深闺的柔弱女子了。范小鱼心里不由暗叹。

“应该是我们向上官姑娘赔不是才对。”范通过来打圆场，瞪了正开心地摇晃着大尾巴的贝贝一眼，笑道，“弟妹身子不好，我们还是进去说话吧。”

“伯父，我还要回去看嬷嬷，就先告辞了。”丁澈抽了个空，微笑着对范通道。

“吃了饭再走吧。”

“不了，今日答应了嬷嬷陪她一起吃。晚辈改天再来叨扰。”丁澈说着，对众人拱了拱手，潇洒地转身离去。

“大哥，这小子什么时候回来的？怎么他也在我们家的新饭馆里？他师父呢？他是来找我们家小鱼比武的吗？比了没？”看范小鱼他们扶着赵瑶走在前头，范岱故意落后了一步，偷偷地问范通。

“二弟，你这一连串的问题，让我先回答哪个好？”范通笑道，“其实你离京前应该见过他吧。他就是那个救了严家祖孙的少年。三年不见，没想到他学得一手好易容术。你看见岳先生没有？要不是他略施妙手，岳先生还不大好出门。”

“原来那小子就是他呀？”范岱恍然，继而又道，“大哥，你还没说比良那老头回来没有呢。他们有没有比过武？”

“二弟，我瞧着丁家孩子不错。你不在的时候，他帮了我们家很多忙，你就不要老是惦记着比不比武了。快走吧，这些事明天再说。反正你已经回来了，也不急于一时。”

“不是的，我……大哥……哎……大哥……”

久别重逢，大家都有很多话要说，罗亶和岳瑜虽然是自己人，却不是范家人，午后的书房聚会自然就回避了。

“二叔，这下你可以放心了。二婶的身子虽然虚，但只要好好调养就没问题的。”

午饭前范岱就已请岳瑜为赵瑶细细地诊了病情，发现赵瑶虽然病体积重，却主要是因为心病引起，如今多年的心结一除，等于去了病根。只是她长久不在乎自己的身子，这调养的工夫却是不能少，至少要养上个两三个月才能大致康复。

得知赵瑶的身体虽需费时调养，但没有大碍，众人心里都踏实多了。

“嗯。”范岱笑着点了点头，随即愤愤地道，“没想到我待在这里三年，屁都没几个，我一走，居然就发生了这么多事情。那个小皇帝没什么意思，倒是小鱼认的那个大哥还有点意思，可惜没见着，没看到那官司的精彩劲，可惜，真可惜!”

“有什么可惜的？那是我的义兄又不是你的义兄，什么事都比不上你这个老光棍讨媳妇重要。二叔，如今二婶已经回来了，你打算什么时候办喜事，正式娶人家过门?”范小鱼抿嘴笑道，“咱们家的房子可不多，能并一间的还是早点并一间好。”

范白菜听了在旁边直笑。

“你这个鬼丫头，尽取笑二叔。”

范岱假装要叩她一个栗暴，范小鱼忙嬉笑着闪开。

“我说的可是实在话。二叔你也不是不知道，这镇上多的是长舌妇，二婶以后是要在这里长期生活的，你总不能不让她和别人打交道吧？到时候，要是人家瞧不起你媳妇，你能高兴吗?”

“是啊，二弟，还是要给弟妹一个正式的名分好。只是这弟妹的身份……”

“放心吧，大哥，我都处理好了。我们在她……总之，大家都以为瑶儿已经死了，丧事也办了。瑶儿说她以后就改姓上官，以后世上再也没有赵瑶这个人。除了我们，另外知道这件事情的就只有上官娇一个人了。”说起上官娇，范岱又开始头疼，“我现在就是不知道拿这个顽皮的丫头怎么办才好。我和瑶儿的事，她出了大力，说起来是我们的大恩人，可是她却坚持不肯回家，硬要跟我们回来。你说，这以后上官家要是找上门来，不又麻烦了吗?”

范通道：“二弟，你别急。既然上官姑娘已经来了，这千里迢迢的，总不能让她马上回去，就让她先住一阵子吧，我们再慢慢想办法。只是弟妹以前是京里人，可要防止有人认出来才行。”

范小鱼笑道：“这个问题应该不大。如今我们家里有人伺候，二婶现在身子虚，只需在家静养着，偶尔出去，戴上面纱就是了。披霞郡主既然已死，别人也不大会

怀疑到这里来，除非是遇到二婶的亲人。但二婶的亲人那是什么人，岂是我们能随便见到的?”

范岱想了想，也觉得有理，便不再放在心上，笑道：“虽然没赶上教训桑家那几个畜生，但幸好这饭馆开张还没错过。小鱼，你说吧，这馆子里要二叔帮什么忙?”

“别急，以后一定会有你的活干的。”范小鱼笑道。听范岱说起教训桑家，她又想起还有个夏竦一直没去“拜访”，便偷偷地给范岱使了个眼色。

范岱立刻心领神会，知道有好事要让自己去做了，顿时浑身都畅快了起来。

接着，众人又聊了一会儿姐弟俩的亲生母亲以及那位卢大人的事情，范岱不由欷歔地拍了拍范通的肩膀，安慰道：“大哥，你也不要介怀了。怪只怪你和嫂子缘分不够，如今嫂子有了好归宿，也是小鱼和冬冬的福气。”

范通笑了笑，道：“我早就想通了。如今大家都好，过去的就让它过去吧！对了，二弟你不要扯开话题，我们还是商量一下怎么给你们办喜事吧?”

“先等等吧。等她身体养好了，饭馆那头也顺了，到时候你们爱怎么办就怎么办。”范岱有些难为情地摸了摸头。

众人相视一笑，一家人总算又在一起了。

开完了团圆会，范岱急不可待地把范小鱼拉到一边，“小鱼，你有什么好活儿要二叔做?”

范小鱼知道他是愧疚百灵阁最危急的时候不在自己身边，急着想弥补一点什么。为了让他心安，她便偷偷地告诉他，自己让岳瑜研制了那种断子绝孙药，并药了桑家两个主事，现在打算去找夏竦。

“小鱼，你真狠。你比二叔我可狠多了!”范岱乐不可支，竖起大拇指直夸她，然后拍胸脯道，“放心吧，这事就交给我了。那药呢?”

范小鱼顿汗，“二叔，你今天才刚刚到家，好歹好好休息一下，养精蓄锐，明晚再去也不迟啊!”

范岱嘿嘿一笑，不再坚持，“行，那就明天去，我也好先去探探路。”

“二叔，先说好了，这事我们一起去，也好有个照应。”见范岱撇嘴想说一点小事而已何须这么麻烦，范小鱼又提醒道，“虽然我知道二叔你武功盖世，英勇无比，不过小心点总是好的。要知道，你现在可不再是个光棍汉了，你得为二婶想一想。

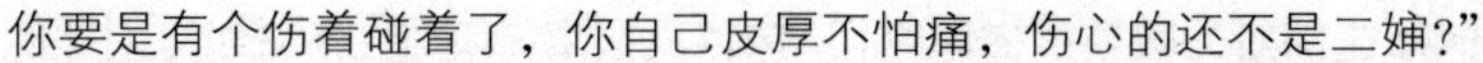

你要是有个伤着碰着了，你自己皮厚不怕痛，伤心的还不是二婶？”

被范小鱼一通训，范岱张了张嘴，想要反驳，却最终沮丧地垂头道：“好吧，你也去，不过……”

“不过除非不得已，我不能出手。”范小鱼怎么不知道他肚子里在想着什么。

范岱嘿嘿一笑，随即神色一整，道：“乖侄女，你告诉我，丁家那小子怎么和你们混到一块儿了？”

汗，这是什么话！什么叫混到一块儿了？

范小鱼首先的反应是心虚，以为范岱说的是“怎么和你混到一块儿了”，但随即就看出范岱完全只是随便一问而已，立时又安心许多，眼波略转间，已淡淡地道：“二叔你忘了，他以前就和我们家关系不错，现在回来，和我们家走动也是正常的。他想合伙做生意，那饭馆的地儿还是他找的呢！”

“什么叫关系不错！”范岱立刻跳了起来，“他抢走了你的师父，又抢走了我的徒弟……不对，是他抢走了你的师父，他师父又抢走了我的徒弟，还撂下了狠话，这笔账难道能就这么了了？”

“那种怪老头师父，我才不想要呢。难道二叔你忍心让我去当女乞丐不成？”范小鱼撇嘴道，“再说，你不是说收徒这东西，是要‘周瑜打黄盖，一个愿打，一个愿挨’才行么？他又不是先拜你为师，然后才改投其他门户的，哪能算是抢走你徒弟？”

“呃……”范岱听得一愣一愣地，忽然用充满绝望的眼神看着范小鱼，“乖侄女，不会是二叔不在的时候你们已经比过武了，然后你输得很惨，所以才会为他说话的吧？”

“二叔，你想到哪里去了！”看范岱一副如丧考妣的模样，范小鱼又是好气又是好笑，“我们根本就没比武。”

“呼……那还好！”范岱夸张地抚着胸口，长长地呼出一口气，谄媚地笑道，“好侄女，二叔就知道，你一定会等二叔回来再好好地教训那小子的。”

“二叔，我不想打架，我也不准备和他比武。”范小鱼施施然地道。

“呃……为啥？”范岱又愣住了。

“因为他现在是我的合作伙伴，而且人家也帮了我们不少忙，你好意思去和人家打架，我可不好意思。”范小鱼面不改色地道。

“公是公，私是私！这个怎么能混为一谈呢？就算那小子的确帮过一点小忙，

可也不能抵消他们师徒俩对二叔我的侮辱啊！”范岱反应激烈地道，“不行，不行，你一定要和他分个胜负！”

“二婶，你怎么起来啦？”范小鱼忽然看着范岱的身后道。

啊？范岱忙回头，却哪有赵瑶的身影，再一转头，那条滑溜的小鱼果然趁此溜了。他不由气得跺脚，同时心中升起大团的疑惑。

他离开之前，小鱼可是从来没有说过拒绝之类的话的，而且再忙再累都没忘了练功，一副极上进的模样，怎么他才走了一个月，这丫头就有点女生外向了……咦，女生外向？好像是有这么一种味道。想想丁家那小子长得也确实太不像话，小鱼不会因为人家长得俊就不忍心动手了吧？

不对，这事儿太危险，他得赶紧问问大哥去！

“应该没有吧？”听了范岱的一番危言，范通仔细地回想了一下这段时间以来两个人相处的情况，半是疑惑半是确定地道，“我看丁澈那孩子表面看起来是有些高傲，可是心地却还是很善良的，懂得知恩报德。这一次他回来，惦记着旧情，帮了我们家好几次忙。我不过是帮他找了一间房子，安顿了一下他以前的一个老仆人，他就四处奔波地为我们找合适的饭馆铺子。对了，你知道那么大一座宅子，花了多少钱吗？”

“多少钱？”

“才一百两银子。”范岱叹道，“你也知道小鱼这几年赚钱不容易，所以想着做点安分的生意。丁澈找的那铺子，不但地方好，还给咱们家省下了一大笔钱。就冲这个人情，小鱼也不好意思提出和人家比武不是？”

“大哥，你说的都是题外话。我问的是小鱼有没有喜欢人家？或者，丁澈那小子有没有追咱们家小鱼？”

范通又犹豫了。范小鱼那天喝醉后的情景他一直记在心里。要说女儿喜欢人家，他想好像是有那么一点吧，可是当时自家女儿调戏的可不仅是一个，而是三个，难不成三个她都喜欢？自家女儿早熟，常常喜怒不形于色，生气的时候反而笑得甜甜的，他实在有些搞不懂她的真实情绪。可要说她没喜欢吧，那她喝醉后怎么还惦记着要去找他呢？

再说丁澈那孩子，虽然他自身条件很不错，可自家女儿也不差呀。亶儿和岳先生都喜欢她，他也老是往自家跑，不会连一点喜欢都没有吧？可要说他在追求自己女儿，好像也没见他有什么特别的行为举止啊？尤其是这段日子，大家都在忙着准备开饭馆，没什么异常吧？

范通在心里疑惑来疑惑去，半天不说话，可急死了旁边的范岱。

“大哥，到底是不是，你总得说句话呀？”

“我不知道。”范通费了一堆脑细胞，最后只老老实实地得出这一个结论。

范岱无语地翻了个白眼，“大哥，你这爹是怎么当的？连自家女儿有没有喜欢别人，有没有被人追都不知道？你不会连小鱼今年几岁了都忘记了吧？”

范通有些惭愧地低头道：“这个我当然知道，小鱼已经十六了……”

“知道就好。”范岱没好气地粗声道，随即又认真起来，“大哥，你说我们是不是也该替小鱼好好打算打算了？”

“嗯嗯！”范通忙不迭地点头，“是该好好打算打算了。小鱼一个女孩子家，总不能老是这样一个人辛苦。”

“嗯，”范岱摸了摸下巴，酷酷地思考道，“反正我现在也回来了，以后咱们哥俩多注意一下小鱼，瞧瞧她心里到底怎么想的，到底是喜欢哪个。”

范通迟疑地问：“那要是她喜欢的是丁澈呢？”

他心里虽然还是一团困惑，却总是忘不了那日丁澈送小鱼回来时的情景，唉，怪只怪他以前对小鱼的关心太少，堂堂当爹的，却一点都不知道女儿的心思，惭愧啊！

“不许，绝对不许！我的徒弟已经被比良那老不修抢走了，还想再抢走小鱼，绝对不行！”范岱顿时暴跳如雷，坚决反对，“大哥，那个老不修呢？他在哪里？”

范通很无语。八字还没一撇呢，他就这么激动做啥？再说了，范通深深地忧虑着，小鱼一向很有自己的主见，要是她真喜欢丁澈，谁能拦得住她？

“二弟，你反应不要这么激烈好不好？这段日子来，我还没见过丁澈的师父，不知道他还在不在这里呢。”范通无奈地道，生怕事情变得太过激了。

“明儿我就进城去找找那个老家伙。”范岱立刻决定，“我要问问他，到底还要不要比武？不然我们两个先打一架再说。”

“二弟，人家怎么说也是老前辈，你不要这么无礼。再说，当年丁澈那孩子也没明说一定要拜你为师呀？”范通苦口婆心地道，“你才回来，弟妹身体又不舒服，你还是先不要管那么多，多陪陪她，把弟妹身子养好了再说吧？”

“不行，这事我一天不搞清楚，心里就难受一天。大哥，这几天你可得留意点

啊，别给丁澈那小子可乘之机。”

屋里头，范岱犹自神神道道地念着要尽快地查出侄女的情感归向，以便早做防备，而屋外不远处，某人却在一个劲地翻白眼，外加无比郁闷。

什么时候她的个人问题和范家荣辱如此息息相关了？

有没有搞错！她喜欢谁难道还要他们来定么？

不过……范小鱼低头偷偷地一笑，倒是正好可以借这个机会来考验一下某人。

毕竟她和他之间确实横亘着很大的距离，要是连这一道小小的坎他都过不了，两个人之间又何谈无限漫长的未来呢？

第五十三章

平静生活总短暂

偷听完后，范小鱼慢悠悠地先去赵瑶的房间看了看，发现赵瑶已经喝了岳瑜的药睡下了。上官娇一路服侍表姐，一到范家又被小狐狸吓得不轻，午饭后，困意一上来，也躺下了。整个后院倒是格外的安静。

范小鱼嘱咐卢府来的两个丫鬟留下伺候后，独自走回房间，打算也去补一会儿眠，顺便想一想家里是否需要再添几个仆人。

以前春燕一个顶俩，是个难得的好手，把她调到饭馆里当大厨后，金铃一个人就明显地吃不消了。虽说母亲给自己送来两个婢女，但人家是拿卢府薪水的，总不能让她们两个去干粗话。而且赵瑶怎么说也是金枝玉叶，身体又不好，身边肯定得有人照顾。

这么一算，范小鱼发现起码还得请两三个人，才能伺候得了这一大家子。算算这些年的积蓄，饭馆已经用去一半左右，以后又要维持一大家的开销，范小鱼一边推门进屋，一边情不自禁地叹了口气。唉，这钱就是不经用啊！

“我好不容易进来，你就这么欢迎我么?”刚心不在焉地关上门，纤腰忽然被人从后面抱住，一颗头颅沉甸甸地压在了肩头，一股特有的男子气息如烟雾般迅速将她包围住。

“你……”被吓了一大跳的范小鱼恼怒地去扯他的手臂，侧脸瞪他，却不防被他趁机亲了一口。

“我想你，很想你……”不待范小鱼叱骂，丁澈已贪恋地厮磨着她的脸颊，幽

幽地低叹。温热的呼吸轻喷在她敏感的脖颈上。

“你疯了！现在大白天的，你就敢上来?”范小鱼忍住身体的轻颤，红着脸轻啐道。

“我夜里来，你不许；我白天来，你又要说。”丁澈委屈地呢喃。闻到那让他魂萦梦牵的幽幽清香，他心神不由一荡。目光瞥见她那珠贝般可爱的小巧耳垂，他不假思索地轻吻了一下。

“丁澈!”范小鱼低声警告着，身子却诚实地一软。

丁澈敏感地察觉到这是她的一处弱点，马上得寸进尺，改而含住那光洁的连一个耳洞都没有的耳垂，诱惑地吮吸了起来，同时低沉地应道：“我在。”

“你……”范小鱼想要骂他无赖，溢出红唇的却是一声自己听了都脸红的呻吟。

她以前看小说的时候，总觉得女人一被男人咬住耳垂就化为一摊水的描写简直虚假得变态，可此时此刻，虽没有如书上那么夸张，她却真的觉得浑身虚软无力，仿佛所有的力气都在顺着那一小块肌肤被火热地夺走。

丁澈的温柔袭击让她既有一种被疼爱的满足，又有一种失去掌控的无助，再想起他大白天的就进来，这般胆大包天，更怕如此的肆意疯狂会被别人发现。范小鱼直急得又羞又怒，想要用力挣脱，偏偏两只手都已经被丁澈抓住。

“丁澈……你放开我……不然我生气了……”范小鱼喘着气，努力地保持站姿。

“你先告诉我，你想我么?”丁澈一边轻吐诱惑之语，一边用舌尖继续撩拨她的敏感处。

“放开……”

“你不说，我就不放……”丁澈邪恶地往她优美的颈项中吹气，又调皮地转战另一边，含住她的另一瓣耳贝，同时双手使力，隔着她的小手微压着她的小腹。

该死的丁澈，哪里学来的这等调情手段?范小鱼努力地保持神智，用力偏了一下头，同时脚后跟一抬，重重地踩到丁澈脚上，然后趁机一个旋身，就要推开他。

丁澈正自专心地逗弄着，没有提防脚下，脚背立时传来了一阵疼痛，不过他迅速反应过来，双手顺着范小鱼的动作一松，待她一转身却又立刻收紧，反而将她正面搂了个满怀。

范小鱼好不容易收回理智，哪里肯这么容易就范，上半身往后一仰推开间距，一手抵住他的胸膛，一手抓起他的右臂，就要低头从右侧溜出去。

丁澈轻笑了一声，右腿跨前一步，拦住她的去路，左手扣住她的细腰一紧，再度将她困在自己怀里。范小鱼灵活地运用柔软的四肢，寻找着每一丝空隙，手指随时准备点穴。丁澈只得暂时先放开她的腰，腾出两手来防止她的攻击和溜滑。

两人就在房间里无声地缠斗起来，转瞬间已拆了好几招，然后堪堪地顿在房间中央。丁澈无法如愿地抱住佳人，范小鱼也无法彻底地挣脱他的手臂，两个人隔着一尺的距离，就这样大眼瞪起小眼来。

“小鱼，我们很多天没在一起了……”丁澈无法得逞，改用哀兵政策，充分地运用起那张得天独厚的俊脸。

“呸呸，不要睁着眼睛说瞎话，我们明明天天见面。”范小鱼含羞带嗔地怒视着他。什么很多天没在一起？听起来好像他们已经有了最密切的关系似的。

“你知道我的意思。”丁澈注视着眼前这张令他又爱又恨的玉容，轻叹了一声，认命地放开了她，双手改而十分缓慢地伸向她的脸颊，“小鱼，这些天你瘦多了。”

他的语声是这样的温柔，动作又是如此的小心翼翼，仿佛碰重一点就会弄碎她似的，让范小鱼明明怀疑他是以退为进，却不好意思再用暴力强行阻止，只得红着脸任他的大手轻抚着自己的脸颊。

“哪有瘦好多？我娘天天在让碧玉、绿珠她们把我当猪养呢。再这样下去，我肯定要胖死了。”略粗糙的指腹抚过娇嫩的肌肤，带来一种奇异的舒服和温暖，范小鱼喟叹了一声，主动投入他的怀抱，闭上眼睛听着他的心跳。

没想到自己的偃旗息鼓换来佳人的投怀送抱，丁澈顿觉受宠若惊。他有些无措地轻拥着她，不敢像之前那样用力，也闭上眼全心感受着她在自己怀中的充实感，低低地道：“我宁可你胖一点，也不想看见你这么辛苦。”

“甜言蜜语，油嘴滑舌！”范小鱼舒服地厮磨了一下他的胸口。

丁澈轻轻一笑，不再说话，只是无声地拥着她，静静地一动也不动。

范小鱼贪恋了好一会儿他的怀抱，才抬头看着他，幽幽地道：“以后我们要这样见面，可能更不容易了？”

丁澈一僵，脸上顿时浮现出苦笑之色，“因为你二叔？他还在生我的气？”

“他好像怀疑我们之间有点什么，所以打算看紧我。”范小鱼抿着嘴低笑，并不意外他的猜测。这家伙本来就聪明得不像话，不然也不会只短短三年就大有和她并肩之势。

“那你打算怎么办？”一听范小鱼说范岱想要阻止两人的交往，丁澈顿时有一种很不好的预感。

范小鱼笑吟吟地看着他，“你说呢?”

“小鱼，我马上请嬷嬷上门提亲好不好?然后修书给我爹娘，让我娘来一趟京城，好不好?”丁澈紧张地道。

“什么啊，你怎么能让你娘千里迢迢地奔波?我又什么时候允许你来提亲了?”范小鱼又是动容又是娇嗔，轻捶了一下他的胸口，眼波横斜，“再说，就算你娘来了，你以为我爹和二叔会答应吗?”

“不会。”丁澈顿时沮丧地垮拉下双肩，“我要是想抱得美人归，肯定会多灾多难。”

“丁澈！这个时候你还油腔滑调的，难不成这就是你的本质?”范小鱼假恼道。她现在非常确定这家伙有多重人格了，不然怎么会人前一面，人后又一面，更是和以前那个高傲任性的富家公子相差十万八千里呢?

“非也！非也!”丁澈慌忙摇手，再度搂住她，“那你说怎么办?不要说让我暂时先别见你之类的话，我做不到。”

“你不是很聪明么?”范小鱼仰头笑望着他，却不知自己这副模样有多诱人。

“小鱼……”看到她娇艳欲滴的红唇，丁澈虽然有些着急，可心里的猿啊马啊却又动了起来，忍不住缓缓俯下头去。

看见他的眸色变深，范小鱼下意识想要躲开，却又想起，今后两人见面肯定不会再这么容易，总得给他一点甜头吧。这么一心软，内心深处的渴望顿时占了上风，她索性闭上了眼睛，迎上了他的吻。

罢了罢了，既然她明明也喜欢这种感觉，明明也渴望得全身发热，为什么还要一意地压制自己呢?

对于情人来说，亲吻，本来就应该是一件很美好很光明正大的事情。

“小鱼……”佳人的配合让丁澈狂喜地搂紧温暖的香躯，毫不犹豫地覆上她的花瓣，像只勤劳的蜜蜂一样尽情地汲取着鲜甜的花蜜。

良久以后，两人才不舍地分开。范小鱼一边喘气一边下意识地倾听周围的动静，心里充满一种奇异的刺激感。

“我知道我该怎么办了！二叔既然对我有成见，那我就用自己的努力来消除他的成见，然后再光明正大地来找你。”丁澈满足地抱着范小鱼，再在她的樱唇上烙下爱恋的一吻，“不管有多难，我都不会逃避。只是你要答应我，不能刻意地躲着我。”

“嗯。”范小鱼柔顺地依着他，心里却在偷笑着：好啊，这是你自己说的，到时

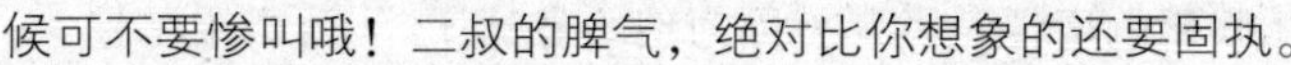

候可不要惨叫哦！二叔的脾气，绝对比你想象的还要固执。

不过，想到范岱肯定会提出让两个人比武，范小鱼就有些郁闷。难道真的要当一回猴子，表演给他们看吗？而且高手在旁，几双眼睛一盯，他们俩就是想放水都不成，到结果出来的时候，怎么办？

她若赢了，不但丁澈可能会觉得没脸，也不知道他那个师父怎么看，而且得意的二叔也不见得会愿意把侄女嫁给一个还不如她的人。

她若输了，她虽然不会觉得怎么样，可是武痴二叔却是发了誓要废武功的，到时候两家照样很难结亲。

唉，好像怎么想都是困难重重呢！算了，走一步算一步，先看看丁澈的表现好了。反正日子还长着呢，大好的青春年华，又怎么能这么早就埋入婚姻的坟墓中呢？

“小鱼，你在吗？”两人正享受着温馨旖旎的时刻，楼下忽然传来一声叫唤，同时有脚步声噔噔噔地上楼来。

范小鱼吓得立刻推开丁澈，“你快走！”

“我……”

“快呀！有什么事改天再说。”范小鱼慌忙抬手整理头发，然后急速冲到床前，将被子摊开。

丁澈苦笑了一下，人影一闪，已跃出了窗户。

“二叔，我在，有事吗？”范小鱼不放心地跑到窗边，看着丁澈溜下去又翻出了墙，才深吸一口气抹了把脸，然后坐在床边脱掉靴子，又故意发出声音穿上，并抖了抖衣服，做出窸窸窣窣的穿衣声，最后才去开门，假装刚刚起床。

“哈哈，你这个小懒猪，也在睡午觉啊？”范岱大步走了进来，随意一扫，并未疑心。

“还不是因为这阵子忙着开店。”范小鱼假装抱怨了一句，一边打了个呵欠，一边翻开茶杯给他倒茶，努力引开他的注意，免得他察觉出什么。

范岱果然立刻惭愧起来，“都怪二叔，回来晚了，不然也好帮帮忙。”

“都说了你把二婶带回来就是给咱们家帮了大忙了。等你们成亲后，这家里总算有一位正式的女主人了。”范小鱼取笑道。

“二叔来，是想问问你，有没有办法劝那个娇娇回去？”范岱皱了皱眉头道，“按理说，她是我和瑶儿的媒人、恩人，我们不能过河拆桥，可是她那个大哥……”

“上官轩？”范小鱼插口道，“他喜欢二婶。”

“是啊，就是他，瑶儿假死的事情差点儿就因为他给暴露了。”范岱摇了摇头，继而又愤怒地骂道，“那个小鬼，家里头的婆娘都给他生了两个孩子了，居然还惦记着瑶儿，一点人伦道德都没有。要不是因为他妹妹，老子非好好教训他一顿不可。”

范小鱼听了好笑，故意道：“二婶是他表姐，又不是表姑，表姐弟成亲，好像也多着呢。我记得他当年成亲的时候挺不情愿的。”

“再不心甘情愿，娶了媳妇就应该对她一心一意。”范岱咕哝道，“而且瑶儿又不喜欢他，他还偏偏一相情愿的，也不嫌自讨没趣。”

这是打翻醋坛子了！范小鱼忍不住笑了起来，没想到范岱这个粗神经的老光棍，也会有吃醋的一日。

范岱知道自己这么说肯定会被侄女笑，因此嘀咕了两句就把话转了回来，“瑶儿都等了我这么多年，我当然不怕她有什么外心，只是上官娇现在离家出走，他们家肯定要寻的吧？要是被上官轩知道瑶儿假死，那麻烦就大了。我瞧那家伙很有些偏激，大有得不到一个人宁可毁掉她的疯样。”

范小鱼顿时微惊。范岱当然不会随便乱说，肯定是这一个月里曾经发生了什么事情，才让他有此看法。

“二叔，你不该带上官娇到家里来。”范小鱼蹙眉道。现在上官娇都已经知道范家在哪里了，除非他们能扔下这个家，不然这辈子是别想甩掉上官娇了。

范岱哼道：“你以为我没想过啊？可这小妮子说了，就算我不带她来，她知道我们住在京城，哪怕三年五年的，她也会把整座京城翻过来。而且，瑶儿不许我半路扔下她。”

“她是姐妹情深，不放心她表姐，等她确定二婶在我们家过得幸福，就会回去的。”范小鱼劝道，却连自己都说服不了，她总觉得那个古灵精怪又胆大包天的少女不仅仅是为了赵瑶而来。

“哼哼，”范小鱼这么一说，范岱更生气了，“她会乖乖回去才怪！你知不知道她是怎么叫我的？”

范小鱼回想了一下，道：“表姐夫呀？”

“是表姐夫师父，她想当老子的徒弟！”

呃……范小鱼囧了，想起上次和上官娇的相处，以及她离去时那句话，果然，她真的是回来学功夫了。

事实证明，上官娇不是只想当范岱的徒弟，她还想当很多人的徒弟。

范家所有人中，她第一个认识的就是差点儿被她抱着大腿哭喊着“恩公女侠姐姐”的范小鱼，所以，在她大小姐饱饱地结束了午睡，神采奕奕地梳洗之后，立刻就找上了范小鱼，撒着娇要范小鱼教她功夫。

不同于范岱的坚决拒绝，范小鱼一口答应了下来。然后，在警告了她不许让家里头的丫鬟仆人知道范家人会武功后，立刻让她在房间里蹲马步，开始练基本功。

习武之道，本来就是极辛苦的。范小鱼算是很有天赋的练武奇才了，而且又便宜地捡了一个有一定基础的身体，在练武过程中还是吃尽了苦头。上官娇虽然一心想成为江湖女侠，可女侠却不是想当就能当的，她这个大小姐能不能过得了扎马步这一关还是个未知数呢。就算过了这一关，后面范小鱼还有的是法子让她打退堂鼓。

上官娇起初还欢天喜地的，二话不说就到房间里蹲着去了，可意料之中的，没过多久她就开始吃不消了，又是撒娇又是哀求地请范小鱼教快捷的成功方法。范小鱼自然不肯，还十分严厉地要求她持之以恒，并专门拿了个鸡毛掸子在边上守着。上官娇哭丧着脸勉强又蹲了一会儿，终于支撑不住地借口肚子疼尿遁了。

既是肚子疼，自然要看大夫，于是岳瑜就上场了。看到这个青年美神医再次出马，婉转地揭破了她的谎言，上官娇顿时眼睛发亮地改变了主意，说要跟着岳瑜学医，以后悬壶济世、治病救人。

岳瑜是个老实人，就连以前和范小鱼相处之时，彼此间也是十分有礼，哪里见过这等神经异于常人、几乎没有男女之别的少女，当场就被吓得落荒而逃。而他越逃，上官娇就越要追着他学，乐得范岱哈哈大笑。

快乐而难得悠闲的一天就这样在表姐妹的到来中，愉快地过去了。

次日，众人确定了最终的开业时间：十月十八。不过，为了确保正式营业能顺利完美，饭馆从十六开始就要试营业。于是在休息了十四下午和十五上午各半天之后，所有的人又忙了起来，开始准备次日的迎客。

饭馆开业那天自然是要请自己的娘亲和继父，正巧叶芷燕也派人来请范小鱼和范白菜过府，范小鱼便和范岱约好晚上去夏竦家。

这日晚上，也是天公作美，从亥时开始，本该明亮如昼的十五圆月就一直躲在了乌云之后，偶尔才在云缝中露一下脸，人们还没来得及窥得她那皎洁的真容，便

又躲了起来。

范岱笑言这是老天爷长眼，今晚注定要收拾掉那个变态老色鬼。

叔侄俩等到夜深人静，悄悄从下人所住的侧院翻入了夏府。现在距开国已经数十年，总的而言天下太平，鲜少发生动乱之时的刺杀事件，因此两人很轻易就突破了夏府的防卫。可是，或许是因为圆月十五，今晚的夏府特别热闹，虽然已是子夜，厅中的宴席居然仍未散去，丝竹声不绝于耳。

“他娘的，这么晚了还在寻欢作乐！”范岱低骂了一声，让范小鱼在原地等候，自己则先去花厅看看。

范小鱼不肯，要和他一道去。

两人又无声地接近了花厅，伏在花厅对面的屋顶上，大致扫上一眼，准备进一步观察四周后再上花厅的屋顶。

没想到这一看，范岱整个神经忽然一下子绷了起来。

范小鱼就伏在他旁边，当然有所察觉，便向他投去疑问的一瞥。范岱眼神凝重地向她打了一个加倍小心的手势，然后就盯住花厅看了起来。

范小鱼的目力过人，范岱能看到的她自然也能看到，而且瞧得比范岱还清楚，里头的宴席上正坐了四个男人。

上首主座的那位不用说，自然是夏竦无疑。他身边伴了两位姬妾，下首左侧坐着两个人，右侧一个。左边两个都已有四五十岁，容貌虽不同，服饰却是一模一样的灰色，古板的神情也如出一辙。他们身边也各有一个美姬斟酒，但两人却正襟危坐，目不斜视，显然不为女色所动。

而右侧那人则年轻许多，大约三十余岁，容貌普通，唇上有小须，却是一派识趣之色地一边和夏竦说话，一边和美女调情，一边还看着中间的歌舞，好像很满意这样的声色宴席。

范小鱼听了几句他的声音，莫名地觉得有点熟悉，可怎么瞧都觉得没见过此人，不由得暗自诧异，便留意起他旁边的两个人来。看了几眼后，她依稀觉得好像有点儿极朦胧的印象，但一时之间同样也想不起来。

正自猜着，衣袖忽然被轻拉了一下，却是范岱对她打了一个撤退的手势。

范小鱼心中疑惑更重，但她也看出那三个陌生人都是练家子，知道今天下药恐怕不易，便小心地跟着范岱退了出来。

叔侄俩离开夏府，直到安全隐蔽处，范小鱼才忍不住问道：“二叔，那三个人是什么人?”

范岱神色凝重，“你还记不记得那年我们去风穴寺时，二叔曾被义帮的左右护法在风穴洞里追了十几里?”

“难道就是他们俩?”范岱这么一说，范小鱼立时想起自己去找范岱时遇见的那两个身法极快的绿林客，恍然道，“难怪我觉得有点眼熟。”

“就是他们，义帮的左右护法，西门康和邱联。”范岱拧起了眉头，“可他们怎么会到京城里来呢，还和当朝大官坐在了一块儿？想当年高传山举事时就数他们两个最积极，最和朝廷势不两立，现在却和朝廷官员勾三搭四。这事儿若不是亲眼所见，打死我都不相信。”

“是啊，那个林大人，也就是夏竦的小妾舅子还是他们杀死的呢，他们怎么反而会成为夏府的座上宾?”范小鱼也想不通，但她更疑惑的是另一件事，“二叔，坐在右首的那个人你认识不？不知道为什么，我觉得他的声音很熟悉。”

她方才已经循着记忆将那一日一夜的变故前后的重点都细思了一遍。那一天除了景道山，也就是他旁边的那个什么青坛主说了几句话，后来那人还死在老爹的自卫中，再后来，景道山追来，四个人都生擒了，没这个声音啊?

“你觉得他声音熟悉?”范岱拧眉道，“听你这么一说，二叔好像也有这种感觉。可他会是谁呢?”

不会是他们在京城中认识的人吧?

叔侄俩都是一惊。要是这个人三年来曾经和他们一家人相处过，而他们却一点都不知道对方的真实身份，那问题可就极其严重了。

“赶紧好好想想!”范岱喝了一句，然后自己立刻紧皱起眉头踱起步来。

范小鱼深吸了一口气，闭上眼睛紧握着拳头，也开始苦苦思索。

她先是将来京后接触过的人大略地过滤了一遍，百灵阁、柳河镇甚至是新筹备的饭馆内所招的人，都没有放过，还是无果。之后，她又把思绪送回三年多前，从去风穴寺途中救空色开始，到后来突破重围在山洞里躲藏，几番惊险后，终于顺利离开风穴山一带……

蓦地，脑中忽然闪过某个片段，令范小鱼猛地一顿，“二叔，你还记得我们离开前，曾有一大批官兵来搜索吗?”

“当然记得，当时带队的那个家伙就坐在洞口，把老子生生吓出了一身汗，差点就忍不住了。”范岱站住，回头道，“幸好后来是虚惊一场。怎么，这个人和当时

有什么关系吗?”

“两个，当时坐在洞口的是两个人。”记忆陡然鲜明了起来，范小鱼仔细回想了一下，再无疑问地肯定道，同时她舒了一口气，庆幸对方不是来京后的旧识，“那个捕头身边有一个随从，自称是当年曾押送贡品的都钤辖王义的徒弟。那天他说了很多话，挑拨着那捕头尽力搜寻亶儿，好抓去立功，当时我印象就特别深刻。虽然那次并没能见到他的样子，但我可以肯定，他就是今天堂上的那个小胡子。”

“虽然我记性不太好，可是你既然能确定，那这小子一定就是当年那个家伙。这个人叫什么名字?”

“那捕头好像一直叫他老四，没说出他的真名。”

范岱道：“这下麻烦了。如果他们知道我们住在京城，那恐怕就是冲着我们来的。”

范小鱼也忧心忡忡地点点头——确切地说，他们是冲着罗亶来的。

毕竟当年景道山围村，真正的目的其实并不是追究两兄弟当年和义帮的一点小恩怨，而是想把罗亶抢过去以要挟罗广说出贡品的藏地，后来他们抓住了丁澈，目的也只是要交换罗亶。所以刚才范岱当机立断先退出来、不打草惊蛇是正确的，不然以那两人的过人轻功和警觉，一旦被他们发现，就是本来不知道范家在京城，只怕也会查出来了。

“二叔，他们两个人的武功如何?”

“绝对不弱！此二人投身义帮很多年，又分担左右护法，早已十分默契。俩人若联手，不容小觑。”事关全家的安危，范岱宁可高估也不敢低视，沉吟道，“不过，如果只是他们两个人，加上你爹，我们倒是可以对付。怕就怕他们来了不少人，又来暗的。我们现在要保护的人多，会防不胜防。万一他们抽个冷空子抓了谁，只怕事情就没有当年那么容易解决了。”

范小鱼的脸一下子冷凝了起来，紧锁眉峰，当机立断道：“二叔，我们得跟着他们，弄清楚他们的目的，确定他们到底知不知道我们在京里。”

范岱点了点头，“这样，你现在就回家一趟，告诉你爹，我在这里盯着。”

“好，二叔你一定要多加小心。”范小鱼没时间拖泥带水，郑重地嘱咐了范岱一句，立刻去找绳索。

现在城门虽然关了，不过以守城官兵的松懈程度，她要溜出城去并不难。

第五十四章

阴魂不散的义帮 

柳河镇，范家。

听说了坏消息以后，深感棘手的范通第一个反应就是像双胞胎弟弟一般拧起了眉头，然后不住地来回踱步。

“没想到他们居然追到京城来了，恐怕柳河镇是不能久留了。”想到三年的平静终究还是被打破，范通神色极沉重地道，“也不知道他们这一次来了多少人，对我们如今的情况又了解多少，会不会已经知道我们在这里了？”

“嗯，二叔就是因为这个，所以才冒险继续留在夏府探听。爹，我想他们既然没有马上来偷袭我们，很可能还不知道我们在柳河镇。但是为了以防万一，我们最好不要再留在家中了。这样吧，我们都先搬到娘那里去住，然后再做打算。”

这种时候，宁可先往最坏的方向打算，也好过危险真正来临的时候措手不及，造成难以挽回的不幸。

“大家都住到你娘亲那里，这样好么？”范通迟疑道。

“这个时候还顾虑什么？二爹人不错，一定会答应的。”

“那好吧，不过真正的原因我们得瞒着你娘他们，只说是爹和二叔昔日结下的江湖仇怨就行。”范通虽然觉得事到临头要去寻找前妻的现任丈夫帮忙，心中着实有些尴尬，但是为了一家人的平安，也顾不得那点小小的自尊了。

“嗯，那我们现在就让他们起来做好准备，天一亮就进城。”

劝说过程基本上很顺利。岳瑜是已经历过逃难的人，听到消息后心中虽惊，但还算镇定，立刻开始打包他多年的研究。赵瑶虽不明真相，但听说只有自己安全范岱才能无后顾之忧，也二话不说地配合。不知内情又向来脑子结构特殊的上官娇则不但没有害怕，还露出了几分兴奋之色，好像自己马上就可以亲身经历江湖风云似的，不过被范小鱼一瞪，就服服帖帖了。

唯有表面温顺、实则常将心事埋在心底的罗亶，范小鱼却先组织了一番言语才敲开了他的房门。

“亶儿，我知道，在这样的时候要你躲进卢府，你心中是一千个一万个不愿意。只是你身份特殊，在我们连对方到底来做什么都还不知道之前，绝不能冒险让你出去，免得引来真正的大麻烦。不过，如果他们真是冲你来的，同样的，我们也不可能再让你躲在背后，你明白吗?”

罗亶握着拳艰难地吐出三个字，“我明白。”

“百灵阁那边你也不要去了。我们有一帮鹰卫的事情早已不是秘密，万一被他们留意了，你露面会极危险。”范小鱼又叮嘱道。

“那你呢?”罗亶直视着范小鱼，轮廓鲜明的脸上，一双深邃的眸子里融合着复杂的痛苦和担忧，毫不掩饰内心深处的感情。

“我？呵呵，你不用担心我。当年我没有和他们打过照面，这三年来我的变化也不小，他们认不出来的。何况，你忘了我还有一张人皮面具么？你尽管放心，为了以防万一，这几天我会把饭馆的事情都交给九娘去办，反正一切都已经准备妥当，要是还出现什么问题，只能说我这个东家不适合开饭馆。”范小鱼呵呵一笑，下意识地在罗亶面前避开提起另一个股东的名字。

罗亶对她的心意她明白，她也知道眼前的少年绝对是值得女孩子去爱去托付终身的好男人，只是她自小就把他当做师弟和家人，早已习惯了用亲情相对，并无男女之间的别样情绪。他的厚爱，她只能辜负了。

这份辜负，无关丁澈，也无关其他人，只是，她只是单纯地对罗亶没有爱情的感觉罢了。

“那你自己要多多保重，千万小心。”深深地望入那一双明眸，却没有找到自己想要的那种波动，罗亶唯有藏住心头的无尽失意。

范小鱼对他笑了笑，让他尽快收拾，转身欲离去。

“小鱼!”罗亶忽然唤住了她。

范小鱼回头，以目光询问。

“我有事要对你和师父说。”

一进屋，罗亶就跪了下来。

“亶儿，你这是做什么？师父不早跟你说了，这事儿不能怪你吗？”范通还以为他因为父亲的事情倔病又犯，忙上前去扶他。

“不，事情都是徒儿惹来的。”罗亶却坚持着不肯起身，“师父，徒儿欺骗了您，也欺骗了大家。”

“这话是怎么说的，你什么时候骗过我们了？”见罗亶居然使出千斤坠，就是跪地不起，范通不由皱眉道。

罗亶咬牙道：“我知道我爹在哪里，一年前我就知道了。这祸绝对是徒儿引来的。”

范通愕然道：“亶儿，你说什么？”

罗亶紧抿了一下唇，抬头看着范小鱼和范通，再一次清楚地重复，“一年前，有一次我去城里，无意间遇到了英山叔。英山叔告诉了我，我爹在哪里，并希望我跟他回去……”

“那你当时为什么不跟他回去？”这句话像巨石一般投入范小鱼心中，让她猛地涌起一种被欺骗的感觉，脸色顿时拉了下来。

当年初遇他们父子，罗广利用范通的善良硬是将自己的儿子塞到自家，自己虽然不高兴，但是冤有头，债有主，罗亶却是无辜的，所以即便后来她们家因为他而遭遇大变，她也不曾怨过罗亶。甚至，在明知带着罗亶，就像带着一颗不定时炸弹一样，随时都有可能给自家带来危险的情况下，她依然没有想过要把罗亶赶出去，也没有想过要向罗亶催讨恩情债，只因在她的心里，早已不知不觉地把他当做家人看了。

可他们愿意收留罗亶，也愿意保护罗亶，从不指望罗亶以后报答是一回事，罗亶如何对待他们范家却是另一回事。即便他不报恩，至少也不能害他们啊！

他既然早已知道自己的存在一直在给范家带来危险，为什么在和他父亲联系上之后，不但没有回去，反而还一直瞒着他们？她想不通，也无法想通，尤其是在眼下，发现他们范家极有可能又将因为罗亶而惹来大祸的时候，更是无法释怀。

难道他罗亶老爹的安全重要，她们一家人的安全就不重要吗？他有没有想过根本就不懂武功的冬冬？

“我……”罗亶接触到范小鱼冷冷的眼神，眼中闪过一抹痛苦之色。他知道是自己连累了范家，可他……

“小鱼，亶儿不回去当然是有他的原因，你先听他说完嘛。”范通温和地道。他心地仁慈，虽然觉得罗亶已经和他爹联系上却还留在范家，确实有些不妥，却不忍指责自己的徒弟半毫。他和悦地将罗亶拉了起来，“你起来说话吧，跪着也不是办法。”

他一运劲，罗亶不敢反抗，只得顺势站起，心中却更加愧疚。

“亶儿，你爹如今可好？”范通终究是个厚道人。

“英山叔说，爹身上的玄铁镣铐终于在一年半前打开了，只是筋骨受损严重，已无法行走，需要仔细调养，一时间还不得好。”罗亶垂眼道。

“打开了就好，打开了就好，总强过日日受铁锁之苦。”范通拍了拍他肩头，“你是个孝顺的孩子，知道你爹的情况却没有马上回去看他，是不是有什么苦衷？”

罗亶脸上闪过一丝悲色，“我爹的镣铐虽然已经取下，可是整个人都已经形同残废，如果想恢复行走能力，需要大量珍稀的药材。而这些药材有很多都是藏在王侯达贵府中，甚至是皇宫之中，就是想买也买不到。所以，英山叔才会冒险来到京城。”

“我明白了，你是想亲自为你爹找灵药是吗？”范通点点头，“可是，你为什么不告诉师父呢？人多力量大，你说了，师父指不定也可以帮点忙。还有岳先生，他精通医理，肯定能帮你爹。”

“这事岳先生知道一点，只是他并不知道是在为我爹配药。但是没有药材，岳先生也没有办法。”罗亶依然保持着低头的姿势，老实交代道，却没有说为什么不把找药的事告诉范通等人。

其实这原因不说父女俩也已猜得出了。由于罗广所需的药材多在王侯府中，想要凑齐确实困难，罗亶怕连累范家所以隐瞒，也算情有可原，只是……

范小鱼闭了闭眼，叹了口气，道：“算了，过去的都不要提了，重要的是我们如何渡过眼下这个难关。他们若不是冲你来，那只要我们小心些，自然平安无事，若是冲你来的，我们再想办法就是了。”

罗亶点了点头，藏起心中的那抹悲凉。

这一生，他总是在连累着范家，深厚恩情尚且偿还不了，又有何资格奢望其他的呢？

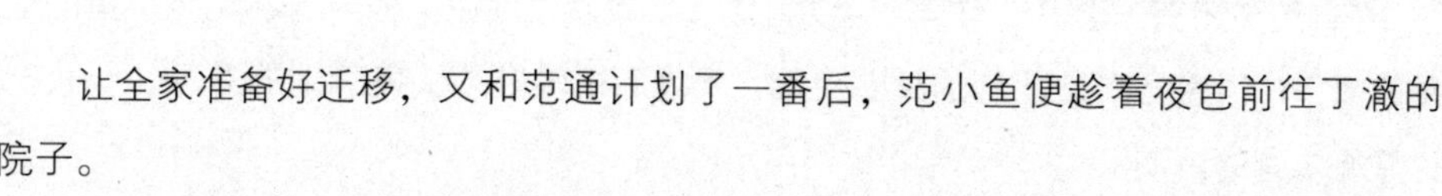

让全家准备好迁移，又和范通计划了一番后，范小鱼便趁着夜色前往丁澈的院子。

一声狐狸叫后，万没想到范小鱼会来找自己的丁澈，立刻满脸喜色地跑了出来。

“我有事找你。”虽然知道自家离这里隔了一里的距离，中间还有其他的房舍树木，范通和岳瑜这个时候也不可能跟过来，可范小鱼还是在丁澈冲过来之前就赶紧表明来意，免得这家伙又要先来一段儿女情长。

“发生什么事了？你不是去你娘那里了吗？”见她一身夜行衣，丁澈的兴奋顿时变成了惊讶。

“这事儿有点复杂，我们换个地方再说！”

她独立、自主，却不自负自大地认为自己一个人可以解决所有的事情。若按她和丁澈以前的关系，这种事情自然不能连累别人，但如今两人已在交往，这件事却得通知丁澈一声。何况眼下他们人手单薄，正是最需要帮忙的时候，而丁澈无疑是个很大的助力。再者，若是这么大的事情都不跟他讲，还不知道到时候这家伙心里会怎么记仇抱怨呢！

“原来当年还有这么复杂的内情。”听完前因后果后，丁澈蹙紧了眉头，“那你们现在能确定他们就是冲你们来的吗？”

“虽不能百分之百确定，却是八九不离十了。现在我二叔还在夏府里监视着，具体情况要等会合后才能知道。”对于这个问题，范小鱼实在难以乐观。

“我明白了，小鱼，我很开心你来找我，更高兴你将这么重要的事情告诉我。你放心，从现在开始这件事也就是我的事，我一定会竭尽所能地想办法。”

丁澈正经的时候，专注凝神的神情有一种别样的魅力。四周纵然昏黑暗晦，可他的眼睛却仍像可以穿透阴云的明亮星辰一般。

范小鱼看着这双眼睛，那一颗因为陡然出现的危险而有些慌乱的心莫名地安定了不少，轻叹了一声，主动偎入他的怀里，“只是怕要连累你了。”

丁澈拥紧了她，故意道：“说的是哪里话？你不来连累我，还想去连累别人么？我可不许。”

范小鱼轻笑了一声，有些疲倦地闭了闭眼。

“小鱼……”

“嗯？”

“离天亮还有一会儿，你睡一会儿吧!”丁澈温柔地说。他虽看不见范小鱼的细微神情，却能感觉出她此刻的身心疲惫，手掌不由轻轻地抚摸着她的秀发，心头一片前所未有的清明。

原来，真正促使他这三年来拼命练功的原因，就在这里。

不是要超越她，而是他从心底深处想要让自己变强，强到有朝一日可以反过来保护她，而今，是时候了。

“你们尽管放心住下来，不管住多久都可以。娘绝对不会让那些贼人有机会伤害你们。”

卢府内，虽然有些吃惊一大早范小鱼就带着全家人前来投奔，并有些担心范家所惹的“江湖恩怨”，但叶芷燕更关注的是从此以后每天都能见到一双儿女，弥补自己为娘的过失，当下二话不说，立刻就让管家把大家安排在副院之中，并请卢子晁安排护卫保护。

“夫人放心，我会让童飞亲自负责此事。”卢子晁不但没有任何意见，反而马上派府中最得力的护卫负责众人的安全，“小鱼，你们就安心住下吧。二爹虽然只是个员外郎，但这等护卫能力还是有的。料想那些江湖匪类也不敢来我们卢府撒野。”

范小鱼感激地看了他一眼，又轻轻地拥抱了一下叶芷燕，“谢谢娘，谢谢二爹!”

她曾经不屑于寻找这个身体的亲娘，而现在，她却很庆幸能拥有这样一位疼爱自己的母亲，以及这么一位宽容豁达、又有能力令母亲幸福平安的继父。这种幸运不是每个人都能拥有的。

“你这孩子，一家人说什么两家话。”卢子晁呵呵笑道，拍了拍她的肩头，嘱咐道，“虽然你娘说你自小习武，如今更是深得你爹和二叔的真传，可你毕竟还是个女孩儿家，此事又是你爹他们的昔日恩怨，你能不插手就不要插手，免得你娘担心。”

“嗯，我知道了，二爹放心。”

安排好家人后，范小鱼立刻离开卢府，和外面的范通、丁澈会合，一同前往夏府接应范岱。想到范岱必定一夜无食，范小鱼还特意地给他带去一份早餐和一斤酒。

范岱见到他们，锐利的眼睛先一扫丁澈，然后一把抓起范小鱼给他准备的酒壶咕噜噜地灌了好几口，才粗声道："他来干吗？"

"帮忙，我请来的。"范小鱼只简单地说了一句，不欲多解释，反问道，"二叔，那些人还在夏府吗？你都听到了什么？"

这话的意思就是说，什么都不避这个臭小子了？

范岱看了看范小鱼如常的神色，又瞪了一眼正笑得一脸纯洁、恭敬地叫了他一声"范二叔"的丁澈，虽想说范家的事情不用外人帮忙，但人是范小鱼请来的，他又不好堵回去，只得把质问声哽在喉咙口，换成了两声哼哼，权作回答。

"二叔。"范小鱼好笑地叫了一声。范岱平时气量最大，没想到在这件事情上却一气就气了三年，念念不忘丁澈当年跟了别人走，也是件难得的稀罕事。

"二弟，丁澈也是好意。"范通自然知道范岱为什么不待见丁澈，忙打圆场，"你还是赶紧说说具体情况吧！他们现在离开了吗？"

"没，还在夏府。娘的，还真是担心什么来什么，他们果然是冲着我们来的。"自知现在确实不是追究丁澈为什么会来这里的时候，范岱只得郁闷地灌了一口酒，道，"我回去的时候，酒席正好散了。我本想着两个老家伙不容易对付，打算先去那个小胡子处看看是否能探得一点消息，可没想到我前脚才过去，那两个老家伙后脚就过来了，差点儿被他们发现。后来，他们一直在房中谈话。我怕打草惊蛇，不敢太接近，他们的谈话声音又轻，因此未能听得完全，不过绝对是和我们有关，因为他们提到了贡品。"

听到范岱确认事情果然和贡品有关，范小鱼三人的神色都凝重了起来。

范通问道："那你知不知道他们是否已经发现了我们住在哪里？"

范岱摇头，"应该没有。我听那个小胡子说什么既然罗亶肯定在京城里，那么不论如何也一定要找到他。对了……"

范岱突然十分严肃地道："你们知不知道那个小胡子是谁？"

范小鱼疑道："是谁？"

范岱恨恨地道："高志达！"

"高志达？高传山的亲侄子高志达？"范通这一下实在相当吃惊，愕然地问道，"可你们不是说他是什么捕头吗？"

"捕头是他，高志达也是他，要不是西门康和邱联叫他帮主，我也没想到那小子居然就是高志达。老子就说，那左右护法武功虽高，人却呆板，而且和朝廷势不两立，就算义帮要和朝廷谈判或者私下勾结，也不可能让他们两个来。原来他们只

不过是一个幌子，真正的正主儿早躲在了背后，还披着一张官的皮。那个高志达，也不知道用什么方法，居然变了一张完全不同的脸，难怪老子当时没能认出来。”范岱又是愤愤，又是悻悻地把之前的所见所闻都一一地说了出来。

“既然前后容貌不同，那一定是易容了。”丁澈在旁边低语了一句，俊逸的剑眉微拧，沉声问道，“范二叔，你能分辨出他是普通的易容，还是用了人皮面具吗?”

范岱毫不客气地翻了个白眼，“老子又不是神眼，隔那么远距离又隔着纱窗，谁知道他脸上搞了什么东西。”

“二弟!”范通微嗔地叫了他一声。

范岱孩子气地哼了一声，才道：“距离太远，瞧不真切。不过，我可以肯定高志达那小子以前的样子和现在完全不一样。”

“那就只能是人皮面具。”丁澈若有所思地道。

“废话。”

范岱哼了一声，又咕噜咕噜地开始灌酒，对范小鱼递过来的包子不屑一顾，或者说，他想不屑一顾的是某人，而不是某只小包子。

范小鱼好笑地看了他一眼，并没有因他这点小态度为丁澈抱不平，而是沉吟道：“现在不管他有没有易容，我们都已经知道了他就是高志达。他带着左右护法来京城，为的就是抓到亶儿找到贡品。只是，如果说高志达以前混进汝州衙门是为了行事方便，那他现在来找夏竦又是怎么回事？当年审案时我们虽然只指认景道山是凶手，可私底下丁澈的外公和夏竦都知道有这么一个帮派存在。夏竦既然知道是义帮杀了他小妾的兄弟，为什么现在还会宴请他们，并留他们在府中居住呢？还有，他们既然知道亶儿在京城，难道不能私底下自己悄悄动手吗？何必要惊动官府呢？他们到底有什么依仗，竟敢这样‘自投罗网’?”

范小鱼的这番问话，没有一个人能够回答，只因这些问题也是他们心头的问题。何况，他们虽不是普通百姓，却也不是惯于监视别人的特务机构，更没有在夏府里头安插什么耳目，甚至这三年来根本就不曾过问过江湖之事，如今眼前可算是十足的一抹乌黑。

但是，如果无法知道对方的计划，那他们又该何以防范呢？这件事实在非同寻常，一不小心就要出人命的。

“这样吧，让我去打听一下。”正在众人都束手无策的时候，丁澈忽然道，“我有办法混入夏府。”

范小鱼一怔，“你?”

丁澈微笑，“我曾去过夏府，对里头的环境不算陌生。”

“小子，有没有办法混进去，和能不能探听到情报完全是两回事。”范小鱼正欲接话，范岱已先嗤声道，“我可告诉你，西门康和邱联那两个老家伙可不是好惹的。他们那耳朵就连我也得十分小心，你小子才练了多久的功夫？别以为跟了你师父几年就得到真传了。到时候不要什么都没听出来自个儿先被人揪住了脖子。”

“多谢范二叔提醒，在下一定谨记并且小心行事。”丁澈礼貌地答谢，但从他的微笑中可以看出，他并没有因此而却步。

“丁澈，二叔说得没错，那两个左右护法的警觉性真的很高。”范小鱼正色道，“就算你能易容混进去，也不见得有机会接近他们，更别说你听到的就一定是我们所需要的信息。而且既然那个高志达戴了人皮面具，那他想必也是个易容高手，万一你被他识破，岂非更危险?”

想到如果被识破，丁澈立刻就会被围攻，陷入绝境，范小鱼忙一摇头，不敢想象那样的情景。一旁的范通也连忙劝说，坚持不让丁澈去涉险。

“事在人为。再说，不入虎穴，焉得虎子？你们放心，我真的自有办法。”

见说不通范小鱼等人，丁澈笑着摇了摇头，忽然一抖肩膀，身体竟骤然间矮了一寸，原本挺拔出众的气质也一下子消失得无影踪。再加上刻意低下头藏住了那耀眼的俊颜，他整个人顿时摇身一变，化为一个再平凡不过的少年，甚至让人几乎感觉不到他的存在。

“你……这……”见多识广的范岱顿时一惊，失声道，“这不会是早已失传的敛光龟息法吧?”

“范二叔不愧见多识广，这正是家师不为人所知的敛光龟息法。”丁澈抬起头来，谦虚地笑了一笑，面色十分平和。

范小鱼注意到，在这个敛光龟息法下，丁澈那张完美的俊脸竟然也逊色了不少，五官还是同样的五官，却没有以前那种鹤立鸡群，一眼便让人关注的感觉。

“原来比老前辈还有此绝技。没想到你小小年纪就已深得比老前辈的真传，瞬息间变化已是天壤之别，实在令人叹为观止啊!”范通怔了怔之后，由衷地赞叹道，“若不是亲眼看着你变化，我几乎以为换了个人。说实话，你若是这样悄悄地走在我旁边，只怕我都不会去注意。”

范小鱼也难掩惊奇地抿了抿唇。她承认，丁澈这项绝技确实厉害得出乎她的想

象，也实在堪称探听侦察的良方，不过，她还是不能就此安心。虽然当年她只见了那两个护法一面，却对他们那鬼魅般的身手一直记忆犹新，实在不敢让他去冒险，毕竟这件事情和他并无直接关联。

“你们已经见到了我的能力，就让我去吧。”丁澈诚恳地道，目光却主要看向范小鱼。

范小鱼不假思索地摇头，“就算你可以收敛气息，却并不代表你就可以隐形，而且这也是需要消耗功力的，万一……”

她是需要丁澈帮忙，但不代表丁澈就要为她们家冒这么大的危险。

“不会有万一的，相信我！”丁澈打断了她，笑容温和却又坚定。

范小鱼心中是一百个不愿意，却也知道若是想知道敌人的阴谋，丁澈是最好的侦察人选。可想起连范岱都有些忌惮两位护法，她又觉得此事太过凶险。矛盾中，一双秀眉不由紧蹙了起来，而丁澈只是静静地看着她，从那双漂亮的宝石眼睛中所流露出来的信息，却仿佛在告诉她，他已决定！

“好吧，那你先去易容，千万不能露出破绽。”明白就算她不答应丁澈也会自己一个人去，范小鱼最终只得勉强点头，可当她目送着微笑的丁澈消失在转角时，心却酸了起来。

“小鱼，这是我们范家的事，你怎么让他也掺和进来了？我们和他的账还没算完呢！”

直到丁澈不见，范岱才从那个敛光龟息法中回过神来，见范小鱼犹在注视着他离去的方向，忍不住酸溜溜地咕哝了一句。

“二弟，”范通眉头一皱，正色道，“丁澈那孩子明知这件事如此危险，还如此义气地来帮助我们，我们更该团结一致才是，你怎么还能说这种话？”

“那小子分明就是想让我们欠他人情。”范岱愣了一下，犹自嘴硬。

“如果二叔你自信保护得了所有人的话，我们可以不欠任何人的人情。”范小鱼心中正因丁澈要去赴险而低落，闻言忍不住不悦地顶了一句。

范岱没想到自己一两句话竟招致一向和他关系极好的范小鱼冷眼相对，不禁相当委屈，不过一想到敌方的势力，却又哑口无言。他再自负，也不敢自负到这个程度。

“二弟，你就少说一句，还是赶紧帮忙想想有没有更好的办法吧。虽然丁澈这孩子愿意帮我们，可这件事终究是危险的，能不连累人家，就不要连累人家。”见叔侄俩的关系有点儿僵，范通连忙劝道。

这才是人话。范小鱼白了范岱一眼，再不理他，开始苦思起来。是啊，有没有什么更好的方法，既可以解决这次的危机，又不让丁澈或者大家涉险呢？

第五十五章

侠义亲情孰轻重

“我觉得……”一小会儿后，范通首先提出建议，“既然他们现在还不知道我们在哪里，不如我们先避一避。”

“避一避？怎么避？我们总不能一直躲在卢府吧？”范小鱼摇头反对，道，“虽然二爹愿意庇护我们，可我们谁都无法保证敌人永远不会查到这里来。你们别忘了夏竦是个什么官，如果他得知我们在卢府，到时候不但我们自身难保，还会连累二爹和娘亲一家的。”

范通忙摇手道：“不不不，我不是那个意思。我的意思是，我们能不能先离开京城一段时间，避过这阵风头再回来？”

“离开京城？”想到三年前的逃亡，范小鱼心中立时涌起一种极不舒服、极不情愿的感觉。

“什么？又要逃？这样一逃再逃，要逃到几时啊？”范岱更是敏感地跳了起来，“不行，我坚决反对！要是每次有点儿风吹草动，我们就要像丧家之犬一样四处躲避，那也太窝囊了！”

“二弟，你以为我就愿意吗？小鱼在京城中打拼了三年多，好不容易挣起了一份家业，又刚刚和他们的娘亲相认，如果可以，我这个不称职的爹又何尝愿意提出这个主意？”范通苦笑道，“但是你想想，虽说小鱼和亶儿现在都长大了，也有能力独当一面，可双拳难敌四手，更何况这次不比三年前，这一次义帮连帮主、护法都来了，谁知道另外还来了多少人？何况我们还有冬冬和岳先生，还有弟妹和上官姑

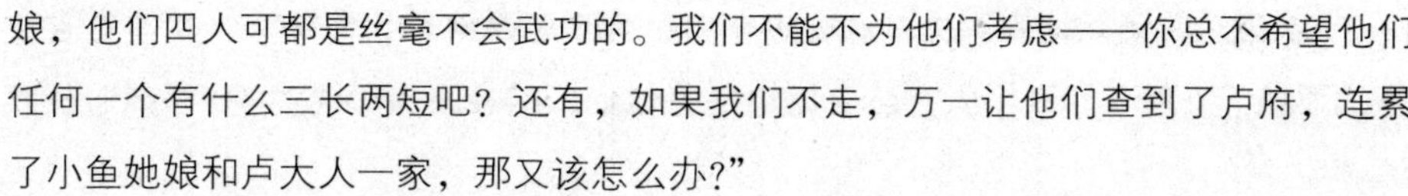

娘，他们四人可都是丝毫不会武功的。我们不能不为他们考虑——你总不希望他们任何一个有什么三长两短吧？还有，如果我们不走，万一让他们查到了卢府，连累了小鱼她娘和卢大人一家，那又该怎么办？”

范岱张了张嘴，想要反驳，却又觉得范通说的确实有道理。三年前的那一夜，他们就是十分侥幸才得以逃脱的，范通还差点儿连命都送了出去，而现在义帮还勾搭上夏竦这个大官，硬干确实是行不通的。

只是想想堂堂男子汉，竟落得每次都只能落荒而逃的地步，实在难以甘心，他忍不住烦躁地哼道：“不论如何，你提出的这个主意就是窝囊至极的下下策。”

范通叹道：“只要能保得全家平安，就算是窝囊的下下策也总好过追悔莫及。”

“问题是，就算我们可以抛下一切离开京城，难道就一定能保证平安？能保证一路上都不会被他们的人发现，从此以后不会再被他们追杀，永远顺利地隐姓埋名吗？”相较于范岱的暴跳，范小鱼看起来很平静，却极犀利地指出其中的问题。

“这个……”范通一愣，显然没有多想这个问题，犹豫了一下才道，“以后的事情虽然很难保证，可是眼下他们已经来到了京城，不管怎么说，我们离开肯定会比留下安全。”

“那要是我们另找了一个地方，过不了两三年又被他们发现呢？”范小鱼再问。

“说得好，还有以后的以后呢？是不是每一次有点儿情况，我们就必须得一逃再逃？”范岱本就十分不情愿，范小鱼这一问，他一时忘记了留下也不安全，竟然叫起好来。

范通讶然地看着他们。其实他很想说只要小心点，下次应该不会再被发现，可是想想这句话并没有多少说服力，当下有些词穷，不知该如何回答。

“如果你既无法保证一路平安，又无法保证今后一定不会再出现今天这样的事情，那么，我想问你，爹，你想让我们姐弟、让二叔二婶、让我们全家人一辈子都生活在这种不安定之中，让我们好不容易才找回来的娘一生都为我们担心吗？”对于范通这种连问题的症结都不曾好好想想，甚至根本还未做努力就先想着逃避的懦弱性格，范小鱼着实不满。

“爹是什么都无法保证，可是小鱼，如果我们冒着危险留下，不管是谁有个好歹，我们到时候后悔就来不及了。”

“爹，难道你就从来没有想过如何才能彻底解决这个危机吗？从来没有想过可以努力一下吗？”

“爹当然希望能彻底解决，也很想努力，可问题是他们人多势众，又有贪官支持，而我们不但才四五个人，还要保护冬冬他们，实在是有心无力啊！”范通长叹道。

范岱在一旁很想插嘴，可挠了挠头，发现自己也没什么好主意，于是更加烦躁起来。

“你只是想努力，但根本就没真的努力。”范小鱼长长地叹了口气，为这两兄弟的榆木脑袋默哀，“你们就没想过这一切的根源在哪里？是否可以从根源处着手？然后仔细分析，找出一个真正可以彻底解决问题的办法吗？”

“根源？”两兄弟不约而同地重复了一下，眼中还有点疑惑，“你说的是？”

“你们想想看，我们三年前是因为什么才不得不逃亡？今天又是为了什么才落入这样进退两难的境地？将来威胁到我们一家平安的真正原因又是什么？”范小鱼忍耐着引导道。

“亶儿。”两兄弟异口同声道。

范小鱼的嘴还来不及抽搐，范通已震惊地呼起来，“小鱼，你不会是想赶亶儿走吧？万万不可啊，小鱼……”

见范通自以为是地下了结论，居然还以为她要赶罗亶走，范小鱼的耐性瞬间尽失，整个人一下子狂暴了起来，再也难掩失望和愤怒。

范通才呼喊了一半，突然发现范小鱼的目光冷得骇人，不由得愕然顿住，难道他说错话了吗？

“大哥，你这是想到哪里去了？小鱼怎么可能要赶亶儿走呢？”范岱心里原本也有一丝怀疑，此刻一见范小鱼那罕见的冷面，心中一个激灵，十分庆幸自己没有比大哥口快，连忙打圆场道，“小鱼肯定是别的意思，只是我们两个大男人有勇无谋，脑袋瓜都太笨了。”

“如果赶走罗亶可以保得全家平安，我不会介意这么做。”范小鱼冷冷地道，心中那团冰冷的怒火不住地上下翻腾着，连带地对罗亶的称呼也改变了。

“没错没错，要是罗亶走了我们就没事了，我也会让他走。毕竟我们这几年对他已经够仁义了，总不能因为他害了我们全家。他的小命值钱，我们家冬冬和小鱼的命更值钱。而且这做好人做大侠也得有个限度，你自己大公无私是一回事，总不能连累家人也牺牲不是？何况就算他现在走了，也不是没有去处，他不是已经和他老爹联系上了吗？再说，罗亶今年都十八了，也该自己担负责任了。”

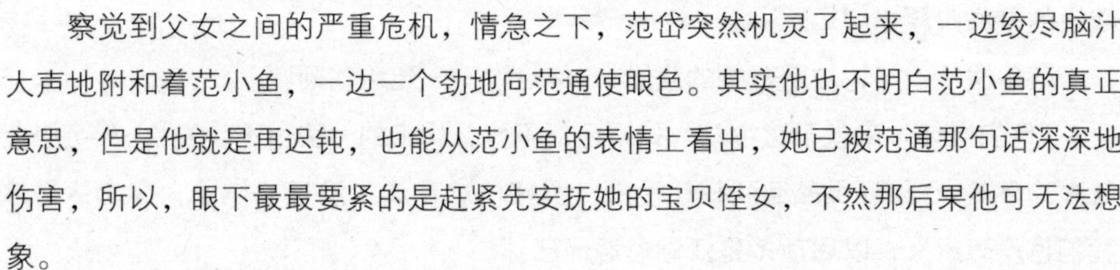

察觉到父女之间的严重危机，情急之下，范岱突然机灵了起来，一边绞尽脑汁大声地附和着范小鱼，一边一个劲地向范通使眼色。其实他也不明白范小鱼的真正意思，但是他就是再迟钝，也能从范小鱼的表情上看出，她已被范通那句话深深地伤害，所以，眼下最最要紧的是赶紧先安抚她的宝贝侄女，不然那后果他可无法想象。

被他这一圆场，范小鱼的脸色果然缓和了一点。

范通虽愣却也不傻，被弟弟扔了一堆凌厉眼刀后，也忙不管三七二十一地先低头道歉，“小鱼，对不起，是爹没脑子乱说话。爹错了，都是爹的错。”

“要我看，你根本就不知道自己错在哪里。”范小鱼冷哼道。

“是是是，你爹那个人，就是个榆木脑袋、傻瓜蛋子……”范岱一见事情有转机，忙不遗余力地大贬自己的哥哥，以修复父女之间的关系。骂着骂着，他脑中突然灵光一闪，脱口而出道：“我知道了，小鱼你说的根源，是不是指罗亶他爹当年抢劫的那批贡品？”

这句话极是上道，范通又是一副诚心认罪的模样，范小鱼的神色果然更加松动，冰雪之色虽在，眼神却没有那么冷漠了，哼道：“不然你们以为呢？”

范岱也是一时福至心灵才说出这个猜测，说完后自己一回想，确实一切的罪魁祸首都在于那批据说价值连城的贡品，罗亶其实只不过是一个可怜的受害者罢了。

“可是，宝贝侄女，就算知道根源在于贡品，我们又能怎么办呢？”范岱刚才一下子用脑过度，觉得自己头脑又不灵光起来，挠头道，“高志达他们是打定了主意要贡品，如果得不到，他们绝对不会善罢甘休的。”

“所以，我们就只有在贡品上想办法。”范小鱼实在懒得再和他们两兄弟玩引导推理游戏，那只会让她更加生气，她直接冷面地指出，“要想解决这个问题，最好的办法就是让罗亶劝说他父亲，把贡品交出去。”

听到这个方法，范通忍不住想张嘴，但一想到自己才惹了范小鱼生气，又忙闭上嘴，只眼巴巴地看向范岱。

“这恐怕不行吧？”范岱觉得范小鱼有点儿异想天开，“当年罗广他们为了这批贡品可是付出了极大的代价，死伤了很多人，罗广因此近乎残废，当年的带头大哥诸葛荀更是到现在还被关在天牢里，他们怎么可能愿意将沾满自己兄弟鲜血的贡品拱手让人？”

“我没说给高志达。”范小鱼冷漠地道，“高志达那种小人当然不配白得便宜，

我说的是物归原主。”

范岱愣了一下，才明白她的意思，“你是说……还给朝廷？”

“他们当年本来就不该抢劫。如果他们不抢，后来的一切也不会发生。”范小鱼就事论事道，“只要贡品回到朝廷手中，罗亶自然就成了没用的棋子，高志达再追我们也没有意义，以后顶多是江湖恩怨而已。”

范岱沉默了。有些话他不好直说，因为说了范小鱼一定会生气。可是如果他们真的按照范小鱼所说，设法劝说罗广把贡品还给朝廷，以后所有的江湖同道一定都会鄙视他们兄弟俩，并将他们视为朝廷鹰爪的，到时候“范氏双侠”的一世英名就毁了。

“小鱼，我觉得你把事情想得太简单了。”范岱这一沉默，范通终于忍不住开口了，“当年他们劫贡品固然不对，可他们花了惨重代价才得到贡品，早已将它们视同自己的生命，甚至高于自己的生命，不然亶儿他爹当年也不会宁可身受酷刑也不肯招供。”

“笑话！他们付出了惨重代价，难道别人就没有付出惨重代价吗？你别告诉我他们抢劫的时候没有杀人，别告诉我三年前那一夜他们不想杀人！”范小鱼讽刺地冷笑，“你范大侠可以伟大到连差点儿没命都不介意，我可没有那么大方。告诉你，那笔账，我不仅算在义帮头上，同样也算在了他们头上，我不找他们算账已经很客气了。”

范通求救地看了一眼突然变得哑巴似的范岱，踌躇道：“就算他们应该把贡品还给朝廷，罗大侠一定也不会同意的。当年他宁可忍受漫长的酷刑，也不肯吐露半点，说明他的心性十分坚定固执。我们总不能和那些人一样，利用亶儿去逼他父亲吧？这样的话，我们和义帮这些人又有什么区别？”

这句放在平时或许可以当做随口一说，但放在今日却是敏感至极的话一出，一旁的范岱顿时大叫不妙。果然，范小鱼才好转一点的脸色又一下冷凝了起来。

范岱正欲焦急地弥补，范小鱼已突然轻笑一下，很平静地道：“既然这也不行，那也不行，那么，还有一个办法。”

呵呵，很好，她这个老爹还真看得起她，真了解她的冷血天性啊！范小鱼气急反笑，脸上冰霜仿佛瞬间消融。

“什么办法？”犹自不觉说错话的范通立刻振奋地问道，范岱却已想要为自己的大哥哀号。

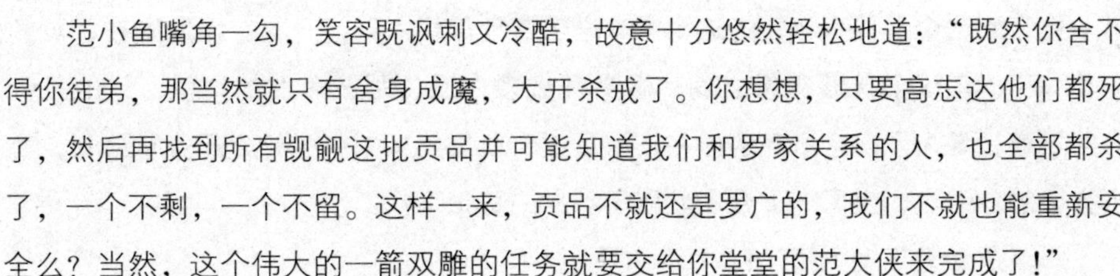

范小鱼嘴角一勾，笑容既讽刺又冷酷，故意十分悠然轻松地道：“既然你舍不得你徒弟，那当然就只有舍身成魔，大开杀戒了。你想想，只要高志达他们都死了，然后再找到所有觊觎这批贡品并可能知道我们和罗家关系的人，也全部都杀了，一个不剩，一个不留。这样一来，贡品不就还是罗广的，我们不就也能重新安全么？当然，这个伟大的一箭双雕的任务就要交给你堂堂的范大侠来完成了！”

范通顿时呆若木鸡。

“所谓我不入地狱，谁入地狱？范大侠，你觉得这个办法怎么样？”范小鱼微笑地看着范通，语声十分轻柔，却让范通如坠冰窟，不但四肢冰冷，一颗心更是沉入谷底。

他终于明白，自己刚才又说错什么话了。

而这一次……范通慌乱地看向自己的弟弟，却发现范岱一脸无奈地闭上了眼睛，再没有半点为他说情的意思。

“怎么，范大侠觉得我这个法子还是不行么？那真抱歉啊，我可是实在没辙了。要不，还是请您自己想个高策吧！”范小鱼脊背挺得直直的，别在背后的双手却将心中的悲哀和绝望捏得紧紧的。她口中继续轻笑着，“哦，对了，为了给您减轻负担，也为了不拖您的后腿，好成全您范大侠的万世英名，我想，以后我和冬冬的事情就不需要您再操心了。至于罗亶，他不但是您的徒弟，更是罗广罗大侠的亲儿子，您还是带在身边比较安全。”

说完，范小鱼微抬了一下下颌，十分优美地旋转了一下身体，毫不留恋地掉头就走。

“小鱼！”范岱看了一眼面如土灰、被亲生女儿一番话打击得一点语言和行动能力都没有的范通，焦急地想追上去。

“二叔！”范小鱼猛然回头厉喝，方才甜美的面具一瞬间碎裂成泥，“你若还想当我的二叔，就一个字都不要说。”

看到范小鱼眼中的决绝，范岱才抬起的一只脚顿时僵在空中。下一刻，范小鱼毫不犹豫地掉头，继续挺直着脊背往前。

她不喜欢发飙，从来就不喜欢，但这一刻，她真的是忍无可忍了！

没错，范通是给了她和冬冬生命，但这并不代表他们姐弟就应该和他一样“大公无私”。一个心里头只装着别人，从来不顾及自己亲人，甚至还要让亲骨肉犯险的父亲，根本就不配做父亲！

她来到这个世界六年，为这个家辛辛苦苦地打拼六年，一次次地周旋在百灵阁东家和范小鱼这个普通身份之间，忍受那么多白眼、那么卑贱的地位，为的是什么？难道就是为了一个可笑的虚名，为了一个顶着侠义名头实际上却自私自利、害人害己的老强盗，为了一批原本就属于不义的赃物吗？

那真是滑天下之大稽了！

她曾以为只要自己努力，终将能让这个大侠爹意识到家人才是第一位的，可没想到她还是失败了。既然如此，她又何必再勉强？她本来就不需要什么亲爹，现在这样最好。他终于可以摆脱她的教训，去做任何他想做的事情了，而她也终于可以死心，过一过属于自己的轻松日子了。

“等一下……”

心如死灰般的范小鱼才走了十几步，前面忽然闪出一个葛衣男子，拦住了她的去路。

“小鱼，小心！”

范岱本在挣扎着要不要冒险再劝，突见凭空冒出一个陌生人拦住小鱼，还以为被义帮的人发现了，顿时大惊。他脚下一点极快地飞纵了过来，同时一掌挥出，想要将那人挥离范小鱼。

“范二叔，是我。”

葛衣男子身影一闪，急忙发出清亮的声音，正是早已回转的丁澈。仔细一看，他的人皮面具还是上次那一张，只不过肤色染得有些蜡黄，还点缀着许多颗雀斑，又换了中年人的装束，看起来就陌生了。

他易容回来后，本来想马上出来，可转念一想，正好可以利用这个机会，让范小鱼相信自己足够胜任这次危险任务，却不想听到了这么一番争吵。

“原来是你。”范岱呼了口气，不但没有像之前一样找丁澈的碴，反而因他的到来而生出一线希望，但下一秒范小鱼就打破了他的幻想。

“如果你不想我们的关系破裂，就最好什么都不要说。”范小鱼漠然地看着丁澈。

丁澈看了看一下子僵住的范岱，又看看后面双手不停颤抖的范通，轻叹了一口气，果然什么都不说。

“小鱼，你能不能听爹解释？”僵硬的气氛中，仿佛一下子苍老了好几岁的范通

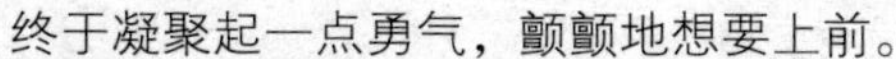

终于凝聚起一点勇气，颤颤地想要上前。

“没什么好解释的，你也不用解释。”范小鱼根本就不回头，冷冷地道，“这几年我老是限制你们这个，限制你们那个，不但沾不上什么孝道的边，还应该算是大逆不道、以下犯上。你们心里一定一直都很不悦、很憋屈，实在对不起了。只是我天性自私，这辈子这脾气想必难改了，只能从今往后，再不干涉你们两个作为赔偿。你们可以想怎么样就怎么样。还有，有件事正好告诉你们……”

范小鱼忽然转过身挽住丁澈的手臂，冷冷地看了一眼两兄弟，“我现在正在和丁澈交往。不过，不管我和他将来成还是不成，我的事情你们都不用再管了。”

这一下，不仅两兄弟呆若木鸡，就连丁澈也着实吃了一惊。他一直想要通过自己的努力获取范通和范岱的认同，却没想到范小鱼会在这个时候宣布他们的关系。

说实话，能正面听到范小鱼答应和他交往，他是感到很开心，只是，现在是不是不是时候？毕竟，他真不想让自己变成那一桶泼在火上的油啊。

“小鱼，你别生气，先冷静一下。你爹并没有指责你的意思。”这下丁澈就是再怕范小鱼发作，也不得不开口了，“而且现在正是危急关头，你们是一家人，更应该团结一致才是啊！”

“是啊，是啊。小鱼，就算你生你爹的气，二叔可是一直和你站在一起的啊！”范岱被她一口一个“你们”的迁怒给吓坏了，急忙表明立场。

“小鱼，你误会了，爹只是……”范通可怜巴巴地又赶上几步。

“住口！”范小鱼厉声喝止了他，目光倔犟地看向丁澈，“你走不走？”

“走！”丁澈立刻表态，明白此刻如果自己有半分犹豫，那么这份感情很可能会因此夭折。同时，他更明白，眼下虽然看起来最无情的是范小鱼，但最受伤害的却也同样是她。

“二弟，你快帮我劝劝小鱼……”看着范小鱼和丁澈并肩离去，失魂落魄的范通绝望地将最后一丝希望放在范岱身上。

范岱却长长地叹了一声，一句话都不说，直到范小鱼和丁澈走远，才侧身按在范通肩上，“大哥，你别急，刚才我看丁澈打了几个手势，他应该会帮我们劝劝小鱼的。”

“啊……”范通的眼中顿时升起希望，“是吗？”

“不过，大哥，你今天实在是太伤小鱼的心了。”范岱不住地摇头，“你实在不该一再地说那样的话。”

“二弟，我真的不是故意的，我从来都没有觉得……”

“如今你说这话又有什么意义？关键是小鱼那样觉得，小鱼已经受伤了。”

范通双眼空洞地愣了好一会儿，才茫然道：“二弟，你说，难道我们一直坚持的侠义道德都是错误的吗?”

“我不知道我们是对是错。只是，大哥，你说，我们为了一个原本毫不相干的人，却付出了这么多代价，是不是太不值得了？要知道，我们以前和那个罗广，可是半点交情都没有，却不但要替他养儿子，还因为他连累到全家，我觉得有点冤了。”

“可是……二弟……事已至此，我还能怎么办?”

已经到了日出时分，却不见太阳，天上只有层层的阴云，但是开封城的繁华和热闹却并没有因为天气不佳而少了一分的热闹。

坐落在豪宅区的张家园子正店里，碧水池畔，一座吊窗花竹的小阁子内，一碗碗一碟碟的吃食被整齐地摆在石桌上。

熬得稠稠的桂花粥，煎得极松脆的米饼，入口即化的云糖，梅花形状的红豆糕，晶莹小巧的蒸角子，还有鲜美浓郁的十八羹，以及一碟碟的小菜，无一不散发着诱人的魅力，让人只是看着便能勾起口水。

可范小鱼对着满桌的早点，犹如看着一堆石头。

“来，尝尝这十八羹。据说这是用一种只产在高山上的根茎，晒干磨粉后调制出来的，特别柔滑，而且里头还添加了十八种作料。看看你能猜出多少种?”伙计退下后，丁澈拉着她在罩了锦垫的石凳上坐下，殷勤地先给她盛了一小碗羹。

“我不想吃。”范小鱼面无表情地看了一眼，“你没必要带我到这么贵的地方来。”

京城里有很多酒楼为了招揽中高档的消费者，常将酒楼布置得犹如私家花园般豪华、幽静，每一座阁子都相互独立地屹立在假山花丛绿树之间，在寸土寸金的京城中自然可称作是最昂贵的包厢，要价自然也不菲。

“既然你知道这是我专门为你准备的，那就多少吃一点。”丁澈将小勺子塞到她手中，脸上表情虽因易容而无法细致地表达情绪，眼睛却故意调皮作怪地眨了眨，“你要是连勺子都懒得拿，那就让我喂你。”

说着他真的又取下她手中的勺子，舀起一勺羹送到她嘴边，动作很坚持，但温暖的眼中却没有半丝强迫。

范小鱼漠然地和他对视了一会儿，终于默默地接过勺子，闷头吃了起来。

丁澈顿时笑逐颜开地为她夹这夹那，一边自己也吃着，一边给她介绍食物的名称和来源，半字也不提方才之事，好像只是单纯地和她约会，吃一顿丰盛的早餐似的。

早餐后，丁澈只一招手，立刻便有伙计进来快速而轻巧地收起了碗碟，擦干了桌面，然后又拎进了一套茶具，开始表演点茶。

待到表演完毕，两杯香茶入手，伙计放下三面卷帘遥遥退走后，范小鱼才起身面对着一池碧水，木然地道："你不觉得我罔顾亲情，冷漠刻薄么？"

丁澈轻轻地取下她手中的茶杯，放到桌上，然后回来走到她身后，将她环拥入怀中，低柔地道："我想起了我们第一次见面的时候。那时的你面黄肌瘦，头发干黄得像枯草，明明已经九岁，看起来却像只有六七岁，却已被迫担负起一家的生计，还要收拾你二叔闯下的祸，一定十分的辛苦。"

"你怎么知道我二叔闯了祸？我好像没跟你说过这件事。"范小鱼微蹙了一下眉。

"我问店小二的。"丁澈呵呵一笑，轻轻地厮磨着她的秀发，"你一见面就肆无忌惮地瞧着我，不但眼睛直勾勾的，还不软不硬地顶我，偏偏又让我没法教训你。我一气之下，自然就要问问你是什么人了，然后就知道了你家的一点事。"

想起当年初见，范小鱼脸上终于恢复了一点微笑，"你那时一定在心里鄙夷死我这个黄毛丫头了。"

"不，那时我就觉得，怎么会有你爹这么傻这么笨的人，自己家人不好好照顾，整天瞎帮别人些什么？"丁澈笑道，"不过那会儿我没觉得你可怜，我觉得你活该，谁让你气我来着。"

见他故意地逗趣，却又用心良苦地巧妙地将范通扯了进来，范小鱼心中不禁升起一缕暖意，但想起范通，心又冷硬了起来，讥讽道："我确实觉得自己活该。江山易改，本性难移，我早该在他收留罗亶的时候就带着冬冬走的。凭我的本事，就是再不济，我也不会让冬冬冻着饿着。"

"可那样的话，冬冬不就一辈子都没有父亲和叔叔了？而且，也许你们也找不到你们的亲生母亲。你们姐弟俩，明明有爹有娘，却形同孤儿，岂不是要遗憾终身？"丁澈柔声低吟道。

“就是再遗憾，也好过老是这么提心吊胆地过日子。”范小鱼咬了咬下唇，赌气道。

她当然明白丁澈的意思，无非是变相地劝她，不要因为一些决绝的气话而真的抱憾终身，可如果那个家伙一直都把别人放在第一位，她和冬冬还不是和没有父亲一样？

不，没有亲爹可能会受一点欺负，但却能平平安安的，有了这样的亲爹，他们却要几次三番地面临生命威胁。

“小鱼，我觉得伯父其实很在乎你们的。虽然我和他们相处的日子不长，可我感觉得出来。”丁澈其实并不擅长当说客，也从来没有当过说客，他只能凭着自己的感觉尽量地劝说着怀里这个容易受伤的女孩，“你不知道，我曾经很嫉妒你。”

“嫉妒我？”

“是啊，嫉妒你累了困了，可以趴在你爹的背上睡觉。”丁澈笑道，“我从来就没有在我爹背上睡过觉。”

趴在他背上睡觉？那已经是多遥远的事了？好像也没一两回吧，居然正好被他看见了。

范小鱼涩涩地一笑，放松了脊背，将自己靠入丁澈怀里，幽幽地道：“他那是对我有愧。”

“有愧是真，疼爱也是真。”丁澈怜惜地抱紧她，在她耳边低声轻劝，“天下没有不爱自己孩子的父母。当年你们不是也误会伯母抛弃了你们，可事实上却只是造化弄人。我觉得，你爹其实真的没有指责你的意思，只是他太会为别人着想了。我觉得，你们应该好好谈一谈。”

“有什么好谈的？在他的心里，永远都是什么狗屁侠义占第一位。”范小鱼哼道。

丁澈放开环住她腰的手，把她转过身面对着自己，捧起她的脸，然后才睁大了眼睛，夸张地惊讶道：“你说粗话？”

“我说粗话怎么了？我就是这么一个大俗人！”范小鱼原本还以为他如此郑重地要说什么，却没想到居然是这一句，顿时咬着唇瞪他，一把打掉他的手，很自然地损了一句，“你知不知道你现在是一个大叔，做这个动作很雷人哎！”

“很累人？我只是摸一下你的脸，不累呀？”丁澈有些糊涂了。

这下，范小鱼终于忍不住笑了出来。

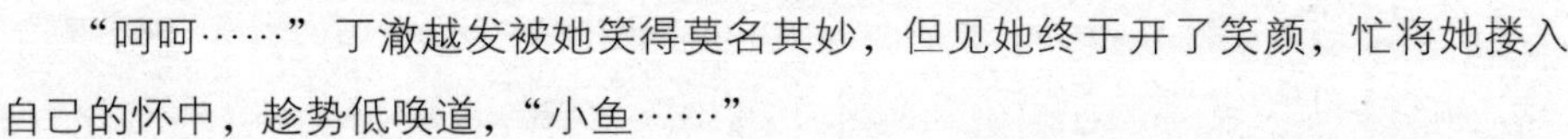

“呵呵……”丁澈越发被她笑得莫名其妙，但见她终于开了笑颜，忙将她搂入自己的怀中，趁势低唤道，“小鱼……”

“嗯?”

“给伯父一个机会吧，听他好好解释。至于贡品的事情，还是先让罗亶自己给个意见吧！这件事因他而起，你们总不能不让他参与吧？眼下这个难关不好过，我们要是再不齐心协力，到时候才会真的抱憾终身、后悔莫及。你不希望任何一个亲人出事，不是吗?”

范小鱼身子僵了一下，才低低地道：“丁澈，你有没有觉得我这个人太过霸道，根本就不适合为人子女?”

“傻瓜，为人子女是斩不断的血缘关系，有什么适合不适合的？你虽然不像普通人家的女儿那么乖巧听话，可你却是真心地为你的家人着想，一直为他们忙碌、牺牲，还纵容他们去做自己喜欢做的事情，比起那些表面孝顺背地忤逆的虚伪子女来说，不知好了多少倍。至少，你比我强。你看我都快四年没见我爹娘一面了，还害得他们日夜为我担心。”丁澈轻抚着她的秀发，语气中有一丝惆怅。

“那你什么时候回去看看他们?”范小鱼闷声道，成功地被他语气中的低落引开了注意力。

“嗯，我会的。等这件事情解决了，我就求师父让我回家一趟。”丁澈轻轻地拉开范小鱼，温柔地注视着她，“到时候，你和我一起去吧。”

“我……我才不去……”范小鱼蓦地红了脸，一把推开了他向外面走去，八字还没一撇，就千里迢迢去别人家，这算什么?

“哎，小鱼，你别走啊。丑媳妇总要见公婆的，何况你一点都不丑，怕什么?”丁澈忙假装嬉皮笑脸地追了上去，心里却松了一口气，知道自己这个和事老总算做得还可以。

第五十六章

深入虎穴探消息

“如果你回不来，我一定不会等你，我会重新找个男人。”

夏府后门附近的隐蔽处，范小鱼凶巴巴地瞪着还是不改初衷的丁澈。尽管已明白丁澈不是去逞无谓的匹夫之勇，可她还是难以完全放心。

“放心，我一定不会给你另觅新欢的机会的。”丁澈举了举手上的鸟笼，随口吹出两个声音，让笼里的鸟儿展开翅膀转了个圈，微笑道，“对了，那个东西给我。”

“什么东西？”范小鱼疑惑地看着他伸过来讨东西的手。

“白瓶子呀！你不是觉得还欠那个小和尚一个人情么？”丁澈嘿嘿一笑，“要是有机会，我可以顺便一下。”

范小鱼愣了一下，终究还是取出药瓶递给了他，却又拉住了他的手，抬起水眸，深深地望入他黑亮的瞳孔中，咬唇道：“如果没有把握，千万不要轻举妄动。万一有什么情况，一定要立刻发信号。”

虽说丁澈有这么一个能令小鸟起舞的本事，正好可以迎合夏竦，让她十分意外，同时也增添了一份对他的信心，只是如今的夏府不啻于龙潭，她实在不能完全放心。

“放心吧，我真的不会有事。现在天气冷了，你们不要守在外面，”丁澈看了一眼不远处的两兄弟，笑着点了点头，“今晚我会设法留在夏府过夜。只要我入夜前没有出门，那你们就明天早上再来等我的好消息就可以了！”

然后，他轻轻地抽回了手，头也不回地向夏府后门走去，从容地敲门。

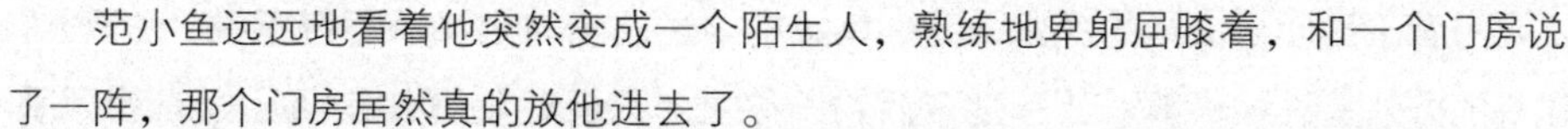

范小鱼远远地看着他突然变成一个陌生人，熟练地卑躬屈膝着，和一个门房说了一阵，那个门房居然真的放他进去了。

范小鱼怔怔地望着那重新关上的后门，默默地立了一会儿，最终还是咬了咬唇，狠心地离开，视旁边的范通为无形。

范通忙亦步亦趋地跟在她后面，范岱则是重新隐匿于暗处——里面有三位高手，一旦有什么意外，有范岱在此及时接应，总能让人放心得多。

两人一回卢府，罗亶就急切地迎了上来，询问地叫了一声，“师父?”

“我们屋里说吧。”范通小心翼翼地看了一眼范小鱼，带着两人走进房间。

“亶儿，我们现在已经确定他们是冲着你来的，他们想要那批贡品。”范小鱼也不让范通开口，直接开门见山，“我不知道他们是通过什么渠道确定你在京城的，但你应该了解他们的力量，也该知道找不到贡品，他们是绝不会罢手的。”

罗亶的脸色顿时一白。

“一切的根源在于那批贡品，而贡品的关键又在于你爹，所以，我想问问你的意见。”被丁澈硬拉着重新见了范通、范岱之后，范小鱼已完全平静了下来。

她和罗亶情同家人已有六年多，她当然应该保护罗亶，但前提是不能累及她的其他亲人。而对于罗亶而言，他既然涉身其中，又是关键人物，便应该有自己的看法和主张，所以她必须要让罗亶先表明自己的态度。如果罗亶还像范通一样迂腐，只会嚷嚷着宁可自己去送死也不要牵连他们，那就太令她失望了。

“如果他们知道我离开京城，有没有可能放过你们?”多年的岁月洗礼已经让罗亶成熟了许多，这一次他并没有像以前那样，说一切都该他独自承担，而是静默了一会儿，低沉地问道。

“就算你离开我们，他们也不会放过我们。”范小鱼淡淡地道，“自从三年前那一夜开始，我们家和义帮的恩怨就注定不会轻易了结了。他们已经失败过一次，又等了三年，怕是不会允许自己再失败第二次，所以，我想他们不会放过任何能找到你的有关线索。而且，我们还不知道他们为什么会和夏竦勾结，其中又有什么阴谋。”

“你的意思是那批东西一日不找到，他们就一日不会放手?”罗亶脸色苍白着，声音却很镇定。

“正确的说，是那批东西一日没有确切着落，他们就一日不会死心。”望着表面

上几乎看不出什么情绪的罗亶，范小鱼眼中闪过同情之色，却不得不说，“亶儿，最好的办法是说服你爹，让那批东西物归原主。只要他们得知东西已经在朝廷手中，自然不会再对我们紧追不舍。”

“好，我会努力去说服我爹，只是……”罗亶又沉默了一会儿，才抬起眼看着范通和范小鱼，如高山深湖般的眸中凝聚着一团挥不去的担忧，“只是我去我爹那里，来回再快也需要十天，而且还不知道贡品藏在何处，万一他们在这段时间内查到你们……”

“这点你不必担心。我们和卢府的关系还没有外人知道，在这里暂避一时还是不成问题的。”范小鱼沉声道。

当初为了叶芷燕和那位宽厚继父的名誉着想，他们虽然认了娘，表面上却只对叶芷燕夫妇以义父母相称，私下才叫娘亲和二爹，而且也没让卢府大肆宣扬。如今倒正好成了一个有利的庇护，若是再小心谨慎些，确实可以藏住一阵子的行迹。

不过他们在柳河镇住了三年，难免总有些行迹外露，若是敌人有心，难保不会被他们顺藤摸瓜地查到这里来，所以，必须一劳永逸地彻底解决这件事才行。

“那我现在就起程。”罗亶毅然道。

“不，不急于这一天。你要是直接这样离开，恐怕没出京城就被他们发现了，必须乔装打扮才行。先等丁澈回来，让他给你易容后再去，而且你一个人去我们也不放心。”范小鱼看了一眼范通。

“亶儿，我知道你爹藏身处很隐蔽，不想为外人知晓，只是我们师徒若是能一起去，路上也好有个照应。”范通十分愧疚地道。

“师父，您这样说，让徒儿情何以堪？”罗亶终于动容地叫了一声，眼眶陡然红了起来，“当年若不是我爹……总之，一切都是徒儿连累了大家才是。您和师姐一切都是为了亶儿着想，若是亶儿连师父都不相信，岂非猪狗不如？”

范通无奈又感慨地拍了拍他的肩，却又无语。范小鱼心中有疙瘩，只是冷眼看着，没有心情和他们洒狗血情。

“只是……”罗亶咬了咬牙，还是说了出来，“师父，师姐，你们也知道我和我爹虽为父子，却是离多聚少，我……我……放心吧，不论如何，我一定会说服我爹的。”

他原本分明是想吐露没把握之语，却又陡然转为坚决，顿时让范小鱼心中升起了一丝不祥，正色道：“亶儿，你要答应我一件事。若是你爹不愿意交出那批东西，你千万不能做出什么偏激的行为。世上无绝路，生机是靠人自己找出来的。虽然交出贡品是最好的办法，但倘若你爹那条路走不通，也不是一定没有其他法子的。”

罗亶顿了一下，才点头道：“好，我答应。可是……可是如果我和师父都离开了，你们……”

感受到他真心实意的紧张，范小鱼终于微微笑了一下，“不用担心我们。我们现在的策略是躲避，而不是正面迎敌，所以你不用担心。倒是你，一路上务必小心。”

罗亶抿了抿唇，终于点了点头。

范通虽然因为范小鱼始终没有正眼看自己而有些失落，但在寸功未立，什么都没补偿之前，他确实没资格求得女儿的谅解。他唯一能做的，就是极力促成此行的目的，好在回来之时，真正地与一家人团聚。

准备好行囊后，大家就开始等丁澈的消息。

中午过去了，黄昏也过去了，夜色很快开始统治人间。当范小鱼和范通第三次前往夏府附近询问范岱情况时，丁澈已经在里头待了起码六个多时辰了。

虽然丁澈临去前曾经说过，如果一直到天黑，他还没有被赶出来，也没有发信号，就证明他已经取得了夏府的信任，得到留在夏府的机会。可是看着夜色慢慢变深，夏府里头却没有任何动静，范小鱼还是难以止住心头那份担忧，坚持要亲自在外面等。

她对丁澈的两项绝技都有信心，但里头那三位高手，让她无法只一味地依赖这并不足够强烈的信心。

对范小鱼的坚持，两兄弟很无奈，但他们更明白，她要做的事情，两人基本上都是无法反对的。更何况以范小鱼现在和丁澈的关系，这个时候让她回去坐等消息，无疑是不可能的。

想起白日里范小鱼的爱情宣言，两兄弟不由都在心底暗暗叹气。

虽然他们都不觉得丁澈是良配，更不觉得丁家是一户适合范小鱼的好人家，可丁澈既然是小鱼自己选择并喜欢的人，今日又为了他们范家而涉险，他们现在是不能反对的。何况今日还发生了那么一场严重的误会，令父女之间的关系降到了许久没有出现过的冰点。现下，除了寥寥几句必要的交流外，范小鱼压根就不愿答理他们，更别说好好地沟通一番了。

想到还要守上一整夜，卢府那边虽然应该安全，但不去亲自照看总有些不放心，两兄弟商量后，便让范通回卢府照看其他人，范岱则留在这里接应丁澈。

走之前，范通还特地去取了两床被子，免得夜深露重，女儿一直待在外头会着凉。

虽说披着棉被潜伏实在有些滑稽，但对范通刻意讨好的补偿，范小鱼并没有拒绝。如今已过十月中旬，夜间气温已是相当低，纵然可用内功抵御深夜寒冷，但她随时要准备接应可能被发现的丁澈，绝对不能把功力浪费在这上面。

不过，她虽然留了下来，可一心想要讨好侄女的范岱却不肯让她直接守望，借口轮值，选了个隐蔽的避风处让她边睡边等，并再三申明若有情况自己一定会马上叫她。

范小鱼只是略略考虑了一下，就抱着棉被去伪装露宿街头的乞丐。

一切都是为了到时候能有最好的战斗状态。

这一夜，负责守望的范岱固然一直都没休息，看似一动不动的范小鱼却也没有真正地睡过，而是一直只在闭目养神，保持着最高的警戒。

时已近冬，人们身上的衣服早已加厚，夜间的寒意相当深重，但夜再冷，时间再漫长，终将会迎来日与夜的交替和轮换。

天亮了。

范小鱼从侧门第一次打开的时候就已经抛去棉被，蹲在了最佳的观察地点。

早晨的夏府侧门极是热闹，各色新鲜的蔬菜瓜果、各类杂货都选在这个时候送入其中，以备一天之用。范小鱼难以抑制心中的紧张，一直目不转睛地盯着那侧门。

他说过的，他会十分小心。

他保证过，他一定会没事。

他还承诺，天亮后他就会尽快地出来。

可是，如果他真的连发信号的机会都没有就被抓住了，那该怎么办？

随着时间的推移，范小鱼原有的信心一点点地消逝，这样那样的担忧开始反复在她脑中萦绕。她一会儿觉得自己应该对丁澈有信心，只需安心等待即可；一会儿担心此刻的丁澈正需要援助，想要不顾一切地进入夏府；一会儿却又怕若是丁澈没有出事，她这样进去会不会反而害了他……

就在一个念头接着一个念头之间，天色越发地明亮，曾经昏暗的角落也被明亮的光线所取代，侧门前渐渐地冷清了。

“我去看看吧。”见范小鱼如此紧张，范岱终于闷不住地跳了起来，也不管什么时候，把脸一蒙就要蹿出去。

他实在待不下去了，就算进去之后等待自己的是陷阱，也好过什么都不做地待在外头。昨天范小鱼怨的虽是范通，却让他想起，自己这些年来也没有当好一个好叔叔。既然小鱼喜欢丁澈，那他就是拼了这条命也要把那小子救出来。

“再等一下。”范小鱼终于开了口。奇异地，范岱这一冲动，她的心反而安定了下来，“我对他有信心！”

说着，范小鱼的气息一下子平和了起来，开始安静地注视着那座侧门，仿佛丁澈下一刻就会从容地从里面走出来一般。

像是心灵感应似的，没过三分钟，侧门忽然吱呀一声打开了，两人顿时一振，忙盯紧了门口，这一次果然看见空着手的丁澈被送了出来。他跨出门槛后还有说有笑地和门房打了个招呼，并往他的手里塞了一点东西。那门房得了银子，十分开心，好像和他很熟似的挥了挥手，这才退回去关了门。

丁澈看着门关上，仿佛忘了这边还有人在等一般，径直向另一个方向走去。

见到丁澈平安出来，范小鱼终于舒了一口气，正要轻啸一声告诉他自己在这里，却被范岱扯了一下衣角，他指了指夏府的围墙，让她先不要着急。

其实范小鱼也知道，丁澈之所以没有马上到这边来，而是往其他地方走去，就是为了防止有人跟踪。只是关心则乱，一时间她反而忘了。当下，她又重新按捺住性子继续观察四周的动静，同时等待丁澈从其他地方绕回来。

不过这一次他们的担心显然是多余的了。丁澈出来后，那侧门再也没有开过，旁边的围墙里也不曾跳出什么可疑的人物。不过半盏茶的时间，范小鱼便等到了一个熟悉的声音。

“我回来了。”

转身将那个身影纳入视线，又紧紧地缠绕住那熟悉的目光，范小鱼一颗心才彻底放了下来。若不是范岱就在一旁，她真想直接扑入丁澈的怀中，而不是就这样默默地和他互相对视着。

“等了一晚上，肚子饿了。小鱼，我先去吃点东西，我们回去再碰头。”范岱摸了摸鼻子，识趣地先开溜了。

“你在这里等了一个晚上？”丁澈眉头顿时一蹙，责备道，“不是说让你早上再来吗？”

范小鱼一言不发，也不管周围有没有人会经过，再不迟疑地张开双臂便投入他怀中。她紧紧地环住他的腰，贪婪地汲取着他的温暖，感受着他的存在。

“傻瓜，我既然有把握进去，哪有那么容易出事呢？”

抚摸着她冰凉的秀发，丁澈忍不住低叹了一声，温柔地在她额头落下一吻，嘴角却扬起了幸福的笑。

两人静静依偎了一会儿，很快离开。进入卢府之前，为了避免这张已在夏府用过的脸引起麻烦，丁澈先取下了人皮面具，又因为不想暴露他是钱惟演外孙的敏感身份，改而利用其他易容工具将脸涂暗，略改了一下眉形。

早在筹备饭馆的时候，叶芷燕和卢子晁就已知道他的存在，但是卢府人多嘴杂，仆人成群，还是小心点为好。

回到卢府，一番转述后，众人都舒了一口气。

丁澈这一次探险，虽蹲守了大半夜，但还是很值得的。

义帮是为罗亶和贡品而来，这件事昨天就已确定。但是义帮什么时候来的京城？对范家眼下的情况有多少了解？是否已经针对他们展开了一系列的阴谋？他们和夏竦之间又有着怎么样的协定？这些都是大家迫切需要了解却又未知答案的重要疑问。丁澈昨晚的冒险虽没得到全部信息，但至少有一点而且也是最重要的一点，让大家都宽心了一点。

原来，高志达他们是前天才到的京城。也就是说，他们刚刚到，就十分凑巧地被范小鱼和范岱撞见了。这一点实在不能不说是极其幸运的。

“这么说，他们现在还不知道我们的家在哪里，也不知道我们现在住在卢府。不然他们肯定一来就派人去柳河镇盯梢，甚至直接来偷袭了。”为了活跃气氛，范岱故意夸张地大呼好险好险，然后说出一句大家都明白的废话。

“二弟说得对。不过我们也不能因此掉以轻心，一切都要小心为上。”范通也说了句废话。自从连连说错话，和女儿之间的关系降到冰点后，他就一直十分小心，每次说话前都要再三地想想，确定不会有任何歧义才敢出口。

“师父，既然他们一时还没发现我们，那我们还是尽快起程吧，免得时间拖久了变化更大。”罗亶口中叫着师父，眼睛却看向范小鱼。

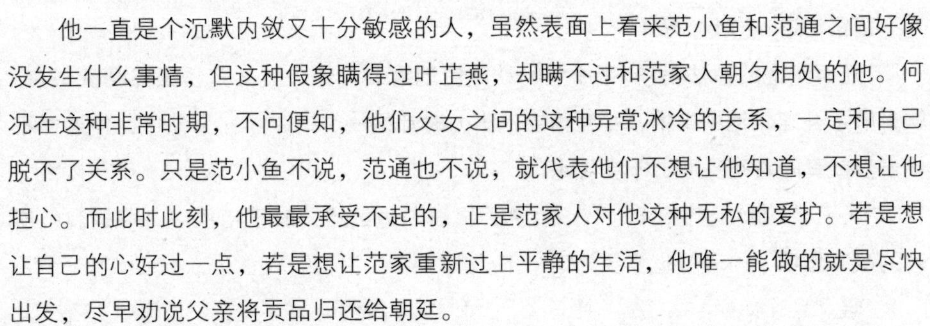

他一直是个沉默内敛又十分敏感的人，虽然表面上看来范小鱼和范通之间好像没发生什么事情，但这种假象瞒得过叶芷燕，却瞒不过和范家人朝夕相处的他。何况在这种非常时期，不问便知，他们父女之间的这种异常冰冷的关系，一定和自己脱不了关系。只是范小鱼不说，范通也不说，就代表他们不想让他知道，不想让他担心。而此时此刻，他最最承受不起的，正是范家人对他这种无私的爱护。若是想让自己的心好过一点，若是想让范家重新过上平静的生活，他唯一能做的就是尽快出发，尽早劝说父亲将贡品归还给朝廷。

范通含糊地应了一声，却又可怜兮兮地看向范小鱼，等待她的最终决定。

“那就麻烦你了。”范小鱼转向丁澈。

“包在我身上。”丁澈对她笑笑，拿起装满了易容工具的包袱，示意范通和罗亶跟他到另一个房间去。

三人离开后，范小鱼和范岱面对面地继续坐着。

“小鱼，我们接下来该怎么办?”范岱坚决秉持范小鱼乃是一家之主的原则，十分谦虚且讨好地请示道。

范小鱼淡淡地道：“你觉得呢?”

经历昨天那次心伤之后，现在她的心境较之昨天以前，已经有了很大的转变。对一个家中有两位正值壮年的男性长辈的家庭来说，她这样几乎独揽一切地劳心劳力，是不是其实也是一种活该的自虐?

“我说了，说错了你可别生气。”范岱小心地先打预防针。

“你说吧!”

“你也知道我这个人没什么头脑，一时间也想不出什么好主意。不过我觉得为了安全起见，我们在柳河镇的范家大院，不能再要了。”范岱看了看范小鱼的脸色，发现她并没有不高兴，才继续接道，“当初我们在柳河镇买房时，老老实实去官府办过手续，入了民册，而且我们家在柳河镇一带又小有名气，义帮的人迟早都会查到，留着也是没用。”

说完，看着范小鱼等她的回复。

“那就卖了吧!”范小鱼面无表情地道。范岱所说的这一点她当然早就清楚，不然昨晚也不会连夜让家人搬出。虽然那个家倾注了她许多心力和感情，但是比起家人的安全来，那便是死物一件，纵有再多不舍，价格再低，也得放弃。

范岱忙道："哦，好。"

"还有其他的想法吗？"范小鱼不动声色地继续问道。其实范岱虽然嗜武成痴，鲜少愿意答理其他的事情，平时需要他出力时都是一个口令才一个动作，但这并不代表他就真的没有头脑，不会思考。

"还有，"范岱犹豫了一下，道，"百灵阁那边虽然一时不用担心，可是我们新开的饭馆恐怕……恐怕也需要处理一下。"

"哦。"

见范小鱼神色平静，并没有因为他的建议而生气，范岱忙继续道："你知道，我们要开饭馆的事，镇上很多人都晓得，这件事也是瞒不了的。虽然我们谁都不想'一再来'还没开业就倒闭，可是……"

范岱没有再说下去，因为事情已经很明显，也因为他实在有些不忍心。为了筹备"一再来"，前段日子范小鱼不知投了多少热情和心血进去，如今的饭馆都已经在试营业了，却突然要这样放弃掉，搁谁心里都不好受。

"我知道了，这两件事我自会处理。"范小鱼沉默了一会儿，道。

"呃……那我该做什么？"

"什么都不用做。"范小鱼只说了一句话，便起身去找范白菜。

罗亶和范通这一去也不知什么时候回来，这件事瞒不了范白菜，而且，总该让他们告个别。

什么都不用做？这怎么行呢？范岱呆呆地挠了挠头，不明白范小鱼指的是什么意思，只好真的什么都不做地等丁澈他们。

没过多久丁澈就把师徒俩带回来了。

罗亶因有异族血统，眼窝凹深，鼻梁高挺，轮廓鲜明，十分引人注目，丁澈便顺势将他改装成一个京城中到处可见的中年胡商，然后让范通扮成一个肤色黝黑、一副苦瓜脸的随从，两人都彻底大变样。

两人走进来的时候，莫说外人，就连范小鱼等人，一时也认不出他们来。众人当下安心了不少，有了这副行头，他们一路上肯定能顺利许多。

半个时辰后，内湖一处较为偏僻的码头，一艘普通的客船即将起航。

"二弟，家里的一切就交给你了。"

看着站在远处，根本无意和他告别的范小鱼，范通心里难免感到一阵酸涩，却

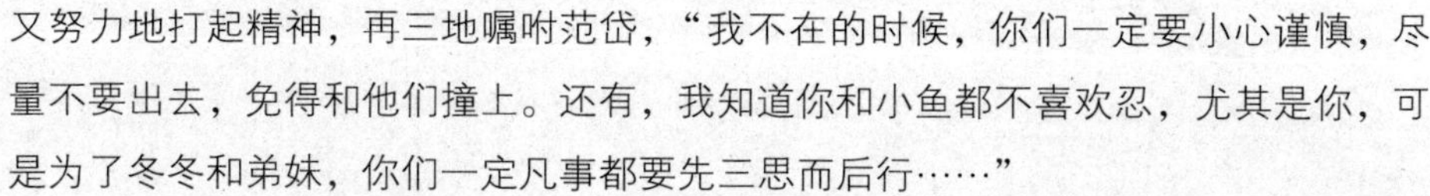

又努力地打起精神，再三地嘱咐范岱，“我不在的时候，你们一定要小心谨慎，尽量不要出去，免得和他们撞上。还有，我知道你和小鱼都不喜欢忍，尤其是你，可是为了冬冬和弟妹，你们一定凡事都要先三思而后行……”

“知道了，大哥！你都说了多少遍了？难道这点轻重我们都分不出来吗？我们俩能想到的，小鱼早就想到了，你只要自己好好保重就行了。快走吧！早去早回，我们还等着你的好消息呢！”范岱不耐烦地打断了他，然后看向罗亶，鼓励地朝他笑笑，道，“亶儿，我知道你一直是个懂事的孩子，师叔对你很放心，就不多说了。”

“师叔放心。请转告师姐，我一定不负所望。”罗亶点了点头，最后望了一眼和丁澈并肩而立的范小鱼，终于狠狠心，转身大步踏上船板。

他和她之间的命运，早在他被父亲塞给范家的那一刻就已经注定了，能有这将近七年的美好光阴，他应该感到知足了，至于其他的，他还有什么资格奢求呢？

第五十七章

信任和诺言

“宝……”目送客船远走后，范岱笑嘻嘻地凑到范小鱼身边来，很习惯地开口就想喊宝贝侄女，可刚说一字就被范小鱼投以轻飘飘的一眼。他这才想起现在范小鱼可是个“男儿身”，自己差点就把她暴露了，忙掩饰地嘿嘿一笑，转移话题道：“咳咳……我说侄儿，这眼看大中午了，我们上哪儿吃饭去?”

原本他想让范通师徒俩吃了午饭再出发，不过一来不便让卢府下人看见他们易容后的样子，二来罗亶又急于上路，范通便说带点干粮就好了，而范小鱼也没有饯别的意思，结果师徒二人还真就只带着干粮上船离京了。

听到范岱改口，换了套随从服的丁澈偷偷一笑。他和范家交往日子也不少，平日里没少听范岱唤范小鱼“宝贝侄女”、“乖侄女”之类的，因此对他的称呼倒是全无惊讶。现在他故意当做没听见，连笑容都隐得深深的，就怕对他还有深刻意见的范岱着恼。

“去“一再来”吧，我刚从那儿过来的，听说明天才正式开业，如今正在优惠。”

范岱本是随口一问，没想到前边来了几个做小买卖模样的人，经过他们面前去登船，其中一个居然自来熟地搭了一句。

“一再来?”范岱被他突然的接口吓了一跳，一时差点以为自己暴露了，随即才想起来，自己三人出来送行，也都是化了装的，便是“一再来”的伙计也不一定能认出来，倒是自己多心了。

“对呀，就是那一家。”那个路人伸手一指远处那栋在低矮的建筑群中分外显眼

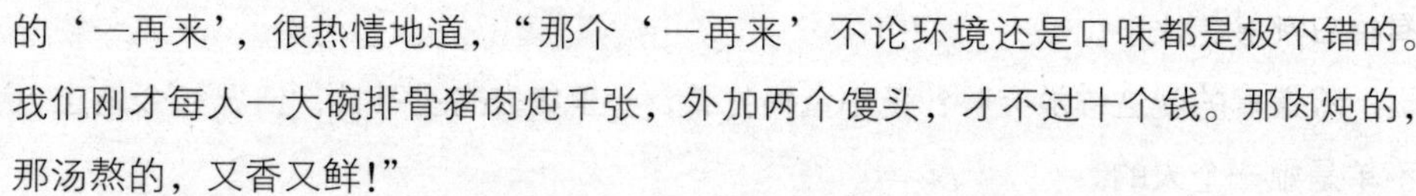

的‘一再来’，很热情地道，“那个‘一再来’不论环境还是口味都是极不错的。我们刚才每人一大碗排骨猪肉炖千张，外加两个馒头，才不过十个钱。那肉炖的，那汤熬的，又香又鲜！”

见伙伴停下来热心地指点陌生人，另两个路人也顺口赞了两句，却哪里知道，眼前站着的这位少年就是一再来的大东家。

“看来‘一再来’的生意还不错呢！”范岱摸了摸鼻子，想起“一再来”终究是要处理掉的，讪讪地笑了一下。

“那就去‘一再来’吧，反正总要吃饭的。”范小鱼淡淡地道。

丁澈并不知道她和范岱之前的商量，如今听出她的语气里有一抹惆怅，心头不由微疑，但碍于这处码头虽小，但来往的行人却也不少，不便询问，便点点头。

三人往一再来走去，才到三岔口，就看见“一再来”门口食客络绎不绝。虽然大多客人的打扮都十分寻常，消费不高，但“一再来”本就秉承中低消费的原则，这种情况反而正好说明，这个试营业还是成功的。

“一再来”的待人接物，三人都是早就熟悉的，因此被盛情迎入时没什么特别的感觉，但是看着满堂狼吞虎咽般的客人，那种骄傲的成就感却油然而生。

“三位这边请！”忙得脚跟都不着地的迎宾伙计并没有认出乔装打扮后的三人，听说三人是点菜，忙把人带到二楼。专门在二楼伺候的伙计立刻上来拂桌倒茶送菜单，动作都十分轻巧到位。

比起一楼的大众客厅来，二楼显得清净许多，连三人在内，十几张桌子也不过才坐了三桌。但瞧他们的神情，也是相当满意的，想必若是一再来将来可以继续经营下去，这些客人就是回头客了，只是可惜……

“怎么了？”一直关注着范小鱼细微神情的丁澈，见她自进店后情绪一直不佳，终于忍不住低声问了一句。

“回头再说。”范小鱼勉强地朝他笑笑，侧目看了一眼旁边的客人。丁澈也知道这里不是说话的地方，只好尽量用眼神抚慰她，希望她能多宽些心。

范岱看着他们“眉来眼去”，心里却只有叹息。要是可以，他也不想关掉一再来啊。这里生意多好，关掉多可惜啊！

色香味俱全的菜肴很快就陆续地送了上来，期间又来了两桌客人。人一多越发不好说话，三人几乎再没交谈。可范小鱼心里头堵着心事，这佳肴吃到嘴里，也没

有往日那般美味了。

难道真的就这样放弃吗？范小鱼挣扎着，心里终究有些不甘，何况如今这店也不单是她一个人的。

不是她一个人的？脑中忽然闪过一抹灵光，范小鱼紧抓着这个念头一琢磨，顿时有了一个大胆的想法。于是她马上招手叫伙计过来，让他给自己准备纸笔和印泥，然后扔下吃了一半的饭菜，就在旁边的空桌上提笔写起字来。

“这是……”丁澈在一旁看着，不由惊讶地扬了一下眉头，并立刻聪明地猜到范小鱼之前为何事而愁。

“这倒是个好办法，问题是……”范岱也凑了过来，不过话说了一半，就摸摸鼻子不语了。小鱼决定的事情向来都有她的道理，想必这契约里头一定有文章的，他还是不要多问了。

他没继续问，范小鱼也没准备回答他，自顾自地吹干了墨迹，又在上面按了手印，然后才瞟着丁澈轻笑了一下，“这事我可就做主了啊！”

丁澈知道她说的是什么意思，不过这种小事他自然不会放在心上，便笑着点了点头。

“一再来”的厨房内，仇九娘正忙得不可开交，忽听女儿附耳说，范小鱼已到了后院，穿着男人的衣服而且嘱咐不能告诉任何人，心中不由很是疑惑，忙扯过汗巾随手擦了擦汗，疾步走进后院。

“云英，你在外面帮姐姐看着，有人来就咳一下。”见母女俩回来，范小鱼先是微笑地打发了戴云英，然后关上了房门。

“小鱼，是不是发生什么事了？”仇九娘多年来独自带着女儿在社会上打滚，人又聪明，看见范小鱼这副神情，心中顿时一凛。

“嗯，我有一个坏消息必须要告诉你。”范小鱼点头道。和仇九娘相处了近一个月，她一直很喜欢仇九娘的坚韧和爽朗，当下也不废话，正视着仇九娘，神情肃然，开门见山地道：“九娘，‘一再来’恐怕无法再开下去了。”

“什么！”仇九娘这一惊非同小可。对于她来说，如今的“一再来”不但是她的事业，更已经是她的家了，而且饭馆刚刚筹备好，眼见明天就要正式开张，范小鱼却一开口就说“一再来”要关门，怎么能不让她震惊。“小鱼，这到底是怎么回事？怎么好端端的突然就不开了？”

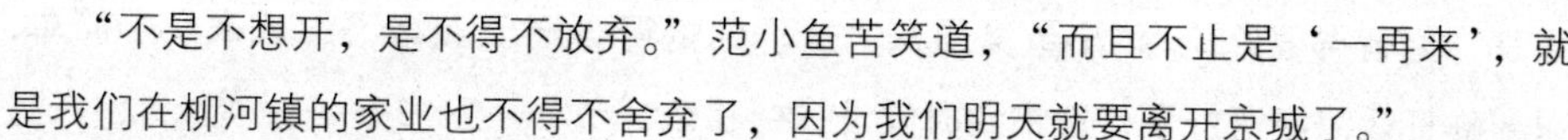

“不是不想开，是不得不放弃。”范小鱼苦笑道，“而且不止是‘一再来’，就是我们在柳河镇的家业也不得不舍弃了，因为我们明天就要离开京城了。”

“你们要离开京城，为什么？”仇九娘更惊，却勉强地坐了下来，好让自己冷静一点。

“这件事情说来话长，而且知道太多反而对你们母女不好，所以，我只能告诉你个大概。九娘，你知道我们不是本地人，其实，当年我们来京城是因为我爹和二叔无意间结了一个大仇家，才不得不举家避难。我们原本以为到了京城就安全了，没想到不过三年，仇家却又马上就要找上门来。”

“那你爹现在怎么样了？他没事吧？还有你二叔、你二婶、冬冬他们呢？”仇九娘听说范家是因为要避仇才离开，一下子紧张了起来。

“九娘，你不要担心，现在仇人还没找到我们，大家都还很安全。”范小鱼歉意地看着她，“只是‘一再来’我没有办法再经营了，实在很抱歉!”

听说众人都没事，仇九娘不禁舒了口气，豁达地笑了笑。

“这不能怪你，毕竟什么都比不上人的平安重要。‘一再来’不开虽然可惜，但也不过是身外物而已。至于我，你更是可以放心，大不了我重新回去当我的馄饨西施，只要有手艺在，总是天无绝人之路的。这样吧……”仇九娘站了起来，“我马上就去找经纪。虽说时间很紧，可自从昨天试营业后，附近不少商户对‘一再来’感兴趣，而且‘一再来’一切都是现成的，虽然价格可能低些，但想必能卖出去。”

“不用了，九娘，实际上我已经有一个好人选了。”考验了仇九娘一会儿后，范小鱼终于露出了笑容。

“你已经找好买家了？”仇九娘一怔，随即真心地笑道，“那最好了，这样也能少亏一些。买家现在是不是已经来了？那是把他请到后院商议，还是我们过去？”

范小鱼笑着从怀中取出一张纸，递给她，“都不需要，只要九娘你在上面签个字、画个押就行了。”

想到有了新主人，自己可能马上就得从这里搬走，仇九娘不禁有些惆怅。她随即抛开了这些，决定等见了买家后再努力看看自己有没有机会留下来，但她念头还没转完，就看到了契约上那一个鲜明的名字，不由又是大吃一惊，“把‘一再来’转卖给我？可是……”

“除了你，‘一再来’交到谁手里我都不放心。虽然如今我家有难不得不离开，可我和你一样，不希望我们这段时间的辛苦白费。我更相信，九娘你一定能把‘一

再来’经营得很好。”范小鱼笑道，“至于你觉得自己现在拿不出钱来，那简单，只要你把饭馆经营好了，还怕到时候没钱给我么？”

“难道你就不怕我到时候翻脸不认么？”仇九娘动容地道，契约上虽然写了价格，可早已签了字、画了押，也就是说，就算以后她一分钱都不肯给，范小鱼也拿她没办法，这和白白赠送又有何区别？

范小鱼笑道：“你都能相信我们，我们为什么不能相信你？”

“既然如此，那好。”震惊过后，仇九娘深深地吸了一口气，取出平时给女儿练字用的纸笔，略一思索，挥毫写下几句话，并郑重地按了手印，然后递给范小鱼。

“九娘，你这是……”这一下轮到范小鱼动容了。

仇九娘淡淡一笑，“你既然相信我，我自然不能辜负你的信任。不管你们何时才能回来，‘一再来’的真正东家永远是你。”

“你没有看错人。”丁澈合起手中那份声明，笑着递还给范小鱼。

“那当然，咱们家小鱼那是什么眼光？她看准的人能有错么？”范岱得意地道。话一出口，他忽然猛地捂住了嘴，满脸懊恼。娘的，他怎么这么笨啊！这么说不就等于承认范小鱼看上的这个家伙也不错么？真是搬起石头砸自己的脚啊！

“接下来，我们是不是要去柳河镇了？”

丁澈嘴角勾起一抹微笑，却没有投机取巧，趁机拜谢范岱的成全，而只是当做不知地转开话题。他当然希望范岱能早日接受自己，不过他更希望凭自己的真本事获得所有范家人的认可。

“小鱼，这件事就交给我吧。”范岱忙道。

“交给你？”范小鱼似笑非笑，“二叔，你知道咱们家那个院子能卖多少银子，又知道谁最有可能买吗？有把握在今天就把院子卖出去吗？”

“这个……”范岱顿时傻眼了。

“行啦，这件事还是我自己去办吧！”看见范岱又尴尬又可怜又极力想赔笑讨好的模样，范小鱼忍不住笑着摇了摇头。江山易改，本性难移，纵然他再有心帮忙，可是隔行如隔山，要让从来不问俗事的人突然当家，能当得好才怪呢！

“嘿嘿……小鱼，那你给我指派个我能做的事吧。对了，要不，我还是去监视那帮小兔崽子吧？”想到自己的长处，原本神情委顿的范岱顿时又来了精神。

“不用了，你还是先回去办好另一件重要的事吧！”

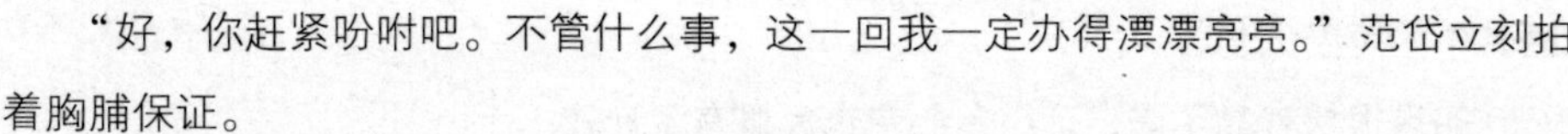

“好，你赶紧吩咐吧。不管什么事，这一回我一定办得漂漂亮亮。”范岱立刻拍着胸脯保证。

“这可是你说的。要是办不好，我可就不客气了。”范小鱼嘴角一勾。

“我范岱说话算话，否则任凭处置。”范岱更是豪气万丈，雄赳赳气昂昂。

“那你听好了，现在，你立刻回去，先好好地洗个澡，除去你那身臭味，然后好好地给我睡上一个下午。”看着他两只铜铃大眼里明显的红血丝，范小鱼悠悠地道。

这就是很重要的事？范岱再度傻了，脸色顿时哭丧了起来，简直比要他去送死还难看。

“别以为我只让你睡觉。”范小鱼好笑地白了这个怪胎叔叔一眼，“你已经两天没睡了，不养好精神，晚上怎么去监视那些家伙？”

“是，我马上就回去。”一听晚上还有任务，范岱顿时又变了脸色，喜滋滋地转身就跑，但没走两步，突又回过头来，瞪着丁澈道，“小子，好好保护小鱼，要是……”

“范二叔放心，小子绝对不会令二叔失望。要是小鱼少了一根毫毛，二叔尽可找小子算账。”丁澈恭恭敬敬地拱了拱手，做足了未来侄女婿的姿态，却又狡猾地在后面直呼“二叔”，偷偷地省略了一个“范”字。

“你最好说到做到。”范岱哼了哼，目光转到范小鱼脸上时又立刻变了笑脸，谄媚地道，“小鱼，那我回去啦！”

范小鱼回给了他一个白眼，范岱嘿嘿一笑，屁股着火似的一溜烟跑了。

初冬的午后，阳光并不耀眼，淡淡的，静静的，仿佛经历了无数的沧桑，却依然能带给人们一丝平和的温暖。

范小鱼和丁澈就披着这样的阳光坐在船头，看着柳河镇渐渐迎面而来。

从城里到柳河镇，不管是陆路还是水路，三年来范小鱼都已经走过无数次，几乎闭上眼睛也能感觉出船只与码头之间又缩短了多少距离。不过此刻范小鱼心中思考的并不是这份距离，而是柳河镇上哪几户人家对范家院子感兴趣，怎么样才既能卖掉院子又能得个公平的价钱。

丁澈没有打扰她的思考，微微眯起、将精光尽藏在黑瞳中的眼睛正半点不敢松懈地打量着已在眼前的柳河镇，目光快速从河岸上的人们身上掠过，搜寻着可能藏

匿其中的可疑人物。

船只很快就靠了岸，范小鱼心中也大概有了计较。

两人并不着急找买家，而是先扮成做小买卖的商人，在范家院子附近以及柳河镇观察了半个时辰左右，又从墙角翻入院中仔细地搜了一遍，谨慎地确定有无异常。

院子很平静，虽然昨日清晨这里的主人们才刚刚搬走，可是此刻行走其中，却让人有一种此处已经荒凉了许久的悲凉感。

这是她的家，却不能继续成为她的家。就像她曾以为槐树村那个租来的小院子会让自己栖息很久，却毁于一场大火，再也不复存在一般，这里注定了只能在她的生命中充当一个无声的过客。

究竟到什么时候，她才能真正永远地拥有一个属于自己的、不会改变的、坚固如堡垒般可以守护她一生的家呢？

范小鱼的手指轻抚过熟悉的家具、门口、梁柱，甚至是厨房的灶台，心里涌起了淡淡的感伤。不管这里的一切曾经多么的熟悉，不管她多希望这个家能再度充满欢声笑语，有冬冬琅琅的读书声，有岳瑜悠扬的笛音，有贝贝不时掠过的火红色身影……甚至，她还有些想念那些时不时找借口来串门的三姑六婆，哪怕她们实际上是在打家里那些光棍们的主意。

只可惜，纵然有再多的遗憾和无奈，该舍弃的终究还是要舍弃。

“还会再有的，而且以后一定会更好。”丁澈悄然从身后温柔地环住她的腰，发鬓与发鬓轻轻地厮磨，声音低哑柔和，“我保证。”

“你说什么？”范小鱼只觉得心突然轻颤了一下。

“你最想要的，这些……这些……”丁澈的目光一一掠过打扫得十分整洁，而且布置很合理的厨房，“还有你刚才走过的全部，一个家，一个将会永远属于你的家，从此不论风霜雨雪、春夏秋冬，都绝不改变、谁也无法夺走的家。”

范小鱼闭上眼睛，眼泪就这样突然涌了上来。他知道她最想要的是什么，他还承诺给她一个永远的家。

就算这是甜言蜜语，也是世上最让人感动的甜言蜜语；就算他是用这个承诺收买她的心，这一刻，她也愿意放任它沉入自己的内心深处，然后郑重地熔铸成一个期待。

“小傻瓜，这么容易被收买啊！”丁澈故意说着，温暖的唇却轻轻地吻去她眼角的湿润。

"好啊，原来你是骗我的！"范小鱼想要佯怒地回嘴，声音出口，却带着一丝哽咽。

"嗯，想骗你，骗你留在我身边一辈子，永远都被我欺负……"丁澈故意笑得十分邪恶，修长结实的双手却依然紧紧环在她的腰上，源源不断地为她送去所有的温暖。

范小鱼扬起无声的笑容，没有再回嘴，只是将身体更加放软地靠在他身上。她想，她一辈子都会记得这个冬日下午，这一间小厨房的。

感受到怀里人儿的依恋和托付，丁澈越发拥紧了她，唇边是同样满足和幸福的笑容。

她的梦想，其实也一直是他的梦想啊！

到时候他们的家会是什么样子呢？唔，他们的房间一定不能缺少那个小阳台。这样，等到他们都白发苍苍的时候，他还可以悄悄地从外面爬上去，偷偷地去敲她的门窗。

有时候，一种暖人心扉的温馨感觉并不需要太多的时光来制造，甚至，也许只要有一秒，就足够让人回忆一生、温暖一生。所以，稍事休息后，范小鱼和丁澈便没有继续上演温情戏，而是很快地离开了厨房。他们还有很多事要做。

在丁澈的帮助下，擦去易容，又回自己的房间换了套衣服后，范小鱼很快恢复了平时的打扮。谨慎起见，他们还是没有走前门，而是又从角落翻了出去。反正对他们而言，翻墙就像迈门槛一样简单。

范小鱼正准备和丁澈一前一后地走向镇里，忽然啊了一声，回过头来。

"怎么了？"丁澈一怔。

"我们一并把你那房子卖了，给嬷嬷重新找个地方吧！"范小鱼指了指不远处的那个小村子，蹙眉道，"我们两家离得太近了。而且当初你那房子是我爹找的，我们平时又素有来往，这些都不是秘密。万一义帮的人找上门来，发现我们不在，却连累到嬷嬷，那就后悔莫及了。"

丁澈微微一笑，握住她的手轻笑道："还是娘子想得周到。"

"这件事我都差点忘了，你还取笑。"范小鱼忍不住有些赧然，啐道，"这么重要的事，我才不相信你没有想到。"

“不管我有没有想到，这都是你的心意。”丁澈望住她，目光温柔如水，里头更有一分感激和欣慰。

范小鱼脸一红，怎么都觉得这话好像在表扬媳妇似的，忙推着他道：“那你现在就回去让他们收拾吧，等会儿卖了房子可以一起走。到了城里，要是一时找不到合适的地方，就先在客栈住下。”

“不急，我还是先陪你吧！”

“现在他们还没发现这里，你陪我做什么？我又不是弱不禁风的娇娇女。”范小鱼娇嗔着白了他一眼，“再说，你跟在我身边，别人还不知道要说什么呢？”

“说什么？别人要是说，我正好可以直接告诉他们，你是我娘子。”

“谁是你娘子！找打是不？”范小鱼在他的臂上重重地拧了一下，眸光流动间，尽是动人的神采。

“哎哟，娘子手下留情啊！”丁澈假意吃痛地连声哀叫求饶。

“丁澈！”范小鱼恼怒地瞪眼，“你时间很多是不是？”

“好好好，听你的，都听你的。”丁澈可怜兮兮地举手投降。

虽然时间紧迫，而且第一户被范小鱼主动上门拜访的人家就想趁她急于脱手而漫天压价，不过范小鱼在镇上几年毕竟不是白待的，她那当家做主的名声更不是虚传的，当下不慌不忙地阐明了自己的原则。

没错，她是因故要卖房，并且希望马上就可以成交，不过由于这几年柳河镇的发展，范家所在的地段是出了名的抢手，所以每一户人家她只给一次机会。若是有人想要趁机大杀价，以为她范小鱼好欺负，那对不起了，她宁可让房子空上几个月，也不会出手的。

这句话一撂，买主顿时不得不认真考虑。毕竟都是一个镇的，平时也知些根底，都知道虽然范通是出了名的好商量，可范小鱼却是个说一不二的主。要是自己出的价不合适，她还真有可能立马出门去找别家。一番考量后，买主主动提回了一部分价格，范小鱼趁势再讨价还价，带着买主在家中转了一圈，把家具也都折价给了他，最后以一个比平时低五分之一的价格定了下来，并顺带地把丁澈那套小院也卖了出去。

由于找第一家买主就确定了买卖，时间上节省了许多。即便为了避免留下痕迹，范小鱼和丁澈带着老嬷嬷及一对佣人故意又换车又换船，辗转了大半圈，等他们抵达老妇人的新住处时，离天黑还有一段时间。

由于丁澈在云来客栈住了不少日子，知道子家胡同里头有不少旧宅子出租，便把老妇人安顿到了那里。现在范小鱼他们都住在城里，他在云来客栈的包房也一直未退，如此一来，还是方便照顾的。

不过事情办得顺利，不代表范小鱼的心情就是舒畅的。实际上，当坐着驴车离开柳河镇，看着留下三年多回忆的范家院子慢慢淡出视线时，范小鱼的红唇几乎一直紧抿着。

眼前这个曾经的家，还有百灵阁，还有“一再来”，都是她辛辛苦苦才打拼出来的。而今，她不但被迫暂时放弃一再来，更是被迫卖了家，而且为了安全，以后百灵阁也不能常去，不论是哪样家业，她都不能光明正大地拥有，这让她如何心甘？

“丁澈，我们不能只把希望放在罗亶和我爹身上。我们必须得做点什么，不能让义帮就这样白白地毁了我的一切。”离开老妇人的临时住所，走在子家胡同的时候，范小鱼忽然愤愤地迸出了一句。

丁澈停步看着她，微微一笑，“好，不论你想做什么，我都会陪你。”

“可是，可能会更危险。”见丁澈答应得这么爽快，范小鱼反而又有些犹豫了。她可没忘记当丁澈冒险进入夏府，她守在外头那一夜的难熬滋味。

“凡事要想成功，总要冒一定风险的。我们是有危险，不过，真正有危险的应该是他们吧？”丁澈故意把指关节扳得咯咯响，阴森森地一笑，“既然敢惹我家娘子大人，他们就该有承受雷霆之怒的准备。范大女侠和丁澈大侠双剑合璧，天下无敌！不管什么魑魅鬼怪，定让他们有来无回，魂飞胆丧！”

“自大狂，我可从来没见你用过剑。”范小鱼取笑他。

“错，这是自信。至于剑嘛，嘿，手中无剑，心中有剑。”丁澈抬起下巴，摆出一副酷酷的姿态。

“好啦，别耍宝了。”范小鱼抿嘴笑道，“我们现在就回去找二叔商量吧。说起来，光靠小玩意儿是斗不过他们的，我们也得有一些称手的兵器了。”

“等一下，别急！”丁澈点点头，忽然反手抓住她的手，左右一看，猛然带着她向前奔去。

“你要做什么？”范小鱼一边随着他奔跑，一边问。

“等一下你就知道了。”丁澈扬着嘴角，经过一棵大枫树，忽然拐进一条极其狭小的巷子里。

“你带我到这里来干吗？”范小鱼疑惑地道，这巷子好像有点熟悉啊。

“温习功课。”丁澈拉着她直奔入弯曲的巷子深处，确定无人可以看见，便一把将她拉入怀中，嘴唇准确地覆了上去。

“嗯？唔……”

色狼！挣扎中，温热的气息反而越发浓郁地将她包围，红着脸的范小鱼忽然想起来了。

那一次，也就是醉酒后的第二天，她曾来找过他，并问他她是否做了什么丢脸的事，然后他说她教会了他一件事，这件事后来在“一再来”已经重新验证过了，而今……

身体有些发软，范小鱼赶紧搂住眼前人的脖子，闭上眼睛全心感受着从口中源源不断地传入身体的爱意，唔……这个功课好久没做，确实是该好好温习温习了。

第五十八章

反攻之计

“你怀里有什么东西，硌着我了。”

半晌后，范小鱼气喘吁吁地挣脱开某人情不自禁越来越紧的怀抱。

“没什么啊？”不满甜蜜的缠绵被打断，丁澈伸手就想将她捞回到怀里。

“真的有东西。”范小鱼侧依在他胸口，三两下就摸出了方才硌着她的东西，却原来是她交给丁澈，让他去给夏竦下药的瓶子。

“原来是这个。你放心，我已经下过药了，你不用再对那假和尚有什么愧疚了。”丁澈只瞟了一眼，就再度占据了佳人的樱唇。

“等一下……”范小鱼却再度推开他，身体里还残留着情欲的迷蒙，眼睛却已经清明了起来，“丁澈，你说，我们能不能用毒来对付他们？”

“毒？”丁澈神情古怪地看着她。

“是啊，”范小鱼也古怪地看着他，“你不会觉得这个手段很下三烂吧？”

当初去给桑家人下药的时候，他可是很积极的。

“当然不是。”丁澈咧了一下嘴，忽道，“你等我一下。”说着，就纵身往巷子里头跃去。

搞什么嘛！范小鱼一头雾水地站在原地。

片刻后，丁澈回来了，手里还抱着一个坛子。

“里面是什么？”范小鱼忍不住好奇地问道。

丁澈嘿嘿一笑，“毒鬼樟的叶子。”

“毒鬼樟的叶子?”范小鱼疑惑地重复了一遍，忽然恍然大悟地指着他，“你没全部烧掉？啊，难怪那天你会提早去砍树，你好狡猾!”

“错，这不是狡猾，这是有先见之明。”丁澈笑嘻嘻地一手抱住坛子，一手拉起范小鱼的手在唇边轻啄了一口，笑道，“你家那个美男子既然对药理那么有研究，想必提炼这一坛子毒鬼也不在话下吧?”

“什么我家的美男子?”范小鱼嗔道，随即眼波一转，抿嘴笑道，“你的意思是将来我可以多收几房男妾么?”

“男妾？你敢!”丁澈被严重地雷到了，随即目露凶光，随手将坛子一放，一把将她扯进怀里，霸道地封住她欠吻的小嘴。

“嗯……是你自己……说……我家的……”范小鱼挣扎着还想嘴硬，却终究不是死鸭子，无法坚持到底，只好在某人又无赖又强大的攻势中投降。

半个时辰后，卢府，夜幕已经完全降临。

范小鱼和抱着坛子看起来更像憨笨少年的丁澈一回府，就直接去找岳瑜。

“我试试吧!”

不同于上次范小鱼大费口舌才让岳瑜同意，这一次她才婉转地说完请求，岳瑜就出乎意料地一口答应。听丁澈说了有关提炼毒鬼的一些大概资料后，虽然面色有些发白，但他还是勇敢地把装满毒鬼的坛子抱了进去，马上就开始工作。

丁澈和范小鱼并肩走出岳瑜的房间后，忽然又回头望了一眼，没头没脑地说了一句:“我以后得把你看紧些。”

范小鱼怔了一下才明白他的意思，心里不禁有些甜蜜又有些歉意，叹道:“其实他也是可怜人。”

说着岳瑜，她却又不禁想起已经离开的罗亶，情绪更有些低落。她不是无情的人，可更不是多情的人，不管有没有丁澈，既然她对他们两个都无心，便不该给人家虚幻的希望。

如今夏竦已无法人道，最根本的威胁解除，等到这一次的事情了结，他们也该送岳瑜回到多年不曾归的老家了。以他的年龄和容貌、才能，等他一回去，家中必定会立刻为他寻觅良配，等到那时，他自会慢慢淡忘了她这个无心人。

“我知道，可是我不会因为任何人可怜就给他们机会的。”丁澈低声道，很自然地握向了范小鱼的手。

"咳咳……"范岱不知什么时候站在对面的厢房门口，正拉着一张长脸，瞪着丁澈快要握住范小鱼的手。

"二叔。"丁澈条件反射般收回手指，瞬间扯出一副笑脸，其变脸速度之快，居然颇有范岱的风范，惹得范小鱼不禁低头偷笑。

"我姓范。"范岱重重地哼道。这小子如此油嘴滑舌，难怪那两个木讷本分的孩子不是他的对手了。

"范二叔，我们正有事要找你商量呢！"丁澈从善如流，同时狡猾地拿正经事做掩护。

范岱当然知道他耍的小聪明，不过他早已在房间里憋了一个下午，早就盼着范小鱼回来指派任务了，闻言就是再不想便宜这个丁姓小子，也只好先暂时放过他。

"那还废话什么，快说。"范岱一阵风似的冲到他们旁边，故意挤到了两人中间。

"就算有事要商量，也得先吃了晚饭再说。"丁澈还没回答，院门口已经传来一个微带责备的声音，叶芷燕左手牵着范白菜，右手牵着怜儿，后面还跟着上官娇和赵瑶，竟来了一群人。

"娘。"范小鱼一怔，忙抛下两个男人巧笑嫣然地迎了上去，并对其他人点了点头。

"小鱼姐姐。"怜儿挣脱了叶芷燕，甜甜地冲她喊了一声，张开双手就要让她抱。

"怜儿乖。"范小鱼弯腰搂住冲入怀里的小身体，一边抱起她，一边在她的小脸上重重地亲了一口，顿时惹得怜儿咯咯直笑，娇腻地厮磨着她的额头。

"怜儿，快下来。你姐姐忙了一天已经很累了，你还给她添堵。"叶芷燕忙心疼地道。

"娘，没事的，我不累。"范小鱼笑道。

"怎么会不累？昨晚……唉！"叶芷燕本来想说她忙得一晚上都没回来，不过想到周围一大堆人，不方便说，便改而对怜儿板起了脸，"怜儿，娘的话你没听见吗？"

"怜儿，到哥哥这里来。等姐姐吃了饭，我们再一起玩好不好？"范白菜忙抢步走了上来，从范小鱼怀里接过小嘴儿嘟得老高的怜儿。

"嗯嗯。"怜儿的两条藕臂立时又改而缠上了范白菜，脸色也阴转晴地对着范小

鱼灿烂地笑，“小鱼姐姐，娘给你准备了好多好多吃的。等你吃完了，陪怜儿玩一会儿好不好？”

“好，当然好。”范小鱼捏了捏她的小鼻子，宠溺地道。

“二叔，丁公子，你们也请。”叶芷燕笑吟吟地对范岱和丁澈道。她和范通如今虽然已经不是夫妻，但范岱昔年为了他们一家一直不辞辛苦，天涯海角地奔波，后来更是帮她照顾儿女，这份情意她一直十分感激，便仍以昔日尊称称呼。

“谢卢夫人。”丁澈礼貌地行礼。

“好好好，先吃饭，先吃饭。”范岱虽然心里很着急，不过也知道眼下这个情景，一时间怕是无法谈正经事了，而且未来的老婆大人正似笑非笑地看着自己，他只好摸摸鼻子，也赔起笑容，和大家一起走出去。

这顿延迟多时的晚饭，虽然实际上只有范小鱼、丁澈和范岱这三个还空着肚子的人在吃，不过由于怜儿一直在旁边纠缠，少不得多花了一点时间。饭后，卢子晁又请他们去书房坐了一会儿，一再诚心诚意地说明，若是需要他帮助，众人务必不能客气。

这样一个好得没话说的继父，范小鱼在感激的同时，越发不想牵连他，因此只说范通和罗亶之所以离京，就是因为已经有了解决的办法，只是时间问题而已，让卢子晁放心。

卢子晁虽然是个好人，却也是个在官场打滚多年的人，当然看得出范小鱼有所隐瞒。但在第一次见面时，他就看出妻子这个女儿不是一般的聪慧过人，而且范家不想让自己插手，一定有他们自己的道理，便也笑眯眯地不说破，只在暗中吩咐自己最得力的助手童飞加强防卫，并多多注意最近卢府周围是否有可疑人出没。

从书房出来，叶芷燕早已让仆役准备好热汤热水在候着，等三人沐浴清爽，换了干净舒适的衣服，终于坐在范岱房中开始商议正事的时候，已经是亥时了。

“好，既然你们两个小辈都有这份勇气，我当然更是当仁不让。”听范小鱼说不想一味地被动等待，而是要以攻为守，范岱顿时豪情万丈地拍案叫好。不过想起临走时范通的反复叮嘱，他又有些犹豫地坐了下来，想了想后，道：“反击可以，不过眼下我们只有三个人能办事，而且那帮兔崽子现在又和大官勾结，这件事并不容易，我们还需好好计划计划才行。”

“那是当然，所以我们才来找二叔商量。”范小鱼点头道，“虽说我们现在已经斩断了柳河镇和一再来的线索，但是世事难料，还是多做准备比较好。”

范岱点头道：“好，那我们就想想办法，看看该从何入手。”

说着，三人都各自沉思了起来。

“我有个想法，不知道行不行。”半晌后，范小鱼忽道。

“什么想法?”范岱忙问，丁澈也抬眼看她。

范小鱼一边沉吟着组织语言，一边道：“当年义帮不是曾经造过反吗?既然这样，那高志达他们应该算是朝廷钦犯吧?那个夏竦居然敢和朝廷钦犯勾结，我们是不是可以借助这一点，找个和夏竦不对盘的官，投一封匿名信去告他勾结绿林、意图图谋不轨呢?”

“去向朝廷告密?”范岱有些错愕，显然从未想过要和朝廷合作，但一看到范小鱼那种“怎么你有意见”的神情，他立刻改口，讨好地道：“不错，不错，这个借刀杀人的法子真不错！还是我们的小鱼最聪明了，这样他们就自顾不暇了。”

范小鱼又是好气又是好笑地白了他一眼，看向丁澈，“你觉得呢?”

丁澈想了想，道：“方法是不错，但只怕并不容易。你们想，夏竦是个什么官?若没有八九成证据，朝廷怎么可能只因区区一封匿名信就去搜一个当朝大员的府邸?而且，就算真去搜查，夏府那么大，即便官兵入府搜寻，凭借左右护法的身手，必然可以从容地逃脱。到时候，搜不出人，夏竦便完全可以否认，并要求严查告密者。而高志达他们也一定会怀疑是我们做的手脚，万一他们之前已经误认为我们离京，这样一来，反而告诉了他们我们还在京里。”

“嗯，你说的也有道理，除非让他们亲眼见到高志达他们在夏府，否则咱们确实拿不出有力的证据，”范小鱼失望地蹙起眉尖，“我想想，怎么才能拿出证据。”

“这还不简单?”范岱大大咧咧地一挥手，道，“先让他们悄悄地带兵把夏府围了，然后我们就带着头头偷偷地进入夏府，让他亲眼瞧一瞧，只要见着了人，哪怕一时逮不着，这罪名也是可以落实的。”

范小鱼汗了一下，“二叔，要是真这么简单就好了。你以为官府只凭你一句话就会带兵去围大官府邸啊?难道夏竦、高志达他们眼瞎耳聋，连有人围府都不知道?还有，高志达他们造反的事情已经过去了十几年，难道你带去的那个头头就一定能认识人家么?”

“呃……”范岱摸了摸鼻子，忙低下头做出一副努力开动脑筋的模样。

屋内又陷入一阵沉默。

“或许，也不是完全没有办法。”正当范小鱼苦思了半天还是没想到合适的弥补之法，打算放弃这个念头时，丁澈忽然微眯着眼睛道。

“怎么说?”范小鱼精神顿时一振。

“我还不能确定这样是否可行。”丁澈看向范岱，“范二叔，你认为如今朝中还可能有人认识当年的造反者么?”

范岱皱眉道：“当年他们是在我们走后才举事的，具体的情况我也不清楚，但是不过才十几年而已，应该有人会认识吧。”

范小鱼道：“那若是有人认识又怎样?”

丁澈道：“若是有人认识，便有人可以指认，而若是认识他们的人如今还在朝廷，或者恰好又在京城，那事情便大有可为，至少他们不会觉得空穴来风。”

范小鱼蹙眉道：“可要想带人去指认，又不让对方发现，实在不是件容易的事。”

丁澈微微一笑，“只要有人能认识，倒不一定非要直接带人去指认。”

范岱性急地挠头骂道：“你到底有什么鬼主意？赶紧说!”

“是。”丁澈灿烂地一笑，星目熠熠生辉，“我的方法就是画像。一封匿名信固然不足以取信，带人去指认又困难，但若是有一幅高志达等人的画像，即便不能让人家全信，也会让朝廷重视起来。而且他们既然住在夏府，就一定有人侍候，若是再附上侍候他们的下人名单，提醒朝廷在抓人前，先把那几个下人控制在手中，便足以作为人证。夏竦对待下人素来苛刻，不怕不招供。到时候，哪怕捉不到高志达等人，夏竦也绝对会吃不了兜着走。这样一来，他们的盟约和阴谋就不攻自破，而且高志达他们也会因为朝廷的再度通缉而自顾不暇，我们可以一箭双雕。”

“切，我还以为你说的真的是什么好办法。”范岱大失所望，翻白眼道，“就算我们能找到画师，你以为那几个家伙会让你乖乖地画么？更别说能不能画得像了。”

“不瞒范二叔，关于丹青，小子正好学过一些，而且小子最擅长的就是人物肖像画。”丁澈谦逊地一笑。

“……”范岱顿时张口结舌，仿佛像看怪物一样地看着丁澈。

这一下，范小鱼也惊讶了起来，“你还会画肖像?”

丁澈微笑着点了点头，“只要让我再见他们一面，我便有自信能画出他们的神韵来。”

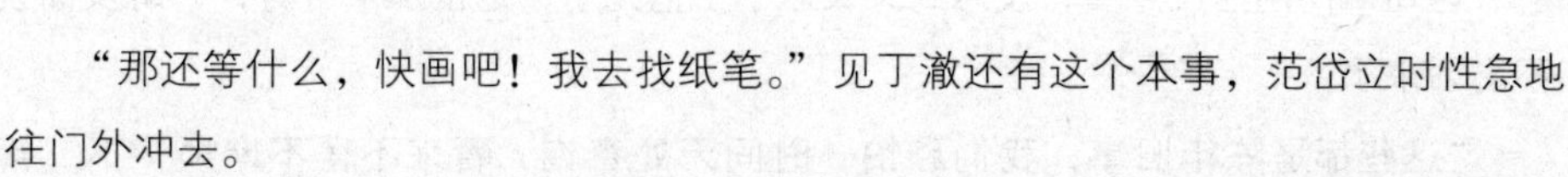

“那还等什么，快画吧！我去找纸笔。”见丁澈还有这个本事，范岱立时性急地往门外冲去。

“二叔，你急什么！我们都还不知道朝廷里有谁能认出他们俩呢？即便画好了，又找谁去？”范小鱼一把拉住他，不但没有喜色，反而蹙起了眉头，瞧着丁澈道，“你说，只要让你再见他们一面，那你还要进一趟夏府么？”

“嗯，上次没有想到这个计划，因此不曾留意他们的面貌，所以必须再见他们一次。”丁澈点了点头，柔声笑道，“你不用担心。其实昨晚我进夏府后不久，夏竦的几个小妾就已和我定了协议，要我以后常驻府内，教导她们怎么逗鸟。今早我便是借口要为她们寻几只有灵性的鸟儿才出来的，只要买几只鸟我便随时可以回去。”

“虽说如此，可是那高志达既然会易容，你若是不小心被他瞧出来就麻烦了。我们还是再想想有没有更好的法子吧。”范小鱼眉头蹙得更紧，夏府本无惧，但有义帮的三个贼首在，就不啻于龙潭虎穴，实在太危险了。

“放心，我会一切小心的。”丁澈微微一笑，温柔地看着她，“如今我们还不知道他们的具体阴谋，若能留在夏府，还可以多探听一些情况。”

这小子，倒是不光靠一张嘴巴的！一旁的范岱见他执意要回夏府，虽然不想称赞他好，却不得不承认他很有胆识。

范小鱼却根本就无心注意他的神色变化，一双妙目只定定地注视着丁澈，最终咬着唇点了点头，“一定要十分小心！”

“我会的。”丁澈回望着她，郑重地点头承诺，目光温柔如水。

两人彼此凝视着，眼中再也容不下旁人，连旁边有一个超级大灯泡也没有注意。

现在的年轻人啊，就是肉麻！居然不顾还有他老人家在场，就这样含情脉脉起来了。

不过，算啦，瞧在这家伙为了范家犯险的分上，就不和他计较了。

想起自己这两天一直没时间和赵瑶好好说一会儿话，范岱不由得有些嫉妒，暗地里悻悻地瞟了丁澈一眼，重重地咳了两声。

“哦，对了。”被抓包的丁澈赧然地整了整神色，回归正题道，“虽然画像的事情我可以搞定，不过我们还要找到认识他们的人才行，而且认识他们的人不一定有能力做主，这个人选更该慎重。”

这句话他刚想说来着，没想到又被这小子抢先了，范岱那个气呀，一时反而说不出话来了。

“这些都是陈年旧事，我们恐怕一时间无处查询，看来不得不麻烦一下二爹了。”范小鱼蹙眉道。

她实在很不愿意把卢子晁扯进来，不过官场上的人事变动，她就是想打听一时也打听不出来。至于丁澈那边的关系，既然他根本无意和钱惟演联系，而且钱惟演又远在洛阳，这条渠道自然就不用想了。

“卢大人在官场中人缘不错，只要小心些，应当不至于疑心到他。若是此事能大功告成，论功行赏之时，我们再把卢大人报上去，卢大人反而可以因此得功，也算是两全其美。”丁澈看出她的心事，劝慰道。

“嗯，二爹那里，我会酌情说明的。”范小鱼无奈地叹了口气。

“对了，小鱼，那个小皇帝不是来过我们百灵阁两次吗？能不能直接交给他呢？”范岱忽然灵机一动，得意地建议道。

范小鱼摇头道：“小皇帝当然是个合适的人选，只是不知道他什么时候来，若只是把希望寄托在他身上就太被动了。”

丁澈在一旁看着叔侄俩一口一个小皇帝，言语间竟然毫无普通人对皇权的敬畏，不由有些惊讶。不过他再一想自己跟随怪老头多年，对世俗的很多东西也都看淡了许多，当下也就释然了。

他沉吟了一下，道：“皇帝那里是一条路子。这样，我们可以多准备几份证据，多送到几个人手中，只要这些人是真心为朝廷做事，倒不一定需要和夏竦有仇。说起来，我倒突然想到一个人，我想他应该合适。”

“谁？”叔侄俩齐声问道。

“当朝相爷吕夷简。”

“吕夷简？”范小鱼偏着头沉思着。

对于这个名字，她当然不陌生，因为在历史上，吕夷简是个名臣。宋仁宗当政期间，他曾三次拜相，而且政绩卓越，为老百姓办了不少实事好事。真宗年间，他曾以刑部郎中权知开封府，算算时间和年龄，哪怕他并没见过高志达他们，也应该知道当年的九嶷山叛乱。相信他若得到这些证据，一定会十分慎重地对待。

“我听过这个吕相的一些事迹，他确实是个比较合适的人选，那就选他吧！”范小鱼点头道，随即又起了一个念头，“只是，我们这样费尽心机、兴师动众，到头来却只能破坏夏竦和义帮的勾结，而难以损伤义帮的筋骨，实在太可惜了。”

这句话一出，范岱的脸上顿时现出不甘之色，“是啊，要是这一次动不了他们的根基，以后恐怕再没合适的机会了。而且以他们的睚眦必报来看，就算到时候罗亶他爹把贡品都交出来了，恐怕也没法保证他们会放过我们。小鱼，索性我们将他们一网打尽好了。”

“一网打尽？我倒不知道二叔你可以化身为千手观音呢！”见范岱摆出一夫当关万夫莫开的架势，范小鱼忍不住苦中作乐，取笑他吹牛不用力气，然后才道，“现在我们只有三个人，而对方却不知道来了多少高手，不要说一网打尽，就是想要抓一个护法或者高志达，只怕都不容易。”

“就算这是事实，你也不要老是灭自己志气，长他人威风嘛！虽然左右护法若是联手，我奈何不了他们，但是他们要是一个个来，你二叔不见得就占不了上风。”范岱傲然地道。说起别的，他可能没把握，但要说打架，却是他最擅长的。

“问题是占上风没用，我们必须要保证抓到他们才行。而且左右护法一向焦不离孟，孟不离焦，经过多年的磨炼，早已犹如连体，这次又要守护高志达，会傻乎乎地一个一个和你打才怪！”

想到三年前那一夜，以及差点一命呜呼的范通，范小鱼的脸色一沉。若真有机会，这一次她不介意沾染鲜血。但这并不代表他们就可以蛮干，现在三个人中，只有范岱才有真正的对敌经验，她自己虽说习武六年，但几乎从未试过和外人交手，而丁澈更是才学了三年。

“我倒觉得，范二叔说的也不是全无可能。只要能将他们分开，我们便大有机会。”丁澈却是双眼发亮，大有信心，分析道，“你想，范二叔可以牵制住一个，你我联手应当也足以敌过其中之一，若我们能拖到伯父回来，便又多了一分把握，更何况……”

丁澈忽然狡黠地一笑，“你们不会忘了我还有个师父吧？”

“啊，对呀，你师父若能出手，这件事就成了一半了。”

范小鱼精神顿时大振。虽说她一向不喜欢欠别人人情，但是特殊情况下她是绝对不会死守着骄傲的。何况现在她和丁澈的关系已经不一般，这件事又事关他们范家的生死安危，就领人家一次情吧！大不了以后每天给怪老头买酒买烧鸡。

听到丁澈要拉他师父出马，范岱不由一怔，随即撇了撇嘴，开始保持沉默。他虽然对怪老头抢徒弟一事一直耿耿于怀，更不想欠他人情，不过现在是非常时期，

如果怪老头能出手相助，他也不会反对啦！

“嗯，擒贼先擒王。只要我师父能出马，我们再布置一下，趁他们狼狈而逃的时候来个埋伏，相信一定可以趁乱把他们三人抓到。”丁澈也跃跃欲试地道，“虽然义帮人数众多，但所谓树倒猢狲散，若是你爹那边又顺利的话，从此这个大患说不定就可以彻底解决了。”

“对，还有，既然他们不是什么好人，我们也不用拘泥于什么江湖规矩。岳瑜已经在研制毒药了，到时候我们再找机会给他们下点毒，削弱他们的战斗力，争取不管是贼首也好，喽啰也罢，全部一网打尽，那以后才能真正地清净。”范小鱼越想越觉得这个计划可行。

“范二叔，你觉得呢？”见自己的意见被范小鱼认可，丁澈心情十分愉悦，笑着看向范岱。

“你们说行就行，反正到时候别少了我就成。”范岱微带酸味地道。

办法是这小子想的，画画又得靠他，而且只怕到时候出大力气的也是他们师徒俩，甚至连自己的乖侄女都被拉到了他那一边……他这个可怜的二叔还能说什么？

真不知道比良那老怪物到底是怎么训练这小子的，不过才三年多，不但真的让这家伙脱胎换骨，还让他学会了那么多乱七八糟的本事，一会儿又是什么易容，一会儿又有让小鸟跳舞的本事，而且还会敛光龟息法。最最可恶的是，他们范家还因为这些乱七八糟的本事不得不欠他们师徒一个大人情。还有，要是他们俩以后成亲，那不就变成他白白地把自己一手培养出来的天才亲手送给老怪物了吗？

这真是赔了夫人又折兵啊！范岱越想越觉得不是滋味。

“那好，那我马上就去找师父。”丁澈和范小鱼相视一笑，都故意假装没看见他的郁闷。

“等一下！”范岱忽然叫道。

“范二叔还有何吩咐？”丁澈恭谨地笑问。

“此事我们还需要再仔细筹划筹划。”范岱干咳了两声，颇有得色地道，“此次他们大举前来，必然人数众多，要想把他们一网打尽的话，我们必须先摸清他们的底细，弄清楚他们到底来了多少人，平时都集中在哪里才行，不是有句话叫知己知彼，百战不殆么？”

丁澈和范小鱼不禁又互望了一下，再度一笑。这个武痴二叔，这一回还挺聪明的嘛！

“范二叔说得有理。我记得伯父他们最快也需要十天时间才能回来，我们正好可以趁这段时间好好准备。这样，我还是先去找师父，然后再回到夏府探听情况。”丁澈颔首道。

“你不会以为只有回夏府卧底才能弄清楚他们来了多少人吧？”范岱毫不犹豫地嗤笑了一声后，“小子，要说起江湖上的道道，你还嫩得很。”

“请范二叔指点。”丁澈微微一笑，不但没有不悦，反而恭敬地拱了拱手。

范小鱼知道范岱是想借机找回点骄傲，便只是抿嘴笑笑，并不插话。

“这还差不多。”范岱哼哼了一声，越发地端起架子，然后才一副让前辈好好指点指点你的姿态，说出了其中的玄机。

不过，这所谓的玄机一旦说开，其实非常简单，只有两个字：跟踪。

高志达等人虽然住在夏府里头，但是出于“官贼不一家”的原则，以及彼此难以绝对信任的前提，义帮的其他帮众必定另有据点，不可能都藏在夏府内。既然不在一处，那平时自然就少不了要上下沟通，范岱所说的，就是监督这样负责传递下情接受指示的中间人，然后顺藤摸瓜，找出义帮的窝点。

“姜确实是老的辣啊，二叔，你果然厉害！”范小鱼笑着拍了个马屁过去，丁澈也忙附和地表达了诚心诚意的敬佩。范岱被他们两个夸得顿时飘飘然起来，先前对丁澈的那点不悦，又少了几分。

当下，三个人便针对这项计划继续讨论起详细的执行细节来，并开始分工，以便尽可能地实现一网打尽的最高目标。

次日，众人便开始忙碌了起来。

为了利用小皇帝的力量，范小鱼特地先回了一趟百灵阁，嘱咐柳园青如果接到赵祯要来的消息，就放一种特别的烟火传讯。至于监督烟花的人选，因为不需要知道任何内情，倒是可以借用卢府的人。另外，为了和要去卧底的丁澈联系方便，范小鱼又在夏府附近一处深巷里悄然租了一间民宅，然后才回来用早已反复斟酌过的说辞，请求卢子晁的帮助。

对她调查当年九嶷山叛乱的详情，卢子晁很是疑惑。不过范小鱼既不肯说，他也只好不去强求，而是按照范小鱼的再三叮嘱，马上派心腹小心地调查起来。

另一方面，范岱也开始亲自蹲点，追查线索。

然而，丁澈那一边，事情却并不如想象的那么顺利。他一连找了两天，眼看该

入夏府了，竟还是没有半点怪老头的消息。

“难道你师父不在京城么?”范小鱼觉得有些奇怪。

“按理应该在，他这次可是专程来京城办事的。”丁澈紧锁着眉，第一次担心了起来，“算起来，我和他老人家已经很久没联系了，不会出什么事吧?”

“怎么会?”范小鱼被他的猜测唬得眼皮一跳，忙安慰道，“你师父他可是高手中的高手，连我爹和二叔都崇拜得很，别人伤害不了他啦！也许他跑到你不知道的地方去了，我们再多找找可能就找到了。要不，这样吧，你把你们联系的方式还有他常去的地方告诉我，我去找找看。”

“嗯，也好。”想起怪老头之所以消失无影，很可能是因为自己上次的强烈抗议，不准他再跟踪自己、偷听自己和范小鱼谈话，丁澈很快就将担忧抛到脑后。他师父那个老家伙，还真想不出有谁能伤害得了他。

暂且放下这个心事后，丁澈便把详细的联络方式和暗号都告诉了范小鱼，然后带着这两天忙里偷空去寻得的几只鸟儿，再次易容进了夏府。

毕竟找怪老头虽然也重要，但更重要的却是他要尽快先把画像画出来，并且搞到人证名单。

第五十九章

情丝缠绵不绝

罗亶和范通走后的第六天，也就是丁澈以鸟伎身份再度入夏府的第三天早上，天气陡然转变，开始下起了雨量不小的冬雨。原本还带着一丝秋日尾巴的温度陡然寒冽了起来，开封城终于正式进入了冬季。

天终于开始一日比一日冷了。

叶芷燕早在认回一双儿女后就开始为两人亲手整治冬装，此刻天气一变，忙亲自送了过来，还兴致勃勃地要亲自替范小鱼梳妆以搭配这身新衣。

“娘，我等下还要出去，这衣服还是改天再穿吧。”范小鱼笑着阻止了她，只试了试衣服是否合身便要到屏风后脱下换上男装。

“小鱼。”叶芷燕忙拉住她的手，担忧地道，“你爹临走时不是让你们尽量不要出门吗？现在你和二叔却天天往外跑，要是被坏人撞见了可怎么办啊？”

“没事的，娘，我乔装打扮一下，就没有人会认出我来的。”范小鱼笑道，“上次您不也没认出我么？”

“话虽这么说，可还是小心点好。而且现在外面正下着雨呢，这冬雨可不比夏雨，要是淋着了，那寒气入体，很容易生病的。”叶芷燕当然没这么容易放心，继续找理由劝道，“你就算要出门，等雨停了也不迟啊。”

“娘，您就别操这么多心了，只是一点小雨而已，而且不是有雨伞么？不会淋着的。”范小鱼耐着性子赔着笑脸道。

说真的，有娘是很好，可是她向来自己随便惯了，真的有些不习惯被这样无微

不至地照顾着，尤其是这个娘亲满心都想着如何弥补她们姐弟。

何况，丁澈再次去夏府前，他们就约好了今天上午见面，如今她这边的事情都已经办得差不多了，只差丁澈那一头了。最重要的是，她一直不放心，一定要亲眼见到他、确定他平安才行，所以她是无论如何也要出去一趟的。

“唉!”见范小鱼坚持，叶芷燕忍不住叹了口气，略带委屈地抱怨，“你们姐弟还没住进来之前，我们母女虽然不能日日见面，可你每次来都会一直陪着娘亲，现在你明明就在娘身边，娘要见你一面反而比以前还难了。”

“娘!”范小鱼又是无奈又是好笑地叫了她一声，拉着叶芷燕在榻上坐下，软语相劝道，“不是我不想陪您，不是这段日子正好有事嘛！再说，冬冬天天在家，他一样可以陪着您啊，而且以后的日子还长着呢，等事情解决了，我天天都能陪在娘身边。”

“陪不了多久啦！你都已经及笄，可以为人妻为人母了。”叶芷燕浑身都泛着母爱的光芒，温柔地看着和自己年轻时几乎一模一样的女儿，伸手轻抚她的脸，叹道，“娘亲前些年没能照顾你，如今我们母女好不容易团圆，既然你和丁公子情投意合，你的亲事，娘一定要替你好好地操办。”

“娘，您说到哪里去了?”范小鱼有些冷汗，“我十七岁都没到，不着急考虑这些，以后再说吧!”

“怎么能不急着考虑呢？女孩家长大了总要嫁人的，亏你还知道自己已经快十七了。啊，当年娘这个时候，都已经怀了你了。”叶芷燕像天下每一个关心自己女儿亲事的母亲一样，最听不得孩子说还小不着急，嗔道，“而且按理说，早在你十五及笄的时候，你爹就应该为你物色好人家了，可你爹当得不称职，难道你娘我也要学你爹一样么？对了，小鱼，我只知道那孩子叫丁澈，却不知道他到底是哪里人氏，家中还有什么人……”

“娘，这些事情等以后再讨论。”范小鱼忙打断她，满脸黑线地转移话题，“对了，怜儿呢？她怎么没来?”

“来了，两位上官姑娘那里我也送了两套衣服过去，她这会儿一定黏着娇娇姑娘在试衣服呢。呵呵，也不知怎么的，怜儿和那位上官娇姑娘特别的投缘，这几天啊，两人老是黏在一块儿……哎呀，你这孩子，娘要说的是你的事，你怎么又扯起别人来了?”

范小鱼真的求饶了，“娘，您就放过我吧，这事以后再讨论行不行？我今天真的有事，得马上出去。”

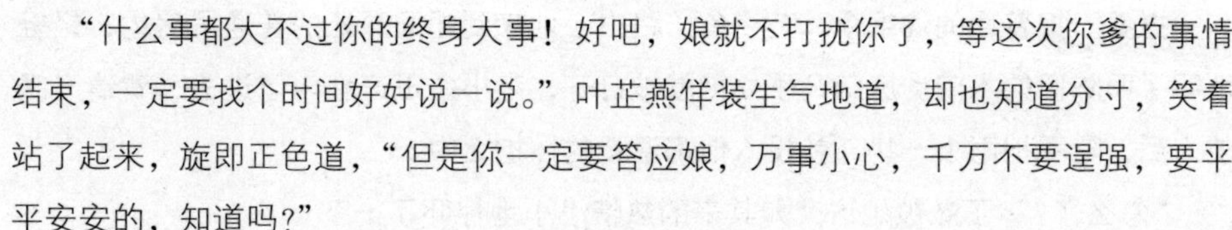

“什么事都大不过你的终身大事！好吧，娘就不打扰你了，等这次你爹的事情结束，一定要找个时间好好说一说。”叶芷燕佯装生气地道，却也知道分寸，笑着站了起来，旋即正色道，“但是你一定要答应娘，万事小心，千万不要逞强，要平平安安的，知道吗？”

“是是是，女儿谨记在心，一定一根毫毛都不少地平安回来。”范小鱼忙不迭地保证，暗地里却偷偷地吐了一下舌头。

汗，这当了娘的人，不管什么年龄，果然没一个是不啰唆的，就算是看起来顶多才三十岁的漂亮妈妈叶芷燕也不例外。

费了半天的劲，好不容易劝走了叶芷燕，范小鱼立刻抓紧时间换衣服，刚盘好男子发髻准备易容，突然耳尖地听到外面传来蹑手蹑脚的声音。

天哪！才走一个又来一双，再这样下去她都不用出门了。

范小鱼叹了口气，收起道具闪到门边，果不其然，没数几下门突然被猛地推开，冲进两个人来。

“哈哈，这下子可被我逮着了！”上官娇以迅雷不及掩耳之势冲了进来，拉着卢怜儿就扑向里屋，随即两个大小女孩就愣住了，“咦？怎么没人？”

“娇娇姐姐，小鱼姐姐怎么不在呀？”

“我也不知道啊，刚才荷儿明明说姐姐还在房间里的。”

两人里里外外地搜了一遍，发现还是没有范小鱼的影子，不由得大眼瞪着小眼，却哪里知道，就在她们刚才扑向里间的时候，范小鱼已经轻轻松松地从她们身后出门去了。

上官娇虽然古灵精怪，可是和她比起来，嘿嘿，可就太菜鸟了，想起上官娇此刻必定懊恼地高高撅起小嘴，范小鱼不禁莞尔。

摆脱了上官娇，范小鱼又匆匆地往岳瑜那里走了一趟。

那天岳瑜接了任务之后，除了一日三餐，基本都窝在屋里研究各种药物，前天他已提炼了一种类似蒙汗药但主要通过呼吸起作用的迷药，并说大概今日就能将毒鬼彻底提炼成浓缩的液体。

到了岳瑜屋里，岳瑜正埋头做最后一步，说最快要下午才能完成，而且还要拿小动物试验一下以确定药效的维持时间。范小鱼见不可能等这么久，便借他的房间易好容，先出去和丁澈见面。

撑着一把普通的油纸伞，范小鱼一路小心地来到胡同深处的普通民房内，轻轻地叩了叩陈旧的木门。房门几乎立刻就被打开，范小鱼迅速地闪了进去，看清了眼前人后，随手把雨伞一扔，就投入他那温暖的怀抱之中。

“怎么了？”丁澈被她这突如其来的热情小小地惊吓了一下。

“天气变冷了，我娘给我做了两套衣服，一定要让我试穿，又唠叨了一会儿，所以我来晚了。”范小鱼嘟哝着深吸了一口熟悉的气息，像小猫一样在他胸口蹭了蹭。

从那天两人在小巷中享受了短暂的甜蜜时光后，一直到现在，他们已经三四天没有单独相处了，尤其是这两天两夜，因为丁澈身在险境，时光更是显得特别的漫长。特别是到了夜晚，想到丁澈一定会趁夜色去设法探听消息，还要尽可能近距离地观察左右护法的神情，她更是忐忑不安，总也睡不好。现在终于见到他，闻到他特有的气息，她的心才真正安定了下来。

“伯母亲自做的？那一定很好看，什么时候你穿给我看看？”丁澈轻笑了一声，这才放心地拥紧了她。

“在你这个大帅哥面前，穿什么都会让人自惭形秽的。”范小鱼在他怀中偷笑道。

“好啊，你敢取笑我？我要惩罚你。”丁澈假装板起脸，只手抬起她的下颌，火热的唇就要覆盖了下来。

“讨厌!”范小鱼轻笑着，如游鱼般从他怀中溜了出去，躲到桌子的另一头，眼波却如春天的湖水泛着诱人的涟漪，“先谈正事啦!”

“不行，先要奖励。”丁澈指了指自己的嘴巴，涎着脸道。

“不行，先谈正事。”想起丁澈那如汹涌浪潮般难以抑制的火热激情，范小鱼忍不住有些脸红。要是真依了他，两人肯定有一段时间会没完没了的。

“就一下？”丁澈嬉皮笑脸地讨价还价，却不知道自己的撒娇声配上一张有些死板的大叔脸，实在雷得很“销魂”。

“丁澈，你要再这样，等会儿一下都不给。”范小鱼嗔怒道，顺便抖落一地的鸡皮疙瘩。

丁澈的双眼顿时可怜兮兮起来，小鹿似的望着范小鱼，看得范小鱼又好气又好笑，表面上却更加硬起心肠，嗔道：“快说啦!”

“好吧。”知道她是打定主意不先给自己尝甜头了，丁澈只好乖乖地坐下来，然后从怀中取出一封信递给她，“这是曾经伺候过他们的官妓和下人的名单，以及夏府的地图，我已经把他们三个人所住的地方和他们可能会逃跑的路线都标注出来了。”

“嗯。”范小鱼展开地图看了看，发现上面画得相当详细，心中不由一柔，“你这两天一定没有好好睡过。”

“是啊，大半夜的我都还在夏府里头兜兜转转，前天我没有找到机会，昨晚又去，还差点被西门康发现了。”丁澈开始为邀功做准备。

“啊，那他有没有怀疑你?”明知道他这么轻松地坐在这里，昨夜一定没事，可范小鱼还是被他提起了心。

丁澈嘿嘿一笑，“幸亏我早有准备，偷了夏竦一个小妾的猫。他才一怀疑，我就把那小牲畜放了出去，只不过那只可怜的猫儿当场就没命了。”

“幸好幸好。”想象着那一刻的惊险，范小鱼忍不住有些后怕，“可这样的小聪明只能用一次，你已经拿到了名单和地图，就不要再回去了吧?”

“怎么，对自己的夫君就这么没信心啊?”丁澈笑着覆上她的柔荑，拇指在她的手背轻轻地摩挲，“你放心，以后我一定会更加小心的。对了，你猜那个夏大人现在怎么样了?”

“你不要转移话题，”范小鱼用力地抽回手，瞪着他道，“二叔这几天在夏府外蹲点，已经找到了义帮的两处聚集所在；二爹也已查到两个当年参与过平乱而今身居高位的武将；吕夷简那边地形也早探好了。现在只要我们将画像和匿名信交上去，等到官府派兵，就可以引导他们前去围剿，你的任务也算完成了。而且我听二叔说，夏府最近正在四处收购昂贵的壮阳药材，假如夏竦发现自己是被下了毒，那你继续留着就太危险了。”

“这个等会儿再讨论，”丁澈握了握她的手，转身取过文房四宝，笑道，“说到画像，我在夏府一直不便动手，还请小娘子为小生磨墨，看小生妙手现丹青。”

“自大狂!”范小鱼知道他是在转移话题，不过画画确实很重要，便不再和他斗嘴，开始挽起袖子磨墨，打算等他画好了再说。

半个时辰后，丁澈终于放下了笔，看着眼前三式两份的六幅肖像长长地舒了口气，笑道:“那个高志达这几天始终没有取下人皮面具，我也只能暂且先按照他如今的样子画了，如何，还像么?”

范小鱼看看这张又看看那张，不由一边赞叹一边斜眼看他，“那天我只是大概地看了他们一面，都已记不清他们的样子了，不过看到你这几幅画，我觉得一下子就清晰了起来。丁大妙手，看来你确实有狂妄的本钱啊!”

“多谢小娘子夸奖，小生实在受宠若惊。”丁澈故意书呆气十足地作了个长揖。

“好啦，别酸了。”范小鱼嗔笑着放下画像，让它们风干，然后给丁澈倒了杯茶，又正色道，“我刚才是说真的，你不要再回去了。你可知道，我这些天还是没有找到你师父。若是没有你师父帮忙，我们的胜算就会大大降低，你留在夏府，我真的不放心。”

“我师父还没找到么？”丁澈也不禁皱起眉来，忍不住踱了几步。

“是啊，我按照你的方法，去了你觉得他最有可能去的地方，也四处留了记号，可他还是没有来找我。我想你师父应该暂时不在京城，我们的计划需要做适当的改变才行。”

“如果是这样，那我就更不能走了。”丁澈正色道，“对了，岳瑜的毒鬼提炼好了没有？”

“今天下午就可以提炼出来，之前他研究了这个迷药。”范小鱼掏出一个瓶子，给他看，“他说调不出无色无味的蒙汗药，只能用这个粉末替代，常人若吸上两口，可昏迷半个时辰，至于西门康他们，以他们的功力，我估计顶多也就一刻钟而已。可惜他不懂软骨散、化功散什么的，不然那些药会更方便。”

丁澈接过瓶子，顺手将瓶子放入怀里，道：“这也怪不了他，他不是江湖中人，从未接触过这些药物，做不出来也是正常。”

“嗯，”范小鱼点点头，随即觉得不对，忙扑过去抢那个瓶子，“哎，我又没说给你，快还给我。”

“只是一瓶迷药而已，娘子不会这么小气吧？”丁澈笑嘻嘻地一闪。

“你要是答应不回去，那我给你就给你了，现在你还没答应，我就不给。”范小鱼再扑。

这一次丁澈明着躲闪，实际上却狡猾地张开手臂一把将她搂入怀中，紧紧地拥住，这才柔声道：“小鱼，你知道我留在夏府还有一个重要目的就是里应外合。如今师父还没找到，伯父他们还没回来，我们人手稀缺，我更是不能走。昨晚高志达他们已经利用夏竦查到了柳河镇，连夜去偷袭，却发现人去楼空，正在恼怒中，若是我一走，他们绝对会有怀疑。要是他们警觉之下，离开夏府，对我们的计划反而不利。”

范小鱼放软了身子，贴在他的胸口，幽幽地低叹道：“我是曾经见过那两个护法的身手的，他们两人之间的默契真不是一般人能有的。我一想到你每天都在他们身边转悠，就觉得心慌难定。”

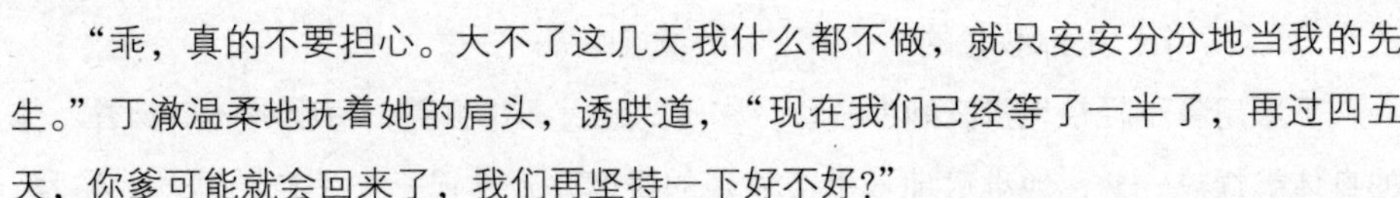

“乖，真的不要担心。大不了这几天我什么都不做，就只安安分分地当我的先生。”丁澈温柔地抚着她的肩头，诱哄道，“现在我们已经等了一半了，再过四五天，你爹可能就会回来了，我们再坚持一下好不好？”

“可是……”范小鱼闷闷地抬头。

“嘘，娘子，小生的正事已经汇报完毕，娘子是不是该奖励一下小生了？”丁澈轻托起她的下颌，神色一下子不正经起来，一只脚往后一勾，将圆凳移到臀下，同时将她的身子轻轻一提，让她坐在了自己的腿上。

“哪里有小生？”知道这个家伙固执起来的时候绝对像头牛，范小鱼只好暗暗地叹了口气，故意左看右看，“我明明只看到一个猥琐的大叔。”

“你这丫头，居然敢说我猥琐？”丁澈狠狠地抱紧她，伸掌扣住她小巧的下颚，故意像恶狼似的一点点逼近，温热的呼吸邪恶而诱惑地喷在她的脸上。

“不仅猥琐，而且还好色。”范小鱼的耳根泛起一抹玫瑰红，却借着易容的掩饰，不退反进地仰首挑战他。

丁澈顿时破功，“娘子，你这是在勾引为夫么？那为夫就好色给娘子看看。”

说着，马上快要接近红唇的脸忽然一侧，陡然地含住范小鱼的耳垂，牙齿微微用力地一咬。

“啊……”范小鱼冷不防被袭中敏感之地，忍不住溢出一声娇吟。

她的声音犹如最强烈的催情剂，让本想戏弄她的丁澈一下子情动了起来。手上力道一紧，温柔而又急促的吻已如雨点般在她的侧颈落下，从耳贝到优美的颈项，他无师自通地舔吻起来。每一次舌尖与肌肤的接触，都像是蜻蜓点水一般一触即止，却又别样的蛊惑人心。

屋外，冬雨绵绵地濡湿着大街小巷，同时也将一丝丝寒意传到人间，透过防御力不够的衣裳侵入人的身体，让衣裳单薄的行人忍不住激灵灵地打上几个寒战。

临时租赁的联络小屋里头，由于不曾布置也没有暖炉，此刻虽干燥却也一样泛着冷意，然而，沉浸在甜蜜爱情中的一对小情人却非但没感觉到一丝寒冷，身体的温度反而比平时高出许多。

“你从……哪里……学……来的……”

随着那火热唇舌的游走，范小鱼的头情不自禁地往后仰起，喉中发出似痛苦又似渴望的呻吟。她一边感受着那一波波的舒畅情潮，一边又要竭力地保持清明神智。

“你忘了么？是你教我的……”

丁澈用鼻子轻轻地拱开她的领口，在她的锁骨上徘徊着，每嗅进一口幽香，他的身体就灼热一分，他难耐地一手搂住她的娇躯贴近自己，一手自动地向上游移，轻轻地握住了一团柔软。

“我才没……啊……”

从来没有被触犯过的领地忽然被外来者掌握，范小鱼猛地一颤，不由失声轻呼。她慌乱地睁开眼睛想要推开他的手，才一动，却觉察到他身体的异样，顿时大羞，只觉得身子又软又酥，更是又急又怕。

没吃过猪肉也见过猪跑，前世她虽未亲身体验过，却不代表她就不懂男女之情，不懂得激情之下藏着的危险。

“小鱼……”丁澈声音沙哑地低唤着，头一抬，已准确地含住她微启的樱唇，贪婪地攫取着她口中的香津，同时手掌更加包紧了那一处令人无法释手的所在，不停地揉挤着，任由无限曼妙的感觉铺天盖地地吞没着自己，只想顺着欢愉的本能被大浪抛上抛下。

“丁……澈……”范小鱼困难地叫着他的名字，勉强抓住他的手，想抵制他的侵犯，可身体却违抗了她的意志，反而挺胸迎了上去，迷乱地想要更多。

“我在……”丁澈遍吮着她的芳唇和贝齿，不时深深地卷起她的丁香小舌，力气大得几乎想把她整个人都吞下去。

“我们……不能……”趁着喘息的空当，范小鱼极力抓回神智，躲开了他的再一次进攻。

丁澈却宛若未闻，亲不到娇艳的花瓣，火热的唇立刻往下游去，一路点燃朵朵火苗，不但要把自己烧得体无完肤，还要将怀中的人儿也一并拖下水，不，拖进大火之中。

“你……你想……干吗？”范小鱼结结巴巴地颤抖着。她本能地抵住他的胸口，慌乱地往后一仰，身体顿时撞到了后面的桌子。桌上的茶壶一阵摇动，发出清脆的碰撞声。

不是她保守得不愿意在婚前失控，只是在这样的地方，在两个人都易着容的情况下，感觉实在太怪了。这让她觉得自己不是自己，而丁澈也不是丁澈，一切都是不完美的。

被这声音一惊，丁澈这才发现自己正在失控，一只手更是差点就解开了爱人的

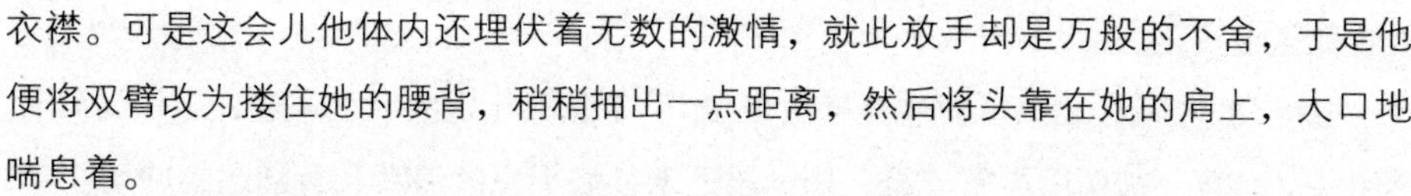

衣襟。可是这会儿他体内还埋伏着无数的激情，就此放手却是万般的不舍，于是他便将双臂改为搂住她的腰背，稍稍抽出一点距离，然后将头靠在她的肩上，大口地喘息着。

范小鱼见他终于恢复了一点理智，不敢在这个危险的关口再挣扎，只好忍着羞涩又怀着无限的甜蜜让他抱着，同时尽量用话题转移他的注意。

“丁澈?”

“嗯?”某人慵懒而又性感地嗯了一声，让范小鱼的心跳突然漏了一拍，几乎忘了自己要问什么。

“那个……你出来这么长时间……不要紧吧?”

“嗯，我请了半天的假，说天气冷了，要买几件衣裳。”丁澈深吸了几口气，才有勇气面对范小鱼。

“要是被别人看见了，一定以为我们是在玩断袖之恋。”看着他的大叔脸，范小鱼忍不住就想笑，挣扎道，“快让我起来，我们现在这样子，实在怪怪的。”

“只要是你，断袖又何妨?”被陌生的男人面孔一刺激，丁澈的情欲顿时消退了不少，不过他口中虽这么说，却还是乖乖放开了手。

“不准贫嘴!”范小鱼忙溜到他对面坐下，眼波流转地嗔道，“老实交代，你刚才……这些……都是跟谁学的？是不是早已是红楼风流客了?”

“冤枉啊！青楼我是去过几次，可是我都是另有目的去的，那些女人我一个都没碰过。”丁澈连忙喊冤。

“真的?”范小鱼嘴巴一嘟，摆明了不肯相信。

“当然是真的。我自小就不喜欢有太多人伺候，就连古玉我也不肯让她太过接近的。”丁澈急道，眼中忽然泛上一抹羞涩，“要不是那天你喝醉了……我……”

“你什么?”范小鱼的心幸福地跳了起来。

“没什么……”丁澈转开视线，伸手去倒茶，打算死守秘密。

“不可能没什么，快说，你快说嘛!”范小鱼按住他的手，明眸闪闪发亮地期待着，一副你不实话实说就誓不罢休的坚决态度。

“咳咳……”丁澈的脸色如何瞧不见，可耳根处却泛起了绯色，诱得人很想咬一口。

范小鱼的眼中闪过一抹狡黠，忽然站起来学他方才的样子，绕到他身后，搂住了他的脖子，在他耳边轻轻地呼气，用娇媚的声音诱惑地撒娇，“你说不说？不说

我咬你了哦?”

“你要敢咬我，后果就要你自己负责了。”丁澈抓住她的手哑声道，虽然强忍着不回头，可背部被两团柔软一抵，那一股还未彻底平息的浪潮又有涌起的冲动。

“我……我不管，就要你说……”范小鱼的脸红了一下，把身体退开一些，也不敢再那么近地凑在他耳边。

“好吧，我说……”丁澈猛地往左侧一歪，足尖一点，人已灵活地在圆凳上转了个圈，再度将惊呼的范小鱼搂入怀中，恶魔般一点点逼近，“凶狠”地道，“要不是你先非礼了我，我又怎么可能知道世上还有这样诱人至极的美食?”

“你的意思是，你的初吻是被我夺走了么?”虽然讨论这个话题有些不好意思，可是那扑面而来的喜悦却让范小鱼眼角眉梢全都是得意和骄傲。

“如果我说不是呢?”虽然表面上看似化身为狼，但为免再度失控，丁澈还是不敢放肆，只在她的唇上悬空地徘徊着、诱惑着……如果是这只小羊自己先主动的，就不能怪他了吧?

“你敢?”范小鱼哼了一声，讨厌他这样捉弄，挺身一口含住他的下唇，贝齿轻轻一合。

“唔，你咬我……”丁澈错愕地睁大了眼，夸张地叫道。他立刻想抓紧她反客为主，范小鱼却早有准备地娇笑着伸手一点，某人顿时动弹不得。

“我就咬你就咬你就咬你……”范小鱼狡黠地笑着，一边继续咬着他的唇，一边控制着力道免得留下痕迹，小舌还不停地探进他口中，尽情地调戏着他。

“你这个小魔鬼……快解开……我的穴道……”

“不解不解就不解！你以为刚才的便宜有那么好占的么？嘻嘻……”

“小鱼……娘子……”某人颤声道，实在快受不了了。

“好吧，先放你一马。”范小鱼轻笑着放过了他，勾住他的脖子，和他交颈相拥，静静地依偎了一会儿，才解开他的穴道，幽幽地叹了口气，“丁澈，答应我，不管是什么情况下，都一定要先保护好自己，好么?”

“好，我答应你。”丁澈也轻叹着厮磨她的发鬓，“等这件事情结束后，我还要为你好好地画一幅画，还要带你去见我爹娘，还要去很多很多地方……所以，我一定会好好地活着。”

“你保证一定做到?”

“嗯，我保证，一定做到。”

第六十章

壮老太和怪老头

尽管丁澈再三保证，临别时范小鱼又逼着他答应每天在墙上的小机关里放张纸条报平安，可是回到卢府后，范小鱼心头还是有一股说不出的焦躁感，总觉得好像要发生什么事情一般。

这种感觉让她很是不安，换回女装后，便索性打算去岳瑜那边瞧瞧。不管怎么说，一旦毒药研制出来总能多一份把握。

“娇娇姐姐，要是罗哥哥知道我们偷偷地拿了他箱子里的东西，会不会生气啊?”范小鱼刚走出女眷住的院子，欲向隔壁的男客小院走去，就听到前方回廊处传来一个稚嫩的声音，却正是怜儿。

“嘘，轻点，不要让别人听见了。”上官娇慌忙做了个噤声的动作，然后捏紧了袖口，小声道，“我们只是拿来玩一玩，明天就放回去，罗哥哥不就不知道了么?”

“嗯嗯，娇娇姐姐，那你教怜儿怎么开锁好不好?”怜儿果然放低了声音，却掩不住语气里头的兴奋。

“你还小，等你长大了我再教你。嘿嘿，这可是我的拿手绝活。以前我娘和我大哥老把我关起来，可每次都被我逃了出来。”上官娇难得碰到一个可以炫耀的对象，特别地有成就感，尽管对方只是个五六岁的孩子。

“这么说，普通的锁还锁不住你了?”

“那当然……呃……师父姐姐……”看见范小鱼，上官娇顿时像老鼠见到猫似的，全身都紧绷了起来，双只手猛地往后一藏。怜儿也一副被抓包的样子，学着做

同样的动作。

范小鱼微微一笑，伸出了手掌。

“师父姐姐……你……你这是做什么？”上官娇结结巴巴地问道。

“你说呢？”范小鱼似笑非笑，眼底却没有笑意。本来上官娇带着怜儿再胡闹，她也没空多管，可她们居然从罗亶的箱子里偷东西，这还了得？

上官娇咬着唇，迟疑了半天，终于把袖子里的东西取出来放到范小鱼手上。怜儿一见，也忙交出自己的那一份。

范小鱼一看，却是两只雕刻得栩栩如生的木头小狗，一只小些，一只则大些。

对多年前第一次遇到罗亶的那个生日的记忆，突然就这样跃入了脑海，拨了一下心弦。那一年，他送给自己的生日礼物就是一只木头小狗，但比起那一只，如今的这两只手工明显已成熟许多了。

“以后不许再随便进别人的房间，更不许随便动人家的东西，知道吗？”范小鱼微微恍惚后就回过神来，板着脸就是一通好训。

一大一小两个丫头连忙点头。

“好啦，去吧！”范小鱼摸了摸怜儿的头，微笑着正准备和她们擦肩而过，忽然发现上官娇的另一只手看似护着怜儿，实际上却怪怪的。

“还有一……”范小鱼看着落入自己手中的赃物，话语陡然顿住了。

这是一个人像，她的人像。虽然只有三寸多长，可那微笑的神情，还有那简单的发式和衣着，却俨然是一个浓缩的自己。

“这样的木雕，箱子里还有好几个。”见另一个木雕也落到了范小鱼手里，上官娇反而平静了下来，说完这句后，嘴唇嚅动了几下，仿佛还想说什么，却终究还是没说出口。

尽管心里涌动着酸涩的感觉，但表面上范小鱼很快就镇定了下来，若无其事地笑道：“哦，亶儿本来就擅长雕刻，冬冬那里也有。你们要是喜欢，等你们的罗哥哥回来后，请他给你们也雕一个。不过，以后你们可不能再去偷他的东西了。”

“小鱼姐姐，等罗哥哥回来，真的会给怜儿也做一只小狗么？要是怜儿让他做别的，可不可以啊？”怜儿开心地问道。

“当然可以啊，罗哥哥是个好人，他一定会答应你的。”范小鱼看了看低头不语的上官娇，又说了两句就疾步走开了。

等到她进了男客的院子，上官娇才有些闷闷地抬起头来。她不是年幼无知的怜儿，曾经为了替表姐寻找幸福独自离家，当然早在看到罗亶那些雕刻时已明白了一些事情。

只是……想到范小鱼和丁澈，上官娇忽然觉得心里一痛，罗哥哥好可怜啊，他这么痴情地喜欢师父姐姐，却……唉……从来不知忧愁为何物的上官娇，忽然间有了一种别样的情绪。

另一边，匆匆迈进院中的范小鱼也在叹息，只是，她的叹息里更多的是无奈。不论是如今不知身在何方的罗亶，还是眼前屋子里那个因为她的一个请求而日夜不休的岳瑜，她注定都是要辜负他们的一片痴情了。

只因，她没有三颗心，更学不会兼爱。既然给不了，那就只能硬起心肠，让长痛变为短痛。

先去罗亶房中放回了三个木雕，范小鱼敲门走进岳瑜的房间，意外地发现范白菜也在。

“药已经提炼出来了。适才多亏了冬冬，我才能给这几只小动物各喂了一滴。”岳瑜怕范小鱼不悦，忙赧颜解释道。他其实很想自己一个人动手，可是看到那些老鼠和猫，他实在有些心慌，范岱又不在，只好求助于范白菜了。

“姐姐，我都十四岁多了，你让我也来帮忙，可以不?”

范白菜渴望地看着范小鱼。这些天来，姐姐和二叔几乎日日早出晚归，二叔甚至常常夜不归宿，不用问也知道在忙什么大事，就连岳先生也在为姐姐效力，只有他，什么忙都帮不上，心里真的很不是滋味。

“不是姐姐不让你帮忙，而是这些事你想帮也帮不上啊!”范小鱼微笑着抚慰他，“如果需要你出力，姐姐一定不会客气的。”

“要是我以前肯学武就好了。”范白菜闷闷地道。

“有武功也不代表能解决所有的事情。咱们家将来的日子还要靠你这个读书郎呢!”范小鱼笑着开导他，故意逗着他说了好一会儿话，然后道，“这样吧，岳先生这几天也累了，你来帮他守着这些动物，记录一下它们的异常反应，也好让岳先生休息一会儿。”

范白菜立刻点头，去取纸笔。

“岳先生，你辛苦了!”看着岳瑜那有些苍白的面容，范小鱼诚心诚意地道谢。

岳瑜的脸上立时浮起了薄晕，慌乱地表示不辛苦，并说只要是范小鱼需要，尽管吩咐。

见岳瑜一副心甘情愿的样子，又想起那个自己的雕像，范小鱼越觉无奈和愧疚。她再也没法面对岳瑜那双美目中隐隐流露的情绪，又待了一会儿后，便说还有事情要处理，等回来再问结果。

“那你自己要多加小心。”岳瑜有些失落，但马上又振作起精神。

范小鱼冲他笑笑，和范白菜又说了两句就赶紧走出了房间，直到走出院子。

打着油纸伞，穿梭在因下雨而冷清了许多的街道上，范小鱼不死心地去打了一斤剑南春，也不封住坛子口，任由酒香在风雨中飘荡着，引得路人无不侧目，同时也勾起许多人肚子里的酒虫。

但别人肚子里的酒虫有没有被勾起她不管，她只想要勾起一个人的酒虫。

范小鱼先去了第一次遇见怪老头的地方，又沿着街道问遍了大小酒楼，接下来按照丁澈提供的线索又在城中转悠了许多地方，最后抱着一丝希望又去了子家胡同云来客栈。

她足足奔波了大半个下午，眼看天色已经开始昏暗，裙摆也早已被细雨打湿了一大片，垫加了皮底的鞋子也被雨水缓缓渗透，却还是没有得到一点怪老头的消息。

叹了口气，瞧着手中的美酒，范小鱼站在一座桥上，缓缓地倾斜坛口，将酒水倒入底下的小河之中，打算等会儿去看一下丁澈的嬷嬷就回去。

“喂，我说小姑娘，你就是不会喝酒，也不能这么糟蹋美酒啊！”倒了一半，一个响亮中又带着一丝苍老的声音忽然冒了出来。

“老前辈？”范小鱼惊喜地转头，但目光在触及对方之时却失望地一怔，眼前这个人老则老矣，却不是比良，也不是个老头，而是一个十分有特色的大老太太。

之所以用“大”字来形容，完全是因为她那高大壮硕兼浑圆的身材。这老太太穿了一身的旧蓝布衣，围了条深蓝色的裙子，若非她满头白发，皱纹丛生，这乍一看上去，绝对让人觉得她是个常年杀猪的婆娘。只是这样一个无处不彪悍、眼大若铜铃般的老太太，却偏偏拥有一双弯弯的、极不相称的柳叶眉。

“小姑娘认错人了吧？”大老太太笑声洪亮地道，一双大眼睛却紧紧地盯着范小鱼手中的酒坛，露出垂涎之色。

“是啊，认错人了。”见她这副样子，范小鱼迅速地定了定神，收起酒坛顺手就递了过去，“大娘若不嫌弃……”

“不嫌弃，当然不嫌弃……”范小鱼才客套了一句，那大老太太高壮的身子已经风一样地移到她面前，一把抓过了酒坛，咕噜噜地几乎一口就把大半斤的剑南春给吞了下去。

范小鱼目瞪口呆。拖着如此庞大的身躯还能移动得如此之快，这个大老太太明显是个武道中人啊！没想到京城里还藏有这样一号人物。

"唔，这酒味儿都散了一大半了，不正宗，不正宗。"大老太太面不改色地抹了抹嘴，不但没说半个谢字反而还大摇其头，她随手将坛子扔入桥下，铜铃眼直勾勾地盯着范小鱼，道："我说小姑娘，你能不能请点正宗的剑南春？"

换在平时，若遇到这样的人，范小鱼肯定淡淡一笑转身就走，正如以前不欲和比良有什么关系一样，不想多结江湖缘。可今日她苦寻怪老头未果，却突然遇上这么一个老太太，心中不由莫名地一动，当下笑道："好啊！大娘想去哪里喝？"

"你真要请我？"大老太太有些诧异。

"只要大娘不喝空我这荷包就行了。"范小鱼微笑着解下荷包举了举。

大老太太顿时笑眯了眼，"那还等什么，走吧！"

甜水巷内酒楼不少，但最贵最高档的却应属太白楼，里头兼卖各种名酒，不管是哪一种，都是地地道道的正宗好酒。

此刻，膘肥体壮的老太太面前已经摆了大大小小六个酒坛，她喝起酒来十分专心，就像流水似的，除了叫酒外，居然一句话也不曾和范小鱼说。

范小鱼起初还有点兴致地看着她豪饮，慢慢地，心里头的愁绪忽然又浮了上来。虽然她觉得这个老太太是个异人，可是且不说江湖自有江湖的规矩，她连对方是谁都还不知道，又如何能让对方来帮自己，怎么确认对方一定会帮助自己呢？

唉，想不到她也有这么俗套的用酒笼络别人的时刻，真是病急乱投医了！

范小鱼暗中叹了口气，转眼瞧着窗外飞扬的雨丝，心里暗忖，如果再找不到怪老头，她宁可放弃活捉高志达三人的目标，改为全力地抓到他们其中的一个或两个就好。虽说留着后患对他们有威胁，可是经过这一次，朝廷肯定也不会袖手旁观，以后未必就真的没有机会。

想到此，范小鱼哂然一笑，索性把荷包放在桌上，道："大娘，我还有事要先走了，您慢慢喝，酒钱就放在这里，若有剩余，算我下次请您。"

说着，站起来就走。

"等一下！"老太太前一刻还抓着酒坛在猛灌，后一刻一双大掌已准确地抓住范

小鱼的手腕，而且“正好”扣在她的脉门上。她嘴巴一张，露出了满口黄牙，“小姑娘你是来找人的吧？”

范小鱼脉门被扣，却一点也不心慌，只因她确定自己和这个老太太并没有什么仇，于是笑道：“是啊，大娘怎么知道？”

老太太桀桀地笑，“我怎么不知道，你那张脸还是我做的呢。”

这一下，范小鱼浑身顿时大震。江湖之中藏龙卧虎，她并不意外有人能看出她的易容，但问题是这个老太太居然说人皮面具是她做的，这就太让人震惊了。难道说，这个老太太和怪老头有什么关系？丁澈可一直说这面具是怪老头做的。

想到这种可能，范小鱼不禁颤声地改了称呼，“老前辈……”

“跟我来。”老太太又咧嘴笑了笑，径直拿起荷包走向柜台，重重地往柜台上一放，“结账，再来十斤剑南春。”

两人在众目睽睽下出了太白楼。老太太也不打伞，一手提着一个酒坛，摇摇晃晃地走在前面，范小鱼则怀揣着疑惑和希望，紧跟在她身后。

两人穿街过巷地走了好一会儿，老太太才带她来到一个小门户面前，一脚踢开那已钉着无数大小木板的房门，指着里头榻上一个正抱着一团棉被呼呼大睡、还流着口水的蓬头老头。

“这就是你要找的人吧？”

“是，正是。”范小鱼只略看了一眼，便又惊又喜地确认道。

“没出息的死鬼，每次只要喝一斤酒就醉得像个鬼似的，没有几个时辰根本不会醒。”老人太随手把酒坛子搁在桌上，走到榻前，居然毫不客气地抬起蒲扇般的大手，重重地拍了一下怪老头比良那瘦巴巴的屁股。

范小鱼的嘴角顿时抽搐了一下。她一直以为只有男人才喜欢拍女人丰满的臀部，没想到今天居然换了过来，而且对象还是这样的大老太太和小老头子。更囧的是，被人这样大力拍打，那怪老头居然还睡得十分香甜。

一瞬间，范小鱼心中已经转过无数的猜想。但有一点毋庸置疑，那就是这两个老头老太已经是一对的了。

“你就是死鬼口中的那个范家丫头吧？”范小鱼脸上的黑线还没掉落，老太太已经一掌把怪老头连人带被地推向里头，然后若无其事地踢了鞋子，盘腿坐在榻上。

“是，晚辈范小鱼见过老前辈。”范小鱼定了定神，恭敬地施了一礼，假装没有

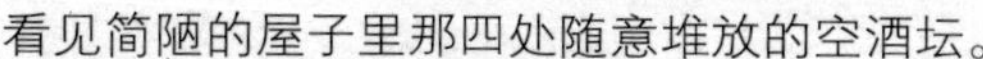

看见简陋的屋子里那四处随意堆放的空酒坛。

“取下面具让我瞧瞧。”老太太摆起架子，嗯了一声。

范小鱼犹豫了一下，道：“老前辈请见谅，非是晚辈不愿意，只是晚辈未曾带卸装药出来。”

“一张已经坏掉的破面具而已，还要什么卸装药！”老太太顿时不悦地道。

好大的口气……不过，似乎她也有大口喘气的资本，快速转念间，范小鱼已极快地做了决定，低头便开始硬撕脸上的面皮，如果她这个时候还不知道人皮面具真正的制作者是谁，那她就太笨了。

“唔，这小模样长得倒挺俊俏的。”老太太放肆地上下打量了她一番，招手让她过去。

范小鱼温顺地走了过去，忍着她那满身的酒气，任她在自己身上摸来摸去。

“不错，资质确实上佳，是个好苗子，和丁家那小子确实也很般配。”老太太满意地点了点头。

“多谢前辈夸奖。”范小鱼微微红了一下脸，瞟了一眼死猪似的怪老头，越发恭敬地问道，“请问比老前辈何时才能醒转？”

“你一句话一个前辈的，累不累啊？我听说你对死鬼可不曾客气过，你不会是有事求他吧？”老太太仿佛一下子就能看穿人心。

范小鱼顿时一窘，随即却大大方方地承认道：“不瞒前辈，晚辈这一次确实是有事相求……”

事已至此，她也不想虚伪地说是受人之托，是丁澈让自己来找的，毕竟丁澈要找怪老头最终为的还是她家。

“停……”范小鱼正待据实以告，老太太却出乎意料地阻止了她，一脸漠不关心地道，“你为什么要找他不用告诉我。这么着吧，你三四个时辰以后再来。这死鬼偷喝了我的两斤好酒，没有几个时辰是醒不过来的。”

“是。”范小鱼当即从善如流，微微一笑道，“那晚辈晚些时候再来。”

“嗯，去吧去吧，我也乏了。”老太太喷了口酒气，居然身子一歪，就在怪老头身边躺了下来，开始呼呼大睡。

范小鱼尽可能恭敬地退下，又轻手轻脚地关了门，直到离开甜水巷好远，确定没有人跟上来，这才不可抑制地闷笑了起来。

现在她终于明白为什么每次怪老头喝醉了都会跑到猪圈里抱着母猪呼呼大睡

了，哈哈哈哈……怪老头此次下山来京，不用说，也一定是为了这个壮硕的老太太来的。家里酒坛堆积如山，也难怪在外面都瞧不到他的影子了。

闷笑了一阵后，范小鱼顿觉心中的不安一下子轻了不少，尽管老太太摆明一副不愿答理江湖恩怨的样子，但是丁澈毕竟是怪老头的徒弟，他总不可能不管。而只要他来了，那老太太说不定也会帮把手，这样一来，事情也许会比原来计划的还要顺利。

带着这样美好的愿望，范小鱼脚步轻快地赶回了卢府。

经过一个下午的试验，岳瑜已经可以肯定药效起码会持续两个时辰，范小鱼便将分成三个小瓶的毒液收起，准备到时候一个给丁澈对付高志达等人，另外两个则由自己和范岱兵分两路，用于撂倒那两个窝点里的喽啰。

找到怪老头和毒液的提炼成功，让范小鱼心中的不安化解了不少。毕竟等怪老头酒醒后，丁澈的安全就有了保障，哪怕到时候会被高志达等人发现，凭借他们师徒俩的本事，逃命是绝对不成问题的。

当下，范小鱼安心地听从叶芷燕的吩咐，到浴房好好地泡了个热汤浴，洗去一身的寒气，又换了干净的衣服鞋袜并喝了姜汤，然后与家人一起和和美美地吃了一顿晚饭。

晚饭后，范小鱼特地又准备了一些银钱，打算等会儿去替换范岱，让他吃饭休息后就前去怪老头现在的住所。她正要出门，却见范岱突然回来了。

“小鱼，有情况！”一回院子，范岱就兜头地泼了一盆冷水下来。

“怎么了？”范小鱼的好心情顿时一凝。

“今日早上，他们突然放弃了窝点，化整为零分散到四面八方了。”范岱急道，不待范小鱼再问，便继续道，“他们散得突然，我来不及通知你，只好先跟定那个为首的黄堂主。那小子在城里兜来兜去了大半天，却没见他和什么人接触。”

“这事确实奇怪，难道他们发现你在跟踪了吗？”范小鱼肃然道。

范岱正色地回想了一下，肯定地道：“应该没有。我一直很小心，为了不让那帮兔崽子发现，这几天甚至连酒都没喝，就怕他们闻出酒味来。”

“如果没被发现，那么他们……哦，对了，”范小鱼恍然道，“丁澈今早刚跟我说，他们昨日去柳河镇了，说不定他们是因为扑了个空才警觉的。毕竟如果我们不知道他们要来，就不可能突然在这个当口抛家舍业。”

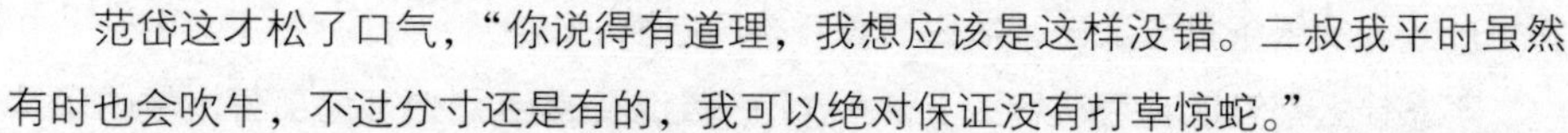

范岱这才松了口气，“你说得有道理，我想应该是这样没错。二叔我平时虽然有时也会吹牛，不过分寸还是有的，我可以绝对保证没有打草惊蛇。”

“嗯，那这样看来，他们应该纯属过于警惕。”范小鱼点头道，“那现在是什么个情况?”

“那黄堂主瞎逛了一阵子后，大中午的就去了烟花巷，找了个老相好，然后就一直躲在屋里没出来。我蹲了一个下午，我觉得这事儿实在不行，必须要找你商量商量，就买通了他们对面的一个妓女，让她帮我盯着，至于现在他到底还在不在，就不得而知了。”范岱懊恼地道，“我们的人手实在太少了，不然也不至于只能跟踪一个，而且关键的时候还连个送信的人都没有。”

“能不能盯住他们倒是其次，毕竟他们再怎么变更计划都不可能不和高志达联系，咱们只要盯紧了夏府那一头就可以了。啊呀……”范小鱼忽然一惊，“高志达他们不会也会因此而离开夏府吧?”

范岱一愣，“你这么一说倒还真有可能。”

“这样，二叔，你还是去盯着那黄堂主。如果人还在，你就继续盯着，若是离开了，你就直接到夏府去，要是看到他离开，你就沿途留下记号，记得，箭头要反方向画，还要虚虚实实地夹杂着，免得他们发现。等我去丁澈那边后，再想办法让他师父尽快来帮忙。”

离开青楼后，范小鱼裹上披风，以最快的速度赶到了夏府附近的民居，第一步就先检查墙上的小机关，发现上面只写了一个字加一横线：“戌一”。

范小鱼大略地算了一下时间，明白丁澈应该是半个多时辰之前才来过，顿时稍稍地放了一点心，随即迅速地写了一封简短的信说明情况，然后悄然地向夏府潜去。

循着丁澈留下的地图，范小鱼极为小心地沿着平时只有下人出入的路径，一路充满警戒和小心地靠近了丁澈所住的院落。

眼下时辰还早，院中有许多厢房的灯火都还明亮着。为了安全起见，范小鱼硬是又在细雨中足足潜伏了一刻钟，发现没有异常并借着映在窗上的影子确定里头是丁澈之后，才悄悄地叩了一下窗户。

窗户上的剪影顿了一下，并没有马上过来，而是倒了一杯茶喝了一口，然后似乎觉得茶太凉了，很自然地打开窗户将茶泼了出来。

借着屋内射出的烛光，范小鱼微微地探了一下头，对他快速地比了一个手势，

将揉成一团的纸条扔了进去，然后又重新缩回原地。

丁澈什么都没说，很快就关上窗户，不一会儿，就听到他开门出去，敲响了其中一个邻居的门，暧昧地询问对方想不想结伴出去找个乐子。

这个提议对那人来说显然是个好主意。当下，两个人很快就向院中的管事告了假，堂而皇之地从侧门走出去，坐上一辆专供他们这些食客乘坐的牛车，摇摇摆摆地上路了。

他要出去谈么？见丁澈显然打算在外面找机会和她当面说，范小鱼不由有些担心夏府会产生怀疑，但又不能出面阻止，只得小心翼翼地跟在他们后面。

一番折腾后，范小鱼终于成功地代替了某座青楼某位香梅姑娘，获得了“服侍”丁大公子的权力。

“你把具体情况再说一遍。”

温柔小筑，芙蓉帐暖，丁澈终于得到了面对佳人的机会。只是此刻虽然温香软玉在怀，他却没有时间来享受这一切，因为他知道，若无重要的事，范小鱼是不会在今天上午才见过面的情况下又来找他的。

范小鱼伏在他的胸口，任他用一块干燥的毛巾为自己擦着濡湿的秀发，低着声，将义帮的动向以及找到怪老头的情况又详细地说了一遍。

“师父他居然……”丁澈虽惊讶义帮的变动，却还是忍不住为其师父的遭遇而闷笑了起来，“我现在才算明白师父为什么一喝醉酒就去抱母猪，原来我有一位这么彪悍的师娘。哈哈哈，我师父的口味还真是特别啊。”

“是啊，当时我也吓了一跳，想必是萝卜青菜，各有所爱吧。”范小鱼笑吟吟地道，随即就蹙着眉尖仰头望他，“今晚的情况有些不寻常。我本来只想通过信件传递消息的，没想到你却直接出来了，这样不会有事吧？”

丁澈止住了笑声，柔声道：“无妨，方才我约的那个人有名的好色，我进府的第一晚他就约我来逛青楼。为了掩饰今晚这样的情况，我便答应了他，几乎日日都和他一起出来，夏府的人应该有些习惯了。”

“好啊，原来你天天都到这销魂乡来。”范小鱼顿时气结，狠狠地拧了他一把。

丁澈抽了口冷气，反而抱紧了她，闷笑道：“你吃醋了？”

“哼。”范小鱼又拧了一把。

丁澈闷哼一声，抓住她的柔荑放在自己的胸口，低声道：“相信我，我没有做半点对不起你的事，我根本就没碰过她们。”

“鬼才知道。”范小鱼哼了声，却自动地回转话题，“你觉得这个情况应该怎么看？他们只是因警觉而分散，还是要转移窝点离开京城去追踪我们呢？”

“依我看，他们只是一时扑空有所警惕而已。如果高志达等人要走，那白天的时候他们便会抓紧时间直接走人了，而且那个黄堂主也不会还留在城中。”丁澈沉吟道。

“你确定他们现在还在夏府么？”

“嗯，确定。”

“那就好，我就怕他们走了计划就不好实施了。”范小鱼点了点头，“对了，丁澈，现在已经找到你师父了，我想如果你师父和师娘都愿意出手的话，就不等我爹他们回来了，只要二叔确定他们又重新聚集我们就动手。这件事我总觉得夜长梦多，而且万一到时候罗亶说服不了他爹，不能在十日之内赶回来的话，我们越等下去变数就越大。”

“也好，这样吧，你等会儿请师父来夏府找我，我和师父解释。”丁澈颔首，“我在这里也不能多待，等会儿就要回去的。”

“丁澈？”

“嗯？”

“答应我，在你师父来之前，你什么都不要做，只管安安静静地待在自己的房间里，不要试图去任何人那里打探什么消息。他们既然如此警觉，说不定今晚早有准备，专等你自投罗网了。”

早已了解凭丁澈的固执，这个时候要劝他不要回去，他一定不会答应，范小鱼只得退而求其次，但她心中有一种很强烈的不安，总觉得如果丁澈再去探查，就会像飞蛾扑上蛛网一样危险。

丁澈笑道：“你呀，还是对你未来的夫君不够有信心。”

“这和信心无关。”范小鱼支起上身，捧住他的脸，郑重地望入他的眼睛，认真地道，“答应我，不要让我担心！”

“好，我答应你。”丁澈又是无奈又是感动地道，抬起头，在她唇上温柔地一啄，轻笑道，“不让我冒险，那你得补偿我。”

范小鱼没有说话，头一低，就准确地、密密地堵住他的嘴，用最直接、最热情的行动来回答。

第六十一章

血战夏府

恼人的冬雨一直不肯停息，飘洒在灯笼晕出的昏黄光线中，犹如无数条绵延不绝的细线。

范小鱼戴上兜帽，裹紧披风在楼下伫立了片刻，心头莫名地充满了不舍，可最终还是狠下心奔进了黑暗之中。

想到丁澈说那个同来的食客通常都还需要一会儿才会离开，范小鱼想了想，便决定先去看看范岱那边情况如何。到了地方后，她却发现，范岱和那个黄堂主都不见了。范小鱼顺着范岱暗中所画的箭头追了一段，发现目标似乎是往城外而去，若是沿着线索追出去恐怕来不及去怪老头处，便又折了回去，奔向那个老太太的住所。

她原以为自己把时间掐算得很准，这一回再去，应该正好是怪老头醒来的时候，没想到当她赶到那个小门户，敲了半天的门都没人应。范小鱼等了一会儿后，只得告了一声罪直接推开那扇吱吱呀呀的破门，结果进去一看，那壮硕如山的老太太还在呼呼大睡，床里头的怪老头却不知所终了。

没人？

范小鱼顿时一呆，饶是天气已冷，一路上更被呼呼地灌了不少冷风进去，可她还是急出了一身汗。

定了定神，范小鱼对着侧对着自己正在酣睡的老太太恭恭敬敬地行了一礼，低声唤道：“老前辈，老前辈？晚辈范小鱼拜见老前辈。”

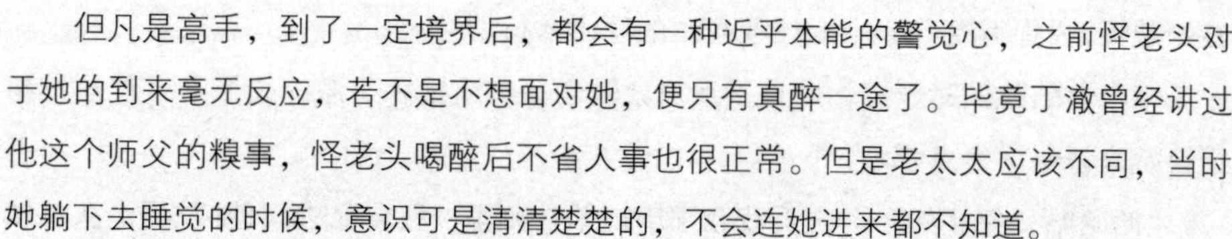

但凡是高手，到了一定境界后，都会有一种近乎本能的警觉心，之前怪老头对于她的到来毫无反应，若不是不想面对她，便只有真醉一途了。毕竟丁澈曾经讲过他这个师父的糗事，怪老头喝醉后不省人事也很正常。但是老太太应该不同，当时她躺下去睡觉的时候，意识可是清清楚楚的，不会连她进来都不知道。

榻上的老太太毫无反应，鼾声依旧，范小鱼汗了一下，也摸不清她是不是真的没听见，便又喊了几声，诚挚地道："老前辈，并不是晚辈无礼，存心要扰前辈好梦，只是眼下情况紧急，晚辈必须要找到比老前辈，还请老前辈赐告比老前辈去了何处。"

老太太还是以鼾声回答，范小鱼面上不禁有些燥热，但为了丁澈，只得又硬起头皮继续低声呼唤。

"啊啊啊，烦死了！"三番五次后，老太太终于受不了地大吼了一声，"死鬼，你要是还不出来把这个麻雀丫头打发走，以后就别想再和老娘喝酒！"

她冷不防地突然大喝，范小鱼那毫无准备的耳膜顿时被震得嗡嗡作响，情不自禁地后退了一步，同时嘴角一抽。这个老太太清醒时脾气不大好，睡觉时脾气更是不一般啊！

"是是是，我这就把这小丫头带走。"范小鱼后退的那只脚脚跟才碰到地面，一个谄媚的声音忽然在她耳边响起，同时，手臂一紧，身体已被带起掠向屋外。

"你这小丫头，胆子够大啊！就连老前辈我也不敢在她睡觉时吵她，她不马上回头给你一巴掌已经够客气的了，你还敢在她面前大呼小叫！你这小丫头不要命了是不是……"抓住范小鱼的人正是丁澈的那个古怪师父。他看来是甚怕老太太，居然带着范小鱼一口气奔出老远，才放下了她，也不等她开口，劈头盖脸就是一顿臭骂，紧接着又凶巴巴地瞪着眼睛问道，"说！你怎么知道我在这里的？"

范小鱼看着他那头飘在夜空中分外明显的白发，微微一笑，"是另一位老前辈带我来的。"

说着，将傍晚的事情简短地说了一遍。

"你这丫头运气不错，居然我们刚回京就找到我；福分更是不浅，居然能入得了我那婆娘的眼。"听说是老太太亲自带她到家中的，怪老头的态度顿时好了许多，"说吧，找我什么事？是你自己要来找我的，还是我那个笨蛋徒弟要你来的。"

"是我自己要来找前辈，想请前辈帮忙的。"范小鱼笑了笑。

"要我帮忙可以，不过嘛……"怪老头背着手绕范小鱼转了一圈，眼里竟是狡

黠的贼笑，“你得给我一个能让我帮忙的理由才行。”

范小鱼的脸顿时一红。她是不反对让怪老头知道她和丁澈的关系啦，但这种事情让她来说似乎有点那个……

“哈哈哈，好了好了，告诉我我那笨徒弟在哪里，我自己去问他。”怪老头性情虽乖张，却也知道世间的女子碰到这种儿女情事总有点害羞的，便大笑着放过了她。

这一句话十分合范小鱼的心意，她忙大喜地道：“他现在正在夏竦的府邸里等老前辈，具体的原因我路上再跟老前辈说。”

“这样啊……”怪老头回头望望小屋，估摸着他那婆娘反正一时也不会起来，便道，“好吧，你前头带路。”

他心中偷笑，看来他那笨徒弟总算开窍了，还是遵照了他老人家的指示，把人家小姑娘给勾到手了。嘿嘿嘿嘿，这个小姑娘这么聪明能干，这一下他可再也不用为酒钱发愁了。到时候，老婆娘想喝什么酒，就请她喝什么酒，反正未来的徒弟媳妇孝敬他这个老人家也是应该的。

两人在夜风中如鹰般疾速飞行，很快就来到了夏府，

“老前辈，就是那座院子，西厢第一间。我就不过去了，就在外面等你。”想起一路上怪老头不时投来的既戏谑又满意、得意的目光，范小鱼不由微微有些脸红，坚持要在外面等。

怪老头也不勉强她，嘿嘿一笑，就无声地闪进夏府里头。

看着他那真正比鬼魅还鬼魅般的身手，范小鱼微笑着舒了口气。有了这个怪老头在，就算夏府真是龙潭虎穴，她也能放心了。

只是不知道二叔那边怎么样了。如果他追踪顺利，能重新发现义帮的窝点，那他们明日就可以把匿名信连同画像一起交到官府手中，然后乘乱擒住高志达等人。那左右护法再厉害，也绝对敌不过怪老头和老太太，剩下一个高志达，纵然有再多高手保护，凭她们叔侄俩再加上丁澈，也一定能手到擒来。只要这三个匪首落网，剩下的义帮众人也就不足为惧了。

想到很快就能将义帮的威胁解除，范小鱼的笑容不禁更浓，但她在外面没等一会儿，就见里头忽地跃出一道身影，直奔她的藏身地。

“老前辈，你怎么……”范小鱼正想问他怎么这么快就出来了，却被怪老头一

把抓住了手，神色十分凝重地打断，“丁澈可能出事了，你赶紧告诉我那三个家伙住在哪里。”

范小鱼顿感一阵昏眩，却又猛咬了下唇，立时挣扎着振起精神，急道：“跟我来。”

“你说方向，我带你走。”说话间，怪老头已托着她的身体越过了高墙。

“那边。”心如擂鼓中，范小鱼顾不得多想，迅速调出脑中的记忆，按照丁澈的地图疾快无比地率先扑向高志达所在的院子。

“抓刺客，抓刺客……”不出所料，他们一进入院子就被包围了起来，周围瞬间出现了无数火把，一支支长箭如急雨般射了过来。

怪老头一声怪叫，双手拂动中，已将身边的长箭都揽了下来，并随手还了回去，周围的惨叫声立刻此起彼伏。跟在他身边的范小鱼只挡了后面的几支散箭而已。两人如入无人之境般冲入了屋内，发现屋子果然是空屋，迎来的是十几把尖锐的飞刀。范小鱼挥舞着披风，一下子击落了三把，却见怪老头已经不知何时抽了根腰带，随手一抖，已将剩余的飞刀灵活地卷在了腰带上。

“弓弩手补上，火攻。”根本就不曾停留地，外面又有人下了新命令，一支支燃烧着的火箭立时更为密集地破空而来。

“老前辈，那个人就是高志达。”听到这个声音，范小鱼那几乎被意外变故冲昏的头脑反而陡然清明起来。

“好，先抓他。”

怪老头身体一旋，已勾起屋中的椅凳，挡去了几支火箭，同时抓住一扇窗户一用力，已将窗户卸了下来，身形没有半分停留地又疾冲了出去。在将窗板扔给身后的范小鱼的瞬间，腰带一抖，刚才被裹住的那些飞刀，已如方才的箭羽般变成新的武器，投掷了过去。

火箭是从四面八方射来的，范小鱼根本就无暇惊叹怪老头的神勇，立刻抓住窗板旋转了起来，紧跟在只用一根布腰带来防御的怪老头身后。

“刀手！”瞬息间，他们已前进了十几步，但对方更是片刻不停地厉喝道，火光摇曳的细雨中，一道道寒光已挡在前头。

“小丫头，你坚持一下，我去抓人。”怪老头如闪电般地一转，已不知从何人手上夺了一把钢刀过来，扔给了范小鱼。

“前辈放心。”范小鱼咬牙道。一想到丁澈生死未卜，她浑身的热血就熊熊地燃

烧起来，多年习武所积蓄的力量顷刻间毫无保留地爆发了出来。借由窗板做盾牌，手中钢刀如跟随她多年一般变幻自如，片刻间就斩下了两个刀手的手腕。

而后，她的刀不止一次地和血肉碰撞，她的鼻中也不止一次地闻到浓郁的血腥，甚至，在纷飞的细雨中，她那暴露在面巾之外的额头，也感受到了好几滴温热。

但这并不是以前的练功，也不是逼真的演习，而是血淋淋的现实。就算她以前从未有过这样近距离和敌人刀枪相击的经验，就算此刻她的脑中塞满了死亡的气息，这一刻，她也只能挥舞着手中的寒刀，尽可能地在第一招内就破坏敌人的战斗力。

是自卫，是保命，更是为了一个人。丁澈是为了她家才来夏府当间谍的，丁澈更是她两世以来唯一一个真正动过心、有过那样的亲密、以一种不容拒绝的姿态刻入她生命的男人。

为了他，她宁可双手染满鲜血，决不退缩！

“谁敢再动一下，老子就在你们帮主身上割一刀。”一片惨呼声中，怪老头已像老鹰抓小鸡似的扣着一个人，跃回了范小鱼身旁，顺便一脚踢飞了紧紧尾随在后的一个身影。

周围的攻击瞬间停止，细雨中，一滴鲜血沿着刀尖，恰好滴在一只断手之上。

范小鱼僵硬地站着，鼻中的血腥因为此刻的静止而分外地浓郁了起来，令人作呕。

“放了我们的帮主，不然定叫你们死无葬身之地。”被怪老头最后踢飞的那个人并没有像其他人那样跌倒在地，反而在半空中快速地翻了个身，稳稳地立住。

“他是西门康。”范小鱼立时一眼认出了他。

“接好。”怪老头深谙擒贼擒王之道，将被点了穴的高志达往范小鱼身上一推，白发已再次飘扬在半空之中。

下一秒，范小鱼的钢刀已紧紧地架在高志达的脖子上，纵然她的手还有些颤抖，但露在面巾之外的坚毅眼神，却足以令任何蠢蠢欲动者止步。

“你们要是敢碰我一根毫毛，就再也别想得到你们同伴的下落。”高志达不愧为一帮之主，这个时候居然还镇定地想和范小鱼谈条件。

范小鱼的回答是直接在他的脖子上抹出一缕血丝，沉声道：“如果他有个好歹，我不介意学一学凌迟的手法。”

高志达一颤，身体顿时更加僵硬。

“说，他在哪里？若有半句假话，我先废了你的手。”范小鱼微微一斜钢刀，锋利的刀锋立时竖在肩胛处。

“帮主，说了更会没命。”西门康不愧为左右护法之一，竟在怪老头的紧逼之下还能撑上数个回合，并有暇发话。

“带着兄弟们快走。”高志达易容后的面目瞧不出神色，却忽然大喝一声。

“那也要走得了。”怪老头记挂着自己等了几十年才收来的宝贝徒弟的安危，一声怪叫，顿时加快了攻击。

范小鱼毫不犹豫地用力一压刀锋，立时在高志达的肩头上划出一道血口。

“帮主！”西门康惊呼着，拼命想要往这边跃来，可他只能苦苦坚持，哪里又能分身？

“走啊，我是黄石的徒弟，姓比的不敢杀我的。”

惊心动魄间，高志达竟陡然喊出了这么一句。怪老头比良的动作顿时一顿。西门康也实在了得，居然在电光石火间立刻抓住了机会，砰砰砰连扔下三颗烟幕弹。其中一颗就扔在范小鱼附近，烟雾瞬间散开，把范小鱼包围了起来，视线顿时迷糊一片。周围随即响起无数的破空声，想是义帮的帮众们趁机立刻射出了暗器围攻怪老头。

不好，他要劫人！范小鱼立时屏住呼吸，眯起眼睛，将听觉提到极致。

就在零点零几秒间，她已听到了两道凌厉的风声直袭后脑，迫得她只能一低头先避开暗器，这一避让，手下动作难免差了一分，只听叮的一声急响，不知道什么暗器已准确地从后面撞到范小鱼架在高志达脖子上的钢刀上，将钢刀硬生生地弹开了一寸。

范小鱼不假思索地，身子急速一拧一侧，一手扯住高志达往旁边一拉，另一只手已持着钢刀，变后为前，奋力地向前刺去。脑中只有一个念头，绝对不能让西门康夺去高志达。

砰，一道凌厉的掌风迎面而来，将钢刀击得一偏，并直拍范小鱼的右肩。

范小鱼近乎本能地横刀抵挡，同时单足猛然前踢，重重地踢在对方身上，却不知道踢到了什么，竟如踢到钢板一般，足尖顿时痛彻心扉，没能阻止对方继续向前。

这一连串的变幻说起来慢，但却发生得极快，眼见范小鱼已无法抵挡，一个庞大的身影突然凭空出现在烟雾之中，那原本浓郁的烟雾竟被破开了一道缝隙。

几道迅猛的掌风和碰撞后，烟雾很快变得如雾般稀薄，一两米之内隐约可见，一个高大壮硕的身影已轻轻松松地扣住了西门康的一条臂膀，骂道："死鬼，连一个小辈都对付不了，你可以一头撞进阴沟了！"

"死肥婆，我这不是给你一个活动筋骨的机会嘛！"怪老头的声音飘飘忽忽的，时东时西，与此同时，周围传来叮当不绝的武器落地声。

两三秒间，院内白雾已被掌风扫尽，露出了满地狼藉来。

"师……师父……"依然被范小鱼死命抓住的高志达，眼中终于露出惊恐之色。

"不要叫我师父，我十九年前就已经没有你这个徒弟！"他不叫则已，一叫之下老太太顿时暴怒，一个巴掌就扇了过来，重重地落在高志达脸上，连带得范小鱼也踉跄了一步才稳住身形。

"帮主……"

西门康悲呼一声，却再也无法动弹一分。从高志达叫出"师父"的时候起，他就已经明白，自己再浸淫武道，也依然不可能与几十年前就已驰名江湖的"一弯柳"黄玉眉老太太相提并论。

"哈哈哈哈……没想到我临死前居然还能见师父一面，也算难得，难得啊……"高志达忽然放声狂笑了起来。

范小鱼恨恨地一把掐住他的喉咙，怒道："快告诉我，丁澈呢？"

"丁澈？原来他竟然是钱惟演的外孙丁澈？"高志达喉咙被掐，笑声反而恐怖起来，嘶声怪笑道，"放心，黄泉路上，我还能找那小子算账去……呃……"

"说！"怪老头不知何时蹿了过来，一指点在他的身上。高志达顿时睁大了眼睛，目眦尽裂，仿佛正承受着巨大的痛苦，却又犹自强笑着，竟然倔犟至极。

"你说。"黄老太太见状，眉头一皱，一掌拍在西门康身上。

霎时，西门康那一贯阴沉而古板的脸上也露出了痛苦之色，额头汗珠清晰可见，但他却依然不肯吐出半个字。怪老头怒火万丈地抓了几个人，那些人没有西门康的硬气，却真不知道丁澈和邱联去了何处，只知道丁澈被两位护法伏击，受了伤后逃离了夏府，然后邱护法追上去了。

"死婆娘，这里就交给你了，我去找人。"一确定宝贝徒儿受了伤，怪老头半秒也没有耽搁，声音未落，人已不见。

"我也去。"

范小鱼毫不犹豫地也要跟上，却被黄老太太一把拉了回来，瞪眼道："这里一大堆烂摊子，你难道想让我处理?"

范小鱼的眼泪一下子涌了出来。方才听说丁澈不见她没哭，跟随怪老头杀进重围，身处危险之中她也没哭，可如今听到丁澈被左右护法伏击，自己却无法亲自前去寻找，她的软弱一下子压倒了理智和镇定，再也无法掩藏。

左右护法的身手她已经见识过了，丁澈居然是被两人同时伏击，又被邱联一直追杀……那之后的结果，她不敢想，真不敢想……

夜色渐渐浓了，雨却还在下。

得知义帮拉开的蛛网不仅没能成功地捕获到后续者，反而被挣破网反攻后，夏竦急急地就要钻进密室，却被黄老太太一把揪了出来。除了见机快，已经逃离的部分喽啰外，大部分的帮众都在冷雨中陪伴着他们的帮主和护法，这一场不在预料之中的战役，被三个人仅用了一刻钟就飞速地解决了。

然而，再大的成就也无法和丁澈的生死未卜相比。

夏府已乱，混乱中，谁也无法阻止更多的人逃离和密报。若不想白白将今晚的一切付之流水，不想为大家惹来更大的麻烦，范小鱼就只有尽快将画像和匿名信先一步交到官府。而范岱去追踪黄堂主还未回来，黄老太太要负责看管夏府，人手只有她一个。

范小鱼没有第二个选择。她只好银牙猛咬，强压下心头的极度担忧，以最快的速度奔回了卢府，又直闯吕夷简的府中说明了情况，请吕夷简当机立断、先拿了匪众再说。

所幸事关重大，不但涉及多年前的叛党余孽，还涉及了当朝大员，这位吕夷简相爷并没有挑战神经已紧绷到极点的范小鱼的耐性，而是宁可信其有，不可信其无，决定不论真假，总要先去看个究竟再说。他当即命人去通知枢密院、禁军提辖以及范小鱼所说的可能认识当年叛党的将领等人，自己则连夜进宫面圣。

一通忙乱之下，本来因冬雨而冷寂许多的京城再度热闹了起来。京城中已太平多年，很少再见官兵半夜全副武装地出动，这齐刷刷的脚步声一响，许多原本因陡然降温而躲在家中的百姓们反倒都出来看热闹，很快人们就发现事情的根源在夏府。

当看到禁军们从里头押出一个个浑身血淋淋，有些还没了手脚的人时，百姓们

纷纷惊呼，再看连夏竦都被毫不客气地请上一辆简单的马车，被严密看守的时候，更是人声鼎沸。

吕夷简早在见到夏府里那个血淋淋的院子，以及被废了武功的高志达和西门康时，就知道这确实是个大案，等当年平过叛乱的人来指认后，更加确信无疑，便再无疑虑地命人彻查夏府，搜索余党。等他回过头来想找那个报案的蒙面女子时，却发现其人早已不知去向。

正在找人时，忽有属下来报，说就在适才，又有一陌生男子前来密报，说城北三里处的徐家庄中还有大量匪徒聚集，吕夷简当即又赶紧知会禁军首领前往捉拿。

而另一边，不单是范小鱼、黄老太太，刚刚赶到夏府知道了大概情况的范岱，也马不停蹄地加入到搜寻丁澈的行列。

然后，时间慢慢过去了，连绵了一天一夜的细雨也开始停歇。

范小鱼最缺乏追踪的经验，京城广厦万间，丁澈仓促逃命间又不曾留下线索，她急得如热锅上的蚂蚁，转了半晌也找不到任何踪迹。幸好不久后她就遇到了范岱，两人又重回夏府，然后被范岱在一处墙角觅得一块沾满鲜血的手帕。

范小鱼之前身在数十人的包围之中，闻过无数被自己亲手斩出的血腥，都没有此刻看到这方蓝色帕子时这般绝望。她仿佛看见丁澈在左右护法的重击下猛然喷出一大口鲜血；仿佛看见丁澈挣扎着在如影随形的追杀中拼命地逃亡；仿佛看见那邱联正狞笑着举起手，挥出最后的一掌……

刹那间，范小鱼感到四肢百骸的力气都被抽得干干净净，软软地倒在了范岱身上。

“小鱼，你要相信他。那小子不是个普通人，他会敛光龟息法，只要被他甩开一段距离，他就能躲过邱联的追杀，等待救援。”范岱用力扶住从来不曾这样软弱的侄女，大声地安慰道，“站起来，想一想他现在可能正需要我们去找他，站起来!”

是，要站起来，她要站起来!

范小鱼狠狠地咬了一下唇，无视口中的血腥，硬是爆发出惊人的力量，一下子挺起身体，和范岱一起沿着屋顶上些微的痕迹，一路追出了城外。

雨停了，风却更猛了。在火把的照耀下，他们开始发现越来越多的痕迹：一滴滴，或者偶尔一团一块的血迹……一直到十几里外的黄河边。

无星无月细雨刚停的深夜，漆黑如浓墨。冷风中，滔滔的黄河水千百年不变地

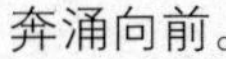

奔涌向前。

岸边有一人，古板的脸，阴沉的脸，是邱联。邱联一动不动，或者说是一动也难动，只剩眼珠子在阴森森地、犹自不甘地瞪着他们，胸襟上满是血迹。

岸边还有石，离邱联一丈远，石上有血迹，从血迹排列的轨迹来看，应该是人在往后坠落的时候喷洒而出的。

“我杀了你！”范小鱼陡然发了狂，像只失偶的母狮一般，狂怒着一掌又一掌地击出，直到范岱拉住她、提醒她，既然比良已经制住了邱联，说不定他还赶得及救丁澈，说不定此刻丁澈已经被他师父救了，正在某处疗伤。

“那小子被我……打下黄河前……就已经……没救了……就算你们……所有人都下去捞……也只能捞到……他的尸体……你们就……死了……这条心吧！”口中不住冒出汩汩鲜血的邱联短促地笑了一下，如尖锐的石头划过生锈的铁锅，说不出的难听。

范小鱼踉跄着，终于软软地坐下去，却忽然发现这一处黄河岸是那般的熟悉。曾记得，那一个月华满地清辉似雪的夜晚，她曾和他来过这里，还整整坐了一整夜。

丁澈……丁澈……丁澈……

你怎么可以在云开日出的时候离我而去？为什么？为什么我们都还好好活着，毫发无伤，却让你来承受所有的痛苦和死亡？

不该，不该！老天爷，事情不该是这样的啊！

呼啸的北风中，范小鱼陡然喷出了一口鲜血，重重地落在那点点黑褐之上。

第六十二章

山城明月圆

冷雨之后不久，开封城提早迎来了第一场冬雪。洁白的雪花飘飘扬扬地铺满皇宫的琉璃瓦，盖住达官贵人私家花园的歇角檐，也覆住了平民百姓的平房。大街小巷的孩童们，又多了一种玩乐的游戏。

然而，比起外头那欢闹的声音，卢府之内却安静得有如无声的冰雪世界。

范通和罗亶在离京十二天后，终于赶了回来，带回两个坏消息，也带回了一个好消息。

范通和罗亶的这次南下，并不顺利。范通始终觉得自己这样做有违江湖侠义，并不是一个合格的说客，而罗广起初也并不肯答应归还贡品。虽然罗亶尽力劝说，但事情始终处于无望的僵持状态。后来，见时间一天比一天紧张，罗亶出人意料地选择以最激烈的方式自残，若不是罗广拼力阻止，他废掉的就不只是一条左臂，而是一条年轻的生命。

见自己的独子竟然用生命逼迫自己，罗广仿佛瞬间又苍老了数倍，终于答应罗亶，归还了贡品。事情到此本来应该算是皆大欢喜了，可没想到罗广在交出贡品后，却觉得愧对当年为了劫贡品而牺牲的兄弟，因此采用更极端的方式，结束了自己的生命。

在父子俩的一死一伤面前，归还贡品这个天大的好消息，被蒙上了一层无比悲凉的阴霾。再加上丁澈生死不知，这一桩持续十多年的大案最终了结时，竟没有一个人真正感到轻松。

在硬撑着夜以继日打捞了半个月还是没有半点消息后，已经多年不曾生过病的范小鱼，终于彻底地病倒了。

这病来势十分凶猛，范小鱼一昏迷便是三天，除了微弱的呼吸证明她还活着，再没有分毫动静，立时吓坏了所有的人。岳瑜费尽力气，衣不解带地随时关注她的病情，心中却非常明白，病症的真正根源其实是在范小鱼的心里。

心病还须心药医，纵然他的医术再高明，却也无法取来丁澈那一味药。

三天后，寒夜里北风狂作，凌晨时，一场白雪悄然飞临人间。范小鱼突然醒了过来，然后开始喝药吃饭，微笑着安慰大家不用担心。

所有的人都以为她闯过这一关后，终于能够接受现实，没想到她休息了短短两天就失踪了，只留下了一封书信：

爹，娘，二叔，二爹，冬冬……我走了，不用为我担心，我早已是个死过一回的人了，所以，不会这么轻易地放弃自己的生命。只是，有些东西失去以后才知道自己有多在乎，有些记忆无法再重复时才知道那一分一秒的可贵……我无法说服自己相信他已经去了，更无法说服自己就这样坐等着，所以，我要去找他。就算找不到，我也要去他曾经告诉过我的那些地方转转，走一走他曾经走过的路，看一看他曾经看过的风景……

他曾经说过，他其实很不孝，几乎没多少时间承欢在父母膝下。既然他曾经叫我娘子，那我总该去看看他的双亲……爹照顾起人来最细心，他嬷嬷那里就交给你了。就算他已不在，我们也不能让他不安心不是？告诉亶儿，给我好好地治疗他的胳膊。现在贡品已经归还，他爹也已用自己的死亡洗清了罪孽，他若还要内疚，就叫他把这条命留给我，我没说要收之前，不准他动半个死念，伤害自己半分……

岳先生那边，就拜托二爹派人护送一下吧。等了这么久，他终于可以回家了……冬冬，姐姐自清醒后，从未和你分离过，都没发现你已经在不知不觉中长大了，那么，爹娘他们就交给你来照顾了。姐姐希望回来的时候，你已经成为一个真正的男子汉。这一次是姐姐最后一次容许你哭鼻子，成为男子汉以后可不许再哭了，不然怜儿都会笑你的……

二叔，比老前辈和黄老前辈那里，他们想喝什么，想吃什么，全部买给他们。纵然比老前辈一辈子都不原谅我，我也要一生侍奉他。只是我现

在还无颜面对他老人家，你们帮我多多照应，告诉他老人家，我总有一天会回来，到时候，他会有一生的时间来惩罚我……

爹，九娘是个好女人，如果你觉得可以给人家幸福，不再重蹈娘亲的覆辙，那就不要放过这段姻缘……我会常常写信回来的，勿念！

“姐姐她连贝贝都没带，就一个人……”范白菜当着满堂的人，哽咽地读着范小鱼留下的长达好几页纸的书信，而后再也忍不住地扑进母亲怀中大哭了起来，惹得在座的每一个人无不眼中湿润。

“勿念，勿念……这孩子，发生了这么大的事，如今身子骨又不好，这天寒地冻的，一声不吭就跑出去，我们哪能不记挂着她，哪能不担心着她呢？万一……万一她一时想不开……”叶芷燕想到惊恐处，更是哭得不成样子。

“夫人，你也不要太过悲痛了！”卢子晁长长地叹了口气，“我看小鱼这孩子，虽然性子极烈，可是她不是一个能割舍下我们这满堂亲人的狠心孩子，等过些日子，她一定会回来的。”

“可是，半个多月了，比老前辈和二叔都已经下过黄河好几次了，还是没有找到丁澈那孩子的尸身，小鱼……我可怜的孩子，她怎么就这么命苦啊……”叶芷燕直哭得肝肠寸断。一旁的赵瑶和上官娇早成了个泪人，怜儿也搂住范白菜一个劲地掉眼泪。

“她是把一切责任都往自己身上揽了！”范岱仰着头，想忍下眼中的热气，却终究忍不住滚落了一滴下来。

“这一切本该是我这个没用的爹来承担才是。”满脸胡楂的范通，声音喑哑，要是一切可以重来，他宁可范小鱼永生永世都不认他这个爹，只要丁澈能活着。

角落中，罗亶一直静静地坐着，左臂虚软地吊在胸前，犹如一尊真正的木雕。

天色刚明，雪还在飘扬，还来不及清扫积雪的卢府侧门，悄然地走出一人一马，踩着咯吱咯吱的积雪一步步走向巷口，然后，那人用完好的那只手抓住马鞍，一跃而上，但是他还未扬鞭就顿住了。

只因他的前方还有一马一人。马是褐色的却几乎被染白了的马，人是浑身都被雪裘包裹着，但小脸却冻得红彤彤的少女。

少女的目光坚定而执著地盯着他，“带我一起去找师父姐姐，要不然，我就一个人偷偷地去找。”

罗亶一勒缰绳，视若无睹地从她旁边越了过去。

如果能够替代，他宁可现在死的人是他，而不是丁澈；他宁可受尽痛苦折磨的人只有他一个，而不是所有的人。但是，他现在的命是她的，她没同意，他就没资格去死。

“如果你找到小鱼姐姐，你知道怎么劝她回来吗？难道你就没想过她可能根本不想见你？”上官娇猛地大喊，故意激将道。

罗亶动作一顿，骏马长嘶着停了下来。

“你不知道，你无法确认，是不是？”上官娇一喜，却更加板起脸，继续故作成熟地大喊，“因为你从来就只会刻木头刻木头，而不会说话，不会表达自己的心意。可是我不一样，我也是女人，我能明白师父姐姐的心，我能劝她回来。你不知道我，可师父姐姐知道我是个说到做到的人，我绝对不会放弃的。”

罗亶一动不动地挺着脊背，终于发出一道沙哑的声音，“你若要跟，谁能拦你？”

而后，他猛一夹马肚，飞驰而去。

上官娇先是一愣，而后忽然惊喜地翻上马，挥鞭追去。

大街上，雪地中，两骑很快就只留下深深的马蹄印，并不知道在他们的身后，有一对双胞胎静静而立，其中一个低叹道：“让他们去吧！只盼望他们都能平平安安地回来。”

冬去春来，夏完秋至，转眼将到中秋。

四川路的一个小县城内，在好不容易解除匪患之后又遇上了一个丰收年，全县上自县令，下到庶民，都在欢乐地准备着中秋的盛典。此处原本是少数民族混居之地，因此还未进入县城就可以感受到浓浓的异族风情和喜庆的气息，就连平时庄重严肃的县衙门口也挂上了崭新的大红灯笼。

时值黄昏，正是晚饭之时。

范小鱼牵着马缓缓进入小县城，走在城中唯一的一条大街上，一边微笑地看着沿街的风景，一边闻着浮动在空气中的食物香气，不时侧身避让举着花灯跑过的小孩，以及挎着篮子的妇人。

“娘，这个姐姐长得真好看，我好像在哪里见过她。”一个小男孩好奇地瞧着范

小鱼，忽然扯着他娘的衣裳自以为十分小声地道。

回答他的是个小栗暴。

“小小年纪就这么好色，整天盯着这个姐姐那个姐姐看，读书时怎么就没见你这么用心呢！”那个母亲毫不客气地训道，同时给了范小鱼一个歉意的笑容，“这位姑娘，对不住啊，我家这个小浑球就爱乱说话。”

“没关系的，大婶。他夸我长得好看，我不是应该高兴才对么？呵呵。”范小鱼微笑道，“请问大婶，县衙怎么走啊？”

“哦，县衙呀，你一直往前，再走一段路就看见了。”那大婶十分热情地道，“姑娘是来告状的吗？那你可来对地方了，这里的吴县令啊，可是难得的一个大清官、大好官哪！”

“不，我是来访友的，我有位朋友在县衙里做事。”半年多的漂泊，每一处都不多停留的生活，让范小鱼养成了很少跟陌生人聊天的习惯，怕这位大婶太过热情，她点了点头就走了。

“娘，我真的觉得在哪里见过这个姐姐。”

“你还说……”

小县城不大，小县城的县衙更不大，若不是门面是标准的县衙门面，范小鱼差点以为这是谁家的普通院子。

衙门口有两个衙役正一身制服，一丝不苟地按着刀柄守卫着，那神情与其说是高傲，更不如说是一种积极的自豪感。

“两位大哥好，请问贵衙的县令是姓吴名言之么？”范小鱼礼貌地上前询问。

“是啊，你是谁？是来递状子的么？”两人上下打量了她一下，其中一个问道。才问完，另一个突然捅了捅他的胳膊，低声道：“虎二，你瞧这姑娘是不是看起来有些眼熟啊？”

另一个抽了口气，低声回道：“你别说，我瞅着还真有点眼熟。”

“两位大哥认错人了吧？我是今天才到贵地来的。”又听到有人说自己眼熟，而且这一回还是两个大男人，范小鱼不由得有些汗，忙表明来意，“麻烦两位大哥转告一下贵知县，就说京城百灵阁义妹叶如君前来拜见。”

“你是我们知县的义妹？”两个衙役面面相觑，然后猛地一齐往门里跑，然后又齐齐地站住，那个叫虎二的推着另一人道，“差点又忘了规矩，你去通报，我守着。”

另一个衙役立刻一溜烟地跑进去了。

片刻后，一身常服的吴言之匆匆地赶了出来。几个月不见，他本就黑瘦的身子变得更加黑瘦了，不过精神气儿倒比以前好了许多。

“人在哪里?”吴言之还没迈出门槛就已快速扫了一遍门口，并没有发现印象中那个戴着面具的女孩，只看到一个容颜清丽的少女，目光有些诧异地在她面上停留了一秒便转了开去，侧头问那叫虎二的衙役。

虎二比他还纳闷，指着范小鱼道：“就是她，说是大人您的义妹。大人您不认识她吗?”

“她?”吴言之怔了怔。

“大哥，才几个月不见，就不记得小妹了?”范小鱼伸手遮了一下脸，笑吟吟地道，“你我在京城中因一场官司而结缘，义结金兰，却不料大哥匆匆赴任，未曾有暇多聚，竟连小妹的真容都不曾见过。”

“你真是如君?”吴言之这一下顿时又惊又喜，“可你的脸……”

“大哥若是指那日上堂之时，其实只不过是小妹不欲别人知晓真容，略施薄技而已。”范小鱼抿嘴笑道，“大哥不会要小妹唱上两段《牛郎织女》才肯相信是我吧?”

“是你，真的是你！哈哈哈哈……我听出来你的声音了。”吴言之恍然大笑，忙亲自迎了下来，拉着范小鱼的手进入衙中，笑道，“哎呀，大哥当时就想，小妹如此聪慧，却偏生容貌有瑕，实在颇为遗憾，没想到小妹竟然是如此一个大美人。”

“大哥，你别取笑我了。”范小鱼笑道。她在外流浪的这几个月来，一直都在用本来面貌，不论到哪一处都多少会遇到一些浪荡子，开口就是“小娘子好标致”什么的，让她听了几乎作呕，少不得要练习一番拳脚出出气。但此刻听到吴言之夸自己，感觉却是完全的不同，心中反而更加升起一种亲切。

“对了，小妹，这些日子你都到哪里去了?大哥寄了好几封信到京城里去，可每一次柳掌柜都说你出远门了，未回去过。这是怎么回事啊?”吴言之一边问，一边带着她穿过前堂，来到二厅。

范小鱼的眼眶陡然红了起来，想要倾诉却又紧紧地抿住了唇，生怕一开口自己就会哭出来。

“怎么啦?怎么啦?”吴言之顿时慌了起来，忙叫一直跟在旁边、老偷眼看着范

小鱼的一个衙役赶紧打水去。

“大哥，你先别问好吗？”过了几个月的孤寂生活，过了几个月只有刻骨的相思和悔恨相伴的生活，乍一遇见温暖的亲情，范小鱼想要努力克制，可一张口，却无法控制热泪夺眶而出。

“好好好，大哥不问，大哥不问！”吴言之忙拍拍她的肩头。

“哇……”范小鱼此时哪里禁得住这样的温柔安慰，憋在心里的痛苦顿时全部化为一声哀啼，搂住他的肩膀就大哭了起来，“大哥，我心里好难过……好苦……我好想念他……好想念他……”

“他？”吴言之愣了一下，忙哄道，“好妹子，跟大哥说，是不是妹夫欺负你了？你告诉大哥，大哥为你做主。”

“不……”范小鱼吸了一下鼻子，哽咽道，“他……他……已经死了……是我……是我害死了他……哇……”

是的，他已经死了，丁澈已经死了。

这几个月来，她一直不敢承认这个事实，可是她又如何能说服自己丁澈还活着？那么冷的天，那么湍急的河流，那么重的伤，除非上天给予奇迹，否则就算是大罗神仙也不一定能救得了他，而这两百多个日夜以来，她几乎无时无刻不在祈祷着有奇迹发生，却终究未见发生。

世上本来就不会有奇迹的。像她当年穿越而来的奇迹也许百年也未见一次，她又怎能再奢望奇迹。

“妹子，妹子！”吴言之无措地拍着她的肩头，抚摸着她的秀发，看着相识没几天却一直牵挂在心的义妹哭得如此伤心，任他是铮铮男儿也不禁动容伤感。但他不了解内情，不敢贸然插口，以免引得范小鱼越发担心，只好顺从地让她发泄。

范小鱼痛痛快快地哭了好一会儿，才感觉淤积了几个月的压抑心情稍微好了一点，想到自己如此失态，不由得有些羞涩。吴言之忙示意随从把水端上来，让她净脸。

范小鱼不好意思地洗了脸，又拿着毛巾在眼睛上捂了捂，这才还给那随从，顺口道了声谢。

“东家，我是相哥儿啊！能伺候您是小人的荣幸才是，哪能当您一个谢字啊！”那随从呵呵地笑了起来，可一看到范小鱼的脸，却忽然怔住了。

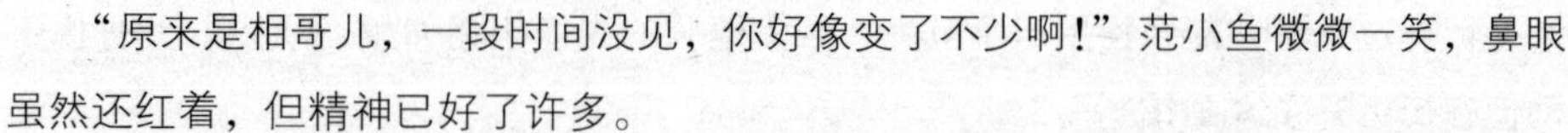

“原来是相哥儿，一段时间没见，你好像变了不少啊！”范小鱼微微一笑，鼻眼虽然还红着，但精神已好了许多。

“是啊，小人跟着大人，也长了不少见识。”相哥儿盯着她的脸，明显有些心不在焉。

“相哥儿！”见他这么放肆，吴言之不由得有些不悦，沉声喝道。

相哥儿忙低了头，但随即又抬了起来，附在他耳边，悄声道：“大人，您看东家是不是有点像恩公大侠画的那些画儿？”

这已经是第四个人说她长得像谁了。范小鱼心中更是纳闷。

吴言之被相哥儿这么一说，再一看范小鱼，可不是嘛！两人的样子看起来似乎还有点儿区别，可神韵却分明极为相似，忙吩咐道：“快，去恩公房里取一幅画像来看看，说不定妹子认得恩公。”

“大哥，这是怎么回事啊？怎么都说我像谁？”范小鱼疑惑地问道。

“小妹，大哥跟你说过，昔日赴京赶考的时候曾经遭遇强盗，被一位大侠所救，你还记得吧？”

“嗯，记得啊。”

“你说巧不巧，四个月前，本地来了一位少年，浑浑噩噩的，也不知道自己是谁。我无意中遇见了他，发现他居然就是当初救我的那位大侠。”吴言之扶她坐下，兴奋地将事情的前后道来，“可那位大侠不知怎的摔破了脑袋，以前的事情都不记得了，只记得一位姑娘，隔几天就画上一幅姑娘的肖像，四处询问别人可认得她。这几个月来，我们这个小县城里的人，几乎没人不知道这位大侠喜欢的姑娘的样子了。说来更巧，那位画上的姑娘竟和你十分相似呢！”

听到他这般描述，范小鱼沉寂许久的心突然又怦怦怦地跳动了起来。正在这时，相哥儿小跑着把画拿了回来，刷地一下子展开。

只见画上的女子梳着一个十分简易的发式，却掩不住那明亮动人的神色，秀挺的双眉，两汪仿佛会说话的清澈大眼睛，琼鼻坚挺，红润的嘴角还噙着一抹似怒还嗔的笑容，脸腮淡淡晕红，再看她身上的衣着，却和她身上的这套是一般的素色。

“大哥……”范小鱼才忍下去的热泪又涌了上来。她紧紧地抓住吴言之的手，充满期待地盯着他，仿佛所有的希望都集中在了他身上，颤声问道，“他人呢？这个画画的人呢？”

她一时情急，用劲十分大，捏得吴言之暗抽了口冷气，忙回道：“这位大侠虽

然不记得过往了，却坚持要自食其力，因为他画的人像栩栩如生，所以，大哥便资助他在街上开了家画馆……”

“带我去，带我去……”话未讲完，范小鱼已用力地拉起他就向外奔去。

吴言之只觉得整个身体似乎腾空一般，霎时间就穿过厅堂到了衙门口，倒唬得门口的衙役一跳。

“大哥，哪边？”范小鱼急切地问道。

“那……那边……”吴言之还没从陡然的腾飞中回过神来，赶紧指了个方向，话音未落，身体已再度被范小鱼拉着飞奔起来。

县城很小，画馆离县衙不远，吴言之才觉得耳边风声呼呼而过，人已停了下来，手上那如铁铐般的力道也随之消失，而他的小妹正痴痴地望着画馆中正在为一对少数民族夫妻绘画的大侠恩公。

“丁澈……”范小鱼的泪雨又开始不争气地迷蒙，口中不自觉地喃喃吐出魂牵梦萦的名字。

作画的少年听到这声呼唤，画笔忽然一顿，缓缓地转过头来。

灿烂的眉眼，无双的俊鼻，还有那熟悉的曾被她探索的双唇……那俊美无俦的容貌，天底下不会再有第二个。

“你……”作画的少年梦游般站了起来，连画笔掉落、在他的白袍上划出一道黑痕也未察觉，双眸中陡然放出极度迷蒙却又无比灼热的光芒，一步步地向她走过来，仿佛顷刻间，天地间只剩下了他和她，“我一定认识你。”

“你认识我，你当然认识我！”

范小鱼很想飞奔着迎上去，双脚却像生根一般扎在原地，纵然视线再朦胧，也不敢轻眨一下眼睛，生怕一眨之下，眼前这日思夜想的人就会消失。

“我叫什么？我是谁？”俊美的少年一直走到她对面一步处，才皱着眉头站定，抬起手，想要触碰她的脸，却又迟疑地顿在空中。

“你叫丁澈，丁澈，丁澈！”范小鱼抓住他的手轻轻地贴在自己的脸上，泪水滚落下来，从指缝中流进去，很快就濡湿了他的掌心，“你曾经……说过……要娶我，曾经说过……要专门为我……画一幅画……”

她哽咽得如此厉害，以致每说几个字就要使劲地抽一下鼻子，可她的目光却始终紧紧地和他交缠，半丝也不肯分出。

“那你呢？你是谁？”

“我叫范小鱼，范小鱼，范小鱼！”范小鱼忍不住闭了一下酸涩的眼睛，感受着他手掌的温暖，然后贪恋地再也无法忍受地扑进他的怀里。

吴言之想张口问她不是叫叶如君么，怎么又变成范小鱼了，但是眼前这一幕却让他无法开口。任何长眼睛的人都能看得出，这两人是如何地彼此深爱着，纵然记忆可以失去，但那种铭刻在骨子里的感觉却无法遗忘。

“范小鱼……小鱼……”少年迷茫地呢喃着，双手却有自我意识般紧紧地拥住了她，仿佛稍微松一分，眼前的少女就会消失不见。

“是，是我，是我！”范小鱼哽着声音哀求道，“丁澈，为我想起来，为我想起来！”

听到他还在迷茫地重复着自己的名字，范小鱼不顾一切地微微挣开他的怀抱，然后捧住他的脸，毫不犹豫地、疯狂地吻住了他。汩汩不停的泪水流到唇边，在唇舌交缠之中，也在他的舌尖泛了开来，咸咸的，却又甜甜的，如同脑海中最深最美的记忆，蝴蝶一样翩然飞起。

“法国式……”喘息的空当中，少年忽然莫名地吐出了三个字，然后灿烂地一笑，“我好像想起一点什么来了。”

“丁澈……”范小鱼惊喜地看着他，却见下一秒少年已含笑昏倒在她怀中，沉沉入睡，犹如世间最纯洁的睡美男。

“丁澈！”范小鱼的惊喜立时变成了惊惧，撕心裂肺地呼唤着。

“快！快去请郝大夫！”被他们的大胆激情震慑的吴言之第一个清醒了过来，忙推了一把已赶到身边的相哥儿，然后疾步走上前扶住少年，对范小鱼道，“我们先把他扶进去。”

范小鱼这才回过神来，忙架起少年走进画馆，把他放在里间的榻上。

“不用请，我就在边上呢。呵呵！我都看见，都听见了。”他们才放平少年，后脚已跟进来一个须发皆白的少数民族老人，未开口便已笑意连连，“无妨无妨，这是好事，好事！”

说着，他随手拉过一只矮脚凳，熟练地为少年诊起脉来，放开后，捋着胡子笑眯眯地看着一脸紧张、完全忘记了不好意思的范小鱼。

“我一直在等这个小伙子被真正的画中人触动，没想到还真的等到了这一天。小姑娘，你尽管放心，你男人的身体其实应该早就好了，只不过他的头部曾被撞击，影响了他的记忆，就像是一口箱子被上了锁，需要一把钥匙才能打开。方才他

突然昏倒，一定是想起了什么事，一时承受不了才暂时昏厥。老朽可以保证，等他醒来后，一定能真正认得你啦!”

“真的吗?”今日这短短的几刻内，范小鱼仿佛在地上云霄之间极快地来回了好几回。她想要相信这一切，却又不敢相信这一切，患得患失的心情在脸上显露无遗。

“当然是真的。小姑娘要是不相信，就在这里陪着他。他等一会儿呀，保准醒来。”

“谢谢郝大夫，谢谢郝大夫。”范小鱼双膝一屈，诚心诚意、结结实实地给郝大夫磕了一个响头。她一直以为这种感谢方式很土气、很俗气，但在今天，她却觉得唯有如此才能真正地表达自己的心情。

郝大夫哪肯让她多拜，勉强受了半礼就忙扶她起来，接着又安慰了几句，笑眯眯地对吴言之做了个请的手势。

吴言之本来有些不放心，可见范小鱼转眼间全部心神都已落在少年的身上，感叹地笑了笑，挥手让所有看热闹的人都退了出去，还体贴地关了画馆，给他们合上了门。

她曾经恨极了等待。尤其是当她被迫接受那一场足以寒彻生命的等待时，她的灵魂被折磨得几乎发狂。所以，她选择了流放，投身在冰天雪地之中，用刺骨的寒冷来抵御那种等待的绝望。

而今，她忽然不怨了、不恨了，哪怕眼前这个少年醒来时依然不记得过往，但只要他还记得她，还记得她的吻，她便有了足以抵抗人世间任何打击的力量，只要……他还爱着她，他还需要着她。

所以，她的男人，她的夫君，她那狡黠的小生，醒来吧！不管你变成了谁，只要你还记得我，我便一生一世都是你的，一生一世都不会再让你离开。

因为，这是老天的恩赐；这是命运再一次垂青于她的神圣的奇迹；这是她穿越重重时空，来到这个世界的意义所在！她含着泪，抚摸着他的一寸寸肌肤；闭着眼，轻吻着他的眼、他的鼻、他的唇，轻轻柔柔，要把所有的温柔都给予!

“我曾经说过，要在洞房花烛夜才把你吃掉，可是若是你继续诱惑我，我就什么都不能保证了。”

不知虔诚祈祷了多久，纤腰忽然被一双有力的大手握住，温柔的轻吻也被反含进火热的唇舌之中，天旋地转间，“非礼”睡美男的公主已经被苏醒的美男反压在身下。

“丁澈……”范小鱼颤声地在唇舌的交缠中艰难地低呼。

“是我，是我！小鱼，小鱼……”

狂风骤雨般的热吻一个接一个地落在唇上、鼻尖、眼睛、额头，再顺着脸颊，带着灼热的呼吸，带着火烫般的烙印，一步步地往下，沿着小巧的耳垂，停留着，挑逗着，又像滑雪般沿着天鹅般的颈项来到优美的锁骨，吮吸着，攫取着，四处点放着无形的火种，喷发着积蓄已久的热情岩浆。

“丁澈……”范小鱼呻吟着，承受着，纤手在越发宽厚结实的脊背游走，灵活地撕扯着碍人的腰带，享受着这无比曼妙而美好的一刻，没有丝毫的犹豫，没有半丝的勉强，只想着和眼前这个失而复得的少年紧紧地结合在一起。

她想要证明她的幸福，她想要用最极致的感觉来证明此刻的真实、此刻的幸运……

曾经被羞涩地侵占过的柔软再度回到领主的手中，曾经没有来得及被褪下的衣物一件件被挥到了地下，更多未被开发的肌肤逐一被毫无保留地侵占。

温度在升高，呼吸在加重，肌肤与肌肤之间的甜蜜厮磨犹如最溺人的催化剂，燃烧着剩余的理智。

透过高高的窗户，明亮的光线中，身体如玉般晶莹而剔透，优美的曲线只看上一眼就可以深深地烙印在记忆中。

火花在四溅，情潮从一具身体传染到另一具身体，带动了沸点，却又未到沸点，反而引起更多的渴望和欲望。

“小鱼……”丁澈不想纵容自己继续放肆下去，趁着自己还保有一线冷静，想收回那只欲拉开绣着莲花的白色兜肚的手掌，却艰难地发现，要离开这芬芳的身体还需要更多的理智。

“不准走！”感觉到身上的重量稍轻，见上面这个脸色通红、眼神迷醉的男人想要逃跑，范小鱼不悦地勾下他的脖子，一个翻身，已把他压在身下，小手轻轻一滑，便探进了只着里衣的坚实胸膛。

“丁澈，我要你要我，证明给我看，你是真正存在的。”

范小鱼梦呓般地呢喃着，如蛇一般在他身上蠕动，仰着头舔吮着他的喉结。她满意地听到他的喉咙中有沙哑的声音在滚动，然后学着他的点火方式，像个调皮的

天使般四处跳舞，再轻拱着将他已松开的衣领敞开得更宽，时而如蝴蝶般轻柔，时而又磨牙般咬起他的皮肤，然后在他越发粗重的呼吸中，将柔软的胸脯紧贴在他的腹部，最终狡黠地咬上某一点。

“嗯……”不可抑制的呻吟声最终破喉而出，丁澈的承受力也达到了极点，他再也忍无可忍地一提双臂，反客为主，急切地解除那一方莲花，让春光乍现在眼前，而后，深深地采掘……

“啊……”娇美的呻吟中，范小鱼抬起自己的身躯密密地紧贴上去，修长的玉腿紧紧地缠绕住她再也不想放开的人，任凭亘古以来最汹涌最澎湃的热情，像疯狂的海浪一样将自己和丁澈一起淹没。

“你是怎么到这里来的呢？”

云雨初收之后，范小鱼喘息着伏在同样被汗水濡湿的火热身躯上，这才有空解决自己的疑惑。

“呃……”丁澈有些尴尬地顿了一下，手掌轻抚着她那柔滑香腻的背部，低低地道，“这件事情，说来话长，等我说了，你可不要生气。”

“你为什么觉得我会生气？”范小鱼仰起头，望入他的双眸，见他目光温柔似水，脑海中不自觉地又浮现起方才那极致的销魂感觉，余韵未退的娇艳忍不住又泛起一片红晕，惹得丁澈的心旌顿时一阵摇晃，血液再度奔流。若不是想到之前进入天堂时范小鱼那痛楚的泪水，此刻他真想化身为狼，马上翻身将她扑倒。

“因为当初救我的是一个女子。”想到自己前段时间的经历，丁澈的欲望不由减轻了许多。

女子？范小鱼的脑海中顿时浮现出一个绝世美女含情脉脉地精心照料丁澈的场景，柳眉一蹙，身体立时有些微僵，难道……

“你别误会。”两人之间亲密得根本没有距离，丁澈又怎会感觉不到她的异样，连忙安抚道，“除了她对我有救命之恩外，我和她根本没有什么关系，不然我也不会独自一个人出现在这里不是？”

“嗯。”范小鱼轻吃了一声，发觉从来不拈酸吃醋的自己仅仅因为丁澈说了一个女子就开始胡思乱想，不由有些羞窘，主动问道，“她是什么人？”

“她是一个苗族的公主。当日我应该是在昏迷中随波逐流，无意中撞到了她们的船，才被她们救起。我醒来时已经是一个月后，而且前尘往事，一概不记得了。

按理说我应该十分感激她的救命之恩，可是……”提起这个恩人，丁澈好看的剑眉反而皱了起来，语声中很是有些无奈，道，“可是她却骗我说我是她的未婚夫，若不是因为仇家突然找上门，我和她早已成亲了。”

“啊……”范小鱼愕然，心中下意识地感到一阵不舒服，女人的直觉果然是最敏感的，不过现在丁澈已经真真切切地在她身边，又已说明了他对那个苗族公主并无他意，有些飞醋确实也没必要吃了，可是这并不代表她就不会介意和好奇，“她漂亮吗?”

“也许在旁人眼中她长得还不错吧，不过我瞧着也就一般般。”这个时候，就算对方是九天仙女下凡，丁澈也不会傻到去夸另一个女人，再说，他确实也没觉得那个苗族公主有多漂亮。

“那后来呢?”范小鱼嘴角不由自主地扬起一抹微笑，恋爱中的女人，不论是什么智商，听到这种话总会难以免俗地开心。

“起初的时候，我还有些相信她，因为那个苗族公主看起来实在不像是会说谎骗人的，但她却偏偏说我失忆之前和她十分相爱。可是我极力地回想以前，脑中却只浮出另一个女子的影子，虽然模糊，却可以断定我心中的女子绝对不是眼前的苗族公主。”说到这里，丁澈庆幸地搂紧了范小鱼，范小鱼更是动容地反拥住了他，难以自抑地轻咬住他的薄唇，心中如有巨大的蜜流漫过。

哪怕是伤重失忆，哪怕面前有一个漂亮的公主，他的心里还是只有自己，只这一点，便可让她原谅一切。

面对送上来的香吻，丁澈当然不会放过，直到两人几乎甜蜜地窒息，才略略松开，微微喘息着继续说了下去。

“所以我便开始怀疑。我很想下船去打听一下自己是谁，可当时我再次苏醒时，已经是数天以后的事情了，而且我虽然侥幸活了下来，但伤势太重，一时还下不得地，只能先养好身体。后来，我和她相处得越多，你在我心中的影像就越清晰。终于，有一次我无意中竟然画出了你的样子。她发现后，十分慌张，当晚便把画偷去烧毁。也就在那一晚，我偷听到她的下属劝她给我下蛊，让我永远都想不起来以前的事情，并终身只爱她一个人。”

“就算她救了你，也不能这样啊!”听到有人不但觊觎自己的爱人，还想一辈子据为己有，范小鱼就是修养再好，也不禁忿忿地嘟起了红唇，赤裸的双臂更是抱紧了丁澈，不许任何人来争夺他。

她的这个小动作无疑取悦了丁澈，他忍不住发出了低沉的笑声，仰头在她的唇上重重地一吻，然后才道：“我听到这个消息后，更是确定事情一定不是如她所说的，当晚便偷偷地离开了他们的船。可是他们为了怕我想起往事，便在我苏醒时编造了一个故事，而且只字不提黄河，我虽然逃离了，却不知道天下之大，我到底该往哪里走，到哪里去找你，更不知道我自己是谁，家在何方。而且我的伤势依然不轻，必须先找个地方落脚养伤，后来我便流落到了这里。”

“那段时间，你一定很苦！”范小鱼心疼地依偎着他，本不想落泪，但晶莹的泪滴依然有自我意识般落在丁澈温热的胸口。

“不管过去如何，上天待我终究不薄，还是把你送到了我的身边。”丁澈执起她的手，目光深邃而温柔，带着一丝叹音，满足地道，“若是老天注定你我要经受这番波折，才能保我二人白首永生，哪怕是受再多的苦，我也甘愿。”

“甜言蜜语，讨厌！”范小鱼笑着想嗔他，泪水却更像断线珠子一般不住坠下。带着咸味的甜美中，两片红唇再度火热地靠近，两颗滚烫的心紧紧地靠在一起，两具年轻身躯更是再度无半丝缝隙地贴合在一处，任凭情欲快速地回温，厮磨，辗转……

此时此刻，也许，不，是只有，只有你中有我，我中有你，身心灵魂全部交融在一处，才能表达，才能证明，才能填补所有的遗憾，治愈所有曾经受过的伤、痛过的心。

极致销魂的烟花一次又一次地绽放着，这一夜，画馆中那醉人的声音一直不曾停息。

而明天，后天，大后天，大大后天，乃至今后的无数个日日夜夜，那延绵的情丝也再不会断绝，若情已天人合一，哪怕今后还有无数的艰难险阻，再也无法阻隔。

（全书完）

番外

路上

春有百花秋有月，夏有凉风冬有雪。若无闲事挂心头，便是人间好时节。

这句禅诗真的很有道理，人若无心事，便无欲望，这世界又如何会不美丽呢？只是对于如今的我来说，再美的景色也只能怡情一时，却无法让人忘记所有的伤痛。丁澈，你知道吗，我已经独自走过了两百多个日夜。这两百多个日夜里，我去了很多地方，很多你曾经在黄河岸边对我倾诉过的，曾经有意无意地邀请我以后一起同行共赏的地方。

你说得没错，这些地方确实都很美，每个地方也都有一种大自然所赋予的神奇特色，不论是壮观浩荡还是静谧幽静，不论是滔滔的黄河，还是那变幻的云海，总能带给人一种不同的感受。

可是，你有没有听说过，两个人的旅途叫甜蜜，一个人的旅途却是孤独，蚀骨的孤独！

好想你！

我曾以为只要能一一走过你曾经走过的地方，哪怕找不到你的人，胸腔里这颗心在跳动的时候也能稍微地好过一点。可是我错了，没有了你，走在你曾经来过、如今却空空如也的每个地方，只会更加提醒我你的不存在，提醒我我的失去，提醒我我的思念依然无处栖息。

后世的苏东坡曾经为亡妻写过一首词。

十年生死两茫茫，不思量，自难忘，千里孤坟，无处话凄凉。

我们分别没有十年，甚至连一年都还不到，可是，我却已经觉得时光被拉得无限漫长……一夜夜，我在蜷缩中困倦地睡去；一日日，我在蒙蒙的天色中醒来。霜雪晴雨，云涌云退，春夏秋冬在永恒的时间里一点点地流淌，万事万物都在不自觉地变换，唯一不变的，只有我流浪的身影，只有我寻觅的目光，和那一点也许永远都不会消散的忧伤。

是的，这忧伤如今已经只有一点了，不再如初离开开封时那般浓烈。或许，时光真的能消磨一切，当相同的一日日一夜夜的晨昏，不断重复再重复时，人终究会慢慢变得平静。

很多时候，我甚至还会微笑。

当我行走在青山之中、绿水之旁，当我伫立在黄山峰巅，眺望着无尽云海的时候，我会努力对所有美丽的、壮观的景色报以衷心的欣赏，并怀有感恩之心，感谢它们的存在，曾让你那般惊叹和惬意。

因为我知道，这是你一直想让我感悟的。

只是，当我闻不到你熟悉的气息，当思念浮上心头，我还是无法忽略胸腔里的那个小孔。伤口不大，但每一次血液循环时都无法忽略，每一次呼吸时都会显露，脆弱得连羽毛都不能轻碰。

苏东坡说无处话凄凉，我不同。我知道，只要我愿意，京城那个温暖的家中，每一个人都愿意听我倾诉，愿意给我温暖。

只是，他们给得了我亲情，给得了我友情，却独独给不了我最思念的你，更无法让时光倒流，让我拉住你的手，阻止你再次回到那吃人的虎穴里去。

不能，不能，都不能，所以我只有继续沿着你的足迹前行，日复一日地重复着那一点的思念和轻痛。

你说得对，把人扔进咆哮的黄河里真的很疯狂，但当混浊的浪潮几番将我吞没的时候，我却感激那样激烈的力量让你我如此贴近，仿佛那浪也曾那样迅猛地冲击过你，劈头盖脸地淋湿你的黑发，撞入你的双耳……想起茫茫人海、无尽世间我也许再也找不到你，我曾一度地想就此割断绳索，随波逐流。可是，我还是不相信这不知流淌了多少个千百年的大河会是你最终的栖息之地，所以，我还是选择了上岸。

只因，我不能这么自私地割舍下一切，也因，也许只要活着，那么总还会有一点希望，至少，在我的心里，我相信你从未离去。

这次的旅途在我的手臂上留下一道纪念，我忽然有些好奇那三年的特训时光在你身上曾留下多少烙印。我更是后悔，当初为什么要阻止你。如果那一日我们彼此付出和奉献，也许，你一身的印记都将无法逃脱我的眼睛，除了你的唇，我可以用自己的眼睛从你的皮肤上读到更多的故事。

下雨了，只是一小会儿的工夫，白茫茫的大雨就布满了整个山谷，也遮盖了四周的青山，迷蒙了来时的路和前方的旅途。

茶棚的大叔好心地劝我等雨停了再走，我微笑着谢绝了他的好意，披上斗篷毅然上马离开。不为别的，只因此刻这方小小的草棚已太过热闹，妨碍了我安安静静地想你。

蹄声嗒嗒，在雨中听来分外清晰。

黑风的脚步很稳。尽管苍茫的雨雾早已淋湿了它的鬃毛，雨水不住地滑过它的脸，但黑风却一如往日，从未有过一声抱怨。

对了，黑风是我的坐骑，是我离开京城那天从市集上买来的。从那天开始，它就变成了我忠实的伙伴，日相随，夜相伴，同时，也是我唯一的倾听者。

我想，如果有一天你能和它认识，它一定会喜欢你，而你，也一定会喜欢它的。

前方有一座长长的青石板桥，桥的两侧青苔丛生，显示着这个地方的偏远。不知不觉地，我竟然已经走了几千里。

记得以前读书，每次读到“千山万水”这个成语，我总是心生无限的遐想，仿佛自己就置身在那无限宽广的天地之中，重峦叠嶂，溪水一道又一道，独木桥一座又一座，然后带着无尽感叹的我，平静地穿梭在其中。而每一个见到我的人都会在背后仰望我的风采，被我的孤寂所感染。

最好，我还有一匹马，一个斗笠，一件披风，一根竹箫，和一个酒葫芦。

呵呵，多好笑啊，那为赋新词强说愁的幻想，如今，竟真的在现实里实现了。

只是，我不饮酒，我也没有竹箫；我所经过的地方，人们的目光也大多只是随意漠然地扫过我；我的存在与否，对他们没有任何的意义；我的眼神是否忧虑，我的背影是否孤寂，更不曾有任何人注意。

于是，我笑着默默而过，只喝醒脑的茶，不喝醉人的酒。出门在外，安全第一，我知道，不管你在还是不在，你最希望的，一定是我平平安安。

所以，我只有清醒地继续孤独着，直到等到了你，或者，直到我忘记了你。